»LA GAJA SCIENZA«

VOLUME 169

RIFLESSI DI SETA

Romanzo

di ROSALIND LAKER

TRADUZIONE DI ANNITA BIASI

LONGANESI & C.
MILANO

ISBN 88-304-0658-9

Traduzione dall'originale inglese
Banners of Silk
di Annita Biasi

RIFLESSI DI SETA

I miei più vivi ringraziamenti a Monsieur Maurice Worth per i dettagli autentici sulla vita del bisnonno, Charles Frederick Worth, e a Madame Ginette Spanier per le sue informazioni sul mondo dell'alta moda.

I

Se ne stava raggomitolata al buio, piccola, paralizzata dalla paura, sola. C'era silenzio nel cimitero dei poveri. Al di là dei cancelli, gli alti edifici che costeggiavano la stretta via facevano da schermo ai rumori della palpitante notte parigina e alle luci che li accompagnavano. Laggiù non arrivavano i bagliori dei lumi posti all'ingresso degli affollati teatri del boulevard du Temple. Le lampade a olio che scintillavano sopra l'elegante andirivieni del boulevard des Italiens non estendevano la loro luce fino ai maleodoranti vicoli poco lontani. In rue de Richelieu, vicinissima in linea d'aria, non arrivava alcuna eco dello scalpiccio dei cavalli che trainavano le carrozze in quella gelida notte di gennaio. Nel 1843, l'intricato labirinto di antichi palazzi e il dedalo di strade tortuose della città erano gli stessi dei secoli precedenti.

Il silenzio che circondava la bimba era interrotto soltanto dal fruscio dell'erba intorno alla fossa scavata di recente e dallo scorrazzare dei topi tra i rifiuti sparpagliati negli angoli e nei rigagnoli vicini. Era la quinta notte consecutiva che Louise Vernet trascorreva là dentro, in vigile attesa. Aveva solo dieci anni e tutto ciò che possedeva per difendere se stessa e il luogo che sorvegliava era un coltello da cucina.

La paura le impediva di piangere. Le lacrime le avrebbero offuscato gli occhi non permettendole di scorgere eventuali intrusi se non quando fosse stato troppo tardi. Si era raggomitolata innumerevoli volte, impietrita dal terrore nelle notti precedenti, ma le indistinte figure che per abbreviare il cammino percorrevano il viottolo del cimitero non potevano vederla nella vellutata oscurità e, qualunque scellerata occupazione le portasse in giro in quelle ore notturne, il loro scopo non era di disturbare i morti.

Intorno alle otto, ignare della sua presenza, passavano le lavoranti che provenivano da un edificio in fondo alla strada poco illuminata. Erano un gruppo di *grisettes*, cucitrici che prestavano la loro opera da una certa Madame Camille, una delle maggiori sarte di Parigi. La bimba non sapeva o non capiva di loro molto di più del fatto che si guadagnavano da vivere con un ago, e scrutava in lontananza che la loro confortante femminilità, alla fine della lunga giornata di lavoro, comparisse in quegli squallidi dintorni fugando per pochi minuti la spaventosa solitudine che la dominava. Ascoltava avidamente l'aprirsi delle porte fuori della sua vista, e non si lasciava sfuggire l'occasione di osservare i primi bagliori delle piccole lanterne che esse portavano e che, proiettando un pallido riflesso contro i muri degli edifici opposti, annunciavano il loro arrivo. Mentre le passavano davanti in un gruppo di oltre una trentina, la loro lanterna baluginava tra le inferriate gettando riflessi sull'erba, sui rami e, talvolta, sul viso scarno della bambina.

Nella sua desolazione, lei si struggeva dal desiderio di far parte della loro compagnia, di aggrapparsi alla veste delle donne più anziane e materne, di unirsi alle risatine e ai rimbecchi di quelle più giovani, che non apparivano mai stanche quanto le altre e i cui passi avevano un ritmo più vivace. Non le vedeva mai al mattino, poiché andavano al lavoro molto presto, ma alla sera si sentiva riscaldata e rincuorata dal loro passaggio: tutta la sua paura scompariva fino a quando l'ultima eco del loro tragitto verso casa si era spenta e tornava a regnare il silenzio.

Quella era la quinta sera, ed esse erano già passate e scomparse. Nulla avrebbe più alleviato la paura durante la veglia fino a quando l'alba non avesse fugato il pericolo che temeva. D'improvviso alzò il capo. Cos'era stato? Lo sfrecciare di un altro topo? No, era il leggero cigolio di un cardine. Qualcuno stava oltrepassando il cancello, senza una lampada per farsi luce. Deglutì a fatica, rendendosi conto che i muscoli della gola le si erano irrigiditi per il terrore, e si alzò lentamente in piedi. Il coltello le tremò in mano. Il battito del cuore le rintronò negli orecchi.

La sartina che entrò nel cimitero portava una lanterna, ma la fiamma le si era spenta ancora una volta e lei imprecò sottovoce mentre cercava di riaccendere il lucignolo. I suoi movimenti erano ostacolati dalla scatola del lavoro da fare a domicilio, il *travail à façon*, che portava sul braccio. Di solito, né lei né le altre *grisettes* percorrevano il sentiero dei poveri, come veniva chiamato, non tanto per rispetto verso coloro che giacevano lì accanto, quanto, più praticamente, perché d'inverno era più fangoso e d'estate più polveroso della via peggio tenuta. Ma rappresentava una scorciatoia per raggiungere una piazza sul lato opposto e, se si era da soli, era più sicuro che attraversare i viottoli, dove l'anno precedente era stato commesso più di un assassinio. Inoltre, nel cimitero c'era abbastanza spazio per correre, se fosse stato necessario, e Catherine Allard, grassoccia e rotondetta ventottenne, quando voleva, sapeva muoversi rapidamente, nonostante l'aria placida.

Camminando lungo il sentiero nell'oscurità, si muoveva molto lentamente, facendo un passo dopo l'altro, ignara del fatto che il suo comportamento accrescesse il terrore di qualcuno nascosto tra i cespugli. Quando finalmente il lucignolo mandò un bagliore, Catherine emise un borbottio di soddisfazione. La luce accecò per un attimo i suoi occhi di un azzurro-porcellana, ma non le impedì di scorgere lo scintillio di una lama di coltello. Istintivamente cacciò un urlo e lasciò cadere la lanterna proprio nel momento in cui scorse il volto emaciato, quasi folle della bambina che impugnava l'arma. Dentro di lei esplose la rabbia. Balzò verso la piccina e le fece volare via il coltello; poi lo raccolse da terra e lo tenne in mano con aria aggressiva rivolgendo la punta verso Louise. Catherine afferrò quindi la bimba per il colletto e la scosse con una violenza che le fece cadere disordinatamente sulle spalle della donna i riccioli castano-dorati.

« Benissimo, piccola strega! Chi ti ha insegnato a fare simili idiozie? Dove sono gli altri? »

« Quali altri, signorina? » gridò Louise istericamente, vacillando.

« Il resto della banda di giovani delinquenti che assalgono e derubano gli onesti cittadini! Conosco questi trucchi! » Alzò la voce, piena di rancore, e vociò nelle tenebre: « Avete trovato proprio il tipo che va bene per voi! Venite fuori, altrimenti la vostra complice si prenderà questa lama tra le costole! »

Louise strillò per la paura. « Sono sola! Glielo giuro! E non volevo derubare nessuno. »

Catherine tese l'orecchio e rimase in ascolto. Non si udiva il minimo rumore; si rese conto che il luogo era deserto. Sembrava proprio che la monella che teneva prigioniera fosse sola. La guardò con un terribile cipiglio. « Ah! Ti diverti a giocare brutti scherzi alla gente, vero! Prendi questa! E questa... e quest'altra! »

Una raffica di sberle riecheggiò nell'aria notturna. Dopo aver ripreso fiato, Catherine lasciò andare Louise con uno strattone. La bambina finì ruzzoloni in un volteggiare di gonne. Rivolgendo la propria attenzione alla lanterna, la sartina la ricuperò notando con sollievo che non si era rotta. Dopo aver assicurato lo spago della scatola nella piega del braccio, gettò il coltello dalla lama spuntata in un cespuglio, sempre aspettando che la colpevole se la desse a gambe. Invece, la bambina, che si era alzata in piedi, restava là con un'aria ostinata, sulla difensiva. I singhiozzi le scuotevano le magre spalle e si premeva la palma di una mano contro la guancia arrossata dagli schiaffi. Aveva gli abiti infangati e la cuffia di traverso. Catherine fece un gesto minaccioso.

« Fila via! Altrimenti chiamerò il curato responsabile di questo cimitero e la polizia perché decidano quale punizione darti. »

La bambina continuava a restare immobile, gli occhi color ambra con le lunghe ciglia imperlate di lacrime e il triste visino contratto in un appello disperato.

« Non mi mandi via di qui. » Le parole si facevano strada a fatica attraverso i singhiozzi. « Se gli studenti di medicina verranno con le vanghe, non ci sarà nessuno per dare l'allarme. »

Catherine rimase a bocca aperta. Poi cominciò a comprendere e alzò la lanterna. I raggi di luce rimbalzarono sulla tomba appena scavata che la bambina indicava. Rabbia e pietà si agitarono in lei. Certamente quella *misérable* era vittima di una beffa crudele. « Chi ti ha mandato a sorvegliare questo posto? » chiese allora, desiderosa di mettere le mani sul colpevole.

« Nessuno. Non c'è nessun altro, e non c'è mai stato. Solo la mia *maman* e io. Ecco perché sono qui a proteggerla da chi vuol portarla via. »

Un'ondata di compassione sopraffece Catherine. Possedeva un'indole fortemente emotiva, era capace di amare e di odiare con uguale intensità. Era nata nel quartiere delle Halles, dove la gente del mercato era famosa sia per la generosità e il buonumore sia per il linguaggio sboccato e i robusti appetiti. Sua madre era stata una delle *dames des Halles*, una donna di buon cuore, dalla personalità esuberante, che aveva squartato pesci alla propria bancarella per tutta la vita, integrando i servizi del marito con quelli dei più grossi e più robusti portatori di carne; le piacevano gli uomini muscolosi, con la risata sempre pronta e le spalle ampie, e lì la scelta era vasta.

Da lei Catherine aveva ereditato la generosità, ma, sfortunatamente, non il sano buonsenso che aveva permesso a sua madre di sopportare una vita relativamente dura. Nella compassione per la bambina, si sentiva simile alla propria madre che, per tutta la vita, si era interessata a molti trovatelli.

« Povero agnellino! E pensare che ti ho picchiata mentre tu avevi uno scopo così nobile. » Catherine era piena di rimorsi. Posò in terra da una parte la scatola e la lanterna, e si accovacciò per mettersi con il viso all'altezza di quello della bambina. « Come ti chiami? Raccontami che cosa è successo. » Con movimenti gentili le ricacciò le ciocche dei neri capelli arruffati sotto la cuffia e con i polpastrelli dei pollici asciugò le lacrime che le rigavano le guance.

I singhiozzi non cessarono. Senza smettere di tirar su col naso e di ansimare, la bambina iniziò il proprio racconto. La madre di Louise, la vedova Anne-Madeleine Vernet, una delle numerose tessitrici che a Parigi usavano la propria casa come negozio-laboratorio, era caduta ammalata, una sventura che aveva gettato la famiglia nelle più terribili avversità. Tutto ciò che poteva essere venduto se ne era andato per realizzare qualche soldo, e alla fine era stato portato via anche il telaio. Il triste racconto terminò con la descrizione del funerale dei poveri. Catherine immaginò i particolari di ciò che era accaduto alla figlia della signora Vernet, rimasta senza cibo a meno di non rubarlo o elemosinarlo. Immaginò le quattro notti che la bambina aveva trascorso in un cimitero, cosa che neppure lei avrebbe avuto il coraggio di fare. Si diceva che gli studenti di medicina attingessero alle tombe scavate di fresco quando il materiale loro assegnato scarseggiava, ma quanto di vero vi fosse in queste voci non lo sapeva e non voleva neppure pensarci. Comunque, era un pericolo che sicuramente non correvano le tombe chiuse da più di ventiquattro ore. Con tutto il tatto e la sollecitudine possibili, Catherine cercò di spiegare a Louise la ragione per cui quella violazione che lei temeva ora non avrebbe più potuto verificarsi.

« Non vi è quindi alcuna necessità che tu rimanga ancora qui », concluse per confortarla.

Louise rimase assorta a pensare a quel che le era stato detto. Assentì lentamente, sentendosi improvvisamente svuotata di ogni responsabilità e senza nient'altro che la occupasse o la distraesse dai morsi della fame che le attanagliavano lo stomaco e sembravano sopraffarla fino a farle incrociare le braccia e indurla a rannicchiarsi in se stessa. Catherine si rese conto delle condizioni in cui si trovava la piccina. Quei sintomi erano abbastanza comuni in una città in cui c'erano centinaia di disoccupati e di indigenti. Sospirò.

« Faresti meglio a venire a casa mia, Louise Vernet », disse con aria rassegnata, raccogliendo di nuovo la lanterna e la scatola. « Ti troverò qualcosa da mangiare. » In realtà non aveva la possibilità di ospitare un'estranea nel suo alloggio, ma la sua indole la spingeva a fare ammenda per aver trattato una bambina con una durezza nient'affatto necessaria. E poi ricordava come anche lei avesse sofferto della perdita della madre quando aveva solo qualche anno più di Louise, e come fosse stato straziante quel periodo. « Per questa notte puoi dormire al caldo accanto alla stufa di cucina », aggiunse generosamente.

Il viso di Louise s'illuminò e subito la bambina si precipitò a radunare le proprie cose, insistendo per togliere la scatola dal braccio della sua benefattrice e portarla lei. Miracolo dei miracoli. Aveva trovato un rifugio presso una di quelle creature privilegiate che vivevano la vita delle *grisettes*. Piena di beatitudine, si affrettò a mettersi a fianco della donna e insieme percorsero il sentiero che conduceva ai cancelli sulla strada, illuminando il loro cammino con la lanterna.

Catherine si era accorta, con disagio, dell'espressione estatica di Louise. Ora che la smorfia di terrore e di disperazione si era dissolta dal viso della bambina, le sopracciglia arcuate sottolineavano un'espressione di anticipata delizia, come se tutti i guai della sua vita fossero svaniti. Era meglio chiarire la situazione.

« Non posso tenerti sotto il mio tetto più di una notte. » Il tono era deciso. « Devi andartene via presto domattina, anche se è domenica. » Agitò un dito ammonitore. « E non tornare a bussare alla mia porta. »

« No, signorina. »

Riprese con maggior enfasi, mentre si dirigevano verso casa: « Alle Halles, dove sono cresciuta, è consuetudine aiutare chi si trova nei guai, ma chiunque torni una seconda volta a tendere la mano viene considerato un parassita, ed è cacciato via. Hai capito? »

« Sì, signorina. » Che accondiscendenza! Una santarellina.

Catherine, gentilmente, volle darle qualche informazione più personale. « Mi chiamo Allard. Catherine Allard. »

« È un piacere fare la sua conoscenza, signorina Allard. »

« Uhm. » Catherine le lanciò un'occhiata in tralice. « Tua madre ti ha insegnato l'educazione, bisogna proprio ammetterlo. Questo ti sarà di grande aiuto. Se ti metti un po' in ordine e ti presenti alla porta di un convento, puoi avere la fortuna di essere accolta come futura novizia. Altrimenti, faresti meglio a cercare di entrare in un orfanotrofio, sebbene abbia sentito dire che le autorità, in questi tempi difficili, hanno a loro carico più bambini di quanti siano in grado di mantenere. »

Avevano raggiunto i cancelli che si affacciavano sulla piazzetta. Catherine si affrettò ad attraversarla per scansare una rissa di ubriachi e non si accorse che il suo consiglio non aveva ottenuto una buona accoglienza. La mente di Louise lavorava, e l'idea di presentarsi a un'istituzione, religiosa o laica, non rientrava nei suoi piani. Aveva deciso di diventare cucitrice. Fin dai primi anni le era stato insegnato a cucire, come succedeva a tutte le figlie femmine di madri che devono guadagnarsi da vivere, una norma inevitabile e che veniva seguita spesso. Aveva subito dimostrato un eccezionale buon gusto nei lavori d'ago. Si dedicava a ogni genere di cucito e di ricamo con lo stesso entusiasmo con cui giocava alle bambole, e sia sua madre sia lei consideravano inevitabile che un giorno si sarebbe guadagnata il pane con quel lavoro. Poi, vedendo la serale processione delle cucitrici passarle accanto, Louise aveva deciso senza incertezze quale direzione avrebbe preso il corso della sua vita, e aveva considerato la signorina Catherine un vitale collegamento con i suoi sogni, un collegamento che non doveva né interrompersi né spezzarsi. Qualunque cosa fosse successa, il mattino dopo non poteva essere rimessa sulla strada.

Raggiunsero la fila di alte case parzialmente rivestite di legno in rue du Fouarre, dove viveva la cucitrice. Come molte altre che lavorano d'ago per tutta una vita, Catherine si era sistemata in una soffitta alquanto modesta, poiché anche i salari di quelle abili ed esperte come lei erano spaventosamente bassi. Mentre Catherine e Louise salivano le scale, un piano dopo l'altro, la lanterna illuminava i gradini consunti. Nella maggior parte delle abitazioni parigine, la gente più ricca viveva ai piani inferiori e i poveri in quelli più alti. Ma questo era un quartiere di studenti, e nelle decrepite, scrostate case dai ballatoi in legno, più vecchie di quanto si riuscisse a stabilire, c'era ben poca differenza nelle condizioni economiche di coloro che vi abitavano. L'alloggio di Catherine in cima alla casa era più arioso e più vasto degli altri, rapportato all'affitto che pagava, e per questa ragione continuava ad abitarci. Come sempre, quando si arrampicava per quelle rampe di scale si chiedeva perché non aveva un corpo sottile e agile che l'aiutasse in quella quotidiana fatica di trascinarsi fin lassù. Ma niente aveva potuto cambiare la sua figura, che anche nei momenti di più scarsi guadagni aveva conservato le sue curve pronunciate: un piacere per gli uomini che erano entrati e usciti dalla sua vita nel corso degli anni e che le avevano spezzato il cuore molte più volte di quante desiderasse ricordare.

« Eccoci arrivate. » Infilò la chiave nella serratura, ma la porta era aperta e, spingendola, la ragazza lanciò un gridolino di gioiosa sorpresa. Louise, seguendola, vide alla luce della lanterna che le travi del tetto erano fortemente inclinate e formavano una larga stanza a cuneo che fungeva da cucina e da salotto. Colma di aspettativa, Catherine si lanciò verso la porta della camera da letto e la spalancò, mentre la luce della lampada illuminava la sua figura sulla soglia.

« Marcel, *chéri*! » esclamò senza fiato per l'emozione.

Louise, allungando il collo, vide un uomo molto più giovane di Catherine abbassare il giornale che stava leggendo. Era seduto in maniche di camicia di seta ai piedi del letto. C'era un'espressione torva sui suoi lineamenti da ragazzo e una smorfia imbronciata sulla bocca dalle labbra tumide.

« Sei in ritardo », protestò in risposta alle parole di saluto della donna. « Di solito rincasi molto prima di quest'ora. »

« Sì, sì, lo so. Mi si è presentata la possibilità di portarmi a casa qualcosa da cucire per domani, e questo ha creato una serie di ritardi. » Catherine appariva eccitata, la gioia aveva fatto vibrare una nota acuta nella sua voce. « Se avessi saputo che eri qui... » Si interruppe, togliendosi la cuffia e lanciandola accanto allo scialle. Poi si voltò verso Louise e le disse in un bisbiglio: « Accendi una candela e prenditi qualcosa da mangiare. Farò compagnia al signore mio amico, e tu vorrai certamente coricarti. Troverai un copriletto nell'armadio ». Subito dopo si precipitò nella stanza da letto, chiudendo la porta dietro di sé. Louise sentì tirare il chiavistello.

Filosoficamente, la bambina depose la scatola di cui ora conosceva il contenuto e si guardò intorno. Scorse una candela, la accese, poi spense il lucignolo della lanterna, che appese a un chiodo accanto all'attaccapanni sul quale aveva messo lo scialle e la cuffia di Catherine. Trovò immediatamente il cibo. Era in una credenza che conteneva alcune bottiglie di vino a buon mercato del tipo venduto da tutti gli *épiciers*, assieme a una scadente qualità di caffè del tipo più amaro. Si servì una modesta porzione di pane, formaggio e carne fredda, immaginando che Catherine avrebbe voluto offrire il cibo disponibile al giovane gentiluomo che s'intratteneva con lei. E si trattava proprio di un gentiluomo, nonostante la sua mancanza di cortesia nei confronti di Catherine. Louise ne aveva visti abbastanza in giro per capire che l'eleganza dei discorsi non si accompagnava necessariamente all'educazione, o gli abiti raffinati alla riflessione, e si chiese come mai Catherine prediligesse la sua compagnia. Se non altro, ora il giovane sembrava essersi ripreso dal malcontento che gli aveva causato il ritardo della donna, a giudicare dai suoni soffocati che giungevano dalla camera da letto.

Essendo vissuta in alloggi che peggioravano a ogni trasloco perché riflettevano il declinare della salute della madre, Louise aveva acquisito una sempre crescente conoscenza di quel tipo di vita che, per la sua età ed educazione, non le era destinato. Attenta e osservatrice, aveva visto nelle strade malfamate e nei tuguri in cui avevano trovato riparo più di quanto Anne-Madeleine Vernet avesse potuto supporre durante la sua malattia, e Louise aveva imparato a usare l'intelligenza e ad aver cura di sé con un innato orgoglio e un'indipendenza che erano stati caratteristici di entrambi i suoi genitori. Era stata questa abilità nello stare in guardia che aveva riportato Louise dopo il funerale alla loro ultima abitazione. Voleva riunire tutto ciò che le sarebbe potuto servire prima che il padrone di casa vendesse ogni cosa per ricuperare gli arretrati dell'affitto. Non c'era gran che, ma, quando aveva abbandonato l'alloggio chiuso a chiave riguadagnando l'esterno attraverso la finestra, portava con sé un vecchio scialle, un piccolo cestino da lavoro, un paio di calze di lana, mezza pagnotta che aveva preso dalla credenza e il coltello da cucina. Aveva venduto lo scialle e le calze, aveva mangiato il pane, e Catherine le aveva gettato via il coltello, ma possedeva ancora il cestino da lavoro. Era servito a lei e alla madre per rammendare la biancheria che aveva costituito il loro unico mezzo di sostentamento dopo che il telaio era stato portato via. Su quel cestino da lavoro Louise pensava che avrebbe costruito la sua vita futura. Ora aveva deciso che grazie a esso sarebbe diventata una cucitrice.

Dopo essersi inumidita i polpastrelli, raccolse tutte le briciole dal tavolo su cui aveva mangiato e se le ficcò in bocca. Calmata la fame, anche se non se l'era tolta del tutto, rivolse la propria attenzione alla scatola che aveva trasportato fin lì per aiutare Catherine e slegò lo spago che tratteneva il coperchio, piena di interesse per il lavoro di cucito che conteneva. Trattenne il respiro alla vista del raso giallo avvolto nella carta velina. Sembrava diffondere luce solare nella stanza rischiarata dalla candela. Dopo aver strofinato le dita sulla gonna per essere sicura che fossero pulite, sollevò con cautela un lembo del raso piegato, e vide che sotto c'erano altri strati di tessuto. Un biglietto si alzò svolazzando. Lo lesse. C'erano numerosi segni e figure, e una frase scritta comunicava che il raso doveva essere ripiegato di un certo numero di millimetri. Un semplice orlo. Anche lei sarebbe stata in grado di farlo. Riflettendo, rimise a posto il coperchio, certa che avrebbe trovato il modo di dimostrare le proprie capacità. Il mattino dopo si sarebbe offerta di cucire, con qualsiasi punto. Se non fosse stata così stanca, incapace di tenere gli occhi aperti, avrebbe cominciato in quel momento.

Slacciatasi il vestito, se lo tolse e poi si voltò verso l'angolo della cucina dove aveva disteso il copriletto. In sottoveste, si coricò tra le sue pieghe con un senso di sollievo, ricoprendosi con esso. Stava già per lasciarsi trasportare dal sonno, quando si sentì rimboccare la coperta intorno al corpo. I piedi nudi di Catherine si allontanarono, e il tintinnio dei bicchieri e di una bottiglia di vino tolti dal ripiano della credenza le fecero capire che venivano portati nell'altra stanza. Attraverso le ciglia, poiché le palpebre erano troppo pesanti da sollevare, Louise scorse di sfuggita Catherine in una visione di pallida carne, giunonica e regale, i lunghi capelli ondulati rosso-tiziano con riflessi dorati ricadenti sulle spalle e lungo la schiena piena di fossette. Poi la porta si richiuse e fu tirato di nuovo il catenaccio. La cucina rimase immersa nelle tenebre, poiché la candela era stata spenta.

Louise si era alzata e vestita e aveva trascorso più di due ore a cucire il raso giallo, quando il giovanotto emerse dalla camera da letto alle prime luci della mattina della domenica, infilandosi un elegante soprabito. Diede una penetrante occhiata alla bambina e, senza una parola, staccò il cappello dall'attaccapanni, davanti a uno specchio se lo calzò un po' inclinato di lato, come era di moda, e si lisciò i capelli. Prima di uscire, si frugò in tasca e tirò fuori una chiave che soppesò per alcuni secondi sul palmo della mano con aria meditabonda prima di lanciarla dentro la credenza. Poi chiuse la porta dietro di sé e i suoi passi svanirono rapidi giù per le scale, come se l'uomo fosse stato all'improvviso impaziente di allontanarsi.

Louise, che aveva rallentato il lavoro per osservarlo con aperta curiosità, mise da parte con cura la stoffa e si diresse verso la porta della camera da letto che era rimasta socchiusa. Catherine giaceva addormentata sulle lenzuola in disordine, con la testa sul cuscino che mostrava un incavo là dove il giovane aveva appoggiato il capo fino a poco prima. Louise chiuse dolcemente la porta e tornò al lavoro.

Era passato da poco mezzogiorno quando Catherine uscì, rosea e assonnata, avvolta in una vestaglia formata da pezze di seta multicolori e guarnita con rimasugli di stoffa. Sbadigliando e stiracchiandosi pigramente, guardò Louise con aria felice.

« Sei ancora qui? Pensavo che te ne fossi andata da un bel po'... » La sua voce ebbe un sussulto di orrore non appena vide come Louise aveva occupato il proprio tempo. « Buon Dio! Che cosa hai fatto? »

Balzò verso di lei e afferrò un pezzo di orlo dopo l'altro, ciascuno a forma di petalo, come Louise aveva scoperto, e si mise a strillare come impazzita, fuori di sé per il panico e la rabbia. Per la seconda volta in meno di ventiquattr'ore si scagliò su Louise come una virago.

« Perversa, vendicativa piccola incosciente! Un pezzetto di questo raso costa più di quanto vale la tua vita! »

Con il volto grigio come la cenere per lo spavento, non comprendendo che cosa avesse fatto di male, Louise riuscì a scansare gli schiaffi. « L'ho fatto per aiutarla. Per contraccambiare. Per dimostrarle che posso lavorare in cambio di quel che ricevo. I miei orli sono perfetti. La mamma lo diceva sempre, e mi sono lavata le mani per non sporcarlo. »

« Ma non deve essere rivoltato in questo modo! » urlò Catherine. « Questo raso giallo non deve avere un banale orlo per abito da ballo. E l'hai rovinato, sgualcendo il tessuto con le tue manacce! » Nel protendersi di nuovo verso Louise, colpì con il largo fianco il bordo della credenza traballante, che oscillò vistosamente. Un paio di piatti scivolarono e caddero sul pavimento, accompagnati dal tintinnio di una chiave. Nel vederla in mezzo ai cocci, Catherine sembrò dimenticare tutto il resto. Portò la mano alla gola che pulsava fortemente, e fu pervasa da una calma innaturale. « Da dove viene questa chiave? » chiese con voce strozzata.

Louise, ansante e tremante per il disastro, rispose debolmente: « L'ha lasciata il signore quando se n'è andato ».

Catherine rovesciò indietro la testa e chiuse gli occhi. Il colore se n'era andato completamente dal suo viso, e parlò rivolgendosi più a se stessa che alla bambina. « Avrei dovuto capirlo. Veniva ormai sempre più raramente, ma io credevo a tutte le scuse che accampava. » La calma svanì ed ella emise un gemito spaventoso, piegandosi su se stessa. Poi, lanciando le braccia al di sopra del capo, cadde in ginocchio sul pavimento. « Non posso sopportarlo. Amo Marcel. Come posso vivere senza di lui? Morirò! Voglio morire, morire, morire. »

Il suo dolore era terribile a vedersi per Louise, molto più sconvolgente della sua rabbia, che pure era stata abbastanza paurosa. Singhiozzando, si dondolava avanti e indietro e tutto il suo autocontrollo era sfumato in un accesso di desolazione, i suoi lamenti salivano dalle profondità del cuore. Con l'istintiva capacità di confortare che hanno i bambini, Louise abbracciò la donna, che si aggrappò ciecamente a lei. Mezzo soffocata e con le spalle del vestito bagnate dalle lacrime della cucitrice, Louise sopportò stoicamente l'abbraccio finché infine Catherine si rilassò abbandonandosi su una sedia.

« Le preparerò un po' di caffè », le disse per consolarla. « Le farà bene. »

Quando l'ebbe versato in una tazza, lo portò a Catherine, che lo prese con mani tremanti e lo sorseggiò riconoscente, tenendo gli occhi chiusi, come se stesse cercando di risalire dall'abisso di disperazione in cui era precipitata. Louise si affrettò a scucire alcuni punti dal pezzo di raso che aveva causato quel terribile scontro tra di loro, e dopo un po' lo portò a Catherine perché lo esaminasse.

« Guardi quel che ho fatto. Non si vede neppure dove c'era il mio orlo. Una passatina con il ferro metterà tutto a posto. »

Catherine osservò il tessuto con gli occhi rossi e gonfi. Era innegabile che, se disfatto nel modo giusto, il raso sarebbe tornato bell'e nuovo come prima. « Non sei per caso una giovane cucitrice? » domandò, non osando quasi credere che si potesse porre riparo a una simile calamità.

« Mi ha insegnato mia madre. »

« Ti ha anche insegnato a leggere i biglietti di istruzione della gente, vero? » C'era una nota tagliente, nella voce di Catherine, che la bambina non colse.

« Sì, è così », rispose Louise con aria innocente. « Mio padre le ha insegnato a leggere e lei l'ha insegnato a me. Come fa a saperlo? »

Catherine si asciugò le ciglia con il dorso della mano e tirò su fortemente col naso mostrando di riprendersi. « Uno dei miei primi uomini, un'anima gentile, ha pagato perché mi insegnassero a leggere e scrivere. Quando viaggiava per affari, sentiva la mia mancanza e voleva che gli scrivessi. »

« Doveva essere simpatico. »

Catherine emise un profondo sospiro reso tremolante dalle lacrime. « Ero davvero innamorata di lui, sebbene la sua età fosse il triplo della mia. Allora avevo un comodo appartamentino sulla rue de Soissons, ma lui morì d'improvviso all'estero, e io fui gettata sul lastrico dagli avvocati di sua moglie. »

« Lei era una cucitrice, allora? »

« Sì, ma lui non voleva che lavorassi. A sua insaputa, dopo qualche tempo presi un po' di lavoro a domicilio; in realtà non avevo bisogno di denaro in più come oggi, cosa che qualche volta mi costringe a portarmi a casa una scatola piena di lavori di cucito, ma volevo solo tenermi in esercizio, e avere una scusa per vedere le altre ragazze. Vedi, mi mancavano la compagnia, le risate, gli scherzi, le burle che noi giovani amiamo. I primi due o tre mesi mi sembrava quasi di impazzire di solitudine. Credimi, non c'è niente di peggio al mondo che starsene sole ad aspettare che l'uomo che ami trovi un ritaglio di tempo nella sua vita per passare con te un'ora o due. » Vide che la sua ascoltatrice la fissava intenta, e cercò di far coraggio alla bambina. « Non essere così sconvolta. Non è detto che sarà così anche per te quando sarai cresciuta. Tieniti lontano dalla cattiva strada, come vorrebbe la tua defunta mamma, e un giorno troverai un bravo giovane che ti sposerà. »

Louise si sentì gelare fino alle ossa per la desolazione che riecheggiava nella voce di Catherine mentre parlava di solitudine; era qualcosa che non aveva nulla a che vedere con una situazione di ordine materiale. Ebbe la sensazione di averla sperimentata fino in fondo in quel cimitero, e che la prova a cui era stata sottoposta avesse lasciato su di lei un gelido marchio che l'avrebbe bollata per il resto della vita. « Non voglio essere mai più sola », disse con voce inespressiva, mentre le tremavano le labbra.

« Be', non lo sarai se le suore della Misericordia ti ospiteranno, o se ti richiederà l'orfanotrofio. Nell'uno o nell'altro posto dovrai lavorare sodo, ma nonostante la tua magrezza sembri abbastanza forte. »

« Perché lei non si è sposata? »

Catherine pensò che era come se la interrogasse una bambina divenuta stranamente adulta. La sua voce argentina sembrava quella di un monello di strada con un viso bizzarro reso ancora più strano dalle ombre che le ricadevano sulla fronte quasi a far risaltare il pallore della sua pelle. Catherine sapeva che in qualsiasi altro momento quelle domande inquisitorie l'avrebbero irritata. Ma ora le faceva bene parlarne, ed emise un altro sospiro, più profondo del precedente. « Gli uomini che avrei voluto sposare o avevano già una moglie o non desideravano accasarsi con me. » I ricordi le fecero aggrottare le sopracciglia in una smorfia amara. « Ho incontrato solo mascalzoni nella mia vita. Mio Dio! Uno è uscito di qui proprio stamattina. » La rabbia cresceva in lei, ridandole colore alle gote, mentre raddrizzava il busto sulla sedia. « Che liberazione! L'inesperienza giovanile mi ha fatto credere che lui mi facesse un favore. *A me!* Ho anche prestato del denaro, che non rivedrò mai più, a quello scaltro demonio. Oh, non gli avrei mai lasciato tenere la mia chiave, se lui non mi si fosse inginocchiato davanti e non mi avesse supplicata. Me ne sarei dovuta infischiare di lui. » Fece un gesto teatrale: « 'Va' al diavolo!' avrei dovuto dirgli. 'Non ho tempo da perdere con te' ». Non aveva ancora finito di pronunciare queste parole, che il suo viso si contrasse e dai suoi occhi azzurro-viola scese un altro fiume di lacrime. « No, non sarei stata davvero capace di fare una cosa simile. Gli avrei comunque aperto stupidamente le braccia chiedendogli di restare con me! »

Louise vide che riprendevano i lamenti e si affrettò a distrarla. « Adesso mi metto a disfare tutti gli orli che ho cucito. »

Con la mente ancora rivolta al suo sleale innamorato, Catherine rispose un po' automaticamente: « Solleva ogni punto con l'ago. Non strappare né tirare i fili del tessuto ».

Louise notò lo sguardo distratto e, da monella scaltra, colse l'occasione che le si presentava. « Lavorerò fino a mezzanotte. Non mi fermerò un attimo, dovessi faticare fino a domani. »

Catherine fece un vago cenno col capo. « Benissimo. Le cose vanno rimesse a posto. » Non accennò alla promessa che aveva fatto e che in quel momento si era rimangiata, e si passò la punta delle dita sulla fronte come per scacciarla. Si voltò verso la stufa. « Hai messo a cuocere qualcosa? » Annusò l'aria, ricordandosi che era passato molto tempo da quando aveva mangiato l'ultima volta. « Sento un buon profumino. »

« Ho preparato una zuppa con gli avanzi che ho trovato nella credenza. » Louise aveva imparato a ricavare una zuppa da ogni sorta di rimasugli e, sebbene le sue conoscenze culinarie si limitassero solo a questo, aveva il dono di saper rendere il piatto saporito utilizzando condimenti, erbe e soffritto di cipolla. Negli ultimi mesi di vita di sua madre aveva dovuto procurarsi il cibo dove poteva, rubandolo dalle bancarelle o elemosinandolo alla porta delle case, e la maggior parte di ciò che otteneva era adatto soltanto per una minestra. Qualche volta aveva dovuto contendere ad altri poveri i doni che riceveva ed era un bene che Anne-Madeleine Vernet non avesse mai saputo che per la sua salute la figlia non risparmiava né i denti né le unghie. Con ansia guardò Catherine andare a sollevare il coperchio della pentola e assaggiarne il contenuto con un cucchiaio. Attese invano un cenno di approvazione.

« Prendi due scodelle dalla credenza », disse Catherine. « Sono certa che sei affamata quanto me. »

Pranzarono insieme con insospettabile cordialità. Prima di sedersi a tavola, Catherine si bagnò gli occhi infiammati, si pettinò e indossò un abito pulito. Di solito a quell'ora andava in chiesa, ma non si era ancora ripresa dallo sconvolgimento che le aveva causato la diserzione dell'innamorato; così si limitò a dire una breve preghiera, che le diede un po' di conforto. Incitata da Louise, parlò del proprio lavoro, classificando la sua datrice di lavoro, Madame Camille, tra le sarte più famose di Parigi. Stava alla pari con le signore Delatour, Vignon e Palmyre; non c'erano maschi in quell'attività, né ci sarebbero stati per molti anni ancora. Spesso il lavoro era banale, perché la maggior parte delle clienti decidevano personalmente come dovevano essere i loro capi di vestiario, e qualche volta, per economia, escludevano la seta negli abiti da portare in casa. Se i loro desideri non venivano soddisfatti, se ne andavano altrove, e a Parigi era tale il numero di sarte che anche quelle dello stesso livello di Madame Camille si contendevano la clientela tenendo i prezzi bassi. Al di sopra del comune lavoro di *confection*, com'era chiamato, si elevavano le più celebri e corteggiate sarte di abiti da ballo e da sposa e di tutti quei bei vestiti che le signore devono possedere per cambiarsi innumerevoli volte in un giorno, oltre alla quantità di sottogonne necessarie per tenere in fuori le voluminose sottane a forma di cupola. Eppure, anche per questi capi elaborati le clienti non volevano spendere grosse somme, e le sarte si lamentavano. Non c'era quindi la possibilità di far grandi fortune, e la *grisette* che cuciva per un'intera vita era fortunata se riusciva a guadagnare abbastanza per campare.

« Lavoriamo dodici ore al giorno », diceva Catherine tra un cucchiaio di zuppa e l'altro. « Questo quando gli affari vanno normalmente. Nelle stagioni in cui c'è crisi, possiamo essere licenziate di punto in bianco, ed è dura, soprattutto per chi ha una famiglia da mantenere. Poi ci sono le volte in cui siamo così indaffarate da non riuscire a pensare, e dobbiamo lavorare tutta la notte. Ci sono clienti che sono vere e proprie streghe le quali, per una grande occasione, ordinano il vestito solo il giorno prima, perché nessuno possa scoprire che cosa indosseranno. Odio questo genere di donne, perché non pensano mai alla gente come noi che deve cucire fino all'alba alla luce della lampada per consegnare loro l'abito in tempo. » Sospirò. « Riceviamo un miserabile compenso per quelle ore di straordinario in aggiunta alla nostra paga normale, ma non bisogna lamentarsi se non si vuole essere cacciate via a pedate per sempre. » Proseguì con le lamentele. « Inoltre, dovremmo avere più spazio nei laboratori. Fa caldo, e le lampade a olio sopra la testa ci fanno mancare l'aria, ma nello stesso tempo il freddo che sale dal pavimento ci avvolge le cosce; per questo ognuna di noi ha davanti alla sedia la propria assicella per poggiare i piedi. » Piegò il capo orgogliosamente. « Altre lavoratrici in condizioni del genere si infilerebbero gli zoccoli; una cucitrice no. Non vorremmo essere viste con indosso quelle calzature neppure da morte. Una *grisette*, sia che si tratti di una cucitrice come me o di una modista o di una ragazza che fabbrica fiori artificiali o che fa qualsiasi altro lavoro delicato, ha la propria reputazione da salvare. Ci teniamo a indossare graziose cuffie, un grembiule di pura seta, e a far girare la testa agli uomini di Parigi quando usciamo. » Un lieve sorriso di compiacimento si disegnò sulla sua bocca. Sapeva che, nonostante le sue forme rotondeggianti, camminava con la leggerezza di una piuma e ovunque andasse gli sguardi degli uomini si posavano su di lei. E in quelle occhiate c'era anche del rispetto. Le cucitrici non erano prostitute. Molte di loro si sposavano vergini e altre avevano l'innamorato, ma la loro posizione nella società era senza uguali, e Catherine sapeva che, a quanto si diceva, erano le *grisettes* che facevano di Parigi una città da vedere. In quel momento i suoi pensieri si arrestarono e lei raccolse un'altra cucchiaiata di zuppa. « Mi piace il lavoro che faccio, non ha importanza se le cose non sono tutte come dovrebbero essere. Non vorrei farne un altro. E neppure le mie compagne. Consacrate, ecco che cosa siamo. Credo che cucire graziosi capi di vestiario sia quasi altrettanto bello che indossarli. »

Louise era rimasta sorda alla descrizione di Catherine dei lati più tetri del mestiere di cucitrice. A parer suo, quella vita era un libro di fiabe illustrate. Riusciva a immaginare le meravigliose sfumature delle stoffe che venivano lavorate, lo scintillio e lo splendore dei lustrini e delle perle inserite negli ornamenti che Catherine le aveva descritto, e le cascate di merletti, di nastri e di piume che venivano aggiunti come tocco finale ai deliziosi abiti. Si raffigurava le stanze da lavoro come un susseguirsi di caverne ricolme di tesori, la cui immagine la abbagliava.

« Vorrei indossare quei bei vestiti », esclamò con aria sognante.

« *Volerlo* e potterselo permettere sono due cose diverse, come dovresti avere già scoperto nonostante la tua giovane età. Solo i ricchi possono fare quello che vogliono in questa vita. »

Louise la fissò con occhi estasiati. « Allora diventerò ricca. Un giorno mi vestirò come la regina di Francia. »

« Uh! » Catherine sbuffò con aria di scherno. « Farai meglio a rivolgere le tue mire in qualche altra direzione. La regina Marie-Amélie non ha gusto nel vestire. Lei e Madame Adélaïde, sua cognata, indossano abiti terribilmente tetri. Distribuiscono le loro ordinazioni tra le sarte più in vista, e io ho cucito il loro corredo molte volte. »

« Allora la colpa deve essere di Madame Camille e delle altre grandi sarte. » La cosa sembrava logica alla bambina.

Catherine aggrottò le sopracciglia. « Sì e no. A parer mio tu stai diventando un po' troppo sfrontata. Alla tua mamma non sarebbe piaciuto sentirti parlare con tale libertà. »

Provava un grande rispetto per la defunta Madame Vernet, una donna onesta, grande lavoratrice, che non si meritava una sepoltura nel cimitero dei poveri. Da quando la bimba della tessitrice era sotto il suo tetto, si occupava di lei come avrebbe desiderato sua madre. Un pensiero le attraversò la mente. « Come mai nessuno della famiglia di tua madre l'ha aiutata quando lei era in stato di necessità? »

« Non aveva più alcuno dei suoi, ed era troppo orgogliosa per chiedere qualcosa alla famiglia Vernet. Sa, la mamma non li aveva mai conosciuti. Era una tessitrice in seta della città di Lione quando ha incontrato mio padre e l'ha sposato. C'è stata qualche noia al riguardo, ma non mi hanno mai spiegato di che cosa si sia trattato. Poi, prima che io nascessi, lui è morto di tubercolosi, come la mamma pochi giorni fa. »

« Uhm! » Catherine la scrutò con improvviso interesse attraverso la tavola. « Tu non hai la tosse, vero? »

« No. Solamente male allo stomaco quando ho fame. »

« Allora, va tutto bene. » Catherine si sentì sollevata. « Madame Camille si sbarazza di chiunque abbia una tosse persistente, e non vorrei che capitasse anche a me, se mi prendo qualcosa per colpa tua. »

Terminato il pranzo, Louise lavò i piatti mentre Catherine esaminava le pezze di raso della scatola. Diede una mano alla bambina a disfare l'orlo, senza accorgersi che la sua collaborazione non era ben accolta. Quando arrivò la sera, tutte le pezze, fuorché quella che teneva in mano Louise, erano disfatte. Catherine scaldò un paio di ferri da stiro sulla stufa e spianò con cura tutto il tessuto. Poi sedette di nuovo e con le agili dita cominciò a fissare gli orli come avrebbero dovuto esserlo fin dall'inizio. Il lato opaco del raso era quello giusto, quello che andava sopra, mentre per ogni pezzo la superficie lucente veniva ripiegata a formare un bel bordino a forma di petalo e veniva fissata con un punto festone. Alzando un attimo lo sguardo, Catherine vide che Louise osservava affascinata quel che stava facendo. Assieme al genuino interesse che aveva dimostrato a tavola per le sue parole, quell'espressione incantata era un balsamo per Catherine nella desolazione in cui si trovava, perché la faceva sentire ancora una persona importante. Si rese conto che la presenza della bambina le aveva permesso di superare con più facilità quella terribile giornata. Se non avesse avuto nessuno a cui pensare e con cui parlare, sarebbe stata distesa per ore sul letto, immersa in un ottuso dolore. Volle spiegare a Louise per quale ragione il raso dovesse essere preparato in quel modo.

« Tutte queste strisce separate saranno applicate a strati su una gonna, che dovrà sembrare una grande rosa capovolta, ma prima ogni petalo deve essere lavorato in questo modo », disse protendendosi verso la bambina perché lei potesse vedere meglio, « e poi così. » L'ago prese l'ordito in tre e poi quattro punti diversi, fissandolo a mo' di minuscola parte di un arabesco riproducente foglie rampicanti.

Louise rimase senza fiato per lo stupore. « Com'è abile! Non mi stupisco di avere sbagliato. » Chinò di nuovo la testa riprendendo a scucire con cura il pezzo finale. Fu allora che Catherine capì che la bambina stava tirando il lavoro per le lunghe e che lo faceva con premeditazione. A voce alta espresse la preoccupazione d'essere stata raggirata.

« Che cosa farai se non riuscirai a entrare in un orfanotrofio? »

Louise la guardò con un visino serio. « Potrei tornare qui e cucire per lei. »

« Per me? »

« Potrei fare altro lavoro a domicilio. Ha visto che so cucire. Basterebbero semplici cuciture che io sia in grado di fare, e lei potrebbe tenersi i soldi del lavoro. »

Catherine la fissò. « La tua è una bella impudenza! Se qualcuno venisse a sapere che gli straordinari che porto a casa passano per altre mani, ne andrebbe di mezzo il mio impiego da Madame Camille. » Si batté il petto con importanza. « Io sono una privilegiata sotto questo profilo. Non a tutte le cucitrici è permesso di guadagnarsi qualcosa extra. »

Louise scrollò le spalle striminzite, cambiando argomento. « Non ha nulla di cui preoccuparsi. Può controllare ogni punto che faccio. Tutto quello che chiedo in cambio è che lei mi lasci vivere qui fino a quando potrò offrirmi come apprendista a Madame Camille. »

Catherine rise rovesciando indietro il capo. « Non potrai neppure raccogliere gli spilli in un laboratorio di sartoria fino a quando non avrai compiuto almeno quattordici anni. Neppure io ho cominciato con Madame Camille. Ho fatto tirocinio altrove e ho acquistato un po' di esperienza. »

Louise non si scoraggiò. « Allora ciò significa che ho davanti a me molto tempo per far pratica. Nel frattempo, le terrò la casa pulita, raccoglierò la legna per il fuoco nel Bois, andrò a prendere l'acqua alla fontanella più vicina, e cucinerò i suoi pasti. Inoltre, sarò ai suoi ordini ogni volta che vorrà mandarmi a eseguire qualche commissione. Insomma, tutto ciò che ero solita fare per mia madre quando era ammalata. Non desidero altro che diventare un giorno una cucitrice come lei. »

Il tenero cuore di Catherine non riuscì a indurirsi di fronte a quell'appello lusinghiero. Del resto le condizioni erano tutte a suo vantaggio. Avrebbe sempre potuto portare a casa fronzoli da applicare alle sottogonne da orlare e da inamidare, oltre a tutti i lavoretti semplici che di solito lasciava perdere, perché preferiva lavori più complicati che venivano pagati meglio. Avrebbe fatto in modo che nessuno sapesse che non eseguiva il lavoro personalmente e non avrebbe lasciato passare nulla che non fosse stato portato a termine alla perfezione. Ma quel che l'allettava, più della tentazione di qualche franco extra che le agevolasse la sua vita frugale, era il pensiero di essere sollevata dalle quotidiane faccende domestiche, che da sempre faticava a svolgere dopo il lavoro impegnativo da Madame Camille. Decise che non poteva arrecarle alcun danno fare una prova accettando la sistemazione proposta.

« Si vedrà », disse prudentemente. « Nel frattempo, non è necessario che tu te ne vada domani. »

Louise trasse un lungo sospiro di gratitudine. Catherine frugò nella memoria cercando di ricordare qualcosa che era accaduto nel passato. Alla fine le venne in mente. Una volta era stata mossa a pietà da un gatto randagio, ma in seguito aveva avuto il sospetto che fosse stato il gatto a scegliere la sua casa per abitarvi. Comunque si era affezionata a quel gatto. Non c'era ragione perché non potesse affezionarsi allo stesso modo alla figlia della tessitrice.

II

Non era nelle intenzioni di Catherine sfruttare la buona volontà di Louise mettendola a lavorare. Solo che, ancora scossa per la slealtà di Marcel, accettò senza pensarci troppo il tempo libero che si trovava a disposizione. Ora al mercato poteva andarci solo quando le era comodo; non doveva più trasportare secchi d'acqua o pulire i pavimenti o mondare la verdura; i suoi indumenti venivano lavati, stirati e riposti ordinatamente; le sue scarpe erano lucidate ogni giorno e trovava sempre il letto rifatto. In aggiunta, c'era il denaro in più che fruttava il lavoro a domicilio di Louise. La bambina si era allenata a cucire a gran velocità quando aveva diviso con la madre il lavoro di rammendo, e il denaro ricevuto per quei lavoretti malpagati si accumulava molto più rapidamente di quanto Catherine avesse previsto.

Louise si trovava da due mesi nel nuovo alloggio, quando una notte Catherine, svegliatasi, vide filtrare la luce della candela sotto la porta. Pensando che Louise si fosse addormentata senza spegnerla, si alzò per smorzare il lucignolo giacché bisognava fare economia. Fu sorpresa da quel che vide. Invece di essere distesa nel suo angolo, avvolta nel copriletto, Louise sedeva al tavolo, ancora vestita, addormentata sopra il cucito. Costernata, Catherine si rese conto della gran quantità di lavoro che la bambina aveva eseguito, grazie anche alla velocità con cui muoveva l'ago. Mise da parte gli assurdi rimpianti per il suo perduto amore e tornò in sé. Scosse delicatamente le spalle di Louise.

« Svegliati », le disse dolcemente, sorridendo agli occhi colmi di sonno che si volgevano verso di lei. « Non puoi restare seduta su questa sedia tutta la notte. Neppure il pavimento deve essere confortevole. Domani vedrò di comprarti una brandina al mercato. »

Louise seppe allora che non doveva più temere. Catherine non l'avrebbe mandata via. Solo una nube oscurava il suo orizzonte. Aveva scoperto, mentre parlavano della vita delle cucitrici, che per poter far pratica in sartorie di una certa importanza bisognava pagare una determinata somma. Catherine non avrebbe mai ottenuto un posto di apprendista se a quell'epoca non fosse ancora stata viva sua madre che gliene aveva procurato uno per un prezzo molto al di sotto della tariffa corrente. La signora Allard era riuscita a sistemare la giovane figlia presso un'abile sarta di provincia che aveva deciso di aprire una modesta sartoria a Parigi. La sfortunata donna, non conoscendo le usanze della capitale, aveva ricevuto colpi crudeli da ogni parte, persino dalla madre di Catherine, che aveva approfittato della sua ignoranza al riguardo per versarle una quota irrisoria. Alla fine, la piccola azienda aveva dovuto chiudere i battenti per bancarotta, ma, fortunatamente per Catherine, non prima che lei avesse terminato di fare il proprio tirocinio. Nella speranza che il fato avesse in serbo per lei un colpo di fortuna del genere, Louise ignorò ogni allusione ai bugigattoli che accoglievano coloro che non avevano fatto apprendistato di cucito, e si dedicò completamente al proprio ago. Scoprì così che Catherine era un'insegnante paziente e piena di interesse, più che dispostissima a trasmetterle le proprie eccezionali abilità. E, a ogni progresso della bambina, Catherine passava a un grado successivo.

Lentamente i loro rapporti si rafforzarono in un vincolo simile a quello che colma ogni divario tra due sorelle fra le quali vi sia una grande differenza d'età. A Catherine piaceva il cameratismo, ed era troppo loquace e socievole per starsene da sola. Louise, con l'adattabilità della bambina intelligente, si sentiva completamente a suo agio in quell'ambiente.

Trascorse più di un anno. In quel lasso di tempo Louise osservò con quanta facilità e imprudenza Catherine si innamorasse. Era evidente che la giovane donna cercava un uomo che potesse offrirle la duratura devozione che la sua indole affettuosa desiderava ardentemente. Louise cominciò a capire che la maggior parte dei guai di Catherine derivavano dalla sua incapacità di giudicare la condotta dell'altro sesso; l'amore la rendeva cieca di fronte a difetti e imperfezioni.

Louise aveva cominciato a svilupparsi fisicamente, e Catherine accennò al fatto che vi era uno stretto spazio sotto lo spiovente che poteva essere trasformato in una camera da letto per lei, ricevendo luce da una finestra che si apriva proprio su quel lato. Ma, per quanto modesto fosse quel progetto, avrebbe richiesto più denaro di quanto loro due avevano risparmiato: così non fu possibile combinare nulla. Fu invece montata intorno alla brandina una tenda rattoppata e scolorita che offriva un certo grado di intimità, e Louise non ebbe rimpianti.

All'infuori delle stagionali carenze di lavoro, che esponevano Catherine a periodici licenziamenti per mancanza di ordinazioni, o dei momenti di superlavoro che la riducevano sull'orlo dell'esaurimento, niente oltre agli uomini turbava la vita della soffitta. Catherine e Louise amministravano insieme i loro scarsi guadagni. C'erano poche occasioni di festa, ma Catherine aveva un'indole infantile quando si trattava di divertirsi e sceglieva ogni occasione per festeggiare, decorando la stanza con grandi quantità di carta fiorata che conservava in una scatola, e sulla tavola c'era sempre una bottiglia di vino a buon mercato comprato in drogheria, che nel bicchiere di Louise veniva abbondantemente allungato. Nonostante la sua instabilità emotiva e il suo comportamento spesso sconsiderato, Catherine era ben decisa a occuparsi di Louise. Aveva un forte istinto materno e, se fosse stato esaudito il suo desiderio di maritarsi, si sarebbe trovata a suo agio con una numerosa famiglia a cui badare.

Ogni domenica si recavano in chiesa insieme. Catherine era una devota praticante, e dimostrava una genuina religiosità, che altri avrebbero potuto trovare incongrua se rapportata alla sua opinabile moralità; ma Louise non era di quest'opinione. Comprendeva che Catherine era ammaliata dall'amore e che, quando era innamorata, si dava senza risparmio, con tutto il cuore. Non avrebbe dunque dovuto esser grata della bontà d'animo di Catherine che, vedendola senza casa e affamata nel cimitero dei poveri, l'aveva accolta nel suo alloggio? Se Louise aveva motivo di lagnarsi, questo riguardava il fatto che Catherine si preoccupava troppo di ciò che la defunta Anne-Madeleine Vernet avrebbe desiderato per la sua unica figlia. Ogni volta che la rimproverava aspramente o che le affibbiava uno schiaffo per il suo cattivo comportamento o perché era tornata a casa tardi da una commissione, Catherine veniva tormentata dall'ansia. Spesso Louise pensava che, se fosse stata una novizia in un convento, non sarebbe stata meglio protetta o tenuta in riga.

Dopo la messa, con qualunque tempo, andavano a fare una passeggiata, mescolandosi con la folla che trasformava ogni domenica parigina in un'allegra fuga dalle lunghe e pesanti fatiche della settimana. A volte regnava un'atmosfera carnevalesca, e la gente si sentiva sempre in diritto di appropriarsi della città: le guardie che stavano ai cancelli del palazzo delle Tuileries non vietavano a nessuno l'ingresso ai giardini reali a meno che qualche uomo fosse tanto folle da indossare un camiciotto da lavoro invece degli abiti migliori o che esponenti di entrambi i sessi si comportassero da ubriachi. Quelle passeggiate domenicali mettevano sempre Catherine di buonumore, anche quando un legame amoroso che stava per spezzarsi la angustiava; secondo lei, almeno per un giorno alla settimana bisognava mettere da parte ogni fastidio: così chiacchierava con Louise senza mai stancarsi e non si fermava neppure per respirare. Spesso incontravano qualche amica di Catherine o qualche sua compagna di lavoro, e allora si scambiavano battute, risate e pettegolezzi, che il più delle volte Louise non capiva. Per questo cercava di ascoltare, osservare e imparare tutto ciò che le era possibile ovunque si trovasse. Quando erano seduti sull'erba dei giardini del palazzo del Lussemburgo o passeggiavano lentamente in gruppo lungo la Senna, gli uomini parlavano invariabilmente di politica, argomento che le donne scansavano; ma Catherine, cresciuta alle Halles, aveva idee precise e non esitava a intervenire, provocando così animate discussioni. Il risultato fu che Louise, in un'età molto precoce, imparò a conoscere le incoerenze della politica, a soppesare tutto ciò che udiva. E qualche volta, quando era fuori per una commissione, si fermava per la strada, davanti al palco degli oratori che chiedevano regolarmente qualche riforma politica. A volte pensava che avrebbe potuto affrontare meglio ogni genere di argomenti se avesse frequentato una scuola regolare. La sua sola istruzione era consistita in un periodo di sedici settimane di scuola durante le quali Catherine aveva avuto un innamorato che le aveva offerto un'indennità tale da permetterle di rinunciare al lavoro a domicilio di Louise. Il primo giorno la bambina si era presentata alla scuola gratuita con un grembiule pulito, un bel paio di stivaletti di seconda mano e un abito ricavato da uno di quelli di Catherine. Louise non aveva perduto un solo minuto di lezione, avida di imparare, e il giorno in cui tutto finì si sentì abbattuta quanto Catherine: l'uomo, un tipo gentile e compiacente, era stato condannato a una lunga detenzione per appropriazione indebita. In seguito, quando si fu ripresa dal colpo, Catherine pensò che, in precedenza, avrebbe dovuto convincerlo a darle un piccolo extra per sistemare la stanza per Louise sotto lo spiovente; ma ormai era troppo tardi.

Se durante le loro passeggiate domenicali non riuscivano ad aggregarsi ad altra gente, c'erano comunque mille cose da vedere e da fare, soprattutto se si trattava di una bella giornata. Il Bois de Boulogne costituiva una splendida cornice frondosa per i purosangue e i loro cavalieri, mentre lungo i viali vi era un continuo andirivieni di eleganti carrozze su cui troneggiavano ombrellini e cappelli a cilindro. Nei luoghi più in vista, la gente passeggiava con indosso gli abiti migliori, e Catherine e Louise si trovavano tra costoro. Sotto gli alberi che costeggiavano i viali si riunivano ogni sorta di artisti di strada, saltimbanchi e prestidigitatori, cantastorie, indovini, uomini forzuti che spezzavano le catene, altri con gli orsi che ballano o con le scimmie e i cani ammaestrati. A Louise piacevano più di tutto gli attori tragici, e seguiva rapita la recitazione di brevi pezzi di pregnante drammaticità. Catherine, che aveva un grande rispetto per le esibizioni artistiche, cercava sempre di mettere da parte almeno un soldo del suo salario per le uscite domenicali: era così in grado di lasciar cadere il proprio obolo in almeno uno dei cappelli che venivano agitati sotto i loro nasi mentre si spostavano da una fonte di divertimento all'altra, infilandosi tra gli spettatori.

Qualche volta riuscivano a intravedere il re Luigi Filippo mentre sul cocchio reale si recava al gioco delle bocce. Alcuni facevano cenni e applaudivano il monarca costituzionale del paese; ma egli non era una figura popolare, e con il passare degli anni era diventato lo zimbello del popolo, disprezzato da tutti. I libellisti, fortemente caustici, lo rappresentavano come un'oscura figura, simile più a un bottegaio di provincia che a un personaggio regale, con in mano un ombrello di esagerate proporzioni che voleva stigmatizzare la sua mancanza di interesse per tutto quello che riguardava l'arte militare. Ciò si accordava con l'ottusità borghese a cui egli aveva degradato i simboli della regalità, che avevano perso lo splendore dei giorni dell'impero: per suo ordine erano stati tolti persino i gigli reali dai fianchi delle sue carrozze. Molti francesi, che bramavano di veder tornare la Francia all'apogeo del potere e della gloria, avrebbero preferito che vi fosse una spada al posto di quell'ombrello. Si discutevano e si progettavano trame e complotti, e ogni tanto avveniva qualche tentativo di assassinio. Ma il re continuava a compiere i propri doveri senza preoccuparsi della sua sicurezza personale, lasciando questo compito, che considerava inutile, a sua moglie e a sua sorella, le quali si facevano un dovere di sedere al suo fianco in carrozza per proteggerlo dalle pallottole di un eventuale assassino. L'unico interesse di Luigi Filippo era restaurare Parigi, trascurata per decenni, e ciò rappresentava un'impresa enorme: la città ebbe da lui una serie interminabile di abbellimenti, come il rifacimento del lastricato di alcune vie e l'ampliamento di vari boulevard centrali. Fedele alla leggenda napoleonica, per lui completamente avulsa dal militarismo dominante a favore di Bonaparte, Luigi Filippo aveva visto il corpo dell'imperatore riportato in patria da Sant'Elena e aveva ripristinato la statua del grand'uomo sulla colonna di place Vendôme. Spesso si riunivano là intorno ex soldati nell'anniversario della battaglia di Austerlitz o di altre splendide vittorie. Queste alla fine erano state celebrate con bassorilievi sulle pietre dell'Arco di Trionfo al completamento della costruzione. Catherine ogni anno aggiungeva la propria corona di alloro alle altre che ornavano la balaustra alla base della statua dell'imperatore, non tanto per un tributo al passato, quanto per una speranza nel futuro. Molti pensavano che il principe Luigi Napoleone Bonaparte, che era in esilio in Inghilterra, fosse addirittura il figlio dell'imperatore e non il nipote, e Catherine apparteneva alla schiera di coloro i quali ritenevano che la Francia non sarebbe più stata la Francia se un Bonaparte non ne avesse tenuto di nuovo le redini.

Così, per principio, non girava neppure il capo quando il re passava a cavallo accanto a lei. Neppure se la regina e la sorella del re fossero state sole nella carrozza reale con i loro cappelli ricoperti di pennacchi svolazzanti, le avrebbe degnate di uno sguardo, sapendo che sotto il profilo della moda non erano uno spettacolo interessante. Per Marie Duplessis, la famosa cortigiana, la faccenda era diversa, perché si vestiva da Madame Camille e con molto più stile. Ma le apparizioni della giovane bellezza dai capelli corvini erano sempre più rare ora che la sua salute andava peggiorando: ella viveva senza sfarzo e senza esibizioni, secondo i modelli di comportamento degli ambienti vicini alla corte reale, che era molto cambiata da quando vi aveva esteso la sua influenza l'imperatrice Giuseppina.

Un'uscita domenicale non era mai completa per Catherine se non era accompagnata da un'occhiata ai negozi. Le piaceva soprattutto camminare in rue de Richelieu, dove avevano sede le maggiori case di moda. Un tempo, gli abiti dell'imperatrice Giuseppina venivano confezionati in rue de Richelieu, e la tradizione di raffinatezza che aveva reso quelle sartorie le più grandi del mondo si reggeva ancora su solide basi. Sebbene l'andirivieni dei passanti ostacolasse la visione, Catherine e Louise, l'una accanto all'altra, riuscivano a gettare un'occhiata attraverso le vetrine agli abiti e ai fronzoli per comprare i quali non bastava il salario dell'intera vita di una *grisette*. Al numero 87 si potevano vedere i cappellini creati da Pinaud, con piume che fluttuavano a ogni soffio di vento, con mazzi di rose e nastri di tutte le tonalità esistenti in un giardino fiorito, con la tesa ricoperta di trine delicate. Al numero 104 Lachuitt vendeva pellicce di incredibile magnificenza: cincillà, ermellini, linci, rat-musqué e zibellino siberiano, che destavano sempre in Catherine un'inebriante invidia e brividi di delizia al pensiero di sentire la loro morbidezza contro la propria pelle. Nell'elegante edificio di Verdier, il famoso fabbricante di bastoni, ombrellini con le ghiere di corallo, di giada per armonizzarle con manici di avorio scolpito, erano appesi con corde di seta al soffitto e sembravano farfalle dalle grandi ali. La Casa di Caravanne faceva onore al suo nome per la profusione di broccati del colore delle pietre preziose e di sete e mussoline provenienti da lontane località quali l'India, la Cina e il Giappone. Ma Catherine, che era abituata a cucire tessuti del genere nel suo lavoro quotidiano, passava oltre, dopo una rapida occhiata. Audot, l'orefice, era il suo negozio preferito, perché era specializzato nella lavorazione di astucci che contenevano bottigliette dorate e scatole portaciondoli, mentre Fossin, gioielliere di re, principi e papi, esponeva preziose argenterie che scintillavano su cuscini di velluto nell'oscurità dei locali di vendita protetti da cancellate. Uno degli ingressi più imponenti era quello della Casa Gagelin, che forniva i tessuti alle principali sartorie, tra cui quella di Madame Delatour, chc aveva sede nell'edificio accanto. La casa di mode di Madame Camille non era molto distante da lì. Dalla sua elegante facciata non si sarebbe mai detto che sul retro dell'edificio era arroccato il laboratorio in cui le lavoranti cucivano abiti stravaganti con la vista di un tetro vicolo nei cui rigagnoli pieni di rifiuti scorrazzavano i topi.

Catherine e Louise, la prima domenica di aprile, per festeggiare il dodicesimo compleanno della bambina, avevano progettato di fare una passeggiata in rue de Richelieu, quando un diluvio le costrinse a correre a precipizio verso il Louvre per trovarvi riparo. Catherine, che era sempre intimidita dalla folla di bianche statue e dai cupi dipinti, scosse le gocce di pioggia dallo scialle e indietreggiò guardando meravigliata il bassorilievo di un grande sepolcro, senza accorgersi dell'uomo immediatamente dietro di lei che si era rifugiato lì a causa della pioggia. Questi avrebbe potuto evitare la collisione se avesse voluto, ma stava guardando Catherine da sotto la tesa del cappello fin da quando era entrata in quel luogo e colse l'occasione per fare la sua conoscenza.

« Oh! Mi scusi », esclamò lei subito, senza sapere chi aveva urtato e sentendo che una mano salda la sosteneva per il gomito. Voltandosi, vide un uomo tarchiato di media altezza dal viso squadrato, con occhi maliziosi, la bocca atteggiata in un ammiccante sorriso, e modi seducenti. La civetteria che era in lei si risvegliò di colpo e la ragazza aderì a quell'evidente invito al flirt.

« Chi stava occupando la maggior parte dello spazio? » lo provocò lei furbescamente. « Lei o io? »

« Non lei, signorina. La colpa è tutta mia. Dovevo accorgermi che lei era assorta nella contemplazione di quel capolavoro. Evidentemente le piacciono molto queste cose. » Con un largo gesto indicò i tesori intorno a loro. « Forse potrei farmi perdonare, se le spiegassi il valore che hanno per me tutte queste sculture. » Riprese fiato dopo aver improvvisato tale giustificazione. « Le chiedo ancora scusa. Non mi sono presentato. Sono Henri Berrichon e mi trovo a Parigi da poco tempo. Da appena tre mesi, per l'esattezza. E lei, signorina? »

Ci furono le presentazioni. Louise si aspettava d'essere ignorata, perché aveva osservato che gli uomini attratti dai sorrisi di Catherine raramente avevano occhi per qualcun altro; ma lui s'inchinò e s'informò della sua salute, rivelandosi nell'insieme un uomo molto simpatico. Nella conversazione che seguì, né lui né Catherine ritornarono più sull'argomento del bassorilievo sepolcrale o di qualsiasi altra cosa relativa al

Louvre: mostravano solo un grande interesse l'uno per l'altra, e il pretesto che era stato usato allo scopo di conoscersi fu subito accantonato. In men che non si dica si ritrovarono tutti e tre a bere una cioccolata calda, un lusso incredibile per Louise, in un caffè del boulevard des Italiens. Il sole aveva fatto di nuovo capolino e sulla città era comparso l'arcobaleno. Sul bordo a festoni della tenda, sotto alla quale sedevano a uno dei tavolinetti rotondi, tra i gelsi piantati nei vasi a forma di palla, le ultime gocce di pioggia luccicavano cadendo a terra. Ecco che cosa significa essere ricchi, pensò Louise, gustando con la lingua la cioccolata calda. Quando fosse diventata ricca e si fosse vestita come la regina di Francia, avrebbe bevuto cioccolata tre, no, quattro! volte al giorno. *Mmmm!* Bevve le ultime gocce producendo un rumore di risucchio che le guadagnò la riprovazione di Catherine. La giovane donna le affibbiò un calcio alla caviglia sotto al tavolo, mentre continuava a rivolgere le sue attenzioni a Henri Berrichon, sorridendo.

Quando ebbero lasciato il caffè, lui, avendo saputo che era il compleanno di Louise, le comprò un sacchetto di caramelle in una bancarella. Subito dopo, acquistò un mazzolino di violette da un fioraio ambulante per Catherine, dicendo che armonizzavano con i suoi occhi. Alla fine di quell'importante domenica, Catherine era di nuovo innamorata.

Henri Berrichon era un commerciante di cavalli e, poiché il denaro gli passava facilmente per le mani, era di buon carattere e talmente generoso da apparire stravagante. Provava un gran piacere nel coprire Catherine di piccoli doni. Neppure Louise veniva dimenticata: ora riceveva un nastro per i capelli, ora un fazzoletto ornato di pizzo e, una volta, avendo sentito che le piaceva leggere, lui le offrì un libro con la copertina di pelle trovato in una bancarella del mercato. Aveva un sottile senso dell'umorismo e lo accompagnava con sonore risate. Le faceva morire dal ridere con le sue continue battute di spirito che rendevano felice Catherine: nulla piaceva di più alla ragazza di un'atmosfera allegra. Non ci volle molto a Louise per capire che i sentimenti di Catherine erano interamente ricambiati da Henri. Quando osservava Catherine, negli occhi dell'uomo c'era una luce calda, tenera e piena d'amore che Louise non aveva mai visto negli occhi di nessun altro individuo che avesse assicurato all'amica d'amarla. Troppo spesso si era trattato di uno sguardo ardente, a volte spaventoso, simile a quello di una persona affamata davanti a una vetrina piena di ghiottonerie. Con il passare del tempo, quello sguardo si tramutava in occhiate piene di tedio che preannunciavano la fine della storia. Con Henri, Louise era certa che le cose sarebbero andate diversamente.

Con sua grande gioia, quando Henri portava a passeggio Catherine alla domenica, lei era sempre invitata, e l'estate fu piena di picnic, di allegre corse in omnibus e di gite in barca sulla Senna. Spesso pranzavano nelle *guinguettes*, dove l'aria afosa era carica dei profumi delle pietanze. I tre elementi dell'orchestra suonavano senza sosta per accompagnare il cantante, e tutti si lanciavano con ardore nelle danze. Alle volte, al ritorno da una gita, se si trovavano nei paraggi di casa, Henri si precipitava in una rosticceria; attraverso la vetrina unta, Catherine e Louise lo vedevano scegliere il pollo più bello tra quelli bruno-dorati che sfrigolavano negli spiedi sopra il fuoco sfavillante. E quando egli usciva con il proprio acquisto tornavano a casa tutti insieme di corsa per godersi una succulenta cenetta. Indipendentemente da tutta la gioia che Henri aveva portato nelle loro vite, ciò che rendeva più felice Louise era il vedere come stavano bene insieme lui e Catherine. Pensava che non aveva mai contemplato nulla di più commovente della beatitudine con cui si tenevano le mani, del modo affettuoso con cui si abbracciavano e del viso perennemente radioso di Catherine. Ma quella radiosità era solo il debole lume di una candela in confronto alla vivida luce che illuminò Catherine quando Henri le propose di diventare sua moglie. Lei accettò. Sopraffatta dall'emozione, prese Louise tra le braccia e pianse di gioia.

Dopo l'ultima fiera di cavalli dell'autunno, avvenimento che segnò l'inizio della stasi invernale nel lavoro di Henri, quella di restare a vivere insieme nella soffitta parve una sensata decisione. Lui diede una mano di calce all'intero alloggio e comprò assi e cemento per costruire la tanto sospirata stanza sotto lo spiovente. La fece molto più larga di quanto l'avesse sognata Catherine, e fabbricò anche un bel letto ampio. Così la ragazza decise che quella sarebbe stata la loro stanza, mentre Louise, quando fosse venuto il momento, avrebbe occupato la sua, che era più piccola. Sebbene Catherine e Henri fossero amanti da parecchio tempo, con la sua indole romantica e quella sua vena stranamente puritana la ragazza non volle entrare nella nuova camera con lui senza l'anello al dito. « Voglio sentirmi una sposa », gli aveva detto timidamente. Henri le diede ragione e la baciò appassionatamente.

L'abito di nozze fu confezionato con una pezza di seta color ruggine che Henri le aveva comprato e fu disteso con le sue pieghe luccicanti su una sedia con accanto il più grazioso cappellino che lei avesse mai posseduto. Una sera si udì bussare violentemente alla porta della soffitta. Catherine, ricomponendosi un ricciolo ribelle con una mano, andò ad aprire e vide sulla soglia una donna scura in viso.

« Sì? » disse Catherine, pensando che non aveva mai visto un volto così arcigno.

La donna la guardò sprezzantemente dall'alto al basso, prima di parlare. « Così lei è l'ultima », osservò con sarcasmo in un dialetto di Rouen. « Dov'è mio marito? Sono la signora Berrichon. »

Era saltata fuori la verità. Catherine si lasciò andare su una sedia, completamente stordita e in preda a un tremito che le squassava tutto il corpo, dal mento fino alle dita. Non riuscì a pronunciare una sola parola. Henri Berrichon aveva trascorso sei anni nella condizione di bigamo prima che sua moglie lo rintracciasse bussando alla porta di Catherine. Sebbene Madame Berrichon avesse atteso il suo ritorno fino alla mezzanotte e si fosse presentata di nuovo il mattino dopo, Henri non si fece vivo. O aveva scorto da lontano sua moglie entrare nella casa, o era stato avvertito dal suo sesto senso; sta di fatto che non si fece vedere. Ancora una volta era sfuggito alle grinfie di sua moglie. Né Catherine né Louise lo rividero mai più.

L'inverno che seguì fu tanto triste e doloroso quanto l'estate era stata spensierata e allegra. Louise era ancora convinta che Henri avesse amato veramente Catherine, che avesse davvero scoperto la donna con cui avrebbe voluto trascorrere il resto della sua vita. Ma, piena di angoscia e di disillusione, Catherine si era coperta gli orecchi con le mani e non aveva voluto ascoltare parole di conforto. L'abito di seta color ruggine e il cappellino furono impacchettati senza essere mai stati messi, e, con un teatrale gesto di disperazione che simboleggiava la fine di ogni entusiasmo per la vita, Catherine chiuse a chiave la nuova stanza e tutto ciò che conteneva.

III

Passò l'inverno. Nella primavera del 1845 la porta della cameretta era ancora chiusa a chiave. A Louise non dispiaceva continuare a dormire dietro la tenda sulla brandina, ma pensava che, se avessero accettato un pensionante, avrebbero potuto aumentare le loro entrate. Catherine, sempre in preda alla tristezza, si rifiutò di prendere in considerazione il suggerimento. Louise aveva una mente logica e vedeva le cose con molta chiarezza; temeva che l'amica non si sarebbe più ripresa e non sarebbe più tornata a essere quella di prima, se la camera fosse rimasta chiusa come una specie di reliquiario del passato o come se Henri fosse morto là dentro. All'insaputa di Catherine, la teneva pulita, perché aveva il terrore che vi si formassero le ragnatele. Mentre faceva prendere aria ai bei sacconi per il letto comprati da Henri e spolverava, si sentiva irritata per tutto quello spazio sprecato. In ogni altro piano, il minimo cantuccio disponibile veniva affittato e subaffittato, perché le sistemazioni a basso prezzo erano sempre richieste. Per la prima volta Louise si dedicò al lavoro di cucito con un po' di risentimento. A ogni punto, pensava che Catherine, con il suo sdolcinato e insano sentimentalismo, respingeva una fonte di reddito che sarebbe potuta servire ad aggiungere un pezzo di coniglio o un po' di carne di maiale alla loro cena: ci voleva un ricambio all'eterna pentola di zuppa di verdura per dare un po' di sollievo a uno stomaco che in passato aveva conosciuto la fame e che era destinato ad affrontarla ancora non appena il lavoro della sartoria avesse ripreso a segnare il passo. Non era la prima volta che Louise si sentiva irritata per l'assurda imprevidenza di Catherine.

Il ritorno della bella stagione portò una pesante afa nella soffitta, ma con una finestra spalancata Louise poteva cucire sfiorata da una leggera brezza che proveniva dai tetti. Il brusio di Parigi arrivava fino a lei quasi portato dalla luce del sole, in un rombo sordo di ruote e di zoccoli sulle strade lastricate. Udiva le grida dei venditori nella via mescolarsi ai rumori familiari che provenivano dai piani sottostanti e dagli edifici vicini. C'era sempre un bambino che piangeva da qualche parte, e a ciò si aggiungeva il pigolio degli uccelli che becchettavano nei mucchi di rifiuti. Dentro il caseggiato si udivano continuamente usci che sbattevano e passi sulle scale; ma lei cuciva indisturbata, senza che nessuno venisse mai a molestarla direttamente. Un giorno udì qualcuno salire la rampa di gradini che portava all'ultimo pianerottolo. Alzò il capo e si fermò con l'ago in mano, chiedendosi chi potesse essere.

Udì un colpo alla porta. Mise da parte il cucito e andò ad aprire. Il visitatore era un giovane alto, dal corpo agile, con un mantello di buon taglio, impolverato da un lungo viaggio; in terra accanto a lui c'era un bauletto con gli angoli rivestiti di ottone, che egli doveva aver portato su per le scale appoggiato a una delle ampie spalle. Aveva un ottimo aspetto, era piuttosto bello, sbarbato con cura, e i suoi capelli erano neri e ricciuti. La fronte era spaziosa, le sopracciglia erano ben disegnate, gli occhi castani brillanti, vivaci e intelligenti; il naso ben modellato, la bocca dalle labbra ferme e il mento gli conferivano un'aria decisa.

« *Bonjour, mademoiselle* », disse sorridendole in modo amichevole. Louise si rese conto con imbarazzo che lo stava fissando e si riebbe di colpo quando comprese dalla pronuncia che il francese non era la sua lingua madre. Ricambiò immediatamente il saluto, chinando il capo.

Il giovane teneva in mano un libro che stava a metà tra il manuale di conversazione e il dizionario e cominciò a leggere una frase con una stentata pronuncia. « Ha-una-stanza-da-affittare? » chiese in un pessimo francese.

Lei capì dall'accento che si trattava di un inglese. Aveva udito alcuni suoi compatrioti lanciare ordini imperiosi a facchini e vetturini all'uscita dell'Hôtel des Princes e di altri importanti alberghi; alcuni erano perfettamente padroni della lingua francese, ma molti altri strascicavano penosamente le vocali. « Lei deve avere sbagliato porta, signore », rispose Louise. « Forse c'è qualcun altro nella casa che ha una stanza libera. Ho sentito che una persona al piano di sotto sta per andarsene. »

Lui la guardò con aria interrogativa e Louise comprese che non aveva capito una sola parola di ciò che gli aveva detto. Riprendendosi, l'uomo le porse il manuale perché la ragazzina gli indicasse la traduzione alla sua risposta. Louise trovò la risposta negativa adeguata, ma in quello stesso momento ci ripensò ed esitò prima di congedarlo. Catherine presto o tardi avrebbe dovuto affrontare il problema di aprire quella stanza, e questa sembrava proprio l'occasione migliore. Con improvvisa decisione indicò la frase che confermava che lei aveva una camera disponibile per tutto il mese a un prezzo ragionevole. Poi trovò una tabella relativa al cambio delle monete nella pagina successiva e gli comunicò l'ammontare dell'affitto, dopo essersi basata su ciò che veniva richiesto negli alloggi degli altri piani. Il giovane fece un cenno col capo per far capire che avrebbe accettato, se la stanza l'avesse soddisfatto.

« Entri », lo invitò Louise con aria compunta, sentendo il peso della responsabilità che si era assunta.

Il giovane pensò che Louise era una strana creatura, né bimba né donna, anche se aveva un po' dell'una e un po' dell'altra, e che possedeva sicurezza e modi da persona adulta. Si rimise il bauletto sulla spalla, sistemandolo in maniera che fosse bene in equilibrio e, dopo essersi tolto educatamente il cappello con la mano libera, entrò. Guardandosi intorno, fu sollevato nello scoprire un alloggio pulito, cosa di cui dubitava a giudicare dalle scale buie e dall'atrio sottostante. Era un uomo di indole meticolosa, e poteva vivere nella povertà, ma non nello squallore; tuttavia, il mobilio semplice della stanza che fungeva da cucina e da soggiorno non gli dispiacque. D'altronde, con le cinque misere sterline che gli erano rimaste in tasca, non poteva permettersi di guardare troppo per il sottile.

La ragazza girò la chiave nella toppa di una porta seminascosta e si fece da parte perché lui entrasse per primo. L'inglese appoggiò in terra il piccolo baule e si trovò in un tipico sottotetto di proporzioni molto ristrette, con spazio appena sufficiente per avvicinarsi all'ampio letto costruito sotto lo spiovente; ma tutto era pulito e odorava leggermente di legname nuovo e di calce. Una stretta finestra con un vetro a riquadri illuminava un tavolino rotondo e una sedia, che, con un cassettone e una bacinella dallo smalto sbreccato appoggiata a un rozzo portacatino di metallo, costituivano il mobilio della stanza. Appese il cappello all'attaccapanni accanto alla porta per mostrare che l'alloggio gli piaceva e che quindi lo prendeva. La ragazza sembrava stranamente compiaciuta e spaventata a un tempo dalla propria decisione, e il giovane pensò che avrebbe fatto meglio a presentarsi per metterla a suo agio.

« Mi chiamo Worth », disse scandendo le parole con voce chiara. « Charles Frederick Worth, per l'esattezza. »

Lei capì e si riscosse leggermente. « Louise Vernet. »

Worth pensò che il modo in cui lei aveva pronunciato il proprio nome era delizioso. D'altro canto avrebbe dovuto impadronirsi delle inflessioni galliche assai difficili per un inglese, e nello stesso tempo imparare la lingua il più presto possibile, altrimenti non avrebbe mai trovato un impiego nel campo in cui era altamente qualificato.

« Sono onorato di fare la sua conoscenza, Louise », disse, pensando che i suoi vent'anni gli dessero il diritto di rivolgersi con il nome di battesimo alla ragazza, che riteneva più giovane di lui di almeno sette anni. Lei sorrise in risposta e si strinse nelle spalle per fargli capire che ciò che aveva detto questa volta andava oltre la sua comprensione. Quando tese la mano, il giovane stava per afferrarla inchinandosi in un saluto formale; ma lei l'aveva porta con il palmo rivolto verso l'alto per ricevere il pagamento anticipato del primo mese.

Allorché la porta si chiuse dietro di lei, Worth con due rapidi passi si avvicinò alla finestra e la spalancò. Parigi! Era lì finalmente! Andassero gli altri a far fortuna nel Nuovo Mondo. Lui aveva scelto una sfera d'azione completamente diversa. La monotona distesa di tetti che si perdevano in lontananza non gli dispiaceva. Nulla poteva dispiacergli in quel giorno fortunato. Tanto più che il suo senso artistico gli faceva apprezzare il pastoso color ruggine e il grigioverde delle tegole patinate dal tempo, disposte ad angoli irregolari, tra i comignoli sbilenchi che si stagliavano contro il cielo chiaro.

Respirò l'aria a pieni polmoni, come se volesse entrare a far parte fisicamente della città nella quale era giunto meno di due ore prima. Che bel viaggio aveva fatto! Si era imbarcato sul postale per la Manica che partiva dal ponte di Londra e aveva navigato lungo il Tamigi in una splendida giornata di sole. Si era goduto una tranquilla traversata fino a Boulogne, e poi, dopo aver trascorso qualche ora della notte a sonnecchiare su una panchina fino all'alba, mentre i ricchi passeggeri avevano preso alloggio all'albergo, aveva occupato un posto allo scoperto su una diligenza. Aveva ammirato le verdeggianti pianure della campagna francese, senza curarsi né della scomodità del viaggio, che era proseguito per tutta la seconda notte da lui trascorsa in Francia, né del diluvio che aveva tramutato la tesa del suo cappello a cilindro in una grondaia. All'alba erano apparsi i mulini a vento della collina di Montmartre e, poco dopo, in un rumore assordante di ruote che correvano sul selciato, era entrato a Parigi. Avrebbe voluto gridare di gioia. Come si era agitato sul sedile per guardare entusiasta in ogni direzione! La città cominciava a muoversi nella luce del sole nascente che avrebbe presto assunto il colore giallo vivido del laburno e che veniva catturata a tratti dal fogliame dei tigli, dei pioppi e degli ombrosi ippocastani. Da ogni parte, le imposte di legno con la vernice scrostata delle alte case strette l'una all'altra si spalancavano in un assordante, ininterrotto staccato, ed egli coglieva la fugace apparizione delle facce sbadiglianti di coloro che si destavano, delle violaciocche in vaso sui davanzali delle finestre e perfino di qualche gatto che si stiracchiava. Sulla soglia delle porte, alcune delle quali erano guarnite di borchie come quelle delle garitte che stanno a guardia delle massicce mura e dei fossati difensivi che circondano la città, le portinaie si davano un gran daffare con le scope, sollevando nuvole di polvere nell'aria calda.

Mentre la carrozza avanzava faticosamente e i postiglioni, in vista della meta, incitavano con schiocchi di frusta i cavalli stremati, egli riusciva a percepire la vera aria di Parigi nella mistura degli aromi che si sprigionavano dai numerosi caffè e dalle bettole ornate di vigne, nei maleodoranti vicoli dai quali apparivano i mendicanti che trascinavano i loro cenci, nella fragranza dei negozi di sigari e nella lucentezza delle carrozze che riportavano a casa coloro che avevano trascorso la notte in bagordi. Il traffico era aumentato. I carri da trasporto dalle pesanti ruote uscivano dai portoni e i carretti del latte avanzavano con un clangore di bidoni e di mestoli. Ovunque vi erano fontane che emettevano getti d'acqua dalle bocche di ferro a forma di pesce, di cupido e di doccione per rifornire la città. Le massaie facevano cerchio intorno a esse con i secchi, mentre in altre strade l'acqua veniva versata nei recipienti da barili o altri contenitori sospesi con cinghie alle spalle dei portatori d'acqua che gridavano in continuazione « *Eau! Eau!* » Da ogni parte avanzavano con gran fracasso carretti a mano di tutti i tipi, mentre altra gente arrivava con cesti colmi di ortaggi e frutta da vendere al mercato. Gli sembrava strano che tutte quelle persone potessero iniziare il loro giro quotidiano senza sapere che per lui quella era l'alba di uno dei giorni più importanti della sua vita. *Paris!*

La diligenza infangata e polverosa aveva scaricato i suoi

passeggeri poco lontano dall'Arco di Trionfo. Anche se cercava di apparire disinvolto come se avesse viaggiato all'estero da sempre, Worth fu tuttavia estremamente grato a un passeggero che si premurò di dargli alcuni consigli su dove cercare un alloggio. E ora l'aveva trovato! Una stanza in una soffitta di cui fare il proprio regno, in rue du Fouarre e – si sporse dalla finestra e guardò giù – l'uso di un ingresso secondario nel cortile sottostante.

Non gli ci volle molto per disfare il bagaglio. Si preparò il letto con le lenzuola e la coperta che aveva portato con sé, poiché non si aspettava di essere rifornito di biancheria, dato il modesto affitto che poteva permettersi. Appoggiò sul tavolo la Bibbia, che era solito leggere all'inizio di ogni giornata per corroborare il proprio spirito con pensieri profondi, sebbene avesse smesso di andare regolarmente in chiesa al termine dell'infanzia. Accanto, sistemò tutto il materiale per disegnare con il quale era solito cogliere in uno stile semplice e ingenuo qualunque soggetto destasse il suo interesse. Le ultime cose che tolse dal baule furono gli arnesi da lavoro, che consistevano in un metro a nastro e in un grosso paio di forbici appuntite, ferri del mestiere per un commesso di un negozio di tessuti, augurandosi che non passasse molto tempo prima di poterli utilizzare. Louise gli aveva portato una brocca di acqua calda ed egli, dopo essersi liberato della polvere e della stanchezza del viaggio, si cambiò d'abito e spolverò il resto del vestiario che aveva messo da parte prima di appenderlo ai perni dell'attaccapanni. Mentre estraeva i polsini dalle maniche, esaminò il nuovo alloggio con un'aria soddisfatta, da proprietario. Ora avrebbe colmato il vuoto allo stomaco nel caffè più a buon mercato che fosse riuscito a trovare, e una volta orientatosi, avrebbe cominciato senza ulteriori indugi a cercare lavoro.

Quando fu uscito dalla propria camera, vide che la ragazza era seduta accanto alla finestra, e stava cucendo l'orlo di una pezza di percalle. Provò la frase che aveva appena preparato.

« Esco-per-il-pranzo. » Era un'affermazione piuttosto esagerata se riferita all'economico pasto che aveva in programma, ma era la cosa più vicina a ciò che intendeva dire. Con sua sorpresa, la ragazzina ripeté la frase, correggendone la pronuncia; lui ne prese nota con riconoscenza, e la ripeté, riuscendo a cogliere la differenza.

« *Merci* », disse ancora con decisione, sentendosi come un allievo che sia risultato il più bravo della classe.

Lei fece un cenno con il capo. « *Bon appétit, Monsieur Worth.* »

Il giovane uscì e scese le rampe malsicure della scala tortuosa, facendo volteggiare il suo nuovo bastone da passeggio. Una volta in strada, si sentì fuori posto con il suo allegro accessorio in quella zona di povera gente, poiché alcune persone dall'aspetto equivoco avevano smesso di badare alle proprie occupazioni per fissarlo. Si augurò che fosse la semplice curiosità verso uno straniero che li spingeva a manifestare quell'inopportuno interesse, perché non aveva alcuna voglia di venire assalito e derubato, o di essere costretto a difendersi con la lama che fuoriusciva dall'estremità del bastone allorché si premeva un pulsante sul manico. Personalmente, non avrebbe mai acquistato un bastone da passeggio del genere, ma, prima che lasciasse Londra, gli amici si erano associati per offrirglielo come ricordo, certi che ne avrebbe avuto bisogno più per difesa che per ornamento, in una città straniera dove le vie poco illuminate che si dipartivano dai boulevard erano note per la loro pericolosità.

Al tempo in cui lui e il fratello, che aveva qualche anno di più, abitavano in una comoda casa a Bourne, nel Lincolnshire, ricordava che suo padre possedeva una collezione di eleganti bastoni da passeggio, alcuni dei quali nascondevano una lama. Gli ritornarono alla mente in quel momento, levigati, scintillanti e più alti di quanto non fosse lui a quell'epoca, con il pomo d'oro, d'argento o di ebano, tutto istoriato e con incise le iniziali W.W. William Worth, avvocato e gentiluomo, quando Charles era ancora un ragazzo, era stato portato alla rovina dalla passione per i tavoli da gioco, le corse dei cavalli, le scommesse sugli incontri di boxe, i combattimenti dei galli e per ogni altro gioco d'azzardo in grado di far perdere la testa a un uomo e svuotargli il portafoglio. La casa a Bourne e il suo meraviglioso giardino, i cavalli e le carrozze, il personale di casa e tutto ciò che rendeva solida la vita familiare se n'erano andati, come ogni altra cosa. In Charles lo sconvolgimento e la disperazione della sua cara madre avevano eclissato ogni altro dolore. Sapeva che non si era mai ripresa dalla perdita delle sue due sorelle ancora bambine, e lui non poteva sopportare, data la sua indole gentile, di veder aumentare le disgrazie di lei, quando se n'era dovuta andare di casa, umiliata e ferita in ogni recesso dell'animo. Per sé non gli importava nulla, ma nessuno meritava meno di lei di soffrire. Era certo che non sarebbe mai riuscito a perdonare al padre quel che aveva fatto. Tanto più che la signora Worth, abbandonata con il figlio più giovane, non sapeva che cosa fare né dove andare. Il figlio maggiore aveva potuto studiare legge, mentre c'era ancora abbastanza denaro per pagare le rette, e, poiché doveva farsi strada nel mondo, la madre aveva deciso di non diventare un fardello per lui. La signora Worth aveva cercato rifugio presso parenti appartenenti a un ramo della famiglia che non aveva sperperato tutto al gioco e che conduceva l'alto tenore di vita al quale ella era stata abituata fin dalla nascita, giacché prima di sposarsi era stata una Quincy of Quincy. I parenti l'avevano accolta in casa ma, poiché erano gente dal cuore duro, senza la minima compassione e generosità, le avevano offerto un posto di governante in cambio del mantenimento e di un magro salario annuale che le bastava appena per pagarsi gli abiti da lavoro. « Ma il ragazzo no », aveva detto con malagrazia il benefattore in un tono che non ammetteva discussioni. « Una bocca da nutrire è più che sufficiente. Toglilo dalla scuola e mandalo a lavorare. »

Il ragazzo aveva undici anni. Intelligente, sensibile e affettuoso, si trovò lontano da tutto ciò che gli era caro e familiare, occupato in una tipografia, immerso nel sudiciume e in una vita triste e noiosa. Lavorava dall'alba a tarda sera, e di notte, esausto, dormiva su un pagliericcio sotto uno dei torchi. Al mattino si svegliava con un rinnovato disgusto per i compiti che riempivano ogni minuto della sua giornata: mescolare gli inchiostri, scopare e girare le manovelle dei cilindri. Eppure non si risparmiava. Non aveva una natura indolente e faceva del proprio meglio, ma la prospettiva di trascorrere la vita esercitando un mestiere così lontano dai suoi interessi lo terrorizzava. Per un certo tempo si trastullò con l'idea di imbarcarsi, ma aborriva anche il solo pensiero della vita del marinaio. La sua salute cominciò a soffrirne. Dal robusto ragazzo che era, divenne debole e malaticcio. L'odore dell'inchiostro da stampa lo nauseava al punto da farlo vomitare ogni volta che tentava di inghiottire controvoglia un po' di cibo. Dopo aver lavorato per un anno nella stamperia, raggiunse la saturazione; affrontò quindi la madre.

« Non sono adatto a fare il tipografo, mamma. » Il suo viso era colmo di disperazione. « Ogni giorno è stato per me un inferno. »

Erano seduti su una panchina del parco, perché la signora Worth non veniva incoraggiata a ricevere visite, neppure quella del proprio figlio, nella casa che lei non poteva certo considerare un focolare. Allungò le dita irrequiete e gli toccò la pallida guancia con sollecitudine amorosa.

« Lo so che non sei stato felice, figlio mio. Ma dobbiamo essere riconoscenti a nostro cugino, che mi ha aiutato ad assicurarti un impiego quando è stato necessario. »

Lui non aveva udito quel che aveva detto la madre, preoccupato solamente di esporre la sua appassionata supplica con cui voleva ottenere il permesso di cambiare il corso della propria vita. « Non farmi rimanere ancora laggiù », la implorò. « Puoi liberarmi da questa sofferenza, se solo dici una parola. » Le afferrò una mano come se stesse affogando. « Se non me ne vado, morirò. »

D'improvviso lei capì che era vero. Dall'epoca del loro ultimo incontro quel giovane viso si era colmato di infelicità. Le sembrò che possedesse già quegli occhi infossati, la struttura allungata che troppo frequentemente preannunciano la consunzione foriera di morte. Fu presa dal panico. « Non rimarrai laggiù. Troveremo qualcos'altro per te. » Poi fu colta da un ansito affannoso quando lui le gettò le braccia al collo in un muto sollievo; mentre lo cullava contro il petto, si sentì sommergere dalla disperazione per ciò che aveva promesso. « Che cosa preferiresti? Non mi dire di nuovo che vorresti fare l'artista, perché io non posso permettermi di mantenerti per tutta la durata della tua istruzione. »

Il ragazzo si tirò indietro e sorrise con un'espressione grave per rassicurarla, come se fosse diventato più adulto di lei. « Lo so, mamma. Tutto ciò che desidero è lavorare in condizioni completamente diverse da quelle che offre una tipografia, in un posto in cui vi sia una materia più raffinata da maneggiare che non la carta e dove io possa vedere quel che avviene nel mondo invece di leggerlo sui giornali. »

« Ma dove? » chiese lei angosciata. « Che lavoro dovrebbe essere? »

Lui la guardò fiducioso, con gli occhi sfavillanti. « In un negozio di tessuti. Non una botteguccia di quartiere, ma una delle più famose ditte di Londra dove possa avere la possibilità di ottenere una promozione alla fine dell'apprendistato. » Nella sua voce risuonava l'impazienza. « Aiutami, mamma. Procurami un posto di apprendista. Dimmi, ti prego, di' che approvi questo mio desiderio. »

Lei gli prese il viso tra le mani, fissandolo con amore. « Lo approvo », confermò, pensando che il figlio non finiva mai di sorprenderla: nelle sue scelte tendeva sempre a unire il senso pratico con quello estetico. Non c'era nulla di effeminato nel suo distinto figliolo. Si sentì costretta a mostrare una certa prudenza. « Se riuscissimo a ottenere per te questa nuova possibilità, il lavoro potrebbe rivelarsi altrettanto duro e sfibrante quanto il mestiere di tipografo, e le ore anche più lunghe. »

Una luce divertita comparve negli occhi di lui. « Non è il duro lavoro che detesto, mamma. Solamente, non voglio più fare il tipografo. »

La signora Worth fece tutto ciò che poté per il figlio. Si umiliò per convincere l'influente cugino a scrivere alla Corporazione dei Commercianti di tessuti per conto di Charles. Stringendo le labbra, sopportò il corrosivo sarcasmo nei confronti della sua supposta indulgenza verso la propria prole, e non ribatté alle caustiche parole che le ricordavano come lei fosse stata assunta per amor di carità. Ci fu un consiglio di famiglia, dal quale lei fu esclusa, per discutere la faccenda, e tutti convennero che, più presto lei si fosse separata dal figlio, meglio sarebbe stato per loro. Recidendo ogni suo vincolo materno, avrebbero ottenuto che lei si concentrasse maggiormente sui servizi da prestare in casa.

Qualunque fosse il modo per arrivarci, alla signora Worth importava solo che le lettere fossero scritte al più presto. Il suo caro Charles avrebbe avuto l'opportunità che desiderava, e nient'altro contava. Stava per iniziare un apprendistato che sarebbe durato sei anni nella stimata ditta di biancheria e tessuti Swan & Edgar, e per tutto quel tempo avrebbe lavorato dodici ore al giorno, avrebbe abitato nello stabile, avrebbe obbedito ciecamente sottomettendosi alle regole di buon comportamento e avrebbe avuto poco tempo libero. Alla fine del suo tirocinio sarebbe stato un commesso perfetto, con una completa conoscenza di ogni ramo del settore delle vendite, in grado di trattare con ogni tipo di cliente, e maturo per un avanzamento. Con ciò avrebbe dimostrato a se stesso di possedere un'eccezionale abilità. Il giorno della partenza, la madre andò a salutarlo alla diligenza, dove egli già si trovava con il baule dagli angoli rivestiti di ottone. Lo abbracciò, gli ficcò in tasca una ghinea che aveva ricavato dalla vendita del suo più bel filo di perle, e continuò a sorridergli e a salutarlo con la mano alzata fino a quando una curva della strada lo nascose alla sua vista.

Charles arrivò in una Londra che non si era ancora completamente abituata alla giovane regina appena salita sul trono. Il luogo era ancora più grande, più confuso ed eccitante di quanto lui avesse creduto possibile, con strade affollate e piene di traffico. Il negozio in cui doveva prestare la propria opera era situato nell'elegante Regent Street, opera di Nash, a Piccadilly, la via più lussuosa oltre che uno dei centri più operosi della grande capitale. Un po' emozionato, si presentò all'edificio che comprendeva i numeri dal 45 al 51 e da quel momento fu completamente assorbito dall'attività del commercio di tessuti.

Si trovò subito a suo agio. Il dormitorio, situato nell'alloggio che divideva con il compagno di apprendistato, era spartano, arredato solamente con lo stretto necessario. Ma nell'eminente scuola privata che aveva frequentato e in cui si sarebbe potuto trovare anche allora, se le fortune della famiglia non fossero mutate, la sistemazione non era migliore, e il cibo servito era press'a poco della stessa qualità, abbondante e sostanzioso, anche se non molto saporito. D'altra parte, era sempre troppo affamato per prestare attenzione al gusto, perché la sua attività non gli permetteva di restare ozioso neppure per un istante. Prendeva i pasti con i giovani dell'azienda, mentre le donne si ritrovavano in un'altra sala da pranzo, così come avevano la loro stanza di soggiorno dopo le ore di lavoro, e ciò gli spiaceva molto. Questo genere di segregazione assomigliava molto a quella praticata a scuola, e così pure l'abitudine di chiamarlo per cognome, sia da parte dei datori di lavoro sia dai colleghi. Si era abituato dunque a sentirsi chiamare Worth, cosa insolita per lui che aveva sempre udito pronunciare il proprio nome di battesimo, e tuttavia sarebbe diventata un'abitudine fissa per il resto della sua vita.

Durante il primo anno, un apprendista era il galoppino di tutti, ma l'interesse per il lavoro e la buona volontà di Worth, oltre alla sua rapidità nel fare i conti, erano stati notati dal signor Edgar, il cui socio, il signor Swan, era morto molti anni prima; così, sebbene Worth avesse solo tredici anni, era stato promosso a cassiere. Ma lui non era venuto a Londra per maneggiare monete e banconote e, dopo poco tempo, chiese di essere assegnato al banco della merce più raffinata: scialli, cappe e tutto ciò che si vendeva al minuto. A ciascun principiante venivano insegnate le regole del buon commesso. Worth era stato educato ad avere modi da gentiluomo e gli era naturale accogliere i clienti con cortesia, mentre seguiva gli altri aspetti della vendita come se fossero materia di ordinaria amministrazione. Charles lavorava sodo e, poiché aveva un'indole socievole, non era mai a corto di amici. Passato il periodo della pubertà, divenne un giovane alto e di bell'aspetto. Imparò a conoscere Londra meglio di qualsiasi altro posto. Lì c'erano, pensava, le più belle donne del mondo.

Le donne gli piacevano. Non in modo lascivo e non solamente per il naturale desiderio di ogni sano giovanotto. Dimostrava una particolare attenzione per il loro aspetto e le loro forme e considerava le loro sembianze come se dovesse ritrarle in un dipinto o scolpirle nel marmo, dato che il suo antico desiderio di diventare un artista non era stato soddisfatto. Aveva sempre adorato la madre e pensava spesso alle sorelle che aveva perduto; inoltre, fin dalla più tenera età, aveva cercato di baciare le bambine cariche di fronzoli e nastri che venivano alle feste nella casa di Bourne prima che tutto finisse con una partita a dadi. All'età di sette anni si innamorò alla follia di un'avvenente istitutrice, e quando un giorno le accarezzò il braccio nudo con la punta delle dita e un'aria estasiata, lei fu abbastanza intelligente da non stroncare la sua innocente passione mostrando un indignato disappunto che gli avrebbe instillato la sensazione di aver commesso qualcosa di vergognoso; gli sorrise invece gentilmente e lo baciò sul capo, senza rendersi conto che a quel modo gli confermava l'impressione che alle donne piacesse essere ammirate. Poi scoprì che nel vendere il tessuto a metraggio, gli scialli, le mantelline e ogni altro accessorio che piaceva alle donne, riusciva a indovinare esattamente il colore o il taglio che si adattavano meglio alla figura della cliente, ai suoi capelli o ai suoi occhi, arrivando addirittura a migliorarne l'aspetto generale.

Le signore che facevano acquisti nei grandi magazzini si

aspettavano di essere oggetto di un'attenzione cortese sia che comprassero o no; nulla doveva arrecare disturbo al commesso, che era tenuto a servirle mantenendo un atteggiamento estremamente gentile anche di fronte alle richieste più seccanti. Il bel giovane apprendista-commesso di Swan & Edgar era senza uguali nel servire le clienti. Il suo fascino, il suo genuino interesse, il suo modo di guardare una donna come se essa eclissasse tutte le altre facevano sì che le clienti lo cercassero a qualunque banco lui si trovasse. Era inevitabile che sulla sua strada incontrasse qualche tentazione, ma quelle che lui consigliava sul modo di adornarsi non erano in genere le donne che lo attiravano. In realtà, lui le vedeva come il prodotto finale della sua creatività nella vendita, un'immagine che avrebbe portato a compimento con il suo pennello d'artista, ed era abbastanza intelligente e pronto per non lasciarsi accecare dalle insinuanti blandizie. Anche se non si rendeva conto di avere elevati principi morali, il comportamento dissoluto di suo padre aveva destato in lui un'avversione per la mancanza di sensibilità e per l'indulgenza verso se stessi. Fortemente sensuale com'era, non poteva però privarsi della compagnia femminile durante il tempo libero.

Non riceveva salario, essendo un semplice apprendista. Teatri, concerti e persino il più modesto pub gli erano quindi preclusi. Le piccole somme che sua madre era riuscita a mandargli un paio di volte in un anno si erano dissolte nelle spese strettamente necessarie quali l'acquisto di sapone e le riparazioni delle scarpe. In compenso, l'intero panorama di Londra era suo, e Charles aveva visto la giovane regina mentre si avviava alla cerimonia dell'incoronazione e molti altri cortei e ostentazioni del fasto reale. Ogni mattina la Guardia Reale cavalcava formando una scintillante macchia di rosso-scarlatto e oro lungo Regent Street, diretta a Whitehall e a St. James. Durante il periodo di addestramento, quando le ordinazioni dovevano essere consegnate a personaggi di un certo rilievo, lui veniva scelto, grazie al suo bell'aspetto, per portare i pacchi a domicilio; ciò gli offriva l'opportunità di partecipare alla vita cittadina in un'ora in cui normalmente si sarebbe dovuto trovare dietro a un banco. Gli capitò un giorno di passare lungo il Mall allorché la regina e il principe Alberto uscivano da Buckingham Palace per una visita di stato a Parigi. Mentre se ne stava in mezzo alla folla plaudente che aveva riconosciuto la piccola mano guantata che si agitava fuori della carrozza, ebbe una punta d'invidia per coloro che accompagnavano la coppia regale. Come doveva essere bello vedere Parigi, il centro della moda che aveva influenzato ogni capo di vestiario che passava per le sue mani! Gli rimase una sensazione di lieve scontento, come se avesse l'impressione che non avrebbe mai potuto raggiungere la vetta della carriera scelta senza un'esperienza nel vero regno della moda francese. In seguito, riandando con la mente al passato, capì che quel giorno era stato gettato il seme della sua grande ambizione, e che questo seme aveva cominciato a crescere.

Fin dal suo arrivo a Londra aveva frequentato la maggior parte dei trattenimenti a ingresso libero, comprese le gallerie di dipinti e sculture, dove non si pagava biglietto d'ingresso e dove poteva studiare le opere d'arte ed eseguire schizzi che gli servirono poi come riferimento. Non aveva mai dimenticato una delle sue prime visite, durante la quale si era trovato di fronte al famoso ritratto della regina Elisabetta. Sua Maestà era raffigurata con i capelli rosso-oro, l'alto collare ampio e delicato come le ali di una farfalla, e un abito color fiamma con un motivo a occhi e orecchi che sembrava proclamare la sua onnipotenza come sovrana della terra. Worth aveva capito lo strano simbolismo del motivo, con cui si lasciava intendere che la regina aveva occhi e orecchi dappertutto, e non aveva mai visto nulla che potesse competere con la magnificenza di quel pesante velluto. « Se mai diventerò abbastanza ricco », si ripromise in un sussurro, « lo riprodurrò. Farò un tessuto con occhi e orecchi. » Ora che era cresciuto, quella promessa si era legata indissolubilmente al suo destino.

Nelle gallerie d'arte aveva scoperto che le donne del passato non erano meno belle di quelle del suo tempo. E, dal giorno in cui aveva contemplato la più grande regina d'Inghilterra, aveva cominciato a osservare con attenzione l'abbigliamento femminile attraverso i secoli: il suo interesse era accresciuto dalla profonda conoscenza delle stoffe che aveva raggiunto attraverso il suo apprendistato. Lo affascinava vedere come un velluto di una qualità più soffice venisse usato per rendere più provocante un seno serico, come la seta potesse essere increspata in modo da far apparire più stretta una vita, come la lana merino fosse stata tagliata con stile per confezionare una giacca da amazzone del diciottesimo secolo, e come la mussolina e altri tessuti leggerissimi fossero impiegati nei dipinti, soprattutto da Gainsborough, per ottenere effetti eterei. Cominciò a pensare che quelle idee si potevano adattare ai completi femminili del suo tempo, capi di vestiario che avevano perduto l'allegra decorazione dei fronzoli e che, rispetto alla passata decade, avevano assunto un'aria compassata, quasi di difesa. Anche gli abiti da ballo con la scollatura bassa creati dai sarti alla moda, diversamente da quelli che vendeva lui, avevano allacciature talmente sovrapposte e così elaborati scialletti che, più che rivelare, nascondevano, rendendolo casto e inavvicinabile, l'alabastro delle belle spalle e mascheravano le maestose scollature.

Ogni volta che usciva da una galleria, i suoi occhi erano colpiti dalla scoraggiante rigidità del busto in cui ogni donna, ricca o povera, era imprigionata. La cuffia, lo scialle o la mantellina, la gonna a forma di cupola le rendevano tutte uguali come i pezzi di una scacchiera. Non che desiderasse tornare alle crinoline, alle gorgiere e alle maniche con fenditure, ma voleva che le sarte, che pur confezionavano abiti per persone del proprio sesso, avessero un po' più di fantasia. Fino alla metà del secolo precedente, i sarti e i bustai francesi erano sempre stati di sesso maschile e, sebbene Madame Rose Bertin avesse creato magnifici abiti a sbuffo per Maria Antonietta, era tempo che entrasse in scena un altro Leroy. Costui aveva cucito per le donne parigine quegli abiti dalla vita alta dei tempi di Napoleone, mettendo in risalto la bellezza del seno, la seduzione di fianchi e cosce con tessuti diafani che aderivano e ondeggiavano rendendole estremamente affascinanti. Worth era arrivato alla conclusione che la moda avrebbe dovuto rendere libere le belle donne, anziché imprigionarle. Con questi pensieri e altri più complessi, rivolgeva i propri passi in direzione di Piccadilly, sul finire della sua breve giornata di libertà, in attesa della settimana successiva.

Al termine del suo apprendistato, andò a lavorare per un breve periodo da Lewis & Allenby, il negozio delle sete, anch'esso in Regent Street. Di tutti i tessuti, la seta era quello che preferiva, ed era diventato un esperto nel giudicarne la qualità e la provenienza. La sua intelligenza e l'acume negli affari attrassero l'attenzione del signor Allenby, che cominciò a interessarsi al giovane venditore, notando che si distingueva dagli altri. Sebbene la promozione di Worth fosse ormai vicina, l'idea di andare a Parigi lo tormentava al punto di impedirgli di pensare ad altro. Diede quindi le dimissioni. Il signor Allenby, preoccupandosi per il suo futuro, gli offrì un certificato di servizio in francese, una premura che Worth apprezzò molto. Poi il giovane scrisse alla madre per comunicarle la propria decisione e per chiederle in prestito un po' di soldi per il viaggio.

La signora Worth era disperata al pensiero di tutto quello che Charles avrebbe abbandonato a Londra per andare in una città straniera, tanto più che conosceva ben poche parole di francese, che aveva studiato da solo su un libro. Come poteva sapere se l'esperienza accumulata in Inghilterra come commesso di negozio sarebbe stata presa in considerazione a Parigi? Charles in passato non si era mai curato degli eventuali ostacoli e non intendeva farlo neppure ora. Calpestando il proprio orgoglio, non ancora piegato dagli affronti e dai rimproveri che riceveva quotidianamente in quella famiglia, la signora Worth chiese nuovamente aiuto al cugino. Questa volta si trattava di denaro. Non aveva nulla di suo e non voleva far sapere al figlio quale miserabile somma ricevesse in cambio del proprio lavoro. Dopo un certo numero di rinvii, che l'ostile benefattore riteneva necessari per tenere i poveri al loro posto, con riluttanza fu aperta la borsa a condizione che la somma fosse restituita fino all'ultimo quarto di penny. La signora Worth poté mandare al figlio solo lo stretto necessario che gli sarebbe servito per garantirsi il mantenimento per un breve periodo di tempo fino a che non avesse trovato un impiego. Fu un bene che nessuno l'avesse informata sull'alto numero di disoccupati che c'erano a Parigi, altrimenti non avrebbe chiuso occhio di notte.

Worth, facendo roteare il bastone da passeggio mentre sbucava in rue de Rivoli da una strada laterale, si sentiva pieno di ottimismo. Di fronte a lui, sull'altro lato della via, si trovava l'elegante negozio di Luclère, nelle cui vetrine facevano bella mostra cuffie, cappucci e scialli. Non c'era posto migliore per cominciare a cercar lavoro. Ma, prima di tutto, doveva soddisfare le esigenze dello stomaco. Dieci minuti dopo gustava il suo primo cucchiaio di zuppa di pesce attinto dalla ciotola fumante che gli era stata messa davanti.

Quando Catherine rincasò e apprese che la stanza era stata affittata, fu colta da un attacco di rabbia isterica. Il pensiero che un altro uomo avesse varcato la soglia della stanza che sarebbe dovuta essere la camera nuziale sua e di Henri Berrichon minacciò di causarle un collasso nervoso. Louise, pallidissima, continuò nella sua spiegazione senza scomporsi.

« Il signor Worth è simpatico », insistette decisa. « È senza casa in una terra straniera e conosce così poche parole di francese che non riesco a capire come abbia fatto a trovare la strada. Sarà un buon pensionante, ne sono certa. Non è come uno dei nostri compatrioti e non può ricordarti... qualcun altro. » S'accorse d'aver premuto il tasto giusto perché Catherine, più calma, la stava ascoltando. « E ha pagato un mese di affitto anticipato. » Affondò la mano nella tasca del grembiule e la allettò mostrandole il denaro.

Catherine lo guardò sospirando, poi distolse gli occhi come se non fosse ancora convinta, ma in cuor suo sapeva che la nuova fonte di reddito giungeva proprio al momento giusto. Il lavoro di sartoria era in crisi: le ordinazioni dell'estate erano terminate, ed era ancora troppo presto per pensare agli abiti autunnali. Per il momento non c'era più lavoro da portare a casa a Louise; alcune sartine erano state licenziate proprio quella mattina e altre lo sarebbero state il giorno dopo. Non sapeva se sarebbe stata inclusa tra le cucitrici più anziane che avrebbero diviso il poco lavoro rimasto. Era dunque assurdo respingere quel denaro.

« Benissimo », borbottò con riluttanza. Prese i pochi franchi e li chiuse nella scatola in cui tenevano i loro fondi. Le sue guance erano ancora soffuse di un colore acceso, che costituiva una rabbiosa difesa contro il dolore che permaneva nel fondo dei suoi occhi. Qualsiasi cosa le ricordasse vagamente Henri Berrichon la turbava ancora molto. Ringraziava il cielo che l'intruso fosse un inglese. « Vedrò come andranno le cose con questo signor Worth. Se beve o bestemmia, lo metterò fuori della porta. » Per dare maggior vigore alla propria minaccia si arrotolò le maniche e appoggiò le mani alla cintola, come se volesse mostrare d'esser già pronta a farlo. Louise vide che era tornata a essere quella di prima e che il lungo periodo di disperazione stava ormai volgendo al termine.

Poco dopo entrò Worth. Per quel che riguardava la ricerca di un posto di lavoro, la giornata era stata colma di delusioni, ma d'altro canto aveva familiarizzato con la città e cominciato a orientarsi. Quando fu presentato a Catherine, le fece un inchino, ma ogni tentativo di conversazione, pur con l'aiuto di Louise e del manuale, era superiore alle sue possibilità. Era stanco per i due giorni di viaggio, le due notti trascorse praticamente senza dormire e per aver camminato attraverso la città per lunghe ore.

« *Bonne nuit, mesdemoiselles* », disse, ed entrò nella propria stanza.

Catherine sembrò contrariata. « È un tipo altero, eh? Prima, il tempo per scambiare qualche parola con te l'ha trovato, come hai detto tu stessa, mentre per me no. Chi crede di essere? Questa è casa mia, e lui è qui solo perché io lo tollero. »

« Sembra stanco », replicò Louise conciliante. Segretamente era paga del lieve sorriso che lui le aveva rivolto.

Catherine fece un gesto sprezzante, senza ribattere. Lei non avrebbe mai accettato Charles Worth. Senza che lui ne avesse colpa, le era apparso come un intruso, forse perché in un certo senso Catherine non gli perdonava di non essere Henri Berrichon. Lei stessa riconosceva che un simile modo di pensare era assurdo, ma non riusciva a superare un sentimento di ostilità nei suoi confronti.

Catherine non fu licenziata durante la crisi attraversata dalla sartoria, ma fu messa a cucire un abito da sposa da tenere in magazzino. Di solito non si preparava nulla se non su richiesta della cliente e secondo le sue precise istruzioni, ma il corredo da sposa costituiva un'eccezione. Era necessario tenerne sempre due o tre di scorta per quei matrimoni che si dovevano celebrare affrettatamente. Era sempre possibile apportare le modifiche necessarie per adattare l'abito al particolare gusto della sposa o alle sue misure. Non c'era nulla, infatti, che portasse via tanti mesi di preparazione come un elaborato abito nuziale, così, con qualche adattamento, si poteva far tacere ogni voce scandalistica. Era proprio a uno di questi abiti che Catherine e qualche altra sartina anziana stavano lavorando, l'ampia gonna di raso allargata sul grande tavolo, e un migliaio di spilli in mano per puntare le pieghe.

A casa, Louise, ora abbastanza tranquilla, dopo aver impiegato la propria abilità di cucitrice lavorando per una vicina di cui aveva fatto conoscenza, ricavò un nuovo vestito per sé da due abiti vecchi che non le andavano più bene. Tagliò alcune strisce di stoffa dall'uno per inserirle nell'altro e aumentarne l'ampiezza, applicandole dalla cintura fino all'orlo per eseguire quella che era nota con il nome di guarnizione a piramide. Ogni giorno, mentre lei cuciva, Worth usciva per cercare lavoro. Al suo ritorno, Louise lanciava un'occhiata al suo viso e capiva che non aveva avuto fortuna.

« Non si preoccupi, signor Worth », avrebbe voluto dirgli, nel tentativo di confortarlo, « domani è un altro giorno. »

Avevano preso l'abitudine di chiacchierare ogni sera per un'ora e più, prima che tornasse Catherine. Ciò era di inestimabile aiuto per il giovane, che arricchiva il proprio vocabolario e si esercitava nella pronuncia. Senza che nessuno dei due ne accennasse, lui era solito tagliare la corda prima che l'orologio segnasse le otto, ora in cui Catherine tornava a casa; la donna infatti provava sempre una grande antipatia per l'inglese. Worth si chiedeva perplesso perché la signorina Allard fosse così ostile nei suoi confronti, non essendo abituato al disprezzo delle donne, tanto più che da parte sua trovava le forme alla Rubens della sua padrona di casa molto gradevoli. Per quanto ne sapeva, non aveva fatto nulla per offenderla; dovette quindi concludere che, data la precarietà in cui viveva, la donna si sentisse irritata con uno straniero venuto in quel paese a portar via il lavoro a un francese. Be', non era il caso di preoccuparsi. Per i suoi confusi tentativi di parlare il francese si vedeva chiudere le porte in faccia prima ancora che gli altri capissero ciò che voleva, ed era stato anche costretto più volte a sopportare l'umiliazione d'essere schernito apertamente per alcuni errori di pronuncia che aveva commesso. Ogni impedimento, tuttavia, rafforzava la sua decisione a non abbandonare Parigi e a non lasciarsi abbattere, e, non appena si ritrovava nella sua stanza, sedeva al tavolo a studiare, a scrivere, a imparare a memoria frasi fatte, a lume di candela, fino a notte inoltrata.

Era sempre affamato. Attivo e robusto com'era, nell'età in cui si ha bisogno di molto cibo sostanzioso, doveva accontentarsi di un tozzo di pane del panettiere sotto casa e di un pezzetto di formaggio o di una cipolla per tutta la giornata. Mentre andava alla ricerca di lavoro, doveva fare continue deviazioni per non passare davanti a ristoranti e pasticcerie, perché gli saliva l'acquolina in bocca e il suo stomaco vuoto brontolava non appena gli stuzzicanti profumi delle pietanze lo investivano. Nella soffitta si sentiva molto a disagio, la sera, quando

Louise preparava il pasto per Catherine, anche se coglieva l'occasione per mangiare quanto aveva messo da parte durante la giornata, in modo da temperare i crampi che altrimenti lo avrebbero tormentato. E ogni mattina ricominciava a cercare un'occupazione adeguata. Talvolta riusciva a trovare un lavoro di fatica per qualche ora – caricare i carri o pulire le fogne –, mentre continuava a sperare che un negoziante accettasse finalmente le sue referenze, che erano molto più importanti del suo pessimo francese.

Louise sospettava da tempo che Worth non avesse abbastanza da mangiare, ma, non avendo più lavoro a domicilio ed essendo Catherine al minimo della paga, non potevano rinunciare neppure a una piccola parte del loro vitto frugale. Sarebbe stata contenta di offrirgli la propria razione, ma sapeva che Catherine, la quale nei suoi confronti era protettiva come una chioccia, non avrebbe lasciato che la cosa si ripetesse e avrebbe intimato a Worth di andarsene. In realtà, Louise era certa che Catherine stesse aspettando la prima scusa plausibile per disfarsi di lui. Nessuno avrebbe potuto essere più tranquillo né dare meno disturbo pur vivendo sotto lo stesso tetto, ma Catherine non riusciva a sopportare la sua presenza. Quando Louise gliene chiedeva la ragione, lei rispondeva alzando le spalle.

« Farebbe meglio ad andarsene da qualche altra parte, tra quelli della sua specie. » Oppure: « Perché è venuto a vivere in Francia, occupando proprio il primo alloggio tutto mio che mi sia mai capitato di avere? »

Louise, che non poteva sopportare l'idea di dire a Worth di andarsene, a volte aveva la sensazione di trovarsi seduta su una polveriera. Il più piccolo errore poteva provocare un disastro. Due o tre volte, con la coda dell'occhio, si era accorta che Catherine l'aveva osservata con sguardo penetrante, mentre si acconciava i capelli in modo diverso. Di solito li portava sparsi sulle spalle come le ragazzine della sua età, ma ora, per apparire più grande agli occhi di Worth, aveva cominciato a raccoglierli con uno dei nastri per capelli che le aveva regalato Henri Berrichon. Era ormai diventata una donna e aveva ogni diritto di apparire adulta, diceva tra sé, inclinando il viso con aria critica prima da una parte e poi dall'altra mentre si esaminava allo specchio. Da tempo aveva perso ogni speranza che i suoi zigomi sporgenti assumessero il paffuto aspetto rotondeggiante che ammirava in Catherine. Ma dopo aver analizzato la propria immagine si trovava affascinante e interessante come ogni altra ragazza che, invaghitasi per la prima volta, valuti le proprie attrattive.

All'inizio non s'era accorta di essere innamorata. Il dolce e tenero sentimento che aveva cominciato a destarsi in lei quando pensava a Worth era così totalmente nuovo e strano da lasciarla sconcertata. Catherine innamorata era una creatura passionale, che aveva un continuo bisogno di toccare e accarezzare, restando eternamente abbandonata contro la spalla dell'amato. Sembrava respirare a fatica, tale era la rapidità con cui il suo seno si muoveva su e giù; e le ardenti occhiate che s'incrociavano davano una chiara dimostrazione di ciò che intercorreva tra uomo e donna. Non avendo altro metro su cui misurare l'amore, a Louise era occorso tempo per riconoscere l'origine dei propri sentimenti, che non presentavano alcuna rassomiglianza, nel modo di manifestarsi, con il tumulto amoroso di Catherine, anzi si mantenevano delicati, nebulosi, non andando oltre la suprema felicità di trovarsi in compagnia dell'amato.

Si chiedeva come si dicesse *je t'aime* in inglese. Nel corso delle loro conversazioni, aveva acquisito un'infarinatura di parole ed espressioni inglesi e le aveva immagazzinate nella sua infallibile memoria; ma l'amore non era mai stato menzionato in nessun contesto perché lei potesse trarre qualche indicazione sul modo di esprimerlo. Non desiderava confessare i propri sentimenti, era addirittura spaventata all'idea di dividere quell'intimità con lui, ma voleva sapere come suonassero nella lingua inglese le più belle parole di ogni idioma del mondo.

« Lei è molto *élégante* », le disse Worth ammirato il giorno in cui Louise indossò l'abito con le guarnizioni a piramide che aveva appena finito. L'aveva vista cucirlo nelle sere precedenti.

Il complimeno le tolse il respiro. Si spianò le pieghe sulle ginocchia e spinse i logori stivaletti sotto la sedia su cui era seduta. Le sole cose che odiasse erano le bancarelle degli stivaletti al mercato, perché era così difficile trovare calzature che non fossero già molto usate e quindi scomodissime. In preda a un nervoso imbarazzo, cercò di sminuire l'abito che aveva cucito. « Davvero le piace? Non si tratta che di due vecchi abiti trasformati in uno solo. »

« Ma lei vi ha messo una specie di incantevole *châle.* » Non era la parola esatta e Worth vide che la ragazza era rimasta perplessa, ma il termine giusto gli sfuggiva. Mentre si arrovellava per trovarlo, si sporse dalla panca su cui era seduto e toccò la stoffa lavorata a festoni che le guarniva il collo. « Questo ornamento. »

Louise deglutì a fatica. Le dita di lui avevano involontariamente sfiorato la sua pelle e si era sentita avvampare. « *Collerette* », disse.

Worth si batté la fronte con il palmo della mano. « Sì, sì, certo. Avrei dovuto saperlo. La parola inglese è fondamentalmente la stessa. Perché devo aggiungere la stupidità a tutto il resto? »

Irritata, Louise raddrizzò il busto sulla sedia allontanandosi dallo schienale. « Lei non è stupido. Io penso che sia molto intelligente. Si trova in Francia soltanto da poco ed è già in grado di dire molte più frasi di quante io potessi immaginare. »

Worth fece una risatina soffocata. « Nessuno ha tanta pazienza quanto lei, con me. Trovo molto più facile conversare con lei che con gli estranei. »

Sul suo viso apparve un'espressione pensosa, mentre i suoi occhi si riempivano di benevolenza. Aveva indovinato e capito la sua giovanile ed effimera devozione e ne provava un reverente rispetto. Con lo sguardo indagatore dell'artista che c'era in lui e che gli permetteva di fare quel passo indietro necessario a osservare una donna come se fosse un'opera d'arte, riusciva a vedere dietro l'esitante ragazzina la donna che sarebbe diventata. Al di là di quei fragili lineamenti, degli zigomi e del piccolo mento che le davano l'aspetto di un uccellino, di quegli occhi smisurati, dalle ciglia nere e dalle profondità del topazio, e della rosea bocca dalle labbra piene, c'era una rara bellezza in boccio, capace di affascinare. Pur nell'attuale condizione di creatura tremante e vulnerabile, possedeva già quell'intensità misteriosa che è caratteristica essenziale di ogni donna molto femminile e senza la quale la sola bellezza è una maschera priva di senso. Una creatura del genere era perfetta con gli abiti di qualsiasi secolo. Persino la semplice veste di cui si era dichiarata insoddisfatta aveva bisogno solo di qualche ritocco per valorizzare le sue belle braccia e mani.

« Sono certo di sapere che cosa manca al suo abito », disse con una nota di entusiasmo. « Aspetti un momento. » Con un balzo raggiunse la propria camera, dalla quale uscì quasi subito con una matita e un album per schizzi. Con rapidi movimenti tracciò un disegno del vestito e ne cambiò completamente l'aspetto aggiungendo ampi polsini staccabili alle maniche, con lo stesso motivo delle guarnizioni a piramide. « *Voilà!* Che cosa ne dice? »

Tutta la tensione si allentò in lei, mentre ammirava la semplice aggiunta. « Davvero ingegnoso! Questi polsini cambiano tutto. »

Lui sorrise, porgendole lo schizzo perché lo conservasse. « Non è tutto merito mio. Ho visto polsini del genere nel ritratto di una contessa al Louvre. »

Gli ricambiò il sorriso, tenendo, senza avvedersene, lo schizzo contro il cuore. « Allora sarò in buona compagnia. »

Quando lei volle sapere qualcosa di più sulla sua abilità di disegnatore, Worth le spiegò che aveva molte idee, ma non era in grado di esprimerle se non con pochi tratti efficaci che catturavano l'essenza del soggetto. Se avesse avuto un insegnante, sarebbe stato diverso. Qualche volta pensava che sarebbe potuto diventare uno scultore, perché, avendo scoperto da tempo che riusciva a modellare e drappeggiare le stoffe a suo piacere, allo stesso modo avrebbe potuto impastare l'argilla o incidere il marmo. I colori e la trama delle stoffe erano diventati la sua tavolozza e il suo scalpello. Più tardi, quando Louise guardò di nuovo lo schizzo, fu contenta che lui avesse disegnato anche il suo viso, cogliendo in pochi tratti la somiglianza: ciò dimostrava che l'aveva guardata con molta attenzione. Era un ben piccolo conforto, ma un amore non corrisposto si aggrappa a ogni minima cosa.

Quando Catherine vide lo schizzo, criticò le maniche. Disapprovava per principio tutto quello che Worth faceva o diceva. Sebbene Louise immaginasse che il suo amore fosse assolutamente segreto, a Catherine la cosa non era sfuggita. Ed era gelosa. Non poteva liberarsi della gelosia così come non era riuscita a combattere l'ostilità che provava per il giovane inglese, semplicemente perché era una donna che si sentiva bene solo quando era innamorata. Essere priva dell'amore proprio mentre l'espressione di Louise rivelava che la ragazza era immersa in una romantica contemplazione esacerbava lo stato di infelicità di Catherine, che aveva continuamente i nervi a fior di pelle e a ogni minimo pretesto litigava con Louise. Subito dopo, si vergognava della propria meschinità e le spuntavano lacrime di rimorso.

« Perdonami », si scusava. « Non so che cosa mi succeda in questi giorni. »

Ma entrambe sapevano che la causa era il dolore che le aveva dato Henri Berrichon. Impietosita, Louise perdonava immediatamente l'offesa arrecatale da Catherine, e tutto procedeva bene fino alla volta successiva.

Senza tener conto delle sprezzanti critiche che l'amica aveva rivolto al disegno di Worth, Louise realizzò le maniche ricavandole dalla stoffa rimasta. Fu deliziata del risultato, vedendo che esse conferivano al vestito uno stile particolare, e il suo cuore si riempì di gioia quando Worth la elogiò per aver messo in pratica con tanta abilità la sua idea. L'inglese le diventava ogni giorno più caro.

Da parecchio tempo il giovane era rimasto senza denaro. Era in arretrato con l'affitto, e ogni giorno temeva che la signorina Allard gli intimasse di andarsene. Disperato, cercò di nuovo, come aveva fatto in precedenza, un'occupazione qualsiasi per superare quel momento. Si stavano ampliando due o tre boulevard, e si sarebbe potuto offrire per lavori di manovalanza, oppure per il trasporto di casse e la pulizia delle cunette stradali; ma il numero di uomini che cercavano disperatamente di essere assunti era sempre in aumento e l'alto giovane straniero con le mani da artista veniva continuamente messo da parte.

Poi, miracolosamente, la fortuna cambiò. Mentre tornava indietro assieme ad altri disoccupati dal cantiere delle opere di restauro di un monumento – essendo per quel giorno l'effettivo dei lavoratori già stato completato –, lo sguardo gli cadde su un negozio chiamato La Ville de Lyon che esponeva in vetrina merce di molto buon gusto. Worth si raddrizzò il cappello, si spazzolò la polvere del cantiere che gli si era posata sul soprabito e si diresse verso la bottega con aria fiduciosa. Nel suo miglior francese chiese se c'era un posto di commesso.

« Potrebbe esserci. » Il proprietario stesso uscì da dietro il banco e lo squadrò da capo a piedi. Un giovane sveglio, di bell'aspetto, con un accento inglese davvero molto forte ma su cui si poteva sorvolare se era in grado di servire bene. « Come mai si è rivolto a me? »

« È semplice. Ho visto il suo negozio e ho pensato che mi sarebbe piaciuto lavorare qui dentro », rispose Worth con disarmante sincerità.

« Mmmm. Ha qualche benservito? Lettere di referenze? »

Worth, che non usciva mai senza di esse, tirò fuori le proprie carte dalla tasca e gliele presentò. Il negoziante diede un'occhiata ai fogli. Era stato molte volte a Londra per comprare indumenti di lana e aveva familiarità con Regent Street, St. James e con altri luoghi di vendita altrettanto distinti. Swan & Edgar. Lewis & Allenby. I nomi balzavano agli occhi e lui li conosceva come quelli di ditte di grande serietà. Si pregiava di condurre un commercio di altrettanta eleganza e buon gusto, sebbene il suo negozio fosse molto più piccolo. « Mmmm », fece di nuovo. « È meglio che venga nel mio ufficio, signor Worth. Sì, venga. Parleremo un po'. »

Fu sistemato tutto in breve tempo. Nel giro di mezz'ora Worth aveva servito il suo primo cliente alla Ville de Lyon concludendo una vendita veramente importante. Era felicissimo di essere tornato al lavoro che amava e che conosceva bene, e inoltre era convinto di aver salito il primo gradino della scala che l'avrebbe portato in alto.

Alla chiusura del negozio, alle otto, rimise in ordine la merce negli scaffali per il mattino dopo, e, rimboccatesi le maniche, scopò il pavimento. Percorse la strada di casa con passo allegro, sorridendo tra sé, pieno di orgoglio. Una signora, che aveva aiutato portandole i pacchi fino alla carrozza, gli aveva offerto una mancia, una somma sufficiente per comprare un po' di cibo e del caffè che ora teneva tra le braccia.

Salì le rampe di scale fino al pianerottolo della soffitta, e là si fermò sgomento. Fuori della porta c'erano il suo baule e una pila di libri. Bussò e da dentro si levò la voce di Catherine.

« Se è il signor Worth, se ne vada. È in ritardo di dieci giorni con l'affitto e la sua locazione qui è terminata. Tutti i suoi averi sono là fuori. Io sono una donna onesta e non manca nulla. »

Stava per dirle che aveva trovato lavoro e che avrebbe pagato alla fine della settimana, ma l'orgoglio lo trattenne. Non si era mai umiliato nella sua vita e non avrebbe cominciato ora. La rabbia lo assalì. « D'accordo. Comunque avrei pagato tra non molto. C'è Louise? » Desiderava congedarsi dalla ragazza.

« No. L'ho mandata fuori. Non le pare di averle fatto girare abbastanza la testa? Addio, signor Worth. »

Il giovane s'inginocchiò per sistemare il bagaglio, riuscendo a stipare gli acquisti nel bauletto e ad assicurare i libri all'esterno di esso. Poi se lo caricò su una spalla e, dopo aver sceso le scale, si allontanò dalla rue du Fouarre. Quando ricevette il salario della prima settimana, mandò l'arretrato dell'affitto per mezzo di un fattorino. Catherine lo accettò e gli fece avere una ricevuta. Al fattorino non chiese dove Worth si trovasse. Non desiderava saperlo.

IV

Per molto tempo Louise, ovunque andasse, continuò a cercare Worth, ma non lo rivide più. In una città che superava il milione di abitanti non c'era da stupirsene; eppure lei continuava a sperare di incontrarlo. Parecchie volte nei primi giorni scambiò alcuni estranei per lui, ma, quando costoro giravano la testa rivelando lineamenti non familiari, la delusione la sopraffaceva. Poi a poco a poco si rassegnò allo stato delle cose pensando che Worth poteva addirittura esser tornato alla sua terra natale, e venne il giorno in cui, uscendo per una passeggiata, non si preoccupò più di cercarlo.

Avevano lasciato la soffitta, perché Catherine aveva deciso che dovevano cominciare una nuova vita in un altro quartiere. Avevano affittato due camere con due letti ad alcova sopra un magazzino in rue St.-Martin. L'alloggio era mediocre quanto il precedente, ma c'era una scala di legno esterna che ne facilitava l'accesso, e la vista del fiume che rallegrava molto Louise: la ragazza non si stancava mai di rimanere affacciata a osservare il traffico fluviale. Su Catherine aveva più effetto la riduzione dell'affitto, sebbene qualche tempo dopo un evento di stato in un altro paese fosse intervenuto a risollevare la loro situazione economica. Nella famiglia reale spagnola stava per essere celebrato un doppio matrimonio: la giovane regina Isabella di Spagna e sua sorella, l'Infanta, avevano deciso che doveva esserci un'unica cerimonia. Lo sposo dell'Infanta sarebbe stato uno dei figli del re Luigi Filippo, il duca di Montpensier, e si riteneva dunque che alle sarte francesi sarebbe stato commissionato tutto il necessario per le spose regali. Madame Camille era stata scelta per preparare l'abito di nozze della regina Isabella oltre a cinquanta abiti siglati per il corredo reale. Poiché le ordinazioni erano state fatte con un preavviso molto breve per un avvenimento tanto importante, le cucitrici di ogni affermata sartoria dovettero lavorare notte e giorno per portare a termine gli abiti delle numerose signore dell'aristocrazia spagnola oltre che di altre dame di quella francese e delle corti straniere che erano state invitate. Gli aghi scintillavano, le forbici tagliavano, e migliaia di metri di seta cangiante, di damaschi, di taffettà e mussolina di lana venivano misurati, alcuni da Worth: sul suo banco le strisce orizzontali e i colori vivaci erano di gran moda così come tutte le sfumature del giallo-albicocca, del verde e dell'azzurro. Si preparavano innumerevoli variazioni su rigidi corsetti, abiti con aperture a ferro di cavallo che rivelavano le maniche sottostanti, e gonne enormi sostenute, sotto, da scomode strisce di tessuto di crine di cavallo chiamate *crinoline*. Louise si spezzava le unghie nel cucire l'odiata crinolina per le sottogonne, ma ringraziava il cielo di essere di nuovo carica di lavoro, e Catherine parecchie volte dovette trascorrere l'intera notte a cucire gli abiti del corredo regale.

Quando la febbrile attività ebbe termine e coloro che lavoravano in sartoria poterono di nuovo respirare, Catherine e Louise fecero una puntata alla Rotonde, alle bancarelle di abiti usati del Marché du Temple, un raro piacere per entrambe. I venditori che Catherine conosceva da lungo tempo le offrirono articoli d'occasione che tenevano da parte per i clienti speciali. Purché la qualità delle stoffe fosse ottima, l'età e il taglio degli abiti non avevano importanza, giacché le due ragazze avrebbero disfatto le cuciture, scartando le parti consumate, e avrebbero lavato e tagliato i vari capi per poi ricucirli. In questo modo potevano ricavare nuovi abiti fatti con stoffe che altrimenti non si sarebbero mai potute permettere, essendo quel cotone a buon mercato della migliore qualità.

Per completare gli acquisti, nelle altre bancarelle passarono in rassegna cumuli di scarpe e stivaletti per trovare un buon paio di calzature per Louise. Costei non si era mai lamentata delle proprie scarpe molto consumate, neppure quando le si erano arrossate le dita e irritate le caviglie in modo doloroso, perché sapeva che i loro mezzi non permettevano l'acquisto di nuove calzature né per lei né per Catherine, che fra l'altro doveva vestire in modo decente, secondo le regole di Madame Camille. Ma in questa occasione Louise, con un sospiro subito soffocato, lasciò intendere che avrebbe desiderato camminare altrettanto bene di come cuciva, e che calzare un paio di comode scarpe le avrebbe fatto piacere. Catherine, che non aveva mai dato importanza alla cosa, si sentì rimordere la coscienza. Dopo aver contato ancora una volta il denaro nel borsellino, decise di rimandare a un periodo successivo l'acquisto delle scarpe per sé e lasciò che Louise ne prendesse un paio nuovo, dicendole che questa volta i soldi per l'acquisto non mancavano. Piena di felicità, Louise scelse degli splendidi stivaletti di cuoio con i tacchi rastremati. Dopo averli calzati, continuò ad ammirarseli, pensando che le sue sottili caviglie apparivano più slanciate con quella stravagante allacciatura.

Stranamente, furono quelle calzature a risvegliare in Louise il desiderio di rivedere Charles Worth. Sentiva che lui, più di qualsiasi altro, avrebbe approvato la sua nuova eleganza. Gli abiti che la ragazza aveva modificato non somigliavano più in alcun modo a quelli acquistati alle bancarelle: sotto la direzione di Catherine erano stati rifatti con notevole buon gusto. Le maniche del soprabito grigio erano un riadattamento di quelle che Worth aveva disegnato per l'abito di Louise, e, con i bordi di velluto ocra ricavati da un panciotto usato, la ragazzina si sentiva talmente elegante da poter accettare un invito dal re al palazzo delle Tuileries. Gli stivaletti nuovi completavano l'insieme. Se Charles avesse potuto vederla abbigliata così elegantemente, avrebbe provato di certo qualcosa di più di un semplice sentimento di amicizia.

Il suo struggersi per lui le dava un'acuta sensazione, che non era né di dolore né di piacere, e che interpretava come un segno di maturazione. Ogni tanto si soffermava a guardare con aria sognante nel vuoto, con l'ago sospeso nella mano. Dove si trovava Worth? Aveva mai pensato a lei? Per la prima volta Catherine aveva dovuto cominciare a rammentarle in varie occasioni le faccende domestiche da svolgere.

Alla fine, quello stato d'animo l'abbandonò. Gli stivaletti si scucirono la prima volta che li indossò con la pioggia e gli indumenti si restrinsero facendo delle pieghe sul seno e aprendosi in vita. Louise si concentrò allora di nuovo sugli aspetti pratici della vita, relegando i teneri ricordi nei luoghi più reconditi della mente.

Worth aveva lasciato La Ville de Lyon. Gli era servita così come lui ne aveva servito i clienti, e l'aveva messo in grado di sistemarsi stabilmente nel commercio dei tessuti in Francia, permettendogli nello stesso tempo di esercitarsi nella lingua, che ora parlava in modo corrente. Il suo solo rimpianto era l'impossibilità di eliminare l'accento inglese, giacché gli premeva essere scambiato per un vero parigino.

« Ah! Lei è inglese, signore », era l'immediata osservazione della gente non appena egli apriva bocca. Cosa che gli congelava il sorriso sulle labbra. Alla fine si abituò al commento e sfruttò la propria diversità per farsi ricordare. Con soddisfazione udì spesso quei clienti che non conoscevano il suo nome chiedere di essere serviti dall'« inglese ». Questa accettazione del dato di fatto non incrinò la sua determinazione a parlare il francese come se fosse la sua lingua madre, con l'esatto accento e tutto il resto. Di notte, continuava i propri studi al lume di candela anche nel suo nuovo alloggio, così come aveva fatto in rue du Fouarre. Ora abitava una stanza all'ultimo piano che non era migliore della dimora che aveva avuto in passato e da cui godeva la stessa vista di tetti multicolori e di sporchi rigagnoli.

Durante il tempo libero che gli restava alla Ville de Lyon, per tenersi aggiornato, leggeva sia le riviste di commercio e di abbigliamento, sia *Le Follet* e altri giornali. Voleva tenersi al corrente sull'ultima moda, che a parer suo continuava a rivelare una singolare mancanza d'immaginazione. Poi venne il giorno in cui seppe che c'era un posto vacante per un commesso specializzato al numero 83 di rue de Richelieu. Era il prestigioso edificio della Casa Gagelin. Se avesse potuto ottenere quell'impiego, si sarebbe trovato nel cuore della via più alla moda della più elegante città del mondo. La sua mano tremava lievemente la notte in cui scrisse una lettera per chiedere di essere assunto. Qualche tempo dopo, un biglietto di risposta gli fissava l'ora e il giorno in cui si sarebbe dovuto presentare per un colloquio.

Nella sua finanziera di fine panno nero, ben stirata anche se mostrava un po' l'usura di un capo portato a lungo, coi lindi calzoni che rivestivano le lunghe gambe e con lo stesso cilindro che calzava sul postale con cui aveva lasciato l'Inghilterra attraversando la Manica, indumenti che aveva acquistato al prezzo ridotto praticato al personale da Swan & Edgar, pagandoli con le mance che aveva messo da parte, arrivò all'imponente edificio della Casa Gagelin. Non era la prima volta che vi si recava. Era uno dei tanti negozi in cui aveva cercato lavoro nei primi giorni del suo soggiorno a Parigi, ma a quell'epoca, a causa del suo impossibile francese, gli erano state chiuse le porte: scuotendo il capo con protettiva condiscendenza, un membro di secondaria importanza del personale direttivo lo aveva pregato di andarsene. Ora le cose stavano in modo diverso. Con passo sicuro infilò l'ingresso riccamente decorato e provò un'immensa soddisfazione nel calpestare il tappeto persiano, bruno-fulvo e ruggine, simile nel colore a una miscela di vini, che attutiva i suoi passi.

Attraverso le ampie arcate, poté vedere che i vari reparti del negozio erano disposti in fila l'uno dopo l'altro come una successione di sale marmoree di grande imponenza, ognuna illuminata da scintillanti candelabri di cristallo sospesi per mezzo di catene dorate ai soffitti riccamente decorati di stucchi. Ghirlande e festoni erano appesi alle volute delle cornici degli specchi incassati nelle pareti che si alternavano con pannelli damascati del colore di un limpido borgogna. In contrasto con tutto ciò, i severi banconi di mogano sembravano ricordare il vero scopo di quella grandiosa messa in scena. Quasi per attenuare quel simbolo commerciale, grandi quantità di composizioni di fiori facevano pensare al salotto di qualche individuo di rispetto. La merce in esposizione si limitava a qualche scialle di cachemire, mantelline, cappe di produzione della Casa Gagelin sparsi qua e là, oltre alle bellissime stoffe per le quali il negozio era rinomato. Worth aveva notato quell'opulenza e quel lusso da cui sprigionava un aroma sensuale, che pareva aleggiare nell'aria, lieve e odoroso, e dava alla testa come un incenso esotico che venisse bruciato a beneficio della ricca e scelta clientela.

« Posso fare qualcosa per lei, signore? » lo apostrofò un commesso anziano, magro, dall'aspetto impeccabile, la cui affettazione venne meno non appena ebbe lanciato un'occhiata critica agli abiti di buon taglio ma molto consunti del giovane.

« Ho appuntamento con il signor Gagelin. »

Il commesso, immaginando lo scopo dell'appuntamento, non si degnò di condurre personalmente il candidato all'ufficio; con uno schiocco delle dita chiamò uno degli apprendisti, che giunse con le code della redingote svolazzanti per esaudire la richiesta. L'ufficio del proprietario non era meno sontuoso di quanto lasciassero presagire le sale che già aveva visto, con tende cremisi alle finestre dai vetri colorati, lampade a olio con paralumi a nappine di seta, e una gran quantità di scuri mobili intagliati. Era dominato da una scrivania su cui campeggiavano un calamaio d'oro massiccio, una cartella in cuoio sbalzato e un elefante indiano scolpito nell'avorio con una cavità per le penne. Il signor Gagelin sedeva rigido e impettito, su un'imponente sedia girevole dietro la scrivania, con la catena d'oro dell'orologio che gli attraversava il panciotto di buon taglio, i grandi baffi che si confacevano alla sua aria d'importanza, e i folti basettoni. Facendo cenno con una mano su cui scintillava un anello con rubini, indicò a Charles di accomodarsi.

« Si sieda, signor Worth. » Afferrò la lettera con la sua richiesta di lavoro appoggiata sulla scrivania e vi gettò un'occhiata. « Lei è inglese, vedo, e le dirò subito che la sua padronanza della scrittura della mia lingua nativa è ineccepibile. Mi congratulo con lei. » La lettera venne abbandonata, e il signor Gagelin congiunse le mani sulla scrivania davanti a sé. « Tuttavia, nonostante il chiaro resoconto che lei mi ha fornito circa i suoi impieghi nel settore dei tessuti, vorrei udire dalla sua viva voce prima di tutto la ragione per cui è venuto a Parigi, e poi quella per cui dovrei considerarla un candidato meritevole. »

Worth capì che si voleva esaminare la sua scioltezza nell'uso della lingua francese, allo stesso modo in cui sarebbero state valutate le altre sue doti. Senza preoccupazione alcuna, parlò liberamente, facendo notare che i clienti provenienti dalle Isole britanniche e dagli Stati Uniti, oltre a quelli che giungevano dai paesi in cui si parlava l'inglese, avrebbero accolto con piacere l'attenzione di un commesso in grado di rispondere alle richieste nella loro lingua. Per il signor Gagelin la nomina del giovane era quasi un fatto scontato. Il piacevole aspetto, l'ottima presenza, e una padronanza della lingua accompagnata da impeccabili referenze sia della Ville de Lyon sia dei precedenti impieghi londinesi gli garantivano il posto.

Un quarto d'ora dopo, Worth lasciò il negozio al colmo della felicità. Avrebbe cominciato a lavorare il lunedì successivo al banco delle stoffe, dove avrebbe tagliato le pezze per le sartorie che preferivano la Casa Gagelin a tutte le altre per i loro acquisti, e per i privati che sceglievano di persona i propri tessuti. Si poteva dire, pensò sorridendo tra sé, che la Casa Gagelin si fosse trovata proprio nella strada giusta e al momento giusto. La luce che gli brillava negli occhi fu notata, attraverso le frange dell'ombrellino, da una bella donna che passava in carrozza. Lui osservò ammirato la sconosciuta finché fu fuori vista e il fragile contatto si interruppe. Subito dopo si sentì travolgere da un'ondata di malinconia, come se quel sentimento fosse suscitato dall'eco delle ruote della carrozza appena scomparsa. Si ricordò con una fitta al cuore che il lavoro e l'ambizione, lo studio e i libri si erano portati via quasi ogni minuto del suo tempo fin da quando era arrivato a Parigi. Raramente c'era stato un giorno in cui non si fosse alzato presto e non fosse andato a letto tardi, coricandosi soltanto quando si era consumata tutta la candela, né dimenticava che il suo salario era stato appena sufficiente per il cibo e l'alloggio. L'impiego alla Casa Gagelin avrebbe costituito un piccolo miglioramento sotto il profilo finanziario e, quando avesse finito di pagare finalmente il debito contratto con il cugino della madre, la sua situazione sarebbe stata leggermente più vantaggiosa, anche se gli sarebbe rimasto soltanto quel che bastava per i libri necessari ai suoi studi, che acquistava in una bancarella del mercato. Serrò le mascelle. Non gli restava che aspettare. Aveva deciso di aver successo nella vita, e nulla di ciò che ha valore si conquista facilmente.

Il lunedì mattina era in attesa davanti all'ingresso del personale prima dell'apertura. Dopo essersi procurato una nuova finanziera e un paio di calzoni del taglio e dello stile richiesti dall'azienda, che avrebbe pagato con somme settimanali tolte dal proprio salario, fu accompagnato a visitare il negozio da uno dei suoi colleghi del banco delle stoffe. Come sempre prima che le porte del negozio venissero aperte alla clientela, aveva inizio una febbrile attività: si spolveravano gli scaffali e i banconi e si scopriva la mercanzia. C'era un certo numero di giovani commesse, che erano state scelte come personale di banco per il sorriso luminoso, l'espressione del volto e i modi accattivanti. Fu presentato a quelle con cui avrebbe avuto contatti nel proprio lavoro e chinò il capo ai loro cenni e ai loro sorrisi. Continuò il giro attraverso gli atelier dove le sartine erano già al lavoro per confezionare abiti da passeggio per la scorta di magazzino o altri articoli di cui i clienti potevano far richiesta, e le lavoranti guardarono con curiosità l'estraneo che veniva accompagnato a visitare il loro regno.

Nei magazzini furono mostrati a Worth i vari articoli ammassati, sebbene, per il momento, lo riguardasse soltanto quello che conteneva le pezze di stoffa. Worth considerò con soddisfazione gli scaffali carichi di merce. Non era mai stato costretto a maneggiare merce di poco conto e ora avrebbe venduto i migliori articoli che esistessero al mondo.

Nelle settimane che seguirono sollevò e trasportò pezze di stoffa, le svolse, le accostò l'una all'altra, le misurò, cambiò un tessuto con un altro, esaminò le fluttuanti, ondeggianti metrature, ripetendo le operazioni per decine di volte prima di essere in grado di intervenire con le forbici. La lunga esperienza gli aveva insegnato a guidare le clienti nelle scelte, ma c'erano sempre quelle cui piaceva far correre su e giù il commesso, o altre così indecise che non sapevano che cosa scegliere quando le si guardava dritto in faccia. In questi casi lui prendeva una pezza di un panno particolarmente costoso, spesso un tessuto che era stato mostrato per primo ma poi messo da parte perché non accolto con la giusta considerazione, anche se lui sapeva fin dall'inizio che era adattissimo per pregio e colore alle esigenze dell'acquirente. Invece di svolgerla, la teneva stretta come se avesse fatto un errore a riportarla. Scuotendo il capo come accorgendosi di aver commesso una sciocchezza e fingendo di esitare, si scusava rifiutandosi di srotolare.

« Questa stoffa sarebbe deliziosa per lei, signora. Ma il disegno e la lavorazione la rendono così costosa che non sono sicuro che lei voglia vederla. »

Poiché il prezzo non era mai un ostacolo per coloro che sceglievano il negozio della Casa Gagelin, la cliente immaginava subito che si volesse rifiutarle qualcosa di esclusivo, magari per serbarlo per qualcun'altra quando lei l'aveva visto per prima; così chiedeva immediatamente, con aria decisa, che le si svolgesse davanti la stoffa. Invariabilmente, l'acquisto veniva concluso. La cliente era più che soddisfatta perché pensava che la scelta fosse un suo trionfo personale, e Worth, altrettanto contento, accompagnatala alla porta, le faceva un inchino prima di tornare a riordinare il banco in attesa dell'acquirente successiva. Spesso si diceva che le donne erano come i libri che accumulava, abbastanza facili da leggere una volta che si era divenuti padroni del linguaggio.

La sua abilità nelle vendite non passò inosservata al signor Gagelin. Una mattina, qualche minuto prima che il negozio fosse aperto alla clientela come ogni giorno, Worth fu chiamato nell'ufficio del proprietario.

« Lei è promosso al banco di vendita di mantelle, cappe e così via », lo informò il signor Gagelin con un cenno di approvazione. « Il suo salario sarà aumentato adeguatamente. Ci vada subito. La sua collega è una *demoiselle de maison* che è appena tornata dopo un periodo di licenza. Si chiama signorina Vernet. »

Worth richiuse la porta dell'ufficio e si toccò pensosamente la scura cravatta di seta. *Vernet!* Non certo Louise Vernet! Si rese conto della follia del suo pensiero. Louise non sarebbe mai arrivata a una posizione così elevata per il suo ambiente: le *demoiselles de maison* di un'azienda del genere erano giovani donne di ottima nascita, di famiglie rispettabili, i cui genitori o tutori pagavano per ottenere il privilegio dell'addestramento a quel genere di lavoro, con vitto, alloggio e sorveglianza offerti nell'edificio stesso. Mentre si affrettava verso il suo nuovo banco, cercò di scorgere la giovane donna con la quale avrebbe lavorato.

La vide prima che costei si accorgesse di lui. Nella luce diffusa che proveniva da una lampada di vetro opaco appesa al soffitto e che gettava riflessi dorati sui suoi folti capelli castani inanellati, la ragazza gli volgeva le spalle, indaffarata a sistemare le pieghe di uno scialle ricamato appeso a un piedistallo appoggiato sul banco. Poi, mentre Worth attraversava l'archivolto che immetteva nella sala, lei fu avvertita della sua presenza dal riflesso su una psiche che si trovava poco lontano dalla sua mano. Subito irrigidì le spalle, sistemando la lucente seta nera che le rivestiva il busto e la fila verticale dei bottoni che fissavano la lunga gonna dritta. Con apprensione Worth si chiedeva se si sarebbe irritata per il fatto di dover lavorare con un compagno inesperto. Percorse l'ultimo tratto che li divideva.

« La signorina Vernet? Sono Charles Worth. Mi hanno detto che dobbiamo servire insieme a questo banco. È un grande onore per me. »

La ragazza esitò alcuni istanti prima di voltarsi, così che lui ebbe tutto il tempo di pensare che aveva avuto ragione di temere la sua ostilità; ma, quando la giovane si voltò con un movimento pieno di grazia, Worth si rese conto che le sue supposizioni erano infondate. Non c'era risentimento nella sua espressione e neppure animosità nel suo sguardo franco. Con quel penetrante intuito che possedeva nei confronti delle donne, intuì di trovarsi di fronte a una ragazza timida e capì che quel fugace irrigidimento e quell'esitazione erano soltanto frutto di un passeggero nervosismo dovuto all'idea di fare la conoscenza dell'estraneo con cui avrebbe dovuto collaborare.

Ma si era già ricomposta, e aveva assunto un atteggiamento dignitoso e cortese.

« È un piacere conoscerla, signor Worth. » Aveva una voce calma e melodiosa che armonizzava con il suo aspetto. Il suo viso aveva un bell'ovale, una bocca dolce dal labbro inferiore pieno e generoso, il mento arrotondato. Sotto le sopracciglia ben disegnate, gli occhi erano di un raro color zaffiro. Il naso era lungo e lievemente aquilino, ma la delicata curva delle narici conferiva a esso un aspetto raffinato; la sua pelle era pallida e lucente. La ragazza non si era accorta che il suo portamento aveva fatto molta impressione su Worth. Poche donne possiedono quella naturale eleganza che permette di vestirsi di tela di sacco e di non sfigurare in mezzo a una folla di persone dello stesso sesso splendidamente abbigliate. E Worth riconobbe senza ombra di dubbio che la signorina Vernet possedeva questa fortuna, sia che lo sapesse o no. Il suo abito dalla gonna lunga era semplice, un po' diverso da quelli che indossavano le altre giovani commesse, a ciascuna delle quali era stato consentito di scegliere un modello che ben si adattasse alla bella seta nera, facendolo eseguire in sartoria; ma, su di lei, esso aveva un aspetto incredibilmente raffinato.

« Sono sicuro che andremo perfettamente d'accordo », le assicurò lui allegramente, nel desiderio di instaurare un simpatico rapporto. La cosa non gli riusciva mai difficile quando si trattava di donne. « Pare che lei sia appena tornata da un soggiorno fuori Parigi. »

« Ho ottenuto un permesso per andare a casa, a Clermont-Ferrand, a trovare un membro della mia famiglia che era ammalato e che adesso, sono felice di poterlo dire, si è completamente ristabilito. » La ragazza si manteneva a una certa distanza da lui: era indietreggiata per mettersi al sicuro dal potere del suo fascino, del quale egli si stava deliberatamente servendo. Eppure Worth non aveva mai fatto una cosa del genere prima d'allora.

« Lei dev'essere una splendida infermiera. »

L'adulazione non fece presa. « Come tutti i miei familiari, ricevevo semplicemente istruzioni da un ottimo medico. »

Capì d'esser stato rimesso educatamente a posto, ma continuò con le migliori intenzioni. « È da molto tempo che lavora da Gagelin? »

I quieti occhi azzurri lo fissarono. « Cinque anni. »

Worth si rese conto troppo tardi che con quella domanda era come se le avesse chiesto l'età, perché le *demoiselles de maison* iniziavano il loro apprendistato a sedici anni, e fu dispiaciuto di essere apparso goffo nella sua sincerità così poco opportuna. Intanto assimilava l'informazione che aveva appena ricevuto. Dunque aveva ventun anni. La sua stessa età. Il lieve colore rosato delle guance della ragazza si era accentuato, anche se continuava a restarsene davanti a lui calma e serena, assolutamente padrona di sé, con una riservatezza che traeva origine da una naturale modestia e non da imbarazzo. Indubbiamente era una ragazza non comune.

« Allora deve avere una grande familiarità con questo banco », disse in tono più serio, dopo aver deciso che sarebbe stato meglio inserirsi nella routine lavorativa, lasciando da parte le questioni personali. « Le sarei obbligato se volesse mettermi al corrente sulle merci che dovremo vendere e sulla loro collocazione in scaffali e cassetti. »

La ragazza si dimostrò chiara, veloce ed efficiente nell'aderire alla sua richiesta, e, sebbene Worth in apparenza prendesse nota di tutto, un'intima parte di lui, collegata al suo innato senso di valutazione delle forme femminili, registrava la grazia inconscia di ogni movimento della signorina Vernet, come se l'otturatore di una di quelle macchine fotografiche di recente invenzione continuasse ad aprirsi e chiudersi nella sua mente. La bellezza si sprigionava da tutto il suo corpo. Non c'era nulla di scomposto o di spigoloso. Faceva ondeggiare le pieghe della propria gonna e a Worth sembrava che anche i suoi riccioli sfuggenti fluttuassero come piume contro le guance morbide.

La giovane donna, del tutto ignara dell'ammirazione che brillava negli occhi di lui, poté apprezzare il buon gusto e l'abilità del nuovo commesso quando la prima cliente di quel giorno si presentò al loro banco, poco dopo che lei aveva finito di elencargli le merci. La signora desiderava una corta mantella. Il giovane gliene mostrò parecchie e, dopo che la ragazza gliele ebbe provate, la scelta si ridusse a due della stessa foggia ma di diverso colore.

« Qual è la migliore? » continuava a ripetere la signora, indossando prima l'una poi l'altra, sospirando e corrugando la fronte. In uno struggente appello, si volse al signor Worth. « Mi dica che cosa ne pensa. »

Marie Vernet si sentì solidale con lui. Sapeva per esperienza personale quanto fosse difficile aiutare quelle indecise clienti a scegliere qualcosa. A ogni suggerimento, la cliente subito pensava che lei preferisse l'altro capo, e allora la noiosa rappresentazione si ripeteva all'infinito. Ma il signor Worth si limitò a sorridere e spostò la psiche movibile perché la signora potesse vedersi sotto un'angolazione migliore.

« La accordi con il colore dei suoi occhi, signora », consigliò lui alzando solo un po' le sopracciglia come se la cosa fosse del tutto ovvia. « Nel *suo* caso, se ha dubbi, la intoni sempre ai suoi occhi. »

La signora, colta di sorpresa, sgranò le pupille, poi spostò lo sguardo da lui alla propria immagine riflessa, mostrandosi compiaciuta. « Sì, certo », convenne, con il fiato sospeso, lasciando scivolare sul banco la cappa color verde-oliva che teneva in mano e trattenendo quella di velluto marrone-scuro. « Sì, effettivamente. »

Marie nascose il proprio stupore. La signora aveva occhi stupendi e naturalmente lo sapeva. Ma Marie era convinta che non sarebbe mai venuto in mente né a lei né a qualsiasi altro commesso, costretto dalla cliente a prendere una decisione, di usare il semplice stratagemma di un sottile complimento. In bocca a chiunque altro meno sicuro di sé del signor Worth e dai modi meno accattivanti, quelle frasi sarebbero apparse come un'impertinente adulazione. Lui invece aveva detto semplicemente quel che vedeva, e nel modo più incantevole. Nessuno avrebbe potuto negare che la cappa marrone-scuro era quella che più si addiceva alla signora. Niente poteva starle meglio.

Nel corso della giornata, il rispetto di Marie per le doti di venditore del suo nuovo collega aumentò enormemente. Scoprì anche una certa arroganza in lui, ma bisognava ammettere che gli sarebbe stato difficile non mostrarsi un po' tiranno: era talmente consapevole del proprio potere di influenzare, guidare e indirizzare il sesso femminile che spesso appariva inflessibile. Quanto a lei, del tutto priva di presunzione, poteva solo sperare di mostrarsi un'adeguata compagna a quello che adesso era il banco di Worth, per poter completare con la propria la sua arte di vendere. Sarebbe stato inoltre prudente, pensò, guardarsi dal suo fascino chiaramente irresistibile.

A Worth occorse un po' di tempo per scoprire il suo nome

di battesimo, e non fu Marie a farglielo conoscere ma un'altra giovane commessa, che lo lasciò cadere durante un discorso. Al giovane sarebbe piaciuto chiamarla per nome quando non c'erano clienti, ma lei riteneva indispensabile mantenere un educato formalismo senza prendersi alcuna libertà. Lavoravano insieme in perfetta armonia; ma, non appena la merce in esposizione veniva coperta per essere salvaguardata dalla polvere durante la notte, tra loro cessava ogni comunicazione. Marie si affrettava a raccogliere la propria borsetta nella nicchia sotto il banco e correva a raggiungere le altre *demoiselles de maison*. Saliva con loro la scala sul retro che portava agli alloggi, definiti scherzosamente « il convento » dai commessi maschi, ai quali non era permesso avventurarvisi. Gli uomini abitavano fuori dell'edificio. Una volta Worth aveva messo piede sulla scala proibita. Fu poco tempo dopo che si erano conosciuti. Lei aveva dimenticato il fazzoletto nella nicchia, un quadrato di fine batista con le iniziali ricamate in un angolo. Le era corso dietro per consegnarglielo.

« Signorina Vernet! Un momento, per favore! »

Lei era già arrivata quasi in cima all'ultima rampa, intenta a conversare con alcune compagne. Girò di colpo la testa, sussultando per lo spavento quando vide che Worth aveva già percorso un quarto della scala. Raccolse intorno a sé le gonne e ridiscese a precipizio per andargli incontro; poi lo prese per un braccio e lo trascinò verso il pianterreno.

« Ai giovanotti non è permesso metter piede neppure sul primo gradino », spiegò concitatamente, guardandosi intorno per assicurarsi che non fosse stato visto da qualcuno della direzione. « Lei doveva saperlo! »

« Neppure per restituire un oggetto che le appartiene? » chiese, porgendole il fazzoletto.

La ragazza si rilassò: il pericolo era scongiurato e la sua avventatezza non era stata scoperta. Con uno dei suoi incantevoli sorrisi che le creavano fossette sulle guance, afferrò il fazzoletto. « Grazie. Non sarò più così sbadata. Non avrei mai potuto perdonarmi, se lei si fosse trovato nei guai per causa mia. »

Rimase a guardarla mentre saliva di nuovo le scale, sperando che, arrivata in cima, si voltasse verso di lui, ma lei non lo fece. Provò un senso di scontentezza e di solitudine, mentre andava a prendere il cappello dall'attaccapanni nel guardaroba degli uomini e si avviava lungo la strada di casa per tornare alla propria soffitta.

Il mattino dopo Worth sperò in un miglioramento dei loro rapporti, in un maggior interesse da parte di lei, ma la ragazza fu formale e cortese come al solito e non fece alcun riferimento al breve episodio delle scale. Il fatto che restasse indifferente alle sue *avances* lo irritava sempre più: non ne capiva il motivo, e a volte manifestava la propria irritazione con insoliti gesti di impazienza verso di lei, che li accettava senza reagire né arrabbiarsi, con il viso composto. Col passare delle settimane, durante le quali si confermava sempre più il loro affiatamento sul lavoro, il tormento per le distanze che lei manteneva continuò ad accrescersi. Worth non sapeva più che cosa fare. La ragazza doveva aver capito di piacergli e di aver suscitato la sua ammirazione. Ogni donna è in grado di percepire tali sentimenti in un uomo. Si torturava la mente chiedendosi che cosa avesse trascurato nei loro rapporti. Fece un altro tentativo per destare il suo interesse, cercando di creare un legame con lei attraverso Louise Vernet. Scelse un momento alla fine della serata in cui c'erano soltanto pochi clienti nel negozio ed era improbabile che venisse interrotto. Marie era inginocchiata, intenta a piegare alcuni scialli di cachemire per riporli in un cassetto in basso, e lui aveva raccolto il resto della pila dal banco accovacciandosi accanto a lei per porgerglieli.

« Quando sono arrivato a Parigi, ho abitato in un posto dove c'era una persona che portava il cognome Vernet. »

« Ah sì? » disse la ragazza, continuando a mostrarsi indaffarata.

« Sì, una ragazzina di nome Louise Vernet, che era stata, si può dire, adottata dalla sartina che abitava in quell'alloggio. Mi piacerebbe sapere se può avere qualche legame di parentela con lei. »

Con la punta delle dita Marie afferrò l'ultimo scialle che lui le porgeva e lo rassettò. « Il mio cognome è molto comune. Ci devono essere centinaia di Vernet a Parigi. » Chiuse il cassetto e accettò la mano che lui le offriva per aiutarla a rimettersi in piedi.

« Sì, ma la ragazza una volta mi ha accennato che veniva da Clermont-Ferrand. Credo che suo padre fosse nato da quelle parti. »

La ragazza si stava lisciando le pieghe della gonna nella parte che era rimasta sotto il suo ginocchio, ma, udendo queste parole, sollevò il viso verso di lui con aria sorpresa. « Come si chiamava? Forse era un cugino alla lontana. »

Worth non riusciva a ricordare se il nome fosse Jacques o Jean, e raccontò a Marie dei suoi primi giorni a Parigi e di Louise che di notte aveva sorvegliato la tomba della madre fino a quando era stata raccolta e ospitata in quella casa. Marie era profondamente commossa alla descrizione di ciò che aveva passato la ragazzina.

« Che tragica situazione. La madre era una tessitrice di seta di Lione, ha detto? »

« Sì. Le rammenta qualcosa? »

Lei scosse il capo. « No, ma è una storia così triste! »

A insaputa di Worth, Marie scrisse a casa per indagare sul padre di Louise Vernet, il cui nome di battesimo era Jacques o Jean. Ricevette la conferma che si trattava di Jacques, il rampollo di una famiglia che portava lo stesso nome ma con cui non esistevano rapporti di parentela. Questi, molti anni prima, mentre era ancora studente, era scappato con una tessitrice di seta che aveva conosciuto durante un soggiorno a Lione. Nessuno sapeva dove fossero finiti e che cosa fosse loro accaduto, all'infuori del fatto che tre anni dopo la loro scomparsa, la donna, che era diventata la moglie di Jacques, aveva scritto per informare la famiglia che lui era morto di tisi. Il tenero cuore di Marie si commosse nuovamente. Ripose la lettera, augurandosi che potesse saltar fuori qualche grado di parentela con Louise, in modo da avere l'opportunità di aiutare la ragazzina che aveva avuto un'infanzia così infelice e conosciuto così poco dell'amore dei genitori, mentre lei era stata vezzeggiata per la maggior parte degli anni delicati della sua vita. Più tardi, questo le aveva reso più facile sopportare le avversità.

Marie e Worth avevano avuto una mattinata particolarmente intensa al loro banco, quando una cliente, che il proprietario teneva in grande considerazione, entrò rapida nel negozio con le piume della cuffia che ondeggiavano imperiosamente, la mantellina svolazzante e le mani affondate in un manicotto di martora. Una fragranza discreta di un nuovo profumo di Guerlain l'avvolgeva. Il suo nome era Marie-Thérèse de Gand, ed era una vedova ricca e potente. Tutto il personale della Casa Gagelin la conosceva a eccezione di Worth che, essendo arrivato da poco, non l'aveva mai vista prima. Visitava Parigi a intervalli irregolari, dopo aver lasciato il suo castello nella valle della Loira, per occuparsi di affari e per divertirsi, e non dimenticava di rifornire il proprio guardaroba nella sartoria di Madame Palmyre. In quell'occasione era venuta a Parigi per assistere alla parata della Scuola Militare, cui partecipava il suo unico figlio, Pierre. Il commesso più anziano si precipitò a riceverla e il signor Gagelin in persona l'accolse con un reverente inchino. Tutto l'edificio fu in un tale subbuglio che sembrò attraversato da scariche d'elettricità. Rapidi sussurri passarono da un banco all'altro. « È tornata! C'è la signora de Gand. *Mon Dieu!* Spero di non doverla servire io questa volta. Vorrà di nuovo che le scioriniamo davanti l'intero magazzino. Guarda! Viene qui. »

La signora de Gand avanzò la sua richiesta. Voleva uno scialle da sera di strass da indossare quella sera all'Opéra sul nuovo abito di velluto nero che aveva acquistato da Palmyre.

« Da questa parte, signora. »

Si lasciò scortare verso una delle sedie dorate che si trovavano accanto al banco. Si accomodò sull'imbottitura di seta a righe e sfilò le mani guantate dal manicotto di martora, perché il negozio era ben riscaldato in quella fredda giornata, e, mettendolo da parte, guardò sprezzantemente la giovane *demoiselle de maison* che aspettava di servirla. Worth, che si occupava di una cliente all'altra estremità del banco, guardò la terribile vedova con la coda dell'occhio. Ravvisò immediatamente in lei la più temibile delle clienti, la donna cui non piace mai nulla.

Marie appariva instancabile nei suoi sforzi per servire la signora de Gand. Mostrava uno scialle dopo l'altro nei colori richiesti, carminio, smeraldo, giallo-dorato, cobalto, rosa-pallido e splendente corallo. La morbida seta e le trine si ammonticchiavano sulla superficie lucente del mogano; la ragazza mostrava un'appassionata sollecitudine a trovarne uno che si adattasse alla cliente, ma tutto era inutile. Marie diventava sempre più pallida, mentre la signora de Gand continuava a scuotere il capo con disgusto, alzando una mano in un gesto di derisione a ogni cosa che le veniva mostrata.

Worth, la cui cliente se n'era andata soddisfatta, osservava attentamente la vedova. Aveva gli zigomi alti, le guance incavate e il mento squadrato dell'aristocratica francese. Sotto le sottili sopracciglia, gli occhi dalle ciglia folte erano più verdi che grigi e i suoi capelli neri erano armoniosamente striati da bande candide, simili a nastri, trattenute dalla cuffia di forma allargata; dietro erano raccolti in una crocchia piatta o in un morbido nodo nascosto sotto quel volant noto come *bavolet*, che da quel copricapo tipicamente femminile le scendeva fino alle spalle. Era una moda di oltre vent'anni prima che Worth detestava, non solo perché rappresentava una condizione statica del costume, ma anche perché nascondeva in modo orrendo la parte del corpo di cui le donne vanno più orgogliose. Con gli occhi dell'immaginazione si raffigurò la bella chioma della donna senza quell'aberrante acconciatura, quando si fosse abbigliata in modo elaborato per la sera, e si convinse che quello scialle dovesse essere scelto dalla cliente.

Attese fino a quando la signora de Gand ebbe raggiunto il punto di saturazione e, seccata, fece capire che Marie non avrebbe concluso la vendita. Worth immaginò l'ansia della ragazza, tanto più che il signor Gagelin non sarebbe stato affatto contento se la ricca cliente avesse lasciato il negozio senza aver trovato quello che cercava e per di più molto soddisfatta. Aperto rapidamente un cassetto, Worth ne estrasse uno scialle di seta, candido come la neve e di particolare bellezza, che spiegò davanti alla signora de Gand. « Il teatro dell'Opéra è già abbastanza variopinto, signora, per competere con esso. Lo eclissi! Indosserà un abito di velluto nero e i suoi diamanti. Che cosa può esserci di più originale e di più sofisticato del bianco puro e semplice? »

La signora non era una sciocca. Si accorse immediatamente che lui aveva ragione. Oltre alle dorature e al velluto cremisi del teatro, allo splendore del palcoscenico, suo figlio e gli altri gentiluomini che facevano parte della compagnia sarebbero stati, senza eccezione alcuna, in tenuta militare, e lei avrebbe avuto modo di risaltare sul loro splendore. Uno scialle colorato invece, per quanto raffinato e di tono vivace, si sarebbe perduto nella marea di tinte diverse.

« Non sono sicura che mi stia bene », dichiarò falsamente, non sentendosi ancora pronta a cedere le armi.

Worth si rivolse a Marie. « Si metta questo scialle intorno alle spalle per mostrare alla signora de Gand quale effetto farebbe. »

Marie era abituata a dispiegare scialli e cappe dietro il banco per le clienti, ma si spaventò quando lui la guidò davanti al banco invitandola a camminare avanti e indietro.

« Faccia qualche metro su e giù », la istruì.

Le sottili narici di Marie impallidirono e lei fremette, conscia di avere incollati su di sé non solo i gelidi occhi della signora de Gand, ma anche gli sguardi delle clienti degli altri banchi, che avevano girato il capo per guardare nella sua direzione. Aveva sempre odiato essere al centro dell'attenzione, ed era riuscita a evitarlo fino a quel momento. Fin nei suoi primi ricordi si rivedeva nascosta dietro le gonne di sua madre, mentre, terrorizzata, ne riafferrava le pieghe quando le sue mani venivano allontanate nello sforzo di trascinarla verso le sue compagne. Per anni, da bambina, era stata perseguitata dall'incubo di uno zio piuttosto chiassoso che la teneva per mano compiaciuto quando lei faceva ancora i primi passi: la sua risata fragorosa e la sua voce tonante la riempivano di terrore, anche se lui elogiava il suo aspetto quando parlava con la sua mamma tanto orgogliosa e innamorata di lei. A scuola aveva studiato con diligenza, pungolata come tutte le altre sia dalla paura di essere mandata nell'angolo, in piedi davanti a tutta la classe come una stupida, sia da un naturale interesse per gli studi. E non provava alcun piacere a essere elogiata mentre si trovava in piedi accanto al banco con tutta la classe che la guardava e l'insegnante che commentava favorevolmente il suo compito. Dietro il banco del negozio sapeva di essere per la maggior parte delle clienti un paio di mani impersonali, ma considerava questa una posizione comoda, in linea con il corso normale di tutta la sua vita, mentre il dover sfilare indossando uno dei più costosi scialli della Casa Gagelin sotto innumerevoli sguardi la paralizzava.

« Su », la incitò gentilmente Worth, dandole un leggero colpetto sul braccio.

Cominciò a camminare. La sua timidezza le pesava come un fardello, allorché destava l'attenzione *en masse*; ma, poiché la gente le piaceva, se presa individualmente, erano ben pochi coloro che avevano intuito questo suo grande problema. Eppure, mentre avanzava con portamento elegante, un passo dopo l'altro, non c'era nulla che la tradisse; nulla trapelava dai suoi movimenti, dal fiero atteggiamento del capo che derivava dalla posizione eretta della sua colonna vertebrale e dalla bella forma delle sue spalle. Lo scialle era cinese, aveva inserzioni di trine in seta, che conferivano una scintillante opulenza al suo candore, e frange che oscillavano leggermente in pieghe ondeggianti; sulle spalle di Marie, in contrasto con la seta nera del suo abito, acquistava un incommensurabile splendore.

Worth, guardandola, pensò di nuovo che non aveva mai visto una donna che sapesse indossare gli abiti meglio di lei. Mentre percorreva il tappeto persiano per l'intera lunghezza e girava lentamente su se stessa per ritornare sui propri passi, incorniciata dall'archivolto sullo sfondo, alcune signore si allontanarono dai banchi per osservarla. Qualche commessa allungò il collo. Un gentiluomo, che attendeva annoiato la moglie, lasciò il reparto in cui si trovava e si avvicinò per capire la ragione di quell'accalcarsi di folla, e, via via, altri lo seguirono. Marie, non osando guardare davanti a sé e non volendo aver niente a che fare con quella gente raccolta intorno a lei, teneva lo sguardo fisso su Worth come se egli fosse l'ancora cui aggrapparsi nel suo tormentoso imbarazzo; negli occhi di lui scorgeva ammirazione, incoraggiamento e un indefinibile luccichio che poteva essere scambiato per segno di raccoglimento. Molto tempo dopo si rese conto che i primi palpiti d'amore per lui avevano avuto origine in quei momenti interminabili in cui le pareva d'aver percorso chilometri su quel tappeto persiano, sorretta dal suo sguardo come se il giovane le stesse stringendo le mani. Worth la vedeva non solo come quella graziosa fanciulla che era, ma anche come la sola che potesse indossare, valorizzandoli, tutti i meravigliosi indumenti che egli avrebbe desiderato trasporre, dagli schizzi che aveva fatto, sui tessuti che conosceva e apprezzava tanto.

« Ancora una volta », disse, mentre lei avanzava a portata della sua voce. Marie obbedì, ma sempre in preda alla trepidazione, così che lo scialle, scivolandole un po' giù da una spalla, creò un motivo di pieghe che la rendeva ancora più seducente.

La signora de Gand si alzò in piedi. « Lo scialle bianco può andar bene », disse imperiosamente, turbata nel proprio intimo dall'impeto di cupidigia senza precedenti che aveva provato allorché un'altra cliente aveva allungato le dita verso la frangia. Infilando nuovamente le mani guantate nel manicotto, aggiunse: « Mandatelo al mio appartamento all'Hôtel

Dauphine in rue de Rivoli, e che non arrivi oltre le quattro ».

Worth s'inchinò come faceva sempre, sia che avesse concluso una vendita o no, e la scortò verso la porta e poi fuori fino alla carrozza. Quando ritornò indietro, la piccola folla si era dispersa, lo scialle era stato impacchettato da un apprendista, e di Marie non c'era traccia. Giubilante per il successo che avevano avuto tutti e due in quella vendita, Worth la cercò dappertutto e qualche minuto dopo la trovò appoggiata contro la parete di uno dei ripostigli, un braccio sugli occhi. Si allarmò, non sapendo che la ragazza aveva bisogno di calma e di solitudine per riprendersi da quella dura prova. Tirò la tenda di velluto dietro di sé per garantire a entrambi un po' di intimità, mentre si dirigeva verso di lei.

« Che cos'è successo? Si sente debole? »

Marie abbassò il braccio, scuotendo il capo decisa. « Non è niente. Passerà. »

Vide che stava tremando, il volto ora scoperto e vulnerabile, gli occhi quasi violetti per lo sforzo di trattenere le lacrime. Con un moto di controllata esultanza, Worth si accorse che era senza difesa, che poteva scrutarla nel suo intimo senza che lei potesse resistergli. Pensò che non doveva tormentarla e, afferrati una caraffa e un bicchiere che si trovavano su uno scaffale per i casi di emergenza, le versò un po' d'acqua. « Ecco, beva! »

Pur non credendo che l'acqua potesse esserle d'aiuto, Marie la sorseggiò per fargli piacere, seguendo inconsapevolmente l'abitudine, che aveva ormai contratto, di esaudire i suoi desideri prima dei propri. « Grazie. » Gli restituì il bicchiere e lui lo appoggiò sullo scaffale. Riuscì coraggiosamente a sorridere, risollevandosi dall'inerzia per difendersi contro ogni eventuale sondaggio, per quanto a fin di bene, da parte di Worth. Considerava la propria timidezza un vergognoso difetto, che doveva combattere da sola, una segreta insensatezza che non sarebbe mai dovuta essere scoperta o sospettata da altri. Assunse un tono di voce acuto per nascondere il tremito della voce.

« È andato tutto bene con lo scialle, alla fine, grazie alla sua abilità nel vendere. Non avrei mai osato mostrare alla signora quello bianco, quando mi aveva chiesto di vedere esattamente l'opposto. »

Lui la osservò con orgoglio. « Il merito è tutto suo. È stata lei a venderlo, non io. La cliente l'ha vista con quello scialle e ha pensato che avrebbe potuto fare la stessa figura. Ma neppure in migliaia di anni un'altra donna riuscirebbe a competere con lei in fatto di eleganza. »

Le sue guance avvamparono di colpo a quello strano complimento, e i suoi occhi tornarono a brillare. « La sua è un'assurda esagerazione, signor Worth. » Si raddrizzò allontanandosi dalla parete e, mentre si sistemava con le mani i riccioli che erano già perfettamente ordinati, attraverso il corsetto di seta nera risaltò il seno ben modellato. Quella vista suscitò nel giovane una profonda e sconfinata venerazione per la sua bellezza.

« Non sono mai stato più sincero in tutta la mia vita », insistette fermamente.

Marie non poté più dubitarne. L'intensità dell'affermazione gli aveva fatto tremare la voce. Nello spazio ristretto di quell'angusto ripostiglio, la ragazza riuscì a captare tutto il suo ardore virile, la sua passionalità, il desiderio rattenuto che gli scorreva nelle vene. E capì quanto fosse vicino ad abbracciarla nell'emozione del momento. Un lieve e delizioso timor panico s'impadronì di lei e, senza il minimo pensiero malizioso, con la sua andatura seducente, si allontanò per mettersi fuori della sua portata. Aprì la tenda di velluto per ritornare presso il banco, e, al di sopra della spalla, lo sguardo di zaffiro si posò su di lui con un'espressione di puro affetto.

« Non ho mai ricevuto un complimento più commovente. Per me significa più di quanto lei possa immaginare. »

Era la verità. Ciò indicava che il suo tormento segreto non era ancora trapelato. Aveva dovuto affrontare gli sguardi più critici che avesse mai incrociato, e neppure il suo compagno di lavoro aveva indovinato quale tortura fosse stata per lei quella sfilata in pubblico. Gli anelli d'ottone tintinnarono rumorosamente sulla bacchetta della tenda, mentre lei lo lasciava solo nell'ombra del ripostiglio. Con la sensazione che il pavimento stesse tremando sotto i suoi piedi, Worth cominciò a rendersi conto che si era innamorato di lei.

V

Per alcune settimane Worth non fece progressi nel suo corteggiamento. Era ostacolato dalla timidezza di Marie, che si mostrava riluttante a sfilare con scialli, mantelli e giacche ornate di pelliccia per le clienti. Queste sfilate per lui erano diventate una consuetudine, dopo aver scoperto che le vendite si concludevano molto più rapidamente allorché la ragazza esibiva il capo d'abbigliamento sulla propria persona. Il giro d'affari al loro banco era salito, e questo era sempre un punto d'orgoglio per lui. Si era accorto dell'avversione che Marie provava nell'indossare gli abiti per le clienti. Era una cosa del tutto nuova nei negozi di stoffe e in qualsiasi altro settore dell'abbigliamento, e costituiva una grossa novità per le acquirenti. Era certo che col tempo Marie si sarebbe abituata a essere ammirata e l'amava ancora di più per la sua modestia. Non aveva mai notato la violenta invidia e i lampi di gelosia nelle occhiate che le donne qualche volta le rivolgevano; per Marie invece erano come stilettate, che si aggiungevano all'intimo tormento che non esternava mai se non per un palpitare di ciglia o il tremito di una mano.

Eppure un nuovo avvenimento l'avrebbe esposta ancor di più all'attenzione della gente. Le occorreva un altro abito da lavoro, essendo importante sia per lei sia per il negozio che apparisse sempre ben vestita. Sapendo che Worth era un esperto in sete, chiese il suo parere sulla qualità da scegliere, ed egli le indicò un rigato, che la ragazza approvò rimettendosi alla sua scelta. Quello stesso giorno acquistò il metraggio necessario e lo portò in sartoria in attesa che venisse il suo turno per la confezione dell'abito. Il giorno dopo, domenica, Marie assistette alla messa nella sua chiesa, come al solito. Quando emerse dall'ampio portale, vide che Worth l'attendeva fuori con una cartella sotto il braccio, incurante del freddo gelido che gli penetrava sotto la finanziera. Il giovane si tolse il cappello, mentre Marie si mostrava sorpresa e contenta di vederlo.

« Signor Worth! Che cosa fa qui? »

« L'ho aspettata per invitarla a prendere un caffè con me. Ho alcuni disegni da mostrarle. Spero che le interesseranno. »

Marie era incuriosita. Parigi era piena di aspiranti artisti, ma non aveva mai pensato che il suo collega del banco vendite potesse essere uno di loro. A un tavolo d'angolo dello sfarzoso interno tutto specchi e dorature di un ritrovo, Worth ordinò due caffè e, quando questi furono serviti, aprì la cartella. Conteneva rapidi ma efficaci schizzi di un abito visto di fronte, di dietro e di lato.

« È il mio disegno per il suo nuovo vestito », spiegò un po' teso, per timore delle critiche e incerto sulla sua reazione. « Non solo penso che le starebbe molto bene, ma darebbe inoltre maggior risalto agli scialli e alle mantelle che lei presenta. »

Marie osservò gli schizzi con interesse. Era un bel vestito, di linea semplice, con una fitta pieghettatura che formava un effetto a raggiera sul corsetto e un sottile bordo di velluto che dava risalto al colletto rialzato e ai polsini. Emise un profondo respiro e alzò gli occhi raggianti su di lui.

« È uno splendido abito. Veramente adorabile. Com'è bravo! Ma le sarte di Gagelin si troveranno nei guai con tutte quelle pieghe. »

Sul viso di Worth era apparsa un'espressione di piacere a quelle lodi. La tensione lo abbandonò e il giovane si entusiasmò al progetto, spazzando via ogni dubbio. « Per questo non ci sono problemi. Durante il mio apprendistato ho imparato a dare istruzioni alla sartoria e a fornire il modello che essa dovrà seguire nei più piccoli particolari. Sarò presente anche alle prove. »

« Prove? » obiettò lei con un certo imbarazzo. « Non ne ho mai fatta più d'una. Ed è così per tutte. »

« Ah, ma non per il mio abito. Deve essere perfetto. Le sue spalle sono ben fatte, ma dubito che siano assolutamente uguali. L'essere umano non ha forme geometriche, mentre, ho notato, le sartorie cuciono i vestiti come se i due lati del corpo fossero identici. »

« Sì, penso che lei abbia ragione », ammise Marie. « Mi dica, quando ha scelto la seta, aveva già in mente il disegno per il mio abito? »

« L'idea m'è venuta quando ho avuto fra le mani il tessuto. »

« Ha fatto altri disegni? »

Worth sorrise con aria allegra. « Non faccio altro che disegnare. »

Marie esitò. « Posso vederli? Non per sceglierne un altro

per me », si affrettò a rassicurarlo, « perché non potrebbe esserci abito migliore di quello che lei ha già disegnato. Solo che m'interessano molto. »

Worth cercò di sfruttare quell'opportunità. « Se c'incontrassimo di nuovo allo stesso posto e alla stessa ora domenica prossima, potrei mostrarglieli. Dopo potremmo andare a fare una passeggiata e a pranzare da qualche parte. »

La ragazza accettò, ma subito dopo dovette lasciarlo, perché aveva appuntamento con alcune amiche. Worth la guardò allontanarsi, reprimendo il desiderio di accompagnarla. Il mattino dopo, appena arrivato al negozio, cercò la sarta più abile e le spiegò come tagliare l'abito di Marie. All'inizio la donna avanzò parecchi dubbi, ma ben presto si accorse che il modello e le istruzioni avevano previsto ogni operazione. Entro dieci giorni il vestito sarebbe stato pronto per la prima prova.

L'incontro con Marie combinato per la domenica successiva fu un'occasione importante. Era la prima volta che Worth mostrava la sua intera raccolta di figurini ad altri. Quand'ebbe aperto la cartella, Marie vide il proprio viso riprodotto con molta abilità. Aveva un'espressione incantata, mentre osservava un disegno dopo l'altro, ed ebbe qualche lieve sussulto di stupore. Quando li ebbe passati tutti in rassegna, si riappoggiò allo schienale meravigliata dell'originalità e della grazia di quei modelli.

« Non ho mai visto niente di così bello », dichiarò con reverenza. « Se si potesse realizzarli, tutti ne rimarrebbero incantati. »

Worth sorrise, chiudendo la cartella e annodandone i legacci. « Sono molto contento che i miei figurini le piacciano. Se verrà il giorno in cui questi o altri simili prenderanno forma, desidero che sia lei a indossare il più bello. »

Era il primo accenno alle serie intenzioni che aveva nei suoi riguardi e la ragazza arrossì, conscia dell'onore che lui le aveva fatto mostrandole i disegni. Worth non aggiunse altro sul futuro dei loro rapporti, e, appoggiato un braccio sul ripiano di marmo del tavolo, cominciò a esporre le idee e le opinioni a lungo rimuginate sull'argomento della moda. Le disse quanto deplorasse quel punto morto in cui ristagnava lo stile, e dichiarò che sarebbe stato necessario cercare di elevare la donna, rompendo una volta per tutte le rigide regole degli attuali dettami per ottenere un grande rifiorire della bellezza. Marie era affascinata e come ipnotizzata. Era convinta che Worth fosse dotato di vera genialità in quel campo che lei conosceva e capiva. Nella sua muta ammirazione, gli appoggiò leggermente una mano sul braccio. Immediatamente Worth gliela strinse fissandola negli occhi. Sapeva di aver creato una specie di legame tra loro.

Dopo aver lasciato il caffè, si avviarono lungo il boulevard des Italiens, mescolandosi alla folla. Dopo aver pranzato in un ristorantino, andarono al Jardin des Plantes, e lì sedettero su una panchina del parco. All'inizio della giornata era nevicato, ma poi era spuntato il sole e aveva sciolto parte della neve che si era depositata sui tetti concavi delle serre di vetro, i quali avevano assunto l'aspetto di una scacchiera, con i ghiaccioli simili a meravigliosi diamanti che baluginavano. In quell'aria frizzante, pervasi da un grande senso di libertà, scoprirono di riuscire a parlarsi in un modo che non era mai stato possibile dentro i confini del negozio. Per la prima volta si chiamarono con il rispettivo nome di battesimo, e ciascuno s'interessò alla vita dell'altro. Marie si mostrò particolarmente comprensiva nell'apprendere che durante l'infanzia Charles aveva assistito alla separazione dei suoi genitori e subìto la perdita della propria casa. Anche lei era passata attraverso un'esperienza del genere, anche se in un'età più matura e a un livello meno angoscioso. Gli raccontò tutto. La sua infanzia nel calore di una famiglia unita era stata felice e sicura e, diversamente dal matrimonio del signor e della signora Worth, l'unione dei suoi genitori era stata felice. La sorella maggiore si era sposata, andando a occupare una posizione sociale consona a quella dei Vernet, poiché lo sposo era un architetto famoso per i lavori di restauro di parecchie delle più grandi cattedrali del paese. Poi il signor Vernet, che era un esattore erariale, era caduto in rovina. A causa delle terribili ristrettezze da cui furono allora assillati, Marie, contrariamente a tutto ciò che il signor Vernet e sua moglie avevano sperato per la loro figlia minore, dovette essere mandata tra gente estranea a guadagnarsi da vivere. Mentre raccontava del cambiamento della sua situazione economica, non sembrava preoccuparsi molto per quanto la riguardava; ma Worth indovinò quale drammatica prova doveva essere stata, per quella timidissima fanciulla allevata in un ambiente tranquillo, venire a

Parigi ed entrare nell'ambiente duro e competitivo del commercio dei tessuti.

Sia per Worth sia per Marie nel corso di quella domenica il tempo era trascorso troppo in fretta. Charles l'accompagnò fino all'ingresso delle impiegate della Casa Gagelin. « È stata una giornata molto piacevole », disse lei con calore, mentre il suo incantevole sorriso le disegnava in volto una miriade di fossette. Gli porse la mano.

Con audacia, egli le strinse leggermente le dita attraverso la pelle sottile del guanto. « Mi dica che uscirà ancora con me domenica prossima. »

« Sarebbe molto bello. »

Worth restò con il cappello in mano a guardare la vaga figuretta sparire dietro i riquadri di vetro opaco. Si chiese come avrebbe reagito a un rifiuto.

Nella sartoria deserta, dopo l'orario di chiusura del negozio ci fu la prima prova dell'abito. La sarta glielo aveva lasciato su uno dei tavoli da lavoro e, quando l'ebbe indossato, Marie chiamò Worth, che stava in attesa. Era tutta eccitata per quell'abito e, per guardarsi bene nell'alto specchio, prima si girò da una parte e poi dall'altra, spianando felice con le mani le piegoline che si aprivano a ventaglio sul corpetto.

« Splendido! Com'è elegante! Oh, non ho mai avuto un vestito del genere... » Le venne meno la voce e smise di girarsi, vedendo che sul viso di lui si era diffusa una rabbiosa delusione.

« Quelle stupide donne non hanno capito niente! » urlò infuriato, dimentico di tutto di fronte alle imperfezioni che aveva scoperto nell'indumento. « Guardi l'attaccatura delle maniche! » E ne strappò l'imbastitura. « Il colletto è sbilenco e più basso da una parte di almeno due millimetri; le pince sul dorso sono troppo alte, e in vita mancano le pieghe! » Afferrato un paio di forbici, cominciò a scucire le imbastiture in tutti i punti di cui non era soddisfatto.

« No! Per favore! » supplicò affannosamente Marie, cercando di rimettere insieme i pezzi che lui aveva separato.

« Bisogna puntarlo di nuovo con gli spilli e imbastirlo. Lo farò io stesso, ora. » Altre impunture saltarono, lasciando intravedere la parte superiore della sottoveste.

« La prego! Basta! »

La disperazione che riecheggiava nella supplica di Marie lo

indusse a fermarsi. Con un sussulto, si accorse che aveva denudato la sua morbida spalla e che la ragazza stringeva convulsamente il davanti del corpetto nel vano tentativo di nascondere la nudità che la bassa scollatura della camicia orlata di pizzo rivelava. Worth distolse educatamente lo sguardo e la fissò in viso. Aveva un'aria incredula.

« Non ci metterò molto tempo a puntare di nuovo tutto con gli spilli », disse con aria professionale. « Ho disfatto solo quello che era necessario. »

Cominciò a lavorare fino a ottenere la perfezione che si era proposto. Per tutto il tempo Marie rimase immobile, con le ciglia abbassate, arrossendo e impallidendo in continuazione. Charles desiderava abbracciarla, premere le labbra contro la sua nuca mentre faceva combaciare i segni dei bottoni e delle asole. L'autocontrollo a cui si costringeva gli faceva imperlare la fronte di sudore. Era in un tale stato di eccitazione che le dita urtavano contro la pelle della ragazza mentre le infilava sotto il tessuto per proteggerla dalla puntura degli spilli. Quando l'opera fu terminata, Marie alzò il capo per guardarsi di nuovo allo specchio.

« Sì », disse debolmente. « L'abito è assai migliorato. Ora posso capire perché prima non le piaceva. »

Worth la lasciò perché potesse cambiarsi. Marie, in sottoveste, aveva acceso nell'uomo che l'amava un'adorante passione che non sarebbe mai venuta meno per tutta la vita.

La prova successiva si svolse senza altri problemi. Occorse solamente una piccola modifica a un polsino. La mattina in cui Marie apparve con l'abito nuovo fu subito circondata dalle altre ragazze che arrivarono da ogni direzione come api verso il nettare. Tutte si abbandonarono a esclamazioni ammirate e si congratularono.

Marie era felice di poter dirottare gli elogi verso colui al quale erano dovuti. « L'ha disegnato il signor Worth. Sì, è molto abile. Devo ammettere che è un abito molto raffinato. È un privilegio per me poterlo indossare. Oh, sono lusingata che vi piaccia. »

Questo fu solo l'inizio della giornata. Col passare delle ore, le clienti cominciarono a informarsi sul nome della sartoria che aveva tagliato l'abito indossato dalla giovane addetta al banco degli scialli. O forse la Casa Gagelin aveva aggiunto gli abiti pronti al rifornimento di cappe e mantelli? Informazioni furono chieste anche alla stessa Marie, e molte signore rimasero deluse o seccate nell'apprendere che quel genere di abiti di particolare eleganza non era in commercio.

Inchieste e commenti continuarono anche nei giorni successivi. Al contrario di quando indossava gli scialli, Marie si sentiva orgogliosa e contenta di ostentare un modello che rivelava a tutti l'abilità dell'inglese nel disegno, tanto più che poteva farlo svolgendo la propria attività quotidiana, senza prodursi in quelle che lei considerava ingiustificate esibizioni.

Worth, vedendo che finalmente si era presentata l'opportunità che aveva tanto atteso, andò dal proprio datore di lavoro per suggerirgli di sfruttare commercialmente quell'enorme interesse per il suo vestito. Con entusiasmo, sottopose le proprie idee al signor Gagelin e al suo nuovo socio, il signor Obigez. « Potreste tenere in magazzino una collezione di abiti ricavati da miei figurini, proprio come avete sempre avuto mantelli pronti per la vendita. Se fossero prima tagliati in un modello di mussola, le clienti potrebbero scegliere il tessuto tra quelli che avete in negozio per la vendita al minuto. Sono certo, a giudicare dalle innumerevoli domande cui devono rispondere ogni giorno le commesse di questo negozio, che gli abiti pronti avrebbero un gran successo di vendita. In altre parole, si dovrebbe allargare il laboratorio di cucito e installare un reparto sartoria, triplicando perciò il profitto con le vendite all'ingrosso, con quelle al minuto e con la lavorazione degli abiti. »

Ci fu un lungo silenzio, mentre il signor Gagelin si mostrava sofferente per l'affronto che gli era stato inferto; ma la rabbia gli fece ricuperare le forze. « Lei vorrebbe trasformare questa distinta casa in una comune sartoria! » La sua voce scandalizzata risuonò con veemenza. Nel commercio la gerarchia era definita con altrettanta chiarezza che nei circoli sociali, e scendere di livello poteva cambiare la classe della clientela. « Vorrei ricordarle che la Casa Gagelin eccelle per una lunga tradizione di buon gusto e raffinatezza. Respingo il suo suggerimento. Non ho altro da dire! » Poi ricordò che aveva un socio e si volse verso di lui con deferenza. « È d'accordo, signore? »

Il signor Obigez era uomo di poca fantasia. In caso contrario, difficilmente il signor Gagelin, di cui era parente, gli avrebbe permesso di diventare suo socio. « Non vogliamo più sentir parlare di questa faccenda », approvò dunque Obigez con aria inflessibile.

Fu un brutto colpo per Worth, il quale si indignò per il fatto che la sua idea fosse stata respinta dopo un così breve esame. Marie placò la sua collera, lo esortò a pazientare e gli fece notare che i signori Gagelin e Obigez non avrebbero potuto resistere all'insistenza delle clienti.

Lei era la sua gioia. Trascorrevano insieme ogni domenica. Marie gli aveva dimostrato in mille piccoli e innocenti modi che si era accorta dei sentimenti che egli nutriva nei suoi confronti, sebbene Charles non avesse osato ancora esternarglieli a voce come avrebbe desiderato.

Nel pomeriggio di una calda domenica di maggio, avevano accettato di compiere una gita alla reggia di Versailles, con alcuni amici, su una carrozza presa a nolo. C'erano gallerie di dipinti e di sculture che erano diventate una grande attrazione da quando i recenti lavori di restauro dell'edificio erano stati portati a termine grazie al diretto interessamento del re per il patrimonio del paese. Marie e Charles non entrarono nel palazzo appena arrivati: allorché i loro compagni furono scomparsi dentro il vasto edificio, la ragazza, con il mutuo, inespresso consenso di lui, volse i passi in direzione delle fontane e dei giardini. Spirava una lieve brezza, simile a quella prodotta da un ventaglio di piume, e il suono dei loro passi era attutito dall'erba alta. Una specie di incanto si era impossessato di quella giornata. Lei sembrava condividere l'intenzione di Worth di cercare un luogo per restare soli che si accordasse con l'intensità del momento.

Scovarono un antico sedile di pietra, con i piedi ad artiglio sepolti nel verde dei licheni, sotto un baldacchino di purpurei lillà immerso in un fronzuto boschetto. Charles la fece sedere accanto a sé e le prese le mani intrecciando le dita tra quelle di lei. Poi le portò alle labbra, baciandole una alla volta. Marie respirava a fatica, mentre il cuore le martellava nel petto. Mentre Worth la guardava, la ragazza notò una tale passione nei lineamenti contratti del suo viso, una tale tenerezza nel suo sguardo, che già sapeva quali parole le avrebbe detto ancor prima che le pronunciasse.

« Ti amo, Marie. Con tutto il cuore e con tutta l'anima, e ti amerò per l'eternità. »

Lei gli si abbandonò tra le braccia. Era il suo primo bacio e, di fronte a quell'ardore incontrollato, la timidezza lasciò il posto a meraviglia e sorpresa. Quando Charles allontanò le labbra dalle sue, continuando a tenerla stretta a sé, Marie gli avvolse le braccia intorno al collo. La sua voce era un dolce sussurro.

« Ti amo, carissimo Charles. Questa è la giornata più felice della mia vita. »

Lui la baciò di nuovo, assaporando la morbidezza delle sue labbra; ma, quando stava per ripetere la deliziosa esperienza, un gruppo di bambini entrò nel boschetto giocando con una palla, e non furono più soli. Si sorrisero e poi, mano nella mano, lasciarono la panchina e ritornarono sui loro passi fino alla reggia. Attraversarono le gallerie pieni di ammirazione, ma non avevano occhi che l'uno per l'altra. Tutto il resto era come immerso in una nebbia. Ritornando a Parigi, sedettero vicini e lui la tenne per la vita, mentre si guardavano negli occhi avvolti in un'aura di beato silenzio in mezzo al chiacchierio degli altri passeggeri. La coscienza del loro reciproco amore li rendeva insensibili a tutto il resto. Sapevano senza ombra di dubbio che erano destinati l'uno all'altra.

Non potevano fare progetti per il futuro. Marie lo sapeva quanto Charles. Come accadeva a migliaia di altre giovani coppie innamorate a Parigi in quel pomeriggio di maggio, circostanze e bassi salari non permettevano loro di parlare di matrimonio. La ragazza non era riuscita a mettere da parte niente del suo magro salario. Worth con il suo stipendio non poteva pensare al mantenimento di una moglie. Per un periodo di tempo che non potevano calcolare, il loro amore sarebbe dovuto restare nel limbo. La loro unica consolazione era che, a differenza della maggioranza delle altre coppie, essi avevano l'invidiabile privilegio di poter stare insieme ogni giorno. Solo un'ombra offuscava i momenti che trascorrevano in compagnia l'uno dell'altra. Per quanto si sforzasse, Marie non riusciva ancora a superare la riluttanza che provava nell'essere spinta sotto gli occhi della gente e lo evitava ogni volta che le era possibile, anche se ciò qualche volta comprometteva una vendita. Era l'unico punto sul quale erano in disaccordo e, col passare del tempo, ciò divenne causa di qualche litigio. Charles pensava che l'aumento delle vendite al loro banco e la conseguente crescita dei profitti per la ditta Gagelin avrebbero fatto ben presto salire i suoi guadagni e avrebbero dato loro la possibilità di sposarsi. Questo era l'argomento che metteva in campo continuamente. Marie gli rinfacciava la profonda infelicità che la tormentava in quelle interminabili passeggiate lungo il tappeto persiano, che le erano diventate insopportabili.

Worth disegnò per lei un altro abito da indossare in negozio. Nella gonna erano inserite alcune bande increspate che le conferivano un'insolita grazia. Non appena le clienti lo videro, si mostrarono avide di possedere a loro volta un vestito con una gonna simile. Poiché i loro desideri non potevano essere soddisfatti, fecero conoscere il proprio malcontento al proprietario, che non riusciva a comprendere questo genere di bramosia. Quando addirittura alcune delle dame più stimate si schierarono dalla parte delle signore che desideravano abiti simili a quello indossato da una venditrice a loro socialmente inferiore, Gagelin si chiese che cosa mai stesse succedendo. Indubbiamente, il signor Worth aveva mandato a gambe all'aria la lunga e affermata consuetudine della casa.

Sebbene Marie fosse orgogliosa del suo ultimo vestito, che era di gran lunga il più stravagante che avesse mai visto, non avrebbe mai dimenticato il primo con i bordi di velluto che Worth aveva disegnato per lei. Questo era un segreto conosciuto soltanto da loro due. In quello schizzo Charles aveva messo la propria anima. Lo aveva creato per lei portandolo alla luce dalle incommensurabili profondità del suo amore.

In quel periodo la vita di Louise subì molti cambiamenti. Quando raggiunse l'età di quindici anni si rese conto con sollievo che aveva smesso di crescere. Era più alta della media, ma non quanto aveva temuto. Le si era sviluppato un bel seno, mentre la vita era rimasta snella e la forma delle gambe era ben modellata. Aveva cambiato opinione sul proprio viso: neppure Catherine, che era sempre prevenuta verso tutto ciò che la riguardava, poteva negare che si era fatta bella. A cominciare dagli occhi, che da castano-dorati erano divenuti colore dell'ambra e mutavano al variare della luce oltre che dell'umore; erano ombreggiati da lunghe ciglia scure di cui lei andava piuttosto fiera. I suoi capelli erano dritti e folti, una delusione per lei, perché non riusciva ad arricciarli secondo la moda. In passato aveva cercato di imitare i riccioli di Catherine arrotolando i capelli intorno a striscioline di carta, ma il risultato era stato così ridicolo che non aveva più ripetuto tentativi del genere. Ora li portava aderenti all'attaccatura del lungo collo bianco come una matassa di seta nera dai riflessi bluastri.

Gli uomini avevano già cominciato a guardarla. Non solo i ragazzi della sua età, ma anche i gentiluomini in carrozza, oltre ai comuni uomini della strada. Lei aveva intuito troppe cose della vita per nutrire illusioni su quel che c'era dietro a quegli sguardi bramosi; ma qualche volta, per divertirsi un po', quando un giovane o un ragazzo del vicinato che lei conosceva cercava di rivolgerle la parola, lo fissava negli occhi, composta e sicura di sé, facendolo arrossire o balbettare. Se Catherine fosse venuta a conoscenza di questo gioco, probabilmente le avrebbe tirato gli orecchi; ma Louise non vedeva ragione per la quale il sesso maschile non dovesse godere di un piccolo assaggio del suo fascino. Louise si guardava bene dal giocare simili scherzetti agli uomini più anziani, conscia dei pericoli che avrebbe corso, tanto più che Catherine aveva continuato ad ammonirla, in ogni giornata che lei aveva trascorso sotto il suo tetto, affinché usasse il buonsenso per evitare incontri spiacevoli.

Nei mesi precedenti si era presentata con prove di cucito a varie sartorie, ma Louise non era che una delle migliaia di donne che bussavano quotidianamente a porte che venivano chiuse in faccia a coloro i quali non avevano alle spalle un apprendistato completo. Le sartorie più modeste riuscivano a ottenere la loro messe di donne prendendole tra le disoccupate e riducendo vergognosamente i salari, e le facevano lavorare in laboratori non certo migliori delle spaventose stamberghe in cui prestavano la loro opera la maggior parte delle cucitrici non specializzate. Louise era consapevole del fatto che non avrebbe imparato nulla più di quanto già sapeva, e che avrebbe guadagnato meno di quanto riusciva a raggranellare con il lavoro a domicilio, facendo semplici abiti per le mogli e le figlie dei venditori ambulanti, dei barcaioli della Senna e dei piccoli commercianti. Per ricevere le ordinazioni usava un sistema molto semplice: prendeva ago e filo e si sedeva sulla soglia di casa, oppure andava a rappezzare il banco di un pescivendolo o a rammendare un abito sul posto, indosso al suo possessore. Ma non era la sola a dedicarsi a questa interminabile ricerca; erano molti coloro che cercavano il modo di mantenersi semplicemente in vita. Gli scarsi raccolti di grano e la dorifora che aveva colpito le patate l'anno precedente nella maggior parte dell'Europa avevano fatto lievitare il prezzo della carne e degli altri generi alimentari, e spesso Louise cuciva un vestito intero per un compenso inferiore al costo di mezza pagnotta. Il lavoro che Catherine portava a casa dalla sartoria di Madame Camille era terminato da parecchio tempo, a causa non solo del declino generale in ogni campo dovuto alla crisi economica, ma anche del fatto che una delle sartine era stata sorpresa a sfruttare tale servizio per sottrarre le stoffe e rivenderle; così il privilegio del lavoro a domicilio era stato eliminato una volta per tutte. In seguito a ciò Louise non aveva più avuto per le mani tessuti di buona qualità da cucire. Si sentiva frustrata e insoddisfatta, ed era decisa a spezzare le catene che la tenevano avvinta. Era sorretta da una grande fiducia in se stessa e dalla certezza che presto o tardi si sarebbe presentata un'opportunità cui aggrapparsi con tutte le forze.

Al termine dell'estate ci furono innumerevoli tafferugli tra gendarmi e gruppi politici che si diceva raccogliessero tutte le forze erompenti dalla disperazione provocata dallo stato di cose. Durante la notte apparivano manifesti che chiedevano lavoro e cibo, ma al mattino venivano strappati dalle autorità. Catherine, che di solito mostrava un certo interesse per queste faccende, ora sembrava non occuparsene più, e non faceva neppure commenti. Si era di nuovo legata sentimentalmente a un uomo. Era il primo di una certa importanza dopo tanto tempo. Era sulla quarantina, si chiamava Jean-François Noiret e vendeva *passementerie*, come erano chiamate le guarnizioni degli abiti, per conto del proprio padrone, il quale riforniva di nastri, piume e articoli di merceria le modiste e le sarte, oltre che le proprietarie di negozi al dettaglio. Era stata una piccola questione di lavoro a portare Jean-François nel laboratorio di Madame Camille, e ciò aveva provocato il fatale incontro con Catherine. Uscendo dal lavoro, lei l'aveva trovato ad aspettarla in una carrozza pubblica per accompagnarla a casa; così il tipo s'era assicurato un appuntamento successivo. Non aveva più ripetuto la gentilezza della vettura di piazza a quell'ora, sebbene l'avesse portata in giro su una carrozza presa a nolo in altre occasioni per perseguire i propri fini. Aveva comunque fatto la buona impressione che si riproponeva e Catherine, lusingata, aveva provato un senso di rispetto.

L'uomo era magro e aveva un aspetto scialbo, privo di attrattiva, con le guance incavate e le tempie ossute, i capelli castano-chiaro ben pettinati, il viso incorniciato da basette accuratamente spuntate. Aveva un portamento disinvolto e un'andatura che gli conferivano un aspetto ricercato; anche i modi erano raffinati. Ma i suoi occhi raggelavano Louise: il loro vivace scintillio non riusciva a dissimulare una durezza che si accoppiava alla brutalità repressa della bocca carnosa. Louise aveva paura a restare nella stessa stanza con lui, odiava il suo modo di guardarla come se volesse spogliarla: ogni suo nervo si tendeva per l'orrore e stava sempre sulla difensiva. Ma Catherine, accecata dalle sue delicate attenzioni, era troppo infatuata, e, imprudentemente, dopo poco tempo, era già pronta a rischiare ancora una volta di legarsi a un uomo sposato. Era terribilmente seccata che Louise non condividesse l'alta opinione che aveva di lui.

« Per l'amor di Dio, cerca di non restare così muta quando verrà il signor Noiret oggi », la ammoniva, dando gli ultimi tocchi alla propria acconciatura davanti allo specchio. « Solo perché non hai mai avuto per i miei amici la stessa simpatia che nutrivi per Henri Berrichon, non è necessario che tu li faccia sentire a disagio. »

« Non c'è stato nessun altro adatto a te dopo Henri Berrichon », ribatteva lei con vivacità, sempre in ansia per l'amica. « Ecco perché non desidero che venga questo Noiret. Non ti vorrà mai bene come Henri Berrichon. » Si pentiva subito di quelle parole avventate, vedendo che il viso della donna si corrugava. Ma era troppo tardi per scusarsi. Jean-François aveva bussato alla porta con il suo bastone dal pomo d'argento, e Catherine si precipitava ad aprirgli, sapendo che non gli piaceva aspettare.

Dopo averla abbracciata, senza farsi scrupolo di esternare il proprio desiderio in presenza di altri, la lasciava, permettendole di andare a prendere cuffia e scialle, e intanto si rivolgeva a Louise, tenendo il bastone da passeggio sospeso tra due dita.

« Allora come sta la nostra graziosa silfide questa sera? Su, su. Non ha un sorriso per me? »

Che ipocrita, pensava Louise. Non possedeva la simpatica

astuzia di Henri, ma solo una scaltrezza accattivante che le faceva accapponare la pelle. Sapeva bene di non andarle a genio, e provava un piacere perverso nello stuzzicarla. Silfide! Come osava apostrofarla a quel modo! Era una critica sarcastica nei confronti della sua statura, che era pari a quella di lui, il quale non si poteva certo definire alto, trattandosi di un uomo.

« Buonasera, signor Noiret », rispondeva Louise con voce incolore, rifiutandosi di lasciarsi coinvolgere. Poi Catherine usciva dalla camera da letto, pronta per accompagnarlo, camminando sulle punte dei piedi per l'eccitazione, ed egli subito la sollecitava, offrendole il braccio.

« Andiamo, cara. » Catherine gli si affiancava con aria da vera signora.

Per parecchie settimane Noiret continuò a mostrarsi compiacente con Catherine. La portava a teatro nei posti a sedere più economici e in sale da ballo e caffè di stradine secondarie, dove aveva poche probabilità d'incontrare qualche sua conoscenza o di essere riconosciuto. Inoltre spendeva malvolentieri il proprio denaro e ben presto cominciò a negarle anche quei piccoli piaceri. Andava e veniva soprattutto allo scopo di soddisfare i propri appetiti sessuali, trattando Catherine senza affetto né rispetto, e il disgusto di Louise per lui aumentava sempre più. La ragazza notava su Catherine segni di contusioni che non riusciva a spiegarsi, ed era straziata nel vedere che tutto lo splendore e la vivacità dell'amica, sempre più abbattuta per la paura che aveva di Jean-François, si stavano spegnendo.

« Digli di lasciarti », le consigliò un giorno con ardore Louise. « Digli che la smetta di venire qui. »

« Non posso farlo. » C'era una nota tragica nella voce tremante di Catherine. « Ne sarebbe sconvolto, e io non voglio essere responsabile di ciò. »

« Non osi, vuoi dire! » si lasciò trasportare Louise, incollerita contro quell'uomo. « Ti picchierebbe o farebbe di peggio, vero? Che cosa ti ha fatto perché tu abbia un così grande terrore di lui? »

Catherine la guardò come se stesse per cedere a quella disarmante sincerità. « Non voglio più sentire domande del genere. » Si rifugiò nella sua frase preferita e vi si aggrappò per riprendere il dominio di sé. « Alla tua mamma non sarebbe piaciuto vederti ficcare il naso in faccende da adulti. »

Louise afferrò tra le proprie le morbide dita di Catherine, scuotendo il capo con affettuosa commiserazione. « La mia mamma non avrebbe sopportato di vedere una persona amata infelice, così come non lo sopporto io. »

Catherine liberò le dita. « D'accordo, voglio dirtelo. Non c'è niente di cui tu debba preoccuparti. Un giorno lui se ne andrà di sua spontanea volontà, capisci? I miei uomini l'hanno sempre fatto, no? » Aveva un tono un po' amaro, gli occhi pieni dell'immagine di Henri Berrichon; poi, scacciati i ricordi, alzò la voce agitando le bianche mani enfaticamente. « Fino a quando Jean-François non se ne andrà, lasciaci in pace. È tutto quello che ti chiedo. Altrimenti lo facciamo incollerire. » Il suo solito colorito roseo sparì alla prospettiva di una tale spaventosa eventualità. Ogni più piccola manifestazione di sadica impazienza nei suoi confronti da parte di quell'uomo era la cosa che temeva di più.

Louise continuava a notare tutto, ma non disse più nulla. Si arrovellava tuttavia per trovare il modo di interrompere il legame di Noiret con Catherine. Si applicava al problema con la stessa dedizione che rivolgeva alle questioni della massima importanza.

La prima idea di Louise fu quella di scoprire innanzitutto dove lui vivesse. Jean-François era sempre stato molto riservato circa il proprio ambiente; ma lei ne venne a conoscenza aspettandolo semplicemente fuori del negozio di rue de Rivoli in cui egli lavorava e seguendolo fino a casa. L'uomo prese una carrozza, cosa sorprendente considerato il modesto impiego che aveva. Se il traffico non fosse stato così congestionato, la ragazza non avrebbe potuto tenere il passo con i cavalli. Riuscì invece a individuare i cancelli dentro i quali egli svoltò. Era una grande casa, piuttosto imponente, e Louise restò a lungo a osservare chi entrava e chi usciva. Nelle successive visite di Jean-François a Catherine, lui non si accorse mai di come Louise aspettasse ansiosamente l'opportunità di liberarsene. La ragazza pensava di conoscere il modo di procurarsela, ed era certa che occorresse soltanto attendere il momento giusto.

Ogni volta che arrivava, l'uomo si toglieva gli indumenti esterni prima di entrare nella stanza di Catherine, e ogni volta Louise spostava il suo bastone da passeggio o disponeva i suoi guanti in un posto leggermente diverso nella speranza che lui li dimenticasse. Non accadde mai. Poi, una sera, la sua bianca sciarpa di seta gli scivolò fuori da una tasca senza che lui se ne accorgesse, mentre stava appendendo il cappotto all'attaccapanni. Louise finse di essere intenta a cucire, mentre con il fiato sospeso continuava ad augurarsi che lui non notasse l'indumento per terra e non lo ricuperasse. La fortuna l'assistette. Non appena fu entrato in camera da letto, Louise si alzò di colpo dalla sedia, raccolse in fretta la sciarpa e la nascose. Poi uscì a fare una passeggiata finché lui non se ne fu andato. Non poteva sopportare di udire il bisbiglio di Catherine attraverso la porta chiusa.

Il giorno dopo portò la sciarpa alla sua residenza, scegliendo un'ora in cui lui doveva essere al lavoro. Avendo studiato a lungo gli orari della signora Noiret, pensò che in quel momento ella dovesse trovarsi a casa, e chiese di vederla.

« Per favore, dica alla signora Noiret che ho un oggetto di proprietà di suo marito che desidero consegnare a lei personalmente », spiegò con un'aria che ben si accordava al suo bel vestito, che aveva indossato per l'occasione. Il servitore la squadrò. La ragazzina aveva una certa classe e le scarpe che indossava erano ben lucidate, anche se avevano visto giorni migliori; ma l'uomo decise di lasciarla sulla soglia.

« Aspetti qui », ordinò, per non compromettersi. Tornò qualche istante più tardi e la ammise alla presenza della signora Noiret.

Louise conosceva colei che voleva incontrare fin da quando aveva cominciato a sorvegliare la casa. Sapeva anche che i Noiret avevano cinque figlie e due maschi al di sotto dei dodici anni, un'istitutrice, due bambinaie, dieci servitori all'interno e tre all'esterno, senza contare il cocchiere, lo staffiere e il ragazzo di stalla. La signora stava seduta a uno scrittoio di legno di rosa nel salottino decorato in azzurro-ghiaccio e oro. Depose la penna e si girò nella sedia, in un fruscio di taffettà verde screziato. Era una donna austera, dall'aspetto imperioso, e priva di fascino. Louise era convinta che Jean-François l'avesse sposata per denaro, e la sua taccagneria lasciava intuire che sua moglie gli controllava le spese.

« Vedo che lei ha la sciarpa di mio marito. » La signora Noiret parlò con una voce profonda, abituata a comandare, e accennò alla striscia di stoffa su cui era ricamato un monogramma che Louise teneva in evidenza. « Non m'ero accorta che l'avesse smarrita. Immagino che lei si aspetti una ricompensa.» Il suo sguardo si abbassò sulle scarpe rivelatrici e gli occhi si strinsero con sospetto. «Come posso sapere che lei non l'ha rubata?»

Louise serrò le labbra ma, per non rovinare tutto ciò che aveva predisposto, mantenne un'espressione compunta. «No, signora, non voglio alcuna ricompensa per averla restituita. Posso dirle esattamente dove l'ha lasciata il signor Noiret e quando.»

«Davvero? Si spieghi.»

«Lui era in visita dalla sartina cui io tengo in ordine la casa, e l'ho trovata sul pavimento dov'era caduta. Non mi sorprende che non se ne sia accorto. Non ha mai tempo per nient'altro che non sia lei quando arriva, e nessun uomo potrebbe essere biasimato per questo. È una donna molto avvenente.»

Le sue parole sembrarono aleggiare nel tranquillo salottino. Sulla mensola del caminetto l'orologio di Sèvres scandì melodiosamente gli stessi bassi rintocchi delle campane di Notre-Dame. Affascinata, Louise osservava la tinta cremisi che dal collo massiccio della signora Noiret saliva fino a raggiungere le sue guance cascanti, dove si diffondeva con un'esplosione ulteriore di colore. La donna deglutì a fatica, il viso contratto.

«Dove vive lei?»

«In rue St.-Martin.» Louise appoggiò con cura la sciarpa sul braccio di un divano con la spalliera imbottita. «Devo tornare laggiù.» S'inchinò compitamente e si voltò per andarsene.

«Aspetti!» La signora Noiret aveva allungato una mano inanellata trattenendola per una falda del soprabito. «Da quanto tempo lei... e... la sartina conoscono mio marito?»

Gli occhi color dell'ambra scura nascosti dall'orlo delle ciglia nere erano insondabili. «Dall'ottobre scorso. Troppo tempo, signora. Spero che, ora che le ho restituito questo suo oggetto, da parte nostra non ci sia più necessità alcuna di rivederlo. Le auguro una buona giornata.»

Lasciò la casa, con il cuore che le martellava nel petto stretto in una morsa. Era stata una dura prova, perché non sapeva come sarebbe andata a finire, ma si sentì abbastanza sicura che Jean-François Noiret non sarebbe più tornato alle stanze di rue St.-Martin. Ci avrebbe pensato sua moglie a proibirglielo. Con un senso di trionfo, scoppiò a ridere, mentre si affrettava lungo la strada del ritorno.

Venne la sera, che trascorse senza notizie da parte di lui. Louise s'accorse che Catherine, non sapendo di essere osservata, aveva chiuso gli occhi in atto di muto ringraziamento quando si era accorta che l'ora era troppo avanzata perché lui potesse arrivare. Passarono una settimana dopo l'altra e, quando ormai era trascorso più di un mese, Catherine si tranquillizzò e non sussultò più a ogni scricchiolio della scala. A poco a poco ritornò a essere quella di prima, la Catherine che Louise conosceva così bene, e i suoi occhi non apparvero più tormentati da ombre di disperazione. Stranamente, nessuna delle due parlò all'altra della scomparsa dell'uomo, Louise perché meno diceva al riguardo meglio era, e Catherine per la superstiziosa paura che nominare il diavolo corrispondesse a evocarlo. E Jean-François era stato proprio un demonio. Solo la donna sapeva a quali vili richieste aveva dovuto soggiacere, quale sadica soddisfazione l'uomo provasse nel servirsi di lei a proprio piacimento pur essendo perfettamente conscio del suo desiderio d'esser liberata da quella persecuzione. Ma ora se n'era andato e lei poteva vivere di nuovo senza paura. Aveva ripreso a ridere e a godere dei divertimenti, il suo passo era tornato leggero come una volta. Aveva persino cambiato pettinatura, adottandone una più frivola, con i riccioli raccolti sulla sommità del capo e in due grappoli sugli orecchi. Una sera, dopo essere uscita dal lavoro, si stava affrettando verso casa ed era solo a pochi metri da essa, quando, nell'oscurità, un uomo sbucò dall'ombra per sbarrarle il passo nel buio vicolo. Non poteva vederlo in volto, ma sapeva che era lui. Il cuore le balzò in gola per il terrore. Il suo gemito sembrò rimbombare contro l'archivolto di mattoni sotto il quale si trovava. Prima che potesse pronunciare il suo nome, un pugno la colpì, gettandola a terra. Poi l'uomo le balzò addosso e la picchiò ancor più selvaggiamente.

Louise, in ansia perché Catherine tardava, aprì la porta per scrutare il suo arrivo. La luce della luna illuminò la ragazza che si trascinava carponi su per la rampa della scala di legno esterna, gli abiti strappati e il viso così pesto da apparire irriconoscibile.

« Oh, oh, oh », gridò Louise, vedendo le condizioni in cui si trovava l'amica e correndo ad aiutarla a sollevarsi per farle salire il resto dei gradini. Catherine le si aggrappò freneticamente.

« Era lui », riuscì a balbettare attraverso le labbra spaccate e gonfie. Non fu necessario che aggiungesse altro.

Louise era disperata perché si riteneva colpevole di quanto era accaduto. Jean-François doveva aver considerato responsabile Catherine della mossa che l'aveva strappato così abilmente dalla vita di lei. L'essersi voluto vendicare nell'oscurità, per non correre il rischio di venire denunciato alla sua sposa una seconda volta, dava un'idea del genere sgradevole di provvedimenti cui doveva essere stato assoggettato a casa. Ma quella era una misera soddisfazione, pensò Louise aiutando la povera Catherine a coricarsi.

Il mattino dopo, quando cercò di alzarsi, Catherine svenne. Mentre l'ora di andare al lavoro si avvicinava sempre più, i suoi deliqui aumentavano: non era assolutamente in grado di uscire. Louise indossò la cuffia e lo scialle di Catherine.

« Vado io al tuo posto », disse decisa. « Dopo tutto quel che mi hai insegnato, me la caverò. »

« Non devi farlo! » Catherine era agitatissima. « Ti scopriranno. Non riuscirai a fare quel lavoro. Combinerai qualche pasticcio. » Mettendosi una mano sul capo dolorante, borbottò: « So che mi cacceranno via ».

« Ti licenzieranno comunque, se non ti presenti, a sentire quel che hai sempre detto », replicò Louise. « Tanto vale provare. Augurami buona fortuna. »

Non appena ebbe raggiunto la stradina che fiancheggiava il cimitero nel quale si era nascosta un tempo, si trovò in mezzo al gruppo delle sartine che si recavano al lavoro. Spiegò la situazione a due delle compagne di Catherine, Berthe e Aude, le quali sparsero subito la voce tra le altre. Era un'occasione per mostrarsi solidali. Troppo spesso avevano dovuto lottare accanitamente tra di loro per un lavoro meglio pagato o per essere tra quelle che restavano a lavorare per l'intera stagione. Tuttavia, grazie alla natura del loro mestiere, erano donne di carattere e nutrivano un profondo rispetto per le compagne particolarmente abili con l'ago, e Catherine era molto amata.

« Tu resta con noi », disse Berthe. « Finché non c'è una sedia vuota al tavolo, possiamo farla franca. »

Louise era andata ai cancelli del laboratorio parecchie volte per aspettare Catherine, ma era la prima volta che s'inoltrava lungo la stradina lastricata che portava fino all'edificio. Con la testa bassa, si affrettò a seguire Berthe, mentre Aude veniva subito dietro a lei. Come aveva spesso immaginato, le stanze da lavoro si susseguivano l'una all'altra, ma apparivano meno colorite e romantiche di quanto aveva fantasticato; inoltre, il lezzo delle lampade a olio si mescolava con l'odore stranamente acre dei tessuti nuovi. Seguì Berthe attraverso la stanza in cui si preparavano i modelli, la stireria dove i ferri erano già stati messi a scaldare sulle stufe, la sala di taglio con un portico esterno in cui si trovava una mola per affilare le forbici, la sala-confezioni in cui erano ammucchiate le scatole, e finalmente raggiunse le stanze riservate alle cucitrici. Come in tutte le sale precedenti, ogni zona di sartoria aveva un ampio tavolo che occupava il centro della stanza e costituiva un punto focale per l'attività di ciascuna lavorante. Tutto era di un bianco splendente e si accordava con la pulizia del luogo, per garantire che la polvere o lo sporco non si posassero sulle costose stoffe. Dopo essersi messa in fila e aver ricevuto il lavoro da fare quel giorno, Louise si sistemò sulla sedia posta tra quella di Berthe e quella di Aude.

« Infila l'ago e comincia », le consigliò Aude saggiamente. « Non farti mai vedere in ozio neppure per un secondo, specialmente oggi che c'è parecchio lavoro. »

Louise aveva in mano sette scampoli di taffettà da trasformare in fusciacche: il segreto stava nel tenere un buon ritmo, ma lei non aveva preoccupazioni al riguardo, provava solo un certo timore reverenziale per la preziosità del tessuto. Mentre infilava il ditale, captò i cenni d'incoraggiamento e i sorrisi delle altre cucitrici intorno al tavolo; poi tutte abbassarono la testa sul lavoro. Le chiacchiere non erano incoraggiate dalla sorvegliante, la signora Rousseau, una donna magra ed energica, dalla carnagione pallida e i capelli tinti di rosso, che Louise aveva scorto nella stanza di ricamo, occupata a risolvere qualche problema. Tuttavia, quando, come in quel momento, la sorvegliante si trovava troppo distante per udire, il chiacchiericcio si levava dal tavolo. Louise si meravigliò, parlando con Berthe alla sua destra, che quel giorno la gamma delle tinte fosse così limitata.

« Tutte stanno cucendo stoffe scure. Non me l'aspettavo. »

Berthe tagliò un filo con le forbici. « La corte è ancora in lutto per la sorella del re. È morta da soli due mesi, e per un certo tempo tutti i vestiti nuovi delle signore saranno di questi colori. Se si fosse trattato del re Luigi Filippo, saremmo state immerse fino al collo in un oceano di stoffa nera per un anno. Ho sentito dire che le sarte non riescono più a trovare un solo metro nei toni del porpora e del grigio in tutta Parigi, perché c'è una specie di corsa a queste tinte funeree indipendentemente dal rispetto per la defunta signora. »

Poco dopo, Louise scorse una delle venditrici assunte per servire le clienti nel salone di esposizione, una giovane donna arrogante e di cattivo umore, che stava entrando per prendere un abito al quale erano state cambiate le maniche. Berthe diede un colpetto con il gomito a Louise, accennando verso la venditrice che si allontanava per tornare al proprio lavoro.

« Lei e le altre streghe del salone di esposizione pensano di perdere la dignità quando entrano nei laboratori per qualche commissione. Preferiscono portare i capi per le modifiche e prendere gli abiti finiti dalla rastrelliera per porgerli alle clienti nella *cabine*. »

« Mi piacerebbe vedere la *cabine*. Catherine mi ha detto che spesso ci sono parecchie rastrelliere con splendidi abiti appesi. »

« Be', oggi non ne avrai l'opportunità. Meno ti muovi dalla sedia, meglio è, se non vuoi essere scoperta. »

Era un consiglio che Louise non intendeva rifiutare. Per precauzione aveva tenuto la cuffia di Catherine ben calzata sulla testa, nascondendo i capelli sotto di essa, e questo l'aiutò ad apparire anonima in mezzo alle altre, anch'esse ornate di copricapi simili. Ci furono alcuni spiacevoli momenti di angoscia, quando la sarta del salone di esposizione, che sembrava passare il tempo andando su e giù tra il laboratorio e l'ambiente più raffinato del piano superiore, entrò nella stanza in cui lavorava Louise. Era una donna dallo sguardo pungente, con il naso e il mento appuntiti come gli spilli infilati nel cuscinetto di velluto che portava assicurato al polso; attorno al collo aveva un metro a nastro, e le forbici pendevano da una catenella. Voleva sapere chi era la cucitrice che aveva modificato un foulard nero per abito da lutto per una delle sue clienti speciali, e puntò a caso su Louise, associando probabilmente quella sedia con Catherine.

« È stata lei? »

Louise si affrettò a scuotere il capo negativamente, tenendo il volto chino, e, con suo sollievo, una sartina all'altro capo del tavolo disse qualcosa e il pericolo passò. Lo squillo di una campanella chiamò tutte nelle cucine dove sedettero intorno a lunghi tavoli e si misero a mangiare le pietanze che avevano portato da casa, mentre alcune si scaldavano la zuppa o preparavano una bevanda calda sul fornello. A Louise sembrò che tutte le lavoranti del negozio fossero al corrente del segreto, perché ogni testa era rivolta dalla sua parte per guardarla, mentre le ragazze più giovani soffocavano le risatine dietro le mani. Dopo venti minuti tutte ritornarono al lavoro.

Tra le cinque e le sei c'era un altro intervallo, ma molto breve. Per le necessità fisiologiche era permessa un'assenza di pochi minuti, compreso il tempo necessario per recarsi ai servizi che erano esterni. Louise fu terrorizzata all'idea di dovervi andare: infatti correva il pericolo di essere scoperta non appena si fosse mossa da quell'alveare in attività; tuttavia riuscì di nuovo a sfuggire all'individuazione. Strada facendo, era passata per un magazzino in cui si trovava Madame Camille in persona, intenta a esaminare una pezza di stoffa. Louise provò un senso di delusione. La sarta non appariva diversa da qualsiasi altra signora vestita alla moda, e non vi era niente di strano o di eccitante nel suo aspetto, come si sarebbe invece aspettata da una famosa grande sacerdotessa dell'alta moda. Tornata al tavolo, aveva finito l'ultima fusciacca ed era soddisfatta del lavoro svolto, sapendo che, quando fosse stata unita al corpetto al quale stava lavorando Aude, sarebbe spuntata da sotto la vita esattamente come si richiedeva. Berthe notò che Louise aveva terminato il proprio lavoro e fece cenno alla donna che aveva l'incarico di rifornire le lavoranti. Costei arrivò con cinque altezze dello stesso taffettà già tagliate per essere increspate sopra la gonna. Louise si rimise all'opera, provando una sensazione di pena per colei che avrebbe indossato quell'abito che, con le sue numerose sottogonne e sottovesti e irrigidito dalla crinolina, non avrebbe costituito un lieve peso da portarsi addosso. Anche le maniche sarebbero state uno spiacevole impedimento per i movimenti, perché erano state disegnate in modo da rendere impossibile alla cliente alzare le braccia ad angolo retto. Decorativa e passiva nel suo ruolo di donna vezzeggiata, ignara di politica, dipendente dalla cameriera personale per indossare il busto e slacciare un semplice gancio dell'abito, la dama elegante non suscitava alcuna invidia nella ragazza che sedeva a cucire la gonna di taffettà moiré. Louise pensava spesso che vivere una vita senza un lavoro interessante di propria scelta, come quello, incantevole, di creare begli abiti, non avrebbe avuto alcun valore per lei. Si divertiva inoltre a esprimere le proprie opinioni, grazie all'incoraggiamento di Catherine, che non mancava mai di vantarsi dell'educazione ricevuta alle Halles: essa l'aveva fatta sentire in diritto di parlare da pari a pari con qualsiasi uomo. Solo in amore Catherine era succube, e Louise aveva deciso che non sarebbe mai caduta nella stessa trappola. Pensava ancora a Worth con tenera nostalgia, sapendo di aver intravisto il volto gentile dell'amore. Se col passare del tempo le fosse capitato un altro amore del genere, l'avrebbe accolto con gioia, ma avrebbe respinto il predominio di un uomo, con tutti i tormenti, le angosce e l'infelicità che si tirava dietro. Lei sarebbe rimasta padrona di se stessa in ogni cosa, e nelle faccende di cuore soprattutto.

« Signorina Allard, ha finito quelle increspature? »

Louise abbandonò le proprie fantasticherie con un sussulto. La signora Rousseau le parlava da breve distanza, senza guardare nella sua direzione, ma spuntando un elenco che teneva in mano.

« Quasi », mormorò Louise, appoggiandosi allo schienale della sedia, mentre Berthe e altre due o tre sartine si chinavano in avanti per aiutarla a nascondersi alla vista della donna.

« È lenta oggi. Perché questo ritardo? »

Louise rabbrividì, udendo il suono dei passi che si avvicinavano per indagare. Poi ci fu un'esclamazione di meraviglia e la ragazza si sentì strappare la cuffia dal capo con un gesto così rapido che i neri capelli si sciolsero dalle forcine e le scivolarono giù come una cascata sulle spalle. Lentamente alzò il viso incredulo verso la sorvegliante.

« Da dove viene? » esplose la donna. « Da quanto tempo si trova in questo laboratorio? Chi *è* lei? »

Louise spiegò semplicemente che Catherine era stata aggredita, senza entrare in altri particolari. L'indagine non finì là. Nell'ufficio della sorvegliante il lavoro di Louise venne disteso sul tavolo ed esaminato dalla signora Rousseau e da una *première*, per vedere se c'erano difetti o errori, ma non ne fu trovato alcuno. La *première* lasciò l'ufficio con le varie parti dell'abito, e la sorvegliante sedette alla scrivania, di fronte a Louise.

« Non so chi sia più da biasimare, se la signorina Allard o lei. »

« Io. Lei non voleva che venissi, ma io speravo di evitarle la perdita del lavoro. »

« Non ho mai licenziato una cucitrice che fosse veramente indisposta, anche se com'è ovvio ho dovuto sospenderla dall'impiego per tutta la durata della malattia. Comunque, qui la faccenda è diversa, come la signorina Allard sa bene. Ha commesso una mancanza estremamente seria. Madame Camille pretende che le sue cucitrici si comportino educatamente e siano responsabili di loro stesse, tenendosi quindi lontane dalle risse di strada e dai sommovimenti politici, particolarmente numerosi di questi tempi. » I suoi occhi scrutarono il viso di Louise come se cercasse di scoprire parte della verità nascosta. « Mi dà la sua parola che l'aggressione della signorina Allard era assolutamente immeritata? »

Louise rispose sinceramente: « Sì, le do la mia parola ».

La donna fece un cenno di condiscendenza. « In questo caso non prenderò alcun provvedimento disciplinare nei suoi confronti, per questa volta. » Ci fu una pausa. « Quanti anni ha lei? »

« Quasi sedici. »

Le lunghe dita della sorvegliante tamburellarono sulla scrivania, mentre la donna rifletteva. « Lei è incredibilmente giovane per aver raggiunto il livello di abilità nel cucire che ha dimostrato oggi. Le ha insegnato la signorina Allard, vero? Dovrebbe essere encomiata per questo. »

« Grazie, signora. » Louise raddrizzò le spalle e sfacciatamente lanciò la propria richiesta. « Potrebbe Madame Camille accettarmi come apprendista unicamente per i miei meriti di lavoro? Non ho denaro per pagare questo privilegio. »

La signora Rousseau alzò le sopracciglia all'audace richiesta e rispose senza esitazione: « Assolutamente no ». Vide spuntare la delusione nel volto espressivo della ragazza. « Tuttavia », aggiunse, conscia delle promettenti capacità della ragazza, « una possibilità esiste. Sa che cosa significa essere una praticante? »

Louise sbatté le palpebre, non osando sperare. « Sì. Praticanti sono coloro che hanno fatto tirocinio in una sartoria e sono pronte ad assumere i più svariati e lunghi lavori. »

« Esatto. Penso che lei abbia già raggiunto questo stadio. » La signora Rousseau prese una penna e la immerse nel calamaio per scrivere su un foglio che aveva avvicinato a sé. « Considerate le sue qualità, mi sento autorizzata a creare un posticino per lei. Mi ripeta il suo nome. » Dopo averlo scritto, dichiarò: « Informerà la signorina Allard che può avere qualche altro giorno di riposo per riprendersi dalle percosse, senza paga, naturalmente, e che può portarla con sé quando ritornerà una delle prossime mattine ».

Louise fece di corsa tutta la strada verso casa, stringendo in mano la piccola lanterna di Catherine. Appena uscita dal laboratorio, si era resa conto che nella città si stava tramando qualcosa di serio. L'aria era carica di elettricità, e parecchie volte dovette evitare gruppi di uomini riuniti a discutere di politica con voci aspre. Udì urlare « *Vive la réforme!* » e dal fondo della strada le giunsero all'orecchio le note della *Marsigliese*, che era proibita sotto pena di carcerazione. Quando Louise ebbe raggiunto sana e salva la porta di casa, Catherine fu finalmente risollevata.

« Grazie a Dio, sei salva. Ho udito i vicini, in strada, dire che il governo ha vietato l'adunata che si doveva tenere domani per avanzare richieste di riforme politiche. Solo il cielo sa che cosa accadrà ora. »

Ansia e paura non impedirono a Catherine di gioire per le buone notizie che Louise le aveva portato. Insistette per aprire una bottiglia di vino. Fecero due brindisi, il primo per il futuro di Louise, il secondo per il futuro della Francia.

« Che il nostro paese possa assurgere alla gloria dei giorni dell'Impero », disse Catherine. Louise alzò il bicchiere e Catherine fece altrettanto, rivolta verso il tricolore appeso alla parete. « Unisco il nome della Francia a quello di un altro Bonaparte, il principe Luigi Napoleone. Che il suo esilio termini presto e che, qualunque cosa possa accadere nei prossimi giorni, lo riporti nel nostro paese. »

« Senza spargimenti di sangue », aggiunse Louise prima di portare il bicchiere alle labbra.

La sera del giorno seguente, trenta persone, tra morti e feriti, erano state colpite dalla Guardia Nazionale durante una dimostrazione davanti alla casa del Primo Ministro. In quella giornata di agitazioni, i dimostranti avevano rovesciato omnibus, acceso falò con le panchine dei parchi e mandato in frantumi i vetri delle finestre. Il massacro fu l'inizio di una grande insurrezione. Il mattino dopo, quando Louise uscì con Catherine nel suo primo giorno di lavoro da Madame Camille, la città era in stato di mobilitazione armata, pericolosa per le donne che si avventuravano all'aperto. Le pietre del selciato della strada del loro quartiere erano state divelte per alcuni metri, cosa che era accaduta in molti altri punti della città; si erano infatti formate innumerevoli barricate di rivoltosi, le bandiere rosse sventolavano in segno di sfida, i colpi di arma da fuoco tuonavano in continuazione, mentre molti edifici pubblici ardevano, e il denso fumo formava un velo sopra la città. Il giorno precedente il re Luigi Filippo era stato deposto e, assieme alla regina, era fuggito ignominiosamente da Parigi in una carrozza di piazza; ma, pur attraversando un momento critico, essi furono più fortunati di altri reali, fantasmi del passato. Raggiunta la costa, poterono imbarcarsi per l'Inghilterra con i soli abiti che avevano addosso. A Parigi imperversavano i saccheggi e le violenze. Una delle più belle vetrate del palazzo delle Tuileries era stata ridotta in scintillanti frantumi, mentre il trono reale, lanciato all'esterno, era stato bruciato nella piazza della Bastiglia. Fu proclamata la Seconda Repubblica francese con un governo provvisorio.

Quando poterono avventurarsi di nuovo fuori senza pericolo, Catherine e Louise si unirono alle migliaia di persone ansiose di tornare al lavoro e alla solita vita. Camminando in mezzo alle macerie e distogliendo gli occhi dalle macchie di sangue sul selciato, le due donne si affrettarono lungo le strade deturpate dagli incendi della breve ma violenta sommossa, per raggiungere il laboratorio di Madame Camille. Trovarono i cancelli chiusi e sprangati, e aspettarono il loro turno, con le altre silenziose e sottomesse sartine, per leggere il cartello esposto: 25 FEBBRAIO 1848. MADAME CAMILLE È SPIACENTE, MA, DATA LA PRESENTE INCERTA SITUAZIONE, QUESTA AZIENDA RIMARRÀ CHIUSA FINO A NUOVO ORDINE.

Louise non si rassegnò. Si aggrappò alle sbarre dei cancelli e, le scosse facendole oscillare rumorosamente, con una tale furia dipinta sul viso che neppure Catherine osò trattenerla. Quando finalmente si calmò e abbandonò i cancelli, era molto pallida, e aveva un'espressione dura. Sibilò tra i denti:

« Madame Camille dovrà pur riaprire presto o tardi. Le donne vorranno sempre abiti eleganti per quante monarchie e repubbliche vadano e vengano ».

Louise tornò nella direzione da cui erano venute, la testa alta, le spalle erette, e Catherine la seguì con passo incerto. C'erano momenti in cui Catherine non riusciva a capire quella forte, sensata e ambiziosa ragazza; ora meno di quando aveva raccolto la piccola trovatella nel cimitero che in quel momento attraversavano. Fin dall'inizio si era accorta che la bimba di cui si era presa cura era un'individualista dalla volontà ferrea. Sperava che Louise non trascurasse il lato più dolce della vita per imboccare una strada troppo dura.

Madame Camille non era stata la sola a chiudere bottega. I titoli erano crollati, si erano avuti assalti alle banche, i pagamenti erano stati sospesi. Gli stranieri che solitamente affollavano la città del piacere erano partiti e, durante l'imperversare dei disordini politici, continuarono a restarsene lontani, tanto più che molti alberghi erano chiusi. Con un po' di denaro messo da parte e barattando alcuni oggetti in cambio di cibo, Catherine e Louise riuscirono a sopravvivere, affrontando mille privazioni. Erano anche in arretrato con l'affitto. Dopo un certo tempo, Madame Camille riaprì la sartoria, ma con manodopera ridotta. Catherine non fu inclusa perché non era abbastanza anziana.

Nel maggio successivo ci fu una nuova violenta manifestazione popolare. La Seconda Repubblica francese aveva aumentato i diritti dei cittadini senza però offrire garanzie di lavoro e molta gente era disperata e ridotta alla fame. In giugno, centinaia di migliaia di uomini, rabbiosi per la mancanza di pane, organizzarono una rivolta, e Parigi fu messa di nuovo a ferro e fuoco e ancora insorsero le barricate. Le truppe furono mandate in ogni strada e a presidiare i treni della linea di St.-Germain. Furono inviati altri rinforzi, mentre per tre giornate terribili infuriò la battaglia, senza pietà da nessuna delle parti. Le donne che si trovavano tra i due fuochi venivano falciate. Il numero dei morti era salito a parecchie migliaia; furono uccisi tra gli altri un arcivescovo che aveva tentato una riconciliazione e un generale d'armata che si era fatto avanti per parlamentare. I rigagnoli erano arrossati dal sangue. Catherine e Louise prestavano il loro aiuto ai feriti che uscivano barcollando dalla mischia per crollare l'uno sopra l'altro nello spaventoso massacro. Infinite volte le due donne avevano pregato con i morenti, quando non riuscivano a trovare un prete tra coloro che, instancabili, offrivano il loro soccorso in tutto quel trambusto e quella confusione.

Conseguenza di quella rivolta soffocata nel sangue fu che i cittadini di Parigi dovettero sopportare privazioni ancora più grandi. Molte aziende finirono in rovina, i negozi dovettero chiudere per mancanza di clienti, e il passaggio di eleganti carrozze nelle strade divenne uno spettacolo sempre più raro. Le signore dovettero arrangiarsi con i vestiti che avevano, e il poco lavoro che le sarte riuscivano a trovare si limitava soprattutto al riordino degli abiti e all'accorciamento degli orli di tre o quattro centimetri per eliminare le parti consumate e gli strappi nei tessuti migliori. Ma, nonostante tutto, c'erano ancora donne danarose alle quali non dispiaceva spendere, e la Casa Gagelin, essendo un'azienda con solide basi, resistette alla tempesta come molte altre ditte nelle stesse condizioni, anche se il commercio aveva imboccato una strada in discesa. Worth e Marie non cercavano più di migliorare la loro posizione economica, ma aspettavano una ripresa della situazione generale. Erano anzi paghi di avere un impiego, quando tanta gente doveva andare a mendicare per le strade.

Né Catherine né Louise avevano un'occupazione. Da principio erano riuscite a guadagnare qualcosa presentandosi alla porta delle persone agiate e chiedendo di fare qualche lavoro di cucito. Ma, poiché c'erano molte altre donne che si offrivano per cucire a domicilio, questa fonte di guadagno si era ben presto prosciugata. Col favor delle tenebre, esse portarono via i loro averi su una carriola, per evitare che venissero confiscati da chi esigeva gli arretrati dell'affitto. Presero una stanzetta in un tugurio di piazza Maubert, nel Quartiere Latino, accanto al mercato del pane. Lo squallore del loro nuovo alloggio ricordava a Louise le miserabili condizioni in cui era morta sua madre. Ma ora lei era più grande e non aveva più tanta paura. Come un lupo solitario, reso spietato dalla lotta per la sopravvivenza, Louise ricorreva di nuovo ai suoi indimenticati metodi per procurarsi il cibo. Era ritornata ai luoghi frequentati durante l'infanzia e ai vecchi trucchi per agguantare tutto ciò che vi era di commestibile nelle bancarelle o nei carri che passavano. Ma ora il gioco era molto più pericoloso di prima, e due volte sfuggì per un pelo all'arresto. Per questo Catherine era sempre in folle angoscia ogni volta che l'amica usciva per le sue imprese.

In ogni parte della città i suoi occhi si posavano sullo slogan LIBERTÉ, ÉGALITÉ, FRATERNITÉ scarabocchiato su tutti i più importanti edifici e monumenti; ma le privazioni e la disperazione avevano inasprito il suo animo, e la ragazza ormai si beffava dei sentimenti elevati. Ogni volta che i crampi della fame le permettevano di pensare a qualcos'altro, rivolgeva la propria attenzione alla propaganda delle vicine elezioni e ai manifesti che chiedevano voti per Luigi Napoleone, il cui nome veniva raccomandato in ricordo di quello di un altro Bonaparte a coloro che a migliaia si apprestavano a votare per la prima volta.

C'erano giorni in cui non riusciva a farsi regalare o a rubare o a trovare neppure un boccone di pane. Come ultima risorsa poteva unirsi alle altre persone come lei, al mercato del pane, dove gendarmi armati proteggevano la merce, ma dove i più scaltri ogni tanto riuscivano ad arraffare qualcosa e correre via. Era un'operazione molto rischiosa e Louise si guardava bene dal far conoscere a Catherine la provenienza di quel bottino. Non sopportava di tornare a mani vuote, eppure le capitava molte volte ed era sempre un sollievo quando scopriva che Catherine era riuscita a ottenere un po' di denaro da qualche opera di carità. Per qualche giorno ci sarebbe stato in tavola un po' di cibo ottenuto onestamente. Più tardi, molto più tardi, Louise scoprì di che tipo di opera di carità si trattava. Catherine, per la prima volta nella sua vita, aveva accolto nel suo letto uomini che non amava. L'esperienza lasciò il segno, perché la sua indole sentimentale e l'allegra stima che aveva di se stessa ne furono incrinate, e la donna non si mostrò più esuberante e generosa verso il sesso opposto. In seguito, Louise sarebbe riuscita a precisare il momento in cui il carattere di Catherine s'era incupito: era accaduto in quei terribili mesi trascorsi nel tugurio di piazza Maubert, nell'anno in cui le elezioni di dicembre portarono al potere Luigi Napoleone. Era stato eletto, per suffragio universale, presidente della Repubblica francese.

Alla prima occasione, Louise e Catherine andarono a vederlo mentre cavalcava trionfalmente per Parigi. Dopo un inizio stranamente tormentoso del suo governo, a Luigi Napoleone fu infatti chiaro che era giusto che il popolo avesse l'opportunità di vederlo. Non volendo partecipare senza portare un simbolo del proprio consenso, Louise strada facendo raccolse alcuni boccioli di rose invernali verde-pallido dal giardino deserto di una casa abbandonata. Mentre aspettava a fianco di Catherine, di fronte alla gente riunita vicino al palazzo dell'Eliseo, che era diventato la nuova residenza ufficiale del presidente, tolse accuratamente ogni spina dagli steli. Era una giornata piena di sole ma fredda. Louise non solo aveva potuto nutrirsi convenientemente grazie a quella che ancora credeva essere la benefica opera di carità che aiutava Catherine, ma era anche riuscita a ottenere un modesto lavoro di cucito dalla moglie di un calzolaio. Il suo morale era alto, si sentiva ottimista e il freddo pungente le aveva arrossato le guance.

Il rullo di tamburo della banda del reggimento annunciò l'arrivo del principe-presidente. Che spettacolo tutta quella pompa per le vie di Parigi! I più anziani fra la folla ricordavano le parate del passato, ma per Louise e migliaia di altri come lei quella era la prima volta. Lungo la rue du Faubourg St.-Honoré, già rifatta lastricare dal principe-presidente dopo che la plebaglia turbolenta l'aveva spogliata della pavimentazione in pietra per erigere le barricate, era schierata una splendente scorta di cavalleria, che si stendeva a perdita d'occhio. I più spettacolari erano i corazzieri, con i puntali di ottone che sormontavano gli elmetti di metallo bianco scintillanti sotto il sole e dai quali ricadevano ondeggiando le magnifiche code di cavallo nere. Avanzavano in un tintinnare di finimenti e di bardature, creando una continua esplosione di macchie di colore rosse e azzurre, mischiate al bianco dei calzoni e al nero degli stivali fino al ginocchio, che si stagliavano sulla lucentezza dei cavalli grigi pomellati. La folla si accalcava eccitata, e coloro che si trovavano nelle prime file venivano spinti quasi addosso alla cavalleria che passava. Louise, allarmata di trovarsi così vicina ai cavalli da poterli toccare, cercò di tirarsi indietro e, nello stesso istante, la mano guantata di bianco di un giovane ufficiale strappò i boccioli di rose invernali dalla sua mano. La ragazza sussultò, presa alla sprovvista, e vide il volto del corazziere che la sovrastava. Ebbe la fugace visione di un viso ben squadrato, dall'aria appassionata: un viso affilato, intelligente e abbronzato dal vento e dalla vita all'aria aperta, con occhi grigioverdi che in quel momento erano colmi di allegria per l'azione appena compiuta, mentre il giovane rideva fragorosamente con un'espressione di amoroso invito.

« Fiori per me? » la canzonò con aria ironica. « Sempre al suo servizio, signorina! »

Senza reagire, lei lo guardò mentre si portava via trionfalmente i suoi boccioli restando voltato a sostenere il suo sguardo finché gli fu possibile, per poi rivolgere di nuovo gli occhi davanti a sé e raddrizzare la schiena sulla sella. Poi Louise lo perse di vista a causa dell'avanzare delle file successive della cavalleria di scorta che procedevano in un fracasso di zoccoli, mentre le code dei cavalli oscillavano come lunghe nappe di seta. Emise il fiato che fino allora quell'audacia le aveva fatto trattenere. Quindi si volse e tirò con impazienza la manica di Catherine perché le prestasse attenzione in quel frastuono di acclamazioni che si alzavano in crescendo dalla folla, mentre l'uomo che tutti erano venuti a vedere si avvicinava lentamente.

« Hai visto che cosa ne è stato, dei miei fiori? » disse indignata, con un'espressione tra divertita e oltraggiata. Ma Catherine non l'aveva udita, tesa com'era a cogliere la prima immagine del Bonaparte.

« Eccolo! » Il grido di Catherine uscì con entusiasmo dalla sua gola. « *Vive le président!* »

Louise, con la mente ancora rivolta al corazziere, osservò l'arrivo del nuovo padrone dei destini della Francia, e si accorse con rammarico che nelle sue mani vuote non c'erano più rose da lanciare. Montando uno stupendo sauro che si era portato dal suo soggiorno in Inghilterra, con l'uniforme immacolata e le spalline d'oro che oscillavano, il principe-presidente Luigi Napoleone, che aveva passato la quarantina, presentava una forte somiglianza con lo zio imperatore, la cui statua stava per essere trasferita in place Vendôme. Aveva il busto slanciato e le gambe corte del buon cavaliere; la fronte sporgente, il naso grosso, i baffi incerati e la barbetta a punta che molti francesi già emulavano, e uno sguardo vivace che teneva fisso davanti a sé mentre cavalcava. Avanzava con gagliardia, come se la ripresa economica della Francia fosse uno scontro fisico in cui era impegnato personalmente. Non aveva una figura particolarmente solenne, ma intorno a lui aleggiavano il fanatismo bonapartista e l'aura di potere che accendevano l'entusiasmo di coloro che applaudivano e gridavano senza ritegno.

Louise si era unita allegramente agli evviva fino al momento in cui egli era sparito alla vista, proseguendo in trionfo attraverso la città. La ragazzina era convinta che la calma e imperscrutabile espressione del principe-presidente denotasse la stessa volontà di successo che sentiva radicata in se stessa. Simile a lei, Luigi Napoleone avrebbe combattuto contro tutte le disuguaglianze. Glielo augurava con tutto il cuore.

Quella stessa sera, il tenente Pierre de Gand del 6° Corazzieri, in libera uscita e non più in uniforme, tornò in rue du Faubourg St.-Honoré e raggiunse il punto lungo la strada in cui egli aveva strappato i boccioli di rosa da un paio di mani riluttanti. Con i capelli castano-scuro che portava lunghi fino all'altezza delle folte basette, la corporatura snella e l'alta statura, era ben conscio del proprio aspetto valorizzato dal portamento militare e dall'aria robusta e sana. Mentre andava su e giù lentamente, il mantello, al quale era attaccato uno dei boccioli, gli scivolò dalle forti spalle aprendosi sull'abito da sera. La sua bocca, solitamente pronta al sorriso, era stranamente seria, come se si fosse reso conto soltanto in quel momento del motivo che l'aveva spinto a recarsi fin là. Eppure c'era un'espressione determinata sul suo mento a fossetta, mentre con l'occhio allenato del soldato scrutava la zona nella debole speranza di rivedere in quei pressi la ragazza.

Si chiese chi poteva essere. Confezionava cuffie da una modista o vendeva pane in una panetteria? Cucitrice, commessa o sigaraia? Fin da quando era diventato allievo ufficiale aveva smesso di frequentare le belle sartine. Ma era stato il magnetismo che emanava da lei a far presa sul suo animo, sensuale, tentatore e volitivo, e a rendere emozionanti quei pochi straordinari momenti.

C'erano alcuni passanti nella via, ma non riconobbe nessuno. Che cosa aveva potuto fargli anche soltanto supporre che la ragazza potesse essersi accorta dell'effetto che aveva prodotto su di lui e che potesse sentirsi indotta a tornare là nella speranza di incontrarlo di nuovo? Corrugò la fronte con biasimo, condannando l'impulso da cui s'era lasciato trascinare. Si rimproverò quella idea sciocca. Aveva da fare di meglio che perdere il proprio tempo inutilmente. Una vettura di piazza avanzava lungo la strada e lui la fermò, dando l'indirizzo di una signora sposata e ricca la cui solitudine egli di tanto in tanto consolava. Ma la carrozza non aveva fatto molta strada quando il giovane cambiò parere e ordinò al vetturino di prendere un'altra direzione, sentendosi nervoso e scontento. Non era abituato a essere contrastato allorché perseguiva uno scopo. Quella sera non aveva impegni, e altre braccia che non fossero quelle dell'inafferrabile sartina avevano perduto ogni reale potere di seduzione. Meglio la compagnia maschile dei suoi colleghi ufficiali nella baldoria di bevute che doveva essere in pieno svolgimento nel salone superiore del caffè al quale il cavallo, col suo trotto robusto, lo stava accompagnando attraverso le strade buie.

Col passare delle settimane, cominciò a farsi sentire l'influenza del principe-presidente sulla situazione economica. Gli alberghi riaprirono. I negozi riaprirono le imposte e fu stesa una mano di intonaco qua e là per dare un'impressione di ottimismo. Non sarebbe stato facile ricominciare, ma non bisognava aver fretta; gli stranieri cominciarono a tornare, chi per affari chi per svago, e furono visti di nuovo in giro. Riprese il fervore del commercio e Madame Camille completò l'effettivo di cucitrici, includendo la giovane praticante di nome Louise Vernet, che era stata raccomandata dalla sorvegliante prima che iniziassero i disordini.

Catherine, felice di ritornare al lavoro che amava, cantava sottovoce mentre cuciva con le compagne. Al tavolo di un'altra stanza Louise eseguiva lavori meno complicati, mentre le sue guance venivano accese dalla luce della finestra alle sue spalle. Ogni tanto le tornava in mente lo sfrontato corazziere che si era impadronito dei fiori destinati a un presidente. Era sicura che l'avrebbe riconosciuto, se mai le loro strade si fossero incrociate. Un segreto sorriso le increspava le labbra, ma per il momento non poteva far nulla per rivederlo. Era contenta che le sue qualità l'avessero aiutata a terminare abilmente il lavoro che le era stato assegnato, e certo tra non molto tempo l'avrebbero spostata all'estremità più lontana del tavolo di Catherine, poi un giorno si sarebbe trovata alla testa di esso. I suoi orizzonti si stavano ampliando, e tale era la forza della sua ambizione che a volte le mancava il respiro per la gioia e la meraviglia. Tutto sarebbe stato possibile se fosse riuscita a dimostrare a se stessa che era una sarta migliore di ogni altra. Il suo ago scivolava dentro e fuori della seta che lei cuciva cantando.

VI

Come Louise aveva auspicato, da Madame Camille il periodo dei lavori più semplici era stato relativamente breve. Quand'ebbe diciassette anni, dopo aver passato un po' di tempo al tavolo di Catherine, fu promossa alla stanza dei ricami, dove la perfezione dei suoi punti raggiunse il massimo grado. Fiori e foglie e motivi classici spuntavano sotto le sue mani nei variopinti ricami di seta a formare ghirlande e festoni intrecciati su abiti da sera e vesti da passeggio, mantelli da sposa e completi da viaggio, e su ogni genere di colletti e cappe. Madame Camille e il resto delle grandi sarte non facevano sostanziosi cambiamenti nel taglio dei lunghi corpetti e delle gonne enormemente ampie, ma gareggiavano fra di loro sull'abbondanza delle decorazioni negli abiti che confezionavano.

Louise e Catherine da qualche tempo avevano lasciato il tugurio di piazza Maubert ed erano ritornate in un quartiere simile a quello in cui avevano abitato prima: il loro frugale tenore di vita era stato infatti elevato dal salario di Louise. Gli alti e bassi stagionali del mercato non permettevano ancora la minima stravaganza, ma Louise era riuscita a comprarsi un paio di scarpe nuove ogni volta che si era presentata la necessità di sostituire quelle vecchie, e sperava di non dover mai più infilare calzature già portate da altri. Per fortuna il suo piedino ben modellato non sembrava aver sofferto per la varietà dei passati strumenti di tortura, ma ciò poteva imputarsi al fatto che aveva camminato scalza per casa e sull'erba tutte le volte che le era stato possibile.

Fin dal primo giorno del suo impiego da Madame Camille, Louise aveva fatto tesoro di tutto quanto poteva esserle utile nella sua carriera, seguendo la tattica che aveva sempre adottato nella vita: ascoltare, imparare e metter da parte ogni informazione importante come se si trattasse di oro da accumulare. Era tradizione tra le sartine che ogni consiglio utile a migliorare l'esperienza di lavoro venisse fatto circolare e, sebbene Louise avesse già appreso la maggior parte di quei suggerimenti da Catherine, come il banale trucco di usare un po' di saliva per cancellare le macchie di sangue da un tessuto quando ci si era punte un dito, continuava a far tesoro di tutte le spiegazioni delle sue compagne. Più di tutto la interessavano le istruzioni che per ogni nuovo lavoro le impartiva una lavorante anziana, perché la ragazza era sempre ansiosa di migliorare la qualità delle proprie prestazioni. In quel periodo stava allargando il campo delle sue conoscenze sartoriali: non appena aveva un minuto libero prendeva improvvisate lezioni di taglio e di messa a modello dal tagliatore di Madame Camille. Per la seconda volta, un inglese era entrato nella sua vita. Si chiamava Will Russell.

La sua presenza al tavolo di taglio rappresentava un'innovazione. I tagliatori maschi erano una rarità, le case di moda non avevano niente a che fare con le piccole sartorie dove nel vestito si dava molta importanza al taglio, e Madame Camille apparteneva alla schiera di coloro che preferivano che il taglio degli abiti fosse eseguito da mani femminili, perché era convinta che esse conferissero una linea più aggraziata e più fragile, necessaria agli abiti di una signora. Ma tutti coloro che operavano nella moda tenevano sempre d'occhio la politica e le questioni del momento, e Madame Camille, come tutte le altre sarte, si era accorta che in seguito alla rivoluzione del 1848 si era verificata un'evoluzione di tendenza verso un tipo di taglio di grande scioltezza che esprimesse l'affermarsi delle donne francesi. Conscia di questa valorizzazione della femminilità, aveva deciso che le occorreva un tagliatore inglese per lanciare la nuova linea; nessuno infatti poteva negare che il miglior taglio del mondo fosse privilegio dei sarti al di là del Canale della Manica. Mentre sperava di portare un tocco di quell'abilità nella sua prossima collezione, aveva incontrato per caso Will Russell. Con un'esperienza di tagliatore in una fabbrica di abiti, l'inglese si trovava già a Parigi, dove lavorava per il famoso sarto di corte Ebeling, che aveva la sua casa di mode nello stesso edificio del signor Gagelin in rue de Richelieu. Will Russell era uno dei tanti giovani attratti dalla Mecca della moda dove pensava di allargare le proprie esperienze prima di ritornare nel proprio paese.

« Devo far presente », aveva informato la sarta, inesorabile nel suo ottimo francese, « che da Ebeling ho già trascorso buona parte del tempo che avevo destinato al mio soggiorno a Parigi. Quando saranno passati i due anni da me stabiliti, intendo tornare in Inghilterra. »

« Questo per me non è un grosso problema », aveva replicato lei prudentemente, stringendo le labbra. Sapendo quanto oscilli il pendolo della moda, pensava che forse la sua presenza non sarebbe stata più necessaria di lì allo scadere dei due anni. Non era questo il punto che l'aveva fatta esitare nell'assumerlo; a preoccuparla erano invece le conseguenze che il suo aspetto fortemente mascolino avrebbe potuto provocare sulle sue lavoranti. Con i biondi riccioli ribelli, il capo eretto in atteggiamento arrogante sul forte collo, i robusti muscoli sporgenti e il vigore evidente degli arti e delle reni, Will Russell aveva trentasette anni ed era nel fiore della virilità. E non si poteva negare la sua capacità professionale. Madame Camille con riluttanza era dovuta arrivare alla conclusione che le sue lavoranti avrebbero dovuto stare in guardia. Coloro che fossero incorse nella più piccola distrazione a detrimento del lavoro sarebbero state licenziate immediatamente. « Benissimo, signor Russell. Trascorrerà alle mie dipendenze il tempo che le rimane da passare in Francia. »

Will Russell cominciò ad aggirarsi per la sala di taglio portandovi il suo nuovo modo di lavorare e liberandosi di tutto il disordine femminile che le due tagliatrici donne, che erano state messe di nuovo a cucire intorno al tavolo, avevano disseminato là dentro. Furono eliminate scatole inutili e sacchi di ritagli. Con un lavoro di falegnameria che eseguì personalmente, Russell allargò i due lunghi tavoli, sopra i quali appese mensole dimensionate per ospitare i pezzi dei vestiti in lavorazione onde semplificare le scelte e proteggerli da ogni danneggiamento. Perché le lampade a olio fornissero una luce più intensa, le munì di riflettori che aveva costruito da solo: nel tempo libero si trasformava in una specie di inventore, e aveva progettato una serie di piccoli utili accessori che gli facilitavano il lavoro. Fin dall'inizio mise in chiaro che considerava il laboratorio di taglio di Madame Camille proprio dominio e che vi avrebbe regnato incontrastato. Si accordarono perché una panca gli fosse riservata in cucina, dove avrebbe potuto consumare i propri pasti appartato, lontano dalle loquaci sartine. Era tuttavia cordiale con loro, ed era più conscio di quanto esse non pensassero del subbuglio che creava ogni volta che, per una ragione o per l'altra, doveva entrare nelle stanze della sartoria. Era gentile soprattutto con la signora Rousseau, suscitando la perplessità delle sartine che la consideravano dispotica e se lo comunicavano con chiare occhiate d'intesa; ma a loro insaputa, uno dei primi giorni del suo lavoro nel laboratorio, egli aveva trovato la sorvegliante con le labbra esangui e in preda a un forte dolore che l'aveva colpita prima che riuscisse a raggiungere il proprio ufficio. L'aveva accompagnata sorreggendola e intuendo che la donna era vittima di qualche malattia di cui non voleva che alcuno fosse informato.

Ogni volta che Madame Camille doveva parlargli in laboratorio, lui assumeva un atteggiamento ancora più virile, ardito e disinvolto. Le sartine che lavoravano ai tavoli a portata d'orecchio rimanevano a bocca aperta e poi commentavano tra loro il modo in cui egli rifiutava di cedere sulle questioni di lavoro nelle quali era convinto di aver ragione. Lei, la *grande dame* di cui tutti avevano paura, ammetteva allora il proprio errore e al tempo stesso, quasi dimentica di essere una donna di mezza età, appariva turbata, mentre le sue guance si tingevano di rosa come se fosse tornata ragazza.

« Io maneggio tessuti come fossero cavalli o donne », era stato udito dirle una volta con decisione. Le sue parole erano state ripetute ed erano circolate intorno ai tavoli delle stanze di lavoro. Tendendo gli orecchi, le sartine avevano sbarrato gli occhi, chi indignata chi sotto sotto divertita. Qualunque fosse stata la reazione di ciascuna, molte di loro rabbrividivano deliziate, mentre Madame lo guardava lisciare e disporre le pezze di stoffa sul tavolo preparando con dita ferme e carezzevoli i vari modelli di tessuti da tagliare.

Piaceva a quasi tutte le donne, e alcune ne avevano un po' paura. Parecchie, soprattutto quelle che amavano guardarlo lavorare, erano attratte da lui; ma anche le più sfrontate, che si davano un gran daffare a mostrare la sottoveste, non ottenevano niente più di una smorfia di apprezzamento e qualche volta un'occhiata che indugiava pensosa, per poi distogliersi decisa mentre lui richiudeva la porta. Si faceva un gran parlare di lui e tutte si chiedevano se avesse una moglie o se abitasse con un'amante, come facevano molti stranieri durante il loro soggiorno a Parigi. Comunque, era facile concludere che la massima del vecchio scapolo, di non lasciar mai trapelare nulla oltre la soglia di casa, era la sola che egli aveva deciso di osservare.

Le sartine non erano lontane dalla verità. Russell era venuto a Parigi per realizzare i propri piani, non per sedurre o ingannare, come si sarebbe detto di lui nel caso che avesse iniziato una relazione con qualcuna delle sartine di Madame Camille. Le ammirava tutte quante per le loro opere di squisita fattura e per l'allegria e il coraggio che mostravano a dispetto delle difficili condizioni di lavoro e della scarsa remunerazione. Ma nessun giovane poteva soffrire di solitudine in una città che si stendeva come un tappeto di piaceri ai piedi di tutti coloro che avevano denaro in tasca. Prima del suo arrivo nella sartoria di Madame Camille, egli non si era mai dovuto assoggettare ad alcuna rinuncia, e rifiutare gli inviti inespressi che gli venivano continuamente rivolti non costituiva per lui un problema.

Sebbene fosse nato in Inghilterra – era figlio di un capitano marittimo di Portsmouth –, sua madre era gallese, e quando lei s'imbarcava con suo padre, come facevano molte altre mogli, egli trascorreva la maggior parte delle vacanze scolastiche con il nonno e gli zii in un grande allevamento di pecore nel Galles settentrionale. Era da quel ramo della parentela che aveva ereditato la rude bellezza, la profonda voce armoniosa e gli attenti e penetranti occhi grigi che derivavano da generazioni di antenati avvezzi a coltivare il duro suolo o a scavare nel ventre della terra per estrarre il carbone. A volte si sentiva più gallese che inglese, e, come il principe-presidente durante la sua educazione ad Augusta aveva acquistato un accento tedesco che non aveva mai più perduto, così la musicale cadenza del Galles s'era impressa nella lingua di Will Russell con la medesima tenacia.

Era entrato nel mondo dell'abbigliamento per caso, poiché l'interesse che rivolgeva alle pecore di suo nonno si era spostato sul commercio della lana. Più di una volta aveva viaggiato su un carro che portava le balle di lana a una fabbrica tessile di Bradford, non lontano dalla borghese scuola privata che frequentava. In essa aveva dovuto sopportare i rigori di un'educazione classica instillata con l'aiuto di metodi di tipo carcerario, con punizioni corporali per ogni minima mancanza e col più abominevole regime alimentare, tutte cose comuni a molti altri istituti educativi dell'epoca. Nessun incoraggiamento veniva dato al suo interesse per le macchine e le questioni industriali. Quando suo nonno morì e Will si rese conto che i suoi genitori erano per lui due estranei inaccessibili, di cui sentiva parlare raramente e che vedeva ancor meno, abbandonò la scuola. Aveva quindici anni. Fece a piedi tutta la strada fino a Bradford, verso le filande a telaio meccanico che aveva visto molte volte ansimare con grande fracasso. In quella località trovò un posto in una fabbrica che produceva indumenti di lana. Passò molto tempo ai telai, non come tessitore, ma come addetto alla manutenzione e alle riparazioni in genere. Spesso gli capitava l'occasione di dimostrare la propria ingegnosità e inventiva nel campo delle macchine. Una sezione della fabbrica era destinata alla produzione di abiti maschili confezionati: il taglio dei modelli era eseguito nell'edificio principale e i capi venivano cuciti dagli infelici lavoratori esterni che sgobbavano come schiavi nei loro tuguri. Will, di intelligenza pronta e duttile, dopo che ebbe salito alcuni gradini lungo la scala gerarchica, si applicò a questo campo. Imparò a tagliare gli abiti per impadronirsi della tecnica richiesta dal particolare settore che aveva scelto. Continuava a fabbricare attrezzi che facilitassero il lavoro manuale e poi li brevettava. Un nuovo tipo di spoletta da lui inventato gli aveva fruttato abbastanza denaro da permettergli di lasciare la fabbrica per allargare le proprie esperienze nella lavorazione degli abiti recandosi in Francia.

Quando Louise udì per la prima volta le marcate intonazioni del suo accento gallese, pensò che doveva essere arrivato nel paese da poco tempo, proprio come Worth la prima volta che l'aveva visto. Ma si accorse di essersi ingannata quando lo udì imprecare come un vero marinaio. La ragazza si divertiva a imitare il suo accento straniero per tenere allegre le altre sartine al suo tavolo, finché un giorno esse ammutolirono, soffocando i risolini, e fissarono la soglia della porta con imbarazzo e costernazione. Lui era là in piedi con aria minacciosa, le braccia muscolose conserte, i riccioli color paglia talmente arruffati che conferivano ai suoi forti lineamenti l'aspetto di una testa di Michelangelo, il camiciotto da lavoro macchiato di blu che gli aderiva al petto, la posa aggressiva. Louise abbassò il lavoro, senza lasciarsi intimidire dal suo sguardo feroce, e sforzandosi di non ridere.

« Ah! Signor Russell! Non l'avevo vista. »

Russell avvampò di nuovo udendo un gorgoglio nella voce di lei e agitò un dito ammonitore contro la ragazza. « Quando lei saprà parlare l'inglese meglio di come io parlo il francese, avrà il diritto di schernirmi, non prima. »

Con la sua pronta intelligenza, che spesso le era stata di aiuto, Louise reagì immediatamente. Balzò in piedi e lo apostrofò con insolenza, mettendosi le mani sui fianchi.

« *Bon!* » Poi aggiunse, in quel poco d'inglese che aveva imparato da Worth e che riusciva a ricordare: « Perché non me lo insegna lei? Che gliene pare? »

Per un paio di secondi lui rimase attonito, stupefatto, sia per la sua impudenza sia per il suo breve discorso in inglese. Poi un lampo balenò dai suoi occhi stretti a fessura. « Glielo insegnerò, signorina Come-si-chiama. Lei non avrà il migliore dei maestri, ma forse finirà col rimpiangere di avermi fatto questa richiesta. L'avverto che non sopporto un risultato che non sia il migliore. »

Con una risata fragorosa, si passò una mano tra i folti capelli, mentre si voltava per ritornare nella sala di taglio. Louise si abbandonò contro la spalliera della sedia, con una risata convulsa, mentre le ragazze e le donne intorno al tavolo si univano a lei in modo tale che la stanza risuonò come un'uccelliera. A gran velocità la signora Rousseau giunse a placare quell'allegria e a riportare l'ordine. Poco dopo, Russell cominciò a cantare, cosa che faceva di tanto in tanto, spiegando la sua bella voce in un canto popolare, e la sorvegliante dovette esercitare tutta la sua autorità per ridurlo al silenzio, con grande rincrescimento delle sartine. Esse non erano affatto d'accordo con la regola di Madame Camille secondo la quale la quiete perfetta era di capitale importanza per garantire il miglior lavoro.

Da quel giorno Will Russell, tutte le volte che vedeva Louise o le passava accanto, le diceva qualche parola in inglese per illustrarle un avvenimento o descriverle il loro ambiente o parlarle del tempo, intrattenendola su argomenti che le erano familiari con una varietà di vocaboli e di frasi che servivano ad abituare il suo orecchio al suono e al ritmo del linguaggio. Louise portò un manuale di inglese e un dizionario che aveva comprato in una bancarella e ripeteva le frasi per esercitarsi con lui. Will la correggeva spietatamente. Qualche volta fu condotta sull'orlo delle lacrime; ma, quando si accorse che l'inglese si divertiva a ferire il suo orgoglio, cominciò a rendergli pan per focaccia. A poco a poco, riuscì a costruirsi una solida struttura sullo scarno linguaggio che aveva appreso da Worth e, alla fine, fu in grado di conversare abbastanza fluentemente: il suo orecchio pronto e la buona memoria le avevano fatto superare molte difficoltà. Senza che nessuno dei due se ne rendesse conto, Will lasciò la propria impronta su di lei, perché per il resto della vita Louise parlò l'inglese con una leggera cadenza nella voce, come se l'avesse imparato tra le montagne del Galles.

Dopo aver trascorso un certo periodo nella sala di ricamo, la ragazza cominciò a capire che quel che le mancava per essere una sarta perfetta era la capacità di tagliare un modello con tocco da maestro. Molto tempo prima, Catherine le aveva insegnato come ricavare un modello di un vestito da un quadro o da un disegno; ma neppure Catherine, per quanto abile fosse, era in grado di creare con quell'eleganza che Will Russell riusciva a ottenere dalle proprie forbici. Tra le sue compagne, i pareri sul lavoro del tagliatore erano svariati. Alcune di loro erano contrarie ai vestiti dal taglio severo all'amazzone, anche senza arrivare al sovraccarico di guarnizioni di cui Madame Camille era talmente appassionata da commuoversene. Altre, invece, erano d'accordo con Louise nell'apprezzare la qualità del suo stile e del suo modo esperto di mettere insieme le parti di un modello fino a farle aderire perfettamente. Era questa l'abilità che Louise voleva acquisire. Russell ascoltò le richieste della ragazza, poi annuì, continuando a riflettere.

« Sì. Benissimo. Deve arrivare qui un quarto d'ora prima al mattino, e io posso trovare un po' di tempo per lei durante l'intervallo di mezzogiorno. »

Nelle lezioni di taglio Louise si dimostrò un'allieva altrettanto entusiasta di quella che era stata nell'apprendere l'inglese. La signora Rousseau non proibì tale insegnamento giacché non veniva sottratto tempo al lavoro di Madame Camille, e poi, a parer suo, si trattava di un'ottima idea. Considerava Louise una sua protetta, ma il tempo che avrebbe potuto dedicare a incoraggiare la ragazza dipendeva dalla Provvidenza. Aveva una malattia incurabile e lo sapeva. Il dolore la tormentava senza sosta. Quando non ce l'avesse più fatta, avrebbe lasciato Parigi e trascorso i mesi che le restavano con la sorella in Provenza. Nel frattempo, doveva cercare di mantenere la disciplina, cosa che si era sempre vantata di saper fare molto bene, perché senza di essa si abbassava il rendimento e con esso la qualità del lavoro.

Le altre sartine stuzzicavano spesso Louise per le lezioni che riceveva da Will, e alcune di loro, che si lagnavano di ciò, le si rivolgevano meno gentilmente di prima. Ma, impassibile com'era e con i sensi ancora sopiti, quand'era in compagnia di Will, Louise non faceva la minima considerazione sugli effetti che la sua vicinanza poteva esercitare su di lui. Quando pensava a un uomo attraente, la sua mente correva a Worth, che aveva amato, o al viso mai dimenticato del corazziere che parecchie volte aveva turbato i suoi sogni, apparendole sempre nei luoghi più improbabili. Al confronto, il viso di Will le sembrava squadrato e impersonale come le montagne del Galles di cui egli le aveva parlato in inglese, tra gli altri argomenti, come parte dell'insegnamento della sua lingua. Se a volte coglieva negli occhi attenti di lui uno sguardo che la faceva sentire osservata in modo diverso rispetto alle altre, lo accettava con l'arroganza della giovane e bella ragazza che era, abituata all'ammirazione maschile. E, poiché Russell veniva ritenuto di carattere difficile da tutti, la vanità di Louise, che si pavoneggiava del fatto che i suoi rapporti con lui fossero più confidenziali che con qualsiasi altra persona della sartoria, dispiacque a Catherine, e ciò diede origine a una di quelle materne ramanzine sulla modestia nelle quali Catherine eccelleva.

« Perché non dovrei andarne orgogliosa? » obiettò Louise con aria di sfida, raccogliendosi i capelli di fronte allo specchio della camera da letto per vedere se le stavano meglio rialzati sul capo. Russell aveva raccontato soltanto a lei, e a nessun altro, della macchina per cucire che stava fabbricando. Una delle ragioni per cui era venuto in Francia era quella di trovare il modo di vedere la macchina che aveva costruito un certo signor Thimolier, una delle tante in circolazione. Will pensava che il proprio ago che annodava fosse un perfezionamento rispetto alla cucitura semplice. Louise aveva discusso con lui di queste macchine, pur non avendone mai vista una; e gli elogi in cui Will s'era prodotto l'avevano impressionata, anche se esse non si sarebbero mai potute adoperare per i lavori più delicati. Louise strinse le labbra, mentre con gli occhi fissi allo specchio seguiva le ciocche di capelli che le ricadevano da ogni parte. « Tutte le donne di Madame Camille saltellano intorno a Will come se fossero rimaste chiuse in convento fin dalla nascita. Io non mi comporterò mai così con un uomo. »

« Ecco una delle ragioni per le quali è così attratto da lei », borbottò Catherine tra sé. Aveva osservato come Will guardava Louise qualche volta, e anche la sfacciatella se n'era accorta, sebbene non si curasse di ammetterlo.

« Che cosa? » Louise voltò la testa per guardarla da sotto il gomito sollevato.

« Niente », rispose Catherine con un sospiro. Qualche tempo prima era rimasta affascinata da Will Russell come tutte le altre, ma adesso era cambiata e lo sapeva. La gentilezza in un uomo poteva significare molte cose e, sebbene non si potesse negare che Will era gentile con Louise, ogni uomo si sarebbe sentito obbligato verso una bella creatura giovane, mentre le ragazze insignificanti dovevano provvedere a loro stesse.

La signora Rousseau annunciò il proprio ritiro, il viso bianco e scheletrico incorniciato dai rossi capelli tinti. La maggior parte delle sartine era dispiaciuta di vederla andar via. E coloro che non lo erano l'avrebbero accolta di nuovo a braccia aperte, dopo che la sua sostituta ne ebbe preso il posto, fin dal primo giorno. La signorina Nenette Deneuve, che era piccola, con i capelli neri e piuttosto giovane, dimostrò di essere un vero caporale per quanto riguardava la disciplina, che nelle settimane precedenti si era molto allentata. Modificò ogni cosa; cambiò la disposizione delle sedie per separare le chiacchierone e le amiche di lunga data; fece tenere chiuse le finestre affermando che provocavano correnti d'aria sul collo, alle quali le sartine, a causa della loro posizione immobile, erano vulnerabili; licenziò due ricamatrici che nella prima settimana si misero a discutere con lei, e ingaggiò una vera guerra con Will, che era costantemente infuriato. Cercò di esercitare il suo potere su di lui come aveva fatto con il resto delle lavoranti, e Will si ostinò a non modificare minimamente il proprio metodo di lavoro. Quando lei tentò di riorganizzare la sala di taglio, Russell le ordinò di uscire. La sorvegliante si vendicò togliendogli una delle sue lampade con la scusa che occorreva in un altro posto, e lui la sostituì con una che si trovava nel corridoio accanto all'ufficio della signorina Deneuve, la quale non poté fare a meno di prenderne un'altra dai magazzini. Allora ricorse alle critiche e al sarcasmo sul suo modo di tagliare, ma Will continuò a produrre capi impeccabili e la fattura degli abiti non subì mai il più piccolo ritardo. Louise era stata la prima vittima di quella guerra: le era stato ordinato di uscire dalla sala di taglio e aveva ricevuto la proibizione di rimettervi piede in ottemperanza all'antica regola di segregazione tra i sessi sulla quale la signora Rousseau aveva chiuso un occhio. L'apprendimento di Louise era arrivato a buon punto e qualche tempo prima la signora Rousseau aveva aderito alla sua richiesta di ricavare un intero modello da un disegno di Madame Camille e di tagliarlo sotto la supervisione di Will. Ma quell'opportunità le era adesso stata negata dalla nuova sorvegliante. Louise si impazientì, agitò le mani, pestò i piedi, il suo sangue gallico si scaldò, ma il licenziamento delle ricamatrici era un duro richiamo a tutte, e non fu possibile spuntarla. A ciò si aggiunse l'irritazione per non aver trovato comprensione in Catherine.

« Hai imparato quel che volevi, perché tante smancerie? »

Louise andava avanti e indietro nell'alloggio in cui abitavano. « Non è questo il punto. Volevo dimostrare che posso eseguire un lavoro perfetto per mia personale soddisfazione. »

Catherine, che si stava riposando in pantofole, con i piedi appoggiati su uno sgabello, si sistemò un cuscino dietro le spalle. « È meglio così. Impareresti più di quanto ti aspetti, se tu passassi altro tempo con Will Russell. »

Louise scosse la testa con impazienza. « So badare a me stessa, e tu lo sai. Non sono né ingenua né sconsiderata. »

No, non lo era, pensò Catherine. La vita era stata troppo dura con lei perché potesse esserlo, ma non le avrebbe fatto male essere messa di nuovo in guardia. Era quel che avrebbe fatto la defunta signora Vernet, e Catherine non voleva sottrarsi al proprio dovere.

Louise trascorse una notte insonne e, al mattino, decise di fare una richiesta particolare alla signorina Deneuve. Se i fatti le fossero stati spiegati in modo chiaro, certamente non avrebbe potuto rifiutare. Dopo aver svolto un po' del lavoro della giornata in una grande agitazione, Louise bussò alla porta dell'ufficio e fu invitata a entrare. La signorina Deneuve era seduta alla scrivania e, senza alzare gli occhi, puntò la penna verso il luogo in cui voleva che Louise si spostasse. « Sì? »

Louise cominciò una lunga spiegazione che la donna ascoltò continuando a rimanere con il capo chino. Tutto quel che voleva la ragazza era l'opportunità di dimostrare di essere una tagliatrice d'alto livello, livello che aveva raggiunto grazie alla preparazione che le aveva dato Will Russell. Attese la risposta, che arrivò senza che la donna alzasse gli occhi.

« Il signor Russell è stato assunto per tagliare abiti, non per soddisfare i capricci di una cucitrice che intende rubargli il posto. »

Louise arrossì a questa accusa ingiusta. « Non è vero. Il signor Russell lo sa e lo sapeva anche la signora Rousseau, che mi incoraggiava. Se lei volesse permet... »

La penna d'oca continuava a stridere sulla carta, e la donna tagliò corto in tono seccato: « Le do una possibilità di scelta. O ritorna immediatamente nella sala di ricamo, o raccoglie le sue cose e se ne va senza tante storie ».

Louise dovette inghiottire il boccone amaro e lasciare la stanza in fretta e furia. Si batté le palme delle mani sui fianchi per protestare contro l'atteggiamento dell'intrattabile donna. Si arrestò sulla soglia della sala di taglio per dare a Russell la notizia, senza curarsi del fatto che infrangeva di nuovo le regole.

« La sorvegliante mi ha rifiutato il permesso di tagliare un abito », esclamò indignata. « Non vuol sentirne parlare. »

Will stava predisponendo un modello e si alzò di scatto. « Non vuole? Be', non si preoccupi. » Si diresse verso di lei e appoggiò l'ampia spalla contro lo stipite della porta, con un divertito e rassicurante sorriso sul viso rilassato. « Ci sono vari modi per ottenere una cosa. »

Lei ebbe un risolino seccato. « Che cosa intende dire? »

Will non fece a tempo a spiegarglielo. Dalla soglia dell'ufficio in fondo al corridoio giunse l'eco di una voce acuta che rimbombava sulle pareti. « Signorina Vernet! Perché se ne sta in ozio? Lei conosce le regole. Devo avvertirla di nuovo? Signor Russell! Torni al lavoro! »

Louise roteò gli occhi allusivamente e si precipitò nella sala di ricamo. Raccolse in fretta il proprio lavoro, senza badare alle altre che volevano sapere cosa fosse avvenuto, e allungò il collo per guardare nella sala di taglio. Con costernazione vide che Will non si era mosso dalla soglia, e aveva invece incrociato le braccia muscolose, con i fulvi peli che scintillavano al di sotto delle maniche arrotolate del camiciotto. Si udirono colpi rabbiosi di tacchi, e la signorina Deneuve fu di fronte a lui, le labbra serrate, un'espressione incollerita.

« È sordo o la sua è soltanto insolenza? »

Le palpebre di Will si abbassarono lentamente a quel tono irritato e, con viso inespressivo, cominciò a cantare sottovoce.

La rabbia della donna crebbe. Cominciò a rimproverarlo, accusandolo ingiustamente di essere pigro, lanciando minacce terribili di licenziamento come quella che aveva rivolto a Louise, e criticando aspramente il suo lavoro come aveva già fatto tante volte prima di allora. Will non le prestò ascolto e si limitò a sovrastare quelle invettive con un antico canto delle vallate del Galles, imitando il tono baritonale dei traghettatori di legname, mentre tornava al proprio tavolo senza degnarla di uno sguardo. La donna lo seguì come una freccia, uscendo dal campo visivo di Louise, ma coloro che potevano ancora vederli descrissero, tra l'ilarità generale, che la signorina Deneuve, con il viso contratto, si era scagliata contro di lui come una vespa infuriata agitando i piccoli pugni, mentre l'ammasso delle sue gonne oscillava da una parte all'altra. Infine si era fermata, aveva gettato indietro la testa ed era uscita dalla sala di taglio con passi concitati, sbattendo la porta per lasciare dietro di sé una traccia sonora del proprio disprezzo. E di colpo scese il silenzio, mentre il brontolio terribile che la sorvegliante emise nella sua furia fu udito chiaramente da tutti. Il suo viso divenne ancora più colorito. Sospirò debolmente, prima di allontanarsi dalla porta per raggiungere il corridoio che portava al suo ufficio, e diede rapidi colpetti alle ciocche fuori posto dei capelli che abitualmente erano perfettamente in ordine. Dopo che la porta del suo ufficio si fu chiusa con violenza dietro di lei, in ogni stanza di lavoro esplosero le risate, e solo il timore delle conseguenze impedì alle sartine di guardare la sorvegliante in viso quando riapparve più tardi per i suoi soliti rabbuffi e le critiche sprezzanti.

Da quel giorno Louise divenne il bersaglio dei più aspri rimproveri della signorina Deneuve. Sembrava che, dopo essere stata sconfitta da Will, la donna non intendesse entrare in conflitto con lui una seconda volta e avesse bisogno di un capro espiatorio per sfogare la propria rabbia. Con lui continuava a battagliare senza più perdere il controllo di sé, ma su Louise, che era stata la causa indiretta della sua umiliazione, scaricava il proprio livore con accanimento, rintuzzando con rappresaglie ogni più piccolo mormorio. Pur ribollendo internamente a ogni attacco verbale, Louise serrava i denti e teneva gli occhi fissi sul ricamo. C'erano sere in cui la ragazza rincasava pallida per le dure prove cui veniva sottoposta.

Catnerine era solidale con lei e prendeva indignata le sue difese.

« Ho già incontrato gente come lei. Ci sono sempre donne gelose che cercano di sminuire le capacità degli altri e di deridere le loro conquiste. »

« Perché dovrebbe essere gelosa di me? » ribatteva Louise.

« Se tu non lo capisci, non sarò io a dirtelo. »

Una sera Louise era particolarmente amareggiata per il disaccordo con la signorina Deneuve. Mentre si recava al lavoro, quella mattina, aveva incontrato Will vicino ai cancelli e questi le aveva detto che sarebbe potuta tornare in laboratorio dopo che tutti se ne fossero andati. Sarebbe stato solo, perché in quel periodo doveva preparare del lavoro che le donne avrebbero eseguito il mattino successivo. Non doveva far altro che scegliere una sera che le convenisse. La cosa la riempì di gioia, ma non disse nulla a Catherine, che avrebbe saputo solo opporle obiezioni e critiche.

L'opportunità capitò quando Catherine uscì a cena con un suo cicisbeo che era più un vecchio amico che l'innamorato di turno. Louise prese il sentiero del cimitero dei poveri, dove aveva meno probabilità di essere vista, depose un mazzolino di fiori sulla tomba della madre come faceva sempre quando passava di lì, e scavalcò il muro della sartoria con l'aiuto di una solida cassa di legno che Will aveva nascosto nell'erba alta. Dall'altra parte, trovò un altro rialzo pronto per lei, lontano dalla vista degli edifici vicini il cui portiere avrebbe potuto scorgerla, e si calò nel cortile senza difficoltà. Diede un rapido colpo alle imposte della sala di taglio, come convenuto, e s'infilò nella porta del laboratorio che Will aveva lasciato aperta per farla entrare.

« È stato proprio divertente! » esclamò Louise eccitata, e avanzò verso di lui attraverso le vuote stanze da lavoro illuminate, togliendosi lo scialle, la cuffia e i guanti come fossero petali e lanciandoli al di sopra della spalla tra le braccia di lui che la seguiva. Nel corridoio s'inchinò con aria beffarda verso l'ufficio chiuso e deserto della signorina Deneuve, poi entrò con incedere maestoso nella sala di taglio piena di luce. Fece un'allegra piroetta tra i due tavoli, su uno dei quali era disteso il velluto cremisi che Will stava tagliando. « Da dove comincio? »

Will aveva appoggiato i suoi indumenti su uno sgabello.

« Dal principio, naturalmente. Tiri fuori il disegno dal fascio dei modelli e lo distenda sul lavoro. »

Il viso le s'illuminò e congiunse le mani. « Lo faccio tutto da sola? »

Will si lasciò sfuggire una risatina indulgente. « Non era questo che voleva? »

Louise prese il disegno dallo scaffale. Era un abito di seta grigia da viaggio con il corpetto aderente e il colletto alto, molto ornato, con bottoni elaborati e nappine, le maniche che terminavano con corti polsini, la gonna adorna di volant. Inarcò le sopracciglia con una smorfia di comica tristezza, per nascondergli un senso di nervosismo iniziale. Il disegno non era di quelli facili, ma, anche se non vi si era mai esercitata, decise di seguirlo alla perfezione.

Mentre Will continuava il proprio lavoro, Louise sedette al lungo tavolo che le era stato assegnato e cominciò a realizzare il modello adattando il disegno alle misure della cliente annotate su di esso. Nessuno dei due parlava. Louise svolgeva il proprio compito con abilità e accuratezza, ma anche con grande tensione, data l'importanza dell'opera, e teneva le sopracciglia aggrottate per la concentrazione. Non era necessario alcun modello per la gonna, costituita da sei altezze di tessuto da increspare in vita; ogni parte del corpetto e delle maniche richiedeva invece un diagramma in carta il più preciso possibile, e la ragazza rise allorché li completò.

« Ecco, il modello è pronto. »

Estese il proprio sorriso orgogliosamente a Will, ricacciando indietro con il dorso della mano una ciocca di capelli dalla fronte sudata. L'aria della stanza era soffocante, perché le solide imposte erano state tenute chiuse per evitare d'essere visti da fuori, e il calore delle lampade a olio si era accumulato nell'ambiente. Il suo viso era imperlato di gocce argentee, il suo lungo collo s'intravedeva fino in fondo perché la scollatura del vestito era sbottonata per parecchi centimetri. Era del tutto ignara delle occhiate frequenti che Will lanciava alle dolci curve del suo seno sfumato dall'ombra del corpetto, mentre stava china sul lavoro. Will era anche stordito dal profumo della sua fragrante, sfuggevole e seducente femminilità. In altre precedenti occasioni, stimolato dalla sua vicinanza, si era sentito fremere i lombi, ma mai più di quella notte in cui si trovava completamente solo con lei per la prima volta.

« Congratulazioni », rispose automaticamente, tutto preso dal suo fascino. « Ha terminato la prima parte del lavoro in un tempo molto breve. »

« Devo bere un bicchier d'acqua prima di andare avanti. » Chiuse gli occhi, non sopportando più il caldo della stanza, e con le dita si lisciò il collo come se volesse tenderlo alla ricerca di un po' di frescura.

« Ce n'è sempre nel secchio in cucina », la informò Will bruscamente. « Le occorre una lampada? »

« No. Conosco la strada come il palmo della mia mano. »

In cucina, al chiarore della luna, individuò i secchi e sorseggiò l'acqua fresca servendosi di un mestolo, con un'avidità che poteva derivare sia dal nervosismo provocato da quella avventura, sia dal caldo.

Tornata al tavolo, svolse la pezza di seta grigia dell'abito da viaggio. Lo stupendo tessuto splendeva disteso sul tavolo. Will non si offrì di aiutarla a disporvi sopra il modello e lei non lo pretese, anche se non sapeva che l'uomo non voleva rischiare il minimo contatto fisico con lei. A ogni movimento della ragazza, a Will sembrava che la stanza si riempisse di elettricità. Louise emise un lieve sospiro, quindi tagliò la prima pezza di seta. Passò poi alle altre, il cui taglio la rese alquanto soddisfatta. Will intanto pensava che la ragazza avrebbe potuto sospirare deliziosamente tra le sue braccia per ben altra ragione, e giurò a se stesso che, avesse o non avesse Louise terminato quella notte stessa di tagliare il modello, non l'avrebbe più lasciata tornare una seconda volta nella propria stanza di lavoro per infliggergli un così terribile purgatorio.

« Louise. »

Lei sussultò, distolta dalla propria concentrazione, e volse il capo verso di lui. « Sì? »

Will aveva terminato con il velluto cremisi e aveva svolto una pezza di lana blu. « Taglierò io la stoffa per la gonna domani. Dopo tutto, è un lavoro che può fare anche un commesso di stoffe e non voglio che lei perda più tempo del necessario, d'accordo? »

« No, non sono d'accordo. Lei è troppo gentile. » Depose le forbici e fece un passo verso la porta. « Darò un'occhiata all'orologio. »

« Può prendere un'altra scatola da lavoro nel frattempo? » le ricordò Will. « Ce ne servirà una per l'abito da viaggio, quando lei avrà finito di tagliarlo. »

Louise fece un cenno d'assenso e lasciò socchiusa la porta perché, attraverso la soglia, un filo di luce potesse guidarla mentre si dirigeva verso l'orologio che si trovava di fronte alla porta dell'ufficio. Non era così tardi quanto temeva e, adesso che Will si era accollato il noioso taglio del metraggio della gonna, poteva completare l'opera. Non si preoccupò del fatto che Catherine sarebbe potuta tornare a casa prima di lei, scoprendo che era ancora fuori nel cuor della notte. Si distolse dai propri pensieri per cercare una scatola disponibile tra quelle allineate e rivestite di lustrino come scatole da dolci, per proteggere i costosi tessuti che vi erano dentro. Tornata nella sala di taglio, si rimise immediatamente al lavoro.

Continuarono in silenzio. Quando Will ebbe terminato tutto ciò che occorreva per l'indomani, piegò dentro una scatola l'ultimo abito che aveva preparato e tolse tutti i ritagli dal tavolo, riordinandolo per il mattino dopo. Da ultimo, spazzò perfino il pavimento, mentre la ragazza era così assorta nel proprio lavoro che si limitava a spostare i piedi in modo automatico, allorché lui passava con la scopa vicino alle sue scarpe. Quando finalmente ebbe tagliato l'ultimo volant, Louise si raddrizzò. Non si era accorta del trascorrere del tempo ed era stordita.

« È mezzanotte passata », disse Will, spegnendo tutte le lampade, all'infuori di una. Volle che lei se ne andasse.

Louise si portò le mani alle reni e inarcò la schiena con aria stanca. « Le ho fatto far tardi », si scusò in tono contrito.

« No. Al contrario. Io sono abituato a lavorare fino all'una o alle due. Ora l'accompagnerò a casa e domattina taglierò la stoffa per la gonna. Lasci tutto come sta. »

Stanca e felice per il lavoro compiuto, Louise avanzò vacillante verso di lui, tutta sorridente, per ringraziarlo. Ma non ebbe il tempo di parlare. I sensi in lui ebbero il sopravvento. La afferrò con violenza e le diede un bacio. Travolto dalla passione, premette la bocca contro quella di lei, costringendo le sue labbra umide a schiudersi sotto la pressione e la violenza con le quali cercava ciecamente di lenire lo struggimento che credeva d'esser riuscito a dominare.

Si allontanarono l'uno dall'altra, senza fiato. Lei lo fissò come una sonnambula che si risvegli, appoggiando le dita tremanti sulle proprie labbra come se volesse assicurarsi che non fossero state bruciate dall'ardore di quell'assalto amoroso. Will la strinse di nuovo, e, come se Louise sapesse che intendeva abbracciarla più dolcemente, non si ritrasse e non cercò di allontanare il braccio che l'aveva avvinta per la vita. Will le appoggiò dolcemente la mano su una guancia e, con il pollice, le sollevò il mento per baciarla di nuovo, con tenerezza ma anche con altrettanto ardore. Questa volta le labbra di lei risposero con spontaneità, e Will l'abbracciò stretta, mentre la ragazza si abbandonava contro il suo corpo e gli avvolgeva le braccia intorno al collo. Poi Louise gli infilò con bramosia convulsa le dita nei riccioli che gli scendevano folti sul collo. Nessuno dei due udì fuori, in lontananza, il tintinnio del mazzo di chiavi, mentre il portinaio apriva i cancelli al nuovo arrivato. Nessun suono di passi lungo il cortile li raggiunse. A loro arrivò soltanto il flusso della corrente d'aria che, attraversando le sale di lavoro e i corridoi, fece cigolare e oscillare la porta, come se qualcuno stesse entrando nel laboratorio. Per alcuni secondi, i due giovani rimasero immobili, paralizzati, Louise con gli occhi sbarrati per l'incredulità e lo spavento.

« Non devono trovarmi qui! »

Will la lasciò andare e, mentre rimaneva attentamente in ascolto, fece appello a tutta la sua presenza di spirito. Non era il passo strascicato del portinaio che riecheggiava debolmente, ma un'andatura più leggera e più decisa, fin troppo familiare a entrambi.

« È la Deneuve! » esclamò Will, afferrando una sedia e spingendola sotto la maniglia della porta, priva di serratura. « Presto! La finestra! »

Louise afferrò la cuffia e lo scialle, dimenticando i guanti, che lui ricuperò prontamente, ficcandoglieli in mano mentre la ragazza si precipitava alla finestra. Will aprì i vetri e poi spalancò le imposte esterne, che cigolarono rumorosamente sui cardini. Senza sforzo, la prese tra le braccia e la spinse fuori, nell'aria notturna. Louise si aggrappò alle sue maniche per rimettersi in equilibrio, mentre con i piedi toccava il suolo. Poi fuggì nelle tenebre, scavalcando il muro attraverso il quale era venuta. Will ebbe soltanto il tempo di chiudere i vetri, prima che la porta dietro di lui battesse contro la sedia. La voce di Nenette Deneuve gli gridò dal corridoio:

« Signor Russell, apra questa porta! »

Will tolse con calma la sedia e aprì. La donna gli lanciò un'occhiata dalla soglia. « L'idea di restare da solo di notte in questo edificio la inquieta al punto di farle sbarrare la porta? » chiese con sarcasmo.

Will alzò le spalle e si diresse verso il tavolo di Louise; qui cominciò a piegare le pezze di seta grigia che vi erano distese. « Non mi piacciono i visitatori non invitati », rispose, caustico.

Quando entrò nella stanza, la donna cambiò colore. I suoi occhi frugarono dappertutto con sospetto e si soffermarono sulla finestra. « Le imposte erano chiuse quando ci sono passata vicino uno o due minuti fa. Perché sono state aperte a quest'ora così tarda? »

« Una boccata d'aria non fa male, signorina. »

La donna si diresse verso la finestra, facendo svolazzare l'orlo della mantellina di seta, e la aprì. Guardò fuori per alcuni secondi prima di richiuderla con violenza. Si voltò e lanciò un'altra occhiata malevola al disordine sul tavolo che lui stava sgomberando, e osservò che le forbici erano state lasciate aperte, mentre ogni tagliatore professionista le chiude automaticamente per precauzione. E nei ritagli di stoffa non c'era l'ordine consueto. Notò inoltre che la gonna non era stata ancora tagliata.

« Era qui da solo questa sera? » gli chiese, acida.

« Non sono sempre solo? »

La donna si spostò tra i due tavoli. Lo guardò in faccia attraverso quello dal quale Will aveva tolto l'ultima delle sezioni del vestito da viaggio mettendola nella scatola da lavoro. « Non l'ho mai vista usare questo tavolo se non in casi di emergenza, cioè quando l'altro è occupato. »

Will chiuse le forbici e le pose su una rastrelliera che aveva fabbricato personalmente. « Lei non è mai venuta a trovarmi a quest'ora di notte. »

In uno scoppio d'ira, la donna picchiò un pugno sul tavolo, facendo sollevare i ritagli e tintinnare gli oggetti. « La finisca di prendermi in giro! Mentre mi avvicinavo, ho udito lo sbattere delle imposte e alcuni passi affrettati. Lei ha avuto la sfrontatezza di portare una delle mie lavoranti in questo luogo. E non creda ch'io non immagini di chi si tratta! Di quella ragazzina cocciuta, Louise Vernet! »

Will sedette di sghembo sull'orlo del tavolo, a una certa distanza da lei, con aria impassibile. « È sicura che la sua immaginazione non stia galoppando troppo? »

La sorvegliante spinse in avanti il mento, con aria malevola, stringendo le labbra per l'ira. « Nient'affatto. Senza tener conto delle mie disposizioni, lei ha permesso alla Vernet di entrare nella sala di taglio; contro il mio esplicito ordine e dopo essere stata minacciata di licenziamento, la Vernet ha manomesso quel costoso tessuto che avrà sicuramente rovinato. Domattina questa sarà la prima cosa che Madame Camille ascolterà. »

« No, ciò non accadrà », disse lui in tono tranquillo e implacabile, « e per due ragioni. Primo, sono certo che non vi sono errori nel modello tagliato. Secondo, lei non può denunciare nessuno senza coinvolgere me, e non vorrà certo correre il rischio di farmi buttar fuori, vero? »

Il viso della Deneuve si riempì di chiazze. « Non capisco che cosa intenda dire. »

Will la fissò negli occhi. « Quel che la fa più arrabbiare è l'aver scoperto che non ero solo, non il fatto che siano state infrante le sue regole. »

Il collo della donna era teso. « Io sono venuta soltanto per controllare che tutto fosse in ordine. Ci sono stati furti in passato, prima che io entrassi in quest'azienda. Voglio assicurarmi che non accada di nuovo. Per questa ragione amo dare un'occhiata intorno quando non ci sono le cucitrici. »

Will sollevò un sopracciglio. « A mezzanotte? Nell'ora in cui pressappoco pensa che il mio lavoro sia al termine? » Piroettò attraverso il tavolo e sedette sull'orlo opposto, di fronte a lei, appoggiando le mani sulle cosce muscolose e piegando i gomiti in fuori.

La donna lanciò un'ultima battuta arrogante, che era una specie di capitolazione. « Lei è tanto presuntuoso quanto rozzo. »

Will la afferrò per le natiche e se l'attirò tra le cosce. « Tu eri pronta per me fin dal giorno in cui sei entrata in quest'azienda », le disse con brutalità. « Ora scoprirò se ne valeva la pena. »

La donna sarebbe stata pronta in qualsiasi momento e in qualsiasi altro luogo. Esultante, si abbandonò completamente, in una resa totale, alla peccaminosità che si era a lungo negata. Lui la prese con violenza, più e più volte, freddamente, senza partecipazione, pieno di rabbia e frustrato dal fatto che al posto di lei non ci fosse l'altra, cui egli avrebbe dato amore in ogni senso della parola. Vendicandosi di Nenette Deneuve per la sua inopportuna intrusione, riuscì solo ad appagare i più segreti desideri della donna.

Quando le luci dell'alba entrarono nella stanza, Will si alzò dal giaciglio di fortuna formato di scampoli variopinti e, raccogliendo i propri abiti, osservò la donna che giaceva pallida, con il viso voltato e semicoperto dai lunghi capelli scarmigliati. Sapeva che era sveglia, ma non si stupiva della stanchezza che la prostrava. Comunque, lei aveva ancora molto tempo davanti prima di doversene andare. Will si recò in cucina e riattizzò le braci nel fornello; lo alimentò con nuova legna, poi uscì nel cortiletto interno. Si lavò sotto il getto d'acqua della fontana, rovesciandosene quindi un secchio sulla testa e rimanendo senza fiato, mentre mille rigagnoli gli scorrevano lungo il corpo scintillante prima di disperdersi tra i ciottoli. Tornato in cucina, si asciugò e si vestì, poi appoggiò una caffettiera ammaccata sul fornello incandescente; quando rientrò nella sala di taglio con due tazze fumanti, lei si era già vestita ed era uscita. Will alzò le spalle e bevve entrambe le tazze, mangiò un pezzo di pane avanzato dal giorno precedente e poi si distese su uno dei tavoli con un braccio sotto la testa. Dormì fino a quando il portinaio aprì i cancelli cigolanti per lasciar entrare le ciarliere sartine.

Louise, con gli occhi cerchiati e l'aria ansiosa, non sapeva che cosa aspettarsi da quella giornata. Le sarebbe capitato qualche guaio? Qualcuno l'aveva vista scavalcare il muro e aveva mandato la signorina Deneuve a investigare? Non aveva osato voltarsi per vedere se la supposizione di Will era esatta riguardo all'identità dell'intruso che entrava a quell'ora tarda. In quel momento non aveva pensato ad altro che ad allontanarsi il più in fretta possibile. Era riuscita ad arrivare a casa poco prima di Catherine e aveva finto di essere addormentata, perché non era nello stato d'animo di conversare. Nell'oscurità, si era abbandonata al ricordo di tutto ciò che era accaduto tra Will e lei in quegli appassionati momenti: il sapore della bocca calda e rude di lui che indugiava sulla sua, la propria carne fremente come se ancora gridasse per la brusca separazione. Ma, benché il primo burrascoso abbraccio l'avesse colta di sorpresa, Louise non aveva perduto la testa e il suo cuore era rimasto freddo. Si era lasciata baciare ancora per una propria curiosità sensuale, per sperimentare sensazioni di piacere che le erano del tutto nuove. La simpatia che aveva per lui si era trasformata in passione e la voluttà l'aveva pervasa tutta.

Eppure quella mattina non desiderava né vederlo né incontrare i suoi occhi. Era come se volesse allontanarlo da sé, riconquistare la propria libertà, cancellando quei baci e quegli abbracci che gli aveva concesso. Quando Louise prese posto al tavolo di ricamo, al suono della voce di Will che si rivolgeva a qualcun'altra, avvertì con costernazione che il rossore le saliva al viso e pensò che doveva esserle arrivato fino all'orlo della cuffia di lino ornata di gale. Chinò la testa sopra il ricamo e lavorò a velocità doppia del solito.

Per un po' sembrò che quella dovesse essere una giornata come le altre. La signorina Deneuve compì i suoi soliti giri alla ricerca di errori, ma non accadde nulla di spiacevole. La gratitudine di Louise nei confronti di Will aumentò. Se era la sorvegliante la persona che era entrata nell'edificio la notte precedente, egli aveva fatto in modo che Louise non fosse scoperta. Nell'intervallo del mezzogiorno aveva superato il primitivo turbamento e, quando lui le fece un impercettibile cenno dalla sua sedia in cucina, gli rimandò una rapida occhiata di ringraziamento prima di rivolgere la propria attenzione al cibo che si era portata da casa.

Verso il tardo pomeriggio, ci fu un certo scompiglio al tavolo di Catherine nella sala di cucito. La sartina che sedeva di fronte a Louise inclinò la sedia per dare un'occhiata a quel che stava succedendo. « Sembra che ci sia qualche pasticcio con quella seta grigia », disse con voce tremante, e immediatamente tutte le altre ricamatrici apparvero ansiose di saperne di più. « A mio parere, i pezzi del modello non combaciano tra loro. »

Louise rimase agghiacciata. Non poteva concepire di aver sbagliato a tagliare il tessuto. Con la coda dell'occhio vide la signorina Deneuve apparire sulla soglia della stanza di ricamo, con la scatola contenente alcuni pezzi imbastiti dell'abito grigio da viaggio appoggiata a un fianco. Louise sollevò la testa. Senza una parola, la donna la chiamò a sé con un cenno imperioso. Louise si alzò dal tavolo e, lisciandosi nervosamente il grembiule, obbedì all'intimazione, conscia degli sguardi interrogativi che la seguivano.

« Venga con me. »

La signorina Deneuve le fece strada, non fino al proprio ufficio, come si era aspettata Louise immaginando che vi sarebbe stata un'indagine, ma attraverso una porta situata lungo un corridoio interno e su per una rampa di scale che portava alla sala di esposizione di Madame Camille. Percorsero tutto il tragitto senza che fosse pronunciata una parola. Infine Louise non riuscì più a trattenersi.

« Che cosa c'è? Che cosa c'è che non va? Perché mi porta quassù? » Non era mai stata prima in quella parte dell'edificio. A quanto ne sapeva, nessuna sartina aveva mai oltrepassato la porta del pianterreno.

La signorina Deneuve sostò sui gradini ricoperti da un tappeto cremisi e le lanciò un'occhiata sprezzante al di sopra della spalla. « Sono venuta a sapere che il primo lavoro che doveva eseguire oggi il signor Russell era il taglio della gonna di quest'abito da viaggio. Lui non è responsabile di alcuna parte del modello. Vuol negare di essere stata lei? »

La mano di Louise si contrasse sulla balaustra di mogano. « Perché non me l'ha detto prima? »

« Ho aspettato per vedere se il suo lavoro era a quel livello di professionalità che lei proclamava. » La bocca le si torse in un ghigno. « Io sono una donna equanime. Se lei era disposta a rischiare al punto di rimanere per ore in quest'edificio per tagliare una seta così costosa senza preoccupazione alcuna, prima di intervenire ero decisa ad attendere i risultati. Se la preparazione del modello e il taglio fossero stati all'altezza dei suoi ricami, molto probabilmente avrei mostrato indulgenza per il tentativo di voler dimostrare la sua abilità e l'avrei solamente multata con la sospensione del salario per un mese o due. Ma, poiché si è scoperto il contrario, la faccenda non è più di mia competenza. »

Riprese a salire le scale, e Louise si affrettò a seguirla. « Non riesco a capire che cosa possa esserci che non va. »

Avevano raggiunto un ampio pianerottolo con una porta scolpita a due battenti. La sorvegliante l'aprì. « Per di qua », ordinò.

Louise fu lasciata in un'anticamera ottagonale, mentre la donna spariva in fondo a un corridoio che conduceva all'ufficio di Madame Camille senza dover attraversare la sala di esposizione. Tendaggi di seta separavano quella zona esclusiva dall'anticamera, ma Louise riuscì a intravedere alte e leggiadre finestre che davano luce ai ricchi tappeti e ai mobili dorati Luigi XV. Una delle commesse vestite di nero, con un'ampia gonna frusciante, passò con una veste da ballo di raso distesa sulle braccia. Mentre si dirigeva verso la cliente, aveva un'aria sicura e un po' presuntuosa che fece ancora più impressione su Louise, la cui posizione era incerta e disperata. Non aveva dubbi che fosse accaduto qualcosa di terribile e di imprevisto collegato con l'abito da viaggio e si tormentava le mani, mentre si vedeva riflessa nei numerosi specchi a muro che la circondavano.

Riapparve la signorina Deneuve. « Da questa parte. »

Louise sospirò, seguendola di nuovo. In un saloncino sovraccarico di decorazioni, si trovò a faccia a faccia con Madame Camille, che aveva il viso gonfio per l'ira e gli occhi che lanciavano fiamme, mentre agitava il corsetto del vestito da viaggio, imbastito per metà, davanti agli occhi di Louise.

« Ha tagliato lei questa seta? »

Louise rimase immobile ed eretta. « Sì, signora. »

« *Come* ha osato! » Madame Camille scagliò sul pavimento l'indumento che teneva in mano. « La signorina Deneuve mi ha riferito che due o tre settimane fa ha dovuto intimarle di non infastidire il signor Russell con la sua presenza nella sala di taglio. Successivamente lei ha avuto l'audacia di raccontare al tagliatore una frottola, dicendogli di aver ricevuto dalla signorina Deneuve il permesso di tagliare un intero vestito. Lei ha rovinato un taglio di seta di proprietà di una cliente che l'aveva portato dall'estero, un taglio che non si può sostituire. »

Louise non sapeva che cosa dire. In nessun caso poteva negare a Will il diritto di dissociarsi da lei; non c'era ragione perché egli mettesse a repentaglio il proprio impiego quando era stata lei a ostinarsi in quell'avventura. Tuttavia, non poté fare a meno di sentirsi abbandonata, apprendendo come Will avesse distorto la verità.

« Che cosa c'è che non va nel vestito, signora? »

« Tutto! » tuonò Madame Camille. « È stato tagliato senza tener conto delle misure della cliente, la stoffa è stata sfilacciata e le gale hanno misure diverse! »

Louise era stupefatta. « Non posso crederci! Ho prestato la massima attenzione! »

Madame Camille sembrò trovare questa affermazione particolarmente irritante. « Anche una sciocca può essere molto diligente! » esclamò, mentre la carne flaccida del suo collo sussultava per l'ira. « La goffaggine e il fallimento sono il risultato della mancanza di capacità professionale. La defunta signora Rousseau si starà rivoltando nella tomba. Lei ha tradito la sua fiducia volendo avventurarsi al di là del suo ambiente. Per di più, ha sfidato deliberatamente gli ordini della mia sorvegliante e, cosa ancor peggiore, c'è il rischio che a causa della sua irresponsabilità io perda una delle mie migliori clienti. » Sembrava che stentasse a controllare la propria collera. « Lei è licenziata! Non accenni al periodo che ha passato alle mie dipendenze in alcuna domanda di lavoro, perché sarà mio dovere mettere in guardia chiunque intenda assumerla sul suo comportamento distruttivo e ingiustificabile. Vada! »

Durante tutto quel tempo, Nenette Deneuve non si era mossa né aveva aperto bocca. Con le palpebre abbassate per nascondere il lampo di soddisfazione che brillava nei suoi occhi, s'inchinò a Madame Camille e fece di nuovo strada a Louise, che era stordita sia dagli errori commessi nel tagliare il vestito sia dal licenziamento. Che cos'era andato storto? Quali calcoli aveva sbagliato? Pur nella disperazione per ciò che era avvenuto, fu lieta di poter evitare di entrare nel laboratorio. In pochi minuti si trovò fuori dei cancelli, respinta, dopo due anni di impiego, dal mondo nel quale si era guadagnata un'*entrée* con più ore di lavoro e più sforzi di quanti si potesse immaginare.

Era appena scesa la sera, ma Louise non volle andare a casa né aspettare Catherine, che probabilmente aveva già appreso la notizia. Cominciò a camminare, senza badare a quale direzione prendeva, intontita com'era per il colpo che aveva subito. Venne notte, e le lampade a olio proiettavano la sua ombra dietro e davanti quando lei vi passava sotto. A poco a poco cominciò a mettere a fuoco ciò che le era capitato e, grazie al suo indomabile spirito, riprese coraggio.

Nel laboratorio, intanto, era trascorsa più di un'ora prima che Will venisse informato del licenziamento. Aveva lavorato con la porta chiusa e, quando era emerso dalla propria stanza per un breve intervallo, una delle sartine gli aveva detto che Louise se n'era andata. Lui puntò dritto verso l'ufficio di Nenette Deneuve ed entrò.

« Che cos'è successo? » chiese. « Perché Louise è stata licenziata? »

Nenette era appoggiata allo schienale della sedia e rigirava una penna tra le dita. Lo stava aspettando. « Non ho sentito bussare », gli disse freddamente.

Non fu sorpreso del suo atteggiamento. Durante il giorno, per salvare il proprio prestigio, la sorvegliante aveva fatto in modo che il suo viso non lasciasse trapelare nulla di quanto era accaduto durante la notte. « Non tergiversi. Voglio la verità. »

Nenette gli rivolse un sorriso che la gelosia rendeva fiacco e stentato. Le bastò l'espressione di lui per aver conferma di ciò che aveva sospettato fin dall'inizio. Will era attratto da quella piccola strega intrigante, e a lei sarebbe occorsa più di una notte come quella trascorsa per cancellarla dai suoi pensieri. Chissà quante volte dietro le pezze dei tessuti, la porta o le pile di modelli la ragazza si era alzata le gonne per lui. Le vene del collo di Nenette Deneuve si tesero come se stesse esercitando un duro autocontrollo. Se fossero stati di nuovo soli, nel cuor della notte, gli avrebbe graffiato il viso nel delirio di quella gelosia che le faceva desiderare d'esser posseduta lì, in quel momento, sul pavimento del suo ufficio.

« È semplicissimo. Louise Vernet non ha tagliato la stoffa in modo così perfetto come lei sembrava supporre. L'abito era talmente malridotto che non si è potuto salvare niente. » Questo gli avrebbe insegnato a non essere più così pazzo da farsi incantare dai modi persuasivi di una giovane sartina. Si era cacciato in una situazione che avrebbe potuto avere disastrose conseguenze se lei, Nenette Deneuve, non avesse usato tutta la sua prontezza di spirito per salvare lui e, naturalmente, se stessa.

« Perché Louise è stata licenziata su due piedi senza chiedere prima informazioni a me sull'abito da viaggio? » chiese Will in tono intimidatorio.

Nenette alzò le sopracciglia con aria interrogativa. « Che cosa c'entra lei? Ho spiegato a Madame Camille che non era colpa sua, signor Russell, e che la ragazza aveva voluto dimostrare di essere in grado di tagliare la seta. » Lo guardò da sotto le ciglia. « Dovrebbe ringraziarmi. Le ho evitato il licenziamento. »

Will impallidì, e le carte sulla scrivania si sparpagliarono ovunque mentre egli si chinava sulla donna e l'afferrava per le spalle, sollevandola dalla sedia. « Lei ha tagliato di nuovo quella seta! Quando l'ho lasciata sola stamattina presto, ha preso le forbici e l'ha accorciata qui e là per rovinare il vestito! »

Nenette fu colta da improvvisa paura e cercò quindi di usare un tono convincente, mentre dava degli strattoni per liberarsi. La sedia oscillò sotto il suo peso con un rumore sordo, mentre si riappoggiava allo schienale. « Non ho fatto niente del genere. Lei vuole soltanto giustificare quella ragazza. »

Will abbassò le palpebre in segno di disprezzo. « Ha udito Louise andarsene e, quando è entrata nella mia stanza, ha capito immediatamente che le forbici erano state lasciate lì da Louise. Mentre parlavamo, mi ha visto piegare i pezzi pronti per l'imbastitura e metterli nella scatola per le cucitrici. Così all'alba ha ideato un modo per sbarazzarsi della ragazza, che era per lei una spina nel fianco. »

« Uff! » esclamò lei sprezzante, alzandosi. « Queste volgari supposizioni sono addirittura ridicole. »

Will continuò imperterrito come se lei non avesse parlato. « Quello che non ha previsto è che io avevo controllato tutto, all'infuori degli ultimi pochi pezzi, durante l'operazione di taglio. » Gli angoli della sua bocca si alzarono in un'involontaria smorfia di derisione nel vedere il suo sguardo spaventato. « È sorpresa! Sapeva che lo scopo di Louise era di eseguire un modello tutto da sola. Questo è quel che Louise credeva di fare, ma io non potevo permettere che mettesse in gioco il proprio futuro con qualche calcolo sbagliato, magari per semplice nervosismo; così quando è uscita dalla stanza, un paio di volte, ho esaminato il lavoro che aveva fatto e l'ho trovato perfetto al millimetro. »

Nenette Deneuve, in piedi accanto alla sedia, si aggrappò allo schienale. Aveva un'espressione maligna sul volto. « La pensi come vuole », ribatté seccamente. « Dica quel che vuole. Per me non ha importanza. Negherò ogni cosa e, nella mia posizione di fiducia, verrò creduta. Se ne torni nella sua stanza di lavoro, signor Russell. Abbiamo già perso buona parte della giornata. »

Will si allontanò di un passo dalla scrivania, sotto lo sguardo cinico e ironico di lei. « Quello che ha detto è giusto: si è perso troppo tempo. »

Ritornò nella propria stanza, raccolse le forbici e i vari oggetti che si era portato per espletare il proprio lavoro e ficcò tutto in un fagotto fatto con un pezzo di stoffa di scarto. Poi, indossato il mantello, afferrò il fagotto, senza curarsi degli sguardi e dell'espressione sbalordita delle sartine e salì al piano superiore per cercare Madame Camille. La sarta rimase sconvolta nel vederlo invadere il suo regno e fu ancora più impressionata da ciò che lui le disse.

« Sono spiacente di dover dare immediatamente le dimissioni, signora. Non la lascio nei guai, dato che le restano le due tagliatrici che erano state trasferite nella sala di cucito subito dopo il mio arrivo. »

« Ma perché questa improvvisa decisione? » chiese lei, smarrita. « Forse il licenziamento di quella sciocca sartina l'ha fatta sentire responsabile del danno al vestito da viaggio? La signorina Deneuve mi ha spiegato ogni cosa. Lei non è da biasimare per ciò che è successo. »

« Al contrario, signora. Io mi sento assolutamente responsabile. Avrei dovuto mettere sotto chiave quel lavoro dopo averlo controllato. Era tagliato in modo perfetto e non avrei dovuto offrire ad altri l'opportunità di manometterlo. La signorina Vernet deve essere reintegrata al proprio posto di lavoro senza indugio. »

Madame Camille alzò una mano. « Non cerchi di discolparla. La faccenda è chiusa. Non voglio più discuterne. » Le tornarono alla mente i primi dubbi che aveva avuto sul suo conto quando l'aveva assunto e giunse alla conclusione che tra la giovane cucitrice e lui doveva esserci una relazione di cui l'occhio ingenuo della signorina Deneuve non si era accorta. Forse era meglio che quell'inglese se ne andasse. Era certa che la moda degli abiti sobri fosse in declino, ora che la situazione politica del paese si era alleggerita, e presto avrebbe dovuto comunque fare a meno di lui. Decise che quelle dimissioni arrivavano a proposito. « Accetto la sua rinuncia all'impiego », gli disse chinando il capo. « Il suo lavoro è sempre stato di ottimo livello. Se le occorreranno referenze, può citare questa casa. »

Will avrebbe preferito che quell'offerta fosse stata fatta a

Louise. « Non credo che sarà mai necessario. Ho altri progetti. Arrivederla, signora. »

Non abbandonò l'edificio seguendo la strada che aveva percorso venendo, ma attraversò la sala di esposizione e discese il grande scalone che usavano le clienti di Madame Camille. Un inserviente gli aprì la porta che si affacciava sulla via dell'alta moda.

Quando Louise arrivò a casa, un'ora dopo, era infreddolita e tremante. Trovò Catherine e Will, che avevano cenato insieme. Entrambi balzarono subito in piedi per accoglierla. Catherine volò ad abbracciarla, ora piangendo ora arrabbiandosi per l'ingiustizia del licenziamento. Quando fu riuscita a calmarla, Louise si rivolse a Will. Questi le riferì brevemente come non avesse dubbi sul fatto che la signorina Deneuve aveva lavorato di forbici sulla seta grigia. Louise, sconvolta, si lasciò cadere sulla sedia che egli aveva spinto verso la ragazza. Provò tuttavia un grande sollievo nel sentirsi confermare che non aveva commesso alcun errore nello sviluppo del modello. Fu inoltre confortata nell'apprendere che l'equivoco creato dalla sorvegliante fosse stato chiarito.

« Lei ha perduto il lavoro per causa mia, Will », osservò piena di rimorso, quando egli ebbe finito di raccontarle ogni cosa.

Il giovane le sorrise, un braccio appoggiato al tavolo accanto al quale erano seduti. « Era ora che me ne andassi. Ho acquisito una certa esperienza sul taglio francese e sulla moda parigina, ed era ciò che desideravo; ora torno a casa per iniziare la mia opera nel campo dell'abbigliamento. Comincerò su scala ridotta, naturalmente; ma ho brevettato la mia versione della macchina per cucire e intendo istruire la manodopera necessaria per far funzionare questa macchina e gli altri esemplari che fabbricherò. Le macchine non elimineranno assolutamente il lavoro manuale, ma accelereranno la produzione. »

Catherine lo guardò dubbiosa. « Le signore non accetteranno nulla che non sia eseguito a mano. »

La replica venne da Louise. « Will sta pensando ad abiti pronti da indossare. »

L'uomo fece un cenno d'approvazione, e Catherine lo guardò con uno scherzoso cipiglio. « Oh, bella roba! » osservò in tono di disapprovazione.

Will guardò Louise intensamente. « Che cosa intende fare ora? »

La ragazza, mentre passeggiava, aveva avuto tutto il tempo per riflettere sul suo immediato futuro. « La risposta è semplice. Tornerò a cucire per l'alta moda da qualche altra parte. »

« Come potrà? » chiese Will.

« E dove? » incalzò Catherine. « Nessuna sarta ti assumerà senza referenze. »

Louise piegò il capo in atteggiamento confidenziale. « Se riuscirò a impormi grazie ai miei sforzi personali, Madame Camille non potrà erigere alcuna barriera contro il mio buon nome. » I suoi occhi erano colmi di un allegro ottimismo mentre esponeva il proprio piano. Audacemente, voleva cercare un impiego lasciando intendere di aver lavorato come sarta indipendente in Inghilterra e di esserne tornata da poco per lavorare in Francia. « Cercherò di entrare in una sartoria dove vengano eseguiti abiti già pronti per la vendita. Dopo un certo periodo, potrò ricominciare di nuovo con una reputazione immacolata. »

Catherine non era entusiasta e lo dimostrò. Will, impressionato dal suo spirito di iniziativa, la approvò vivacemente. « Lei parla l'inglese abbastanza bene da poter far credere a chiunque di aver trascorso gli ultimi due o tre anni in Inghilterra. Penso che sia un piano magnifico. »

Gli fu riconoscente per l'incoraggiamento. « È il solo modo per ricominciare di nuovo senza dover rispondere a domande imbarazzanti. »

« Posso scriverle le mie referenze sull'ottimo livello del suo lavoro », si offrì Will. « Se vuole, le esporrò in modo tale che, al momento opportuno, potrà decidere se le convenga lasciar credere a un futuro datore di lavoro di avere imparato a tagliare da me a Parigi oppure in Inghilterra. »

« Questo mi sarebbe di grande aiuto. » Si precipitò a prendere l'occorrente per scrivere.

Quando la lettera fu firmata, Will si congedò. « Forse un giorno ci incontreremo di nuovo », disse a Louise.

« Lo spero, Will », replicò la ragazza con sincerità.

Lui la fissò a lungo e, per qualche secondo, Louise pensò che stesse per baciarla, come aveva fatto la notte precedente. Ma poi si rese conto che, a dispetto di quell'augurio, voleva solo salutarla con cordialità. Louise rimase sulla porta per seguirlo con lo sguardo mentre si allontanava, e lui si voltò agitando la mano prima di svoltare l'angolo e di sparire alla sua vista.

Mentre Louise chiudeva la porta, Catherine, che era rimasta seduta, le disse con aria meditativa: « Sai, ho avuto la sensazione che gli sarebbe piaciuto assumerti nella sua nuova azienda ».

Louise era un po' incredula. « Sono certa che ti sbagli. »

Catherine le rivolse uno sguardo penetrante. « Ci saresti andata, se te l'avesse chiesto? »

« No », rispose Louise francamente e senza esitazioni. « Parigi è la mia città. Non c'è nessun altro posto che possa offrirmi quel che voglio dalla vita. »

Ma sapeva che Will le sarebbe mancato. Le radici della loro amicizia erano profonde. Aveva la strana sensazione che le fosse stato utile nel prepararla all'amore proprio come lo era stato Worth, senza rendersene conto, in un altro modo. Grazie a Worth aveva cominciato a capire che dentro di lei c'era più affetto di quanto avesse mai creduto, e con Will aveva potuto farsi un'idea del proprio potenziale di sensualità. Doveva ancora scoprire quanto grande fosse la sua capacità di amare.

La stessa notte, Will lasciò Parigi in carrozza. Per la prima tappa del viaggio divise l'interno del veicolo con un solo passeggero, un suo connazionale che tornava in patria. Si scambiarono alcune osservazioni di circostanza, poi entrambi sistemarono i piedi sugli appositi sgabelli, si calarono il cappello sugli occhi e si accinsero a dormire. Per un po' Will sonnecchiò, ma poi la sua mente corse verso casa e provò una sensazione di benessere. Non si era reso conto, prima di allora, di quanto gli fosse mancata la sua terra. Col pensiero pregustò il suo ricongiungimento con Ellen, con la quale era fidanzato da due anni, per la maggior parte trascorsi lontano da lei. Bella, casta e fedele, Ellen non lo aveva ostacolato nella sua intenzione di recarsi a Parigi, l'aveva anzi incoraggiato, poiché desiderava il suo bene. In Francia egli aveva certamente colto tutte le occasioni che si erano presentate sul suo cammino: quelle nel campo del lavoro avevano ampliato la sua conoscenza dell'ambiente della moda, e quelle di altro genere l'avevano rallegrato. Ma ora doveva dimenticare. Era certo del passo che stava per compiere. Ellen avrebbe continuato ad approvare i suoi sforzi, anche se il suo dispotico padre non le avrebbe permesso di sposarlo fino a che lui non avesse dato buona prova di sé. Non aveva mai baciato Ellen nel modo in cui aveva baciato Louise, in quell'impeto di passione che gli aveva fatto dimenticare tutto ciò che s'era ripromesso nei suoi confronti. La ragione gli diceva che era stato un bene che il destino fosse intervenuto sotto le sembianze di Nenette Deneuve. Era meglio non pensare alle complicazioni sentimentali che sarebbero sorte, se fosse rimasto ancora due o tre ore in compagnia di Louise. Eppure, per il resto della sua vita avrebbe avuto la sensazione di aver tralasciato di cogliere la vera essenza di Parigi lasciandosi sfuggire Louise proprio al momento della conquista, come lui erroneamente aveva creduto.

Ora lo aspettava Ellen: inglese anche lei, come le rose, il tè e la bandiera che sventolava sopra l'impero. Grazie a lei, Louise sarebbe diventata ben presto un lontano ricordo. Dopo quella lunga separazione, la ritrosia di Ellen era sicuramente svanita. Sotto la tesa del cappello, gli angoli della bocca gli si piegarono in un lieve sorriso. C'era sempre una prima volta per ogni cosa.

Una settimana dopo, comprò una copia del *Times* dal ragazzo che vendeva giornali, per leggere le ultime notizie sul *coup d'état* del principe-presidente Luigi Napoleone, che era avvenuto con fulminea rapidità la notte in cui Will aveva lasciato Parigi. Mentre egli veniva sballottato nel corso di quell'interminabile viaggio fino a Boulogne, Luigi Napoleone aveva consolidato la propria posizione come supremo reggitore dei destini della Francia in modo che nessuno potesse più allontanarlo. C'erano stati centinaia di arresti e una successiva carneficina, ma ora sembrava che Parigi fosse tornata quella di prima.

Will porse il giornale piegato, assieme al cappello, al bastone da passeggio e ai guanti, al maggiordomo che l'aveva introdotto nella casa di Bryanston Square. Dopo aver sistemato la cravatta ed essersi passato la mano sui riccioli ribelli, aspettò di venire annunciato nel salotto di ricevimento. Era dura dover rivedere Ellen in presenza dei suoi genitori. La porta a due battenti si aprì ed egli la scorse immediatamente, seduta accanto alla madre, il padre in piedi con la schiena appoggiata alla mensola del caminetto. Il viso contegnoso della ragazza era illuminato da un'espressione di benvenuto, mentre la sua dolce bocca sorrideva leggiadramente. Will dimenticò tutto il resto. Anche Parigi e quanto vi aveva lasciato.

VII

Esasperata, Louise aveva gettato all'aria i propri abiti, cercando di decidere che cosa indossare. Non possedeva niente di adatto allo scopo. Catherine, dopo averla osservata per un po', si diresse verso il vecchio cassettone nell'angolo della stanza e ne sollevò il coperchio. Tra il fruscio di una carta velina ingiallita, estrasse un vestito di seta color ruggine e lo scosse per togliere le pieghe.

« Tieni », disse con una strana voce incrinata. « Trasformalo in un modello all'ultima moda e sembrerai appena uscita da una grande sartoria. Il cappello che si accompagna all'abito non è mai stato calzato. »

Louise vide quel che Catherine teneva sospeso in mano e si sentì un groppo in gola. « Cara, cara Catherine. Non posso accettarlo. Doveva essere il tuo vestito di nozze per il matrimonio con Henri Berrichon. »

« È tempo che lo si usi. » Catherine si affrettò ad abbassare le palpebre per nascondere un luccichio tra le ciglia. « A Henri è costata molto questa seta, e quando lo indosserai sembrerai proprio la giovane signora che vuoi essere. » Con decisione afferrò un paio di forbici e cominciò a scucire l'abito. « Se ti do una mano, riusciremo a finirlo per domani. Non perdiamo tempo. »

Louise la abbracciò e la strinse a sé. Erano tutt'e due profondamente commosse. Passarono tutto il sabato a disfare, ricucire e stirare l'abito. Il risultato le lasciò incantate: Louise non aveva mai indossato niente di così elegante. La seta color ruggine le modellava le forme e le fasciava la vita dalla quale si allargavano le pieghe che accentuavano la sua snellezza. Catherine, ammirata, pensò che la diciottenne Louise era una stupenda, sensazionale creatura, adatta a diventare la sposa del principe-presidente, se questi non avesse avuto più del doppio della sua età e non fosse stato un volgare libertino. Catherine disprezzava tutti gli uomini, ma era convinta che Louise meritasse uno di quei rari e meravigliosi esseri capaci di amarla per sempre.

« Ora vediamo il cappello », disse Louise, afferrando il copricapo di paglia a larghe tese, che avevano ricoperto con il pizzo che era avanzato. Lo calzò, allacciò i nastri e si voltò per sottoporsi al giudizio di Catherine. « Che ne dici? Posso sembrare una sarta di gran classe che ha imparato a lavorare in patria e all'estero? »

Catherine sentì di dover essere sincera. « Sei davvero molto bella, questo è certo. Per il resto, non so. Quell'arrogante inglese, il signor Worth, andando da un negozio all'altro, non ha mai avuto la fortuna di trovare un lavoro all'altezza di quello che aveva in Inghilterra. »

« Ma la colpa era del suo francese. » Louise alzò la voce in un trasporto di ottimismo. « Per me sarà diverso, e del resto ho già pronta in mente una bellissima storia. »

La bocca di Catherine si contrasse in una smorfia di disapprovazione. « Mi dispiace doverti dire la verità. A tua madre non sarebbe piaciuto sapere che vuoi ottenere lavoro raccontando un mucchio di bugie. »

Il mento di Louise tremò e sul suo viso balenò un lampo di sfida. « Ho lavorato troppo duramente e troppo a lungo per lasciarmi defraudare proprio ora delle mie più care ambizioni. »

Catherine assunse un'aria compunta. « Non dovresti vendere l'anima per qualche piuma. Lo so che non hai mai dimenticato la tua ambizione di vestirti come una regina di Francia. »

Sempre con la sua aria fiera, Louise spinse in avanti il mento e portò le mani ai fianchi. « Se questo fosse tutto ciò che desidero, potrei ottenerlo mettendomi subito in mostra, nel quartiere giusto, sotto gli occhi delle persone che contano. » Vide che Catherine indietreggiava, e fu colta dai rimorsi. La sua cara amica portava ancora le cicatrici del periodo cupo e terribile che avevano passato. Quanto avrebbe voluto ricompensarla per quel che aveva fatto! Le mise delicatamente un braccio intorno alle spalle. « Non litighiamo. Non potrei sopportarlo. »

« Dovresti lavarti la bocca con il sapone », rispose Catherine ostinatamente, con un'inflessione dolorosa nella voce, restia a rappacificarsi. « Ti vengono di quelle idee! »

« Dimentica quel che ho detto e ascoltami », cercò di convincerla Louise. « Lo sai che colui che mi assumerà non avrà nulla da perdere anche se dovrò raccontargli una storia per ottenere un'*entrée*. » Passò all'ironia. « In realtà, l'unico danno che potrei provocare sarebbe quello di privare le signore alla moda delle mie capacità di abile sarta in modo che non possano gareggiare con le altre parigine. » Con le sue moine era riuscita a far spuntare un riluttante sorriso sulla bocca di Catherine. Poi, di colpo, il suo viso divenne serio e deciso, e smise di scherzare. « Verrà un giorno in cui avrò la mia sartoria, e tu ti occuperai delle mie sartine e possiederemo una grande residenza in faubourg St.-Germain, dove avremo contatti con tutta la mia clientela più aristocratica. »

Catherine provò un certo disagio di fronte all'espressione intensa della ragazza. Si mise a canticchiare una canzoncina, rifiutandosi di considerare seriamente quel che Louise le diceva. « Con le fantasie che hai per la testa, dovrai trovarti un marito ben ricco per sostenere tutta quella baldoria. »

Louise le lanciò una fredda occhiata. « Non sarà necessario », replicò vivacemente, sistemandosi un polsino per dargli un aspetto più elegante. « Una donna può sempre far soldi con opportune operazioni finanziarie. Me l'ha insegnato Will Russell. Mi ha dato alcuni consigli su come investire tutto il denaro che ho potuto risparmiare, e non appena ho messo da parte qualche franco, grazie a tutte quelle ore di lavoro straordinario, lui è riuscito a far raddoppiare il mio capitale. Abbiamo reinvestito ancora, e ogni soldo risparmiato è stato messo da parte per ingrandire il mio gruzzolo. » Si strinse nelle spalle. « È ancora minuscolo, ma aumenterà. Attualmente l'ho investito indirettamente nel programma di ricostruzione del barone Haussmann. Non c'è niente di meglio. Non metterò mai insieme una fortuna con il poco che ho, ma al momento opportuno avrò abbastanza da poter aprire un salone in uno dei luoghi che contano, cosa di grande importanza per il tipo di lavoro che intendo iniziare. Un giorno avrò successo per le mie capacità e non per essermi venduta per una fede nuziale. »

Catherine scosse il capo di fronte a quelle iniziative per lei incomprensibili, e i riccioli le oscillarono intorno al viso dall'espressione austera. Non osò chiedere se in quei grandiosi piani fosse previsto l'amore.

Il mattino dopo, Louise uscì di casa con l'aria di chi vuole conquistare il mondo. Per fortuna la giornata era luminosa e piena di sole, senza un alito di vento che potesse agitare o far sollevare la sua gonna ornata di raffinate guarnizioni. Aveva indossato tutte le sottogonne di Catherine, perché la sua non era della lunghezza necessaria, e si sentiva terribilmente appesantita. Pensò che non c'era da meravigliarsi se molte donne svenivano a causa del busto stretto e del peso degli abiti; ma lei era giovane e forte e il suo cuore era colmo di spensierata allegria in quel giorno meraviglioso, mentre avanzava quasi a passo di danza e con una luce ambiziosa negli occhi. Era conscia delle teste che si giravano nel vederla passare, con la seta color ruggine che mandava bagliori sotto il sole e l'intatto candore dei guanti di cotone destinati a una sposa e conservati in una scatola fino a quel giorno.

Non avendo avuto fortuna nei negozi su cui era caduta la sua scelta in rue de Rivoli e nella rue Castiglione piena di portici, svoltò in direzione di rue de Richelieu. Quando entrò al numero 83, evitò deliberatamente di farsi avvicinare da un commesso, volendo darsi un contegno e farsi un'idea di tutte le mercanzie che erano in vendita. Si rifugiò tra le stoffe, che la interessavano in modo particolare, e diede un'occhiata ai velluti e alle sete drappeggiati come tappezzerie del palazzo di un sovrano, ai broccati e ai damaschi stesi come vele, alle mussoline e ai tulle che fluttuavano in modo seducente. La lunga esperienza le aveva insegnato quali di quei tessuti in mostra si cucivano meglio e quali si sfilacciavano o mostravano la trama quando li si lavorava o li si manipolava troppo nell'entusiasmo dell'ammirazione.

« Qualcuno la sta già servendo, signorina? »

Per qualche secondo le sue ciglia fremettero nell'udire quella voce che le giungeva a cinque anni di distanza. Com'era accaduto che, pur vivendo nella stessa città, non avesse saputo che lui si trovava ancora lì? Louise si voltò e vide il viso di Worth che stava in piedi accanto a lei con una pezza di tulle dorato in mano. Notò l'espressione incredula di lui.

« Louise! »

In quel momento la ragazza capì che il primo amore non si può mai dimenticare. Si sentì scorrere per le vene l'antica familiare tenerezza come se il tempo non fosse mai trascorso. L'unico cambiamento che notò in lui fu nei suoi lineamenti, che si erano induriti conferendogli un'aria virile, e nell'aspetto, che da giovanile come lei lo ricordava, era diventato quello di un bell'uomo. « Come sta, caro Worth? » chiese, emozionata. « Non riesco quasi a credere che sia proprio lei. »

« E neppure io posso convincermi che lei sia la mia piccola amica dei miei primi giorni a Parigi. » Le prese le mani e la squadrò da capo a piedi con ammirazione. « È diventata una signorina, e molto bella. E che eleganza! »

Lei rise felice, sottraendo le dita alla sua stretta. « Le belle piume fanno belli gli uccelli. Ammetto che questo abito è ben diverso dal vestito rimaneggiato per il quale lei ha disegnato le maniche, ma è il risultato di un abito elegante che mi è stato dato da Catherine e che ho rimodellato per poter venire qui oggi. Spero che i signori Gagelin e Obigez vorranno darmi lavoro basandosi su di esso come esempio delle mie capacità professionali. »

« Dunque ha continuato a cucire? » I suoi occhi corsero alle cuciture del suo abito ed egli toccò l'orlo pieghettato del polsino.

« In pratica, giorno e notte. » Elencò la serie di lavori compiuti, ma non scese in particolari circa i luoghi in cui aveva fatto esperienza. « E lei che cosa ha fatto dopo aver lasciato rue du Fouarre? »

« Nel complesso tutto è andato molto bene, ma più tardi è andata ancor meglio. Così sta cercando lavoro? Venga! » La prese per un gomito e la guidò al centro del reparto in cui si trovavano. « Passeggi su e giù, per favore. Voglio vedere bene il taglio di questo vestito e se le sta altrettanto bene quando si muove. » La ragazza esitò e allora Worth batté le mani come si fa per spaventare le galline. « Cammini! Cammini! » Sconcertata e temendo che a Worth fosse andata fuori posto qualche rotella, cominciò a camminare. Dopo aver fatto pochi passi, si voltò e vide che Worth stava rispondendo a un altro commesso che gli aveva rivolto una domanda, anche se continuava a tenere gli occhi fissi su di lei. Le fece cenno di nuovo di continuare e, trattenendo una risata, lei obbedì.

Quando ritornò sui propri passi, Worth l'aspettava ben piantato sulle gambe, con le braccia conserte e la testa inclinata, mentre la osservava con gli occhi stretti a fessura. Prima che Louise lo raggiungesse, egli ebbe ancora il tempo di dare un parere con un cenno del capo circa una faccenda relativa al negozio che era stata sottoposta alla sua attenzione, e aveva indirizzato due clienti a un banco più lontano, senza mai staccare gli occhi da lei.

« Lei è il *premier commis*! » esclamò Louise con una specie di timore reverenziale, accennando a un inchino complimentoso. Essere un commesso della Casa Gagelin e Obigez era già molto, ma essere il capo dei venditori era una posizione di notevole preminenza.

Un lampo di sorpresa gli attraversò il viso, come se avesse dimenticato che la ragazza non poteva esserne informata. « Sì, infatti. Una promozione relativamente recente, ma la più gradita. In realtà, ora ho voce in capitolo per quanto riguarda il lavoro della sartoria e, poiché non trovo nulla da ridire sul suo abito, se non che io avrei preferito un fiocco più largo appuntato alla base del collo, lei ha ottenuto l'impiego che cercava. Non resta che attendere che il signor Gagelin e il signor Obigez autorizzino la sua assunzione. »

Lei lo fissò con aria triste, intuendo che tutto ciò che aveva ottenuto era sul punto di svanire. « Lei non può raccomandarmi », proruppe. « Non glielo permetto. Ciò potrebbe metterla in cattiva luce se saltasse fuori la verità. Io ero venuta qui oggi decisa a inventare che avevo trascorso due o tre anni in Inghilterra. Io... »

Worth la interruppe trascinandola in disparte, fuori della portata uditiva di chiunque si trovasse nei dintorni. « Be' », disse, « che cosa le salta in mente di fare simili asserzioni? E perché? »

Louise gli raccontò ogni cosa, parlando in inglese per ridurre la possibilità che qualcuno potesse afferrare parte di ciò che stava dicendo. Quando la ragazza ebbe finito, Worth si lisciò il mento pensosamente come se stesse assimilando tutto ciò che gli era stato svelato. Provò compassione per Louise e capì come si fosse sentita costretta a recitare una parte per riaffermarsi nel suo lavoro. Aveva dimostrato una grande forza d'animo nella sua intenzione di sacrificare quel che lui le aveva offerto per non coinvolgerlo. Worth era contento di aver colto questo lato dell'indole di Louise perché gli dava la conferma che ciò che desiderava fare per lei era giusto.

« Mi dia la lettera del signor Russell », disse. Louise la estrasse dalla borsa e gliela porse. Worth la lesse. « Questa raccomandazione è sufficiente. Aspetti qui. »

Ritornò qualche minuto dopo. « Tutto a posto », la informò soddisfatto. « Ho garantito personalmente per quanto riguarda il suo carattere, e la mia richiesta di assumerla come lavorante è stata esaudita immediatamente. »

Ciò fece comprendere a Louise in quale alta considerazione il *premier commis* fosse tenuto dai proprietari. Non aveva parole per esprimere tutto il sollievo e la gratitudine che provava. « Non potrò mai ringraziarla abbastanza. Non dovrà mai pentirsi di avermi dato questa possibilità, glielo prometto. Lavorerò sodo. »

Worth la guardò dolcemente. « È quello che ha sempre fatto. Ho pensato spesso a come lei fosse operosa per essere una ragazzina. Ho ritenuto opportuno affidarla a una persona che può mostrarle dove lavorerà ed elencarle le regole che dovrà osservare in questo negozio, e tutto il resto. Si tratta di una sua omonima. »

Louise pensò più tardi che, se non avesse indossato la seta color ruggine, si sarebbe sentita a disagio come una ragazza di campagna di fronte alla figura minuta e compita di Marie Vernet. Eppure l'incantevole sorriso che le appariva spesso sulle labbra, la spontanea cordialità degli occhi e l'espressione di benvenuto di Marie non avevano altra ragione che il piacere del loro incontro.

« Charles mi ha raccontato del soggiorno in casa sua quando è arrivato a Parigi, signorina Vernet », esordì Marie, ricordando ciò che aveva saputo della triste infanzia della ragazza e di come lei stessa avesse desiderato far qualcosa per Louise. « Spero che diventeremo buone amiche e che lei si trovi bene qui. »

« Sono certa che sarà così, signorina Vernet », rispose Louise, sorridendo. « Com'è strano: abbiamo lo stesso cognome! »

« Mi chiami Marie, la prego. Io la chiamerò Louise in virtù dell'amicizia che la lega a Charles. Le dispiace? »

« No, certo. Anzi! »

Worth aveva preso posto al banco accanto a Marie, e la guardò appassionatamente. « Il suo cognome non sarà quello di Vernet ancora per molto tempo, almeno per quanto mi riguarda. » Gioia e timidezza si mescolarono sul volto di Marie, la quale lasciò scivolare la propria mano in quella di lui, che la strinse forte. « Speriamo di sposarci fra non molto, se tutto continuerà ad andare bene come ora. »

Il colore scomparve di colpo dal viso di Louise, mentre i nebulosi sogni e gli informi desideri di cui non si era resa conto e che indugiavano ancora dentro di lei venivano spazzati via. « Ora spetta a me augurare a entrambi che le vostre speranze siano esaudite. »

« Grazie, Louise. » In condizioni normali, Marie sarebbe

stata la prima a notare il pallore sul viso dell'altra; ma era ancora in subbuglio per gli avvenimenti degli ultimi mesi che avevano reso le loro possibilità di matrimonio più vicine nel tempo. « Sa, molte clienti hanno cominciato a chiedere abiti come quelli che Charles disegna per me. Così i nostri datori di lavoro si sono finalmente convinti a lasciargli in mano alcune *toiles* perché egli potesse soddisfare le richieste; si tratta di modelli in mussola di abiti tratti dai suoi disegni e di mantelli che possono essere realizzati su stoffe scelte in negozio dalle clienti stesse. » Fece un'incantevole risatina. « Poiché non si riusciva a far fronte a tutte le richieste, la disponibilità delle *toiles* è stata aumentata. Ora Charles ha ampliato la gamma, e disegna ciascun abito tenendo presente il tessuto con cui sarà realizzato. Se si tratta di lana, si serve di un dato modello, se si tratta di broccato, ne usa un altro, e così via, il che significa che l'abito verrà sempre eseguito esattamente come lui lo desidera, senza rischiare di essere rovinato da una scelta sbagliata della stoffa da parte della cliente. »

« Com'è saggio », mormorò Louise, ringraziando il cielo che l'ammirazione per l'iniziativa di Worth le avesse impedito di notare la sua aria delusa. Poi Marie la prese confidenzialmente per un braccio e la condusse via per presentarla a coloro che lavoravano nella sartoria e per dirle tutto ciò che era necessario sapere sulle regole e le proibizioni della casa per cui avrebbe lavorato. Worth, rimasto al banco, servì una cliente che voleva un mantello e che si rifiutò di guardare altri capi all'infuori di quelli disegnati da lui.

Ancora una volta Louise si trovò a lavorare intorno al tavolo di cucito per dodici ore al giorno. Le condizioni erano migliori di quelle del laboratorio di Madame Camille e il suo salario era più alto. Inoltre, non c'era il pericolo di licenziamento nell'improbabile caso che il mercato crollasse, perché si poteva sempre preparare una riserva di abiti che fossero poi pronti da vendere al dettaglio. In più, i pasti venivano forniti dal personale di servizio, cosa che Louise apprezzava molto. Le sarebbe piaciuto che Catherine lavorasse con lei: a intervalli abbastanza regolari venivano assunte nuove lavoranti, mentre si aggiungevano altri tavoli da lavoro per poter far fronte all'esecuzione di un sempre maggior numero di *toiles*. Ma Catherine si era rifiutata di prendere in considerazione l'idea e, quando le conveniva, sapeva essere terribilmente ostinata.

« No! Io non ci vengo. Quel tuo signor Worth non è che un fuoco di paglia per quel che riguarda la moda. Coloro che nel mondo salgono in fretta, scendono ancora più rapidamente, e lui è proprio uno di quelli: ricordati delle mie parole. E allora, come andremmo a finire io e te? Con tutta probabilità, saremmo cacciate fuori entrambe. No, io preferisco restare attaccata a Madame Camille, e quando i vecchi Gagelin e Obigez capiranno che le loro clienti con la puzza sotto il naso si sono stancate di buttar via il denaro per abiti confezionati e faranno marcia indietro per tornare a capi più raffinati, io almeno avrò ancora il mio lavoro e sarò in grado di mantenere tutt'e due fino a quando tu non avrai trovato qualcos'altro. »

Non fu possibile smuoverla. Louise alla fine si stancò di cercare di dimostrarle che la sua profezia di rovina non aveva alcun legame con la realtà, e che tutto dipendeva dall'avversione che lei provava per l'inglese, la cui unica colpa era stata quella di occupare una stanza che Catherine aveva sempre associato a un'altra persona. Poi, come se Louise avesse avuto bisogno della conferma che Worth poteva solo ascendere, i proprietari decisero che doveva essere preparato un certo numero di disegni per i capi da esporre nello stand a loro riservato nella Grande Esposizione Industriale al Palazzo di Cristallo a Londra, organizzata dal principe Alberto, consorte della regina d'Inghilterra. Louise era fiera che molti dei lavori di cucito eseguiti su quegli abiti fossero suoi. Pensava di non avere mai visto niente di più bello e originale di quei figurini. Per la prima volta scoprì che Worth preferiva i colori inafferrabili, che sfumavano l'uno nell'altro come le profondità dell'acqua. Coloro che venivano attratti da essi si chiedevano se si trattava del color mora o del malva, del grigio o dell'azzurro, o di altre sfumature ancora. Vide che gli abiti venivano riposti in enormi imballaggi speciali per il trasporto scomparendo tra montagne di frusciante carta velina, ed ella desiderò di trovarsi a Londra per poter dare una mano a sistemarli nell'ampio Palazzo di Cristallo che era stato eretto per contenere le migliaia di articoli in esposizione.

Il 21 giugno, sette settimane dopo l'apertura della Grande Esposizione, Louise fu fra gli invitati alle nozze di Marie Vernet e Charles Frederick Worth. Furono celebrate col rito cattolico e, sebbene lui ci tenesse a restare anglicano e non avesse alcuna intenzione di convertirsi, accettò di buon grado che tutti i figli nati dalla loro unione venissero portati nella chiesa di cui la madre era devota seguace. Sebbene avessero litigato molte volte a causa della riluttanza di Marie a sfilare davanti alle clienti e, più tardi, ogni volta che lei si mostrava visibilmente infelice a causa dei suoi progetti più stravaganti, le loro diverse fedi religiose non avevano mai provocato il più lieve attrito. Sotto questo punto di vista si comprendevano perfettamente. Worth aveva il proprio modo di ottenere forza e guida spirituale, evitando il culto organizzato. Quando entrava in una chiesa, di qualsiasi confessione fosse, nelle ore in cui non c'erano servizi religiosi, sedeva per un momento in silenziosa meditazione. Marie, sapendo quanto fosse buono, non aveva mai il minimo dubbio circa la salvezza della sua anima.

Worth l'aveva amata teneramente prima del matrimonio, ma fin dalla prima notte di nozze la sua adorazione aveva raggiunto nuove e stupende altezze. Nessun uomo aveva mai posseduto una moglie così bella e affettuosa. Che cara creatura era! Lui, che aveva sempre amato le donne per la loro seduzione femminile, ne aveva trovata una che era la regina di tutte. Ogni cosa che egli realizzava in quegli anni era in realtà un peana in lode di Marie Worth.

Dopo la chiusura della Grande Esposizione in ottobre, risultò che gli abiti di Worth avevano ottenuto l'attenzione dei visitatori di tutti gli angoli del mondo. I giurati dell'esposizione furono poco accomodanti nella severità delle loro critiche, condividendo l'opinione di molti altri che, pur favorevoli alla larga gonna a cupola, trovarono che quei vestiti si diversificavano troppo dalla moda corrente. Tuttavia, per imparzialità, i giurati non poterono rifiutare un premio, e la Casa Gagelin vinse una medaglia d'oro per la Francia. Ma assai prima che l'estate del 1851 fosse terminata, compratori e uomini d'affari di molte nazionalità vennero a Parigi, da Londra, per vedere gli altri abiti disegnati da quel giovane inglese dalla straordinaria fantasia e per fare ordinazioni per molte centinaia di migliaia di franchi. Era infatti loro intenzione importare nei propri paesi vari esempi di quei sensazionali abiti parigini.

I proprietari della Casa Gagelin acconsentirono infine all'apertura di un reparto di confezioni all'interno del loro sacro edificio. La paura di abbassare il tono dell'azienda attirandosi il biasimo della clientela di lunga data li aveva sconvolti a tal punto che entrambi affrontarono dubbi ed esami di coscienza non certo condivisi da Worth. Questi sapeva che finalmente avrebbe potuto aver conferma della propria inventiva dalle donne di tutto il mondo. Non era mai stato un modesto, e man mano che assaporava il successo, la sua arroganza, naturale in lui sia per lignaggio sia per l'educazione ricevuta nei primi anni di vita, si faceva sempre più evidente; per fortuna essa era temperata dalla sua indole gentile e da un forte sentimento di giustizia. Il suo senso della teatralità, che aveva sempre sfruttato per indurre le clienti a fare l'acquisto giusto al momento giusto, gli era servito anche per sistemare il salone del nuovo reparto di confezioni, che aveva infine assunto quell'aspetto da lui tanto vagheggiato.

Pareva un affare rischioso, ma fu un successo immediato. Contrariamente a tutto ciò che avevano temuto i proprietari, non ci furono lamentele e, anziché perdere la clientela più stimata, la Casa Gagelin ricevette ordinazioni di abiti da molti nomi che riteneva destinati a sparire dai suoi registri. Per Marie Worth ciò comportò un drastico cambiamento. Fu strappata dalla sicurezza del proprio banco, dietro al quale aveva indossato con discrezione i modelli disegnati dal marito, e costretta a presentare tutte le sue ultime creazioni, andando avanti e indietro e girando su se stessa nel salone del reparto confezioni, davanti alle clienti sedute. Avrebbe preferito che tutti gli abiti fossero esposti sui manichini di vimini montati su ruote che costituivano uno sperimentato metodo di esposizione, ma che non soddisfacevano più le clienti della Casa Gagelin. La cieca fiducia nell'abilità artistica del marito e la gioia per il suo trionfo l'aiutarono ad alleviare la tensione che comportava la presentazione degli splendidi abiti: adesso non era più una prova così dura come quando indossava scialli e mantelli. Ma l'antica timidezza riprendeva a torturarla non appena Worth riteneva necessario farle eseguire un'entrata sensazionale attraverso i tendaggi che si aprivano d'improvviso per presentare uno degli abiti realizzati con i tessuti più splendidi e pregiati che la casa aveva in vendita. Di solito si trattava di abiti da ballo, e poiché il décolleté non era gradito durante la giornata, Marie doveva indossare sotto di essi un indumento di seta nera per coprire le braccia, le spalle e il seno. Tale indumento risultava alquanto strano, ma non scoraggiava le clienti dall'acquistare.

« Perché non posso entrare nel solito modo? » protestava quand'era pronta. « L'attesa del tuo segnale dietro i tendaggi è una sofferenza per me. »

« Sciocchezze! » dichiarava Worth, non tanto perché, come lei immaginava, fosse insensibile in quelle occasioni, ma perché era deciso a vincere un'altra delle loro infinite battaglie su quel particolare problema. « In realtà, tu dovresti schiuderti allo sguardo delle clienti come un bocciolo di rosa. »

Alla fine Worth dava il segnale, ma lei ricalcitrava di nuovo ogniqualvolta doveva indossare qualcuno dei suoi modelli più stravaganti, convinta che sarebbe apparsa assolutamente ridicola. Così, dietro le quinte, le loro liti erano piuttosto frequenti.

Per Louise la vita non era mai stata così bella. Le settimane e i mesi scivolavano via con una velocità che si accompagnava alla tranquillità del suo lavoro. Fu un giorno straordinario per lei quello in cui Worth, che aveva osservato con attenzione la sua abilità, la promosse da prima lavorante a sarta addetta alle prove. Lui si era ben presto reso conto che Louise era in perfetta armonia con le sue mire, perché la ragazza aveva afferrato subito che cosa Worth si aspettasse dalla prova di un abito. Senza attendere oltre, la nominò dunque sua *première*. Il suo solo rimpianto fu di non averlo fatto prima. All'inizio dell'estate del 1852 Louise divenne il suo braccio destro in sala prove. Con indosso un abito di seta nera e un cuscinetto di velluto bianco per gli spilli fissato al polso con un nastro, Louise si sentì completamente a proprio agio in un ambiente in cui, di fronte a un vestito, le donne manifestavano l'intera gamma delle proprie emozioni, dall'ira alla felicità. Via via le vedeva mutarsi da scontente creature in sottoveste delle prime prove – deluse di non vedersi nello specchio a tutta grandezza immediatamente trasformate nella sorprendente immagine che avevano sognato, perché un vestito nuovo non ancora terminato è tutt'altro che lusinghiero – in soddisfatte *précieuses* che si pavoneggiavano con la creazione finita, sapendo di apparire splendide. Worth, senza curarsi delle formalità, sorvegliava personalmente le prove, benché una presenza maschile accanto a donne spesso seminude potesse essere imbarazzante, e seguiva l'intero processo con tatto, con fascino e qualche volta con enfasi quando la situazione lo richiedeva. Louise trovò che era un padrone esigente. Contrariamente a Madame Camille, la quale preferiva che le lavoranti instillassero nelle clienti l'avversione per i disagi delle prove e le riducessero al minimo, Worth ne proponeva più d'una e non esitava a ordinarne altre ancora se lo riteneva opportuno. Ogni volta, faceva puntare gli spilli a Louise a centinaia, quand'era necessario, così da poter raggiungere la perfezione che voleva ottenere. Il suo sguardo penetrante era in grado di valutare esattamente se una pince o una cucitura dovevano essere modificate in modo magari impercettibile. Era stata proprio la meticolosa attenzione di Louise che l'aveva spinto a promuoverla, e lei provava piacere a seguire norme che coincidevano con le proprie. Dopo ogni prova l'abito intero veniva *mis à plat*, disteso in tutto il suo splendore su un ampio tavolo per essere scucito e, dopo le necessarie modifiche, veniva imbastito di nuovo prima di essere ricucito, procedimento che spesso portava via un tempo tre volte superiore al normale. L'entusiasmo di Worth per la perfezione assoluta contagiò tutti coloro che avevano a che fare con il reparto confezioni, e nessuno gli lesinava un minuto del lavoro specializzato che occorreva. Egli sapeva ciò cui sarebbe andato incontro, quando aveva insistito per scegliere le proprie cucitrici e tutto il personale di sartoria. Coloro che non possedevano una spiccata disposizione per il lavoro di cucito a lungo andare venivano esclusi.

Fu un sollievo per Louise che Catherine non fosse gelosa della sua amicizia per Marie Worth. Il fatto di avere conosciuto la commessa aveva procurato a Catherine un grande piacere, come era ovvio. La sartina parlava di lei chiamandola « quella simpatica signora Worth », e in considerazione di ciò smise di riferirsi al marito della signora con termini sprezzanti, sebbene conservasse l'antico rancore nei suoi confronti. Tuttavia, ogni volta che lo nominava nella conversazione con Louise, egli era per lei « il signor Worth » e non più « quel borioso inglese ». Catherine aveva fatto a Marie un favore di cui ella sarebbe rimasta all'oscuro, e aveva reso la vita più facile a Louise.

Quell'anno, il novembre giunse a Parigi carico di pioggia e di nebbie mattutine. Queste ricoprivano la città come un velo argentato e indugiavano nei fossi, sotto gli ippocastani circondati dai gusci aperti sparsi nell'erba. Madame de Gand, durante una delle sue visite a Parigi, si lamentava del tempo con il figlio, che era giunto all'albergo per accompagnarla a passeggio, scoprendo che invece la madre aveva deciso di andare a far compere.

« Non ha senso andare a passeggio in un giorno come questo, Pierre », dichiarò la madre mentre uscivano dall'albergo e salivano in carrozza. « Verrai con me in rue de Richelieu. Ho cambiato idea su Gagelin e Obigez. Ora che ho saputo da alcune conoscenti parigine che il sarto che lavora per loro non è uno qualunque, ma un artista di eccezionale abilità, offrirò alla Casa il mio appoggio. Ho deciso di farmi fare un vestito prima di partire domani per Fontainebleau, per aderire all'invito del principe-presidente. » Si sedette in carrozza e, mentre Pierre prendeva posto accanto a lei, pensò come sempre che l'uniforme dei corazzieri gli stava molto bene; anche la divisa d'ordinanza con la striscia azzurra lungo i pantaloni rossi era particolarmente adatta a un uomo di bell'aspetto. E suo figlio era di un'eccezionale bellezza ai suoi occhi; motivo d'onore per la memoria del suo valoroso padre e il nome di una famiglia dalla lunga e ininterrotta tradizione militare al servizio del paese.

« Suggerisco, mamma », disse Pierre mentre la carrozza cominciava a prendere velocità, « dal momento che dobbiamo andare entrambi a Fontainebleau, di viaggiare insieme. »

« Sarebbe molto piacevole. »

Marie-Thérèse de Gand difficilmente accettava inviti che venissero inviati sia a lei sia a suo figlio automaticamente, per dovere di stato, dopo essere stati ricavati dall'elenco delle persone in vista nel palazzo dell'Eliseo; ma quell'invito era stato formulato a titolo personale dal principe-presidente e Madame de Gand non vedeva l'ora di presenziare al ricevimento per ragioni particolari. Quand'era ancora ragazza, aveva fatto la conoscenza del diciassettenne Luigi Napoleone e di sua madre Ortensia, l'ex regina d'Olanda; i suoi genitori avevano offerto rifugio e ospitalità ai due alti personaggi in occasione della loro fuga da Parigi. Successivamente, Ortensia si era congedata da Napoleone alla Malmaison prima che questi lasciasse la

Francia per sempre, conscio che da Sant'Elena non sarebbe mai più tornato vivo. Marie-Thérèse de Gand ricordava ancora la tragica bellezza della donna che era arrivata di notte con il figlio più giovane, scortata da un solo aiutante; il volto, teso ma pieno di coraggio, segnato da tutto ciò che aveva dovuto sopportare, la perdita dell'uomo amato dopo il traumatico periodo dei Cento Giorni e l'allontanamento dal figlio maggiore cui l'aveva costretta il re dopo aver divorziato da lei. Luigi Napoleone, che era stato assai devoto alla madre, non aveva mai dimenticato coloro che l'avevano aiutata nei momenti dolorosi, e, attraverso gli anni, si era tenuto in contatto con Marie-Thérèse de Gand dopo che i genitori di lei erano scomparsi. Era il padrino di suo figlio, al quale aveva mandato in dono una spada dall'elsa d'oro e, trovandosi in esilio, aveva inviato un suo rappresentante al battesimo. Da quando era diventato principe-presidente, egli l'aveva ricevuta parecchie volte; ma aveva preferito invitarla in occasione di pranzi con non più di venti persone, anziché ai grandi ricevimenti dove c'erano poche probabilità di riuscire a conversare con lui. A ogni opportunità, lei accennava al figlio per ricordare indirettamente a Luigi Napoleone, che non lo conosceva, i suoi obblighi di padrino, obblighi che durano tutta la vita. Non c'era cosa migliore, per un giovane che intendeva assicurarsi un avanzamento nella carriera militare, di giovarsi della protezione dell'illustre presidente della Francia. Uno di questi obblighi di padrino sarebbe stato adempiuto a Fontainebleau: era un segreto tra Luigi Napoleone e Madame de Gand, e Pierre ne era ancora all'oscuro. La donna ebbe un lieve sussulto quando il figlio riprese a parlare, quasi timorosa del fatto che egli potesse aver seguito il corso dei suoi pensieri.

« Lo sai che in questi giorni è difficile che il principe-presidente esca a cavallo senza udire da ogni parte grida di *Vive l'Empereur*? »

Lei annuì e ammiccò felice. « Sì. Non è emozionante? Eppure abbiamo sempre saputo che il risultato finale sarebbe stato questa stupenda ricompensa. Tutti dicono che, alla fine di questo mese, il plebiscito sarà un'inevitabile conclusione... » Gli diede un colpetto sul braccio con la mano guantata. « Per questo m'interessa molto vedere quella giovane aristocratica spagnola che farà parte degli ospiti di Fontainebleau. Voglio sincerarmi personalmente se è idonea a diventare imperatrice. »

Pierre le lanciò un sorriso indulgente da sotto la visiera del berretto. Per quel che aveva udito, il suo padrino non desiderava Eugenia de Montijo esattamente come moglie. Sembrava tuttavia che la donna resistesse alle sue proposte. Comunque, non voleva distruggere i romantici progetti di sua madre e guastarle la visita a Fontainebleau.

Entrando nella Casa Gagelin al suo fianco, era preparato ad annoiarsi ma, poiché non aveva potuto farle molta compagnia in quei giorni, un senso del dovere filiale gli impediva di sottrarsi a quel giro di acquisti. Sperava solo che l'intera faccenda non gli portasse via troppo tempo. Mentre il signor Obigez si profondeva in inchini di fronte a sua madre, Pierre la seguiva soffermandosi qua e là con lo sguardo quando un bel viso o un'elegante figura catturavano la sua attenzione. Per lo meno, era attratto da quel che un uomo poteva vedere della figura di una donna in pubblico. Si sarebbero mai sbarazzate, le signore, di quelle voluminose gonne che sembravano dei copriteiera e che nascondevano la parte inferiore delle loro deliziose forme come una larga e sgraziata cintura di castità?

Nel salone una commessa indicò loro alcune sedie dorate. Worth uscì dai tendaggi dell'archivolto che portava ai camerini di prova e fece un inchino a una cliente. Poi si voltò verso i nuovi arrivati con aria deferente. Lui e la signora de Gand si riconobbero immediatamente. Worth l'aveva aiutata parecchie volte nella scelta di qualche accessorio, dopo quel giorno in cui le aveva venduto il candido scialle cinese.

« Così è lei il signor Worth di cui ho udito parlare », esclamò la signora, non molto compiaciuta. Sembrava che l'uomo sapesse sempre che cosa le si adattava più di quanto non capisse lei stessa. E, sebbene i risultati l'avessero sempre soddisfatta, non sopportava le situazioni che non poteva dominare completamente. Comunque, riguardo agli abiti, avrebbe tenuto duro. Madame Palmyre non l'aveva forse complimentata spesso per il suo gusto eccellente e non aveva forse eseguito ogni abito seguendo scrupolosamente le sue direttive, come ci si doveva attendere da una buona sarta? « Ho deciso di farmi fare un abito da ballo in raso color rosa acceso. La mia cameriera le consegnerà fra breve uno dei miei abiti perché lei abbia una guida riguardo alle misure e al taglio che desidero. Può aggiungere sulla scollatura alcuni fronzoli di una tonalità più chiara. Dev'essere terminato e consegnato al mio albergo domattina. Tutto quel che le resta da fare è mostrarmi una serie di campionari di raso nelle sfumature che le ho menzionato. »

Non era la prima volta che Worth si scontrava con questo metodo istituzionalizzato di trattare con una sartoria, e sapeva che non sarebbe stata neppure l'ultima. Ci sarebbe voluto parecchio tempo prima che tutte le clienti venissero a conoscenza del nuovo principio della prova e delle abitudini che egli andava predicando. Quella donna aveva una figura particolarmente difficile, che richiedeva ben più di una o due prove perché fosse possibile ottenere un abito perfetto.

« Se lei non ha nulla in contrario a sottoporsi alle prove nella tarda serata », replicò Worth con voce piana, « non abbiamo problemi nel confezionare e consegnare un abito in un tempo così limitato. »

Madame de Gand aggrottò la fronte, assumendo un'espressione inquietante. « Non c'è alcun bisogno di prove, se lei è un buon sarto come va proclamando. Le ho spiegato chiaramente ciò che desidero. »

Worth sorrise, imperturbabile, mostrando tutto il suo fascino. « Non mi fido mai delle misure di un abito che sia stato confezionato senza prima venir provato come faccio io, signora. Vorrei anche suggerire che un rosso-granato, anziché le tonalità da lei indicate, darebbe maggior risalto alla sua pelle d'alabastro. Ora la signora Worth le mostrerà una serie di abiti fra cui ella potrà fare la sua scelta. »

Al suo segnale, i tendaggi si aprirono, e Marie emerse in un abito da ballo di raso verdeazzurro, la cui gonna era formata da strisce di tessuto incrociate in un delizioso disegno che Madame de Gand non aveva mai visto prima. Qualunque cosa stesse per dire, prima di andarsene indignata, le si era fermato in gola. Era rimasta impietrita, leggermente protesa in avanti sulla sedia dalla quale si stava muovendo per alzarsi. Pierre, guardando Marie con aria di apprezzamento da sotto le ciglia, dopo aver deplorato tuttavia la necessità di coprirle le braccia e il seno con quella seta nera, lanciò un commento che finì con l'inchiodare la madre alla sedia, un commento di indulgente adulazione.

« A Fontainebleau, nessuno avrà occhi per Eugenia de Montijo, se tu indosserai quel vestito, mamma. In rosso-granato, naturalmente. »

Marie sfilò con indosso parecchi altri vestiti. Sebbene la scelta fosse ardua, la signora de Gand decise per il primo, esplorando poi una vasta gamma di tessuti, tutti in varie tonalità di rosso-granato. Worth le indicò, attraverso i tendaggi di un archivolto che immettevano nei camerini, che la *première* l'aspettava per la prova. Pierre riuscì a scorgerla. Era una giovane donna dai capelli di un nero corvino e con uno splendido collo. Quando la ragazza voltò la testa, i loro occhi s'incontrarono. Si riconobbero immediatamente, anche se si osservarono perplessi perché né l'uno né l'altra rammentavano dove si fossero già visti. Fu Louise la prima a ricordare. Pierre vide quegli occhi color dell'ambra illuminarsi d'improvviso. Allora anch'egli ricordò chi era. Si trattava della ragazza dei boccioli di rose invernali.

Lei scomparve rapidamente nel salottino di prova dietro Madame de Gand. Pierre sperò di poterla vedere non appena la madre fosse uscita; ma, quando costei lo raggiunse, pronta per andare via, la ragazza non si fece vedere. Non sapeva se lo sfuggisse deliberatamente o no. Avrebbe voluto cercare di scoprirlo.

Quando quello stesso pomeriggio Pierre ritornò con la madre al numero 83 di rue de Richelieu per la prima prova e un'altra volta ancora al calar della sera per la seconda, Madame de Gand pensò che il figlio si dimostrava insolitamente sollecito. Come se non bastasse, arrivò al suo albergo poco prima di mezzanotte per accompagnarla laggiù per l'ultima prova. Allora il signor Worth gli permise di entrare nel salottino di prova perché vedesse come la madre appariva elegante. La *première* e la prima lavorante incaricata di cucire l'abito sotto la direzione della giovane donna fecero una leggera modifica di circa un millimetro all'orlo, che aveva qualche imperfezione. Madame de Gand, invece, non vi aveva trovato difetto alcuno. Del resto, pensava che il corpetto le modellasse stupendamente il busto, sebbene la sua mammella destra fosse più grande di quella sinistra, e per la prima volta non ci fu alcun bisogno di rinforzi per creare un equilibrio.

« Buonanotte, Pierre », disse soddisfatta quando il figlio, che non la riaccompagnava all'albergo, le porse una mano per aiutarla a salire in carrozza. « A domani, allora. »

« A più tardi; a oggi, per l'esattezza », la corresse lui, parlandole attraverso il finestrino.

« Ah, sì, certo. Non far tardi. » Si abbandonò contro lo schienale e la carrozza partì.

Erano le tre del mattino, quando l'attività della sartoria rallentò per una sosta. Worth stava dando istruzioni particolari per la stiratura dell'abito finito, mentre le altre lavoranti si preparavano per andare a casa. Louise seguì le cucitrici che si avviavano verso la porta in fondo al corridoio lasciata aperta dal portiere del negozio. Fuori, si fermò a respirare una boccata di aria notturna, gustando quel freddo pungente che le tagliava il viso. Era in uno stato di agitazione e confusione fin da quando, guardando fuori del reparto dei salottini di prova, aveva scorto l'ufficiale dei corazzieri di un tempo. Si chiamava Pierre de Gand. Aveva saputo subito quale fosse il suo nome di battesimo, perché la sua altezzosa madre lo aveva usato spesso. Era passato più di un anno da quando Louise aveva smesso di sognare di incontrarlo di nuovo. Non avrebbe mai immaginato che ciò sarebbe avvenuto nel salone di una sartoria. Tutt'al più in cima a una scogliera, o in una località di montagna, o sulla prua di una nave, insomma in un luogo pericoloso, dove lei fosse sul punto di precipitare nell'ignoto. Forse per il fatto che era un soldato, pensò, nella sua mente lo aveva collegato con battaglie, guerre o pericoli mortali. Il periodo di tempo che era intercorso dal momento in cui, come un turbine, egli le aveva strappato il mazzolino di rose, non aveva sminuito le sue attrattive e neppure la sua impudenza. Per tutta la durata dell'ultima prova, ogni volta che Louise aveva alzato gli occhi, aveva incontrato quelli di lui che la fissavano, non sempre direttamente, qualche volta attraverso gli specchi che tappezzavano il salottino. Le era stato dunque impossibile sfuggire ai suoi sguardi, che l'avevano catturata come un uccello nella rete. Il suo stupido cuore aveva continuato a martellare, come se a lei importasse molto che un giovane viziato, per non annoiarsi, ammazzasse il tempo ripetendo quei trucchi di corteggiamento che doveva aver già messo in atto innumerevoli volte.

« Buonasera... o dovrei dire buongiorno, signorina Louise. »

La ragazza si portò una mano alla bocca per soffocare un grido di spavento. Il corazziere l'aveva aspettata nell'ombra, e ora si avvicinava alla luce dell'unica lanterna che illuminava la strada. « Mi ha fatto paura! »

« Mi scusi. Non era mia intenzione farlo. Fra poco lascerò

Parigi per una settimana, e volevo rinnovare la nostra conoscenza prima di partire. »

« Non sapevo che ci conoscessimo. » Louise cominciò a camminare, e lui le si portò subito al fianco.

« Non ho fatto che cercarla dal giorno in cui ho preso le sue rose », le disse con notevole esagerazione. Era vero che in svariate occasioni aveva scrutato i visi tra la folla, ma il ricordo di lei era ben presto svanito. Rivedendola, si era chiesto come ciò fosse stato possibile. C'erano in lei una freschezza, una vitalità e un'arguzia che ora trovava irresistibili, come all'epoca di quel breve e stuzzicante incontro che l'aveva spinto a tornare di notte in rue du Faubourg St.-Honoré nella debole speranza di ritrovarla.

Louise non volle mostrarsi così timida da fingere di non ricordare quell'occasione. « Sono sicura che non mi metterò mai più in prima fila davanti alla folla », replicò vivacemente. « La prossima volta potrebbero strapparmi i fiori del cappello. » Voleva scoraggiarlo, mandarlo via, ma lui non diede segno di aver fretta di lasciarla. Sembrava anzi vero il contrario.

« Mi perdoni », insistette, « e cominciamo tutto daccapo. Io sono Pierre de Gand, come lei sa, giacché ha udito il mio nome come io ho udito il suo. Voglio essere sicuro che lei voglia rivedermi di nuovo quando tornerò. Mi dica che lo vuole. » La guardava di sottecchi, con occhi scintillanti. « Le giuro che non le sottrarrò mai più un omaggio destinato a un'altra persona. E neppure al suo *chapeau*, per quanto la tentazione possa essere enorme. »

Louise si morsicò il labbro inferiore, per ricacciare il sorriso che le tremolava agli angoli della bocca. Lasciargli capire che stava per farsi convincere sarebbe stato disastroso. « No, tenente de Gand. Il mio lavoro mi impegna tutte le ore della giornata, spesso si protrae senza preavviso, e io non faccio promesse che non posso essere sicura di mantenere. Buonanotte. »

Louise si mise a correre per raggiungere le altre sartine, con le quali si diresse verso casa. Non dovette girare il capo per sapere che lui era ritto là dove l'aveva lasciato e la seguiva con lo sguardo.

Il mattino dopo, Louise aveva deciso come comportarsi col giovane, quando fosse ritornato a Parigi. Non aveva dubbi che avrebbe cercato di rivederla. Era vero che molti uomini, quando ricevevano un rifiuto, erano spronati a insistere, e lei riteneva Pierre uno di quelli. Non era nell'indole del soldato sopportare una sconfitta. Per fortuna l'elemento sorpresa, che all'inizio lo aveva messo in vantaggio, non avrebbe più avuto alcun peso su di lei la volta successiva. Sarebbe stata in grado di controllare se stessa e la situazione.

Non si faceva illusioni sulle mire di Pierre de Gand. Le era chiaro come se le fosse stato messo per iscritto. La lusinga che un giovane gentiluomo beneducato offriva di solito alle sartine era una sottoveste di seta o un paio di orecchini a ciondolo o qualche volta un filo di perle. Non aveva forse visto tante ragazze portate alla rovina, con la pancia ingrossata qualche mese dopo, sotto la stessa sottoveste di seta? E dove erano andati a finire i seduttori? Brillavano per la loro assenza, e la povera sartina veniva licenziata dal lavoro e finiva con tutta probabilità col deporre il proprio piccino nella ruota alla porta dell'ospizio dei trovatelli, grazie alla quale una madre dal cuore ferito si risparmiava l'ignominia d'essere vista nello strazio della separazione. Quando Pierre tornò, Louise aveva deciso che il rapporto che fosse nato fra loro si sarebbe dovuto assoggettare alle sue condizioni. Il giovane avrebbe dovuto mantenere le distanze da lei decretate, e l'antica determinazione di non permettere ad alcun uomo di dominare il suo cuore per i propri scopi era più salda che mai.

Quella mattina Louise era indaffarata come al solito nei salottini di prova. Aveva sistemato con cura un abito subito dopo la seconda prova e stava per affidarlo alla capolavorante perché lo portasse in sartoria, quando Worth fece ritorno, dopo aver accompagnato una cliente alla porta.

« Un momento, signorina Louise », disse usando modi formali, come faceva sempre durante le ore di lavoro, ma con un'espressione e un tono così inaspettatamente severi che lei lo guardò perplessa.

« Sì, signor Worth? » chiese in tono altrettanto convenzionale, domandandosi che cosa fosse accaduto di spiacevole.

« Informi gentilmente il suo corteggiatore, o quel che è, che non deve consegnare i propri pegni d'amore a questa Casa e, peggio ancora, al mio reparto! » Le porse un mazzo di boccioli di rosa color crema, ornati di gale argentate e intrecciati con nastri di raso.

Di nuovo Pierre l'aveva presa di contropiede. Non una sottoveste di seta, non qualche oggettino che le desse ulteriore motivo di respingerlo con dignità, ma un'offerta seducente come quella che si fa a una fidanzata e che non le era possibile disdegnare. Tese le mani per afferrare il mazzo di fiori, e aspirò la fragranza di serra dei boccioli. Una parte del suo cuore s'intenerì per la prima volta. Sentì che i suoi severi propositi si scioglievano come neve al sole, e non sapeva come sottrarvisi.

VIII

Il palazzo di Fontainebleau era situato in mezzo a migliaia di ettari di foresta che comprendevano gole, forre e pianure ricoperte d'erica, ideali per la stagione della caccia. Pierre occupava un comodo appartamento che si affacciava sull'immenso scalone a ferro di cavallo; questo dava accesso all'ampio cortile che fronteggiava l'entrata principale. Poteva vedere il punto in cui Napoleone si accomiatò dalle proprie guardie prima di partire per l'Elba e dove le rivide pieno di speranze durante il suo fugace e rovinoso ritorno. Da ogni angolo del palazzo sorgevano ricordi di tristi e drammatici momenti del passato, ma Pierre, per quel che lo riguardava, non vedeva l'ora di poter trascorrere giorni piacevoli. Sarebbe andato a caccia con i bracchi, cosa che lo divertiva molto, e la sera ci sarebbero stati balli, spettacoli teatrali, partite a carte e altri trattenimenti, tutte cose che l'avrebbero distratto dalla sua impazienza di far ritorno a Parigi. Non ricordava di essere mai stato così innamorato. Lo trovava eccitante, il sangue gli scorreva rapido nelle vene, e c'era un ottimismo in lui che piaceva a sua madre, sebbene costei probabilmente non ne sospettasse l'origine. Più di una volta in carrozza ella aveva ripetuto d'esser certa che la visita a Fontainebleau lo avrebbe aiutato a conservare il suo buonumore. Si era appena rinfrescato e cambiato d'abito dopo il viaggio, quando un domestico gli annunciò che il principe-presidente desiderava vederlo senza indugio.

Non era la sua prima visita al palazzo e non aveva bisogno d'essere accompagnato al salone in cui lo aspettava il principe-presidente. Quando entrò, vide che non era solo. Il salone, una stanza stupenda con pannelli dipinti e un serico tappeto circolare, era adorno di alte finestre, e davanti a una di esse, con le spalle voltate, una ragazza stava osservando quella scialba giornata di novembre. Indossava un abito blu-scuro che, valorizzato dal chiarore invernale e dal riverbero di un candelabro, aggiungeva splendore alla dorata bellezza dei suoi morbidi capelli. Costei sussultò, allo scatto che fece la porta chiudendosi dietro Pierre, e posò rapidamente gli stupendi occhi color nocciola su di lui con aria indagatrice. A parte gli occhi e la carnagione perfetta, il suo aspetto non aveva nulla di eccezionale. Il naso era un po' troppo all'insù, la bocca piuttosto larga, e il sorriso, arguto e canzonatorio, mostrava una dentatura leggermente irregolare che, tuttavia, possedeva un certo fascino, forse dovuto al candore perlaceo.

« Lei dev'essere Pierre de Gand. » La sua voce era bassa e gradevole.

« Mi mette in condizione di svantaggio, signorina. »

« Non si allarmi. Non è colpa della sua memoria. Noi non ci siamo mai incontrati, sebbene abbiamo in comune lo stesso padrino, il principe-presidente. No, un momento. » Scosse leggermente il capo. « Dovrò formulare meglio ciò che ho detto, ora che la restaurazione dell'Impero è quasi compiuta. » Appoggiò le dita al mento. « Lei e io abbiamo per padrino l'imperatore, Napoleone III. »

Pierre fece alcuni passi verso di lei. « Ma con tutto questo parlare di imperi, lei non mi ha ancora detto il suo nome. »

« Sono Stéphanie Casile. È la prima volta che visito questa parte del paese. Sono sempre vissuta in Savoia per quanto posso ricordare. Non ho ancora visto Parigi. Non è triste? Sono arrivata all'età di diciassette anni senza aver visto Parigi. »

Pierre fece una risatina. « Non è poi così tragico. Immagino che sia rimasta nella sua prigione senza mura per completare la sua educazione. »

« Esatto, signore. Fino all'ultima classe. » Atteggiò il viso a un'espressione vagamente monastica, appoggiando le mani ai lati del volto come a voler rappresentare un soggolo. « Ora », aggiunse con lo stesso tono di voce, « se la sua ostinazione è pari a quella della signorina Stéphanie, è meglio andare in fondo alla cosa. »

Pierre si unì alla ragazza in una pronta risata, divertito e interessato. « Almeno io ho visto quella parte del paese in cui lei viveva. Anche troppo per la verità. Ho trascorso quasi due anni in Savoia con il mio reggimento, di pattuglia al confine. Visiterà Parigi, adesso che è qui? »

La ragazza alzò le spalle con un sospiro di rammarico. « No, devo tornare a scuola fino all'estate. Poi il mio caro padrino mi ha promesso che entrerò a corte. » Agitò un dito con aria maliziosa, mentre gli occhi le scintillavano. « Come sarà bello al palazzo delle Tuileries! Di nuovo una dimora regale adatta a un onnipotente imperatore. Che splendide occasioni avrò! A quanti balli dovrò presenziare! »

Pierre rise di nuovo. « Non ci sono state limitazioni neppure al palazzo dell'Eliseo, così è garantito che alle Tuileries potrà rifarsi di tutte le privazioni mondane che ha subito durante il tempo della scuola. »

La ragazza sorrise maliziosamente mettendo in mostra i denti un po' sporgenti. « È proprio su questo che conto. » Poi girò su se stessa, mentre la porta si apriva. Luigi Napoleone entrò nella stanza. Tarchiato e azzimato, i capelli lisci pettinati con i ricci da una parte e spalmati con olio di Macassar, i baffi incerati e la barbetta a punta perfettamente curata, sorrise benignamente nel vederli insieme.

« Così avete fatto conoscenza. » Allargò le braccia come se volesse avvolgerli entrambi nella sua benedizione di padrino. « Penso che in questi giorni non avrò altra opportunità di passare un po' di tempo con coloro che sono miei figli per la chiesa. » Fece sollevare Stéphanie, che si era chinata in una riverenza, e la baciò su tutt'e due le guance; si complimentò con lei per l'aspetto stupendo e poi cominciò a far domande da cui a Pierre risultò evidente che Luigi Napoleone aveva preso con serietà i suoi doveri verso la ragazza. Quindi fu la volta del giovane, cui rivolse complimenti e attenzione. Furono date alcune notizie su Stéphanie. « Questa incantevole signorina è la figlia di un mio buon amico, Joseph Casile, che mi è rimasto accanto in giorni meno felici. Ora, purtroppo, né lui né la sua cara moglie sono più di questo mondo. È stata negata loro la fortuna di veder risorgere la grandezza della Francia a opera nostra. » Luigi Napoleone spostò lo sguardo dall'uno all'altra, tenendo la mano di Stéphanie nella propria sinistra e alzando la destra per appoggiarla con atto paterno sull'alta spalla di Pierre. « Ma voi due giovani, Stéphanie, cara piccina, e tu, Pierre, mio leale corazziere, nello splendore della vostra gioventù, simboleggiate il futuro del nostro paese e rappresentate tutto ciò che coloro i quali hanno lottato in passato speravano e desideravano raggiungere. So che entrambi sarete sempre motivo d'onore per la Francia e per me. »

Stéphanie era profondamente commossa. « Lei è troppo gentile, *monseigneur*. »

Luigi Napoleone li condusse verso le sedie perché vi prendessero posto assieme a lui. Seguì un'ora di piacevole conversazione, durante la quale lui e Pierre fumarono sigari e Stéphanie sgranocchiò dolci alle mandorle che prendeva da un vassoio d'argento. Luigi Napoleone incoraggiava i due a parlare di loro stessi, a raccontare qualche avvenimento, e più di una volta si unì a loro in allegre risate. Entrambi capirono che Luigi Napoleone desiderava sinceramente che rafforzassero la loro amicizia, ma Pierre non si sentì molto soddisfatto quando, dopo che il sovrano li ebbe lasciati, si rese conto d'essere stato indotto a promettere che si sarebbe occupato di Stéphanie durante il soggiorno a Fontainebleau. Non era difficile vedere in tutto ciò gli intrighi a scopo matrimoniale di sua madre.

Come sempre in quel genere di riunioni, c'erano molte opportunità, per un giovane e bell'ufficiale, di impegnarsi in schermaglie amorose, e, sebbene in quel momento il pensiero di Louise rendesse tutte le altre donne meno attraenti, al pranzo quella sera si sentì oppresso dall'idea di avere Stéphanie alla propria destra, e di nuovo al fianco quando ebbero inizio le danze. Per dovere, ballò con lei, ma fu contento quando altri colleghi gliela portarono via per qualche momento. C'era una donna con la quale avrebbe voluto danzare più che con tutte le altre. Neppure Marie-Thérèse de Gand, regale nell'abito di raso rosso-granato che attirava tutti gli sguardi femminili, poteva distogliere l'attenzione da colei alla quale quella serata apparteneva innegabilmente, Eugenia de Montijo, contessa di Teba. Aveva danzato il valzer con Luigi Napoleone, aveva cenato con lui, si era sottratta alla sua eccessiva attenzione ballando con qualcun altro o era rimasta seduta, tranquillamente impegnata in conversazione, ma aveva continuato a illuminare il ricevimento con la sua straordinaria bellezza. Aveva lineamenti classici, il suo viso era un delicato ovale con sopracciglia arcuate, i suoi occhi erano di un eccezionale azzurro-giacinto, e la sua carnagione era pallida e lucente come capita a quelle donne tanto fortunate da possedere una magnifica chioma color tiziano. Raccolti a ciambella, i capelli le facevano corona intorno al capo, e non occorreva molta immaginazione per scambiarli per il diadema rosso-dorato di un'imperatrice. Aveva venticinque anni ed era figlia di un grande di Spagna. Il suo temperamento era impetuoso e ardente nonostante la deliziosa mansuetudine da statuina della sua espressione. Sapeva che Luigi Napoleone era pazzo di lei. Ma, mentre cercava di sedurla, egli continuava a occhieggiare verso tutte le case regnanti d'Europa alla ricerca di una signora più adatta di lei per rango a diventare la sposa di un imperatore. Quanto a Eugenia, nel passato aveva pensato al matrimonio, ma aveva sofferto due terribili delusioni d'amore; la seconda era stata più atroce e straziante della prima, tanto più che l'uomo da lei amato le aveva preferito sua sorella. Ciò, tuttavia, non aveva affatto diminuito il grande affetto che ella nutriva per la sorella Paca, che era la più cara e la più gentile delle creature, incapace di ogni intrigo, anche se questo aveva reso a Eugenia la cosa molto meno facile da superare. Da ogni parte si richiedeva la sua nobile presenza e, ovunque andasse, faceva girare la testa degli uomini; tuttavia la sua reputazione continuava a mantenersi immacolata, e la sua purezza assolutamente inattaccata. Quando Pierre de Gand, che lei aveva incontrato in precedenti occasioni, le chiese di danzare, Eugenia accettò con il suo solito modo gentile, scivolando con lui sullo splendente pavimento in una nuvola di tulle verde-acqua.

« Il suo padrino mi ha accennato che lei fa parte della cavalleria », osservò Eugenia, vorticando in mezzo agli altri ballerini, in un francese perfetto quanto il suo inglese, grazie alle scuole che aveva frequentato in ambedue i paesi. « Faceva parte della sua scorta, quando il principe è ritornato a Parigi dopo il trionfale giro del paese due settimane fa? »

« Sì. Ha visto la sfilata? »

« L'ho osservata dalla finestra di un appartamento lungo la strada. Che spettacolo meraviglioso! Tutti quei generali a cavallo che gli rendevano omaggio! E a riceverlo c'erano tutti i membri del Senato! » Le sottili sopracciglia stranamente oblique, che conferivano al suo viso un'aria affascinante, si sollevarono in un'espressione di stupore al ricordo. « Era già l'imperatore di Francia, ma per il riconoscimento finale cavalcò completamente solo alla testa della colonna senza guardare né da una parte né dall'altra. »

« È il suo modo di avanzare. Il suo sguardo è sempre fisso davanti a sé, come dovrebbe esserlo quello di un soldato. » Pierre cercò di dimenticare la propria trasgressione, quando aveva strappato i fiori a Louise. In un secondo tempo, il suo ufficiale superiore gliel'aveva fatto notare, sottoponendolo a una violenta ramanzina: solo nelle sfilate di conquista era permesso strappare un tributo floreale alla folla inneggiante.

« Ho sentito che il suo padrino si è fatto molti nemici durante il *coup d'état* due anni fa », continuò Eugenia.

« È vero. »

« Allora saprà bene che è un perfetto bersaglio per ogni assassino! »

« Non si è mai preoccupato del pericolo. Dovrei dire che non conosce la paura, sotto nessuna forma. »

« Quant'è coraggioso », mormorò lei, abbassando le lunghe ciglia per velare i limpidi occhi e nascondere qualunque cosa balenasse in quelle azzurre profondità.

Allora Pierre ricordò che il padre di Eugenia, di cui si diceva che lei idolatrasse la memoria, era stato uno dei più riveriti eroi della Spagna di quegli ultimi anni. Nella mente del giovane non c'erano dubbi sul fatto che Eugenia aveva l'aspetto più squisito e il corpo dalle forme più perfette che egli avesse mai visto; anche le sue spalle, che seguivano la linea delle incantevoli sopracciglia, si curvavano in modo seducente, come se fossero state create solamente per essere accarezzate dalle mani di un uomo. Ma, quando danzò di nuovo con lei quella sera, anche se l'argomento della loro conversazione aveva un tono più leggero e faceva fiorire sorrisi sulle loro labbra e scintillare i loro occhi, Pierre si rese conto, ancor più della prima volta, che non provava alcuna attrazione sessuale nei suoi confronti, e neppure quella normale eccitazione alla quale era abituato quando si trovava di fronte a una bella donna e sapeva di piacerle a propria volta. Pensoso, arrivò alla conclusione che Eugenia aveva bisogno d'essere risvegliata, e, conoscendo la fama del proprio padrino con le donne, pensò che la donna non avrebbe potuto affidarsi a mani migliori. A eccezione delle sue, naturalmente, e ne ebbe conferma quando ballò con lei per la terza volta. Luigi Napoleone s'era mostrato molto seccato fin da quando il giovane se l'era accaparrata per la seconda volta. Pierre decise allora che fosse opportuno trascorrere il resto della serata con Stéphanie. Andò a liberarla della compagnia della propria madre e danzò con lei fino al termine dei festeggiamenti.

Il mattino dopo, si alzò presto per la caccia, e trovò Stéphanie già in cortile, in groppa a una giumenta nera, molto graziosa in una amazzone sobria ma priva di stile come l'abito di mussolina che indossava la sera precedente. Però, attraverso il velo attaccato all'alto cappello rigido, appariva allegra ed eccitata, e il suo respiro in quell'aria gelida si condensava davanti alla sua bocca.

« Cavalca altrettanto bene di come ha senza dubbio imparato a pregare? » la schernì Pierre con irriverenza, portando il proprio cavallo a fianco di quello di lei.

La ragazza rise e gli fece una smorfia. « Vedrà, tenente Alto-e-Forte. »

In quel momento, fece la sua comparsa Eugenia. Stéphanie vide gli occhi di Pierre distogliersi da lei e soffermarsi sulla nobildonna spagnola con un'espressione che si rifletteva sul viso di quasi tutti gli altri uomini presenti. Dovette ammettere con se stessa che solo Venere senza veli avrebbe potuto contendere quella mattina l'attenzione alla sensazionale donna a cavallo che si avvicinava sul più fiero di tutti i purosangue delle scuderie.

Disprezzando il modo di cavalcare all'amazzone, Eugenia montava a cavalcioni con una lunga gonna che copriva un paio di pantaloni rimboccati, alla moda spagnola, sugli alti stivali di pelle. Il suo cappello di feltro aveva la forma di quelli che calzano i matador, con una spilla di diamanti alla base della piuma di struzzo che fluttuava e si arricciava contro le ciocche appiattite dei suoi capelli rosso-dorati. Il suo viso era eccitato e sorridente, i suoi occhi splendevano in previsione della caccia.

« Buongiorno, signore. Buongiorno, signori », disse salutando la compagnia e facendo un cenno con il frustino che teneva nella mano candida. Rivolse un abbagliante sorriso a Luigi Napoleone, che si chinò sulla sella per dirle qualcosa che nessun altro poté afferrare, sebbene non fosse difficile indovinare l'ardore del suo complimento dal modo in cui lei abbassò le ciglia con aria seducente. Il sovrano continuò a parlare solo con lei, mentre conducevano insieme la partita di caccia nella foresta.

Stéphanie aveva sperato di fare impressione su Pierre quel giorno, perché cavalcava davvero bene, e normalmente riceveva una gran quantità di elogi. Ma nessuno poteva competere con Eugenia, che eclissò tutti gli altri sul suo superbo cavallo spagnolo. Saltò muretti e fossati con una grazia e una facilità che trasformavano donna e cavallo in un unico arco radioso; la sua forza e la sua abilità erano sorprendenti e, a coronamento di tutto, fu la prima a uccidere la preda.

Stéphanie, che aveva trattenuto le redini per rimanere indietro, non volendo vedere il cervo sopraffatto dai bracchi, fu raggiunta quasi subito da Eugenia, che si era allontanata in fretta dalla preda. Stéphanie trovava naturale che la signora spagnola, che teneva in grande considerazione la corrida, non sopportasse i prolungati tormenti di animali più nobili.

« Che spettacolo! » disse Pierre entusiasta a Stéphanie, mentre l'aiutava a scendere dal cavallo fumante in mezzo agli altri della compagnia che stavano facendo altrettanto. « Ha notato come cavalca Eugenia de Montijo? Non ho mai visto una donna dominare un cavallo in quello splendido modo. »

« Davvero splendido », confermò Stéphanie con un sospiro che Pierre non rilevò. Il giovane le mise un braccio intorno alla vita sottile per condurla dentro il palazzo, ma i suoi occhi erano rivolti alla donna a cavallo che rispondeva alle acclamazioni provenienti da ogni parte.

Il giorno seguente, Luigi Napoleone fece dono a Eugenia del purosangue andaluso che ella aveva cavalcato così splendidamente, e lo accompagnò con un mazzo di fiori. Il gesto causò chiacchiere e congetture. La stessa Eugenia sembrava un po' imbarazzata da quel munifico dono, ma ben presto si recò alle stalle per offrire una mela e qualche zolletta di zucchero alla sua nuova proprietà. La generosità di Luigi Napoleone non s'arrestò qui. Durante una passeggiata al lago, Eugenia, Stéphanie e qualche altra signora camminavano davanti agli uomini conversando di abiti e di colori prediletti.

« Ah, il corallo in tutte le sue sfumature », decantò Stéphanie con una nota di desiderio nella voce. Non aveva mai posseduto nulla di quel colore tanto amato, ma presto lo avrebbe avuto. A diciotto anni sarebbe entrata in possesso della sua eredità, che non era certo modesta.

« A me piace il verde », osservò Eugenia. « Non nelle tonalità smorte, ma un bel verde deciso, splendente, come questo trifoglio. » Guardò il tappeto d'erba sotto i propri piedi e si fermò per raccogliere una foglia. Luigi Napoleone, pensando che avesse trovato qualcosa di interessante, si staccò dagli altri gentiluomini e le si mise al fianco.

« Guardi », disse lei, quasi meravigliata per la bellezza della semplice foglia, tenendola delicatamente sul palmo della mano guantata. « Guardi: la rugiada che la imperla sembra una lacrima. »

Quella sera Eugenia indossò un altro dono ricevuto dal sovrano: era stato portato da Parigi da un messaggero partito in tutta fretta. Si trattava di una spilla a forma di trifoglio ornata di smeraldi. Stéphanie rimase incantata da quel gesto romantico. Pensava che, se un uomo l'avesse fatta oggetto di simili manifestazioni d'affetto, lei l'avrebbe amato per tutta la vita. Per quanto tempo avrebbe resistito Eugenia a quell'amorosa persecuzione?

Durante l'ultimo giorno di permanenza a Fontainebleau, il tempo si mise al brutto, e i gentiluomini della compagnia, compreso Pierre, andarono a cavalcare per proprio conto. Stéphanie lo vide allontanarsi con disappunto. Non aveva fatto alcuna impressione sull'elegante giovane ufficiale, la cui altezza e il bellissimo aspetto l'avevano abbagliata fin da quando aveva lasciato la finestra del salone e, voltandosi, l'aveva visto là, in piedi. In quel momento aveva pensato che al suo debutto in società avrebbe avuto molti uomini ai suoi piedi, ma nessuno le sarebbe apparso come quel giovane. In realtà, tutto era andato storto. Inoltre aveva continuato a rammaricarsi per i suoi abiti tetri. Non avrebbe mai più sopportato un'umiliazione del genere. Quando fosse entrata in possesso della propria eredità, avrebbe speso a destra e a manca e si sarebbe assicurata di poter cambiare abito ogni ora. Madame Palmyre, Madame Camille, Madame Delatour e tutte le altre famose sartorie avrebbero gareggiato nel rifornirla del più elegante guardaroba di tutta Parigi. Sogni, sogni. Con impazienza, batteva i piedi in terra, pensando a quanti mesi dovevano ancora passare prima che i suoi desideri potessero essere esauditi.

Tanto per far qualcosa, si unì a Eugenia e ad altre signore per esplorare alcune delle parti più antiche del palazzo. Poi, tutte si fermarono un momento in una delle cappelle. Là, alla scarsa luce che proveniva dalle finestre con le vetrate colorate, tentarono di decifrare iscrizioni quasi cancellate dal tempo, bisbigliando con riverenza tra loro mentre ammiravano gli affreschi delle pareti eseguiti più di tre secoli prima della loro nascita. In quella quiete udirono in lontananza il rumore dei cacciatori che facevano ritorno e uscirono sulla balconata della cappella per vedere se i carnieri erano ben riforniti.

Stanchi, inzuppati di pioggia e inzaccherati di fango, i cacciatori salutarono con i loro frustini il gruppo di bellezze affacciate alla balaustra di pietra. Luigi Napoleone diresse il proprio cavallo madido di sudore verso di loro.

« Posso salire da voi, care signore? » chiese allegramente.

Maliziosamente, Stéphanie si sporse e allungò una mano in direzione del suo viso rivolto verso l'alto. « Su! L'aiuterò ad arrampicarsi. »

Tutti risero. Un'altra signora si offrì di calare giù i lunghi capelli dorati. L'atmosfera divenne giocosa e incline al flirt. Poi parlò Eugenia, l'espressione innocente, un lieve sorriso sulle labbra.

« Devo dunque concludere, principe, che lei prenderà la strada della cappella per raggiungermi? »

Di colpo si fece silenzio. Era chiaro che cosa intendesse dire. *O il matrimonio o niente, Luigi Napoleone*. Egli strinse leggermente gli occhi, ben deciso a non lasciarsi intrappolare da nessuna delle donne che si teneva accanto. Le signore nascosero dietro le mani i loro sorrisi e si scambiarono scintillanti occhiate d'intesa, alcune cariche di acida malizia. Tra i cacciatori, chi si mise a sistemare le redini, chi si tolse il cappello per nascondere un sogghigno o, in qualche caso, una risata. Lo stesso Pierre fece fare un breve dietrofront al cavallo per celare la propria aria divertita. Stéphanie si sentì avvampare dall'imbarazzo per quell'ultimatum lanciato di fronte a così tanti testimoni, e andò in aiuto al padrino perché non ne rimanesse ferito.

« So come risolvere il dilemma », esclamò con la sua voce acuta, tristemente consapevole di apparire infantile in quella sofisticata compagnia. « Noi scendiamo e incontreremo i cacciatori nel vestibolo. »

Eugenia non seguì le altre. Si affrettò verso le proprie stanze, spaventata all'idea che tutte quelle persone avessero interpretato nella maniera esatta l'osservazione a doppio taglio che aveva rivolto, nell'impulso del momento, a Luigi Napoleone, pensando che lui soltanto l'avrebbe capita. Non aveva mai mostrato alcuna emozione in pubblico e non immaginava che gli altri sospettassero quanto fosse innamorata. Sebbene Luigi Napoleone avesse una trentina d'anni più di lei, questa era un'attrattiva in più ai suoi occhi. Il principe aveva lo stesso carattere del suo adorato padre, coraggioso, audace e incredibilmente gentile. Eugenia adorava Luigi Napoleone con tutto il cuore e sapeva, fin dal giorno in cui era stata testimone del suo coraggioso ingresso a Parigi, che per lei non ci sarebbe stato nessun altro uomo. Se la cosa avesse avuto un seguito, dovevano esservi il conforto e la tenerezza del matrimonio per garantire la procreazione di figli. L'andare a letto fine a se stesso non la interessava. Rabbrividiva al solo pensiero. Non mancava mai di stupirla il fatto che ci fossero uomini incapaci di amare a livello estetico, e, nella loro immensa presunzione, fossero propensi a credere che tutte le donne si struggessero dal desiderio di assoggettarsi supinamente ai loro rozzi assalti. Qualunque cosa fosse accaduta in futuro, sia che Luigi Napoleone la chiedesse in sposa sia che prendesse in moglie una principessa europea, ella avrebbe sempre conservato e indossato ogni giorno della sua vita la spilla di smeraldi a forma di trifoglio. Essa compendiava il puro romanticismo dell'amore, e le avrebbe ricordato uno dei più felici momenti della sua vita: quello in cui lui gliel'aveva donata.

Il giorno dopo, la compagnia si sciolse, e ciascuno andò per la propria strada. La maggior parte degli ospiti tornò a Parigi, ma alcuni di loro avevano viaggi più lunghi da compiere. Madame de Gand salutò il figlio e si unì a quei vecchi amici a casa dei quali avrebbe alloggiato nel viaggio di ritorno fino al castello de Gand nella valle della Loira. Nel vestibolo, Pierre si accomiatò da Stéphanie. La ragazza indossava un orrendo mantello da viaggio scozzese, con una cuffia fuori moda che le nascondeva i capelli e le oscurava il viso.

« È stato un onore fare la sua conoscenza », le disse. « Le auguro un viaggio tranquillo fino al convento. »

In quel momento, nell'udire le sue convenzionali espressioni e nel vedere il suo sguardo privo d'interesse – segno che la sua mente era altrove e che l'avrebbe subito dimenticata –, Stéphanie provò una grande amarezza. Tuttavia l'avrebbe *costretto* a ricordarla! Senza preavviso, fece un passo verso di lui e, dopo avergli gettato le braccia al collo, incollò la bocca alla sua in un bacio che non ci si sarebbe aspettati da una ragazza ben educata. In realtà, a Fontainebleau, Stéphanie si era imbattuta in due coppie d'innamorati stretti in furtivi abbracci e non molto tempo prima, assieme ad alcune compagne di collegio, aveva osservato con occhi spalancati per la curiosità i contorcimenti di una giovane cameriera e del figlio del giardiniere, che avevano creduto di essere soli. Baciò Pierre come se volesse divorarlo vivo.

Lo stupore paralizzò il giovane ufficiale per non più di un secondo. Poi, egli prese il sopravvento sul suo comportamento inesperto. Una bella ragazza era sempre una bella ragazza. Non doveva pensare di non piacergli abbastanza. Il fatto era che, avvicinandosi il momento in cui avrebbe rivisto Louise, tutti i suoi pensieri erano concentrati su di lei e quella mattina non riusciva a fissare la sua attenzione su nient'altro. Quando la lasciò andare, dopo averla baciata a propria volta in modo più soddisfacente, si divertì nel vederla così confusa da non trovare il coraggio di guardarlo. L'imbarazzo della ragazza era accresciuto dalle risatine degli altri ospiti in partenza, che avevano assistito a tutta la scena.

« *Au revoir*, Pierre. » Sollevò il capo, riprendendo il proprio autocontrollo, e gli tese la mano come avrebbe dovuto fare fin dall'inizio. Lui trovò piuttosto comico questo gesto di cortesia dopo la precedente esibizione; ma, controllandosi, gliela strinse e s'inchinò in modo convenzionale.

« Al nostro prossimo incontro, Stéphanie. »

La ragazza uscì dal palazzo ondeggiando nel suo mantello scozzese. Pierre la seguì con lo sguardo, mentre un barlume di divertimento indugiava ancora nei suoi occhi. Pensò che in fondo Stéphanie aveva contribuito notevolmente a rendergli piacevole il soggiorno a Fontainebleau con la sua simpatica conversazione e, fin dal momento in cui si era rassegnato a prendersi fraternamente cura di lei, non aveva mai trovato noiosa la sua compagnia. Fraternamente? Non c'era stato nulla di fraterno nel suo modo di contraccambiare l'impulsivo atto di lei. Né d'altronde egli lo desiderava.

IX

Louise si faceva strada attraverso la calca. In mano teneva un cartoncino d'invito che le assegnava un posto in una tribuna al Campo di Marte per assistere alla parata militare organizzata in onore del conferimento del titolo di imperatore a Luigi Napoleone. In quei giorni di festa, tutti i negozi e i laboratori erano chiusi, e Parigi offriva uno spettacolo indimenticabile. Pavesi e bandiere adornavano gli edifici pubblici e le case private. L'aquila imperiale campeggiava ovunque, ma i posti in cui era più in evidenza erano i boulevard principali, dove centinaia di bandiere sventolavano nell'aria invernale, facendo risplendere le piume dorate come se le fluttuanti superfici fossero d'oro. Dalla maggior parte delle fontane ornamentali scorreva vino, e attaccate ai pali c'erano ghirlande di sempreverdi che s'intrecciavano tra loro. In città si era riversata da molte miglia intorno una tale quantità di gente che sembrava vi si fosse accumulata tutta la folla delle domeniche di una decina d'anni messe insieme.

Louise non vedeva Pierre dalla notte in cui l'aveva lasciato vicino al negozio, ma la considerazione che le aveva dimostrato spedendole un invito significava che le cose stavano come lei aveva supposto: il giovane non aveva intenzione di smettere di corteggiarla. Dubitava di riuscire a vederlo nella parata, perché si diceva che vi avrebbero partecipato sessantamila soldati.

Il suo posto risultò uno dei migliori. Si trovò al centro della prima fila della tribuna, pari per importanza a quella in cui erano seduti i membri del Senato e gli illustri rappresentanti esteri. Davanti a lei si stendeva l'ampio spazio ricoperto di sabbia destinato alla parata, con gli edifici militari color crema sullo sfondo, e l'unica macchia di colore era costituita dal palco ricoperto di un tappeto cremisi dove avrebbe preso posto Napoleone III. Eppure non c'era nulla di più sgargiante dei fiori di seta gialla che Louise si era cucita sulla cuffia o dello scialle dello stesso vivace colore che Marie Worth le aveva gentilmente prestato. Non sarebbe stata certo colpa sua, se Pierre non fosse riuscito a vederla, qualora lei non fosse stata in grado di individuarlo.

Ma lui la vide. Mentre cavalcava allineato ai suoi colleghi

ufficiali, nel fragore del vivace spettacolo che aveva riempito l'arena con il meglio della forza militare della Francia formando un tappeto in movimento dai colori scarlatto, azzurro, verde e oro, Pierre scorse il suo viso luminoso al centro di un gruppo di altri volti che non significavano nulla per lui. Questa volta, e in occasione di una parata così importante, non poteva far nulla per attirare l'attenzione di lei: il suo elmo lucente, da poco ornato con la lettera « N » cinta dal lauro e sormontata dalla corona imperiale, era uguale a quello di tutta la cavalleria e la fanteria al servizio dell'imperatore e della Francia.

Louise rivolse una particolare attenzione al passaggio dei corazzieri a cavallo dallo scintillante corpetto d'acciaio che dava loro il nome, ma non riuscì a vedere Pierre. Provò però un certo orgoglio indiretto quando il suo reggimento ricevette l'aquila imperiale, che Luigi Napoleone distribuiva instancabilmente alle sue leali truppe. Poi una banda militare eseguì *Partendo per la Siria*, che era stato composto da Ortensia Bonaparte, la madre dell'imperatore, e spontaneamente gli spettatori si alzarono in piedi per mostrare che erano pronti a onorare il Secondo Impero della Francia. La *Marsigliese*, inno nato dalla rivoluzione, era stata bandita sotto pena di incarcerazione nella nuova età di pace e prosperità finalmente iniziata e, mentre le ultime note del nuovo inno andavano spegnendosi, sul Campo di Marte echeggiò un tonante applauso rivolto all'imperatore.

Così terminò la cerimonia. Intorno a Louise tutti si muovevano e lentamente se ne andavano. La ragazza rimase seduta fino a quando non si trovò completamente sola nella vasta tribuna e i soldati in uniforme da lavoro vennero a pulire i segni lasciati dalla cavalleria e a scopare i rifiuti che erano stati gettati sul terreno. Non aveva idea di quanto tempo occorresse a un ufficiale per togliersi l'elmo e la spada, per slacciare la corazza d'acciaio e cambiare uniforme, ma pensava, considerando la distanza che separava il cortile in cui era sceso da cavallo e la sua stanza privata, e la grande estensione delle caserme, che un'ora fosse ampiamente sufficiente. Se non fosse apparso entro quel lasso di tempo, se ne sarebbe andata.

Pierre non impiegò più di mezz'ora a uscire dall'edificio e ad attraversare a grandi passi il Campo di Marte per raggiungere la tribuna in cui lei stava seduta, graziosa e composta, con la borsetta in grembo. Louise non sapeva se sarebbe venuto. Ma l'aveva sperato. Pierre si fermò battendo i tacchi come se fosse ancora in parata e la salutò con aria marziale. Poi, e solo allora, lasciò che un sorriso comparisse sul suo volto.

« Grazie a Dio ha aspettato », disse con intensa soddisfazione. « Altrimenti come avrei fatto a trovarla a Parigi in un giorno speciale come questo? »

« E io come avrei trovato un modo per ringraziarla del biglietto per la parata, capitano de Gand, per non parlare dei bellissimi boccioli di rose? » Alla vista delle insegne, si era subito accorta della sua promozione.

Pierre era molto compiaciuto di essere salito di grado. Molti onori e promozioni erano stati distribuiti in coincidenza con l'ascesa al potere imperiale di un altro Bonaparte, e scoprire di essere anche lui nella lista l'aveva riempito di soddisfazione. Il fatto che la ragazza avesse notato il suo nuovo grado era un complimento che si aggiungeva al piacere di quell'incontro. Allungò una mano per accompagnarla attraverso la balconata imbandierata, e la afferrò saldamente per le dita mentre scendeva con lei i tre gradini, alla fine dei quali le offrì il braccio.

« Il resto della giornata è tutto per noi, signorina Louise. Non c'è niente di meglio di una giornata come questa per le celebrazioni e per iniziare qualcosa. » Il suo sguardo era serio ed eloquente, nonostante il sorriso che le rivolse; le sue parole la colpirono profondamente, sebbene non desse segno di averle recepite sotto la sua maschera di impassibilità, mentre appoggiava le dita nel cavo del suo gomito. Era fiduciosa. Lui era stato ben accolto nella piccola parte di cuore che gli aveva dedicato, ma ciò che restava sarebbe rimasto ben custodito qualunque cosa fosse successa.

Le migliaia di soldati in libertà aggiungevano lo splendore delle uniformi alla folla variopinta che fluttuava su e giù per gli Champs-Elysées e gli altri boulevard, riempiva i caffè, osservava coloro che facevano spettacolo e spendeva liberamente il proprio denaro, come se un imperatore alle Tuileries fosse garanzia di un'età dell'oro per tutti. Non appena si trovò catapultata in un costoso caffè, a Louise venne subito in mente il suo primo contatto con il lusso allorché Henri Berrichon le aveva offerto la cioccolata calda. Il luogo era pieno come qualunque altro locale, splendido o modesto che fosse, in quel giorno.

Tuttavia, miracolosamente, non appena Pierre fu notato dal capocameriere, si riuscì a trovare un posto.

« Da questa parte, capitano de Gand. Spero che questo tavolo accanto alla vetrata sia di suo gradimento. »

Accanto alla vetrata! A Louise mancò il respiro per l'eccitazione e si mise subito a osservare il fluire d'umanità lungo il boulevard di fronte. Non provò alcun imbarazzo in quell'ambiente, e doveva ringraziare i coniugi Worth per questo. Aveva pranzato con loro e aveva partecipato a piccoli ricevimenti nel loro modesto appartamento, e, sebbene data la loro situazione economica non potessero permettersi una generosa ospitalità, le occasioni d'incontro si svolgevano sempre in una calda e accogliente atmosfera, che metteva gli ospiti a loro agio. Senza che gli Worth ne fossero consci, ciò rivelava la loro raffinata educazione di gente della buona società. A forza di osservare il loro comportamento e di prender nota d'ogni loro gesto a tavola, Louise aveva imparato tutte le raffinatezze delle persone educate. Quando Pierre le chiese che cosa desiderasse, la ragazza distolse gli occhi dalla vetrata.

« Gradirei una cioccolata calda con la panna. »

Pierre rimase un po' stupito per quella precisa richiesta. Si era aspettato che prima si informasse sulle eventuali disponibilità del locale. Nonostante l'ora, non si sarebbe affatto sorpreso se Louise avesse ordinato qualche ghiottoneria. C'era un vecchio detto, che aveva un certo fondamento di verità, secondo il quale si poteva comprare una sartina offrendole un'insalata di aragosta, uno spettacolo teatrale e un giro sulle montagne russe al luna-park. Per sé, Pierre ordinò un caffè e, mentre parlavano, osservò la gioia con cui la ragazza contemplava la cioccolata. Louise era diversa da tutte le altre sartine che aveva conosciuto; non era né intimidita né rozzamente eccitata dalla confusione dei camerieri. Aveva preso posto al tavolo come se entrasse là ogni giorno, e non era chiassosa come capitava troppo spesso con le giovani donne del suo ceto. Il suo aspetto gli piaceva molto. Aveva un abito di lana marrone-scuro con impunture che apparivano incredibilmente intricate e modellavano la pienezza del suo seno in modo provocante, oltre a valorizzare la forma delle sue spalle che, pensandoci bene, erano più seducenti di quelle di Eugenia de Montijo.

« Ha mai parlato con l'imperatore? » chiese Louise nel corso della conversazione. Lei gli aveva raccontato delle sue origini, di come avesse sempre desiderato diventare una cucitrice, della fortuna che aveva avuto nell'incontrare di nuovo il signor Worth proprio il giorno in cui era andata a cercare lavoro da Gagelin e Obigez; poi, attraverso vari giri di frasi, era tornata a commentare la giornata della parata.

Pierre esitò un momento. « Occasionalmente », rispose in tono elusivo. « Forse lei non sa che i corazzieri sono sempre stati tra le più leali truppe dell'imperatore e che godono dei suoi particolari favori. Ora che facciamo parte della Guardia Imperiale alle Tuileries, non dubito che la vista dell'imperatore sarà un avvenimento quotidiano. »

« È sempre stato suo desiderio entrare nell'esercito, proprio come io ho accarezzato la mia ambizione fin dalla più tenera età? »

Pierre appoggiò le braccia sul tavolo e la fissò. « Sì, è così. E questa è stata una fortuna per me, perché non avrei avuto molte possibilità di scelta. Nella famiglia de Gand è una tradizione quella di servire nell'esercito, e io mi sento onorato di continuarla. Quand'ero bambino, avevo interi reggimenti di soldatini di stagno e organizzavo battaglie cui prendevano parte i de Gand. » Non aggiunse che, come numerosissimi suoi colleghi ufficiali, era impaziente di fare anche lui l'esperienza dei campi di battaglia. Il fatto di non avere davanti a sé una Austerlitz o una Jena costituiva una ferita al suo orgoglio personale. Aveva fatto la sua parte nei sanguinosi e terribili combattimenti durante la restaurazione della legge e dell'ordine in occasione della violenta rivolta che era seguita alla fuga di Luigi Filippo dalla Francia, ma quelle erano circostanze diverse, che egli del resto aveva trovato ripugnanti. « La mia casa si trova in campagna, non lontano da Tours. Sono cresciuto laggiù. » Le sue labbra si schiusero in quel lento, affascinante sorriso che le donne consideravano tanto attraente. « Ero il più giovane in una casa piena di femmine. Ho sei sorelle, tutte sposate ora, e credo che i miei genitori avessero cominciato a disperare di poter mai offrire un soldato alla Francia. »

« Eh! Lei deve essere stato ben viziato! » esclamò Louise con una sommessa risata.

« Così dicono », convenne Pierre confidenzialmente, ammiccando.

In realtà, Louise era più informata sul suo ambiente di

quanto lui non immaginasse. Aveva raccolto qualche particolare di quel che si sapeva della signora de Gand da Gagelin e Obigez, e, sebbene egli avesse parlato con tanta noncuranza della propria casa, Louise sapeva che si trattava di un castello di enormi dimensioni che dominava una grande estensione di terra. Pierre aveva accennato modestamente alle passeggiate a cavallo che faceva quand'era a casa, come se dovesse scegliere tra un paio di cavalli al massimo; ma lei riusciva a immaginare la serie di stalle che aveva a disposizione. Apprezzò molto che non cercasse di abbagliarla con un metaforico filo di perle. Forse si era reso conto fin dall'inizio che quello non era il modo giusto per conquistarla.

Quando lasciarono il caffè, egli riuscì a chiamare una delle vetture di piazza, molto richieste in quel momento, e fecero un giro per la città osservando tutto ciò che avveniva intorno a loro e ascoltando le bande musicali. All'imbrunire, in mezzo alle luci giallastre, furono accese alcune lampade a gas installate da poco, mentre, se mai fosse stato possibile, la folla sembrava aumentare lungo i boulevard. Non appena la carrozza aveva cominciato a muoversi, Pierre le aveva afferrato la mano, ma senza smancerie Louise s'era ritratta dopo qualche minuto, e i classici primi approcci cui lui mirava furono stroncati sul nascere. Considerato che il calar della sera non sembrava favorire alcun progresso nella direzione in cui egli desiderava, Pierre decise che avrebbe messo da parte l'idea di una cena intima al lume di candela per mantenere il loro rapporto in un ambiente più consono all'umore di quel giorno di festa. Ordinò al vetturino di accompagnarli alla più allegra trattoria con danze che conosceva, la Grande-Chaumière, sul boulevard di Montparnasse, un ritrovo che frequentava all'epoca in cui era cadetto.

Faceva caldo nel locale affollatissimo. I camerieri in grembiule bianco volavano qui e là con i vassoi appoggiati alla spalla; una banda suonava a più non posso per superare il fracasso prodotto dai coltelli e dalle forchette, il rumore delle risate e l'incessante strepito delle conversazioni. Questa volta alcuni franchi passarono dalla mano di Pierre a quella del cameriere, e i due giovani furono guidati verso un pergolato. Fu tolta la tovaglia e sul tavolo ne fu distesa una pulita che conservava ancora la piegatura. L'atmosfera del luogo era carica di buonumore e di allegria. Fuori, i giardini erano pieni di gente che sfidava la fresca aria notturna, mentre danzava disordinatamente sotto le lanterne cinesi al suono di una seconda banda. I bracieri incandescenti riscaldavano coloro che erano seduti intorno agli alberi. Ma, poiché era consuetudine che in posti del genere un uomo, durante la danza, dovesse calzare il cappello, e la donna la cuffia e lo scialle, sembrava che i ballerini si procurassero da soli il proprio calore. Mentre piroettavano nella popolare polca che, quand'era stata introdotta a Parigi, una decina d'anni prima, era stata ballata per la prima volta proprio in quel posto, avevano tutti le facce arrossate.

« Le piace ballare? » chiese Pierre dopo che fu portato il vino e che ebbero ordinato.

Gli occhi di Louise scintillavano di gioia per ogni cosa. « Sì, certo », rispose, felice. « Andiamo a ballare là fuori. »

Sotto i lampioni, si annodò le estremità dello scialle ricevuto in prestito per assicurarsi che non volasse via. Poi Pierre la allacciò alla vita e strinse le dita di lei fra le proprie. La fissò in viso, mentre l'attirava a sé. Il seno della ragazza appoggiato contro il suo petto era un tale invito per i sensi che Pierre faceva fatica a ignorarlo.

« La musica! » esclamò Louise con allegria, inclinando la testa di lato. « È un'altra polca! »

Si unirono alla folla che volteggiava vorticosamente; i piedi si muovevano rapidi e le sottovesti svolazzavano. Fu la prima di numerose danze, quella sera; presero d'assalto la pista da ballo tra una portata e l'altra, ballando anche dopo la cena. Stavano facendo una sosta per riprender fiato dopo il finale di un galop, quando improvvisamente il cielo si riempì di scintillanti stelle rosa, avvolgendo la scena in un bagliore rosato che si trasformò poi in un verde vivace, mentre i fuochi d'artificio si susseguivano per concludere in modo spettacolare la giornata di festa. Coloro che stavano ancora cenando si riversarono fuori per guardare, alcuni uomini dimenticando il tovagliolo infilato nel colletto, sotto il mento. Ogni nuova esplosione di colori nell'oscurità provocava un boato di approvazione. Pierre avvolse il braccio intorno alle spalle di Louise, mentre guardavano in aria, e la sentì appoggiarsi leggermente contro di lui. Ma non poteva dire se il gesto era stato involontario, giacché l'attenzione della ragazza era catturata dai fuochi d'artificio.

Quando arrivarono all'alto edificio della stretta via in cui, al terzo piano, abitavano Catherine e Louise, la ragazza si fermò nel corridoio per congedarsi.

« Non avevo mai partecipato a una festa popolare », dichiarò con aria di sereno appagamento, abbandonandosi con la schiena contro il muro, in preda a una deliziosa stanchezza.

« Neppure io. » Pierre si puntellò appoggiando una mano al muro, accanto a lei. Si erano già messi d'accordo per incontrarsi il sabato successivo, unica giornata lavorativa in cui Gagelin e Obigez chiudevano alle cinque anziché alle otto. « Mi procurerò i biglietti per il Conservatorio, se le fa piacere. » Aveva scoperto che Louise amava molto la musica, e comunque quella prima volta non voleva proporle il teatro, perché quel detto sulla seduzione riferito a lei ora lo disgustava. C'era un'insalata di aragoste nel menu della Grande-Chaumière, e forse per eccessiva sensibilità Pierre aveva evitato di suggerirgliela, e così aveva fatto lei, il che era probabilmente più importante e non si doveva attribuire a una semplice coincidenza.

« Sarei lietissima di andare a un concerto. » Sorrise, pregustandone il piacere. « Ora devo augurarle la buonanotte. »

Si trovò la strada sbarrata dal braccio che Pierre aveva allungato per afferrare l'estremità a spirale della vecchia ringhiera arrugginita. Senza guardarlo, Louise si protese in avanti, mentre il suo collo simile a quello di un cigno sembrava allungarsi un po', poi da sotto le ciglia abbassate il suo sguardo si spostò dal dorso della mano di lui lungo la manica, su fino a incontrare i suoi occhi, con un'espressione diffidente e allarmata nelle pupille color dell'oro debolmente illuminate dall'unica lampada dell'angusto corridoio.

« Non ancora », implorò Pierre dolcemente. « No, non ancora. »

Si chinò verso di lei e la sfiorò con un bacio, sorridendole con gli occhi e con le labbra. Quasi nello stesso istante, l'afferrò per la vita, attirandola a sé, e dai suoi baci scomparve ogni delicatezza. Premette la propria bocca ardente con durezza su quella di lei. Louise gli appoggiò le braccia sulle spalle. Poi Pierre si scostò dalle sue labbra per guardarla in viso e i loro occhi s'incontrarono. Louise trasse indietro la testa, mentre egli si lanciava di nuovo alla conquista della sua bocca in un estatico trasporto. Louise sentì che l'intero suo essere tendeva verso di lui, mentre la mente le turbinava, dimentica di tutto. Era come se entrambi avessero saputo, fin dal momento in cui Pierre aveva attraversato il Campo di Marte per raggiungere lei che lo aspettava, che avrebbero trascorso il tempo solo in attesa di quell'istante.

Louise si allontanò dal giovane, senza respiro, radiosa, con gli occhi che le brillavano. Pierre era riluttante a lasciarla andare, dispiacendosi di non avere scelta, e la ragazza si fermò sul primo gradino per baciarlo di nuovo lievemente e in fretta come aveva fatto lui all'inizio. « Buonanotte, Pierre. Buonanotte. »

La voce del giovane la seguì su per la scala, riecheggiando nell'atrio. « Buonanotte, *chérie*. »

Nella sua stanza, Louise si mise a far piroette, piena di esultanza, gettando le braccia in alto, fino a quando le vennero le vertigini e si lasciò cadere sul letto, lanciando lontano le scarpe. Pierre era l'uomo per lei e lei era la donna per lui. Non imponeva le proprie condizioni, accettava le sue. Non diceva quando avrebbe desiderato possederla, ma aspettava che fosse lei a volerlo. Il loro non sarebbe stato un breve *affaire* da tenere nascosto, ma lo scambio di un vero e duraturo amore. Il vecchio detto « tutto o niente » sarebbe stato applicato a tempo debito, altrimenti lei l'avrebbe lasciato. Sì, lasciarlo! Lasciarlo! Rise tra sé, fiduciosa di poter sottrarsi indenne ogni volta che lo avesse desiderato. Poi la sua espressione si raddolcì e le sue labbra umide si socchiusero in un atteggiamento pieno di grazia. Avrebbe teso le proprie reti finché lui non ne fosse rimasto intrappolato. Le reti del suo amore. La resa, quando fosse venuto il momento, avrebbe significato per lei molto di più che concedere il proprio corpo. Avrebbe significato l'assoggettamento della propria volontà a quella di un'altra persona. La prospettiva la spaventava. Non si sarebbe concessa facilmente, per quanto profondi fossero i suoi sentimenti. Pierre avrebbe dovuto prima dimostrarle che era innamorato di lei al di sopra di ogni altra cosa e che la libertà della sua anima non sarebbe mai stata soffocata né distrutta dai suoi capricci.

Improvvisamente si alzò e si mise a camminare sul pavimento con le sole calze. Rabbrividì e si strofinò le braccia come se si sentisse gelata. Calmatasi, si preparò per andare a letto e poi scivolò tra le lenzuola. Poco dopo tornò a casa Catherine, con le guance accese dall'eccitazione e dal vino bevuto. Impiegò un'infinità di tempo a slacciarsi gli stivaletti rossi e a massaggiarsi le dita dei piedi doloranti. Aveva ballato per quasi tutta la sera, e infine aveva saltellato, unita per le braccia a una catena di una trentina di altre persone, tutt'intorno a place de la Concorde. A un tratto si accorse che Louise, sprofondata nei cuscini, non aveva quasi parlato. « Ti sei divertita con il tuo soldatino? »

Louise aveva già deciso di stare in guardia contro ogni genere di domande, per non lasciarsi sfuggire alcun accenno alla sorpresa di quel giorno: ricordava fin troppo bene la gelosia di Catherine all'epoca in cui Worth era l'oggetto del suo amore non corrisposto. Come poteva essere sicura che l'amica non avrebbe reagito nello stesso modo, se avesse avuto sentore che tra lei e Pierre de Gand stava nascendo una relazione più profonda? Meglio tenersi sul generico. In seguito avrebbe potuto ripensare al da farsi.

« La parata è stata uno spettacolo indimenticabile. » Parlò molto di questo avvenimento e poco del resto della giornata. Lasciò credere a Catherine di essere piena di sonno, dopo averle assicurato che il corazziere non contava per lei più degli altri giovani con i quali ogni tanto andava a passeggio. Il mattino dopo sarebbero dovute uscire presto di casa per recarsi ai rispettivi posti di lavoro. Per quanto riguardava Catherine, la giornata trascorsa non era più che un piacevole ricordo.

Incapace di parlare a Catherine, Louise si confidò con Marie. Tra loro era nata una solida amicizia, sebbene avessero caratteri completamente diversi. Marie riconosceva in Louise la stessa ostinata ambizione che spronava suo marito, ed era contenta di svolgere un ruolo secondario, di fedele e incoraggiante appoggio, per entrambi, felice solo di essere d'aiuto quando poteva.

Marie cercò di non mostrarsi apprensiva riguardo a Louise e al suo ufficiale. Le era difficile dire all'amica, che Louise se ne rendesse conto o no, che le illustri origini e le relazioni sociali di Pierre avrebbero escluso ogni futuro per loro. Ciò era evidente per Marie, quando la ragazza chiacchierava felice delle serate trascorse con il giovane. Ogni volta, infatti, questi la accompagnava in luoghi di divertimento in cui non avrebbe mai scortato una giovane donna della sua classe, se si esclude il Conservatorio, dove i posti erano stati fissati in una galleria appartata. I luoghi di ritrovo erano abbastanza rispettabili, locali in cui si mangiava, si beveva e si danzava, frequentati da ufficiali e altra gente di buon livello, ma la differenza c'era ugualmente. In quei ritrovi non entrava nessuna donna aristocratica.

Louise doveva andare a teatro con lui per la prima volta e chiamò Marie perché desse un giudizio su una modifica che la ragazza aveva apportato al vestito di seta color ruggine, che occupava ancora un posto importante nel suo modesto guardaroba. Louise aveva abbassato la scollatura, e aveva bisogno dell'aiuto di Marie per attaccarvi alcune rose confezionate con un ritaglio di tessuto. Alla chiusura del negozio, si ritirarono in uno dei salottini di prova e Marie le puntò le rose con gli spilli per osservarne l'effetto.

« Spero che ti divertirai allo spettacolo. » Ne dubitava e lo si capiva dal tono della sua voce. Era il soggetto, e non la rappresentazione in sé, che aveva destato la sua perplessità. Si tirò indietro per vedere l'intera figura di Louise riflessa nello specchio. « Là! Che cosa te ne sembra? »

Worth era apparso sulla soglia. Era pronto per andare a casa e cercava Marie. « Che cosa fate? Quale spettacolo? » Non aspettò la risposta. Scuotendo la testa, avanzò e fece ruotare Louise fino ad averla di fronte. « Mai *tre* fiori alla scollatura, in questi casi. Solo uno. È sufficiente per farla risaltare. » Senza curarsi delle divertite occhiate di supplica rivolte a una superiore autorità da sua moglie e da Louise, tolse gli spilli di due rose e le puntò sulla gonna. « Ecco dove devono andare queste. Come se non osassero rivaleggiare con lo splendore delle tue spalle e del tuo seno. »

Louise era ormai abituata ai suoi stravaganti commenti, che facevano inorgoglire, arrossire e sorridere tante donne. Eppure sapeva che tutto ciò che diceva era vero. Egli non avrebbe mai tributato un elogio insincero.

« Louise va a quella commedia che abbiamo visto anche noi poco tempo fa », disse Marie al marito, e gli passò l'ago e il filo che erano stati preparati da Louise e che Worth aveva richiesto con uno schiocco delle dita, corrugando la fronte mentre sistemava la rosa della scollatura. « *La signora dalle camelie*. »

« Riesce ancora a fare il tutto esaurito, credo », borbottò lui, sempre concentrato nell'operazione. Non prendeva mai nulla alla leggera, e a tutto dedicava la massima cura.

« Quand'ero bambina, ho visto la vera signora dalle camelie, Marie Duplessis », ricordò Louise, mentre i suoi pensieri ritornavano alle domeniche della sua infanzia. « Era una pallida signora dai capelli scuri che passava in carrozza. Allora non mi rendevo conto di quanto fosse giovane; aveva solo due o tre anni più di quanti ne ho io ora. »

Le dita di Worth le sfiorarono la pelle mentre cuciva la rosa, senza provocare in Louise l'effetto di quella volta in cui aveva allungato la mano per sistemarle la *collerette* del vestito. La ragazza era solo conscia di esse, mentre stava ritta pazientemente come facevano sempre le donne quando Worth dava il suo tocco magistrale a un abito. Si augurò che Pierre pensasse che si trattava di un abito nuovo, dato che non l'aveva mai indossato prima per lui.

« Ecco fatto. » Worth restituì l'ago a Marie, e Louise lo ringraziò. Andandosene, il sarto rivolse alla ragazza un lungo sguardo. « Lo spettacolo è triste. La maggior parte delle donne del pubblico piangeva, e la mia cara moglie non ha fatto eccezione. È meglio che ti prepari, Louise. »

Ma Louise non pianse. Trovò il dramma splendido, anche se sviluppava il classico tema del sacrificio della donna per amore; tuttavia le riuscì difficile conciliare i capelli biondi e il seno abbondante dell'attrice con la fragile bellezza che ricordava. Aveva capito, d'altra parte, che gli Worth volevano farle capire il legame esistente tra la storia della cortigiana esclusa dalla classe e dalla posizione dell'uomo che amava e che voleva sposarla e la sua relazione con Pierre. Ma lei non era Marie Duplessis e non si sarebbe lasciata sottomettere dalla pressione delle influenze esterne. Per tutta la vita aveva dovuto lottare per ottenere ciò che voleva, e non era nuova agli ostacoli. Apprezzava la preoccupazione dei suoi cari amici Worth, ma la sua stella era in ascesa e lei aveva deciso che non l'avrebbe lasciata cadere.

Pierre non era mai stato più sollecito di quella sera. Louise sentiva che era più attento a lei che allo spettacolo, quindi molto probabilmente il senso dell'incompatibilità sociale tra i due principali personaggi del dramma e il rapporto con loro due gli era sfuggito. Certamente non ne pareva conscio durante la cena che era seguita, sebbene avesse commentato che lo spettacolo era stato eccellente. I suoi pensieri erano occupati da ben altre questioni.

« Nelle prossime settimane mi sarà difficile vederti tanto

spesso quanto desidero. Sembra abbastanza sicuro, da quello che ho udito oggi alle Tuileries, che sarà dato l'annuncio ufficiale del fidanzamento dell'imperatore con Mademoiselle de Montijo da un momento all'altro. Dall'alba sono in servizio altre guardie di rinforzo e in questi casi i compiti degli ufficiali vengono raddoppiati e triplicati. È in queste occasioni che gli assassini intessono i loro vili complotti per dare maggiore risonanza alla loro causa. »

Louise aveva provato una fitta al cuore all'idea d'essere privata della sua compagnia, anche se non intendeva rinunciare al potere di governare ogni situazione tra loro due. Se Pierre avesse sospettato quale esplosione gioiosa della mente e del cuore la travolgeva ogni volta che lui la teneva tra le braccia, avrebbe ottenuto su di lei un vantaggio che sarebbe poi stato difficile eliminare.

Quando l'accompagnava a casa, voleva sempre arrivare fino alla porta, sebbene Louise non gli avesse mai chiesto di entrare. Quella sera, quando la ragazza aveva infilato la chiave nella toppa, egli aveva appoggiato la propria mano sulle sue.

« Lasciami vedere dove abiti, Louise. Mi affligge non poterti immaginare nel tuo ambiente quando sei lontana da me. »

Non aveva scelta, ma lo lasciò sulla soglia. Si tolse lo scialle e accese una lampada; la luce perlacea riempì il globo opaco e salì a illuminarle il viso, mentre regolava lo stoppino. Pierre si guardò intorno con vivo interesse, osservando il semplice mobilio, l'ordine della stanza. Poi guardò di nuovo Louise in piedi accanto alla lampada, con la gola, le spalle e il seno ansimante avvolti nel pallido chiarore. Non aveva mai desiderato così tanto una donna.

« Louise... »

Come un'eco, si udì una voce assonnata da dietro la porta socchiusa della camera da letto. « Louise? Sei tu? »

Louise fece capolino attraverso la stretta apertura dell'uscio. « Sì, sono io. Buonanotte, Catherine. Domattina ti racconterò tutto dello spettacolo. » Chiuse la porta senza far rumore e, guardando Pierre, notò sul suo viso un'espressione di fastidio. Doveva aver pensato di trovarsi solo con lei. « Catherine è una madre, una sorella e una tutrice per me », spiegò Louise con enfasi. « Vuol sempre accertarsi ch'io torni a casa sana e salva. »

« Non trovi che ciò sia oppressivo da parte di chi, in fin dei conti, non ti è neppure parente? »

« Qualche volta », ammise lei. « Ma io le devo tutto. Se lei non mi avesse preso sotto la sua protezione come ti ho raccontato, la mia vita non sarebbe quella di oggi. » Un amaro sorriso le increspò le labbra. « Non dico che non sarei sopravvissuta. I miei lontani ricordi sono di lotte con le unghie e con i denti per una crosta di pane. Questo ti sorprende? »

« Mi rattrista pensare che tu abbia conosciuto privazioni del genere. » Le prese il viso tra le palme, affondando le dita nei suoi morbidi e folti capelli. « Vorrei compensarti per tutti gli stenti del passato. Darti tutto ciò che hai desiderato. Renderti più felice di quanto tu creda possibile. »

Louise si sottrasse alla sua stretta, mettendosi fieramente sulla difensiva. Non poteva dire che cosa sarebbe accaduto se egli non avesse frenato le sue parole. In fretta, premette la punta delle dita di ambo le mani contro le sue labbra, scuotendo il capo, gli occhi colmi di rabbia. « Basta, non dire altro! Non parlare di compensi con me. »

Non lo biasimò per aver tentato di farle quella proposta; capì che, presto o tardi, a causa della sua indole e della situazione esistente tra loro, ci avrebbe provato. Ma sentiva che, se l'avesse davvero udito offrirle l'equivalente della proverbiale sottoveste di seta o del filo di perle, una parte di lei sarebbe morta per la disperazione. Non sarebbe mai stata un'altra Catherine, non si sarebbe mai accontentata di aspettare in eterno un uomo che le offrisse le briciole della sua vita, pur amandolo moltissimo. E se lui ora la lasciava a causa delle sue parole? Be'... poteva andarsene per sempre. Il suo orgoglio non le avrebbe permesso di richiamarlo.

Pierre non se ne andò. Anche se era seccato per il suo rifiuto, non volle darlo a vedere. Ogni sartina aveva il suo prezzo; non gli restava che attendere e avrebbe scoperto qual era. Nel frattempo, avrebbe continuato a puntare dritto verso il suo scopo, con la convinzione che sarebbe stato piacevole per lei e avrebbe procurato non poca soddisfazione a lui stesso. Tolse le dita dal suo viso e abbassò il capo per baciarla lungo la gola, sulla curva delle spalle e in tutti i punti seducenti che il vestito lasciava scoperti. Louise rabbrividì di piacere sensuale sotto la carezza delle sue labbra, mentre udiva il battito affrettato del proprio cuore; e, quando la bocca di lui individuò quel palpito selvaggio, avanzò incalzante verso il contorno del suo seno. In un movimento spontaneo, le braccia di Louise si sollevarono e trattennero la testa del giovane contro il seno. Quando infine le labbra di Pierre si posarono sulle sue, lei lo baciò con una passione amorosa che, secondo il giovane, la ragazza non era più in grado di frenare. Solo la presenza di un'altra persona nella stanza vicina e il pericolo di un suo intervento lo trattennero dallo spingere oltre i suoi approcci sensuali.

Mentre scendeva la buia scala e usciva sulla via, stabilì il proprio piano d'azione. In passato aveva avuto l'idea di prendere un appartamento tutto per sé a Parigi, dove poter trascorrere i momenti di libera uscita: ora ne avrebbe cercato uno senza ulteriori indugi. Più di ogni altra cosa, aveva bisogno di stare solo da qualche parte con Louise. Pensò che adesso conosceva il suo prezzo. Era l'amore. I suoi baci l'avevano tradita. La cosa più assurda era che la ragazza l'aveva già ottenuto da lui. Non era mai stato tanto innamorato; per questo l'aveva trattata fin dall'inizio con una considerazione di cui non aveva mai dato prova prima con una ragazza della sua classe sociale. Louise, Louise. Pronunciare il suo nome gliela faceva desiderare con ogni nervo e ogni fibra del suo essere. Louise. Colei che amava.

Il giorno dopo, mentre Pierre prendeva servizio al Palazzo della Guardia, Luigi Napoleone annunciò il suo prossimo matrimonio con Eugenia de Montijo, e sbalordì tutti informando che la cerimonia civile avrebbe avuto luogo la settimana successiva e che il giorno dopo sarebbe stata celebrata la cerimonia religiosa con grande pompa. Circolarono subito molti pensieri sconvenienti sull'imperiale sposo; ma altri che lo conoscevano meglio sapevano che la sua passione per la signora in questione era ormai incontenibile. Per coloro che dovevano organizzare il corteo e rimettere a nuovo le carrozze, molte delle quali non avevano ancora lo stemma imperiale dorato sulle portiere, sette giorni erano un tempo incredibilmente breve. Furono chiamati sellai, tappezzieri, ricamatrici e altri artigiani di rinforzo. Per i sarti e i fornitori di stoffe preziose l'annuncio significava un'ondata di lavoro anche maggiore di quanto fosse stato previsto. La Casa Gagelin era affollata di clienti e Worth accettava ordinazioni in continuazione. Non appena erano state prese le misure della cliente e costei aveva scelto il tessuto adatto al modello che le piaceva, subito la stoffa veniva messa in mano alle tagliatrici. Era l'impulso che ci voleva perché i principali di Worth capitolassero di fronte alla sua insistenza per espandere il reparto confezioni, e nel frattempo lui e Marie, con Louise e il resto delle cucitrici, lavoravano senza sosta per completare le ordinazioni. In ogni laboratorio di Parigi ferveva la stessa febbrile attività. Louise, nei rari momenti di libertà, andava a esaminare i vestiti preparati per il corredo di Mademoiselle de Montijo, che venivano esposti in pubblico quando ancora non era stata tolta l'ultima imbastitura. Il suo sguardo avido esaminava ogni particolare dei quarantaquattro abiti creati da Madame Palmyre e Madame Vignon. Ma, per quanto splendidi fossero, da quello rosa moiré ornato di merletti a quello di taffettà color smeraldo con guarnizioni di piume, non ne vide neppure uno in grado di eclissare quelli disegnati da Worth.

Il matrimonio civile era una faccenda privata, ma la cerimonia religiosa alla cattedrale di Notre-Dame, celebrata di domenica, attirò una grande folla dietro il cordone dei soldati di fanteria che, con indosso il mantello azzurro, facevano ala lungo tutta la strada a partire dalle Tuileries. C'era un'abbagliante luce solare per essere la fine di gennaio, e la città adorna di bandiere e stendardi si stagliava contro il cielo di un bel colore azzurro-genziana. Louise e Catherine si erano assicurate un ottimo punto di osservazione. Ma, più del nuovo imperatore, Louise desiderava vedere Pierre, anche se questi le aveva scritto che, come lei temeva, ben difficilmente si sarebbero potuti incontrare.

Quel giorno, però, la fortuna l'assistette. Mentre la cavalleria della Guardia Imperiale avanzava scalpitando in un tintinnio di speroni, Louise lo scorse mentre cavalcava solo accanto a un altro ufficiale dello stesso grado. Guardava dritto davanti a sé, con la luce del sole che scintillava sugli ornamenti dell'elmo, ma i suoi occhi si spostavano a destra e a sinistra per cercarla, sapendo che doveva essere da qualche parte là intorno. Louise gesticolò freneticamente nella sua direzione, sollevandosi sulle punte dei piedi; ma lui non la notò, perché proprio allora dovette badare a tenere sotto controllo il cavallo innervosito dal rumore della folla.

Subito dopo arrivò il cocchio a vetri, con i profili rossi e oro, in cui erano seduti l'imperatore e l'imperatrice, l'uno accanto all'altra, ad accogliere i crescenti applausi e le grida di «*Vive l'Empereur! Vive l'Impératrice!*» Louise pensò che la bella donna appariva tesa e nervosa, il volto bianco, come l'abito di velluto che indossava, sotto il velo vaporoso di pizzo viola-scuro. Sui magnifici capelli rosso-dorati, lo splendido diadema di diamanti, che un tempo aveva adornato l'imperatrice Giuseppina, mandava riflessi multicolori che accecavano la folla e rendevano impossibile discernere l'espressione degli occhi dalle lunghe ciglia. Ma l'imperatrice era già innamorata. La via che intendeva percorrere l'aveva rivelata quando aveva fatto la propria donazione in coincidenza col matrimonio, una somma destinata alla fondazione di un orfanotrofio e di un ospedale per gli incurabili. Sulla sua gentilezza d'animo circolava una vasta aneddotica. Era stata la prima a soccorrere un lavoratore caduto da un'impalcatura. Credendo che nessuno la vedesse, una volta aveva dato il proprio mantello a una mendicante, ed era sempre generosissima con i poveri. Eugenia aveva conquistato il cuore dei francesi. Nessun imperatore aveva mai avuto sposa più degna.

Quando l'alba illuminò i drappi di seta delle finestre della camera nuziale nella residenza di campagna di St.-Cloud, dove gli sposi si erano recati, dopo aver lasciato Parigi, la sera precedente, viaggiando in incognito, Eugenia, distesa accanto al marito addormentato, fissava senza vederlo l'elegante baldacchino sopra il suo capo. Se non fosse stata innamorata e se non fosse stato suo dovere generare un erede, si sarebbe alzata da quel letto, avrebbe coperto la propria nudità, si sarebbe rifugiata in un'altra parte della casa e non avrebbe mai più diviso un talamo nuziale. Era sconvolta, delusa e lievemente disgustata: non pensava che un principe in certe faccende potesse essere altrettanto esigente di un contadino. Eppure il suo amore era abbastanza forte da superare quello spiacevole aspetto del matrimonio; per l'imperatore continuava a provare la stessa devozione di prima. Spiritualmente gli sarebbe sempre rimasta vicina.

Luigi Napoleone non era affatto addormentato. Era in preda a un sordo disappunto. Dov'erano il fuoco e la passione che aveva pregustato in quella splendida creatura le cui attrattive fisiche erano di una perfezione tale da fargli perdere la testa? Dov'era la sensualità andalusa che lui s'era sentito sicuro di poter risvegliare? Nessun uomo avrebbe potuto essere più tenero, più paziente e più focoso di lui. Spinto dalla passione, il suo braccio si tese quasi involontariamente verso di lei; ma, con tristezza, l'imperatore sentì che Eugenia si sottometteva al suo abbraccio con rassegnazione.

X

Marie aveva saputo di essere in attesa di un bambino, e il cuore del marito traboccava di felicità. Sebbene la gravidanza si fosse presentata difficile fin dall'inizio, lei era riuscita a mantenere il solito grado di efficienza mentre serviva nel negozio, senza ridurre l'orario di lavoro come le avevano suggerito i suoi colleghi e come le aveva chiesto Worth. Alla fine aveva avuto un collasso e il dottore le aveva consigliato di starsene a riposo per tutto il tempo che mancava al momento del parto. I signori Gagelin e Obigez, che sembravano attendersi che lei servisse al banco come un automa fino all'ultimo minuto, accettarono con riluttanza che la donna si assentasse dal lavoro molto prima del lieto evento, e pretesero che dopo il parto tornasse al lavoro nel più breve tempo possibile.

Il primogenito degli Worth era un bel maschietto, e i genitori, pieni di felicità, lo chiamarono Gaston. Marie, conscia delle proprie responsabilità, ritornò al negozio più presto che poté, sebbene fosse duro per lei lasciare il bambino alle cure di altri per l'intera giornata di lavoro. Pensava a come sarebbe stato bello potergli stare vicino, ma non era possibile, perché la somma che guadagnavano, sia lei sia il marito, era assai modesta.

Per trovare una casa di proprio gradimento, a Pierre occorse più tempo di quanto pensasse. Doveva essere poco distante dalle Tuileries e di proporzioni adatte a uno scapolo che aveva obblighi militari in seguito ai quali l'alloggio poteva rimanere chiuso per lunghi periodi. Quando ebbe trovato un appartamentino di una discreta eleganza, risultò che era uno di quelli che il barone Haussmann aveva destinato alla demolizione. L'abbattimento di alcune vie era stato ordinato dall'imperatore, che voleva ricostruire una Parigi che superasse in bellezza ogni altra città, così come l'imperatrice superava in bellezza ogni altra donna. L'imperiale successore di Napoleone I aveva deciso di portare a termine ciò che questi aveva iniziato, ma su scala ben maggiore di quanto era stato programmato in precedenza.

Per l'imperatore e l'imperatrice era diventata un'abitudine includere l'ufficiale della guardia di palazzo ai pranzi di rappresentanza, ma non era stato solo in quelle occasioni che

Pierre aveva sentito discutere grandiosi progetti. Il suo padrino di quando in quando lo invitava a trascorrere un'ora o due in conversazione davanti a un cognac, fumando un buon sigaro, o a unirsi a lui per la seconda colazione in compagnia di altri due o tre gentiluomini.

« Ammetto che si tratta di uno dei miei due sogni a lungo vagheggiati », confidò l'imperatore in un'occasione in cui lui e Pierre si trovavano soli. « L'altro è liberare l'Italia dalla schiavitù. Nei giorni in cui la mia adorata madre fu cacciata dalla Francia con mio fratello e con me, i rivoluzionari italiani ci dimostrarono un cameratismo e una fermezza che non ho mai dimenticato. Ma quel sogno dovrà rimanere tale per chissà quanto tempo, forse per sempre. Per ora mi occupo della ricostruzione di Parigi. Fu leggendo le richieste di Voltaire, molti anni fa, che si fece strada nella mia mente questa idea e, quando mi insediai qui, pensai che questa sarebbe stata una delle mie prime azioni. Oltre tutto, quest'opera darà lavoro a centinaia di migliaia di uomini, ed eliminerà una delle principali cause dei precedenti fermenti sociali. » I suoi occhi scintillarono di entusiasmo dietro il fumo che si levava dalla sua sigaretta. « Verranno abbattuti gli edifici brutti e decrepiti, infestati da covi di mestatori, e sorgeranno dimore eleganti e dignitose che fiancheggeranno boulevard con carreggiate abbastanza larghe da permettere di manovrare a interi battaglioni, se necessario. Lungo i viali saranno disposte in punti strategici le caserme militari, per garantire la legge e l'ordine. Ti assicuro che i giorni delle barricate non si ripeteranno più. Non ci saranno più insurrezioni nella capitale delle capitali, dove saranno piantati in abbondanza alberi ombrosi e fiori. Il mio impero si reggerà sulla pace, e non si sarà mai vista al mondo una città come quella che darà avvio alla nuova età dell'oro. »

Parole splendide; ma, per un ufficiale che cercava con una certa urgenza una dimora in cui coabitare con la ragazza che amava, era piuttosto irritante vedere file e file di case convenienti ridotte a cumuli di macerie, mentre i boulevard assumevano dimensioni da togliere il respiro e tagliavano la città come fili metallici una forma di formaggio. Louise non mostrò di aver cambiato idea da quando l'aveva zittito riguardo alla proposta che egli stava per farle la notte in cui era salito in casa sua per la prima volta, ma Pierre non si era scoraggiato. Più di una volta le aveva esternato i propri sentimenti e, se non le aveva detto esplicite parole d'amore, era soltanto perché aspettava il momento giusto per abbattere le sue resistenze. Non voleva rischiare una seconda mossa falsa. La posta in gioco era troppo importante. Nel frattempo, le faceva da scorta e insieme pranzavano e ballavano, frequentavano i ritrovi, prendevano qualche rinfresco ai tavolini sotto i tendoni dei *cafés chantants* degli Champs-Elysées, unendosi qualche volta ai canti o conversando mano nella mano. Prima che arrivasse il fresco, compivano passeggiate in carrozza nelle dolci serate autunnali, e spesso attraversavano il Bois de Boulogne, che l'imperatore aveva donato alla città di Parigi perché fosse mutato in un parco. Pierre a volte pensava che non avrebbe mai più potuto ricordare l'estate del '53 senza associarla all'intensa felicità di Louise, che emanava da lei come fosse il suo stesso profumo. Non aveva alcun dubbio sul fatto che la ragazza si sarebbe innamorata sempre più profondamente e già pregustava il momento in cui l'avrebbe conquistata: sarebbe bastato coglierla di sorpresa.

Fu per pura fortuna che gli accadde di aver notizia di un appartamento in un edificio che era stato risparmiato per il suo valore architettonico; visitandolo, osservò che aveva belle stanze grandi ed era conveniente sotto ogni altro aspetto. Procurarsi artigiani di un certo livello per decorare e rimettere a nuovo l'alloggio era difficile, perché tutti erano al servizio del barone Haussmann, tuttavia ne erano arrivati a migliaia dalla provincia per approfittare della richiesta di lavoratori, e Pierre poté assumerne parecchi prima che si impegnassero nelle opere municipali. Quando tutto fu quasi pronto, mandò a prendere alcuni eleganti addobbi nel proprio castello per completare l'arredamento e aspettò con impazienza il loro arrivo. Non aveva detto nulla a Louise dell'acquisto, ma, considerato che la casa in cui lei viveva era in una strada compresa nell'elenco di quelle da demolire, alla ragazza sarebbe parso più che provvidenziale che Pierre avesse un luogo da offrirle quando fosse stata costretta ad abbandonare il proprio alloggio.

Mai la vita di Pierre era stata così piacevole. Le ore durante le quali prestava servizio alle Tuileries non erano affatto noiose, anzi spesso risultavano divertenti. L'imperatrice aveva pensato che fosse conveniente che il figlioccio del marito beneficiasse di alcuni privilegi, uno dei quali era di farle da scorta personale, cavalcando accanto alla carrozza quando ella usciva per la sua solita passeggiata pomeridiana. Come l'imperatore, anche Eugenia credeva di doversi mostrare al popolo, che non mancava mai di rispondere al suo affascinante sorriso con acclamazioni, applausi e sollevando in alto i bambini perché potessero veder passare la più bella donna della terra. Eugenia adorava i bimbi, cui rivolgeva sempre un saluto particolare, e molto spesso visitava l'orfanotrofio che aveva fondato. Pierre sapeva che queste visite la commuovevano in modo particolare dopo l'aborto subito nei primi mesi di matrimonio. Spesso, quando risaliva in carrozza, i suoi occhi erano colmi di lacrime. Non si sapeva invece se avesse mai sparso lacrime per le infedeltà del marito; in verità erano sposati da poco tempo quando tutti i circoli di corte furono informati che l'imperatore era tornato ai suoi insaziabili trasporti verso il sesso opposto.

Eppure, a parte una certa amarezza che a volte manifestava nel proprio atteggiamento, Eugenia e l'imperatore andavano perfettamente d'accordo su molti punti, e sotto il profilo spirituale erano adattissimi l'uno all'altra. Lei nutriva un forte interesse per le questioni politiche, sulle quali discutevano tutti e due allo stesso elevato livello intellettuale, e lui la consultava di frequente sui problemi di governo che si presentavano. Erano entrambi convinti che la corte imperiale avrebbe fatto rinascere tutto ciò che apparteneva alla gloria passata della Francia, e che il suo grande sfavillio avrebbe tolto ogni dubbio circa la sua solidarietà verso il resto del mondo. Uno dei risultati era che i balli di corte alle Tuileries, ai quali erano invitate migliaia di persone, così come i banchetti e i ricevimenti e altre splendide cerimonie che venivano organizzate su grande scala, davano la possibilità alla corte imperiale di essere celebrata come la più brillante d'Europa, fino a offuscare persino quella di San Pietroburgo. In nessun'altra parte del mondo esistevano un imperatore che si prendeva tanto a cuore la promozione di tutto ciò che apparisse elegante, o un'imperatrice la cui presenza a ogni ricevimento deliziava tutti coloro che la guardavano e il cui aspetto era sempre affascinante sia che indossasse con grazia la crinolina sia che portasse semplici abiti che sceglieva per un abbigliamento privo di formalità. Inoltre, come se avesse cominciato ad apprezzare la perfezione della bellezza femminile di cui era stata benedetta, si circondava costantemente di donne graziose, ciascuna delle quali era un complemento alla sua bellezza e a quella delle altre, e appariva sempre felicissima in loro compagnia. Vederla avvicinarsi in mezzo a loro era uno spettacolo che molti trovavano al di là di ogni descrizione, sebbene un diplomatico greco avesse dichiarato che sembravano dee discese dall'Olimpo, e le loro lunghe gonne ondeggianti, le nuvole colorate che le sorreggevano.

Alcuni ufficiali, colleghi di Pierre, avevano cominciato a scommettere su chi di loro nelle cerimonie alle Tuileries sarebbe riuscito a trovarsi una compagna che superasse in bellezza tutte le dame dell'imperatrice. Dopo aver stabilito che si potevano presentare soltanto nuovi volti, si instaurò una gara, e molti invitarono a Parigi dalla campagna le sorelle e le più belle amiche di queste con le relative accompagnatrici per presenziare a feste imperiali al braccio di un giovane ufficiale. Il compito di fare da giudici era affidato a una mezza dozzina di ufficiali sposati, che a questo genere di ricevimenti potevano accompagnare solamente le loro mogli, e che davano garanzia di giudicare con occhio imparziale. Qualche volta, quando le cerimonie si succedevano l'una all'altra senza un vincitore, le scommesse si accumulavano e raggiungevano somme di parecchie migliaia di franchi, fino a quando qualcuno era così fortunato da aggiudicarsi l'intera posta. Allora il gioco riprendeva da capo.

Pierre aveva cominciato a pensare di presentare Louise come propria compagna, per tentare di vincere la scommessa. Molti di coloro che partecipavano ai grandi balli di corte erano persone poco importanti in società, perché era intenzione dell'imperatore, attraverso questi inviti, di allargare l'ambiente della sua splendida corte. Pierre sapeva quindi che gli sarebbe stato abbastanza facile inserire il nome di Louise nella lista degli ospiti. Continuò a trastullarsi con quest'idea fino a convincersi di poterla realizzare. L'unico problema era come provvederla del vestito che occorreva in quell'occasione. Fargliene dono direttamente sarebbe stato impossibile. Più di una volta aveva avuto coscienza della sua fiera indipendenza, ed era certo che un regalo così stravagante offerto direttamente sarebbe stato rifiutato. Alla fine aggirò la difficoltà assicurandosi l'aiuto di una donna che, all'occorrenza, s'era sempre mostrata disposta a dargli una mano. Costei era della stessa altezza e della stessa conformazione di Louise, e, dopo che ebbe trascorso un'ora o due tra le lenzuola di seta con lei, Pierre finì di elaborare il piano che le aveva accennato fin dall'arrivo a casa sua.

« Ma io non mi sono mai vestita da Gagelin », protestò la donna, facendo il broncio, mentre si sollevava dal cuscino orlato di pizzi. « Io sono sempre stata un'affezionata cliente di Palmyre e di Camille. »

Pierre era disteso su di lei, puntellato sui gomiti, e la luce che filtrava attraverso le stecche delle imposte chiuse giocherellava con il suo corpo muscoloso. « E che importanza ha questo? » la blandì. « Non devi indossarlo. Di' che farai ciò che ti chiedo, Elyanne. »

La donna lo guardò attraverso le ciglia ricurve. « Non ho sempre fatto tutto quello che mi hai chiesto, uomo perverso? » Fece scivolare, come pallidi serpenti, le braccia profumate intorno al corpo di Pierre, convincendolo a rimanere ancora un po' con lei.

Appena Elyanne Valmont entrò nel reparto confezioni, Worth capì che si trattava di una cortigiana. Era una donna snella, dal viso affilato, sui vent'anni, con i capelli tinti di quel rosso-dorato che era tanto di moda perché imitava il colore naturale della chioma dell'imperatrice. La moralità delle clienti della Casa Gagelin e Obigez non lo riguardava, tuttavia Worth riteneva che fosse un cattivo augurio per molti matrimoni il fatto che donne del genere, le quali un tempo si tenevano discretamente nell'ombra, avessero cominciato a mettersi in mostra in quel modo nell'atmosfera stravagante che si era impadronita di Parigi, percorsa da un'ondata di prosperità. Queste donne si erano create una specie di universo particolare, ai limiti della società, che stava diventando fastidiosamente invadente ed esuberante nel suo dubbio diritto a esistere.

Elyanne fu impressionata da Worth e dal suo ambiente più di quanto volesse dare a vedere. Sebbene avesse sentito dire che la Casa Gagelin aveva ampliato enormemente il reparto confezioni, non si era aspettata di trovare saloni più vasti di quelli delle altre sartorie da lei frequentate. Neppure le sarte che si vantavano di servire l'imperatrice avevano così tanto spazio a loro disposizione. Si sedette sulla sedia che le veniva offerta, e la signora Worth le mostrò una serie di abiti tra i più belli che avesse mai visto. Trovò quasi impossibile fare una scelta, anche se l'abito era per un'altra persona, e alla fine si decise per un vestito di seta con la scollatura bassa e con il corpetto a foggia di peplo che ricadeva sopra una gonna di tulle di una tonalità più leggera e ornata di lustrini dorati.

« Lo vorrei in seta di un giallo color del grano, con il tulle in un tono più pallido. » Era una tinta che lei solitamente non portava, ma Pierre le aveva detto che Louise aveva i capelli corvini e che qualche volta indossava uno scialle di seta giallo che le si confaceva in modo delizioso.

« Mi permetta di suggerirle un color giada per la sua carnagione, signora, con la gonna a strati azzurri e verdi con un velo d'argento. »

Elyanne si sentì svenire all'immagine che Worth aveva evocato. Come le sarebbe stato bene un vestito come quello! Ma non era là per scegliere il proprio guardaroba. Scosse il capo decisa, e si oppose abilmente alle persuasive parole di Worth, asserendo che non c'era nulla che le si adattasse meglio del color oro. Dentro di sé si meravigliò dell'abilità di Worth nel trovare i complimenti adatti a influenzarla. Data la sua conoscenza del sesso maschile, poteva affermare che era un uomo abituato a superare ogni opposizione e ad andare dritto per la propria strada. Pensò che sarebbe stato interessante soggiogare quell'attraente uomo di ventisette o ventotto anni, le cui orecchie ben fatte erano diventate rosa per il fastidio che gli aveva procurato la sua ostinazione. In altre circostanze non sarebbe stata capace di resistergli, e si disse che sarebbe certo stato uno splendido amante. Impassibile, lo vide arrivare a un punto di irritazione che stentava a contenere.

« *Vuole* dunque sembrare un campo d'orzo al tramonto, signora? » s'indignò Worth, allargando le braccia e alzando le spalle in un gesto tipicamente francese, nonostante il suo accento lo rivelasse come inglese.

La donna lo guardò freddamente. « Uno dei miei spettacoli favoriti, signor Worth. Lei mi ha completamente convinta. »

Worth era furioso; con le labbra strette e gesti secchi, cercava di controllare la propria rabbia, mentre le indicava il salottino per le misure. Elyanne era certa che, se il negozio fosse stato di sua proprietà, le avrebbe ordinato di uscire e si sarebbe rifiutato di confezionarle alcunché. Qualche istante dopo indovinò, dalla descrizione che le aveva fatto Pierre, che la ragazza straordinariamente bella, che entrò con passo vivace e rapidi movimenti precisi per prenderle le misure, era Louise Vernet. Volle verificare.

« Lavora qui da molto? » chiese a bruciapelo, mentre la ragazza le avvolgeva il metro a nastro intorno alla vita. Poi riprese: « È lei che si occupa delle prove? Oh, sotto la direzione del signor Worth, naturalmente. Come si chiama? »

Elyanne dovette lottare con Worth a ogni prova. Era ovvio, dato che trovava effettivamente scialbo quel colore che non si addiceva alla sua pelle e ai suoi capelli, e la cosa la irritava. Trovava difetti dappertutto, ma, quando il vestito fu pronto, non ci fu più niente di cui lamentarsi al di fuori del colore; allora mise in esecuzione il piano progettato.

« Aveva ragione, signor Worth », ammise in tono lacrimoso. « Il giallo-oro mi spegne. Mi fa sembrare un campo d'orzo. » Attraverso lo specchio vide che il viso di Worth assumeva un'espressione tesa, mentre Louise, che se ne stava in piedi pazientemente sullo sfondo, la guardava preoccupata. Pensavano forse che si sarebbe rifiutata di pagare? Meglio così. « Nulla mi potrà indurre a mostrarmi fuori di questo salottino con questo abito addosso. »

Worth si schiarì la gola. « Signora... »

Elyanne lo interruppe, passandosi un elegante fazzolettino sugli occhi per asciugarsi le lacrime che una lunga esperienza l'aveva resa capace di far apparire a comando. « Lo so, lo so. Lei me l'ha detto e io non l'ho ascoltata. Be', intendo saldare il conto, dato che l'errore è stato mio, e poi ricominceremo tutto daccapo. » Gli sorrise in quel modo civettuolo come di un arcobaleno che faccia capolino attraverso la pioggia. Aveva aspettato con ansia quel momento, fin da quando Pierre le aveva promesso un abito per ricompensarla del tempo perduto e del fastidio che le aveva dato. « Questa volta lei mi consiglierà in tutto e per tutto. » Si divertì nel vedere lo sguardo trionfante di Worth davanti alla sua finta capitolazione.

Quando il sarto ebbe lasciato il salottino, Louise la aiutò a togliersi l'abito che – le disse la ragazza – sarebbe stato messo in una scatola e consegnato quello stesso giorno.

« No! » Elyanne alzò le mani e scosse furiosamente il capo. « Mai più, mai più vorrò vedere di nuovo quel deprimente indumento. Se lo appendessi nel mio guardaroba, mi ricorderebbe sempre il mio sciocco errore. » Sebbene l'abito fosse già nelle mani di Louise, che lo sorreggeva con cura, Elyanne lo afferrò e quindi lo ricacciò con simulata stizza tra le braccia della ragazza. « Può tenerlo lei! Lo prenda! Un dono per la sua infinita pazienza durante queste faticose prove. »

Louise divenne pallida come una morta. « Signora! Io non posso accettarlo. »

« Invece può. Chiami il signor Worth. Insisto perché lei lo tenga. »

La faccenda fu presto sistemata. Louise rimase intontita per tutto il resto della giornata. Ogni volta che aveva un momento libero, andava a dare un'occhiata nella stanza in cui erano appesi gli abiti venduti in attesa di essere consegnati. Worth aveva promesso che, se fosse stata necessaria qualche modifica, avrebbe provveduto: ci sarebbero andati di mezzo il suo orgoglio e i suoi principi, se ogni capo di sua creazione non fosse apparso perfetto una volta indossato. Louise aveva deciso di mostrarsi a Pierre con quell'abito in occasione del primo trattenimento di un certo tono cui lui l'avesse invitata. Tante volte aveva desiderato un abito più alla moda di quello di seta color ruggine, per poter gareggiare con le donne presenti.

Pierre, nei mesi trascorsi, le aveva rivelato Parigi! Louise aveva scoperto un aspetto della città che prima le era apparso solo di sfuggita. A volte pranzava al ristorante o beveva un aperitivo nei caffè in cui un tempo aveva mendicato un po' di cibo o aveva raccolto un pezzo di pane caduto da un tavolo all'aperto. C'erano ancora mendicanti e molti poveri, ma pochi di loro erano affamati, poiché c'era grande abbondanza di lavoro; i ricchi, per soddisfare i loro crescenti capricci, promuovevano ogni genere di commerci di oggetti di lusso e di mestieri che occupavano molta gente. La moda era sulla cresta dell'onda di tale prosperità, e gli abiti che Louise provava avevano gonne con crinoline che diventavano sempre più larghe a causa delle imbottiture, delle incastellature e delle sottogonne talmente irrigidite dai crini di cavallo da poter stare in piedi da sole. Anche il suo nuovo vestito era stato disegnato per essere indossato sopra una sottoveste che, come tutte quelle ideate da Worth per i propri abiti, era foderata e rivestita con un raso che armonizzava con i tessuti soprastanti.

Non vedeva l'ora di mostrare il nuovo capo a Catherine,

con la quale continuava a dividere gioie e dolori, con la sola eccezione dei suoi sentimenti per Pierre. Le era difficile non confidarsi con colei che la conosceva così bene, specialmente quando era talmente felice da pensare che non sarebbe riuscita a parlare senza mettersi a cantare o a camminare senza danzare. Fortunatamente Catherine attribuì il suo stato d'animo al fatto che Louise collaborasse, in quel lavoro che tanto l'appassionava, con gli Worth, ai quali si sentiva davvero legata; ma, se le avesse confidato che finalmente si era innamorata, Catherine sarebbe caduta di nuovo vittima delle proprie delusioni affettive, entrando in uno stato depressivo. E, a parte queste ripercussioni, Louise sentiva che sarebbe stato crudele porre del sale su quel tipo di ferite; così continuò a fingere che Pierre fosse per lei solo una simpatica compagnia. Madame Camille tratteneva le proprie cucitrici sempre più a lungo a causa dell'accumularsi del lavoro, e Catherine si riteneva fortunata di poter sgobbare fino a essere troppo esausta per pensare o per distendersi a piangere senza riuscire a prender sonno. Anche per Louise c'era una piccola nube all'orizzonte. I giornali non parlavano d'altro che della dichiarazione di guerra della Turchia alla Russia, a causa di una questione religiosa che aveva agito da pomo della discordia; e Pierre era convinto, come tutti, che entro breve tempo la Francia sarebbe stata trascinata nel conflitto in difesa della Turchia, se le ostilità non si fossero presto placate. In una Parigi così spensierata e protesa a inseguire il piacere, sembrava impossibile che la guerra potesse coinvolgere la sua Guardia Imperiale. Louise cercò di scacciare questo pensiero dalla mente sostituendolo con la fervida speranza che quei lontani paesi stranieri firmassero presto un trattato di pace. I giorni scorrevano rapidi, mentre lei lavorava instancabilmente: non faceva che provare gli innumerevoli abiti che venivano ordinati per i balli di corte e per altri grandi avvenimenti sociali. Louise non immaginava, mentre appuntava e sistemava le creazioni di Worth sulle altre donne, quanto fosse vicina a indossare il suo nuovo abito per entrare alle Tuileries. Purtroppo, però, i ben congegnati progetti di Pierre a questo riguardo si rivelarono inutili il giorno in cui il padrino lo mandò a chiamare.

Trovò l'imperatore intento a leggere alcuni documenti ufficiali, e in un primo momento si chiese se l'invito aveva lo scopo di affidargli un posto di comando in qualche postazione militare di vigilanza, vista la delicata situazione internazionale. Per quanto lo riguardava, era ansioso di battersi. Anche se a Parigi si divertiva molto e ragioni importanti ve lo trattenevano, era stato addestrato per andare in guerra a combattere contro i nemici della Francia, e non era sua intenzione fare la bella vita pavoneggiandosi in una splendida uniforme che non sarebbe mai stata macchiata di sangue. Ma la faccenda che l'imperatore desiderava discutere apparve ben lontana da un'eventuale partenza per la guerra. Com'era suo dovere, Pierre si mise sull'attenti davanti alla scrivania.

« Mettiti comodo, ragazzo mio », gli disse il padrino, sorridendo benevolmente. « Non è necessario che tu osservi il cerimoniale, oggi. Siediti su quella sedia, così che io possa guardarti senza dover tendere il collo. Così va meglio. » Luigi Napoleone si appoggiò allo schienale e, come faceva di solito quando parlava, si attorcigliò la punta di uno dei baffi incerati, cui recentemente aveva permesso di raggiungere proporzioni esagerate. « Penso che tu ricordi la mia figlioccia, la deliziosa Stéphanie Casile », disse ammiccando. « Da quanto mi è giunto all'orecchio, sembrava che voi due aveste stretto un'ottima amicizia l'anno scorso, durante il vostro soggiorno a Fontainebleau. Tu hai oltrepassato abbondantemente la decenza nello zelo di congedarti da lei. »

Pierre corrugò la fronte, sentendosi a disagio. Non poteva rivelare la verità sul comportamento di Stéphanie. « Vorrei che l'incidente fosse ridimensionato. »

« Non metto in dubbio che tu voglia ridimensionarlo, ma non mi è dispiaciuto sentir parlare di quest'affetto sbocciato tra due giovani per i quali nutro un paterno interesse. Be', ora Stéphanie è a Parigi. » L'imperatore alzò le sopracciglia, quasi a rispecchiare la piacevole sorpresa che pensava di aver destato con tale notizia. « È arrivata quattro settimane fa, e alloggia dalla duchessa di Bassano, che la sta preparando per la vita di corte. L'imperatrice è piuttosto legata alla mia figlioccia e ha deciso di nominarla sua dama di compagnia. »

« Un grande onore davvero », mormorò Pierre. La duchessa era una delle dame più graziose che circondavano l'imperatrice, molto adatta a istruire la nuova arrivata. Sembrava che, includendo Stéphanie nella ristretta cerchia, si volesse introdurre un anatroccolo tra i cigni.

« La duchessa accompagnerà Stéphanie al prossimo ballo di corte e io voglio che tu vada incontro alla ragazza al suo arrivo a palazzo e le faccia da cavaliere per tutta la sera. Non sarà certo un pesante dovere, che ne dici? »

« No, sire », replicò Pierre con aria contenuta. Grazie a Dio non aveva già invitato Louise! Be', avrebbe perduto un'altra scommessa, e questa volta si trattava di una bella sommetta, dato che si era sentito sicuro di vincere. Si alzò prontamente in piedi, mentre il padrino girava intorno alla scrivania per andare a battere paternamente una mano sulla spalla di Pierre.

« Conto su di te perché Stéphanie non resti sola e senza protezione durante la sua nuova vita a Parigi. Continuerà a risiedere in casa della duchessa e svolgerà le proprie funzioni a palazzo suddividendole nelle ore dei giorni stabiliti, come fanno le altre dame di corte. Farò in modo che coincidano con quelle del tuo servizio. »

Pierre uscì furibondo dal grande edificio. Gli era stato chiaramente ordinato di mettersi al servizio di Stéphanie nel corso delle danze per i prossimi due o tre mesi, come minimo, e non poteva far nulla per sottrarsi a quell'impegno. E si era proprio trattato di un ordine, anche se si era tentato di indorare la pillola.

La sera del ballo di corte il suo umore era peggiorato. Davanti al pesante tendaggio che divideva il vestibolo dell'entrata, andava avanti e indietro senza sosta lungo la corsia coperta da un folto tappeto, mentre aspettava l'arrivo della carrozza dei Bassano. Le luci delle finestre del palazzo illuminavano la notte di Parigi. L'edificio visto dall'esterno era splendente e il tricolore si agitava lievemente sulla cupola del Padiglione dell'Orologio, dov'erano situati gli appartamenti dell'imperatrice. Nei giardini migliaia di lampioni a gas formavano ghirlande tra gli alberi dove solo gli zampilli delle fontane apparivano colorati. Ma tutta quella scena da fiaba non era assolutamente in armonia con l'umore di Pierre. Come al solito, erano stati invitati oltre cinquemila ospiti; la rue de Rivoli e il quai des Tuileries erano bloccati dal lento moto delle carrozze che, in fila, dovevano attendere per più di un'ora di prendere posto nel cortile. Un inesauribile flusso di gente riccamente abbigliata entrava ondeggiando attraverso il pesante tendaggio. Lacchè in parrucca incipriata, in attesa, aprivano le portiere delle carrozze che arrivavano l'una dopo l'altra. Attraverso le tende sollevate passavano diplomatici, senatori, militari di alto rango, e molti altri ospiti illustri sia francesi sia stranieri, gli uomini adorni di decorazioni e di onorificenze e le donne tutte ingioiellate. Infine i Bassano arrivarono. Pierre si fermò davanti a loro, e salutò la signora e il marito; quindi si volse per parlare a Stéphanie mentre lei emergeva dalla carrozza. Quasi non la riconobbe.

« Ci incontriamo di nuovo, Pierre. »

Un largo sorriso gli illuminò il volto. Dopo tutto, avrebbe anche potuto vincere quella dannata scommessa! Dall'epoca del loro ultimo incontro, Stéphanie era sbocciata come un fiore. Le piccole irregolarità dei suoi lineamenti conferivano un fascino strano e interessante al suo viso incorniciato dall'oro pallido dei capelli, acconciati *à l'impératrice*, raccolti cioè in un lungo rotolo sulla nuca. Lasciavano scoperta la bella fronte, e si raccoglievano in una coda di cavallo attorcigliata, trattenuta da un cerchietto ricoperto di fiori. Bisognava ammettere che la duchessa non era stata con le mani in mano per quanto riguardava l'istruzione della ragazza affidatale. La sua goffaggine era sparita. Così pure la timidezza. Stéphanie si era districata con l'ampia gonna sui gradini della carrozza con molta più grazia di quella che mostravano al loro arrivo la maggior parte delle donne.

« Sono onorato, Stéphanie. Così è venuta a conquistare Parigi, come aveva promesso! »

Gli angoli della sua bocca si piegarono nell'atteggiamento malizioso che Pierre non aveva dimenticato. « Sì, sono venuta, e questa città dovrà stare attenta! »

Con il cuore che le palpitava per l'eccitazione in modo così folle che non riusciva quasi a respirare, la ragazza entrò nel palazzo a fianco di Pierre. La duchessa l'aveva subissata di martellanti istruzioni su come camminare, sedere, sorridere e comportarsi, e Madame Palmyre le aveva approntato un guardaroba che prevedeva ogni occasione; ma, dall'inizio delle lezioni alle interminabili prove, i pensieri di Stéphanie s'erano accentrati soltanto sul momento in cui avrebbe rivisto Pierre. Aveva voluto far bene ogni cosa per *lui*. Desiderava apparire sotto la luce migliore per *lui*. L'onore che l'imperatrice le aveva concesso passava in secondo piano di fronte alla gioia di essere scortata dal giovane in quella serata memorabile.

Passarono attraverso un'anticamera, dove alcuni valletti in

giacca gallonata stavano ritti come bacchette, e raggiunsero il lungo scalone fiancheggiato da trombettieri che tenevano i loro scintillanti strumenti appoggiati al fianco, con le nappine d'oro che penzolavano immobili. Su ogni gradino c'era una doppia fila di guardie con l'elmo e la corazza risplendenti, e in cima alla rampa Pierre porse gli inviti a due ussari in alta uniforme.

Appena vide la Sala dei Marescialli, Stéphanie rimase senza fiato per la meraviglia. Il soffitto sembrava formato da cascate di cristalli e migliaia di candele ardevano sugli enormi candelabri. Nella luce smagliante la folla sembrava risplendere. Tutti gli uomini che non indossavano l'uniforme portavano l'abito ufficiale di corte. Le donne sfoggiavano gonne a forma di rosa sbocciata, così che l'ampio salone aveva l'aspetto di un giardino vivente.

Stéphanie fu presentata a numerose persone e suscitò molta curiosità. Un volto nuovo e grazioso era sempre oggetto di congetture in una corte in cui l'imperatrice aveva instaurato il culto della bellezza. Parecchi ufficiali, colleghi di Pierre, si fecero un punto d'onore di esserle presentati, e Stéphanie civettò con loro in risposta alla corte ammirata che le dedicavano; si mantenne sempre nei limiti che la sua istruttrice aveva stabilito, anche se il potere di attrazione che si era accorta di possedere la faceva esultare. Sperò che Pierre lo notasse, e così fu in realtà, soprattutto allorché due o tre ufficiali gli batterono furtivamente sulla schiena congratulandosi con lui per essere riuscito ad accaparrarsela. Alle nove e mezzo esatte, l'imperatore e l'imperatrice fecero il loro spettacolare ingresso, mentre tutti gli sguardi puntavano su di loro. La folla degli invitati assunse l'aspetto di un mare ondulato, a causa degli inchini e delle riverenze che accompagnavano l'avanzare dei sovrani in un interminabile fruscio di sete e di rasi a tratti coperto dal tintinnio delle decorazioni. L'imperatore portava una giacca scarlatta e bianchi pantaloni da generale, i neri capelli lucenti e i baffi incerati dalle punte scintillanti; l'imperatrice indossava un abito di taffettà azzurro del colore dei suoi occhi, zaffiri sui capelli e intorno al collo, che davano risalto alle splendide spalle nude, e agitava un ventaglio di avorio con grazia tutta spagnola.

I sovrani aprirono le danze, e non appena altri si unirono a loro, Pierre invitò Stéphanie. Poi parecchi cavalieri gliela portarono via, ma lui reclamò il proprio turno per la danza dell'ora di cena. I due giovani non cenavano con gli altri ospiti, perché erano stati invitati a unirsi all'imperatore e all'imperatrice, assieme a poche altre persone tra cui i Bassano, in un altro salone. Sia a Pierre sia a Stéphanie furono dedicate particolari attenzioni. Dapprima il padrino conversò con i due giovani, poi Eugenia li pregò di sedere accanto a lei. Era una brillante conversatrice, divertente e spiritosa: il suo gruppo era quindi il migliore cui aggregarsi. Se non fosse stato per la prospettiva di danzare di nuovo con Pierre, Stéphanie sarebbe stata felice di trascorrere il resto della serata là dentro; ma l'imperatore e l'imperatrice mostrarono l'intenzione di raggiungere il resto della compagnia, alla quale si mescolarono parlando con quante più persone poterono. Lasciarono il ricevimento a mezzanotte, ed Eugenia si voltò più di una volta per rivolgere quel grazioso saluto circolare con la mano che le era caratteristico. Poi i sovrani scomparvero. I festeggiamenti sarebbero continuati ancora per qualche ora, ma i Bassano erano pronti per andarsene, e Stéphanie doveva seguirli. La ragazza non era affatto contenta di lasciare il palazzo, anche se non osava esternarlo a nessuno all'infuori di Pierre, che li stava accompagnando alla carrozza.

« Mi sembrava che la serata fosse soltanto all'inizio », gli sussurrò indignata.

Pierre la pensava allo stesso modo, ma volle consolarla. « Ci saranno molte altre volte d'ora in poi per lei. Nelle prossime feste cerchi di convincere la duchessa a lasciarla sotto la sorveglianza di uno chaperon. »

I suoi occhi scintillarono con aria decisa. « Lo farò. Non sono venuta a Parigi per andarmene a letto prima dell'alba. »

La carrozza dei Bassano partì. Pierre rimase in piedi nel vestibolo, che era deserto a eccezione dei lacchè, e si chiese dove poter trascorrere le prossime ore. Non si sentiva particolarmente desideroso di ritornare alle danze, eppure nessuno degli svaghi che gli si offrivano nelle tenebre della città, interrotte qua e là da qualche luce, rappresentava un invito per lui. Voleva soltanto vedere Louise e stare con lei. Quella sarebbe dovuta essere la sua serata, e, sebbene la compagnia di Stéphanie fosse stata incantevole, per tutto il tempo si era sentito come se gli fosse mancato qualcosa, ossessionato dalla sensazione di essere stato defraudato, quella notte, di ciò che gli spettava. Cominciò a struggersi per il desiderio di lei, simile a un insaziabile appetito e, senza riuscire a pensare ad altro, salì su una vettura a nolo che aveva fatto chiamare e diede al vetturino l'indirizzo di Louise. Scese dalla carrozza nella brutta e stretta strada e guardò verso i piani superiori dell'edificio dall'intonaco scrostato in cui lei viveva. Dietro le tendine di una delle sue finestre si vedeva una candela accesa. Entrò in casa e fece la scala di corsa. Bussò alla sua porta. La voce di Louise si levò con circospezione.

« Chi è? »

« Sono Pierre. »

« Un momento. » Udì tirare il catenaccio e girare la chiave nella toppa. Poi la porta si aprì e Louise apparve con il candeliere in mano, uno scialle intorno alle spalle a coprire la camicia da notte, i capelli che le ricadevano intorno al viso. « Che cosa è successo? » chiese con voce ansiosa e occhi sbarrati.

Alla sua vista, il cuore di Pierre sembrò arrestarsi, soffocato dall'amore. Nessuna delle donne che avevano esibito la loro eleganza alle Tuileries quella sera avrebbe potuto eclissare Louise nel suo semplice e intimo abbigliamento, con il viso modellato in varie sfumature dalla luce della candela. Non l'aveva mai vista con i capelli sciolti prima di allora: le ricadevano dritti e folti come seta fino alla cintola, poi le punte si arricciavano verso l'alto. Entrò nella stanza chiudendo la porta.

« Dovevo vederti. Sei sola? » Aveva rivolto una rapida occhiata alla porta, rimasta aperta, della camera di Catherine, che era buia, dopo aver notato che Louise non aveva abbassato la voce.

« Sì », rispose lei sventatamente. « Catherine è ancora al lavoro e ci rimarrà fino a domattina. » Non aveva pensato ad altro, nell'ansia che provava per la sicurezza di lui, ansia che era aumentata fino a diventare insopportabile, irrigidendole i lineamenti. Tese una mano tremante per toccargli la manica, perché non l'aveva mai visto nello splendore dell'uniforme di gala. « Stai partendo? » chiese con voce tremula, ingannandosi sulla ragione di quell'abbigliamento. « È per questo che sei venuto qui in un'ora così tarda? »

Allora Pierre ricordò di averle raccontato che il conflitto tra Russia e Turchia avrebbe potuto ben presto coinvolgere anche la Francia, senza accorgersi di averle instillato la paura di una loro separazione. Per la prima volta la vide completamente indifesa, disponibile e vulnerabile, mentre tutte le barriere che aveva eretto contro di lui erano temporaneamente crollate. All'improvviso si rese conto che, inconsciamente, aveva creato le condizioni che aveva atteso con una pazienza di cui in passato non si sarebbe creduto capace. « No, non ancora. Ma potrebbe avvenire presto. » Appoggiò su una sedia il berretto che, al modo dei militari, teneva sotto il braccio. « Ma non è per questo che sono qui. Di colpo ho sentito che dovevo vederti. Se tu fossi stata addormentata, avrei svegliato tutta la casa. Sapevo che non potevo lasciar passare un'altra ora, un altro giorno o un'altra notte senza dirti ciò che avrei dovuto farti sapere molto tempo fa. »

Louise arretrò di un passo, i piedi nudi sul ruvido assito e in mano la candela gocciolante con la fiamma che tremolava. Pierre gliela tolse di mano e tutti e due furono avvolti nella sua aureola, mentre il giovane si sedeva al tavolo accanto a lei. Si liberò del giubbetto facendo frusciare la fodera di seta e lo gettò da parte. Louise, immersa nell'alone della candela, lanciò un'occhiata estatica al suo viso mentre lui la prendeva tra le braccia e la stringeva a sé, rialzando l'onda dei suoi capelli. Fu percorsa dal tremito di gelida angoscia che aveva già provato prima, al pensiero che Pierre potesse essere venuto a dirle addio.

I suoi discorsi di guerra avevano sempre destato in lei il terrore del pericolo che Pierre avrebbe dovuto affrontare, e ora, avvinghiata a lui, aveva bisogno del conforto fisico della sua presenza per dissipare l'incubo che l'aveva oppressa. Voleva che lui la tenesse contro il suo caldo corpo, per sentirsi rassicurata, per credere che avevano ancora tempo davanti e che la chiamata che doveva fargli raggiungere un campo di battaglia straniero non era ancora arrivata a troncare tutto. Incontrò la bocca di Pierre in un impeto appassionato che non aveva mai conosciuto prima, e i loro baci sembravano intrisi di un'ardente ferocia che eccitava Pierre. Quando le loro labbra si staccarono, il giovane si piegò indietro per raggiungere la chiave della porta. Louise si accorse troppo tardi di quanto spazio avesse concesso alla seduzione, ed ebbe paura di doversi infine arrendere.

« No! » Cercò di afferrargli il braccio, ma Pierre la tenne stretta contro di sé e la ragazza sentì i suoi muscoli che si tendevano mentre egli girava la chiave nella serratura. Quasi senza respiro, sentendosi scricchiolare le costole, Louise tentò di liberarsi, mentre lui alzava la mano verso il catenaccio situato in cima alla porta – una duplice precauzione contro un eventuale intruso – e, con la punta delle dita, lo spingeva nella sua sede. Poi la sua bocca la coprì di baci ancora più esigenti.

« Ti amo », le sussurrò sulle labbra, fondendo il proprio respiro con quello di lei. Era in preda a un'estatica adorazione e nulla poteva ormai fermarlo. Imprigionandole la bocca con la propria, la sollevò tra le braccia e la portò sul letto, mentre la camicia da notte fluttuava dietro di lei. Là Pierre esplorò ogni piega del suo adorabile corpo. Le sfiorò il seno con una carezza sensuale che la fece fremere in un'ondata di voluttà che non riuscì a dominare. Le strappò i nastri che le chiudevano la camicia alla gola e le tolse con facilità il leggero indumento, svelando la sua nudità eburnea, mentre i capelli le coprivano il viso come fossero un lembo di seta nera. Istintivamente Louise si rannicchiò per opporsi a lui. Ma la sua lotta fu di breve durata. Non poteva combattere contro il proprio amore, contro la passione che Pierre aveva destato, e contro l'inesorabile tenerezza delle sue carezze. D'improvviso si sentì travolgere da una gioiosa e ardente sottomissione.

Solo allora Pierre si spogliò e si distese accanto a lei, allontanando le ultime tracce del suo pudore con il tenero omaggio delle proprie labbra, delle proprie mani e del proprio corpo. Louise capì finalmente che cosa significasse appartenere l'uno all'altra, gioire per l'ossessiva adorazione di un uomo. Era come se Pierre stesse scoprendo un tesoro in ogni parte di lei e insieme condividessero l'estasi di quelle rivelazioni. Lo trovava bellissimo. C'era bellezza nel fuoco della sua bocca, nei muscoli che guizzavano sulla sua schiena al tocco sensuale delle dita, nel vigore e nella possanza di tutto il suo corpo. Quando Pierre infine la trascinò con sé al culmine dell'amore, nulla contò più, né il mondo, né il tempo, né la notte, né il giorno. Soltanto le sue braccia la trattenevano dal lasciarsi travolgere dall'estasi fino a morirne. Soltanto Pierre.

Il sopraggiungere delle prime luci dell'alba li trovò abbracciati, Louise raggomitolata contro di lui, mentre si sussurravano a vicenda dolci parole. « Staremo insieme per sempre », le assicurò Pierre, baciandola sugli occhi. « Nulla potrà dividerci ora, e mai dimenticheremo che sei mia e soltanto mia finché vivremo. »

Era convinto di aver saputo fin dal loro primo incontro che Louise sarebbe stata per lui tutte le donne racchiuse in una sola, e vide il proprio futuro snodarsi attraverso l'immagine di lei, diventata parte integrante della sua vita. Provava un amore così profondo per Louise che sentiva nascere dentro di sé il desiderio di accarezzarla e di proteggerla con un altruismo che non aveva mai sperimentato prima di allora. Queste cose le disse, e altre ancora.

Louise faticò a convincerlo ad andarsene prima che Catherine rincasasse; ma alla fine, con riluttanza, Pierre si vestì e fu pronto per uscire. Tuttavia indugiò sulla porta, stringendola a sé.

« Passeranno alcuni giorni prima che ci vediamo di nuovo », sospirò. I suoi doveri non gli erano mai apparsi più gravosi, e si irritò per le ore che Louise doveva trascorrere lavorando, quando avrebbero potuto impiegarle in altro modo. « Dimmi che posso rimanere ancora un po'. »

« Devi andare, ora », lo rimproverò Louise con affetto.

Pierre si soffermò ancora qualche minuto prima di andarsene definitivamente. Quella stessa sera, ebbe la sorpresa di ricevere la posta della scommessa, che gli fu consegnata, con un'adeguata cerimonia, al circolo ufficiali, dove fu costretto a offrire champagne e cognac a tutti. L'aveva completamente dimenticata, dopo l'altro premio ben più prezioso che era riuscito a ottenere.

XI

Nella sua stanza, Marie si guardava nel grande specchio inclinato con aria disperata. Lei e Worth dovevano partecipare al ballo organizzato alle Halles in onore dell'imperatrice e della corte, uno degli innumerevoli avvenimenti in città che seguivano l'esempio delle Tuileries, e il marito le aveva disegnato un abito molto originale. Era di tulle rosa ornato con nastri di una sfumatura purpurea, davvero sensazionale nella sua semplicità, e con una crinolina enorme. Ma lei odiava quell'abito. La sua natura timida e schiva si ribellava all'idea di indossarlo. Era il tipo di abito che le dava maggiori timori, perché sapeva che avrebbe attirato sospiri, sguardi e mormorii. Non le importava nulla del fatto che metà delle donne presenti l'avrebbero invidiata per il suo abbigliamento, quando molte altre l'avrebbero derisa. Perché Worth doveva sempre farle indossare indumenti così *nuovi* e *diversi*, quando andavano in qualche luogo? Era già abbastanza spiacevole in negozio: alle volte si sentiva ridicola e buffa in abiti preparati per altre donne. Era certa che, prima o poi, sarebbe venuto il giorno in cui, piegandosi su se stessa, sarebbe morta nel bel mezzo di un affollatissimo ricevimento, sotto il peso di migliaia di occhi scrutatori e irridenti.

Lo udì salire le scale e si armò di coraggio: voleva chiedergli di permetterle di indossare uno dei suoi abiti da ballo più convenzionali. Non erano affatto banali, quando lei li aveva portati le prime volte; ma ora erano diventati di moda e poteva attendersi di vedere molte altre donne abbigliate nello stesso stile. La porta si spalancò ed entrò Worth, bello nel suo abito da sera, con lo sparato bianco scintillante, e in mano un mazzolino di fiori di un solo colore, tenuti insieme da lunghi nastri ondeggianti.

« Il tocco finale, mia cara! »

« Charles... » cominciò a protestare Marie, respingendolo con un rapido movimento delle mani per impedirgli di appuntarle il mazzolino di violette di seta e velluto sull'abito.

Lui non l'ascoltò. Del resto il mazzolino non era affatto destinato all'abito. Al colmo dell'orrore, Marie vide che Worth glielo stava infilando nel pettinino che le tratteneva i riccioli, mentre i nastri che lo avvolgevano scendevano a volute ricadendole su una spalla. Marie sbarrò gli occhi e, scoppiando a piangere, esclamò:

« Non verrò al ballo con questa pianta tra i capelli! »

Worth alzò le braccia per l'indignazione, seccato che lei non volesse ammettere che l'acconciatura le conferiva un aspetto incantevole. Sebbene avesse ormai perduto il conto di tutte le volte che avevano litigato in circostanze del genere, non mancava mai di sentirsi ferito dal fatto che Marie fosse l'unica a non apprezzare le sue creazioni; e ogni scontro esacerbava la sua rabbia, la sua suscettibilità alle critiche.

« Non sembra affatto una pianta! È solamente il mazzolino di violette più bello che sia mai uscito dai negozi che fabbricano fiori. Ci sono volute ore per confezionarlo. »

« *Violette!* » Marie pestò i piedi e strinse i pugni, mentre le lacrime le sgorgavano a fiotti dagli occhi. « Si dà il caso che io questa sera debba danzare, e non spingere l'aratro o mungere una mucca. Nessuno ha mai portato enormi mazzi di violette tra i capelli durante un ballo a Parigi. Perché allora non una corona di margherite? »

« Ti stai rendendo ridicola e ti verranno gli occhi rossi! »

« Ridicola! » ripeté Marie con voce stridula, gettando indietro la testa, come se il diverbio avesse esaurito tutta la sua pazienza. « Lo devo proprio a te se sembro ridicola! Il vestito è spoglio come l'abito di una monaca, mentre la mia testa sembra il Bois de Boulogne. » D'un tratto, affondò il viso tra le mani e si mise a singhiozzare. « Perché non riesci a capire che sarò lo zimbello di tutti i presenti? »

L'ira di Worth svanì. La abbracciò e le attirò il capo contro la propria spalla, accarezzandole i capelli e baciandole la fronte. Le parlò dolcemente in tono di blandizie. « La vera ragione che mi ha fatto decidere per le violette è che non erano mai state portate prima d'ora. La loro semplicità è in armonia con il vestito. Tra tutte le altre donne dalle *toilettes* elaborate, tu spiccherai come esempio di quanto possa apparire bella una donna che fa assegnamento esclusivamente sulla linea per apparire di un'abbagliante eleganza. Se avessi usato le rose o i gelsomini, il tocco finale sarebbe risultato troppo accentuato. »

Alla fine Worth vinse anche quello scontro, come era sempre avvenuto. Senza ben capire in quale momento avesse ceduto, Marie si trovò a indossare non solo l'odiato vestito, ma anche il mazzolino di fiori con relativi nastri. Si asciugò gli occhi e si soffiò il naso con un fazzoletto di lino, che lui si era tolto da una manica e le aveva porto, e si lasciò baciare e confortare, restando ad ascoltare Charles che le diceva che era la più cara mogliettina del mondo. Eppure, mentre lui le dava il braccio per condurla al ricevimento, Marie era convinta di sapere esattamente come si fosse sentita Maria Antonietta sulla carretta che la portava alla ghigliottina. Se solo le avesse permesso di ornare la gonna con qualche banale fronzolo!

Avvenne ciò che Worth aveva previsto. Il suo vestito attrasse l'attenzione ammirata dei presenti; anche coloro che disapprovavano l'assenza di ornamenti non potevano staccare gli occhi da Marie. Ormai, a ogni cerimonia pubblica cui partecipava, le donne presenti si facevano un punto d'onore di osservare quel che indossava. Come sempre, Marie si mostrò sorridente e incurante delle occhiate cariche di biasimo; nessuno sospettava la sua vulnerabilità, e fu una consolazione al suo tormento quando Worth le sussurrò che alla fine della settimana il reparto confezioni avrebbe ricevuto parecchie ordinazioni di abiti uguali a quello che lei presentava con una sicurezza piena di grazia. « E *con* le violette sui capelli », aggiunse, incapace di resistere, volendo dimostrarle che, dopo tutto, il suo gusto si era imposto. Fu una delle rare volte in cui, per quanto lo amasse, Marie trovò il suo autocompiacimento insopportabile. Poi Worth le sussurrò di nuovo: « Ma nessuna potrà rivaleggiare con te, mia cara ». La donna si sentì intenerire dall'adorazione che si leggeva nei suoi occhi. Non fu la prima volta che Marie pensò che le altre donne la invidiassero non solo per gli abiti che indossava.

Il salone da ballo del municipio si era rifatto alle Tuileries nelle tappezzerie blu-scuro, con ghirlande di fiori intrecciate, tra ondeggianti frange di seta e nappe. L'ambiente era illuminato dai candelabri e gli specchi riflettevano, moltiplicandola, l'enorme folla sparsa ovunque. Gli Worth incontravano conoscenti a ogni angolo. Avevano finito col conoscere un mucchio di gente a Parigi ed erano continuamente sommersi dagli inviti, che accettavano solo in minima parte, declinando gli altri molto cortesemente. Worth affermava di essere troppo occupato per dedicare il suo tempo prezioso ad avvenimenti e a persone che lo interessavano poco o nulla, e questo era abbastanza vero. Ma Marie aveva l'impressione che nel suo regno fosse diventato assolutista, così come l'imperatore lo era in un altro campo. Senza dubbio, suo marito considerava l'atto di presenza sia in società sia nei circoli sartoriali come un onore da concedere solo quando poteva giovargli. Eppure, con la sua ristretta cerchia di amici, appariva rilassato, gioviale, ed era considerato un compagno straordinario. Non faceva meraviglia che Louise, motivo di vanto, per lui, nel suo nuovo vestito coperto di lustrini dorati, fosse stata invitata, con sua grande gioia, a unirsi agli Worth per la festa di quella sera. La scortava Pierre de Gand, che Marie aveva trovato molto più simpatico della sua autoritaria e terribile madre.

Infine arrivò l'imperatrice con le sue dame: era il momento da tutti atteso. Come sempre, la sua eleganza non deludeva: indossava un abito di organza argentata, accompagnato da un diadema di smeraldi. Mentre si avvicinava con il proprio seguito, Pierre scorse nel gruppo Stéphanie. Provò sorpresa e fastidio nel vederla, immaginando che fosse stata inserita al posto di un'altra all'ultimo momento. Quando vide che lei si era accorta della sua presenza, capì che il piacere della serata era irrimediabilmente guastato.

Nella danza che seguì, Pierre trascinò Louise al centro del salone, mentre le altre coppie che facevano parte della compagnia degli Worth ruotavano intorno a loro nell'impeto di un valzer. Si sentiva sgradevolmente conscio di essersi sottratto al proprio dovere di rivolgere a Stéphanie le più elementari cortesie, ma non desiderava che lei e Louise s'incontrassero. L'opportunità gli si presentò quando Louise fu invitata da Worth a ballare. Pierre si aprì la strada attraverso la folla accalcata intorno al gruppo imperiale, riunito sotto un baldacchino appositamente preparato. Aveva deciso di attendere innanzitutto l'occasione per dare a Louise la possibilità di vedere da vicino l'imperatrice in tutta la sua eleganza, perché sapeva che per lei sarebbe stato uno spettacolo emozionante. Non aveva più potuto coltivare l'idea di accompagnarla a un ballo di corte alle Tuileries, dove i suoi movimenti erano ostacolati dai doveri che gli erano stati imposti verso Stéphanie. Ma, nella brillante città di Parigi, ci sarebbero state altre occasioni che l'avrebbero rallegrata, e quella sera era una delle tante. Non prevedeva alcuna difficoltà nel presentare Louise, quando fosse diventata sua moglie. Dopo tutto, con un *parvenu* sul trono imperiale, le barriere sociali in Francia erano più flessibili di quelle delle corti di antica istituzione. Comunque, non aveva ancora detto a Louise la completa verità sull'importanza delle sue relazioni, e ora forse i tempi erano maturi per farlo.

Stéphanie non doveva avergli levato gli occhi di dosso. Mentre Pierre si avvicinava, ella concluse rapidamente il discorso in cui era impegnata e gli tese la mano. « Che sorpresa! Che buffo! Com'è stato gentile da parte sua darsi da fare per scoprire che sarei venuta qui questa sera. Io l'ho saputo solo all'ultimo momento, perché una dama dell'imperatrice non si è sentita bene. Sì, mi piacerebbe ballare. » Pierre la trascinò in un valzer di Strauss, e Stéphanie non smise di chiacchierare mentre turbinavano nell'area riservata alle danze, in mezzo a un migliaio di altre coppie. « Lei mi ha salvata da quella che si preannunciava come una serata molto noiosa. » I suoi occhi scintillavano, era piena di un'allegra esuberanza. « Come riesca l'imperatrice a mostrarsi tanto affascinante e interessata a tutta la gente tediosa che le viene presentata, proprio non lo capisco. »

« Mi dispiace di non poterle fare da cavaliere per rimediare alla noia della sua serata », replicò Pierre con aria grave. « Ma in quest'occasione mi è impossibile. »

La ragazza finse di fare il broncio, ma non gli credeva, sapendo che spesso si divertiva a prenderla in giro. « Non mi stuzzichi. Non merita che io le prometta di ballare con lei tutta la sera, ma sono pronta a perdonarla. »

« Stéphanie. » Il tono di Pierre divenne duro, mentre le stringeva la mano perché considerasse con serietà quanto le diceva. « Non sono venuto qui da solo. »

La reazione della ragazza lo sgomentò. Lo fissò con le guance in fiamme e gli occhi che le brillavano per l'ira. « Al diavolo la sua arroganza, Pierre de Gand! Crede che io sia una sciocca? Non m'interessa sapere con chi si trova qui, ma non mi piace che lei non voglia consentirmi di credere che è venuto alla festa soprattutto per trovare me. » Non c'era alcuna logica nella sua accusa, che tuttavia era pronto a subire; ma, quando Stéphanie si staccò da lui, decisa ad abbandonarlo in mezzo alla sala, Pierre la afferrò per la vita e quasi le stritolò una mano, trascinato da una collera pari a quella di lei.

« Nessuna si è mai permessa di lasciarmi nel bel mezzo di una danza! Lei finirà questo valzer con me, dovesse durare tutta la notte. »

Stéphanie avrebbe voluto tentare ancora di sfuggirgli, se non si fosse ricordata, a un tratto, di ciò che le era stato detto riguardo ai pettegolezzi che un comportamento del genere avrebbe provocato. Non doveva assolutamente far nulla che mettesse a repentaglio la sua posizione a corte. La duchessa di Bassano l'aveva avvertita che l'imperatrice era una fanatica moralista: non avrebbe tollerato che il minimo scandalo sfiorasse i membri del suo seguito. Forse Eugenia aveva già dovuto sopportare abbastanza circa le chiacchiere, che dovevano certamente essere arrivate al suo orecchio, relative alle scappatelle del marito.

All'accordo finale dell'orchestra, Pierre ricondusse Stéphanie fino al gruppo dell'imperatrice. Eugenia gli parlò, cosa che Pierre aveva sperato di evitare quella sera. Alcuni passi più in là, Louise si portò una mano alla gola, in un gesto costernato.

« L'imperatrice sta parlando con Pierre », esclamò.

Una persona della sua compagnia, udendo quelle parole, le lanciò un'osservazione volgendo appena il capo al di sopra della spalla. « Perché non dovrebbe, visto che, in fin dei conti, lui è il figlioccio dell'imperatore? »

Louise, profondamente sconvolta, guardò Marie come per averne conferma. « È vero? »

Marie sorrise e sfiorò il braccio di Louise cercando di rassicurarla. « Probabilmente il capitano pensa che ciò non faccia alcuna differenza, se non te ne ha ancora parlato. Dopo tutto, non è il tipo d'uomo che si vanta di cose del genere, non ti pare? »

« No », convenne Louise in tono più tranquillo. « Infatti, non lo è. »

La musica aveva appena fatto ricominciare le danze, quando Pierre tornò da lei. Stéphanie, facendo finta di nulla, cercò di seguirlo con gli occhi, per rivolgere un'occhiata alla persona sconosciuta che aveva provocato in lei fitte di gelosia. Ma Pierre si trovava ora fuori portata del suo sguardo, nascosto da una moltitudine di coppie che si era lanciata in una gavotta. Dietro a Stéphanie, una voce femminile chiese a qualcuno se conoscesse l'identità di colei che indossava l'abito di tulle rosa. La risposta fu immediata.

« È la signora Worth, la moglie del sarto della Casa Gagelin. »

« Credi che sia stato lui a disegnare quel vestito? » riprese la voce con avida curiosità.

« Lei indossa soltanto abiti creati da lui », rispose l'altra persona in tono di invidia.

« Interessante! » E, dopo un istante di contemplazione: « Quelle violette sono incantevoli ».

Stéphanie riemerse dal proprio sconforto per osservare questa signora Worth che danzava poco lontano. Era indubbio che, nell'insolita semplicità del suo delizioso abito, faceva apparire ridicole tutte le altre che indossavano vestiti sovraccarichi di ornamenti. Persino l'imperatrice.

Eugenia se ne andò come al solito intorno alla mezzanotte, con grande sollievo degli Worth. Charles ne aveva abbastanza del ricevimento, anche se si erano divertiti, e, pensando alla pesante giornata di lavoro che l'attendeva entro poche ore, augurò agli amici la buonanotte e se ne andò con Marie. La moglie non si era quasi ancora seduta in carrozza, che già si era tolta le violette dai capelli. Worth si era assopito di colpo, con le ginocchia accavallate e i piedi appoggiati sul sedile di fronte, dopo essersi calato il cilindro sugli occhi, e non avrebbe comunque potuto notare la leggera smorfia che fece Marie guardando i fiori nel proprio grembo.

Attraversando la città in un'altra direzione, Pierre stava spiegando a Louise qualcosa che avrebbe avuto il dovere di dirle da parecchio tempo. « Avrei dovuto dirti prima che la mia famiglia aveva conosciuto l'imperatore e sua madre, la regina Ortensia, in un'epoca precedente alla mia nascita. Alcuni anni dopo, durante il suo esilio in Inghilterra, il principe, cui era stato negato il diritto di rientrare nel proprio paese, onorò i miei genitori e me diventando mio padrino. Forse ti chiederai perché ho aspettato fino a ora per dirti tutto ciò; ma, oltre al fatto che io non sono il tipo che si vanta dei propri privilegi, la ragione principale è che non volevo allarmarti eccessivamente con questa faccenda. Ora che mi conosci, puoi capire che si trattava di una semplice questione di famiglia di cui né lui né i miei genitori potevano prevedere, a quell'epoca, gli sviluppi. Ammetto che ciò mi ha investito di alcuni privilegi sociali, ma in tutto il resto la mia vita è la stessa di ogni altro ufficiale dei corazzieri addetto alle Tuileries. » La strinse tra le braccia nell'oscurità della carrozza e avvicinò il proprio viso a quello di lei. « Ora non ho più nient'altro da dirti che tu non sappia già. » La sua voce assunse un accento divertito. « Vuoi che ti racconti tutto dall'inizio? Che ti parli delle mie sei sorelle? Della mia infanzia? Dei miei cavalli? Degli anni che ho trascorso alla Scuola Militare? »

In realtà Louise non si stancava mai di ascoltare ciò che lo riguardava, si trattasse di nuovi episodi o di un'aggiunta ad argomenti che già conosceva. Ma in quel momento rispose in modo vago, che parve soddisfarlo, tanto più che Pierre prese a scrutare fuori del finestrino, impaziente di raggiungere la loro destinazione. A un tratto Louise si accorse che non si stavano avvicinando alla sua casa, ma che si trovavano invece in un altro quartiere.

« Dove siamo? » chiese, smarrita.

« Lo vedrai presto. È una sorpresa. »

Mentre scendevano dalla vettura, la ragazza alzò gli occhi verso la fila di eleganti case color crema disposte a terrazza e scoprì che si trovavano in rue de Lenoir. La portinaia li fece entrare e li guidò attraverso l'atrio su per le scale illuminate. Al primo piano, Pierre trasse di tasca una chiave e aprì in fretta la porta a due battenti dell'appartamento che aveva preso in affitto. Nell'alloggio non c'erano domestici, e i suoi passi risuonarono sordamente sul pavimento lucido, mentre andava ad accendere prima una lampada e poi un'altra. Louise lo seguì, mentre lui alzava gli stoppini per fugare le tenebre. Infine, in un salotto dall'alto soffitto, con tre grandi finestre che permettevano di contemplare le luci di Parigi tra gli alberi del parco da poco creato che si stendeva là davanti, appiccò il fuoco ad alcuni ceppi già pronti nel caminetto di marmo. Quindi, volgendo le spalle alla fiamma, le chiese:

« Be'? Che ne pensi? »

L'arredamento era elegante e confortevole, nelle tonalità verde, oro e azzurro, impreziosito dallo scintillio del palissandro e degli intarsi. Attraverso le porte aperte, Louise aveva potuto gettare un'occhiata nelle altre stanze, altrettanto sontuose quanto quella in cui si trovava. Dopo aver lasciato scivolare giù dalle spalle lo scialle di seta e trascinandolo con una mano, si diresse verso una delle finestre per guardare fuori. La luce di una lampada riflessa in una specchiera faceva risplendere le sue spalle eburnee, che la scollatura del meraviglioso abito lasciava scoperte.

« Che veduta è questa? » arrischiò con voce fioca, pur avendo indovinato abbastanza facilmente. In realtà era profondamente commossa per l'amore che Pierre le aveva dimostrato preparandole quella sorpresa.

« Ti piace? »

« Mi piacciono tutti i luoghi di Parigi, ma questo punto deve essere ancora più splendido di giorno che di notte. »

Pierre le si avvicinò e rimase in piedi dietro di lei, prendendola per le spalle e attirandola contro di sé. « È tuo e mio. » La sua voce vibrava contro l'orecchio di Louise. « Nostro per tutto il tempo che vogliamo. » Si portò davanti a lei e, mettendole le dita sotto il mento, le sollevò delicatamente il viso verso il proprio, con un'espressione assorta e ardente. « La prima casa del nostro matrimonio. »

Louise annuì, sopraffatta dall'emozione per quelle parole. « Dev'essere la dimora più splendida di tutta Parigi. So che saremo felici qui. »

« Tutto quel che resta da fare ora è che io m'informi circa il momento in cui potrò ottenere un permesso, e per quanto tempo potrò rimanere assente. Non appena lo saprò, fisseremo la data del matrimonio, e nessuno avrà nulla da ridire. » La trascinò verso un'ampia poltrona, in cui sedette prendendola sulle ginocchia. Louise appoggiò la testa, beata, sulla sua spalla, e l'ampia gonna si allargò come una coperta sopra di loro. Pierre aveva un'infinità di progetti per la luna di miele che avrebbero fatto. Voleva condurla, lungo un pittoresco percorso attraverso la valle della Loira, al castello fortificato che un giorno sarebbe stato di loro proprietà. Le spiegò che si trovava in posizione dominante in una delle più belle regioni della Francia e che là intorno c'erano molti luoghi che voleva farle ammirare. Intendeva insegnarle a cavalcare. Tutte le sue sorelle le avrebbero voluto bene. E, una volta lasciato il castello, il loro viaggio d'amore sarebbe continuato: avrebbero fatto ritorno a Parigi con tutto comodo. Louise osservò, ma non glielo fece notare, che, sebbene avesse menzionato sua madre, non l'aveva elencata tra coloro che l'avrebbero accolta con gioia al castello de Gand. Quando fosse arrivato quel giorno, si sarebbe preparata ad affrontare il problema. Nel frattempo, non vedeva l'ora di entrare nell'appartamento con Catherine. Avrebbe fatto tutto nel minor tempo possibile.

Raddrizzò la schiena e si rimise in ordine. « Non chiedermi di dirlo a Catherine domani o dopodomani. Devo scegliere il momento giusto per comunicarle che ci sposiamo. Dopo che avrò informato lei, dovrò chiedere il permesso di Worth riguardo al periodo in cui mi assenterò dal reparto di confezioni. »

Pierre la guardò incredulo. « Il periodo in cui ti assenterai? Che cosa intendi dire? Tu non ritornerai mai più laggiù, quando saremo sposati. »

Louise lo fissò. « Non vorrai certo chiedermi di mettere da parte tutte le mie aspirazioni relative al mondo della moda? »

Pierre la afferrò per la vita con aria indulgente. « Quando sarai mia moglie, non avrai il tempo di... »

Louise sbottò: « Quasi tutte le sarte più importanti sono sposate ».

« Non lo metto in dubbio. Ma si tratta di donne che devono guadagnarsi da vivere. Tu non ti troverai in questa situazione. Anzi, sarai esattamente all'opposto. »

« Questo non c'entra affatto. Come ti ho già detto, mi piace tutto ciò che ha a che fare con la confezione degli abiti eleganti, e, in ogni caso, fa parte del mio carattere lavorare sodo. Non posso sprecare il tempo standomene tutto il giorno in un appartamento dove ci sono dei domestici che si occupano delle faccende di casa e un cuoco che cucina i pasti. » Allargò le braccia in un gesto di impotenza, per dare maggior enfasi alle proprie argomentazioni.

Pierre non aveva mai pensato che Louise potesse starsene in ozio, ma era convinto che la sua energia sarebbe stata incanalata nei passatempi che rendevano felici le donne della propria classe, le quali sembrava che non avessero mai un minuto libero, dato che gli avvenimenti mondani le occupavano costantemente. Louise doveva rendersi conto che la sua nuova vita sarebbe stata molto diversa, e solo la pazienza e l'autocontrollo che egli aveva dimostrato nei mesi precedenti avrebbero potuto convincerla.

« Voglio che tu sia felice, e se il rimanere nel mondo della moda ti rende tale, potrai continuare a lavorare. Ma non mi piace che tu t'inginocchi a puntare gli orli degli abiti di donne che non sono neppure degne di allacciarti le scarpe. Devi ottenere un avanzamento. Un qualsiasi posto autorevole, in cui tu possa dirigere anziché eseguire degli ordini. »

Louise abbassò la testa per baciarlo sulla fronte. Com'era caro, e quanto poco comprendeva di lei. Il puntare con gli spilli un orlo, inginocchiata, non era più umiliante che, per un pittore, appoggiarsi con un ginocchio a terra per dare la pennellata finale a un capolavoro o, per uno scultore, stendersi sul pavimento per dare un ultimo ritocco alla base di uno zoccolo. Lei condivideva la concezione di Worth, che vedeva in un bell'abito una creazione artistica: nel suo modo di pensare, esso era altrettanto importante di un dipinto esposto al Louvre.

« Lascia le cose come stanno per un po' di tempo », lo convinse con gentilezza. « So che ci saranno molti cambiamenti nella mia vita quando saremo sposati e, sebbene non possa rinunciare al sogno di possedere una sartoria, che nutro da molto tempo, tu e il nostro reciproco amore verrete sempre per primi, per quanto mi riguarda. »

Pierre non ne dubitava. Louise non avrebbe mai fatto una promessa che non intendeva mantenere. Il suo amore per lei non aveva limiti, e in fondo ai suoi pensieri c'era la convinzione che esistesse un modo sicuro per allontanarla per sempre dall'alta moda, quando ciò gli fosse parso opportuno. Una donna non era in grado di occuparsi d'altro quando doveva sopportare il peso dei figli. La attirò nuovamente a sé, cercando le sue labbra con le proprie in un bacio che escludeva ogni altra cosa che non fosse l'immediato presente. Louise gli si strinse contro appassionatamente, e sentì che Pierre cominciava a toglierle le forcine dai capelli con un gesto amoroso che apprezzò con tutto il cuore.

Più tardi, quando furono pronti per lasciare l'appartamento, Pierre afferrò lo scialle e glielo drappeggiò sulle spalle, abbracciandola nello stesso tempo con trasporto. Impulsivamente, Louise gli afferrò una mano e gliela baciò con devozione, prima di appoggiarsela alla guancia. « E pensare che solo qualche ora fa ero così spaventata », gli disse, mentre gli occhi le splendevano per l'emozione.

Pierre sorrise con aria interrogativa, tirandole indietro una ciocca di capelli che le ricadeva sul viso. « Spaventata? Di che cosa avevi paura? Non di me, spero. »

Lei scosse il capo. « No. È stato quando ho saputo che eri il figlioccio dell'imperatore. Ho pensato che tu avessi una posizione così elevata a palazzo da non potermene parlare, e che avessi bisogno del permesso imperiale per sposarmi: l'ho considerato un grande pericolo. Invece, va tutto bene. »

« È proprio così, *chérie*. » Le prese il viso tra le mani.

« Scaccia tutte le tue paure. Sono io, invece, che corro il pericolo di perderti, fino a quando non ti avrò messo l'anello al dito. »

« Per quanto mi riguarda, è come se ci fosse già », sussurrò Louise.

Quando la lasciò alla porta, Pierre insistette di nuovo perché comunicasse le notizie a Catherine e occupasse con lei l'appartamento il più presto possibile. Louise capiva che la fidanzata di un ufficiale che prestava servizio a palazzo doveva alloggiare in una dimora di una certa distinzione, con uno chaperon adatto, e promise che tutto sarebbe stato eseguito senza por tempo in mezzo. Ciò che Pierre non le aveva detto era che avrebbe rimandato la domanda di fidanzamento fino a quando non avesse potuto dare quell'indirizzo, per evitare domande imbarazzanti che avrebbero potuto mettere in pericolo la loro futura unione. Pierre non credeva che ci sarebbero state difficoltà, quando avesse fatto la debita richiesta all'ufficiale comandante, assieme alla domanda di una licenza matrimoniale, cosa che di solito veniva concessa immediatamente. Per un riguardo ai sentimenti di lei, pensava che fosse meglio evitare di farle notare che non poteva menzionare il suo attuale indirizzo: benché non fosse esattamente quello di una catapecchia, non si trattava certo di uno dei quartieri più eleganti di Parigi. Anche se si preferiva che gli ufficiali non si sposassero prima dei trent'anni, il matrimonio era comunque loro concesso dopo i venticinque, e, sempre che la dama in questione non avesse un passato dubbio, il permesso di fidanzarsi veniva accordato senza difficoltà.

Mentre raggiungeva la caserma, Pierre decise che non avrebbe dato a Louise più di una settimana di tempo per regolare la questione con Catherine. Scaduto quel termine, le avrebbe fatto premura senza ascoltare altre ragioni. Era una cosa che sperava di evitare. Lo vedeva come un affronto all'amata, che nessuno avrebbe dovuto denigrare per il fatto che si manteneva con un onesto lavoro e viveva in un'umile dimora.

Louise non sapeva che Catherine aveva da tempo immaginato che l'irrevocabile passo verso la maturità di donna era già stato compiuto dalla ragazza. L'intuito la rendeva sicura di questo, sebbene si fosse tenuta dentro i propri sospetti, incapace di indovinare dove e quando ciò fosse avvenuto. All'inizio aveva provato una profonda rabbia e avrebbe desiderato uccidere il seduttore responsabile: infatti, non aveva dubbi sulla sua identità. Ma poi provò la sensazione di aver ricevuto una specie di assoluzione delle proprie debolezze nei confronti degli uomini al pensiero che anche una femmina forte, intelligente e indipendente come Louise poteva soccombere alle lusinghe sessuali del maschio. Si rese conto che per lungo tempo aveva provato una certa soggezione nei confronti della ragazza. Ma da quando era risultato evidente che Louise era umana, vulnerabile e incline all'amore proprio come lei aveva sempre sperato che fosse, si era quasi vergognata di gioire per le sue deviazioni dalla retta via. Non era certo questo che si sarebbe augurata la madre di Louise, si era detta con severità; ma improvvisamente quella regola non le era sembrata più applicabile, e tutto ciò che rimaneva era un terribile timore che quanto era avvenuto tra Louise e l'ufficiale potesse avere indesiderate conseguenze.

Tutto, però, sembrava procedere bene. Quel giorno del mese in cui Louise appariva sempre esageratamente pallida e sofferente per i forti dolori arrivava e passava come al solito. Catherine decise che avrebbe dovuto impartire qualche severo e saggio avvertimento, per preservarla da disgrazie future. E così fece, scegliendo il momento in cui aiutava la ragazza a stirare l'enorme gonna di tulle dell'abito che le era stato donato da quella cliente. Mentre parlava, Catherine si mostrava molto indaffarata con il ferro da stiro, poiché il disagio, lottando con la sua natura sensuale, aveva preso il sopravvento e le sue guance si erano coperte di un rossore imbarazzato. Louise annuiva col capo, attenta, guardandola fissamente, con crescente tenerezza. Alla fine, non riuscì più a tacere.

« Oh, mia dolce Catherine! Tu eri preoccupata per me e io non ne ero consapevole. » Tolse il ferro da stiro dalla mano di Catherine per calmarla, distraendola, e lo rimise sulla stufa. « Non so come dirtelo, ma Pierre e io ci amiamo e ci sposeremo non appena gli concederanno una licenza. Dammi la tua benedizione, ti prego. Non avrei mai immaginato che si potesse raggiungere una tale felicità. »

Seguì quel genere di scene commoventi che facevano la gioia di Catherine. Rise, pianse e abbracciò Louise, augurandole buona fortuna, affermando falsamente che aveva sempre pensato che il capitano fosse troppo gentiluomo per non comportarsi in modo onorevole. « Sapevo che eri innamorata », ammise, asciugandosi gli occhi. « Non avrei forse dovuto essere io la prima a scoprirne gli indizi? Forse per un certo tempo non ho voluto che tu me lo dicessi; forse... sì, lo confesso... Ero un po' incerta se lasciarti andare. Questo non significa che il giorno delle tue nozze non sarà il momento più bello della vita della tua vecchia Catherine. È ciò che ho sempre sperato da quella notte in cui ti ho raccolto come un gattino mezzo morto di fame nel cimitero dei poveri. »

« Non dire nulla a nessuno del fidanzamento », la pregò Louise, grata che il buon cuore di Catherine avesse superato ogni altra considerazione. « Forse mi sento un po' nervosa perché sono molto innamorata. Voglio solo che sia fissata la data prima che tutti gli altri siano informati di questo segreto. »

« Te l'ha suggerito lui per essere lasciato tranquillo? » chiese Catherine mentre le rinascevano i dubbi.

« No, no. Penso che lui lo griderebbe dalla sommità dell'Arco di Trionfo, se fosse possibile », rispose Louise con una risatina, « ma un comportamento del genere non sarebbe conveniente per un corazziere di palazzo. Il suo reggimento, con tutta la sua tradizione, è molto formalista in queste faccende. Adesso ho alcune notizie per te. Tu e io ci trasferiremo subito nell'appartamento in cui io vivrò presto come la signora de Gand. Pierre è molto ansioso che io possieda le cose migliori. » Vide il cambiamento d'espressione sul volto di Catherine e cercò di rassicurarla. « Pierre non vivrà là, non devi quindi crucciarti per questo. Resterà nel proprio alloggio in caserma fino al giorno delle nozze. »

« Dov'è questo appartamento? » chiese Catherine con aria sconcertata.

« In rue de Lenoir. »

« Cosa!? Quella strada di lusso! Farò una bella figura da sciocca andando avanti e indietro per raggiungere il mio posto di lavoro. »

« Io farò lo stesso. E anche dopo che sarò sposata. Ho imparato un sacco di cose da Worth in tutto questo tempo. È una specie di genio con le stoffe, e a parer mio ha appena cominciato a mostrare ciò che è in grado di fare. Non posso lasciarlo. »

Catherine ascoltava, senza capire come avrebbe potuto fronteggiare l'invidia, la gelosia e forse le derisioni delle compagne di lavoro quando avessero saputo del suo nuovo alloggio. « Devo pensarci prima di muovermi di qui. Per ora non prometto nulla. »

Rimase incrollabile in questa decisione. Spesso, con le altre sartine, intorno al tavolo di lavoro si scambiavano i pareri su ciò che ciascuna avrebbe fatto se fosse capitata loro una fortuna, e il sogno del posto in cui vivere veniva per primo nell'elenco di ogni donna; ma il trovarsi di fronte a quel genere di dimora, con la presenza di domestici alteri e di vicini che probabilmente erano clienti abituali di Madame Camille, era una prospettiva inquietante. Il sogno diventava un incubo. Catherine doveva trovare il coraggio di affrontarlo, e forse di convincere se stessa nello stesso tempo.

Pierre, spazientito per tutto quell'indugiare, era intanto sempre più impegnato nell'esercizio delle proprie funzioni in qualità di accompagnatore di Stéphanie. Per caso si erano trovati a faccia a faccia la mattina successiva al ballo municipale durante il quale si erano scontrati. Lei si stava dirigendo verso gli appartamenti dell'imperatrice in compagnia della responsabile delle dame del seguito, la principessa di Essling, cosa che impedì ogni conversazione anche qualora lui l'avesse desiderata. Mentre il sangue le affluiva alle guance, Stéphanie rispose con un cenno altero al saluto di Pierre e guardò dritto davanti a sé mentre lo oltrepassava. Pierre non immaginò che la ragazza, non appena fuori della sua vista, si era sentita sommergere dall'infelicità. Perché non gli aveva sorriso e non lo aveva guardato amichevolmente, per dimostrargli che non covava astio per quello che lei sapeva essere stata, in tutta onestà, una sua stupida gelosia?

Mentre entrava nel salone rosa dell'appartamento dell'imperatrice, lottò con se stessa per ricacciare le lacrime. Si tenne un passo o due dietro la principessa, mentre attraversavano il salone azzurro dove avevano luogo i ricevimenti. Di solito quella stanza le rallegrava la vista per i bianchi tendaggi di seta e le tendine di organza azzurra, le porcellane di Sèvres e i superbi bronzi; ma quel mattino tenne gli occhi bassi e li alzò solamente quando il diverso disegno del tappeto la avvertì che si trovava nello studio della sua imperiale protettrice, una stanza molto graziosa, con tendaggi color porpora, in cui Eugenia scriveva lettere, teneva una raccolta di documenti, che considerava di importanza storica e che altrimenti sarebbero andati dispersi, e aggiungeva continuamente ricordi e altri scritti da custodire a quelli già accumulati. Sulle pareti ricoperte di raso a righe verde-pallido c'erano ritratti dell'imperatore, della sorella Paca e delle dame del seguito che erano particolarmente care all'imperatrice. Stéphanie fingeva di esaminare un disegno, molto somigliante, che rappresentava l'imperatore, perché in quell'angolo poteva asciugarsi furtivamente gli occhi. Dietro di lei, nella stanza, la principessa si lamentò perché la corrispondenza non era al proprio posto. Quando uscì per andare a chiederne notizie, Stéphanie si abbandonò sulla bassa poltroncina accanto al fuoco su cui sedeva sempre l'imperatrice quando scriveva, appoggiando la cartella con i fogli sulle ginocchia, e diede sfogo alla propria disperazione. Non si accorse che non era più sola finché non sentì una mano sulla spalla.

« Che cosa c'è che non va, bambina mia? » Si trattava di Eugenia che, nel frattempo, era uscita dalla propria camera da letto, indossando, come sempre a quell'ora, un semplice abito in una delle sue tonalità preferite di azzurro. Stéphanie balzò in piedi confusa. Si affrettò ad accennare una riverenza e farfugliò una scusa. Ma Eugenia non intendeva prendere la faccenda alla leggera. « Suvvia », insistette gentilmente. « Quando sei arrivata qui, ti ho detto che sarei stata come una madre per te, se tu avessi avuto problemi o difficoltà. Perché piangi? Stai male? Qualcuno è stato cattivo con te? » Corrugò lievemente la fronte. « Non starai piangendo per un uomo? » Quando un cenno di assenso confermò che si trattava proprio di quello, Eugenia trasse un profondo sospiro e mise un braccio intorno alle spalle della ragazza. « Non sprecare mai le tue lacrime per un uomo, ti prego. Nessuno di loro vale una sola lacrima degli occhi di una donna. Chi è il furfante che ha causato una simile disperazione? »

« Non è un furfante », protestò Stéphanie con veemenza. « Io sono stata tanto sciocca da inimicarmelo con il mio comportamento. »

« Sediamoci e raccontami tutto. »

Protetta da un paravento di seta verde dal calore che veniva dal caminetto di marmo, Stéphanie sedette su uno sgabello accanto all'imperatrice e le raccontò ogni cosa, dal colpo di fulmine che aveva provato per Pierre al loro primo incontro a Fontainebleau, quando – confessò –, ritta accanto alla finestra, si era voltata e aveva visto un giovane così bello che sembrava essere uscito dal più sregolato dei suoi sogni, fino all'umiliazione che gli aveva inflitto in corridoio qualche minuto prima. Eugenia, che tendeva sempre alla praticità e sapeva che era intenzione dell'imperatore innalzare i due figliocci, insieme, a un'alta carica, dichiarò di avere la soluzione ideale per comporre quel litigio.

« Verrai con me durante la mia passeggiata pomeridiana. Pierre scorterà la mia carrozza. Questo ti offrirà la più ampia opportunità di fare ammenda. »

E così fu. Pierre, che non provava alcun risentimento per Stéphanie, corrispose immediatamente al suo primo tentativo di sorridergli, non essendo del tutto ignaro di averne conquistato il cuore; e più tardi, quando la passeggiata ebbe termine, conversarono per qualche minuto, prima che lei si affrettasse a seguire l'imperatrice. Da quel giorno Pierre riprese a scortare Stéphanie come se nulla fosse accaduto, danzando con lei ai vari ricevimenti ufficiali o sedendole accanto ai concerti o durante gli spettacoli teatrali, sempre sotto lo sguardo vigile di uno chaperon o di qualche altro personaggio. C'erano momenti in cui trovava il proprio compito di farle da cavaliere davvero piacevole; tuttavia non vedeva l'ora che Stéphanie si scegliesse qualche damerino di suo gusto e che gli restituisse la libertà di andare e venire a proprio piacimento, senza dover tener conto dei suoi desideri. Con un po' di presunzione, aveva supposto che la ragazza avesse fatto in modo di farsi invitare frequentemente alle passeggiate di Eugenia quando era lui a scortarla a cavallo; solo il suo ego maschile era lusingato da questo innocente sotterfugio, e non vedeva in ciò alcuna minaccia. D'altra parte, trovava rimarchevole il fatto che l'avvenenza di Stéphanie superasse quella delle più belle compagne dell'imperatrice, e non gli passava neppure per la mente di trovarsi di fronte a una bellezza che si perfezionava grazie agli effetti di un amore totale.

Stéphanie viveva per vederlo, e ogni occhiata, parola o sorriso che sembrassero contenere uno speciale significato venivano da lei custoditi e rimuginati con beatitudine, come se facessero parte di quello che Stéphanie considerava un serio corteggiamento da parte di Pierre. Avrebbe potuto scegliere tra un gran numero di giovani che si mostravano attratti da lei, ma non la interessavano. Nessuno era così elegante nell'uniforme, così eretto in sella, così sorridente o così pronto nell'afferrare le sue battute umoristiche come lui. Qualche volta nello sguardo di Pierre c'era un bagliore lampeggiante che la faceva sentire deliziosamente indifesa e colpevole, in un modo che non osava cercare di comprendere. C'erano momenti in cui leggeva nel suo atteggiamento naturalmente cortese verso di lei molto più di quanto ci fosse in realtà. Ad esempio, quando con molto tatto egli cercò di dissuadere l'imperatrice dall'includere Stéphanie in un gruppo che doveva visitare la Petite Roquette, una prigione di bambini che aveva una sinistra fama.

« Sciocchezze! » aveva detto Eugenia. « Mademoiselle Casile ha il cristiano dovere di dedicarsi alle opere di carità. La sua preoccupazione per la sensibilità di Stéphanie è commendevole, ma fuori posto. »

Pierre non aggiunse altro, ma si mise a fianco di Stéphanie mentre seguivano l'imperatrice e gli altri membri del seguito che dovevano visitare il tetro edificio accompagnati dal direttore in persona. Eugenia, che pure era preparata al peggio, trovò condizioni più terrificanti di quanto avesse ritenuto possibile. Stéphanie divenne quasi cinerea in viso non appena ebbe iniziato il giro, ma tenne stoicamente il passo con gli altri, e fu profondamente grata a Pierre che la sostenne per il gomito. Dentro quelle terribili mura erano confinati cinquecento bambini, la maggior parte dei quali era stata condannata per furto, sebbene alcuni fossero stati incolpati di delitti ancor più gravi. Molti dei giovani prigionieri non sembravano neppure aver raggiunto l'età sufficiente a comprendere per quale ragione fossero là dentro e costituivano uno spettacolo pietoso, costretti in un'abietta indigenza in singole celle scarsamente arredate, che non permettevano loro di vedersi reciprocamente. Non avevano neppure il conforto di un contatto umano, perché, quando veniva loro concesso di passeggiare per un limitato esercizio quotidiano, erano separati da alte mura, e i visitatori li videro trascinarsi svogliatamente con la testa china. Molte delle signore della compagnia si sentirono svenire e dovettero ritirarsi. Ma Eugenia, che amava molto i bambini, pensò solo alle loro condizioni e, senza badare al fetore o alla possibilità che le fossero rivolte parole sgradevoli, insistette perché le fosse concesso di entrare nelle celle, per parlare con qualcuno dei giovanissimi ospiti. Stéphanie scacciò la nausea che provava e avanzò la stessa richiesta. Nella sua angosciata compassione, dimenticò il senso di ripulsa che aveva provato, mentre alcuni dei più piccoli le tendevano le braccia in un patetico appello. Senza preoccuparsi della sua elegante *toilette*, si inginocchiò per raccoglierli intorno a sé. Con pazienza, tentò di comunicare con molti di coloro che erano storditi dalla debolezza provocata dalle spaventose condizioni in cui vivevano, e non indietreggiò quando altri le urlarono oscenità suggerite loro dai tormenti che avevano dovuto sopportare. Quando venne il momento di uscire, si sentì completamente esausta. Osservò che l'imperatrice era di un pallore che indovinava pari al proprio, e vide che c'era tensione e disperazione sui suoi bei lineamenti. Eppure, come sempre, Eugenia non pensava a se stessa, sebbene la sua voce fosse ridotta a un sussurro dopo quella prova.

« Hai agito bene, mia cara. Sono fiera di te. Torneremo qui di nuovo, tu e io, e nel frattempo intendo fare tutto quanto è in mio potere per migliorare la sorte di questi sfortunati bambini. »

Ciò era davvero encomiabile, e Stéphanie lo apprezzò. Ma le parole dell'imperatrice persero d'importanza di fronte al complimento che Pierre le rivolse più tardi.

« Lei è coraggiosa, Stéphanie. Ha una forza d'animo davvero notevole. Sapeva bene che qualcuno di quei giovani prigionieri avrebbe potuto aggredirla senza preavviso. »

Per tutto il resto della giornata, la ragazza ebbe la sensazione di camminare sulle nuvole. Si seppe ben presto che l'imperatrice aveva deciso di mutare le condizioni di vita alla Petite Roquette. Molti la sostenevano, ma c'erano sempre coloro che borbottavano, condannando la sua interferenza in una materia che non la riguardava da vicino. Stéphanie non riusciva a fare a meno di paragonarla a Maria Antonietta, per la quale Eugenia provava uno straordinario interesse, raccogliendo tutte le reliquie che la riguardavano, dopo che in luna di miele aveva visitato Versailles e il Petit Trianon. A Stéphanie sembrava che Eugenia possedesse la stessa infausta predisposizione di Maria Antonietta a farsi nemici dove meno se l'aspettava; ma si consolava al pensiero che i tempi erano ora ben diversi da quelli terribili della tragica regina.

Ogni giorno i quotidiani davano notizie del conflitto tra Turchia e Russia. I turchi avevano vinto la battaglia di Citate, ma tre giorni dopo le truppe russe avevano invaso la Dobrugia. Catherine non condivideva la rinnovata ansia di Louise ed era certa che, se la Francia fosse stata coinvolta nella guerra, ne sarebbe uscita carica di gloria. Riguardo al trasferimento del nuovo alloggio, si era radicata nella sua ostinazione.

« Prima lascia che ti sposi, e poi nessuno potrà muovere un dito contro di te », le ripeteva con una saggezza che si era sempre ben guardata da applicare alle proprie faccende di cuore. Un'altra ragione molto più personale rafforzava il suo rifiuto a traslocare e superava ogni altra considerazione: era una ragione che non voleva ammettere neppure con se stessa.

Louise sospirava, stanca di discutere. Non c'era nessuno più testardo di Catherine.

La ragazza non immaginava che Pierre fosse ormai al limite della pazienza. Il poter indicare come domicilio di Louise l'appartamento di rue de Lenoir l'avrebbe aiutato a preparare la sua richiesta per ottenere l'autorizzazione a fidanzarsi. Sperava che il permesso gli sarebbe stato concesso entro breve tempo. Nei circoli militari si dava tacitamente per scontato che l'entrata in guerra della Francia contro la Russia fosse solo questione di tempo. E, sebbene Pierre accogliesse con gioia la prospettiva di dimostrare le proprie capacità sul campo di battaglia, voleva trascorrere il tempo che gli restava come marito di Louise. Il giorno seguente ebbe con il proprio colonnello un colloquio che sembrò procedere senza intoppi. Pierre non fece alcuna allusione al lavoro di Louise e l'argomento non fu dunque neppure sfiorato. In caso contrario, forse sarebbe stata la fine di tutto. Secondo le sue dichiarazioni, egli desiderava sposare una giovane dama che abitava in una casa molto decorosa, un'orfana che era sempre stata strettamente sorvegliata da una persona più anziana, e il cui buon nome non era mai stato offuscato. Proprio quando si aspettava che il colonnello afferrasse una penna e apponesse una firma su un foglio, si vide invece congedare.

« Farò in modo che la sua richiesta sia sottoposta a Sua Maestà oggi stesso. »

« È proprio necessario, signore? » chiese Pierre, fingendo noncuranza, ma in realtà piuttosto allarmato. « Il fatto che io sia il figlioccio dell'imperatore non ha mai influito ufficialmente sulla mia vita militare. Perché questa faccenda dovrebbe costituire un'eccezione? »

Il colonnello lo guardò compiaciuto. « A causa di una nomina particolare che lei sta per ricevere. È per me un piacevole dovere informarla, capitano de Gand, che lei fa parte del gruppo di ufficiali scelti per comandare lo squadrone delle Cento Guardie a cavallo che è in via di formazione. »

In qualsiasi altro momento, Pierre sarebbe stato lieto di una simile fortuna. Le Cento Guardie dovevano essere un corpo di cavalleria scelta creato per assolvere il compito preciso di fornire una guardia del corpo all'imperatore e di svolgere il cerimoniale delle guardie e ogni altro dovere altamente qualificato, con una priorità militare e sociale su tutte le altre truppe dell'esercito francese. Pierre sapeva di possedere i requisiti fisici necessari, come un bell'aspetto e l'altezza di circa un metro e novanta; ma non si era mai aspettato di ottenere quella promozione. Udì se stesso rispondere con parole di circostanza alla notizia che aveva ricevuto.

« Sì. Mi congratulo con lei », continuò il colonnello. « Ora sa perché l'imperatore in persona deve approvare la sua richiesta di fidanzamento. »

Non c'era nient'altro da fare che sperare che tutto andasse bene. Pierre provò una rabbia folle contro Catherine, i cui stupidi tentennamenti relativi al trasloco nel nuovo appartamento avevano fatto ritardare la presentazione della sua domanda, che ora sarebbe stata esaminata così attentamente che nulla sarebbe potuto sfuggire all'occhio imperiale. Pierre era convinto che Louise nutrisse troppa considerazione per quella donna; era deciso a farla rimanere sotto il loro tetto soltanto per il tempo strettamente necessario, dopo il matrimonio.

Quando l'imperatore afferrò la domanda di Pierre dalla scrivania, sorrise, accarezzandosi con una mano la barbetta da satiro. Ma poi il suo sguardo si posò sul nome della futura sposa. Era un uomo non soggetto a sbalzi di umore e difficilmente si lasciava dominare dall'ira; ma c'era un'espressione gelida sul suo viso allorché diede alcune istruzioni a un funzionario di corte. La domanda finì in un cassetto. Vi rimase fino a quando, qualche giorno dopo, fu consegnato un certo rapporto nelle sue mani. Soltanto allora mandò a chiamare il proprio figlioccio.

« Di questo fidanzamento non è il caso di parlare. » L'espressione poco conciliante dell'imperatore si accordava con la severità della voce. « È un matrimonio così inadeguato che non vale neppure la pena di discuterne. »

L'assenza di formalità in quest'occasione dimostrava chiaramente il malumore dell'imperatore. Pierre se ne stava eretto, come se si trovasse allineato in parata, e teneva il mento in fuori. « Chiedo il permesso di parlarne, invece, sire. Io amo questa dama, e non voglio nessun'altra che lei in moglie. »

Luigi Napoleone prese il rapporto dalla scrivania e scelse alcuni punti salienti. « Si dubita che i genitori di questa signorina siano mai stati sposati. Ha vissuto con una donna di dubbia moralità per molto tempo e ha lavorato nel campo della moda da quando aveva quattordici anni. L'affitto dell'appartamento indicato come sua residenza è pagato da un certo capitano de Gand. » Depose la domanda sulla scrivania con gesto sprezzante. « Vuoi negare che è già la tua amante? »

Pierre rispose ostinatamente: « Desidero riconoscerla come mia fidanzata ».

« È *incinta*? È per questo che senti di dover compiere un atto onorevole sposandola? »

Gli occhi di Pierre lampeggiarono d'ira. « No, non lo è. Voglio sposarla perché l'amo. »

L'atteggiamento di Luigi Napoleone divenne più bonario. « Non dubito che tu l'ami. Tutti alla tua età abbiamo amato qualche donna che ha significato molto per noi, ma che non abbiamo potuto onorare con il nostro nome o con il privilegio di generare i nostri legittimi eredi. Un matrimonio di questo genere troncherebbe la tua carriera professionale e la tua vita in società. » Osservò attentamente il giovane ufficiale. « Vuoi veramente prepararti a voltar le spalle all'esercito, dopo essere stato innalzato alla nuova posizione nelle Cento Guardie, ignorando il tuo dovere proprio nel momento in cui il paese si trova sull'orlo della guerra? »

Il mento di Pierre tremò e la pelle degli zigomi gli si tese fino a diventare bianca. « No, sire, ma io chiedo soltanto il permesso di potermi sposare. La mia lealtà verso il mio imperatore e verso la Francia non è in discussione. »

« Voglio crederlo. Ma se tu andrai contro i miei desideri in questa faccenda, lo considererò alto tradimento. »

« Sire! » Era un'esclamazione di veemente protesta.

Luigi Napoleone si strinse nelle spalle e si alzò dall'elegante poltrona verde restando in piedi accanto alla scrivania. « È un'affermazione un po' dura, lo ammetto, ma sotto quale altro aspetto posso considerare questa insubordinazione? Con una unione del genere, degraderesti te stesso, la famiglia de Gand, e soprattutto il tuo rapporto con me e con tutto ciò che io rappresento. Questo non posso permetterlo. Proibisco formalmente il matrimonio che hai richiesto. »

Era stato un breve, duro scontro, ma l'esito era deciso fin dall'inizio. Il suo figlioccio se ne stava in piedi, pallido e sgomento, la mano coperta dal guanto bianco inconsciamente aggrappata all'elsa della spada inguainata, dominato da un'acuta ansia. Era opportuno diminuire la tensione. Luigi Napoleone adottò un tono più accomodante, del tutto genuino.

« Non pensare che la tua sartina non capisca la situazione. Comprenderà certamente. Molto più di te, oserei dire. Quel tipo di donne si mostra compiacente sia con l'anello al dito, sia senza. Dopo tutto, le hai già preparato un piccolo nido d'amore, e non sarò certo io a condannare questo genere di intime sistemazioni. » Sperava che le sue parole sortissero l'effetto voluto. Non desiderava trovarsi in disaccordo con il figlioccio a livello personale, e represse un sospiro. Avrebbe potuto confessare a Pierre che come moglie adatta a lui era stata scelta Stéphanie Casile, ma, fino a quando non fosse risultato evidente che le cose prendevano la giusta piega, era meglio non fargli sapere che la sua vita veniva guidata dall'esterno. Se Stéphanie non fosse stata d'accordo, la cosa sarebbe risultata diversa; ma, secondo il parere di Eugenia, la ragazza era profondamente innamorata di Pierre e prontissima a sposarlo, mentre lui – quell'ostinato, sciocco giovane! – era andato a impigliarsi in una di quelle classiche situazioni da cui un uomo più anziano, più accorto e più esperto in faccende del genere sarebbe riuscito facilmente a districarsi. Per lo meno il piccolo *affaire* era stato presentato nella giusta prospettiva, e non aveva prodotto alcun danno. Luigi Napoleone decise che il tempo avrebbe illuminato il figlioccio sulla giusta scelta di una moglie. « Mettiti tranquillo, ora, Pierre », lo esortò. « La parte più difficile della questione è conclusa. Rassicurati, non farò mai più riferimento a ciò, anche se parleremo ancora dell'argomento matrimonio. Credimi, capisco benissimo i sentimenti di coloro che non hanno figli quando la guerra si profila all'orizzonte; ma non c'è bisogno che tu vada chissà dove a cercare una giovane donna, quando so che sei particolarmente affezionato a una in cui troveresti una totale corrispondenza.»

Pierre, stordito dal colpo appena ricevuto, lo guardò freddamente. « Non credo di aver capito, sire. »

Luigi Napoleone camminava su e giù per la stanza, torcendosi la punta di un baffo. « Mi riferisco a Stéphanie. Mi ero impegnato a cercarle un marito adatto, un uomo in cui avessi fiducia e che fosse in grado di garantirle una vita perfetta in ogni senso della parola, e già da parecchio tempo avevo in mente proprio te. » Non aggiunse che anche Madame de Gand riteneva che si sarebbe trattato di una buona unione; non sapeva che Pierre era conscio ormai da tempo delle aspettative della madre. Ritornato alla scrivania, Luigi Napoleone rimase in piedi voltando le spalle alla grande carta stradale di Parigi che mostrava la costante trasformazione della città effettuata dal barone Haussmann, e guardò dritto negli occhi il figlioccio. « Non voglio esercitare alcuna pressione su di te, soprattutto in questo momento in cui ti trovi in angustia a causa della tua delusione. Intendo solo farti conoscere il mio desiderio. Un gentiluomo deve assolutamente contrarre un matrimonio di convenienza per garantirsi la salute, il benessere, l'educazione della donna che procreerà i suoi figli; e in Stéphanie avresti oltretutto la gioia di trovare l'amore. »

« Forse l'imperatrice non desidererebbe che tra le sue dame ve ne fosse una già sposata in così giovane età », replicò Pierre con un atteggiamento poco conciliante.

Il padrino sorrise con aria rassicurante, piegando verso l'alto le estremità incerate dei lunghi baffi. « L'imperatrice ne sarebbe felicissima. Avresti la sua benedizione oltre che la mia. »

La decisione di Pierre era immutata. A nessun costo avrebbe lasciato Louise, anche se alla loro unione fossero state negate le poche parole di una cerimonia di matrimonio. Lui l'amava. Lei era sua. E avrebbe fatto tutto ciò che era necessario per garantirsi che rimanesse sua.

Quattro giorni dopo il decreto con cui Pierre era entrato a far parte delle Cento Guardie, la Francia e l'Inghilterra sottoscrissero l'attesa dichiarazione di guerra alla Russia. Ogni licenza venne automaticamente cancellata, e quei reggimenti in tutto il paese che non erano già partiti per le zone di guerra furono avvisati di tenersi pronti. Ciò significava che fidanzamenti o faccende del genere da parte degli ufficiali venivano differiti *sine die*. Pierre riuscì così a continuare a nascondere a Louise ciò che era accaduto. La ragazza si accorse che era depresso, e, equivocando sulla ragione di quell'atteggiamento, cercò di consolarlo, dicendogli che un breve rinvio della cerimonia delle nozze non era poi così importante, se si considerava che avrebbero trascorso insieme il resto della vita. Quell'amore così sicuro da parte di Louise era come un coltello rigirato nella piaga e destava in Pierre una disperata passione, alimentata dalla paura di perdere la ragazza.

Louise cercava di non fargli capire che viveva nel terrore che lui partisse per la guerra. In quei giorni erano stati fissati i compiti delle Cento Guardie, e Pierre si dava il cambio con gli altri ufficiali per dormire davanti alla porta dell'imperatore durante la notte, oltre che per scortarlo in qualsiasi momento. Poiché non era concepibile che l'esercito francese non provasse l'orgoglioso desiderio di distinguersi durante la guerra fin dai primi momenti – benché i due giovani non ne discutessero apertamente –, Louise sapeva quanto Pierre che era solo questione di tempo perché le giubbe azzurro-cielo delle Cento Guardie si schierassero in assetto di guerra sui campi di battaglia. La ragazza non voleva sciupare con l'angoscia il tempo che rimaneva loro da passare insieme, e accoglieva sempre con un'allegra risata ogni sua battuta di spirito. A ogni incontro Pierre le si affezionava sempre di più.

Stéphanie era meno riservata. Non appena venne a sapere che c'era la possibilità che il distaccamento delle Cento Guardie fosse inviato in guerra, andò dall'imperatore. Lui la ricevette nello studio dell'imperatrice, dove amava sedersi a conversare con la moglie mentre fumava le sigarette delle quali era smodatamente appassionato. Entrambi la accolsero con piacere, e Eugenia la pregò di sedersi davanti a loro, sull'agrippina. Dopo qualche frase di convenienza, si parlò dello scopo della sua visita.

« Le chiedo di non lasciar andare in guerra Pierre, sire », implorò Stéphanie. « Preferirei andare io stessa come *cantinière* anziché esporre lui a qualche rischio. »

Luigi Napoleone nascose un sorriso. « Anche se saresti certamente deliziosa nell'incantevole uniforme delle donne che curano i soldati feriti o portano le vettovaglie sulla linea del fronte, ho paura che lo scambio che tu chiedi non sia possibile. Comunque, ti consiglio di non parlarne più. Pierre non ti sarebbe riconoscente, se tu cercassi di distoglierlo dal suo dovere. »

Gli occhi della ragazza, colmi di spavento, si spalancarono. « Ma è il suo figlioccio! Può venire ucciso o ferito! »

Luigi Napoleone rimase impassibile. « È anche un buon soldato. Deve comportarsi da valoroso. »

Stéphanie tese le mani in un disperato appello a Eugenia. « Signora! La prego! »

Il volto di Eugenia era severo. « Se fosse mio figlio e desiderasse combattere per la Francia, metterei sottosopra cielo e terra per aprirgli la strada. »

Stéphanie riportò lentamente le mani in grembo congiungendole e chinò la testa, cercando di controllarsi. « Se dovesse morire, io non sopravvivrei », sussurrò con voce roca.

Dopo che Stéphanie li ebbe lasciati, Eugenia chiese al marito, alzando interrogativamente le sopracciglia. « Pierre è tra coloro che devono partire? »

Luigi Napoleone fece un cenno di assenso, mentre prendeva un'altra sigaretta dall'astuccio d'oro sul tavolo. « So che aspettava da lungo tempo una simile occasione. Non gli farà male andarsene per un po' da Parigi. Quando i giovani hanno molto tempo libero, diventano spaventosamente abili nel complicarsi l'esistenza. Passare il tempo a combattere i russi lo aiuterà a riscoprire i veri valori della vita. »

Al marzo seguì un aprile insolitamente freddo e piovoso. Louise considerava fortunato ogni giorno che passava perché poteva ancora vedere Pierre. Questi, da parte sua, la circondava di attenzioni, come per non concedere a nessuno dei due l'occasione di parlare seriamente o addirittura di pensare al futuro. Avevano un palco all'Opéra e all'Opéra-Comique, frequentavano ogni teatro, dal Théâtre Français alle Bouffes Parisiennes; di notte andavano a danzare al Café Anglais e cenavano molto tardi – perché era il modo più allegro ed esotico di pranzare dei parigini agiati – al rinomato Véfour o all'elegante Maison Dorée. Per Pierre, l'esibire Louise nei luoghi in cui voleva essere visto e riconosciuto era un atto di sfida contro tutte le pressioni che aveva dovuto sopportare. L'oltraggio gli bruciava dentro, assieme alla passione che nutriva per lei. Ovunque andassero, l'aspetto elegante e il viso di

Louise attiravano occhiate e risvegliavano l'attenzione, e Pierre non era mai stato tanto orgoglioso né aveva mai conosciuto una maggiore soddisfazione nel saperla sua.

Coinvolta in questa specie di girotondo del piacere, Louise usava tutta la sua inventiva per variare il suo limitato guardaroba, e fu per lei una fortuna che Worth le offrisse un corpetto di seta nera e una gonna che una cliente aveva rifiutato a causa delle guarnizioni. Annoiato degli ornamenti convenzionali, a Worth era venuta l'idea di creare qualcosa di scintillante con *paillettes* nere, che non erano mai state impiegate prima. Sfortunatamente il capo era risultato troppo stravagante per una donna abituata a nastri e piume; ma Louise non aveva preoccupazioni al riguardo e si rallegrò per quella fortuna. Quando danzava con Pierre, le *paillettes* lanciavano bagliori e fluttuavano come se si trattasse di diamanti neri, e proprio quello era l'effetto che Worth si era ripromesso di ottenere. Per le uscite diurne, Louise aveva sostituito le guarnizioni delle sue solite cuffie servendosi dei ritagli di seta che venivano scartati, e, il giorno del suo compleanno, Pierre era arrivato a casa con uno scatolone legato con nastri bianchi e rossi che recava il nome di Madame Virot, la modista dell'imperatrice. Dentro, Louise trovò un elaborato copricapo all'ultima moda, con una larga tesa, in seta color corallo e ornato di una piuma arricciata color crema e nastri di velluto sciolti. La ragazza lanciò un gridolino eccitato e lo calzò immediatamente, dopo aver disperso in tutte le direzioni la carta velina che l'avvolgeva, mentre Pierre rideva nel vederla così felice. Si rigirò allegramente davanti allo specchio, voltando la testa di qua e di là per osservare il cappello sotto tutte le angolature, e alla fine volò tra le braccia del giovane per ringraziarlo con un bacio. A volte Louise pensava che quelli erano i giorni più felici della sua vita, un periodo sempre punteggiato dalle luci di Parigi, lampioni a gas o lume di candela, dallo scintillio dei lustrini e delle bollicine di champagne, un periodo fragrante dei profumi che Pierre le offriva in flaconi di cristallo, un periodo colmo di passione, di tenerezza e delle più dolci parole d'amore che donna avesse mai udito.

Una sera era sola in casa, appena tornata dal lavoro, quando Pierre arrivò inaspettatamente. Sapendo che era una cosa rara per lui da quando le sue mansioni erano cambiate, ebbe un improvviso presentimento. Bastò un'occhiata al viso di Pierre per avere conferma dei propri timori.

« Ho notizie importanti », le annunciò con gravità.

Louise rimase immobile, le mani una sopra l'altra, contro il cuore. Il giovane stava per riprendere a parlare, ma lei scosse il capo e lo pregò di togliersi il mantello. Quindi lo prese per il braccio e lo trascinò nella stanza. Lo fece gentilmente sedere su una sedia e gli si accovacciò ai piedi, sul pavimento, mentre la gonna le fluttuava intorno prima di raccogliersi in pieghe disordinate. Incrociò le braccia e le appoggiò sulle ginocchia di lui, alzando gli occhi verso il suo viso.

« Ora dimmi », gli ordinò coraggiosamente. « Sono pronta. »

Con le nocche di una mano Pierre seguì lievemente il contorno della sua guancia. « Parto domani per il campo di battaglia. Questo è il nostro ultimo incontro chissà per quanto tempo. »

Louise chiuse gli occhi al terribile impatto di quelle parole. Era ciò che aveva temuto di udire; però aveva continuato a sperare che, quando fosse giunto il momento, sarebbe stata confortata e sostenuta dal fatto di essere sua moglie. Ma il tempo era passato troppo in fretta.

« Quando l'hai saputo? » chiese con voce tremula.

« Gli ordini sono arrivati nel primo pomeriggio. Sono venuto via più presto che ho potuto. »

« Quanto tempo abbiamo? »

« Pochissimo. Due ore al massimo. »

Louise abbassò il capo, mentre lottava contro l'angoscia. Non doveva sprecare il poco tempo che avevano in inutili lacrime. « Sono riconoscente per ogni attimo che ci viene concesso. »

« Abbiamo molte cose da dirci. Se dovesse accadermi qualcosa... »

Lei alzò il viso di colpo, gli occhi dilatati. « Non dirlo! »

Pierre le sorrise con aria grave. « La metterò in un altro modo. Nessuno sa quanto durerà questa guerra. Di qualunque cosa tu avessi bisogno, il mio banchiere ha avuto istruzioni di darti quanto chiedi. Nel caso che io dovessi morire, avrai di che vivere fino alla fine dei tuoi giorni. »

Un singhiozzo proruppe dal petto di Louise, che nascose il viso contro le sue ginocchia. Lui le accarezzò i capelli e poi, alzandosi dalla sedia, le diede la mano perché si sollevasse.

Tenendole un braccio intorno alle spalle, frugò nella tasca del mantello e tirò fuori una scatolina ricoperta di velluto. Fece scattare la serratura e l'aprì: su un raso color cremisi c'erano una vera d'oro e un ferma-anello ricoperto di diamanti. Era la parure che aveva comprato per lei in vista di quel giorno che non era arrivato. Louise non riusciva a parlare, la voce le usciva in un impercettibile sussurro.

« Porterò il ferma-vera fino a quando non ritornerai a casa. »

« Infilali entrambi per me, adesso. Lascia che te li metta al dito. Voglio ricordarti con questi oggetti. Voglio sapere che tu appartieni soltanto a me. »

Non poteva rifiutarglielo. Rimasero l'uno di fronte all'altra, mentre la luce della lampada proiettava le loro ombre nella stanza. Pierre le prese la mano e Louise lo guardò mentre le faceva scivolare il cerchietto d'oro al dito. Alzando gli occhi, scoprì un tale ardore in quelli di lui che si sentì una cosa sola con Pierre.

« Ti amo, mia cara Louise. Solo mia per sempre. »

Le infilò anche l'anello di diamanti, un sigillo d'amore sopra la fede nuziale. La baciò con affetto e rimasero a lungo stretti l'uno all'altra appassionatamente. Si baciarono di nuovo e, colmi di desiderio, si distesero sullo stretto letto di lei. Pierre l'amò ancor più teneramente delle altre volte, e l'imminenza della separazione diede un fuoco nuovo e più ardente alla loro passione. Il completo abbandono dell'amata avrebbe dovuto popolare le sue interminabili notti di guerra.

Dopo che Pierre si fu gettato sulle spalle il mantello, si congedarono. La strinse a sé un'ultima volta, baciandola insaziabilmente, come se sperasse di mitigare, con quell'abbraccio finale, l'inestinguibile sete di lei che non l'avrebbe mai più lasciato. Con uno sforzo supremo l'allontanò da sé. Louise raccolse in fretta la lampada e lo rincorse fino alla scala per vederlo andar via. Pierre si fermò in fondo alla buia tromba delle scale prima di uscire in strada e guardò in su. Lei era là, in piedi, circondata dalla luce della lampada, e il giovane colse quell'immagine che gli riempì il cuore. Non sapeva se l'avrebbe mai più rivista.

Lentamente Louise ritornò nella stanza. Chiuse la porta e vi si abbandonò contro per qualche minuto, straziata da quella separazione. Poi sedette e sfilò il ferma-anello per togliersi il cerchietto d'oro. Aveva deciso di infilarlo in una collanina da portare al collo fino al momento in cui Pierre fosse tornato a casa. Rimise l'anello di diamanti al dito e le pietre scintillarono alla luce della lampada. Pensò che Pierre aveva adoperato le parole giuste. Si sarebbe conservata solamente per lui. Più di ogni altra cosa, quell'anello avrebbe rappresentato un talismano che doveva salvaguardarlo da tutti i pericoli della guerra.

Non lo vide lasciare Parigi. Aveva sperato di poter chiedere a Worth un permesso per andare ad assistere alla partenza delle truppe, ma il negozio aveva molto lavoro e le clienti stavano aspettando nel reparto confezioni, con le loro richieste impossibili. Quando si udirono i rintocchi del mezzogiorno, si fece strada in lei un terribile senso di desolazione. Sapeva che il treno delle truppe s'era portato Pierre via da Parigi. In guerra. Verso i cannoni dei russi. Verso i campi di battaglia della Crimea.

XII

Trascorsero momenti in cui a Louise sembrava che Parigi avesse dimenticato che il tricolore era in guerra. La sua gaiezza, la sua crescente opulenza, i favolosi ricevimenti promossi dalla casa imperiale erano inarrestabili. Le crinoline erano diventate più larghe e ancor più elaborate, con pieghettature e gale, in sintonia con la frivolezza del momento. Era come se la città si fosse trasformata in un carosello splendente che ruotava a una velocità sempre maggiore sulla spinta dell'umore edonistico dei parigini e di tutti coloro che affollavano Parigi per assaporare i suoi numerosi divertimenti.

Era passato più di un anno da quando Pierre era partito per la Crimea, e nulla faceva presupporre che le ostilità stessero per terminare. In contrasto con le risa, i canti e il vino che scorreva a fiumi a Parigi, i soldati francesi e i loro alleati avevano affrontato i rigori del terribile inverno russo con indumenti inadeguati e provviste insufficienti. Louise scriveva regolarmente a Pierre. Era stato ferito nella battaglia di Inkerman, ma non abbastanza seriamente da essere mandato a casa; e, sebbene assicurasse di essersi rimesso in salute, Louise si accorse che non riusciva a liberarsi della depressione che ogni tanto si impadroniva di lui.

« Ora so che cosa dev'essere stata la ritirata di Russia », aveva scritto Pierre quando l'inverno aveva toccato i momenti peggiori, « ma grazie a Dio le privazioni di cui abbiamo sofferto non sono state di quella entità. In certi momenti mi è difficile credere che ci sia qualcos'altro al di fuori di questa guerra. Rivedrò mai più Parigi? Potrò ancora assaporare il profumo dei fiori degli Champs-Elysées? O è stato tutto un sogno dal quale mi sono risvegliato? Ma poi ricordo che ti amo, e ritrovo il mio equilibrio mentale assieme all'angoscia. »

Louise desiderava rivederlo, le mancava disperatamente. Era una fortuna che Worth non le concedesse mai un momento di respiro nel negozio. Quando aveva terminato un lavoro, se le restava un po' di tempo per sé, lui le dava subito un altro incarico, a meno che non si fosse già trovata qualcos'altro da fare, come succedeva di solito.

Ma non era la sola a essere sempre in attività. Worth e Marie lavoravano duramente come gli altri, se non di più, e non godevano di alcun privilegio, sebbene lui fosse il *premier commis* e lei sua moglie. A volte, a causa delle pressanti richieste delle clienti, nessuno dei due riusciva a pranzare prima delle tre del pomeriggio o anche più tardi, e il personale di servizio della sala da pranzo teneva in caldo il cibo per loro. Erano sempre i primi ad arrivare al negozio al mattino, pur dovendo percorrere una discreta distanza. Marie continuava ad alzarsi presto per curare la propria eleganza e acconciarsi i capelli, e da quando arrivava al banco, alle otto e mezzo, fino al momento della chiusura del negozio, raramente riusciva a sedersi per qualche attimo. Molti dei modelli di Worth venivano esposti sui manichini nel reparto confezioni, ma Marie era spesso invitata a cambiare abito molte volte nel corso della giornata per presentarli, e spesso Louise, se non era impegnata in altri lavori, l'aiutava a indossarli e a toglierli. Il più delle volte Marie e suo marito erano gli ultimi a lasciare l'edificio, perché c'era sempre qualche faccenda che richiedeva l'attenzione di Worth o qualche ordinazione da preparare per il giorno dopo. Che i proprietari se ne fossero accorti o no, Worth a poco a poco era diventato il cuore della loro azienda. Conosceva ogni capo che entrava e usciva dal negozio e, nelle sue abili mani, teneva le redini di tutto. Il suo nome era ormai noto non solo a Parigi ma anche negli ambienti commerciali di molte regioni della Francia come quello di uno scaltro venditore che sapeva ciò che voleva; ed era realmente così. Louise scoprì con interesse che i lustrini neri venivano ormai prodotti su larga scala, unicamente grazie a Worth, perché le clienti che li avevano snobbati in precedenza ora li desideravano per adornare i loro abiti. Worth tuttavia si stava già occupando di altre novità. Volendo un certo tipo di pieghettatura lungo il profilo di un abito, incitava i fabbricanti di passamanerie a produrre un tipo di frangia che, a suo parere, dava riflessi cangianti, e ordinava metri e metri di un cordoncino a fili dorati di sua creazione, che conferiva ai volant un effetto particolare: pareva che fossero stati immersi in oro liquido. Sembrava che la sua inventiva non si esaurisse mai, e i fabbricanti di passamaneria avevano scoperto che, seguendo le sue idee, le vendite aumentavano enormemente; i più avveduti avevano da parecchio tempo ampliato le fabbriche e accresciuto il numero dei lavoranti.

Spesso Louise pensava con rabbia che il merito di tutto ciò

che Worth faceva andava ai proprietari. La Casa Gagelin godeva di grande fama per l'eleganza degli abiti e per le idee avanzate, che non potevano certo uscire dall'ufficio di quei bigotti proprietari. Louise avrebbe voluto possedere i capitali per invitare Worth a mettersi in affari con lei, ma le sue scarse risorse, anche se erano aumentate, non sarebbero mai state sufficienti perché potesse sistemarsi da sola in una sartoria con un recapito prestigioso, cosa che contava più di tutto. Qualche volta trovava che le clienti le erano di grande aiuto sotto il profilo economico. Loro non se ne rendevano conto, ma, mentre chiacchieravano nei salottini di prova con un'amica o con una parente che le aveva accompagnate, si lasciavano sfuggire qualche informazione che si riferiva indirettamente al rialzo o al crollo di titoli nelle sfere finanziarie del commercio e dell'industria. Louise, mentre puntava un abito con gli spilli, registrava nella mente ogni cosa. In una determinata occasione, una signora simpatica e loquace aveva fatto alcune osservazioni sull'interesse che il marito nutriva per le cartelle di prestito relative alla costruzione del canale di Suez, dicendo che era uno splendido progetto. Louise, raccogliendo tutto il suo coraggio, chiese alla signora se reputava un buon affare investire non appena una compagnia fosse stata formata. La dama, sorpresa e incuriosita dall'intelligente domanda, che non si sarebbe mai aspettata da una ragazza come lei, rispose affermativamente e le assicurò che lei stessa intendeva impegnare in quell'affare parte delle proprie finanze. Durante la prova successiva, la signora le fornì un'altra informazione per un investimento più immediato, che Louise trovò molto vantaggioso. Spesso le sembrava di essere uno scoiattolo intento ad accumulare noccioline per un inverno che era ancora molto lontano.

Pierre veniva sempre escluso dai suoi pensieri quando Louise esaminava l'aspetto economico del proprio futuro. Sapeva che lui non approvava il suo interesse per l'alta moda, sebbene, socialmente, una moglie di successo non potesse certo danneggiarlo. Fin dall'inizio lei aveva mirato alla fama e alla fortuna, ma doveva arrivarci da sola; sembrava che volesse affermarsi nel mondo per compensarsi di non aver mai visto suo padre e di sapere ben poco delle proprie origini. Di sua madre sapeva soltanto che era stata una tessitrice di seta di Lione, come aveva raccontato a Worth molto tempo prima, all'inizio della loro conoscenza, quando egli era arrivato da poco a Parigi.

Gli aveva detto perfino che alcune splendide attitudini, sviluppatesi attraverso i secoli, rischiavano di andare perdute per sempre: l'industria della seta sembrava sul punto di scomparire, i telai erano ridotti al silenzio già prima che lei nascesse. Qualche volta si era chiesta se all'origine dell'intenso, attivo interesse che da alcuni mesi Worth mostrava per il decadimento dell'industria di Lione vi era il ricordo dei racconti che lei gli aveva fatto. Tutti i tipi di seta lo affascinavano. Probabilmente, quando esaminava i costumi dei ritratti del Louvre, cosa che faceva ancora adesso quando gli avanzava un po' di tempo, aveva scoperto che gli sfarzosi abiti di splendide sete di Lione che indossavano alcuni personaggi avevano un disegno simile a quello con occhi e orecchi che aveva osservato anni prima nel proprio paese.

Nell'ambito delle sue mansioni di *premier commis*, Worth aveva ordinato per prova alcune pezze di modelli tradizionali che da un secolo o più non comparivano sul banco dei negozi comuni. Soddisfatto dei risultati, aveva compiuto un viaggio a Lione allo scopo di valutare personalmente la situazione. Lui che amava i tessuti della migliore qualità era ormai come posseduto dalla sua passione per ciò che aveva scovato laggiù. Gli sembrava sacrilego che i telai di Lione, che una volta tessevano splendide sete per i re e le regine di Francia, fossero inattivi e che non ci fosse più richiesta della maggior parte di quei meravigliosi tessuti che si sarebbero potuti produrre ovunque. Era deciso a dare una svolta agli affari di quella città. Ordinò alcune pezze di seta che dovevano essere tessute secondo le sue istruzioni. Dovevano servire a preparare alcuni abiti che Gagelin e Obigez avrebbero esposto nel loro stand alla Grande Esposizione Universale che sarebbe stata organizzata a Parigi quell'estate. I visitatori di tutto il mondo avrebbero potuto vedere lo spettacolare connubio tra i suoi disegni e le sete di Lione.

Tra le speciali ordinazioni che aveva fatto a Lione c'era una pezza di pura seta bianca, immacolata come neve appena caduta, che doveva diventare una sottogonna per un vestito attorno al quale aleggiava un certo mistero. I relativi figurini erano stati ordinati da una delle giovani dame del seguito dell'imperatrice, non per sé, ma per una signora che voleva evitare di presentarsi di persona. La signora voleva che il vestito fosse semplice, chiaro e delizioso, un po' sul tipo dell'abito che doveva aver indossato Maria Antonietta quando giocava a fare la mungitrice con secchi d'oro al Petit Trianon. Louise non sapeva se il nome della dama fosse stato comunicato a Worth, ma immaginava di sì. Comunque, non era difficile indovinare l'identità della signora. Mentre controllava e piegava i metri del prezioso tessuto necessario per l'abito, che doveva essere cucito dalle sarte della signora lì presente, le bastò cogliere un'occhiata d'intesa tra queste per capire che il vestito era destinato all'imperatrice. L'unico rimpianto di Louise era che quell'ordinazione fatta in segreto significava per Worth dover rinunciare al riconoscimento pubblico delle sue brillanti capacità da parte delle Tuileries, perché ciò sarebbe potuto equivalere a una dichiarazione di patronato imperiale. E questo non veniva mai attribuito alla leggera o per premiare un solo figurino.

L'idea di avvicinare la Casa Gagelin per ottenere i modelli era venuta da Stéphanie. L'imperatore aveva chiesto al pittore Winterhalter di ritrarre Eugenia con le sue dame di compagnia preferite, e c'erano state infinite discussioni sull'abito che avrebbe indossato l'imperatrice, perché nessuna delle idee che le avevano sottoposto le sue sarte l'aveva entusiasmata. Alla fine Stéphanie, ricordando l'artistica semplicità dell'abito che aveva visto indosso alla signora Worth, suggerì che la risposta alle loro ricerche poteva trovarsi alla Casa Gagelin. Eugenia non si mostrò entusiasta del fatto che un negozio entrasse in competizione per soddisfare le sue esigenze; ma, dopo che un altro gruppo di schizzi le ebbe provocato l'ennesima delusione, acconsentì, come ultima risorsa, a esaminare qualunque cosa le venisse mostrata, quale che ne fosse la fonte. Dopo una visita preliminare per spiegare quali erano le esigenze da soddisfare, quando tornò la seconda volta, Stéphanie rimase sorpresa. Si era aspettata che il sarto presentasse una raccolta di modelli, disegnati e colorati come se vi avesse messo mano un artista professionista. Invece s'accorse che, tra le sottili copertine di pergamena che lo proteggevano, vi era un solo disegno.

« È tutto qui, signor Worth? » chiese freddamente.

Lui assunse un'espressione ironica. « Questo figurino racchiude tutto ciò che si può desiderare », rispose con un movimento circolare della mano.

Che insopportabile arroganza! pensò Stéphanie. Era quasi

sicura che Eugenia avrebbe scartato anche quello, ma non fu così. L'imperatrice sembrò riconoscente di non dover esaminare ancora un'ampia gamma di schizzi, e affermò che il modello dell'abito era proprio ciò che andava bene per lei. Stéphanie ebbe l'impressione che il signor Worth avesse intuito che numerosi schizzi non avrebbero conseguito altro effetto che quello di stancare l'imperatrice e ritardare sempre più la scelta. Per questo forse aveva deciso di presentare un solo disegno. E che disegno! Era una deliziosa creazione, che ricordava l'incanto dell'estate, tutta fronzoli e pieghe, di tulle bianco sopra una gonna di seta bordata con nastri lilla. L'abito doveva essere portato con mazzolini di violette vere ai due lati del viso. Nessuna meraviglia che Winterhalter decidesse di ritrarre l'imperatrice con in mano un mazzo degli stessi boccioli come ciascuna delle sue dame di compagnia. Di nuovo Stéphanie si rese conto che Worth era un uomo astuto. Sapeva bene che le violette erano il fiore preferito dell'imperatrice e che ella amava tutte le sfumature di quel colore, così le aveva introdotte delicatamente nell'abito. Stéphanie decise di diventare cliente del signor Worth al più presto e cioè una volta conclusa la visita alla corte della regina d'Inghilterra e dopo la chiusura dell'Esposizione con tutte le relative manifestazioni imperiali, in modo da avere la possibilità di concentrarsi sui propri piani. Le occorrevano abiti che fossero caldi ed eleganti, adatti per viaggiare. Nessuno lo sapeva ancora, ma in lei aveva preso forma l'idea di recarsi in Crimea a far visita a Pierre.

Gli scriveva spesso, lettere vivaci e divertenti, con notizie sulle persone che lui conosceva, pettegolezzi per rallegrarlo e resoconti di tutto ciò che avveniva di spassoso. A giudicare dalle sue risposte, che arrivavano sporadicamente, lui apprezzava la sua corrispondenza. Sebbene Pierre nelle sue lettere non usasse alcuna parola affettuosa all'infuori dei più cari saluti, Stéphanie capiva che nessun uomo con un po' di altruismo, che si trovasse sotto la minaccia costante di morte o di ferimento in battaglia, avrebbe desiderato legare a sé una giovane donna con promesse tali da condurla poi all'angoscia e alla disperazione.

L'idea di andare a trovarlo le frullava per il capo da qualche tempo. Riteneva terribilmente ingiusto che solo alle mogli dei pochi ufficiali di alto rango fosse permesso di mettersi in viaggio per far visita ai loro mariti. Ma poi le cadde sotto gli occhi un articolo di giornale. Lesse che un inglese, un certo signor Thomas Cook, che aveva organizzato un viaggio in Crimea, aveva avuto occasione di assistere a una delle scaramucce dall'alto delle colline. Eventualmente avrebbe potuto prendere contatto con lui per farsi scortare, anche se sperava che il suo padrino potesse facilitarle le cose. Da ciò che l'imperatore le aveva detto qualche mese prima non c'erano dubbi che fosse favorevole a un suo matrimonio con Pierre. In quanto a Stéphanie, ella sapeva che non avrebbe voluto altro uomo che lui.

Alla fine di giugno si seppe che Eugenia aspettava un bambino. Dopo due aborti, doveva osservare le più grandi cure e attenzioni, e ognuna delle sue dame, compresa Stéphanie, era sempre ansiosa di evitarle ogni fatica e di aiutarla in quel difficile periodo. Ci furono molti sussurri su come e quando il bimbo fosse stato concepito. Era accaduto qualche tempo dopo che la coppia imperiale era tornata da una visita di stato in Inghilterra, dove si era saputo che avevano trascorso un periodo molto felice, dopo aver stretto una sincera amicizia con la regina Vittoria e il principe Alberto. Probabilmente quella gioia era durata abbastanza a lungo in Eugenia da indurla a pensare che il marito l'amasse ancora nonostante tutte le sue infedeltà, e per qualche tempo doveva aver pensato che si fosse ravveduto.

Quando arrivò agosto, Eugenia fu costretta dalle proprie condizioni a limitare la sua partecipazione ai festeggiamenti indetti per accogliere la sovrana inglese e il suo consorte, tuttavia la visita fu un grande successo. Tutta Parigi si riversò nelle vie e nei boulevard ornati di festoni per accogliere la regina Vittoria e il principe Alberto e per applaudirli ovunque andassero. Worth e Marie, che nutrivano un vivo interesse per questo genere di avvenimenti, riuscirono a trovare un buon posto per vederli scendere dal treno dopo il loro arrivo alla stazione ferroviaria ornata con allegre decorazioni, mentre l'Union Jack e il tricolore sventolavano insieme. Sulla strada del ritorno, Worth alzò gli occhi al cielo al ricordo degli spaventosi abiti della regina inglese.

« Come se non bastassero quell'obbrobrioso cappello di paglia e quel parasole di un verde stridente », esclamò, allungando il passo, « aveva un cagnolino ricamato su quella orrenda borsa enorme! *Un cagnolino!* »

« Ma l'abbiamo sentita dire a qualcuno con orgoglio che gliel'ha ricamata sua figlia », rilevò Marie quasi scusandola. « L'ho trovata piuttosto affascinante. »

Worth borbottò sottovoce. Aveva idee ben precise su come dovesse andare vestita la prima signora di una grande nazione. I cagnolini ricamati ne erano esclusi.

All'Esposizione Universale, che la coppia reale visitò parecchie volte, c'era una magnifica mantellina, nello stand della Casa Gagelin, che Worth aveva creato per una clientela di regine, imperatrici e principesse. Sontuosamente ricamata in oro, su una seta cangiante di un bianco antico, era disegnata in modo che scendesse con grazia dalle spalle senza però arrivare, come di solito, fino alla vita. Dal numero di ordinazioni con lo stemma gentilizio che erano arrivate era evidente che Worth aveva inaugurato una moda adatta alle dame di corte, che sarebbe durata a lungo. Era un affare di prim'ordine per i signori Gagelin e Obigez. Worth non fu neppure invitato a presenziare alla premiazione imperiale quando i suoi principali, pavoneggiandosi con le penne altrui, ricevettero la decorazione dalle mani dell'imperatore.

Al termine dell'estate e di tutte le sue attività febbrili, Stéphanie poté infine rilassarsi e pensare a ciò che le sarebbe occorso per il viaggio in Crimea. Aveva deciso che niente avrebbe ostacolato la sua determinazione di andare a trovare l'uomo che amava.

Non svelò la propria destinazione a Worth, perché non voleva che i suoi piani segreti trapelassero attraverso i pettegolezzi delle cucitrici o giungessero agli orecchi sempre all'erta di qualche domestico. L'imperatore non doveva venire a sapere nulla fino a quando lei non fosse stata pronta ad avvicinarlo personalmente. Al sarto disse solamente che avrebbe viaggiato per mare e per terra, e che si sarebbe potuta trovare in un clima terribilmente freddo.

La signora Worth presentò a Stéphanie un intero guardaroba da viaggio, che la incantò. Abiti di lana, caldi, in luminose sfumature color ciliegia, prugna, corallo; abiti da sera dai magici scintillii, foderati di ovatta in grado di ripararla dalle gelide correnti d'aria; un pesante e raffinato abito da amazzone che l'avrebbe protetta dalle intemperie, e, sopra a tutto, uno splendido mantello foderato di pelliccia con il cappuccio.

« Cominciamo subito, signor Worth », ordinò avventatamente, senza considerare che avrebbe dovuto tenersi un'infinità di capi non necessari, se i suoi progetti non fossero andati in porto.

Assaporava ogni prova, piena di eccitazione. Ciascuno di quegli abiti l'avrebbe resa bella e ammirabile per Pierre, e il buonumore aumentava la sua naturale cordialità, rendendola una cliente accolta sempre con piacere nel reparto confezioni. Soprattutto Louise si rallegrava di quelle prove. Non c'erano in Stéphanie né la petulanza né l'impazienza né le esagerate manifestazioni di noia né le futili lamentele cui si abbandonavano molte donne. Mademoiselle Stéphanie Casile arrivava con passo leggero, proprio come sembrava essere il suo cuore, distribuiva subito elogi e complimenti, incapace di trattenere qualche risatina che diventava contagiosa tutte le volte che qualcosa non andava per il verso giusto; per tutto il tempo chiacchierava allegramente anche se doveva stare in piedi a lungo, mentre Worth strappava le maniche o qualche altra parte dell'abito, e la prova ricominciava da capo.

A Stéphanie piaceva la signorina Louise e si riteneva fortunata di avere una compagnia così piacevole durante le prove. La trovava intelligente e ben informata su tutto, molto più di lei. Fortunatamente, in campo musicale erano allo stesso livello, e una volta, durante una discussione su un'opera che conoscevano entrambe, fecero addirittura un duetto. Worth ritornò nel salottino di prova con una tale espressione indignata che, quando se ne fu andato, le due ragazze scoppiarono a ridere allegramente. Se la segretezza riguardo ai suoi progetti di viaggio non fosse stata tanto importante, Stéphanie sapeva che li avrebbe confidati alla signorina Louise, poiché tra la cliente sola con la propria sarta c'era la stessa intimità esistente tra una donna e la propria parrucchiera. Ma doveva essere prudente, e su quell'argomento non fiatò. Tuttavia si erano scambiate alcune confidenze sulla loro vita, e avevano constatato varie coincidenze: erano entrambe orfane e sapevano fin troppo bene che cosa significasse essere private dell'affetto dei genitori in tenera età, anche se questa lacuna era stata colmata in modo diverso per le due ragazze.

Venne il giorno in cui tutti i capi d'abbigliamento furono terminati. Impulsivamente, Stéphanie afferrò le mani di Louise tra le proprie. « Grazie per aver collaborato alla confezione di questi begli abiti, signorina Louise. Spero che un giorno lei mi aiuti a preparare il corredo di nozze. »

Louise sorrise con calore. « Ne sarei onoratissima, signorina Casile. »

Stéphanie non era rimasta in ozio circa il resto dei suoi progetti durante le settimane che erano state necessarie per la preparazione dei vestiti. Aveva indagato con discrezione, interrogando con finta indifferenza le donne che avevano il marito in Crimea, e alla fine era incappata in una vedova che si sarebbe dovuta recare laggiù per occuparsi del rimpatrio del corpo del marito. Questo doveva essere seppellito in Francia, per uno speciale privilegio concesso dall'imperatore, grazie all'eccezionale coraggio dimostrato dal defunto ufficiale nel compiere il proprio dovere. La vedova, la signora Hélène de Vincent, una donna elegante, con occhi scuri resi ancor più cupi dal dolore e una massa di folti capelli castani raccolti in uno chignon, era dispostissima ad accompagnare Stéphanie qualora le fosse stato permesso di compiere il viaggio, dicendosi molto contenta di godere della sua compagnia.

« Parlerò io stessa all'imperatore a suo favore, se ciò dovesse dimostrarsi necessario », si offrì la signora de Vincent. « Comunque, potrebbe dirgli che la sua giovinezza mi sarebbe di grande conforto in questa mia tragica missione. »

L'imperatore ascoltò Stéphanie senza mai interromperla. « Amo Pierre con tutto il cuore, sire », concluse la ragazza con gli occhi colmi di lacrime. « Le chiedo questo favore, il solo che le abbia mai sollecitato in tutta la mia vita. Mi lasci andare da lui, la prego! » Cadde in ginocchio accanto alla sua sedia, le mani giunte in un'implorante supplica.

« Hai chiesto all'imperatrice se ti permetterà di imbarcarti per questo romantico pellegrinaggio? » chiese lui pigramente, gettando indietro il capo e guardando il soffitto, mentre aspirava una boccata di fumo dalla sigaretta.

« No, sire. Pensavo che, essendo io la sua figlioccia e Pierre la sua guardia, avrei dovuto chiedere prima il suo permesso. »

Ci fu un lungo silenzio. Stéphanie ebbe la sensazione di morire durante quella pausa angosciosa. Poi vide che l'imperatore la guardava di sbieco, indirizzandole un'inequivocabile strizzatina d'occhio. « Che cosa aspetti? Hai il mio permesso. Ti consiglio di presentare la tua richiesta all'imperatrice senza indugiare oltre. »

Stéphanie lanciò un gridolino di gioia, balzò in piedi e gli afferrò la mano per baciargliela, spargendo dappertutto la cenere della sigaretta. Mentre la porta si chiudeva dietro di lei, l'imperatore si spazzolò la cenere dalla giacca e dai pantaloni, sorridendo tra sé. Madame de Vincent era una dama di elevati principi, alla quale poteva essere affidata la sorveglianza della ragazza in modo che la tenesse lontana dalle linee e da ogni spettacolo sgradevole. Durante la propria gioventù egli aveva condotto per un certo tempo vita da soldato e conosceva abbastanza bene l'effetto che avrebbe avuto sul capitano una giovane e bella donna francese dopo i lunghi mesi di sudiciume, di squallore e di violenza bellica. Non aveva fatto alcun accenno all'intenzione di Pierre di sposare un'altra donna. Le cose non sarebbero potute andare meglio di così.

Convincere l'imperatrice fu più difficile. Apparve subito ansiosa e preoccupata e si torse le mani al pensiero che Stéphanie si sarebbe avventurata in una regione che pullulava di una soldataglia bramosa. « Ma Madame de Vincent e io saremo sotto la protezione personale del generale Bosquet per tutto il tempo che trascorreremo laggiù », protestò Stéphanie. « Saremo scortate dalla nave dei rifornimenti fino al luogo in cui alloggeremo e salperemo pochi giorni dopo per il viaggio di ritorno. »

Alla fine Eugenia acconsentì, ma si mostrò insolitamente apprensiva e si asciugò l'angolo di un occhio con la trina di un fazzolettino. « Fa' in modo di tornare per il momento in cui dovrò mettermi a letto. Voglio tutte le mie dame di compagnia accanto a me. »

Rimasta sola, Eugenia chiuse gli occhi con aria stanca e si abbandonò contro i cuscini. Non vedeva l'ora che arrivasse il momento della nascita; desiderava tenere tra le braccia il bambino e lasciarsi andare a tutte quelle emozioni procurate dall'amor materno che fino allora aveva esternato attraverso la sollecitudine per le proprie dame, che le erano tutte molto care. Quand'era ragazza, due uomini crudeli le avevano spezzato il cuore, il secondo al di là di ogni speranza di guarigione. Se il lato sensuale della sua natura non fosse stato rozzamente umiliato dal rifiuto degli altri due uomini che aveva amato molto tempo prima di incontrare il marito, avrebbe certo potuto ricambiare la passione che l'imperatore le aveva dimostrato. Luigi Napoleone era rimasto pazientemente in attesa che lei ripercorresse la lunga e tortuosa strada che doveva farla ridiventare l'ardente e sensibile creatura che era stata un tempo, ma gli appetiti sessuali di Luigi Napoleone erano insaziabili, i suoi bisogni costanti ed esigenti in tutte le ore del giorno e della notte. Mentre Eugenia era ancora una fresca sposina, egli non aveva provato il minimo rimorso nel cercare ovunque la corrispondenza fisica che lei non era stata in grado di dargli. Prima delle nozze, Eugenia aveva sentito raccontare, senza crederci, che una volta Luigi Napoleone, durante un ricevimento di corte, era sparito per un'ora con una dama sua amante, annunciando al ritorno, mentre apparivano tutti e due eccitati, che erano andati a riposare un po'. Ma ora ci credeva. Stranamente, era ancora innamorata di lui, sebbene sotto il profilo della sessualità le fosse diventato odioso. Se il bambino fosse stato un maschietto, avrebbe perdonato al piccolo caro il suo sesso, perché una volta che ella avesse assolto al proprio dovere di partorire un erede al trono imperiale, Luigi Napoleone avrebbe diradato le visite al suo letto.

Stéphanie salpò con Madame de Vincent ai primi di novembre. Il viaggio si rivelò particolarmente piacevole; non solo nel Mediterraneo il tempo era relativamente buono, ma il capitano e gli ufficiali della nave dei rifornimenti erano pieni di riguardi e le facevano ottima compagnia. Sbarcarono in un porto del Mar Nero, affollato e indaffaratissimo, dove erano attese da un certo capitano Desgranges. Questi presentò le condoglianze a Madame de Vincent, descrisse il coraggio del suo defunto marito, che era stato di esempio a tutti, e poi rivolse a Stéphanie le solite frasi convenzionali di saluto. Ma negli occhi aveva quella luce di evidente apprezzamento che la ragazza avrebbe scorto con varia intensità in molti altri sguardi di uomini francesi prima di ripartire.

« Il capitano de Gand non è con lei? » chiese infine Stéphanie.

« No, ma l'hanno mandato a chiamare e lei lo vedrà questa sera. »

« Sa che sono qui? »

Il capitano Desgranges scosse il capo. « Gli ordini ufficiali non contemplano spiegazioni personali, signorina. È stato informato che doveva presentarsi a rapporto al quartier generale e restarvi tre giorni. » Si lasciò sfuggire un sorriso. « Immagino che si sentirà un po' disorientato. Invidio la sua meravigliosa sorpresa. »

Con una scorta di lancieri a cavallo, la vedova e la ragazza, dirette verso differenti missioni, una alla conclusione e l'altra agli esordi dell'amore, viaggiarono dapprima in una vecchia carrozza ottenuta prontamente da qualche fonte locale, e poi a cavallo, mentre un carro dell'esercito trasportava il loro bagaglio. Faceva un freddo pungente e la neve rimasta qua e là sul terreno aveva un colore grigiastro come il cielo. Oltrepassarono alcuni accampamenti di truppe francesi, dove i fuochi di campo si levavano in fiammate rosso-dorate, mentre il fumo saliva in volute verso il cielo. Pochi guardavano nella loro direzione, perché nessuno si rendeva conto che stessero passando due donne, tanto erano infagottate per ripararsi dall'aria gelida. Stéphanie era sconvolta nel vedere come fossero rattoppate le uniformi degli uomini; alcuni si erano buttati addosso le coperte per stare più caldi. Le loro ghette un tempo eleganti erano sporche e lacere. Un buon numero di loro aveva aggiunto all'abbigliamento ampi mantelli russi e altri indumenti, qualcuno cosacco, e Stéphanie non osò pensare dove e come si fossero procurati quel vestiario.

A un certo punto avanzò verso di loro una compagnia di soldati inglesi che le superò a passo rapido. Camminavano in modo disciplinato, ma il loro aspetto non era migliore di quello dei francesi, se si eccettuava il candore delle cinture. Da quanto aveva saputo dal capitano Desgranges, gli inglesi se l'erano passata assai peggio dei francesi in quel primo terribile inverno e, se non fosse stato per Miss Florence Nightingale, un numero di feriti ben maggiore avrebbe dovuto affrontare la morte per mancanza di cure ospedaliere. Stéphanie pensò che i soldati turchi che vedeva accampati non dovevano aver ricevuto molta assistenza: la magrezza dei loro visi la diceva lunga sulla scarsezza delle loro razioni e su ogni altro genere di privazioni.

La ragazza e Madame de Vincent entrarono infine in un villaggio che aveva sofferto molti danni nel corso di diversi combattimenti. La sede del generale Bosquet si trovava in una grande casa che aveva cambiato di mano due volte, prima che i francesi se ne impadronissero alla caduta di Sebastopoli. I soffitti affrescati e le dorature rivelavano una passata grandezza, ma i candelabri a muro erano stati strappati dalle pareti foderate di damasco, e i mobili più pesanti non si erano salvati dagli sfregi inflitti da sciabole e spade, mentre numerose pallottole di moschetto erano penetrate profondamente nel legno. Il cambiamento di atmosfera, venendo dall'esterno, era stupefacente. Le stufe alte fino al soffitto emanavano un calore insopportabile, e attraverso le griglie si vedevano danzare le fiamme. Stéphanie e Madame de Vincent furono liete di liberarsi dei loro mantelli pesanti.

« Devo scusarmi per lo scompiglio nell'arredamento », disse il capitano Desgranges, « ma confido che si troveranno a loro agio, e garantisco che quando il generale Bosquet tornerà, questa sera, sarà onorato al pari di tutti noi di averle a cena. »

Nelle loro camere da letto, che avevano porte comunicanti, Madame de Vincent e Stéphanie trovarono due domestiche pronte a servirle, due contadine con le trecce e un fazzoletto bianco legato intorno alla fronte che copriva loro i capelli, e dall'aspetto pulito e ordinato. Da un samovar fu versato il tè caldo per le viaggiatrici appena giunte: alcune fettine di limone galleggiavano nelle tazze di delicata porcellana, sfuggite probabilmente ai saccheggiatori che avevano invaso la casa, francesi o russi che fossero. C'erano anche panini bianchi dolci e focaccine insaporite con semi di cumino.

Non appena le due donne ebbero finito di rifocillarsi, le domestiche andarono a prendere alcune brocche di acqua scaldata in recipienti di stagno, ed entrambe le visitatrici furono contente di fare il bagno a turno per eliminare la stanchezza del viaggio: la fragranza del sapone che ciascuna aveva portato con sé saliva assieme al vapore. Le due cameriere scaldarono alcuni ampi asciugamani accanto alla stufa per avvolgerli intorno al loro corpo quando furono pronte a uscire dall'acqua.

Madame de Vincent, che desiderava trascorrere un po' di tempo da sola nella cappella in cui era stata sistemata la bara del marito, dopo aver indossato un abito di seta nera che accentuava il pallore dei suoi lineamenti uscì dalla stanza portando con sé una corona di sempreverdi che aveva raccolto personalmente nella propria tenuta in Francia. Stéphanie stava ancora vestendosi e rabbrividiva per l'eccitazione nervosa, mentre la cameriera le spazzolava i capelli e le riuniva i riccioli in grappoli ai lati della testa. Aveva deciso di indossare l'abito più chiaro che il signor Worth le aveva confezionato e le cui pieghe erano state stirate subito dopo che era stato tolto dalla valigia.

Volendo fare un'entrata che destasse impressione, non lasciò la propria stanza fino a quando non fu certa che Madame de Vincent fosse uscita dalla cappella per unirsi alla compagnia degli ufficiali giunti con il generale Bosquet un'ora prima del pranzo. Attese in cima alla scala fino al momento in cui percepì le morbide inflessioni della vedova frammiste al sordo brusio delle voci maschili; poi discese. L'arco che immetteva nella stanza era incorniciato da tendaggi di broccato, trattenuti da nastri per lasciare libero il passaggio, e Stéphanie si fermò sulla soglia. Tutte le teste si voltarono verso di lei, e cadde un improvviso silenzio. I presenti erano abituati alle visite occasionali delle mogli degli ufficiali di alto rango, signore che non erano mai più giovani di Madame de Vincent e di solito molto meno avvenenti. Ma ora, mentre la ragazza se ne stava là con indosso uno splendido abito di seta color rame, i biondi capelli che formavano un'aureola abbagliante, le spalle levigate scoperte e l'incavo del seno che splendeva come candido alabastro, tutti gli uomini la fissavano con insistenza. Portava un solo gioiello, un paio di orecchini di perle e ambra, dono dell'imperatore, che lanciavano strali di danzanti bagliori in tutte le direzioni. Vederla apparire così d'improvviso, in tutta l'eleganza di una Parigi quasi dimenticata nello squallore e nelle sofferenze di una guerra, rendeva quegli uomini quasi increduli. Il silenzio durò solo qualche secondo, ma bastò a fugare temporaneamente il cupo furore che aveva permeato l'esistenza di quei soldati in Crimea, da una battaglia all'altra, da un bombardamento all'altro, tra le urla dei feriti e i lamenti dei cavalli in agonia: l'amaro prezzo pagato in cambio dell'onore e del prestigio che avevano conquistato per il loro paese e per l'imperatore.

Un uomo avanzò per salutarla. Era il generale Bosquet; aveva un aspetto massiccio e si muoveva pesantemente. Lisciandosi l'estremità dei baffi cespugliosi con il dorso del dito indice, si avvicinò e si inchinò davanti a lei.

« Sia la benvenuta, signorina Casile. Conoscevo bene suo padre. Bell'uomo e soldato coraggioso. »

Stéphanie non seppe mai quale risposta convenzionale avesse dato, mentre la conversazione riprendeva tutt'intorno a lei.

Con un doloroso senso di delusione aveva pensato che Pierre non ci fosse; ma, mentre il generale avanzava verso di lei, l'aveva scorto. La stava fissando da sopra la spalla di lui come se non avesse ancora ripreso fiato dal momento in cui ella era apparsa. Nel suo sguardo c'era incredulità ed egli appariva alquanto divertito, come se si ritenesse vittima di uno scherzo. Stéphanie si sentiva perduta e spaventata, incapace di comprendere la sua reazione. Ma poi egli le rivolse un lungo sorriso che cambiò completamente la sua espressione, e Stéphanie non ebbe più dubbi: Pierre era contento di vederla. Trattenne a stento le lacrime nel rispondere a coloro che il generale le presentava; era soltanto conscia che il giovane aspettava l'opportunità di reclamare la sua compagnia. Quando finalmente si trovarono l'uno di fronte all'altra, Stéphanie provò un profondo strazio nel constatare come fosse dimagrito e nell'osservare la piega amara della sua bocca. Avrebbe desiderato premere le proprie labbra su quelle che tanto amava, ma non era più l'impulsiva educanda che lo aveva abbracciato a Fontainebleau e non poteva comportarsi a quel modo in una stanza piena di estranei. Tutto ciò che aveva avuto intenzione di dirgli le era svanito dalla mente; era diventata silenziosa e tranquilla, mentre la sua lingua, solitamente sempre in movimento, sembrava aver perduto la capacità di pronunciare la benché minima parola. Sollevò le mani e le strinse l'una nell'altra in un gesto che esprimeva una muta gioia per quell'incontro. Pierre le lanciò un'occhiata piena d'ammirazione.

« È sempre piena di sorprese, Stéphanie. Non so mai che cosa aspettarmi da lei, e questo fin dal nostro primo incontro. »

Alla ragazza tornò la fiducia e con essa l'equilibrio. Una punta di malizia le apparve agli angoli della bocca. « Spero che questa sia la più bella di tutte le sorprese. »

Pierre fece una risatina e la afferrò per la vita per avvicinare il suo viso al proprio. « Lo è certamente. Nessun altro all'infuori di lei sarebbe potuto apparire sul teatro di guerra come uscendo da un cilindro magico, garantendo allo stesso tempo a me tre giorni di licenza. »

Stéphanie rise in modo delizioso, prendendo il braccio che egli le offriva. Era stato annunciato il pranzo, e il generale Bosquet, assieme a Madame de Vincent, apriva il corteo verso la sala apparecchiata. Per tutto il tempo, Stéphanie fu al centro dell'attenzione. Conversò con tutti coloro che le stavano intorno, rivolgendo sorrisi e occhiate civettuole a chi alzava il bicchiere verso di lei, e si divertì moltissimo. Aveva accanto l'amato Pierre, che era tutto ciò che le importava veramente. Nel momento in cui fece scivolare la propria mano su quella di lui sotto la tovaglia, Pierre le strinse le dita così forte che Stéphanie rimase senza respiro per il dolore, ma non la guardò negli occhi, fingendo di essere impegnato in conversazione con altri. Era simile alla stretta di un uomo in procinto di affogare, come pensò la ragazza. Poi, con la nuova sensibilità che aveva acquisito durante il periodo trascorso alle Tuileries, capì che cosa significasse quel gesto. Improvvisamente si sentì ardere le guance. Pierre le aveva comunicato di avere un disperato bisogno di lei. Il cuore cominciò a batterle nel petto come una campana che chiami a raccolta.

Madame de Vincent compì diligentemente i propri doveri di chaperon. Doveva rispondere all'imperatore del comportamento della ragazza e non venne meno al proprio compito, anche se avrebbe preferito non accompagnare i due giovani nelle passeggiate attraverso il villaggio in quel freddo rigido, o nelle cavalcate lungo un sentiero che attraversava le retrovie per esplorare un'antica fortezza di notevole interesse storico. Affondata in un mantello di pelliccia altrettanto voluminoso di quello di Stéphanie, non vedeva l'ora che le spedizioni terminassero per far ritorno al quartier generale, ma restava tenacemente con loro senza lasciarli un istante. Con suo gran sollievo, risultò impossibile visitare la conquistata città di Sebastopoli perché era scoppiata un'epidemia di colera tra le truppe. Si inerpicarono tuttavia lungo il pendio di una collina per osservare da lontano ciò che era rimasto di quella città tanto bombardata, che era finalmente caduta in mano agli alleati poco tempo prima. In casa, ella si teneva sempre, con molto tatto, a una certa distanza, con in mano un libro o un ricamo, ogni volta che Stéphanie e il suo bel cavaliere sedevano a chiacchierare nel roseo bagliore delle fiamme che guizzavano al di là della griglia della stufa. Ma non li perdeva mai d'occhio, per garantirsi che nessuno dei due si prendesse o accettasse qualche libertà.

Immaginava che per loro il tempo volasse, anche se, per quel che la riguardava, trascorreva con una lentezza esasperante. Tutto ciò che desiderava era veder caricare la bara sulla nave e andarsene da quella terribile parte del mondo in cui il suo adorato marito era andato incontro a morte prematura. Quando arrivò il terzo e ultimo giorno, Madame de Vincent lo accolse con sollievo, e fu con piacere che partecipò al banchetto offerto dal generale e dai suoi ufficiali in onore delle due dame francesi loro ospiti.

Quella notte ebbe un sonno agitato, perché il pensiero che il giorno dopo, assai presto, avrebbe avuto inizio il viaggio di ritorno la assillava nel dormiveglia, mentre si rivoltava in continuazione sul cuscino. Improvvisamente spalancò gli occhi e sedette sul letto, i capelli sparsi sulle spalle. Che cosa aveva udito? Quale suono l'aveva alla fine destata completamente?

In quella, vide un filo di luce filtrare dalla soglia della porta di comunicazione. Stéphanie stava forse male? Le attraversarono la mente i discorsi che erano stati fatti sul colera. Dopo aver sollevato le coperte, posò i piedi sul pavimento con una sensazione molto simile al panico. Voleva partire il mattino dopo, e la prospettiva di dover restare per settimane con una ragazza ammalata era troppo spaventosa anche al semplice considerarla. La Francia non le era mai apparsa tanto sicura e civile come in quei secondi in cui afferrò la vestaglia e vi infilò le braccia. Con una mano estrasse dal colletto di pizzo le lunghe trecce disciolte e, dirigendosi verso la porta, la spalancò.

« Stéphanie! Sta... » La voce le morì in gola. Non erano nudi. Come ricordò più e più volte, in seguito, non erano nudi. Tuttavia, le apparenze deponevano a loro sfavore e, nonostante lo sconvolgimento, pensò che Pierre de Gand, con quegli occhi ardenti e quella bocca sensuale, non era il tipo da rispettare il riserbo di una donna senza pretendere perlomeno un contatto fisico. Stéphanie, con un'espressione di costernazione e di sfida, sedeva appoggiata ai cuscini, i capezzoli impudentemente eretti attraverso il bianco percalle della camicia da notte, le gambe ripiegate sotto di sé. Anche lui era sul letto, seduto sull'orlo, con le mani nelle tasche della vestaglia trapuntata, i piedi nudi sul pavimento. Dal giovane trapelava una controllata irritazione, e nessuno dei due si mostrava sorpreso. Madame de Vincent non dubitava che lo scricchiolio del parquet li avesse ampiamente avvertiti del suo arrivo. Un impeto di disperazione trasparì dalla sua voce, mentre lanciava una debole ma stridula esclamazione angosciata.

« Che cosa direbbe l'imperatore? » Poi si abbandonò su una sedia, coprendosi il volto con le mani e scoppiando in lacrime, mentre la sua indole gentile era travolta dall'imbarazzo. Udì Stéphanie sbottare in un'isterica risata, tra la rabbia e l'umiliazione.

Il mattino dopo, alle otto e mezzo, il generale Bosquet, i suoi ufficiali e tutti i soldati addetti al quartier generale si misero sull'attenti e salutarono con tutti gli onori la partenza del feretro ricoperto dal tricolore. Mentre Madame de Vincent, già a cavallo, chinava il capo in segno di gentile congedo e partiva, i lancieri a cavallo scortavano il caduto. Stéphanie seguiva su una giumenta saura accanto a Pierre che, prima di raggiungere la propria unità, avrebbe assistito al loro imbarco.

Madame de Vincent guardava davanti a sé senza vedere nulla, mentre il brullo paesaggio le scorreva intorno con le colline coperte di neve. Stava pensando che quella spedizione era stata un incubo e che quella spregevole ragazza, ben lontana dal rappresentare una consolante compagnia ora che ne aveva più bisogno, si era unita a lei soltanto per metterla in difficoltà. Sapeva che, se l'imperatore avesse scoperto che non aveva assolto adeguatamente il proprio compito di chaperon, sarebbe caduta in disgrazia e non sarebbe più stata considerata degna del privilegio che egli le aveva accordato sopra tutte le altre; ciò avrebbe offuscato l'onorata memoria di suo marito. Ecco una delle conseguenze che potevano derivare dal vergognoso episodio della notte precedente. Questa ragione l'aveva convinta a mantenere il silenzio sulla faccenda, anche se in cuor suo avrebbe desiderato agire ben diversamente: era un altro fardello da portare, che contrastava con il suo senso del dovere. Doveva ammettere che, quando i suoi singhiozzi erano aumentati udendo la selvaggia risata di Stéphanie, la ragazza aveva ripreso il controllo di sé e s'era mostrata dispiaciuta di averle provocato un simile sconvolgimento. Aveva smesso di piangere allorché il capitano era riuscito a calmarla dandole un saggio dei propri modi accattivanti, ai quali non era riuscita a resistere. Oh, sì, poteva capire come erano andate le cose, soprattutto in una circostanza del genere, ma non c'erano scusanti né per l'uno né per l'altra. Era decisa a non rivolgere mai più la parola a Stéphanie.

Dopo una sosta in una locanda per ristorarsi, Madame de Vincent e la ragazza risalirono sulla carrozza presa a nolo che le aveva accompagnate nel viaggio di andata e ripartirono per la meta finale. Quando raggiunsero la banchina, era il crepuscolo. Una patetica folla di feriti veniva trasportata in barella fuori dei vagoni per l'imbarco. Prendevano il posto delle vettovaglie, degli abiti e delle munizioni che erano arrivati con il viaggio di andata. C'erano uomini che avevano perduto arti o che erano troppo malconci per poter essere curati e rispediti a combattere. Stéphanie provava brividi che non avevano alcun rapporto col vento gelido che faceva turbinare la neve sul Mar Nero, il cui nome non era mai parso più appropriato con quelle onde scure come il cielo. Stéphanie si strinse a Pierre in un ultimo abbraccio, prima di separarsi da lui.

« Abbiti cura. Non lasciare che ti accada nulla. »

Pierre aveva un'espressione torva, mentre il suo respiro, addensandosi, restava sospeso nell'aria gelida assieme a quello di lei. « La guerra non durerà ancora a lungo. Abbiamo già passato il peggio e, come hai udito, il generale Bosquet ha detto che si sta cominciando a parlare di pace da entrambe le parti. Comunque, che cosa potrebbe impedirmi di tornare sano e salvo a casa con tutto quello che mi aspetta in Francia? » Poi la baciò senza dolcezza, quasi con rabbia, lasciandole le labbra doloranti. Lo vide allontanarsi dalla banchina a cavallo, in direzione diversa da quella dei lancieri.

Sulla nave Stéphanie tentò di conversare con Madame de Vincent, con la quale divideva una cabina, ma si scontrava ogni volta con un ostinato silenzio, cosicché desistette. La simpatica amicizia che avevano condiviso nel viaggio di andata era scomparsa. Ma c'erano molte altre persone ben liete di parlare con lei. Offrì il proprio aiuto al medico di bordo, con l'animo colmo di compassione per quei feriti stipati in condizioni penose in ogni angolo disponibile della nave, e questi la incaricò di nutrire coloro che non erano in grado di alimentarsi da soli, in modo che i suoi assistenti fossero liberi di dedicarsi ad altri compiti. Quando Madame de Vincent si ristabilì dal mal di mare, prestò a propria volta tutto l'aiuto che poté. Alcuni pazienti morirono in seguito alle ferite e si dovette inumarli in mare. Stéphanie ne fu terribilmente addolorata, ma nascose i propri sentimenti per non impressionare gli altri che guardavano a lei per essere rincuorati dal suo sorriso e dal suo chiacchiericcio. Dopo tutto ciò che era accaduto e che aveva visto e udito durante quella spedizione, si sentiva più vecchia e più saggia, più triste e più felice di quanto non fosse prima di imbarcarsi per la Crimea. Era sicura tuttavia che non sarebbe mai più stata frivola o spensierata. Pensava di aver imparato a conoscere se stessa oltre che Pierre, e questo già bastava a dare validità al viaggio. Ma l'aver portato a compimento lo scopo per il quale era partita costituiva un prezioso compenso e si congratulò con se stessa in segreta e timida esultanza. Se aveva qualche rimpianto, era solo per aver sfogato la propria rabbia, durante l'ultima notte del suo soggiorno al quartier generale, contro quella povera donna, la cui inopportuna intrusione era avvenuta per il migliore dei motivi.

A Marsiglia, aveva offerto il proprio conforto a Madame de Vincent, che aveva dovuto essere sostenuta quando uno dei portatori del feretro era inciampato lungo la passerella e, per un macabro e terribile momento, era sembrato che il prezioso carico dovesse finire in mare. Sul treno, Madame de Vincent ringraziò Stéphanie per la premura dimostratale in quella particolare occasione. Le due donne, dopo aver rotto il silenzio, poterono infine conversare un po' durante il viaggio di ritorno a Parigi.

Stéphanie trovò la vita alle Tuileries più allegra e più stravagante di prima, o forse così le apparve per contrasto con le tragiche scene di guerra che aveva visto di recente. Per alcuni giorni si sentì stranamente fuori posto, come se ci fosse qualcosa di irreale, di quasi magico, in quei voluttuosi scenari neppure sfiorati dalla guerra. Ai banchetti, dove venivano servite una portata esotica dopo l'altra e il vino scorreva a fiumi, le tornavano in mente i volti scavati delle truppe turche, e il cibo quasi la soffocava. Ma a poco a poco si riabituò al proprio ambiente e si sentì sempre più a suo agio, ben felice che tanta gente l'avesse accolta a braccia aperte al suo ritorno. L'imperatrice era assai contenta della sua compagnia. Eugenia era sempre impaziente di vedere i raffinati articoli ornati di trine che andavano ad arricchire il corredo del neonato imperiale e che, assieme alla culla scolpita offerta dalla città di Parigi, sarebbero stati esposti al pubblico per un breve periodo.

Tra coloro che formavano la lunga fila per vedere la squisita mostra c'era Marie Worth. Aspettava un altro bambino ed era sicura che la gioia dell'imperatrice fosse pari alla sua nell'attesa dell'evento. La sola differenza era che l'imperatrice doveva affrontare la gravosa prospettiva della delusione del marito e dell'intera nazione, se avesse mancato di partorire un maschio.

Louise, che l'aveva accompagnata per vedere il corredino, non poteva fare a meno di paragonare il lavoro quotidiano di Marie con il riposo che l'imperatrice poteva concedersi per dedicare tutte le attenzioni al nascituro. Nel suo entusiasmo per il lavoro, Worth spesso dimenticava che la moglie ora si stancava facilmente. A volte Marie appariva spaventosamente pallida e con pesanti ombre sotto gli occhi. Ma non si lamentava mai e, sebbene trovasse difficile affrontare il cibo caldo che le veniva messo davanti quando finalmente riusciva a trovare qualche minuto per un tardivo pranzo, si sforzava coraggiosamente di mangiare per la salute del bambino e la necessità di mantenersi in forze.

Louise, un pomeriggio, appena tornata da uno di quei rapidi spuntini, si accorse che c'era un visitatore in attesa di Worth. L'involto circolare che aveva con sé rivelava la sua missione. Un flusso inarrestabile di inventori di attrezzi per allargare le crinoline aveva cominciato a circolare per le sartorie, e i loro prodotti erano veramente ridicoli e inapplicabili. L'uomo le volgeva le spalle ma, mentre lei si avvicinava, qualcosa nella sua statura e nel suo aspetto le parve vagamente familiare.

« Desidera vedere il signor Worth? » chiese quando gli fu vicina.

La chioma ben pettinata ruotò e un paio d'occhi scintillanti la guardarono da sopra la spalla. « Louise! Che io sia dannato! »

La ragazza sobbalzò per lo stupore, portandosi le mani alle guance. « Will Russell! Quando è tornato a Parigi? »

Will rise di gioia per quell'incontro. « Sono arrivato poco più di un'ora fa. Sono contento di rivederla. »

« Anch'io sono felice di ritrovarla dopo tutto questo tempo. » Aveva stentato a riconoscerlo, con i biondi riccioli ben pettinati e lucenti e l'abito costoso. Anche lui sembrava incuriosito dall'aspetto di Louise e, afferratala per le spalle, la allontanò per tutta la lunghezza delle braccia, squadrandola dalla testa ai piedi e facendola ruotare su se stessa.

« Che eleganza! È solo la seta nera delle commesse, ma la indossa in modo delizioso, ragazza mia! Lei è uno spettacolo tale che valeva la pena di compiere un viaggio per vederlo. » Le prese la mano, alzando le sopracciglia nel constatare che non c'era fede nuziale. « Niente nozze? Gli uomini di questo paese sono dunque tutti così insensati? » Il largo anello d'oro sul terzo dito della mano sinistra dell'uomo indicava invece che Will aveva compiuto il fatale passo del matrimonio.

« Non ci vorrà molto », gli confidò Louise, con uno sguardo ardente. « Ora che a Parigi è stata indetta la Conferenza di Pace, sarà solo questione di settimane o addirittura di giorni perché si firmi l'armistizio. »

Will fece una smorfia di complicità. « Il suo fidanzato è coinvolto in quel pasticcio, vero? Almeno la Francia se l'è cavata meglio dell'Inghilterra. Alcuni dei caldi abiti prodotti dalla mia fabbrica erano stati assegnati alla brigata leggera, ma sono stati pochi i sopravvissuti a quella terribile carica dei cannoni russi che ne hanno usufruito. Come si chiama il suo fidanzato? In quale reggimento presta servizio? » Nell'udire che l'uomo che doveva sposare apparteneva alle Cento Guardie, Will alzò di nuovo le sopracciglia ed emise un fischio di approvazione. « Niente di meno che la crema del reggimento per lei, eh? Ma è lui il fortunato. » Si guardò intorno. « Dov'è il signor Worth? Dopo il mio colloquio di lavoro, ceneremo insieme per festeggiare il nostro incontro. »

« Glielo cercherò io. » Stava per scappar via, ma poi si voltò a guardare ancora Will. « Se non fosse che lei ha un'aria molto più florida, potrei pensare che non ci vediamo da ieri. Sono contenta che tutto le vada bene. »

Will le rivolse un largo sorriso di compiacimento, seguendola con gli occhi mentre scompariva in direzione dei salottini di prova. Sotto l'aspetto finanziario le cose andavano bene, ma il suo matrimonio era un'altra faccenda. Aveva continuato ad amare profondamente Ellen Moncrieffe nei due anni che aveva trascorso a Parigi, e dopo il suo ritorno in Inghilterra lei gli era apparsa più desiderabile che mai. Il padre di Ellen lo aveva fatto attendere un altro anno, fino a quando non si era di nuovo affermato nel proprio paese. Era stato un matrimonio fastoso per l'unica figlia dei Moncrieffe, con più di quattrocento invitati e una torta di nozze a vari piani alta un metro. Ellen, eterea nell'abito di raso bianco ornato di merletti, aveva assaporato ogni minuto di quel giorno e, poiché non voleva lasciare il ricevimento, rimandava il più possibile la loro partenza.

Più tardi, Will aveva capito il perché. Lei desiderava sposarsi per l'eccitazione di quella giornata, per la gioia di avere raggiunto la condizione di donna maritata, e per gareggiare con le amiche nel prestigio della propria casa e nello stile di vita. Ma fare la moglie era un'altra cosa. La loro notte di nozze era stata un disastro. Superprotetta e vezzeggiata da genitori che l'adoravano, di natura timida e ritrosa, era arrivata al talamo nuziale nella più assoluta ignoranza, se si eccettua l'avvertimento che le aveva dato la madre: ciò che sarebbe accaduto era disgustoso, degradante e penoso, ma doveva essere sopportato per l'egoistico piacere del marito. Imbacuccata fino alla gola, polsi e caviglie stretti dalla camicia da notte, si era rannicchiata ben lontana da lui, tremando di paura. Will si era ben presto reso conto che il suo corpo costituiva per lei un mistero, collegato a tutto quanto esisteva di tabù e di ignoto, e anche se lui non l'avesse amata avrebbe capito che era stata allevata nella convinzione che la propria nudità era vergognosa. Will l'aveva blandita, vezzeggiata e rassicurata, rassegnandosi all'astinenza sessuale per una notte o due, cosa difficile in un uomo così fortemente passionale; ma quella tetra luna di miele era passata e avevano dovuto vivere nella loro casa per cinque settimane prima che il matrimonio fosse infine consumato. Tutta la paziente tenerezza che le aveva dimostrato, le infinite carezze che le aveva prodigato per farla cedere, lei le aveva dimenticate nel momento del possesso. Aveva urlato per il dolore e la repulsione, ricordandogli una farfalla orribilmente infilzata da uno spillo. Dopo, nei momenti di intimità, continuò a stare rigida e sdegnata, qualche volta in lacrime, trasformando in farsa quel matrimonio che lei durante il giorno si preoccupava di far apparire come un'unione perfetta. Will aveva cominciato ad accorgersi che la moglie era una di quelle donne superficiali innamorate di se stesse, e che i sentimenti che egli le aveva dimostrato all'epoca del fidanzamento erano serviti soltanto ad alimentare il suo egocentrismo. Ellen aveva creduto di farlo ballare come un burattino per tutto il resto della sua vita, senza offrire nulla in cambio dal punto di vista affettivo: il suo cuore era sterile proprio come il suo corpo. Un bambino avrebbe portato un po' di gioia in quella casa dove persino i merletti delle tende erano inamidati e dove ogni pezzo di carbone da gettare nel fuoco sarebbe stato lucidato, se fosse stato possibile. Tuttavia Will non desiderava un figlio, che l'avrebbe staccata ancor più da lui, e forse, nonostante tutto, negli angoli più riposti del suo cuore egli sperava ancora che con il tempo il suo amore avrebbe risvegliato quello di Ellen.

« Signor Russell? Voleva vedermi? » Worth era là, in piedi, le mani dietro la schiena. Aveva parlato in francese, ma Will, sapendo che si trattava di un suo connazionale, replicò in inglese.

« Come sta, signore? Sono venuto a Parigi per mostrarle la mia invenzione brevettata, che nessuno ha ancora visto. Penso che la troverà di estremo interesse. »

Worth corrugò la fronte irritato, perché Louise gli aveva detto che il suo visitatore parlava correntemente il francese e non gli parve educato che Will Russell gli rivolgesse la parola in inglese. In simili occasioni, Worth non parlava la propria lingua, se poteva evitarlo. Come nella maggior parte dei convertiti a una nuova fede – nel suo caso uno struggente amore per il paese che l'aveva adottato –, il suo zelo a volte appariva eccessivo. A poco a poco si era convinto di sentirsi più a casa propria in Francia dei francesi stessi. Pensava, contava e sognava persino in francese, che ora considerava la sua lingua madre. Sempre teatrale nei suoi gesti, aveva fatto propria la leziosaggine tipicamente francese, che era diventata naturale in lui non appena aveva cominciato a liberarsi di tutto ciò che apparteneva alle sue origini anglosassoni. Non provava alcun interesse per ciò che non era francese. Le stoffe che ordinava per il negozio e per rifornire il proprio reparto confezioni erano prodotte in Francia. Se gli occorrevano articoli di lana fine, non si rivolgeva alle Isole britanniche, ma li cercava presso fonti francesi poco note, dove aveva individuato filati e tecniche di lavorazione di pari qualità. Faceva fatica a digerire il fatto che solo in Irlanda fosse possibile trovare una certa tela di lino, che non si riusciva a ottenere sul suolo francese. Continuava a importarla perché non aveva alternative, ma un'invenzione inglese offerta da un inglese che aveva deciso di non parlare francese era tutta un'altra questione. Era già pronto a opporgli il proprio disinteresse.

« Ne dubito », rispose, continuando a parlare in francese. « Posso affermare che, qualunque arnese riguardante le crinoline lei abbia da mostrarmi, io li ho già visti tutti. »

Will, continuando a fissarlo, non si lasciò smontare da quella replica, alla quale era preparato. Da commerciante inglese che tratta con un altro della sua specie, non vedeva ragione alcuna per ricorrere a una lingua straniera in una faccenda di affari. Con una certa arroganza che faceva il paio con la freddezza di Worth, Will, senza scomporsi, rimase immobile con il pollice infilato nel taschino del panciotto.

« Lei dev'essere molto sicuro di sé per fare questo genere di affermazione, signor Worth. La mia invenzione non è una di quelle cianfrusaglie di fil di ferro o una variazione sul tema di quelle pesanti gabbie di metallo che tengono le donne inchiodate a terra. Oh, no. » Scosse il capo con energia. « Ciò che ho disegnato è qualcosa di completamente diverso. È fatto di sottili cerchi d'acciaio, uniti l'uno all'altro da fettucce, che, partendo dalla vita, aumentano di diametro man mano che arrivano all'orlo. È leggero come la molla di un orologio. » Alzò le spalle con indifferenza. « Comunque, se non le interessa, non voglio portarle via altro tempo. » Si voltò per andarsene.

« Aspetti! » Worth parlò in inglese, nell'espressivo dialetto del Lincolnshire della sua infanzia. « Perché è venuto prima da me? »

Will tornò indietro, guardandolo dritto in viso. « Gagelin e Obigez sono diventati famosi per le loro idee avanzate nel campo della moda. Credo che siano in cima alla graduatoria. »

Worth strinse le labbra con una smorfia. Era sempre la stessa storia. La fama del negozio era dovuta quasi esclusivamente alle sue idee, eppure lui continuava a trovare ostacoli a ogni passo. Doveva battagliare per ogni innovazione, e tutte le volte che riscuotevano successo il merito non era mai suo. « E va bene, signor Russell. Darò un'occhiata ai suoi cerchi a molla d'orologio. »

Will sorrise, passando finalmente al francese. « La sua è una saggia decisione, signor Worth. »

Non appena Worth vide il prototipo di quell'invenzione, capì che tutti i suoi problemi con la crinolina erano risolti. Non solo essa avrebbe sollevato le signore dal peso delle voluminose sottogonne e imbottiture, ma avrebbe potuto far sì che la crinolina si allargasse ancor più. Abbandonando la solita forma a cupola, l'avrebbe fatta diventare una specie di ventaglio! Che splendida ossatura sarebbe stata per i suoi vestiti! Che bel movimento fluttuante avrebbe prodotto il tessuto appoggiato sopra di essa! Era un effetto che non riusciva mai a ottenere nei laboratori.

« Voglio che l'ultimo cerchio abbia una circonferenza di cinque metri », dichiarò, immaginando che l'impiego di almeno dieci metri di stoffa, arricchita da fronzoli, gale, alamari e pieghe, avrebbe dato alla moda una nuova dimensione, tale da lasciare tutti senza fiato.

« Cinque metri! » Will era sorpreso, ma non volle controbattere. « Si può fare. »

Worth sapeva bene quanto Will che c'era da fare una fortuna con il lancio sul mercato di quei cerchi; bisognava però agire subito, prima che gli imitatori, com'era inevitabile, ne producessero qualche variazione. Ma, a causa dell'alto prezzo che Will richiedeva per il proprio prodotto, e nel quale erano compresi i suoi utili, era necessario consultare i proprietari del negozio. Avvenne allora ciò che Worth temeva. Anziché accorgersi subito che avevano per le mani un affare d'oro, l'opportunità di sfruttare i diritti dell'invenzione in esclusiva per la Francia, i signori Gagelin e Obigez si ritirarono di fronte all'impegno finanziario; solo con molte difficoltà Worth riuscì a persuaderli ad acquistare il quantitativo necessario a fronteggiare i concorrenti per qualche settimana. Infuriato per la loro ristrettezza mentale, Worth pensò che, se avesse avuto i capitali necessari, sarebbe stato in grado di vendere alle donne cerchi costellati di diamanti, una volta che avesse sperimentato la funzionalità dell'articolo.

Will era soddisfatto. Non solo avrebbe inondato Parigi dei suoi cerchi attraverso la Casa Gagelin, ma, con la somma ricavata, sarebbe stato in grado di fabbricarne un forte quantitativo, che, dopo un'iniziale presentazione, avrebbe lanciato in tutto il mondo, con un vero marchio di fabbrica. Dopo la conclusione dell'affare, chiese a Louise il suo indirizzo perché quella sera voleva rivedere anche Catherine. Arrivò con le braccia cariche di gardenie per entrambe e con un'enorme bottiglia di champagne che insistette per aprire immediatamente. Poi le portò fuori tutt'e due a cena alla Maison Dorée. Fu un'esperienza emozionante per Catherine, che non era mai stata in posti tanto sontuosi. Quella cena avrebbe risvegliato in Louise ricordi dolorosi, se Will non fosse stato una compagnia completamente diversa da Pierre, esuberante, espansivo, e di umore eccellente.

L'inglese avrebbe voluto concludere l'affare il più rapidamente possibile e lasciare subito Parigi; ma, dato che il giorno seguente era domenica e Louise era libera dal lavoro, rimandò la partenza alla sera successiva. Trascorsero la mattinata passeggiando tra la folla. Will desiderava vedere di persona i cambiamenti attuati dal barone Haussmann per abbellire Parigi. Per quanto riguardava le opere sociali, aveva sentito dire che le nuove fogne della città erano invidiate da tutte le capitali d'Europa, e mentre si recava alla Casa Gagelin il giorno precedente aveva avuto occasione di osservare che i nuovi vespasiani stradali erano decorati come piccoli padiglioni e rivaleggiavano in stile con le lampade a gas dorate che di notte diradavano le tenebre nei luoghi più infestati dal vizio e dalla criminalità.

« Che magnificenza! » esclamò di fronte alle realizzazioni architettoniche. Trovò impressionante anche la vastità che li circondava ovunque, e dichiarò d'esser disposto a scommettere fino all'ultimo scellino che lungo gli Champs-Elysées sarebbero potute passare cinquanta carrozze affiancate. Apprezzò l'abbondanza di parchi ben disegnati e di ampie piazze. Tra i luoghi nei quali erano stati abbattuti i vecchi e cadenti edifici, nessuno se ne era avvantaggiato più del quartiere di Notre-Dame; la cattedrale ora si innalzava solitaria in tutta la sua magnificenza. Andarono a dare un'occhiata al Louvre, che era stato restaurato e completato, e per osservare la larghezza che presentava ora la rue de Rivoli rischiarono di venire investiti da una carrozza. Ricordarono poi che un tempo un agglomerato di alte case dai tetti sbreccati ostacolava la vista delle Tuileries.

Nel pomeriggio, Will affittò una carrozza scoperta e si unì alle altre e ai cavalli della gente del bel mondo che passeggiava lungo il Bois de Boulogne. Questo era diventato il parco più grande, con laghetti alimentati da cascatelle, pergolati, macchie d'arbusti e viali ben tracciati mantenuti in ombra dai folti rami di centinaia di alberi. Louise pensò che non poteva esistere al mondo luogo frequentato da persone più eleganti. Qui, le carrozze dell'alta società, compresa quella della stessa imperatrice, sfioravano i landò delle mondane più sfrontate, i cui cocchieri e valletti dalle parrucche incipriate e dalle fiammanti livree rivaleggiavano con quelli della berlina imperiale. Louise osservò che le donne che seguivano la moda, fossero cortigiane o dame, indossavano *toilettes* nella nuova sfumatura di azzurro chiamata « ceneri di Sebastopoli », in attesa di accogliere il ritorno del vittorioso esercito dalla Crimea. La ragazza aveva provato sulle clienti metri e metri di ogni tipo di tessuto in quel colore, e non aveva mai cessato di meravigliarsi dell'abilità di Worth nel rendere ogni vestito un esemplare unico.

Quella sera cenarono molto in anticipo a causa della prossima partenza del treno. L'umore di Will era adesso diverso da quello della sera precedente: allora era apparso pieno di allegria a causa della gran quantità di liquori che aveva sorseggiato. La bottiglia di champagne, infatti, era stata soltanto l'inizio. Quella sera la conversazione si era mantenuta su un livello di frivolezza. Si erano scambiati qualche pettegolezzo e avevano ricordato il passato, ridendo allegramente tutt'e tre. Poi, usciti loro due soli quella domenica, si erano raccontati molti particolari. Louise gli aveva spiegato come avesse conosciuto Pierre, e Will le aveva parlato della fedeltà di Ellen, che l'aveva atteso in quei due anni che egli aveva trascorso a Parigi. Will volle essere informato sui progressi da lei compiuti nel mondo della moda, mentre Louise gli chiese di parlarle del suo lavoro. E, mentre si servivano delle specialità della casa da Ledoyen, Louise si rese conto che Will provava piacere ad ascoltarla. Ma c'erano ancora molte cose che la ragazza desiderava sapere da lui.

« Mi dica esattamente che cosa è successo quando è tornato in Inghilterra, dopo che tutti e due abbiamo lasciato Madame Camille », gli chiese, mentre i camerieri servivano loro, sopra le rosee fettine di salmone, una delicata salsa verde preparata con una ricetta segreta conosciuta solo dal proprietario del ristorante, in concorrenza con la *cuisine classique* seguita dai ristoranti di fama. Quando i camerieri si furono allontanati, Will soddisfece la sua curiosità.

« Prima di tutto ho aperto una piccola azienda in un edificio periferico dell'East End di Londra, vi ho installato le mie macchine per cucire brevettate e là, incredibile a dirsi, ho dovuto accettare parecchio lavoro a prezzi modesti, essendo quello il solo modo per farsi un nome. I miei abiti non andavano a ruba, ma erano di buon taglio e avevano un certo stile. In realtà, all'inizio i modelli li tagliavo tutti io, lavorando quasi ventiquattr'ore su ventiquattro. Disgraziatamente, le cose non andavano bene e, mentre i capi cominciavano ad accumularsi, le mie finanze si esaurivano. Finché mi venne l'idea di scegliere quattro delle più belle cucitrici e di far loro indossare gli abiti migliori. Poi le condussi in viaggio con me, facendole sfilare davanti ai potenziali acquirenti. » Sorvolò sui fastidi che aveva avuto con quelle ragazze, che avevano cominciato a farsi la guerra e ad azzuffarsi tra di loro, gelose l'una dell'altra e piene di rivendicazioni verso di lui. Ma la sua originale presentazione degli abiti gli aveva comunque fruttato una grande quantità di ordinazioni. Così aveva dovuto assumere alcune lavoranti che prestavano la loro opera in fabbrica per circa dodici ore al giorno. Alla fine dell'anno aveva potuto traslocare in un edificio più grande e più decoroso. Da allora i suoi affari erano andati sempre meglio, assicurando ai suoi articoli un mercato in espansione. Erano state le lamentele delle giovani donne, relative al peso e all'ingombro delle crinoline, a indurlo a inventare un modo per rendere quegli aggeggi più maneggevoli, tanto più che le clienti avevano dichiarato con fervore che comunque non avrebbero mai abbandonato quella moda.

« I primi cerchi saranno consegnati alla Casa Gagelin alla fine della settimana », le confidò.

« Non vedo l'ora che arrivino », dichiarò Louise, colma di ammirazione per i suoi successi.

Will bevve un sorso di vino, dal bicchiere che scintillava per il riflesso delle luci, e la osservò pensieroso. « Mi ha detto che si fa i vestiti da sola. Non li disegna Worth? »

« No, lo faccio io. Naturalmente Worth deve approvare il modello prima della lavorazione di un abito, ma non ne boccia mai uno, anche se qualche volta suggerisce qualche piccolo cambiamento. Ho sempre chiesto il suo consiglio. Ho imparato moltissimo da lui. » Gli occhi riflettevano il suo entusiasmo. « È un genio. Se fosse stato uno scultore, sarebbe diventato un altro Michelangelo. Se avesse fatto il pittore, il Louvre sarebbe pieno dei suoi capolavori. »

Will posò il bicchiere. « Uhm. Che spreco di elogi. »

Louise colse una nota ironica nella sua voce e decise che l'avrebbe convinto. « Perché un tessuto dovrebbe essere un materiale meno artistico del marmo o dei colori a olio o dell'acquerello? Worth è in grado di scegliere un campione di tessuto e creare con esso ciò che vuole. Tutto prende vita sotto le sue mani. Molti dei suoi vestiti sono inequivocabilmente opere d'arte. »

Will era più interessato al talento di Louise che a quello di Worth. « I suoi abiti, Louise, per me hanno stile. Ho osservato come la guardavano le donne ovunque andassimo oggi. » Strizzò gli occhi. « Ho visto una reazione simile anche negli uomini, ma quella aveva altre origini. »

Sorrise, senza aggiungere commenti. I camerieri servirono un'altra portata. Era l'anatra alla Marengo, adorata da Giuseppina, cui non si poteva dar torto. Neppure l'eccellente bordeaux rosso-rubino era da disprezzare. Fino al caffè non ripresero l'argomento della moda.

« Se lei non avesse intenzione di sposarsi, le chiederei di venire in Inghilterra a lavorare per me. Potrebbe dare ai miei vestiti quel tocco parigino che li differenzierebbe dai modelli dei miei concorrenti. »

Louise, eccitata, alzò lo sguardo dalla tazzina. « Stava già per chiedermelo tempo fa, prima di lasciare Parigi? »

Will le lanciò un'occhiata penetrante. « Sì, è proprio così. Avevo la sensazione che insieme avremmo fatto grandi cose. Sfortunatamente, allora, non avevo niente di concreto da offrirle, al contrario di adesso. »

Louise alzò il mento, ripensando a quel tempo. « Allora Catherine aveva ragione. All'epoca, mi domandò se avevo intenzione di unirmi a lei. »

« L'avrebbe fatto? »

Louise scosse il capo lentamente. « Non potevo lasciare Parigi allora, come non posso adesso. Io credo nel destino. Ho sempre pensato che le radici della felicità della mia vita debbano trovarsi qui. »

Will annuì. « Capisco, ma se le circostanze dovessero cambiare, o se dovesse ripensarci, ci sarà sempre un posto per lei in Inghilterra. »

La ragazza si sorprese nel cogliere un leggero sospiro nella propria voce. « Grazie, Will. »

Raggiunse con lui il vagone di testa. Un facchino gli trovò un posto in prima classe e infilò la sua valigia sulla reticella. Il fumo della locomotiva fluttuò sopra il marciapiede e li avvolse in una fitta nebbia. Will le prese una mano tra le proprie, sorridendole.

« Spero che non passerà più così tanto tempo prima che ci si possa rivedere, Louise. Per me è stato un incontro meraviglioso. »

« Anche per me, Will. »

« Posso avere il piacere di baciare la futura sposa prima di congedarmi? »

Gli occhi di Louise scintillarono. « A tutti è permesso baciare una sposa. »

Ma non come la baciò lui. La sua bocca aveva la stessa violenza di quella notte di molti anni prima, nell'atelier; fu un bacio profondamente avido, selvaggio e appassionato, il cui fervore si trasmise al corpo di Louise. Il capotreno lanciò un lungo fischio e le ultime portiere delle carrozze sbatterono. Will la lasciò. Superò con un balzo i due alti gradini del vagone e, subito dopo, un facchino chiuse lo sportello dietro di lui. Il finestrino era aperto e, mentre il treno s'avviava, Will la salutò con espressione seria, finché scomparve alla sua vista.

Louise lasciò pensierosa la stazione e attraversò place du Havre. Era sciocco pensare a cose che sarebbero potute accadere, ma non poté fare a meno di chiedersi quale piega avrebbe preso la sua vita se, tanto tempo prima, una donna vendicativa dal viso duro non avesse deciso di entrare di sorpresa nell'edificio della sartoria.

In meno di una settimana il primo lotto delle crinoline di Russell fu consegnato alla Casa Gagelin. Tra esse ce n'era una con un biglietto: un dono per Louise. Worth non era molto soddisfatto, perché non aveva ricevuto la quantità su cui contava; ma due giorni dopo gliene fu consegnato un numero maggiore e gli arrivi si susseguirono a ritmo sostenuto. Worth lavorò a lungo, dimenticando il tempo che passava sia per sé sia per gli altri, a creare i più ampi e leggeri abiti a crinolina che si fossero mai visti. Marie fu la prima a indossarne uno, mascherando la vita ingrossata con un sapiente uso di frange all'estremità del corsetto, e dichiarò che all'inventore si sarebbe dovuta conferire una medaglia per aver liberato le donne dall'ingombrante peso che prima era prerogativa della crinolina. Nelle sue condizioni, poi, il sentirsi più leggera era una fortuna ben accolta. Nei momenti liberi, Louise si affaccendava attorno a un vestito nuovo, perché voleva indossarlo al ritorno di Pierre. Nessuno dei suoi abiti aveva una gonna abbastanza ampia da contenere la nuova crinolina di moda nelle dimensioni decretate da Worth.

Proprio due settimane dopo l'armistizio in Crimea, l'imperatrice ebbe un parto molto difficile. Stéphanie, pur non essendo tra coloro che l'assistevano direttamente, divideva i compiti di altre donne del seguito: riceveva i rappresentanti di corte e i membri della famiglia che avrebbero desiderato entrare nella camera da letto nel preciso momento della nascita, e il suo orecchio era costantemente teso all'ascolto dei lamenti che le sofferenze strappavano a Eugenia. Le doglie, terribilmente forti, continuarono per tutta la giornata successiva. Volti tesi e ansiosi si aggiravano per il palazzo. Lo stesso imperatore aveva il viso cinereo, e andava avanti e indietro come un leone in gabbia, incapace di mangiare e di dormire. Le urla di Eugenia si facevano sempre più angosciose. Stéphanie era stata autorizzata diverse volte a lasciare quelle stanze, ma non se la sentiva di abbandonare l'imperatrice, che si era sempre mostrata tanto gentile con lei. E così se ne stava là, con le labbra esangui, spesso sull'orlo del deliquio.

All'alba del terzo giorno, il parto era diventato una questione di vita o di morte. La nascita doveva essere aiutata con gli strumenti chirurgici, senza più perdere neppure un istante. Gli ostetrici si misero all'opera ed Eugenia diede alla luce un bel maschietto robusto, il tanto sospirato erede. Le campane suonarono a distesa e i cannoni spararono a salve, facendo tintinnare i vetri delle finestre.

L'imperatrice si mostrò impassibile il giorno in cui i medici le dissero che non doveva avere altri figli. Provò un profondo senso di sollievo. Era finalmente dispensata dai suoi doveri coniugali.

XIII

Il secondo figlio di Marie era ancora un maschio. Worth lo accolse con grande gioia e lo battezzò Jean-Philippe, come il piccolo principe imperiale, sano e forte come lui: era un vanto per i suoi estasiati genitori. In segno di ringraziamento, Worth fece una donazione a una delle chiese protestanti della città, e, per non far torto a nessuno, diede la stessa somma a una chiesa cattolica. Aveva seguito una consuetudine instaurata fin dall'epoca del fidanzamento con Marie, offrendo sempre secondo le possibilità; era un modo pratico di ringraziare per la fortuna che gli era capitata, e voleva che ogni cosa fosse divisa salomonicamente in maniera meticolosa. Continuava a prendersi i suoi brevi periodi di meditazione spirituale ogni volta che poteva, senza badare se entrava in una chiesa, in una cattedrale o in una cappella; bastava che la porta fosse aperta e che potesse sedersi in solitaria tranquillità, senza essere disturbato da canti o preghiere organizzate. Conosceva i propri difetti e la propria presunzione, ma ammetteva saggiamente che nessun uomo era perfetto e cercava semplicemente di fare del proprio meglio. Non imprecava e non bestemmiava mai, anche quand'era esasperato, e, ancora ossessionato dai ricordi infantili degli eccessi paterni, non aveva mai voluto fumare neppure una sigaretta, né aveva mai abbondato nel bere, anche se apprezzava molto il vino buono. Poiché amava Marie con tutto se stesso, cuore, corpo, mente, aveva scansato le tentazioni di altre donne, ed era felice e fedele.

Sua madre aveva intrapreso la grande avventura e raggiunto la Francia per conoscere il nuovo nipotino. La situazione della signora Worth era adesso molto migliorata. Charles le aveva mandato un assegno. Fin dall'inizio le aveva sempre inviato tutto ciò che riusciva a risparmiare, anche quando doveva lottare per far fronte alle spese, e lei ora non aveva più debiti con i suoi scortesi parenti. In passato la madre aveva accarezzato la speranza che Charles un giorno tornasse in Inghilterra e si sistemasse laggiù, ma poi aveva capito che ciò non sarebbe accaduto. Il figlio le aveva spiegato nelle proprie lettere che la Francia era ormai la sua patria e che non avrebbe mai più rimesso piede in Inghilterra. Non provava alcuna animosità contro il proprio paese, ma la Francia gli aveva dato tutto: una moglie adorata, l'opportunità di eccellere nella professione che aveva scelto di seguire con modalità che in Inghilterra sarebbero state impossibili e, più di recente, due figli di nazionalità francese.

« Non hai più avuto notizie di tuo padre? » osò chiedere lei una sera, mentre si trovavano soli, essendo Marie andata a mettere a letto il bambino.

Worth si diresse verso la finestra e rimase in piedi a guardar fuori. « Sì », rispose con una freddezza che rivelava i suoi sentimenti per l'assente. « Mi scrive ogni tanto. »

« Per chiederti denaro? »

« Sempre. »

« Gliene hai mandato? »

« Sì. Sono felice di non averlo mai visto in tutti questi anni, e non intendo rivederlo, ma non posso lasciare che muoia di fame. »

Lei gli si avvicinò. « Non riesci a trovare nel tuo cuore la forza di perdonarlo? Io l'ho fatto già da tanto tempo. »

Charles si voltò e la guardò con affetto. « Lo so. E l'hai fatto il giorno stesso in cui è fuggito. » Il suo viso s'indurì. « Be', io non posso. Non gli porto rancore per ciò che ha fatto a me, ma non potrò mai dimenticare l'infelicità e le sofferenze che ha causato a te, mia cara madre. Ma ormai lui è uscito dalla nostra vita. Non parliamone più. » Cambiò abilmente discorso, mettendo un braccio intorno alle spalle della donna e accompagnandola verso il centro della stanza. « A proposito di lettere dall'Inghilterra, l'altro giorno ho avuto notizie da un mio ex datore di lavoro di Londra, il signor Allenby della Lewis & Allenby. Qualche tempo fa ha saputo di una mia promozione e mi ha scritto per congratularsi e farmi gli auguri. Da allora ci scriviamo di tanto in tanto. »

« Che cosa simpatica. »

« Di recente mi ha chiesto di prendere in considerazione l'idea di assumere il figlio di un suo conoscente d'affari. Il giovane in questione attualmente viaggia per arricchire la propria esperienza, e al ritorno dovrà impiegarsi nel negozio di abbigliamento del padre con ben poca conoscenza del mercato, oltre che della moda femminile, cose necessarie per un lavoro del genere. Il signor Allenby pensa che solo io potrei istruire il ragazzo, ma non osa suggerirlo al padre, perché vuole prima sapere se sono d'accordo. »

« Come si chiama il giovanotto? »

« Robert Prestbury. Parla correntemente il francese, ed è stato educato in una buona scuola. Sarò lieto di assumerlo, quando tornerà in patria dall'Australia o dall'America od ovunque si trovi, all'inizio del prossimo anno. Penso che troverò interessante avere un mio protetto. » Tacque e alzò il capo come in ascolto di qualcosa. « È tutto tranquillo nelle stanze dei bambini. Ti piacerebbe dare un'occhiata ai tuoi nipotini prima di andare a dormire? »

Non c'era niente che le facesse più piacere. Trovarono Gaston già addormentato; ma, quando raggiunsero la stanza del neonato, il piccino non era ancora nella culla. Si trovava invece in braccio alla madre, seduta sul tappeto, e i suoi occhi parevano seguire il fluttuare della sciarpa di seta indiana che Marie lanciava in aria con la mano libera. Dal punto in cui era seduta, guardò beata al di sopra della spalla i nuovi arrivati, con un'espressione così radiosa da sembrare lei stessa una bimba.

« Stiamo facendo un bel giochetto. Jean-Philippe strilla quando lo depongo nella culla e io non sopporto di vederlo infelice. »

La signora Worth osservò l'appassionata indulgenza che apparve sul viso del figlio mentre guardava la moglie. Marie e il piccino costituivano indubbiamente un bel quadretto, caratteristico come tutto ciò che aveva visto da quando era arrivata nella loro casa. Considerava la nuora una bella ragazza e una brava moglie, nel più puro stile francese; ma, come madre, Marie era una vera frana, perché non aveva la più pallida idea di come si dovessero trattare i bambini. Sperava solo che Worth avrebbe saputo imporre una disciplina ai figli quando si fosse rivelato necessario.

« È proprio come te, Charles! » tubò Marie, mentre la sua estatica attenzione si concentrava di nuovo sul bambino e prendeva ad agitargli davanti agli occhi una manciata di pezzi di seta blu-scuro. « Guarda! Gli piacciono già i bei colori. »

Worth andò verso la moglie e le s'inginocchiò accanto, mettendole un braccio intorno alle spalle per guardare il figlio assieme a lei. « Proprio come me », confermò con orgoglio.

La signora Worth non immaginava di non essere la sola a ritenere Marie una madre poco abile. Dentro di sé Worth era della stessa opinione, ma amava troppo la moglie per criticarla in quelle sue dolci mancanze. Anche Louise pensava che Marie fosse una donna che subiva troppo il fascino della prole, ma era anche convinta che Gaston e Jean-Philippe fossero i bambini più fortunati del mondo, perché erano nati in una casa dove esisteva l'amore. Nessuno poteva dubitare della devozione che gli Worth avevano l'uno per l'altra, e ciò era evidente anche quando si scambiavano qualche parola sgarbata in occasione delle critiche che Marie rivolgeva a qualcuno dei disegni di Worth. Tutti coloro che li frequentavano lo sapevano.

Da qualche settimana Louise viveva un periodo carico di ansia. Aveva sperato che, dopo l'armistizio, Pierre sarebbe tornato a casa; ma si dovette arrivare fino ad aprile prima che un trattato ponesse formalmente fine alla guerra. Poi ci fu la notizia terribile. Ricevette una lettera da uno dei suoi amici ufficiali; questi le diceva che Pierre era stato colpito dal colera, malattia che si era largamente diffusa nell'ospedale militare, e che l'avrebbe tenuta informata sulle sue condizioni. Le sembrò che fosse passata un'eternità quando seppe che si stava lentamente riprendendo, e un giorno le arrivò una lettera, scritta di pugno di Pierre, che le parlava della spossatezza che non lo abbandonava mai. Scrisse anche che, appena fosse stato in grado di viaggiare, l'avrebbero trasportato nella sua casa nella valle della Loira per una lunga convalescenza. L'avrebbe tenuta costantemente informata. L'amava con tutto il cuore.

Negli ultimi mesi della gravidanza di Marie e durante la sua assenza per il puerperio, Louise ne aveva preso il posto, indossando gli abiti da presentare alle clienti. Per qualche tempo si divertì enormemente in questo nuovo lavoro; ma poi, sebbene cercasse di non darlo a vedere, cominciò a essere stanca di stare ritta in piedi o di camminare su e giù perché le clienti potessero osservarla attentamente, e nacque in lei il desiderio di un lavoro più creativo. Tuttavia, Worth era soddisfatto della ragazza. Essendo lui di alta statura, considerava attraenti le donne alte; prima di incontrare Marie, era sempre stato affascinato dalle ragazze di statura superiore alla media. Così, anche se pensava che nessuna donna indossasse i suoi abiti meglio della moglie, trovava che Louise, essendo piuttosto alta per la media delle donne francesi, aggiungeva a essi una grazia particolare.

Verso la fine dell'estate cominciarono ad arrivare regolarmente lettere dal castello de Gand. Louise attendeva con ansia di riunirsi a Pierre, e soffriva profondamente, delusa che la cosa venisse rimandata a tempo indeterminato. Pierre scrisse che aveva avuto una ricaduta, e che, per rimettersi in salute, approfittava della lunga licenza concessagli per andare al sud a ricuperare le forze al sole. Louise immaginò che ci fosse qualche preoccupazione per i suoi polmoni, e si sentì grata che gli prodigassero cure e privilegi. Avrebbe sopportato la sua lontananza ancora a lungo, se ciò significava per lui sentirsi meglio.

L'arrivo dell'autunno aveva dato il via a una gran mole di ordinazioni: numerosi erano gli avvenimenti sociali in programma per la nuova stagione. Marie era ritornata in negozio, lasciando Jean-Philippe, come aveva fatto con suo fratello, a una nutrice fidata, e le sue giornate ripresero il ritmo frenetico di prima. Alla sera era sempre ansiosa di tornare a casa per rivedere i propri piccini, e mai come allora la distanza tra la sua casa e il negozio le era parsa più penosa. Spesso provava un grande desiderio di abitare con il marito in uno degli appartamenti in affitto ai piani superiori dello stabile di Gagelin, ma sfortunatamente erano tutti occupati.

Nel campo della moda, le crinoline con i cerchi si erano rivelate un grande successo. Solo i signori Gagelin e Obigez continuavano a nutrire dubbi sui nuovi abiti che le loro clienti si precipitavano ad acquistare. Come si dicevano l'un l'altro, i soldi non erano una misura per ogni cosa. Il guaio di Worth era che il giovane non provava alcun rimorso nello spazzar via le tradizioni, senza tener conto dei limiti di un negozio di classe come il loro. Non riuscivano a capire come avessero potuto dargli ascolto. Troppo spesso avevano lasciato che la sua vivacità e il suo entusiasmo prendessero il sopravvento sul loro buonsenso, e la nuova crinolina era davvero l'ultima goccia che aveva fatto traboccare il vaso. La causa del loro malcontento era che con cerchi così leggeri le gonne ondeggiavano, lasciando intravedere le *caviglie*! Per un forte colpo di vento, la più rispettabile delle signore avrebbe mostrato a un perfetto estraneo la parte più intima del proprio abbigliamento, esponendosi ai commenti più osceni e a indecenti caricature sulla stampa. I proprietari del numero 83 di rue de Richelieu soffrivano terribilmente sapendo che Worth aveva lanciato quella moda immorale facendosi schermo del loro buon nome che era sempre stato immacolato. Avevano deciso: non avrebbero mai più permesso iniziative che potessero mettere in cattiva luce la dignità del loro negozio.

Worth era invece felicissimo della popolarità ottenuta dalla sua crinolina a cerchi, e aveva fatto confezionare in sartoria particolari sottogonne che non si potessero intravedere sotto la veste. Gli imitatori avevano già prodotto cerchi simili a quelli, e in concomitanza erano stati lanciati sul mercato cerchi fabbricati con stecche di balena; ma, qualunque fosse il supporto studiato per la gonna, la crinolina diventava sempre più larga. Era un capriccio che armonizzava con l'umore estroverso di una città che tendeva freneticamente al piacere, sotto gli auspici della più fastosa corte europea.

In negozio, solo Marie indossava una crinolina di eccezionale larghezza, perché Worth, per convenienza, aveva limitato l'ampiezza di quelle delle dipendenti; Louise, come sua *première*, era autorizzata a emergere sulle altre lavoranti, sempre però con una certa moderazione.

Quando lasciava il negozio alla sera, Louise doveva sempre fare attenzione alla gonna perché non voleva strisciarla contro i muri ruvidi delle viuzze strette. Una sera, essendo nevicato abbondantemente, era così concentrata nell'impresa di salvaguardare l'orlo dell'abito che non si accorse dell'uomo che aspettava il suo arrivo nascosto in una vettura di piazza. Affrettandosi verso casa per sfuggire alla morsa del freddo, Louise lo schivò, passando rapida attraverso la macchia gialla della lampada a gas, oltre la quale i fiocchi bianchi di neve si stagliavano contro le tenebre. L'uomo la rincorse e l'afferrò per la vita, stringendola tra le braccia e contro il caldo mantello foderato di pelliccia. Il grido della giovane fu soffocato dal bacio frenetico di Pierre, che annullò tutto il tempo trascorso; era come se fossero rimasti insieme fino al giorno precedente.

« Come mi sei mancata! » le sussurrò, staccando le labbra dalle sue; e subito riprese a baciarla.

Louise era in uno stato di delirante eccitazione, impazzita quanto lui per quel contatto amoroso ristabilito dopo tanto tempo. « Sei davvero qui? Quasi non riesco a crederci. »

« Pensavo che questo momento non sarebbe mai arrivato.

Che cosa hanno mai fatto due persone come noi per avere la sfortuna di rimanere separate per tanto tempo? »

« Ma ora è finita. » Non poteva fare a meno di toccargli il viso, i capelli e le spalle con rapide, palpitanti carezze, come per rassicurarsi che fosse davvero presente. Pierre la tenne stretta in un abbraccio, affrettandosi con lei verso la vettura in attesa.

« Morivo dal desiderio di vederti. » Le tolse la cuffia e le prese il viso tra le mani, con un'espressione inebriata nello sguardo. Anche gli occhi di lei, fissi in quelli di Pierre, rivelavano quanto fossero intensi i suoi sentimenti. « Non ci saranno più separazioni. » La veemenza del suo tono di voce scosse Louise. « Dimmi che mi ami ancora come io amo te. Ripetimi quello che ci siamo scritti l'un l'altra un'infinità di volte nelle nostre lettere. Voglio udire quelle parole dalla tua voce. »

Louise si abbandonò appassionatamente sul suo petto. « Ti amo più di prima. »

Pierre le afferrò le braccia, tenendogliele strette. « Abbastanza da sfidare il mondo intero, se fosse necessario? »

« Sì, sì. Che cosa intendi dire? » L'incertezza le incupì gli occhi color dell'ambra, che divennero castani. « C'è qualcosa che non va? »

« No », rispose lui in un bisbiglio, abbracciandola. « Non ora. Non ancora. Tu mi hai detto tutto ciò che volevo sapere. »

Louise non chiese dove stessero andando. Erano diretti all'appartamento di rue de Lenoir. Non c'era nessuno. Le cameriere erano già state avvertite del suo arrivo a Parigi e se n'erano andate. Le lampade emanavano una luce soffusa e le fiamme dei caminetti guizzavano e danzavano dietro ogni grata.

Tra le sue braccia, Louise gli corrispondeva completamente. Ogni nervo e ogni pulsazione del suo corpo erano stati risvegliati dal suo gioco amoroso. Nell'ebbrezza incontenibile dell'amore, la ragazza avvertì in Pierre una tensione nuova che, anche se l'avesse desiderato, non avrebbe potuto né arginare né frenare. Era come se si fosse immerso nell'intimità del suo animo; la bocca, le mani, il suo corpo si muovevano con una forza e un ardore che la facevano sentire sua come mai prima d'allora. L'estasi che aveva destato in lei era quasi troppo forte da sopportare e, nello spasimo, udì il giovane gemere in un lungo e totale trionfo.

Pierre dormiva ancora quando lei scivolò fuori del letto

all'alba. Fece il bagno e si vestì senza far rumore. Prima di lasciare il giovane per andare al lavoro, ritornò vicino al letto e lo guardò. Era disteso nudo, semicoperto dal lenzuolo in disordine. Louise si chinò e gli appoggiò delicatamente le labbra sulla fronte, non volendo svegliarlo. Pierre continuò a dormire. Arrivata alla porta, senza sapere perché, provò l'impulso di voltarsi per guardarlo di nuovo. Aveva la sensazione che, dormendo, egli si allontanasse da lei, e fu pervasa da un acuto senso di solitudine. Scuotendo il capo per scacciare quelle idee sciocche, chiuse silenziosamente la porta. Pochi attimi dopo, era fuori dell'appartamento e scendeva le scale solcate dai raggi del sole.

Per tutta la mattina ebbe la testa e il cuore leggeri, come se avesse bevuto champagne a colazione. E certo avrebbe dato quest'impressione, se avesse deciso di ignorare i propri doveri nei confronti di Worth restando assente con la mente, invece di attendere ai propri impegni, come fece in realtà.

Nel pomeriggio, mentre stava riordinando il salottino dopo una prova, avvertì intorno a sé l'atmosfera elettrizzata che preannunciava l'arrivo di una cliente importante. « Chi è? » chiese mentre porgeva l'abito in prova a una delle commesse più anziane del negozio.

« L'antico terrore! Madame de Gand! »

Incuriosita, raggiunse i tendaggi drappeggiati che dividevano il negozio dalla sartoria. Worth aveva accolto la cliente, che era stata accompagnata fin là dal signor Gagelin. Madame de Gand si guardava attorno con impazienza.

« Sono qui per incontrare la fidanzata di mio figlio. Dov'è? Conducetela da me. »

Louise, presa così alla sprovvista, fu colta dallo sgomento. Pierre l'avrebbe certo avvertita che sua madre era a Parigi e che era desiderosa di incontrarla; l'avrebbe fatto di sicuro, se lei l'avesse svegliato prima di lasciare l'appartamento. Durante la notte non avevano parlato d'altro che della gioia di essere di nuovo insieme. Sospirò profondamente, si lisciò il colletto, i polsini e la cintura, e si diede, anche se non era necessario, un ultimo tocco ai capelli, per essere sicura di apparire in ordine. Aveva già mosso un passo verso il salone, quando Madame de Gand lanciò per caso un'occhiata nella direzione opposta alla sua.

« Ah! Ecco la signorina Casile! Viene dal reparto stoffe.

Perché nessuno si è premurato di dirmi che era già arrivata? »

Confusa, Louise seguì lo sguardo della signora e vide Stéphanie Casile che si avvicinava con passo rapido, evidentemente conscia di essere in ritardo. « Le chiedo scusa, Madame de Gand », implorò dopo aver raggiunto l'orgogliosa donna. « Ero in anticipo e ho pensato di dare un'occhiata agli ultimi tessuti esposti. Non mi sono accorta del trascorrere del tempo. »

« Lasci stare le scuse. Non deve scusarsi, neppure con me. Non è dignitoso. Ora dica al signor Worth quel che desidera. »

Stéphanie si voltò verso di lui con gli occhi lucenti. « Vorrei un abito da sera per l'annuncio ufficiale del mio fidanzamento, e poi un vestito da sposa e un corredo, signor Worth. Il più bello che lei abbia mai creato. »

Worth mantenne un'espressione composta. « Sono onorato, signorina. Mi sembra di aver capito che il fortunato sposo è il capitano de Gand. »

« Sì, certo. Celebreremo le nozze all'inizio dell'autunno. »

Louise non si era accorta di essersi aggrappata alle pieghe della tenda accanto alla quale si trovava. La stanza aveva cominciato a girarle intorno e il suo primo pensiero fu che doveva cercare di non crollare davanti a coloro che avevano pronunciato quelle poche, spaventose parole. Fece alcuni passi indietro e, quando fu fuori vista, si appoggiò con le spalle alla parete, chiuse gli occhi e lottò per riprendere il controllo di sé. Sapeva che uno shock può far battere i denti, ma non aveva mai sperimentato personalmente quella sensazione, e portò le mani tremanti al mento nel vano tentativo di calmare l'orribile tintinnio. Rabbrividì come se la temperatura dell'ambiente fosse scesa di colpo sotto lo zero e sentì che le forze l'abbandonavano. Due o tre colleghe la incalzarono con domande ansiose, ma Louise non poté rispondere. Mentre le mani le ricadevano lungo i fianchi, sprofondò nelle tenebre. Se Worth non si fosse precipitato attraverso i tendaggi per afferrarla al volo, avrebbe sbattuto la testa contro la specchiera.

Il suo mancamento durò a lungo. Quando riprese coscienza, si trovò sola con Marie, distesa su un canapè nella stanza accanto a quella in cui era caduta in deliquio. Le tornò la memoria, e, con le pupille dilatate, si sollevò di colpo dal guanciale che le avevano fatto scivolare sotto la testa.

« È vero? » chiese angosciata, mentre le labbra le sembravano diventate di legno.

Marie depose i sali, continuando a sorreggerla con un braccio. « Mi dispiace, Louise. Quelle due clienti se ne sono andate, ma, da quanto hanno detto a Charles, sembra che la signorina Casile abbia fatto visita al capitano de Gand quand'era in convalescenza nel suo castello. Qualche giorno fa hanno dato una festa privata per celebrare il fidanzamento. Ieri sono tornati a Parigi, dovendo riprendere i propri doveri in seno alla famiglia imperiale. Madame de Gand ha compiuto il viaggio con loro, per essere presente all'annuncio ufficiale che verrà dato la settimana prossima, durante un ballo alle Tuileries. »

Louise si abbandonò all'indietro, coprendosi il viso con un braccio piegato. I singhiozzi che le sfuggirono erano terribili da ascoltare, risuonavano come un rauco ansimare. Gli occhi di Marie si riempirono di pena per la disperazione dell'amica. Temeva da sempre che presto o tardi ciò sarebbe accaduto, ma Louise era rimasta sorda a tutti i suoi amichevoli avvertimenti; anzi, a volte, uscendo dal negozio, s'infilava al dito un anello di diamanti che sembrava un ferma-vera di grande valore. Ora Marie aveva capito di che cosa si trattava. Quando aveva slacciato il vestito di Louise perché l'amica potesse respirare meglio, aveva visto il ferma-anello e una fede nuziale d'oro appesi a una catena e nascosti tra il seno della ragazza. Marie era convinta che Louise fosse caduta vittima del più vecchio trucco cui potesse ricorrere un uomo che aveva deciso di sedurre una donna.

« C'è qualcosa che posso fare, Louise? » le chiese con voce supplichevole.

La ragazza scosse il capo e rispose con voce smorzata: « Niente. Niente ».

Marie la lasciò sola per un po'. Quando ritornò più tardi, trovò la stanza vuota. Costernata, scoprì che Louise era di nuovo al lavoro, inginocchiata a sistemare le pieghe di un abito secondo le istruzioni di Worth. Era pallidissima, aveva gli occhi arrossati ma non c'era esitazione nelle sue dita e sembrava dominarsi perfettamente. Era come se, concentrandosi sul lavoro, cercasse di allontanare da sé quel terribile e sconvolgente abisso di disperazione. Marie fu di nuovo sul punto di piangere notando il dolore e l'angoscia che trasparivano dallo sguardo di Louise.

Quando arrivò a casa quella sera, Louise trovò un mazzo di rose rosse mandate da Pierre, con una lettera in cui si rammaricava che lei lo avesse lasciato dormire, poiché avevano molte cose da dirsi riguardo al loro futuro. I suoi doveri non gli permettevano di vederla quella notte, ma suggeriva che si incontrassero la sera seguente nell'appartamento.

Seduta su una sedia, lasciò cadere la lettera in grembo. Con un gomito appoggiato al tavolo, si sorresse la fronte con la mano. Trascorse più di un'ora in quella posizione. Le rose si stavano sfogliando, ma lei continuava a restare immobile. Nella sua mente prendeva forma l'idea del tradimento di Pierre, mentre cercava di dare un senso alla sua vita futura senza di lui. Era la peggior crisi che avesse mai dovuto fronteggiare, ma non poteva sottrarvisi. Non era da lei abbandonarsi a un'ondata di autocommiserazione e sciogliersi in lacrime. Ne aveva già versate abbastanza. Con quella sofferenza stava pagando per essersi vantata del fatto che nessun uomo avrebbe potuto deluderla, e che lei sola sarebbe stata l'artefice del proprio destino. Se non altro, questo le avrebbe insegnato a mostrarsi tollerante verso gli errori degli altri. E, comunque, sarebbe sopravvissuta, anche se Dio solo sapeva come!

La sera dopo, riuscì ad arrivare all'appartamento prima di Pierre. Le domestiche erano state avvertite che sarebbe venuta, ma Louise rifiutò di togliersi lo scialle e la cuffia ed entrò in salotto ad attenderlo. Le fiamme lambivano il caminetto, e la stanza era avvolta in un dolce tepore. Attraverso le porte aperte, poté scorgere un tavolo preparato per due, lo champagne in un secchiello colmo di ghiaccio e, tra i cristalli e l'argenteria, un centrotavola floreale con candele. In quel momento capì che fin dall'inizio quella casa era stata programmata per convegni intimi. Pierre aveva pensato di sistemarvela dopo averla convinta con le sue promesse senza valore per raggiungerla tutte le volte che gli fosse piaciuto. Fu grata a Catherine per la sua indecisione, che le aveva evitato di traslocare prima della partenza di Pierre per la Crimea. Si stupì d'essere stata così ingenua allora, di aver creduto a tutto quello che Pierre le diceva. La perfidia e la falsità che aveva mostrato sia prima della partenza sia dopo il suo ritorno erano di proporzioni quasi impossibili da comprendere, inimmaginabili come l'altezza del cielo o la lontananza di una stella.

Era arrivato! Il suono della sua voce, mentre parlava a una cameriera che lo aiutava a togliersi il mantello, le procurò una fitta di dolore al cuore. Respirando profondamente, riprese forza e lo affrontò, mentre lui entrava con aria allegra nella stanza e chiudeva rapidamente la porta.

« *Chérie!* Che sorpresa trovarti già qui! Perché hai ancora addosso lo scialle e la cuffia? Te li tolgo io. »

Louise parlò prima che Pierre potesse avvicinarlesi. « Non rimango. Sono venuta per dirti addio. E per restituirti questi. » Appoggiò sul tavolino la fede d'oro e il ferma-anello di diamanti, che aveva tenuto in mano dopo essersi sfilata il guanto.

Non aveva mai visto un uomo dall'aspetto così sconvolto. Pierre diventò cinereo, i suoi occhi assunsero un'aria di così grande smarrimento che ogni dubbio riguardo al suo amore per lei si dissolse. Ma non era il tipo di amore in cui Louise aveva creduto. Era un amore di second'ordine, racchiuso in se stesso, un amore limitato al piacere sessuale, ma privo della tenera e durevole compiutezza di un vero legame affettivo tra uomo e donna.

« L'hai saputo! » esclamò Pierre con voce rauca. « Ma come è possibile? Non c'è stato alcun annuncio... »

« La futura signora de Gand ha ordinato il corredo alla Casa Gagelin. »

Le guance di Pierre s'incavarono per lo sgomento. « Dio! Non riesco a capire perché sia andata lì. La possibilità di una simile catastrofe non mi ha neppure sfiorato. Mia cara Louise... »

Lei rabbrividì senza volerlo. « Per favore! Niente più svenevolezze né falsità! »

Pierre tese le braccia per rendere più efficace il proprio appello. « Devi credermi quando ti dico che intendevo annunciartelo questa mattina, dopo il nostro incontro. »

Improvvisamente, la ragazza fu pervasa da un'ira terribile. « Avresti dovuto dirmelo prima che quella notte avesse inizio! »

« No! » Pierre si aggrappò alle sue braccia, senza badare agli sforzi che lei faceva per liberarsi, e la attrasse a sé. « Non volevo che ci fosse alcuna ombra tra noi questa notte. Ero stato lontano così tanto tempo da te! Pensavo che avremmo condiviso la perfezione di quelle poche ultime ore, prima che arrivasse per me il momento di spiegarti per quale ragione ti avevo chiesto se mi amavi abbastanza da sfidare tutto il mondo, se fosse stato necessario. »

Per un istante, Louise smise di dibattersi e lo fissò con rinnovato disgusto. « Così volevi trasformare il mio ruolo di sposa in quello... »

« Non dirlo! » Nel silenzio teso che seguì alle parole di Louise, Pierre la scosse violentemente fino a farle cadere dal capo la cuffia che, trattenuta dai nastri, prese a danzarle sulle spalle. Allora, rendendosi conto che la stava stringendo troppo rudemente, allentò la presa, e la ragazza si staccò da lui con violenza. Pierre non fece alcun tentativo per opporlesi, ma tutto il suo corpo era teso e pronto ad afferrarla qualora avesse tentato di lasciarlo. Il suo discorso si fece amaro ed enfatico. « Tu e io ci saremmo sposati prima della mia partenza, se non ci fossero stati alcuni ostacoli. Come capita per molte rare e meravigliose opportunità, ciò che è lasciato è perduto. » Allora le raccontò tutta la storia della richiesta del permesso di fidanzarsi, delle sue conseguenze. Le disse che aveva avuto la sensazione che il corso della propria vita e della sua fosse stato cambiato in virtù di un capriccio dell'imperatore. « Ho sperato che Stéphanie incontrasse qualcun altro durante la mia assenza, ma né l'imperatore né l'imperatrice l'avrebbero incoraggiata a farlo. Le diedero il permesso di compiere un viaggio in Crimea per venirmi a trovare: era come se, con quell'atto, volessero dichiarare pubblicamente la loro approvazione e intendessero forzarne l'esito. Il fidanzamento era un'inevitabile conseguenza. » Non ritenne necessario dire a Louise che egli, inavvertitamente, aveva anche compromesso la ragazza. Poiché aveva accettato il proprio destino, non vedeva ragione perché non ne dovesse trarre anche qualche vantaggio. Ciascun uomo avrebbe fatto lo stesso. Solo l'inopportuna intrusione aveva impedito ciò che altrimenti sarebbe accaduto. La fedeltà non era mai una questione importante, sebbene le donne ne fossero ossessionate. Louise non faceva eccezione.

Gli occhi della ragazza erano colmi di desolazione e di perplessità. « Quindi questo fidanzamento non è il risultato di un idillio estivo sbocciato durante la tua convalescenza, come supponevo. Ha origini molto più lontane. Quando sei partito per la guerra sapevi già che, al tuo ritorno, non ci sarebbe stata alcuna possibilità per noi. »

« No, hai torto », controbatté lui con veemenza. « Allora avevo deciso che, se fossi stato abbastanza fortunato da tornare illeso, saremmo vissuti insieme. Questo matrimonio, che è stato combinato, è solo di convenienza. Niente altro. Non cambierà nulla fra di noi. »

Louise si irrigidì a tale affermazione. « Non cambierà nulla? » gli fece eco, incredula.

Pierre trasse un profondo sospiro. « Se mi fossi opposto, so bene che cosa mi sarebbe accaduto. Sarei stato esonerato dal servizio nelle Cento Guardie. Sarei stato congedato dall'esercito senza onori e con ignominia per essere incorso nel biasimo dell'imperatore in una questione di disciplina. » Il suo sguardo stravolto si incupì. « Cominci a capire che cosa avrebbe significato per me questo? »

Lei fece un cenno di desolato assenso. « Sì », rispose quasi in un bisbiglio. Quale ragione la costringeva a sopportare un simile dramma?

Incoraggiato da quello che Pierre riteneva l'inizio di un perdono da parte di Louise, mosse un passo verso di lei. « Tu hai già portato il mio anello, e non può appartenere che a te. Ti considererò sempre la mia vera moglie, la sola donna ch'io abbia mai amato, e avrai sempre ciò che il tuo cuore desidera », disse raccogliendo la fede nuziale dal tavolino. Louise non si accorse neppure del suo gesto. Aveva distolto lo sguardo da lui e si premeva le dita sulle labbra in preda alla disperazione, mentre stava per perdere la compostezza che si era imposta. Pierre compì un altro passo e le si avvicinò fino a poterla toccare. « Se sei stanca di questo appartamento, ti farò costruire una casa come la desideri tu, o ti comprerò un palazzo di tuo gusto, in faubourg St.-Germain, forse, o... »

La sua mano era in quella di lui, e, mentre i suoi nervi si contraevano, sentì che Pierre le cercava il dito per infilarle di nuovo l'anello. « No, no, no! » gridò inorridita, sottraendogli la mano con una forza tale che l'anello schizzò via, attraversò l'aria scintillando e ricadde rimbalzando e rotolando fuori della loro vista. Per qualche terribile secondo pensò che Pierre, ferito nell'orgoglio e nella vanità, l'avrebbe colpita: lampi d'ira gli sprizzavano dagli occhi. La rigida espressione del suo viso affilato dallo sguardo immobile le ricordò le stampe di quegli artisti popolari che avevano dipinto i suoi compatrioti, durante i violenti attacchi rivoluzionari, con gli occhi fuori delle orbite e le narici fiammeggianti.

« Diavolo! » le urlò, mentre le tempie gli pulsavano e il mento gli tremava. « Il tuo amore si fida solamente di un certificato di matrimonio? Eppure quando ti sei data a me la prima volta non se ne è neppure parlato. Ero io », puntò un dito contro il proprio petto, « che non potevo sopportare il pensiero di non averti con me per tutto il resto della vita. Conto molto meno per te adesso se, non per colpa mia, ho perduto l'opportunità di garantirti un pezzo di carta che legalizzi il fatto che andiamo a letto assieme? Era solo questo certificato che desideravi, alla fine? »

Louise scosse il capo, agitando i pugni. « No! No! Non ti avrei mai lasciato, per nessuna ragione! Sarei morta, piuttosto. Ma tu dovevi dirmi la verità. Io ti volevo per sempre. »

Pierre si calmò. La sua fronte si distese e la sua bocca si rilassò in un debole sorriso di sollievo. « Tu mi hai per sempre. Io ti amo. Amo solo te. Niente è cambiato tra di noi. »

Louise gli rivolse un'occhiata strana, di compassione, come se vedesse al di là dell'orgoglio che non vuole accettare la sconfitta e conoscesse la sofferenza che ne sarebbe derivata. Con uno sforzo, riuscì a continuare come se Pierre non avesse parlato. « Se tu mi avessi comunicato la decisione dell'imperatore, avremmo potuto parlarne insieme e trovare una via d'uscita. Avresti rassegnato le tue dimissioni da ufficiale con tutti gli onori e avremmo lasciato la Francia per vivere all'estero, da qualche parte. In America, o nella Martinica; o anche occuparci degli interessi francesi in Messico. » Poi vide, dal rapido mutamento d'espressione dei suoi occhi, che per un attimo aveva considerato l'idea per poi respingerla immediatamente.

« Non avrei potuto lasciare il nostro paese durante una guerra », replicò con aria inflessibile.

Louise alzò leggermente le spalle, non per negare la sua lealtà patriottica, la stessa che provava lei per la Francia, ma perché erano arrivati a un punto in cui non avevano più nulla da dirsi. Lui l'amava, ma non abbastanza da abbandonare tutto per lei, come invece sarebbe stata disposta a fare Louise nella stessa disperata situazione. Con un lampo d'intuito indovinò la vera ragione per la quale Pierre le aveva nascosto la verità. Che ci fosse o non ci fosse la guerra, le cose sarebbero rimaste immutate. Involontariamente le era tornato alla memoria il vecchio proverbio così spesso ripetuto da Catherine, e cioè che gli uomini vogliono sempre mangiare subito il dolce, senza aspettare. Lui non faceva eccezione. Louise raccolse un guanto che aveva lasciato cadere nella fretta di uscire, incapace di sopportare altri discorsi, e ostentò una forza che non possedeva.

« Avrei accettato che tu non mi sposassi. Ce ne sono stati molti prima di noi e molti altri ce ne saranno, che si ameranno senza potersi sposare a causa di circostanze indipendenti dalla loro volontà; ma non posso dividerti con altre, Pierre. Tu sottovaluti la forza dei miei sentimenti, se pensi che ciò sia possibile. Pensi forse che io possa trascorrere il resto della mia vita ad aspettare e a sperare che tu mi conceda un'ora, un giorno o una settimana? Ho visto che cosa è accaduto alla povera Catherine. E comunque, per natura, io non sopporto di essere seconda a nessuna. »

« Sarai sempre la prima per me », protestò lui fieramente, fiaccato alla fine dalla sua decisione di essere libera.

Louise non riusciva a sopportare l'atroce tormento che traspariva dal viso di Pierre e si morse il labbro inferiore, mentre lottava dentro di sé per calmarsi. Ma quando parlò fu con una voce tremula, che rivelava quanto fosse vicina al crollo. « Per la salvezza del tuo matrimonio e per dare a me la possibilità di iniziare una nuova vita, non dobbiamo incontrarci mai più. La signorina Casile sarà per te un'ottima moglie, e tu puoi star certo che non una parola della nostra relazione giungerà ai suoi orecchi da parte mia o dei miei cari amici che ne sono stati al corrente. » La voce le morì in gola. Riuscì solo ad aggiungere: « Addio, Pierre ».

Costringendosi a tenere la testa alta, si affrettò a lasciarlo. Pierre non tentò di trattenerla ma, quando lei raggiunse la porta e fece per aprirla, la sua voce disperata risuonò attraverso la stanza. « Tu non hai chiuso con me. Non può essere tutto finito tra noi. Ricordati di quando ci siamo incontrati, persi di vista e poi incontrati di nuovo. Non credo che il destino giochi spesso uno scherzo del genere senza una buona ragione. Tu ritornerai da me. Dovrai farlo. E io mi farò perdonare per tutto il male che ti ho fatto. Tu non dovrai mai più soffrire. »

Louise sbucò nella via in preda a un tormentoso smarrimento e vide Catherine che l'aspettava. Non era mai stata così felice di vedere il suo viso gentile. Senza una parola, Catherine le mise un braccio intorno alle spalle per confortarla e insieme si allontanarono da rue de Lenoir. Il volto di Louise era contratto, ma i suoi occhi erano asciutti. A differenza di Catherine, le cui guance erano solcate dalle lacrime. Le era tornato alla mente il momento in cui Henri Berrichon era uscito dalla sua vita. Lei lo amava ancora. Pregò perché Louise non dovesse, per gli anni a venire, tormentarsi a causa di un amore che non si sarebbe mai spento.

XIV

Worth si trovava di fronte a un dilemma. Aveva accolto la richiesta di Marie di risparmiare a Louise la prova dei numerosi capi di corredo della Casile. Era convinto anche lui che fosse meglio trovare qualcun altro che si occupasse dell'abito nuziale; ma la futura sposa aveva cominciato a fare obiezioni. « Ho promesso alla signorina Louise, parecchio tempo fa, che solo lei mi avrebbe provato l'abito di nozze e il corredo », dichiarò decisa. « Per favore, signor Worth, glielo dica lei. Trovo che sia la più simpatica; abbiamo sempre chiacchierato allegramente. Sono certa che lei, signor Worth, non desidera che io esca dalle prove stanca e annoiata, soprattutto in considerazione della grande quantità di ordinazioni che ho fatto. » Era una velata minaccia, e Worth non voleva perdere la cliente. Il problema fu risolto dalla stessa Louise, che aveva saputo della cosa da qualcuno cui era giunto all'orecchio la richiesta della cliente.

« Ma io desidero assistere alle prove degli abiti della signorina Casile », disse Louise senza mostrare alcuna emozione.

Worth la studiò per qualche istante prima di replicare. Non si poteva negare che Louise possedesse un grande coraggio. Aveva infatti continuato a fare il proprio lavoro con competenza, come se non avesse nient'altro per la mente. Non c'erano state né lacrime né scene, né recriminazioni con le sue amiche lavoranti, come accadeva quando l'una o l'altra delle dipendenti rompeva con il proprio fidanzato o veniva abbandonata. Era solo un po' più pallida di prima, e aveva una leggera ombreggiatura sotto gli occhi; questi segni si accompagnavano a un indefinibile cambiamento dei lineamenti, che non si riusciva però a cogliere con chiarezza. « Grazie, Louise. Apprezzo la tua collaborazione e comprendo benissimo che cosa significhi per te. »

La ragazza fece un lieve cenno, non volendo che lui aggiungesse altro, e tornò al lavoro. A volte la tensione può essere tale da non permettere di sopportare neppure le parole di incoraggiamento. Come si sarebbe comportato con lei Worth in seguito, non lo sapeva. Per il momento, nessun altro era a conoscenza del suo segreto, neppure Catherine, e Louise era riuscita in parecchie occasioni, all'inizio della mattinata, a raggiungere la porta della toilette senza mostrare una fretta ingiustificata, che avrebbe attirato l'attenzione. Il suo primo pensiero, dopo lo shock che aveva ricevuto quando si era accorta di essere incinta, era stato di fuggire, poiché aveva infine capito che cosa avesse inteso dire Pierre quando aveva profetizzato che sarebbe tornata da lui. Durante la notte in cui si erano rivisti, dopo diciotto mesi di separazione, lui l'aveva legata indissolubilmente a sé facendola concepire. Aspettandola fuori del negozio, aveva fatto in modo che la ragazza non si servisse del semplice strumento che aveva sempre usato, in ottemperanza al saggio consiglio di Catherine, per prevenire la gravidanza, e lui stesso non aveva preso alcuna precauzione. In tal modo Pierre aveva ritenuto di legarla a sé precludendole ogni via di scampo anche quando Louise avesse saputo che non vi sarebbe stato tra loro alcun matrimonio.

Louise faticava ad addormentarsi, spesso camminava avanti e indietro per la stanza cercando di trovare il modo di affrontare il nuovo fardello che le era piombato addosso. Immaginava che Catherine le avrebbe suggerito di rivolgersi a qualche medico compiacente; ma, anche se il bambino non fosse stato dell'uomo che amava, non avrebbe potuto distruggere quella vita. Non era arrivata per sua colpa, ma in seguito a un momento di travolgente e avventata passione. Respingere l'obbligo di nutrirla sarebbe stato recare offesa a se stessa come donna e comportarsi peggio della femmina di un animale che rifiuti di allattare il proprio piccolo, perdendo ogni dignità e rispetto di sé. Poiché ella aveva deciso di sopravvivere, il suo piccino sarebbe sopravvissuto assieme a lei. Non sarebbe più stata sola.

Nei primi due o tre giorni di panico aveva pensato di fare le valige e di andare in Inghilterra da Will Russell. Le aveva offerto un lavoro e Louise sapeva che, tra tutte le persone che conosceva, egli era sicuramente uno di coloro che non le avrebbero mai voltato le spalle. Aveva cambiato idea quando si era ricordata del modo in cui l'aveva baciata alla stazione, un modo sensuale, avido e appassionato. Rischiare di diventare la sua amante avrebbe creato altre complicazioni a entrambi. Meglio restarsene dov'era e continuare a lavorare per tutto il tempo in cui le fosse riuscito di nascondere il proprio stato. In seguito si sarebbe trasferita in qualche altra località per dare alla luce il bambino. Poi avrebbe cercato una famiglia adottiva che lo allevasse fino al momento in cui lei fosse stata in grado di mantenere una casa propria. Per fortuna aveva qualcosa da parte per tirare avanti, sebbene fosse sempre stata contraria a toccare anche un solo soldo del denaro oculatamente investito allo scopo di avere un giorno una sartoria tutta per sé. Pierre non doveva assolutamente sapere che era riuscito a metterla incinta, o non le avrebbe dato più pace e si sarebbe servito del figlio per tenerla legata a sé.

Venne il giorno in cui Stéphanie si recò al negozio per la prima prova di uno dei quaranta abiti che aveva ordinato, dopo aver scelto i modelli dai figurini disegnati per lei da Worth. La commessa le tolse il mantello e l'aiutò a liberarsi del vestito. Era rimasta con indosso la crinolina, quando Louise entrò nel salottino di prova, e la sua figura era riflessa in tre specchiere alte fino al soffitto. Si girò con una spontanea esclamazione di piacere.

« Come sono felice di rivederla, signorina Louise. Ho fatto proprio quel che avevo promesso. Lei sola mi proverà tutti quei meravigliosi abiti che il signor Worth ha disegnato per me. Come sta? Sta bene? È contenta di vedermi? Io ne sono felicissima. »

Louise si costrinse a sorridere, mentre stendeva con cura sopra un divanetto, con l'aiuto di una commessa, il vestito che aveva portato. « Sto benissimo, grazie. Sono certa che lei sarà una bellissima sposa. » Non provava alcuna avversione verso quella gentile, esuberante ragazza, che non era responsabile di tutto il dolore e lo scompiglio che aveva causato, anche se le era piuttosto difficile non temere di restare in sua compagnia.

« Guardi! » Stéphanie tese una mano, facendo danzare orgogliosamente le dita per mostrare un grosso diamante incastonato in un cerchietto d'oro. « È l'anello di fidanzamento dei de Gand. Ha mai visto nulla di così stupendo? » Fece una risatina. « O di così ostentato! Preferisco molto di più un grazioso anello che Pierre ha scelto per me, ma per il momento devo portare questo. Abbiamo tutta una serie di piccole battute di spirito su di esso. Lui dice che mi sposa perché sono sempre piena di sorprese e riesco a farlo ridere. » Scoppiò in un'altra risata contagiosa. « Lo dice soltanto per burla, naturalmente. »

« Naturalmente », annuì Louise con voce flebile.

« È l'uomo più bello di Parigi », disse Stéphanie, assumendo un'espressione di ironica fierezza per la sua conquista, con le mani sui fianchi e il mento sollevato. « Non pensa che io sia stata davvero abile ad accalappiarlo? » motteggiò. « Aveva folle di donne che lo inseguivano, sa? »

Louise si mostrava indaffarata a slacciare il vestito che doveva essere provato. « Ne sono convinta. D'altronde, come lei dice, è davvero molto bello. »

Stéphanie alzò le sopracciglia. « Allora l'ha visto? » chiese eccitata.

« Sì. È venuto qui una volta con Madame de Gand. È stato molto tempo fa. » Louise sollevò il vestito. « Ora, se lei sta bella dritta, la signorina Michelle e io l'aiuteremo a infilare questo capo prima che entri il signor Worth. »

Louise e la *vendeuse* alzarono su di lei la seta cangiante tra il rosa e il color lavanda, e Stéphanie scomparve tra le pieghe. Poi Worth entrò nel salottino e seguirono le sue solite manifestazioni di disappunto per ogni parte dell'abito, che era impossibile fosse perfetto sin dalla prima prova. Ma lui non accettava nulla che fosse al di sotto della perfezione. Suo malgrado, Stéphanie provava una vaga soggezione nei confronti di Worth. Era così imperioso, altero! Con lei era affascinante, ma con il vestito era addirittura spietato, e comunicava alla sua *première* una serie di istruzioni tali che sicuramente nessun altro sarebbe riuscito a comprendere. Fu un sollievo quando lui uscì dal salottino, lasciando che fosse completata l'opera di applicazione degli spilli. Allora Stéphanie e Louise rimasero sole fino a quando non ritornò la commessa per aiutare Mademoiselle Casile a rivestirsi. Erano i momenti che costei riteneva i migliori, quando loro due potevano ridere e chiacchierare. Quel giorno Stéphanie non faceva che parlare, senza accorgersi che Louise era insolitamente silenziosa. Le raccontò del suo viaggio in Crimea e di come Pierre si fosse ammalato di colera proprio al momento di tornare a casa; quindi di quanto fosse stato piacevole fargli compagnia durante la sua convalescenza al castello de Gand.

« Ero là quando Pierre giunse a casa. Nulla avrebbe potuto tenermi lontana! Non le dico quanto fosse malato... Era tutto pelle e ossa, e camminava appoggiandosi a un bastone. Ma lo abbiamo curato molto bene. Così non era passato molto tempo che potemmo andare a cavallo insieme, e a fare gite per visitare i dintorni. Tutti volevano avere come ospite il reduce dalla guerra. Ero così orgogliosa di lui! È mai stata a Tours? Il castello de Gand non è molto distante. Che bella regione! Colline, foreste e vigneti che si stendono a perdita d'occhio. C'è una casa, che faceva parte della dote di sua madre, in cui Madame de Gand sta già per trasferirsi. Ma non credo che Pierre e io passeremo molto tempo al castello per i primi anni, anche se non è poi molto noioso il viaggio da Parigi. » Continuava a chiacchierare in modo infantile, divertita all'idea di avere un'ascoltatrice più o meno della sua età. Stéphanie era solo di qualche anno più giovane delle altre dame di compagnia dell'imperatrice, ma non aveva molto in comune con loro e, nella confusione del bel mondo delle Tuileries, era spesso molto più sola di quanto si potesse sospettare.

Quando alla fine riuscì ad affidare Stéphanie all'attenzione della commessa e ad andarsene, Louise era esausta. Dal lato emotivo era distrutta, e non sapeva se sarebbe potuta passare attraverso le innumerevoli prove che richiedevano gli abiti della signorina Casile senza crollare; tuttavia, doveva farlo. L'ordinazione era stata fatta a quelle condizioni e non si poteva più tornare indietro.

Quando arrivò il momento di preparare l'abito di nozze, per Louise fu la prova più dura di tutte. Stéphanie era così pervasa dall'eccitazione, così estasiata dal futuro che aveva davanti, che fin dalle prime fasi delle prove apparve una sposa raggiante da capo a piedi. Il bel viso splendeva sul pesante raso bianco e sul merletto di Valenciennes che Worth aveva accostato in una creazione la cui bellezza superava di gran lunga l'abito indossato dall'imperatrice il giorno delle sue nozze.

Dopo una delle numerose prove che Worth aveva preteso, Louise trovò un orecchino di Stéphanie impigliato in una piega del merletto. Sapendo che la ragazza doveva trovarsi ancora nei dintorni del negozio, si affrettò a rincorrerla e la raggiunse sul marciapiede.

« Grazie mille. » Stéphanie afferrò riconoscente il sottile cerchietto e lo fece scivolare nel lobo dell'orecchio. « Questi orecchini erano di mia madre. Mi avrebbe addolorato perderne uno. »

Louise la udì appena. Si era accorta troppo tardi che Stéphanie s'era incontrata con Pierre all'entrata del negozio. Lui la stava esaminando dalla testa ai piedi. Louise indovinava i suoi pensieri, sapeva che Pierre si stava ponendo delle domande che la riguardavano, in un silenzio che le faceva rimbombare gli orecchi. Mormorando in fretta una vaga risposta, si voltò verso il negozio e si allontanò. Rallentò il passo, mentre si dirigeva verso il reparto confezioni, premendosi una mano contro il fianco. Per quanto tempo avrebbe potuto andare avanti a fasciarsi così stretta? Da quando il bambino aveva cominciato a muoversi, Louise aveva allargato il busto di qualche centimetro, ma si sentiva ancora troppo compressa e si chiedeva se ciò non avrebbe fatto male al piccino. Desiderava tanto poter avere un consiglio da qualcuno. Catherine, che ora sapeva del bambino, non era mai stata incinta, ma certamente conosceva una quantità di dicerie che avrebbero spaventato una futura madre meno determinata di lei e con metà della sua intelligenza. Non era dunque la più adatta da consultare. Diversamente da ciò che Louise aveva supposto, Catherine si era subito mostrata contraria all'aborto, terrorizzata com'era dal pericolo fisico che esso comportava.

« Non preoccuparti, agnellino mio », aveva esclamato Catherine apprendendo la notizia, troppo sconvolta per rendersi conto che l'unica preoccupata era lei. « Quel che è fatto è fatto, e tu non devi rischiare la vita andando da una megera di qualche vicolo, e neppure da qualcun altro suo consimile. Io ti aiuterò e riusciremo a occuparci del piccolo da sole. »

« Calmati », le aveva raccomandato pazientemente Louise, afferrando una delle mani di Catherine che si agitavano senza sosta e dandole un colpetto rassicurante. « Niente mi dividerà dal mio bambino prima della sua nascita, e neppure dopo, se non per un breve periodo. Ho già fatto i miei progetti. » E li aveva esposti alla vecchia amica.

Quando Louise rientrò nel reparto confezioni, Marie stava presentando un abito per una cliente. Casualmente i loro occhi s'incontrarono. Louise, vedendo l'occhiata ansiosa di Marie, immaginò di essere diventata molto pallida in seguito all'incontro con Pierre. Allora capì che Marie sapeva, che aveva indovinato. Fu come se si fosse sollevato un velo per lei. Ecco chi avrebbe potuto consigliarla.

Marie fece ben di più che dare qualche consiglio. Le regalò una pila di abitini di Jean-Philippe che non gli andavano più bene e parlò a Worth della situazione. Con il suo permesso, Louise si preparò alcune giacchine corte con gale a farfalla o con festoni della stessa seta nera dei suoi abiti da lavoro, di una foggia simile a quella che lui aveva disegnato per Marie quando era anche lei incinta. Quegli indumenti mascheravano molto bene l'ingrossamento del busto intorno alla vita. Come quando le aveva indossate Marie, quelle giacchine furono molto ammirate, e Worth ricevette parecchie ordinazioni anche da clienti che non erano *enceintes*.

Mentre, col passare delle settimane, gli abiti del corredo venivano via via completati, il vestito da sposa era il capo che richiedeva maggiori attenzioni. Louise era felice di sentirsi in buona salute, piena di energia, e di poter continuare a lavorare. Non aveva più sofferto i malesseri mattutini dei primi giorni, anche se, alla fine della lunga giornata, la stanchezza la vinceva. Quando saliva l'ultima rampa di scale fino all'appartamento al quale invariabilmente arrivava prima di Catherine, i suoi passi si facevano sempre più lenti, e in cima doveva fermarsi a riposare per alcuni istanti perché le mancava il respiro. Una sera in cui si era soffermata per quest'ultima necessaria pausa nel buio del pianerottolo, a poco a poco si rese conto di non essere sola. Si irrigidì, comprendendo che era arrivato il momento tanto temuto dello scontro con Pierre: eppure aveva sperato, contro ogni logica, che non ci sarebbe mai stato.

Fingendo di non accorgersi della sua presenza, estrasse la chiave dal borsellino, pensando intanto di rifugiarsi rapidamente dietro la porta prima che lui potesse muoversi. La chiave scattò nella serratura e lei si precipitò dentro. Con gran fragore, la mano del giovane bloccò l'uscio che si stava chiudendo, e Pierre entrò assieme a lei. Louise s'accorse subito che aveva bevuto: i suoi occhi luccicavano, lo sguardo era allucinato e la bella bocca aveva un'espressione ostinata. Con una mano le strappò lo scialle e con l'altra diede uno strattone all'apertura della giacchina di seta nera con una forza tale che gliela fece scivolare giù da una spalla. Louise era terribilmente spaventata e non osava muoversi. Lentamente, lo sguardo di Pierre salì dalla cintura fino al viso di lei, con un'espressione di esultante e selvaggio trionfo.

« *Ora* tornerai con me? »

Louise strappò dalla mano del giovane la giacchina di seta e si allontanò di un passo, ancora spaventata e colma d'apprensione. Deglutì e infine ritrovò la parola. « No. Tu appartieni già a qualcun'altra. Io non dividerò mai a metà l'amore di un uomo. Quando ti ho detto addio, intendevo proprio questo. E ora fammi il favore di andartene. »

Pierre protese il viso verso di lei con aria combattiva. « Tu porti in grembo mio figlio. Come potremmo appartenerci l'un l'altra più di così? »

Louise sentì che stava per perdere il controllo. Fin dall'inizio della gravidanza i suoi nervi erano a fior di pelle e, senza che lo volesse, le lacrime le brillarono negli occhi. « Non è tuo figlio. È il mio! Tu non potrai mai dimostrare la tua paternità. Nessuno può testimoniare che ero io la donna che stava nel tuo letto quella notte. Nessuno ci ha visti arrivare là e nessuno ha visto me andarmene. » Era in preda a una tensione che rasentava l'isterismo e non riusciva più a tacere. « È il mio bambino! Il mio! Stéphanie Casile ti partorirà tutti i figli legittimi che vorrai. Figli da crescere e da far riconoscere da tutti come tuoi. E lei sarà la moglie sempre al tuo fianco. Lei sarà quella con la quale vivrai la tua vita, e con il passare del tempo dimenticherai di avermi conosciuta. » Scoppiò in accorati singhiozzi, mentre lui la immobilizzava in un forte abbraccio, coprendole di baci gli occhi, il viso e la gola.

« Tu mi ami ancora », le gridò con voce stridula per l'esaltazione. Louise, ferita e umiliata dalla sua violenza amorosa e dalla sua insensibilità, gli martellò la faccia e il petto con i pugni chiusi. Colpito dolorosamente a un occhio e al naso, Pierre allargò le braccia e la lasciò andare per difendersi dal suo assalto.

« Fuori! » gridò Louise, mentre le lacrime le rigavano il viso. Era al colmo di una crisi isterica e voleva soltanto che lui se ne andasse. « Ti avverto, se osi ancora avvicinarti a me, mi uccido. Mi getterò nella Senna e il mio bambino morirà con me! »

Pierre rimase sconvolto da quella determinazione e provò un senso di costernazione e di orrore. « Sono profondamente dispiaciuto. Mi sono lasciato trascinare dai miei sentimenti per te. Louise... »

Dopo essere incespicata indietreggiando, la ragazza aprì la porta e appoggiò la guancia contro la ruvida parete interna, in attesa che lui se ne andasse. Pierre era sconvolto. Si fermò accanto alla porta, ma Louise si ostinava a non guardarlo. Fu sul punto di parlarle, come se volesse rivolgerle un ultimo appello, ma poi dovette pensare che fosse meglio lasciare le cose come stavano. Afferrò il cappello che prima aveva appoggiato sulla ringhiera e se ne andò.

Louise sbatté la porta e tirò il catenaccio. Poi si volse barcollando e cadde in ginocchio, appoggiando le mani al ventre e chinando il capo; tra i singhiozzi bisbigliò al figlio che era dentro di lei: « Non l'avrei fatto. Non permetterò che ti accada nulla. L'ho detto solo perché se ne andasse, perché se ne stesse lontano. Non posso passare il resto della mia vita a sfuggirgli. Devo salvare quel che è rimasto. Devo farlo! »

Appoggiò un braccio alla sedia accanto a lei e, affondando il viso nel cavo del gomito, singhiozzò a lungo spargendo tutte le lacrime che aveva ricacciato indietro per molte settimane.

Nei giorni seguenti, dovette rivedere i propri piani. Ora che Pierre sapeva della sua condizione, non aveva senso lasciare Parigi per sfuggire alla sua attenzione. Era inoltre convinta che la propria minaccia avesse completamente bloccato ogni ulteriore iniziativa del giovane. Non sapeva, invece, come avrebbe reagito Worth quando gli avesse presentato la richiesta di ottenere un posto nella sala di cucito, dove avrebbe potuto lavorare per tutto il tempo della gravidanza senza rischiare di offendere le clienti, mostrando le proprie condizioni, quando la giacchina non fosse più riuscita a celarle. Worth avrebbe potuto licenziarla senza referenze, considerato il suo attuale stato. Dopo tutto, lui aveva garantito per la sua moralità quando le aveva procurato l'impiego alla Casa Gagelin e si poteva ben dire che Louise l'aveva messo nei guai. Ma la ragazza capiva che, se Worth avesse avuto l'intenzione di mandarla via, l'avrebbe fatto prima. Ella non aveva rivelato l'identità del padre a Marie, che possedeva troppo tatto per approfondire una faccenda così intima; ma era certa che Marie avesse indovinato fin dal primo momento, proprio come suo marito.

« Uhm », rispose Worth, riflettendo sulla sua richiesta. « Benissimo, non ho obiezioni da fare. Lavorerai al tavolo del ricamo, ha giusto bisogno di un aiuto straordinario. Ma voglio che tu finisca le prove dell'abito da sposa della Casile. »

« Sì, naturalmente. »

« Ancora una cosa. Come sai, ho avuto ordinazioni per abiti adatti all'avanzato stato che tu ora condividi e fino a oggi è stato impossibile mostrare come appare un capo finito e fino a che punto può mascherare le delicate condizioni. Avresti qualche difficoltà a indossare e presentare tali abiti per me? Dovresti solo apparire in un salottino riservato alle signore *enceintes*, e potresti coprirti il viso con un velo per evitare ogni imbarazzo. Che cosa ne dici? »

Lei rispose senza esitazioni, schiarendosi la voce. « Lo farò volentieri. E ti sarò eternamente grata per avermi permesso di restare qui. »

Per uno che non teneva in gran conto le pratiche religiose, pensò Louise, era il più autentico cristiano tra tutti.

Da quel momento trascorse il proprio tempo al tavolo di ricamo nel laboratorio di sartoria, fuorché quando il reparto confezioni riceveva la visita della signorina Casile, o una cliente incinta veniva a ordinare qualche abito, sempre su appuntamento, per garantire a entrambe riservatezza e immediata attenzione. Allora Louise, vestita con una delle creazioni *premaman* di Worth, con un velo che le copriva i capelli e il viso, aspettava seduta in una delle alcove drappeggiate del salotto, fino a quando lui con calma la faceva alzare e passeggiare davanti alla cliente perché costei potesse valutare l'effetto dell'abito. Quell'idea completamente nuova era molto apprezzata da quel tipo particolare di clienti: trovavano infatti incoraggiante scoprire che, anche in avanzato stato di gravidanza, era possibile muoversi con grazia e apparire eleganti. La notizia della dama velata del signor Worth si diffuse rapidamente tra le signore in attesa di un lieto evento, e le giornate erano sempre piene di prenotazioni. Ma Worth non poté sfuggire alla solita battaglia. I signori Gagelin e Obigez dovettero essere di nuovo convinti che Worth aveva avuto una brillante idea e che, inaugurando una nuova linea di vendita, avrebbe aumentato il volume degli affari. Dopo prolungate riflessioni e uno studio della contabilità, i proprietari decisero infine che l'operazione poteva essere condotta, seppure col tatto e la discrezione che s'addicevano a un negozio di alta classe. In futuro, però, il reparto confezioni doveva mantenersi su un livello convenzionale. Fu una fortuna che nel corso di quelle discussioni non avessero chiesto l'identità della dama velata. Se avessero saputo che si trattava di una dipendente non sposata e disonorata, l'innovazione sarebbe stata scartata in partenza.

Come al solito, Worth aveva vissuto momenti di tensione e di esasperazione. Era sempre più offeso dalle meschine interferenze e dal bigottismo dei suoi datori di lavoro. Non aveva mai smesso di desiderare di dirigere un'attività propria, ma in quegli ultimi due o tre anni questo desiderio si era tramutato in esigenza, specie da quando aveva cominciato a influenzare tutto il campo della moda dal suo modesto reparto di confezioni. La sua situazione finanziaria era naturalmente migliorata rispetto ai primi tempi, ma gli mancavano i fondi necessari per mettersi in proprio. Spesso, durante le passeggiate domenicali con Marie, mentre spingeva la carrozzella di vimini di Jean-Philippe e teneva per mano il piccolo Gaston, osservava gli edifici più adatti e discuteva con Marie sul modo e i mezzi per realizzare il sogno che condividevano: un'azienda di proprietà degli Worth.

Stéphanie venne per l'ultima prova dell'abito da sposa. Mancavano ancora tre settimane alle nozze, fissate per il dieci di settembre. Louise, che era al settimo mese di gravidanza, indossava una sopravveste di seta nera che le scendeva lungo le spalle fino al cerchio più largo della crinolina; una scelta di quei capi in ogni colore e tessuto faceva parte degli indumenti che presentava per le sue particolari clienti. Questi capi erano così eleganti e dissimulavano così bene la gravidanza che per molto tempo Stéphanie era rimasta incerta se la signorina Louise fosse o no nelle condizioni che sospettava. Non osava affrontare l'argomento, perché la *première* non portava fede nuziale. Ma, alla fine, la lentezza dei movimenti di Louise e gli scorci del suo profilo rivelati dagli specchi del salottino di prova dissiparono ogni dubbio.

« Il mio abito nuziale è sicuramente la sua più bella creazione, signor Worth », esclamò Stéphanie piena di entusiasmo, mentre lui e Louise stavano in piedi alle sue spalle perché potesse ammirarsi riflessa nello specchio. Gli strati di merletto creavano un effetto luminoso ed etereo, e lo splendore del raso era valorizzato dallo scintillio delle perle raccolte in piccoli grappoli. Stéphanie si rivolse all'immagine di Louise riflessa nello specchio. « Verrebbe ad aiutarmi a indossare quest'abito la mattina del mio matrimonio? »

Worth rispose per lei. « Ci saremo entrambi. » Era sua abitudine accertarsi che le spose importanti uscissero per recarsi in chiesa con l'abito e il velo in perfette condizioni e senza gioielli inadatti, suscettibili di rovinare l'effetto dell'intera *toilette*. Al matrimonio, tra gli ospiti importanti, ci sarebbe stata l'imperatrice, e Worth era particolarmente ansioso che il suo abito facesse un'ottima figura. Nel suo intimo, si rammaricava che Stéphanie non lo facesse risaltare meglio. Era abbastanza bella e appariva incantevole in quell'abbigliamento, ma le mancava una rara qualità che toglieva il respiro e faceva sbarrare gli occhi: quell'eleganza naturale che aveva Marie, anche quand'era in camicia da notte.

Louise era dispiaciuta del fatto che Worth sembrasse aver dimenticato la ragione per la quale lei non desiderava aiutare Stéphanie a vestirsi per le nozze. Era naturale che volesse portare con sé la propria capocommessa, ma aveva acconsentito alla richiesta di Stéphanie senza pensarci un attimo, semplicemente perché era abituato a soddisfare ogni aspettativa della ragazza. Louise, tuttavia, rinunciò all'idea di sottrarsi a quell'impegno non appena Stéphanie, quando furono sole, le si rivolse con un'espressione piuttosto spaventata.

« Sono sgomenta, signorina Louise. Amo moltissimo il mio fidanzato, ma temo che lui aspetti con terrore il giorno delle nozze. Quando ne parliamo, vedo un lampo nei suoi occhi, uno sguardo simile a quello di chi si senta preso in trappola. Allora improvvisamente sembra che odi tutti coloro che sono nella stanza, e me sopra ogni altro. »

« Sss! Sss! » esclamò Louise, cercando di zittirla a ogni costo. « Non deve dire queste cose a me. Lei è nervosa, come lo sono tutte le spose, ma non può confidare le sue paure all'assistente del suo sarto. »

« Perché no? Ho pensato a lei come a un'amica in tutte queste settimane. Sono arrivata alle Tuileries come un'estranea, ingenua e imbarazzata in quella sofisticata compagnia, e non c'è ancora nessuno disposto ad ascoltarmi. »

« Sicuramente l'imperatrice... »

« No, neppure lei. Le ho parlato una volta in cui ero disperata e pensavo di essermi inimicata Pierre; ma, sebbene sia buona e gentile in migliaia di occasioni, è sempre impaziente quando le sue dame parlano d'amore o di romanticherie, e si burla di loro qualunque cosa esse dicano. Eppure non riesco a capirne la ragione, visto che guarda i begli uomini e lo fa apertamente; anzi, ho sentito dire che l'ha sempre fatto, che li stuzzica, amoreggia con loro e fa girare la testa a tutti con la sua bellezza. Poi diventa fredda come il ghiaccio e sa essere malignamente crudele se un uomo osa dichiararle la sua amorosa ammirazione, così che, dietro sua richiesta, l'imperatore bandisce il malcapitato dalla corte. Gli uomini non sono nulla, dice continuamente, e questo è ciò che mi risponderebbe se io andassi dall'imperatrice a sfogarmi come ho fatto con lei. »

« Allora si confidi con la duchessa di Bassano. Vive con lei da quando è arrivata a Parigi, e partirà da casa sua per andarsi a sposare. »

« No, non mi ha mai amato molto. Una volta in cui non era contenta di me mi ha definita una sciocccherella che ride sempre, ed è proprio ciò che sono. Non mi meraviglia che Pierre stia per rimangiarsi la sua promessa di matrimonio. Dopo tutto, ho complottato, e ho fatto in modo di intrappolarlo... »

Disperata, Louise mise una mano sulla bocca della ragazza. « Abbandoni queste idee assurde. Pensi solamente al suo amore per l'uomo che sta per sposare. Ricordi tutti quei momenti felici che avete trascorso insieme l'estate scorsa. Una volta che sarete sposati, sarà tutto come allora. Il periodo di fidanzamento è sempre colmo di tensioni e spesso carico di dubbi. È così per tutti. Sta a lei, signorina Casile, bandire qualunque cosa che la leghi al passato nella nuova vita che creerà per lui. »

Stéphanie annuì, sbattendo le palpebre per ricacciare indietro le lacrime e asciugandosi le ciglia con il dorso della mano in modo inconsciamente infantile. « Com'è sensibile lei, e come sa consolare. Sì, farò come dice. » Impulsivamente, si protese per abbracciare Louise. « Se avessi avuto una sorella, l'avrei desiderata proprio come lei. »

Poi nel salottino entrò la commessa, e l'intima conversazione ebbe termine. Louise aveva dovuto superare una terribile prova e ne soffrì per tutto il giorno, mentre continuava il ricamo che aveva iniziato: la sua angoscia era più acuta di un dolore fisico.

Il giorno precedente il matrimonio, Louise, con una delle commesse più giovani, scortò la grossa scatola circolare che conteneva l'abito nuziale fino alla residenza del duca e della duchessa di Bassano, un grande edificio con i cancelli dorati, non lontano dal palazzo dell'Eliseo. Il corredo era già stato consegnato da parecchio tempo, ma le gale e le pieghe della veste nuziale dovevano essere stirate all'ultimo momento e questo andava fatto dopo aver infilato l'abito su un manichino di vimini. Louise e la sua aiutante svolsero i loro compiti, riposero le carte veline nelle scatole e stavano preparandosi ad andarsene quando una cameriera comunicò a Louise che la signorina desiderava vederla. Temendo un'altra crisi dell'ultimo minuto, Louise seguì la cameriera, che la introdusse nella biblioteca.

La sua prima preoccupazione fu che Stéphanie stesse male. Il suo viso era pallido e nei suoi occhi c'era un'espressione desolata; ma quando la ragazza le andò incontro, il suo passo possedeva la solita agilità, che escludeva un malanno fisico. Pregò Louise di sedersi, mentre lei restava in piedi, stropicciando un fazzoletto orlato di pizzo. « Posso chiamarla Louise? Sento che è venuto il momento di mettere da parte ogni formalità tra noi. »

« Ma certo! »

« Vorrei farle una domanda molto personale. »

La primitiva apprensione di Louise cedette il posto alla paura. Non aveva idea di che cosa potesse essere accaduto, ma era certa che non si stesse prospettando nulla di buono per nessuna delle due. « Risponderò se mi sarà possibile. »

« Chi è il padre del nascituro? »

Louise sbiancò, ringraziando il cielo di essere seduta, e si aggrappò involontariamente ai braccioli della sedia. « Nessuno ha osato chiedermelo, e lei non ha alcun diritto di farlo. »

« Penso di averne tutti i diritti! »

Allora Louise seppe che era accaduto o stava per accadere qualcosa di disastroso. Cercò di non manifestare il malessere che provava. « Forse farebbe meglio a spiegare che cosa intende dire. »

Stéphanie fece qualche passo in una direzione, poi in un'altra prima di andare a fermarsi davanti a lei. Quindi tese così forte il fazzoletto che, nel silenzio della stanza, si udì il lieve rumore del merletto che si lacerava. « Tre giorni fa alle Tuileries dovevo recarmi negli appartamenti dell'imperatrice. Le sue stanze si aprono l'una sull'altra, e, sapendo che doveva trovarsi nella sua camera da letto, mi diressi da quella parte. Intendevo arrivare al suo *cabinet de toilette*, un'ampia stanza con le pareti ricoperte di specchi, quando ho udito la sua voce chiara, che si ode da lontano, pronunciare distintamente il mio nome. Pensai che mi stesse chiamando perché mi affrettassi a raggiungerla, ed entrai senza bussare nell'anticamera che comunica con la stanza da letto. È un locale divisorio tutto pieno di dorature, e lì spesso l'imperatrice ascolta la messa e adempie alle proprie devozioni. Prima che raggiungessi la camera da letto, il cui uscio era socchiuso, udii di nuovo il mio nome, ma collegato alla parola 'scandalo'. Con l'imperatrice c'erano due o tre dame del suo seguito, così rimasi accanto alla parete divisoria e dorata e ascoltai spudoratamente. Vuol sapere che cosa ho udito? »

« No, no. » Louise si alzò precipitosamente dalla sedia, scuotendo la testa con vigore.

« Penso che le interesserebbe saperlo. Pare che una di loro avesse scoperto che la donna con la quale Pierre era stato visto in molti luoghi prima che partisse per la Crimea, e che tutti consideravano la sua amante, si sia occupata delle prove degli abiti della sposa che lui domani condurrà all'altare. Che cosa ne dice? »

Louise la guardò con occhi colmi di disperazione. « Dal fondo del mio cuore, dico che non avrei mai voluto che lei udisse quei discorsi crudeli. »

« Nega che questa sia la verità? »

« La verità è che tutto era finito tra Pierre e me prima del vostro fidanzamento. In tutta sincerità, le dirò che l'ho visto una sola volta da allora, ma solo per confermare che era già tutto finito con lui. »

Sul viso di Stéphanie passavano via via emozioni contrastanti: speranza, sospetto, paura. « Lo ama ancora? »

« Lui non è più mio perché io possa amarlo, e, se mi avesse veramente amata, non starebbe per sposare lei. »

« Ma un gentiluomo non... » Stéphanie s'interruppe, arrossendo.

Louise alzò un sopracciglio, terminando la frase al posto suo. « ... non sposa mai la sua amante. È questo che stava per dire? O piuttosto che un gentiluomo, soprattutto un ufficiale appartenente alle Cento Guardie, non sposerebbe mai una donna della classe lavoratrice? »

Stéphanie era confusa. « Non volevo insultarla. »

Louise chinò la testa. « Lo so. Ma questa è ancora la Francia di un Bonaparte, dove le differenze sociali possono essere colmate, per quanto solenne possa essere la pompa imperiale; e se in alcune circostanze le cose stanno diversamente, esistono altri luoghi al mondo dove un uomo e una donna di diversa condizione possono essere accettati. Così Pierre non aveva che da scegliere. Ha scelto lei. Le ripeto che è tutto finito. » Un freddo sorriso le comparve sulle labbra. « Non creda che io sia d'animo nobile o votata al sacrificio. Penso più a me che a lei. Voglio essere franca e le dirò che, nel desiderare il suo bene, i miei motivi sono completamente egoistici. Il matrimonio tra lei e Pierre mi restituisce la libertà. » Non voleva che Stéphanie rinunciasse a sposarsi proprio all'ultimo minuto. Non sarebbe stato un bene, perché avrebbe solo rimandato la questione. Se Pierre non avesse condotto a nozze Stéphanie, entro breve tempo si sarebbe preso una sposa qualsiasi che fosse gradita all'imperatore. Non certo lei. Non certo l'unica disposta a seguirlo in qualsiasi parte del mondo se lui avesse scelto di sfidare la minaccia conseguente al delitto di alto tradimento.

« Ma il bambino? È suo? »

Louise corrugò la fronte. « Ho detto il nome del padre solamente a una persona. È la donna che mi ha allevata. Le ripeto che non ha alcun diritto di farmi una domanda del genere. »

Stéphanie annuì lievemente. « Capisco. Mi ha fatto credere che non ho niente da temere da lei, e l'imperatrice ha proibito alle proprie dame di accennare a legami di alcun genere, ma come potrò affrontar la giornata di domani, sapendo che la notizia dello scandalo potrebbe diffondersi? Prima la cerimonia civile alle Tuileries e poi la chiesa, con la derisione e il disprezzo negli occhi di tutti. E, come se non fosse abbastanza, le risatine e i bisbigli durante la lunga celebrazione delle nozze che durerà quattro o cinque ore. » Il fazzoletto che stringeva era diventato uno straccio e lei lo guardava con stupore, come se non si capacitasse di averlo ridotto in quello stato.

Louise provò compassione per lei, e avvertì anche la forza del vincolo d'amicizia che le legava. « Chi oserebbe disprezzarla in presenza dell'imperatore e dell'imperatrice? » la incoraggiò severamente. « A ogni modo, sono certa che non ha nulla di cui preoccuparsi. Le dame rispetteranno i desideri imperiali, e gli altri dimenticheranno tutto quello che possono aver udito quando la vedranno felice e radiosa. Domani è il giorno che ha tanto atteso. Me l'ha detto molte volte. Non lasci che niente e nessuno lo rovini. Lei sta per sposare l'uomo che ama. »

Per Stéphanie fu come se, proprio al colmo dell'infelicità,

le fosse stata lanciata un'ancora di salvezza. Stava per sposare Pierre e il resto non contava. Tutti gli uomini avevano avuto qualche amoretto prima di sposarsi e di sistemarsi, e il suo compito era quello di fargli dimenticare Louise e tutte le altre che aveva conosciuto durante il celibato. Spingendo il mento in fuori, si rivolse a Louise freddamente.

« Penso sia meglio che lei non venga, domani. Lasci che il signor Worth porti con sé qualcun'altra. »

Louise deglutì con aria sollevata. « Glielo dirò. »

« Addio, Louise. »

Quando si trovò fuori, nell'aria della sera, Louise fu costretta a fermarsi un paio di volte prima di raggiungere il marciapiede al di là dei cancelli, perché sentiva nel ventre una specie di scombussolamento che le faceva rallentare il cammino. Le emozioni che aveva subito l'avevano condotta al limite della prostrazione. Attraversando il boulevard, rischiò di essere investita da una vettura di piazza, e solo quando il cocchiere urlò spaventato si rese conto di quale pericolo avesse corso. Si avviò lentamente verso il ponte di Alma, di recente costruzione, per fare una sosta. Appoggiata al parapetto di pietra, fissò l'acqua nella quale si riflettevano le luci delle lampade, e provò il desiderio di por fine all'insopportabile dolore che albergava dentro di lei. Ma poi il bimbo si mise a scalciare prepotentemente nel suo grembo, ricordandole la sua vivace presenza. Louise si allontanò di colpo dal parapetto, e, raddrizzando le spalle, si diresse verso casa. Anche un gendarme, che era rimasto a osservarla, riprese il cammino, avanzando impettito lungo il ponte.

Un mese e mezzo più tardi, alle prime ore dell'ultimo giorno di ottobre, quando col sorgere dell'aurora si spensero tutte le lampade notturne, nella stanza illuminata da una luce rosata, Louise mise al mondo un maschietto, aiutata da una levatrice e da una preoccupatissima Catherine. Non era stato un parto facile, ma tutto fu dimenticato quando Louise poté tenere il piccolo fra le braccia. Lo guardò e provò subito per lui un grande amore e un forte orgoglio. Quando si addormentò sfinita, sulle labbra le rimase impresso un dolce sorriso. Volle chiamarlo Paul-Michel per l'unica ragione che le piaceva quel nome. E forse, nel più profondo del cuore, c'era il segreto desiderio che il bambino avesse un legame, attraverso la « P » iniziale, con il padre che non avrebbe mai conosciuto.

XV

Quando Robert Prestbury arrivò alla Casa Gagelin, aveva l'aria di una persona molto sicura di sé. L'ingresso riservato al personale o l'atteggiamento timido di chi si avvicinava con il berretto in mano non erano cose per lui. Scese da una carrozza presa a nolo, che aveva ancora i segni di un passato splendore, ricompensò generosamente il cocchiere ed entrò con disinvoltura attraverso la porta che l'usciere gli teneva aperta. Sembrava un cliente venuto a fare acquisti. Schioccò le dita verso un commesso.

« Dove posso trovare il signor Worth? » Aveva parlato in francese, e aveva intenzione di continuare a farlo, così nessuno l'avrebbe trattato con arroganza pensando che lui non parlasse quella lingua tanto bene quanto la propria. Non aveva mai combinato molto a scuola, ma aveva orecchio per le lingue, e i suoi lunghi viaggi avevano dato l'opportuna rifinitura alla sua conoscenza di italiano, spagnolo e tedesco, il tutto unito alla padronanza che aveva del *langage* francese.

« L'accompagno da lui, signore. »

Seguì il commesso spavaldamente, facendo roteare il bastone da passeggio e lanciando occhiate intorno. Dio! Che differenza tra quell'opulento edificio e il meschino interno del negozio di suo padre a Londra, soffocato da una quantità di merce, con qualche palma in vaso, un ristretto numero di manichini e poche altre cose! E non c'erano avvenenti commesse che si facevano avanti, ma streghe dal viso arcigno e dal corpo spigoloso come i loro metri a stecca e con le labbra strette come se fossero cucite. Sarebbero state le prime che avrebbe fatto filare, quando avesse ottenuto la gestione del Prestbury Emporium. Ma, prima di poter aspirare a dirigere quel negozio, doveva dimostrare al padre di esserne capace, di saper volare con le proprie ali e di prendere la vita con più serietà di quanto aveva fatto in passato. Be', non aveva scelta. L'eredità che gli aveva lasciato la nonna materna, e che gli aveva permesso di trascorrere due anni nell'indipendenza e nelle stravaganze, era ormai sfumata: gli erano rimasti soltanto un baule di costosi abiti e poche altre cose. Conosceva Parigi, che aveva visitato per ben due volte; ma allora era ben fornito di soldi e poteva entrare liberamente negli splendenti, lascivi circoli del *demi-monde*, come pure offrire un paio di feste dispendiose alla Maison Dorée; e in più di un'occasione aveva ampliato la propria esperienza sessuale con *la belle* Castiglione, che si era incapricciata della sua gioventù e del suo vigore. Questa volta, le circostanze sarebbero state completamente diverse, ma, in fondo, si trattava pur sempre di Parigi, e da quando, grazie ai gentili auspici del mercante di seta Allenby, un vecchio amico di suo padre, aveva trovato una porta aperta, non smetteva di congratularsi con se stesso per la fortuna avuta. Nessun altro sarebbe riuscito a convincere il genitore dalla mente ristretta che un adeguato periodo di addestramento in un famoso negozio parigino era quanto occorreva per ridestare un nuovo e duraturo interesse per la monotona azienda di famiglia nel figlio ed erede di Prestbury. Robert non nutriva molta simpatia per gli stranieri, ma pensava che l'atteggiamento bigotto di suo padre nei confronti della Francia potesse essere paragonato a quello di Lord Reglan, il quale, durante la campagna di Crimea, aveva continuato a riferirsi alle forze nemiche russe come ai « francesi », il che costituiva l'insulto peggiore che potesse rivolgere loro. John Prestbury, considerando che non era più in buona salute e aveva bisogno di un giovane capace che gli succedesse, aveva acconsentito a finanziare quel soggiorno a Parigi. Ciò che aveva spinto John Prestbury a permettere al figlio di andare laggiù, anziché occuparsi del proprio negozio, era il fatto che il *premier commis* della Casa Gagelin era un inglese che il signor Allenby conosceva personalmente. Aveva osservato con gravità che un negozio diretto da un dignitoso inglese offriva garanzie di rispettabilità pur nella peccaminosa città di Parigi. Robert aveva borbottato tra sé in quel momento: « Averne, di quel peccato », ed era ancora dello stesso parere.

Entrò nel reparto confezioni. Gli dissero che il signor Worth in quel momento era impegnato. Fu pregato di accomodarsi, non avrebbe dovuto attendere a lungo. Robert, continuando ad annotare mentalmente ogni cosa, sedette in una comoda poltrona dorata. Il salone era pieno di gente indaffarata. Le clienti venivano servite da commesse che indossavano eleganti abiti di seta nera, o, comodamente sedute, osservavano abiti da pomeriggio che venivano presentati da splendide rappresentanti del sesso femminile. Una commessa dai capelli rossi gli passò davanti. Aveva poco seno, ma il suo profilo era delizioso. Gli piaceva quel colore di capelli.

« Chi è quella signora che sta sfilando con quell'abito azzurro? » le chiese con una strizzatina d'occhio.

« È la signora Worth, signore. »

« Oh, davvero? Grazie. » Seguì con lo sguardo la ragazza che si allontanava. Era arrossita. Buon Dio! Le commesse erano più carine di quelle di Prestbury's, ma probabilmente altrettanto virtuose. Che terribile seccatura.

Vide venirgli incontro un uomo alto e magro, in finanziera e calzoni neri, con cravatta ripiegata in modo perfetto, trattenuta da un fermaglio con una perla incastonata, e panciotto senza una grinza. Dunque, quello era Worth. Più giovane di quanto si aspettasse. Sui trent'anni. Distinto e serio, un tipo svelto. Robert si alzò tranquillamente in piedi. Voleva fare buona impressione fin dall'inizio su quel tipo, e a ogni buon conto avrebbe parlato in francese.

« È un vero onore, signor Worth », disse con aria disinvolta e amichevole, come se si trattasse di un incontro mondano, tendendo la mano al sarto. « Sono Robert Prestbury. Lei mi aspettava. Discreto posto questo, eh? »

Worth ignorò la mano tesa. Era stato disturbato durante un'importante prova per una faccenda, a quanto gli avevano detto, urgente; udendo che il nuovo arrivato era Prestbury, i suoi occhi mandarono lampi d'indignazione e il suo viso divenne congestionato come se fosse stato oltraggiato.

« Questo non è un club, Prestbury! Non ricevo i miei impiegati nel salone, nel momento più indaffarato della giornata, come se fossero clienti di grande distinzione. Ho risposto all'ultima lettera di suo padre, fissando il giorno e l'ora in cui lei doveva presentarsi al lavoro, e cioè cinque giorni fa. Esca da questo edificio e si presenti domani mattina alle otto in punto all'ingresso dei dipendenti indossando un abito nero. » Lanciò uno sguardo sprezzante all'elegante giacca a quadretti che Robert indossava. « È permessa una semplice spilla da cravatta, ma niente catene per l'orologio. Dovrà anche radersi. In quest'azienda non sono permessi i baffi. Questo è tutto per il momento. » Girò sui tacchi e si diresse rapidamente nella direzione dalla quale era venuto.

Robert lasciò il negozio indignatissimo. Non si era certo immaginato di essere ricevuto in quel modo. Fin dall'inizio aveva pensato che avrebbe goduto di una posizione di privilegio visto che, attraverso il signor Allenby, esisteva già un'indiretta conoscenza. Eppure gli era già stato chiarito che non poteva aspettarsi favoritismi. Era indeciso se rimanere là o ripartire ma, dopo aver ben soppesato l'alternativa, decise che sarebbe stata una follia perdere quell'occasione a Parigi per salvaguardare il proprio orgoglio. Quella sera prese il rasoio e si tagliò i baffi color castano chiaro che avevano ornato il suo viso per parecchio tempo. Senza di essi, mostrava meno dei suoi ventiquattro anni e non era del tutto sicuro che ciò fosse un bene. Aveva un viso ossuto, dalla mascella squadrata; una fronte spaziosa e il naso ben disegnato e piuttosto pronunciato; l'azzurro velato dei suoi occhi incavati donava un'illusoria dolcezza al suo sguardo quando si rivolgeva alle donne. Gli splendidi capelli avevano la tendenza a ricadergli sulla fronte in un modo che una donna di sua conoscenza aveva definito « seducente », e lui aveva scoperto che le dita femminili cercavano sempre di risollevarli a forza di carezze. La sua bocca era larga, con una piega ai lati che gli conferiva un'espressione allegra, le labbra erano carnose ma ferme, e la fossetta sul mento lo caratterizzava con lo stigma dell'eterno dongiovanni.

La mattina seguente arrivò all'ora stabilita e fu sorpreso di trovare che, prima di lui, erano già arrivati non solo Worth ma anche la sua signora. Lei indossava un vestito di seta nera come le altre donne del personale; ma, in perfetta armonia con la moda, il suo abito ondeggiava più delicatamente, come se fosse formato da petali di tulipano; i suoi capelli erano acconciati in modo perfetto e Robert si chiese divertito se, la notte, lei dormisse in un grande scatolone come quello per le bambole, per apparire così deliziosa in un'ora tanto mattutina.

Nessuno apprezzava l'aspetto di Marie più dello stesso Worth. Lui l'amava più che mai, e viveva per i suoi figli. C'era solo un'incrinatura nella sua vita. Era ancora soggiogato dall'atteggiamento retrivo e senza fantasia dei signori Gagelin e Obigez. Il suo desiderio di sfondare e di mettersi in proprio aveva ricevuto nuovo impulso dalla nascita del secondo figlio. Era suo compito provvedere a un futuro in cui i figli potessero seguire l'attività del padre, se avessero voluto. Ma, senza denaro, non si poteva far nulla. Considerati i grossi guadagni che aveva procurato ai suoi principali, una cointeressenza gli sarebbe spettata da lungo tempo; ma con disappunto si era reso conto che ciò non sarebbe mai avvenuto. Gagelin e Obigez lo condannavano a non sperare in alcuna opportunità, oltre al fatto che non poteva contare sui reali benefici economici che una volta si era aspettato.

Mentre, come gli accadeva spesso, rimuginava questi pensieri, compì il suo solito giro mattutino nel negozio per assicurarsi che tutto fosse in ordine, i banchi e gli scaffali senza polvere, le merci, perfettamente sistemate, e tutti i commessi, uomini e donne, al loro posto dietro i banchi, pronti per il momento in cui sarebbero state aperte le porte d'ingresso dando inizio alla giornata di vendita. Il suo giro d'ispezione terminò come sempre nel reparto confezioni. Qui trovò Robert Prestbury che l'aspettava sulla porta del suo ufficio, nella zona della sartoria.

Worth squadrò il proprio protetto da capo a piedi con aria critica. I baffi erano scomparsi, e l'aspetto di Prestbury non aveva nulla di reprensibile; la nera finanziera era di ottimo taglio e i polsini bianchi che sporgevano erano inamidati a dovere. A dispetto della sua inclinazione per tutto ciò che era francese, Worth non poté fare a meno di dire a se stesso che un certo tipo di inglese di bell'aspetto e ben vestito era sempre superiore a un francese, particolarmente per quanto riguardava l'altezza, e gli sembrava già di vedere le dame sue clienti sdilinquirsi davanti ai modi educati di Prestbury.

« Che cosa sa in fatto di tessuti, Prestbury? » gli chiese a bruciapelo. « Dopo tutto, è da essi che comincia la moda. »

« So riconoscere una buona stoffa, quando la vedo. Tweed scozzese, buon panno nero, serge, filato di lino o di cotone, lana grezza, panciotti di seta e di velluto. »

« Bene, è un ottimo inizio. La sua conoscenza le deriva certo dall'esame del proprio guardaroba, ma, a parte la seta e il velluto, noi trattiamo tessuti molto più delicati. La moda è un fenomeno vitale. Non si deve mai deridere o minimizzare una tendenza. Essa riflette l'umore e l'ambiente sociale; una nuova foggia nasce come un cavallone bianco sul mare, raggiunge una spettacolare altezza, poi ricade e s'infrange sulla battigia svanendo nel nulla. Io tratto solo ciò che sta sulla cresta dell'onda, così lei può godere l'opportunità unica di osservare e imparare tutto quanto c'è da sapere sulla moda e sulla qualità della lavorazione che nel mio nuovo campo d'azione ho reso sinonimo di *haute couture*. »

« Sono conscio di questo privilegio, sir. » Robert non poteva fare a meno di ammirare la suprema sicurezza di quell'uomo e l'assoluta fiducia che aveva nelle proprie qualità, il tutto completato bellamente da un'incontrastabile e assolutamente giustificata presunzione.

« Bene. Da tutti i miei commessi e dalle cucitrici mi aspetto onestà, lealtà, puntualità e grande impegno sul lavoro. Quando le ordinazioni devono essere completate, non badiamo né all'orario né alla nostra stanchezza. Sono pronto a darle un mese di tempo perché lei si possa rendere conto della qualità dell'addestramento che riceverà qui. » Worth si guardò intorno, cercando qualcuno cui affidare il nuovo arrivato per le istruzioni preliminari, e ricordò che Louise aveva ripreso a lavorare proprio quel giorno dopo l'assenza dovuta al puerperio. Per le prime due o tre settimane le sarebbe andato bene un incarico leggero come quello. « Conoscerà la signorina Louise. Lei ha salito ogni gradino del mondo della moda, partendo dalla prima imbastitura di un capo fino a presentare le mie creazioni in questo salone. I suoi figurini hanno molti pregi, ed è più competente di ogni altro circa la qualità di un tessuto e il disegno di una stoffa. Ah! Eccola! »

Louise in seguito non riuscì mai a ricordare la prima impressione che aveva fatto su di lei Robert, a parte l'aver notato quanto fosse alto. Quando fu chiamata, venne colta da agitazione e per alcuni minuti provò un forte turbamento, pensando che qualcuno l'avesse vista introdurre Paul-Michel nell'edificio. Il bimbo non aveva ancora un mese e doveva essere allattato regolarmente. Non poteva quindi per il momento lasciarlo con qualcun altro. Sul retro del reparto confezioni c'erano numerose scomode stanzette che non venivano più usate da tempo, e lei aveva preparato una culla in un tiretto tolto da un cassettone e l'aveva sistemato su un largo scaffale al riparo dalle correnti d'aria. Avvolto nel suo scialle, Paul-Michel era tranquillo e soddisfatto, ma se anche si fosse messo a piangere, era improbabile che qualcuno lo potesse udire. Doveva ritenersi fortunata di aver ripreso il suo impiego alla Casa Gagelin; tuttavia ciò era dovuto soltanto al fatto di appartenere al reparto di Worth e di essere sotto la sua giurisdizione. Lui non aveva mai fatto alcun riferimento al bambino. Per quanto lo riguardava, Louise poteva essere rimasta a casa con una forte influenza, perché al suo ritorno Worth le aveva semplicemente espresso la speranza che stesse meglio, senza aggiungere altro. Aveva un'altra gestante che presentava gli abiti alle clienti incinte, ma costei portava una fede nuziale al dito. Worth non aveva altra scelta che fingere di ignorare che Louise avesse dato alla luce un figlio illegittimo, per poterle assicurare la continuità dell'impiego; sarebbe dunque stato impossibile per la ragazza chiedere a Worth il permesso di tenere il bambino con sé. Neppure sua moglie era tornata al lavoro prima che i suoi piccini potessero essere lasciati in buone mani. Non le restava che sperare che né lui né i proprietari venissero mai a scoprire che ogni giorno un neonato veniva portato dentro e fuori dell'edificio.

Louise era una buona istruttrice e Robert si rivelò intelligente e intuitivo per quanto riguardava il commercio. Fu presto in grado di giudicare non solo la qualità, il disegno, il peso, la trama e la robustezza dei tessuti, ma anche se erano adatti per un drappeggio, per un modello a pieghe, o per essere tagliati a volant. Louise gli insegnò a distinguere un merletto dall'altro, a capire se si trattava di un Valenciennes o di un Alençon, di un punto Chantilly o Bruxelles, e come valutare i migliori prodotti confezionati a macchina: questi ultimi erano stati riportati in auge da Worth che ne aveva fatto largo uso per i suoi abiti, creando una tendenza che molte donne avevano seguito e dando un enorme impulso all'industria del merletto preparato a macchina. Lo stesso era avvenuto con la manifattura delle paillettes, che in breve tempo, grazie alla sua ostinazione, erano diventate di gran moda, tanto più che permettevano alle persone in lutto di aggiungere al loro abbigliamento uno scintillio discreto. Robert non era indolente di natura, anche se poteva dirsi più incline a una comoda esistenza che a un duro lavoro. Durante il mese di prova si adoperò parecchio e riuscì a eccellere almeno nel settore delle vendite; tuttavia, il lavoro non si addiceva alla sua indole: per tutta la vita aveva fatto assegnamento più sull'astuzia e sull'indulgenza che riusciva a risvegliare negli altri, in modo da tappezzarsi il cammino di rose e di comodità.

Durante il periodo di addestramento, Louise non si accorse di questo lato del suo carattere. Si rendeva conto solamente che lui aveva l'abitudine di starle un po' troppo vicino, mettendo il proprio viso a non più di uno o due centimetri dal suo, mentre esaminava qualche articolo, e che era sempre sollecito ad afferrarle il gomito, il polso, o a sorreggerla per la vita allorché scendevano un gradino o mentre passavano attraverso una parte affollata del negozio. Lei lo scoraggiava perché – anche qualora non fosse stata sua intenzione comportarsi da madre e cercare di tenerlo a distanza – in quel momento non gradiva né le sue attenzioni né quelle di altri. Era difficile non mostrare impazienza o irritazione quando lui la faceva ritardare, trattenendola a conversare proprio quando l'orologio e le sue mammelle rigonfie di latte la inducevano a sgattaiolare per raggiungere Paul-Michel; tuttavia, riusciva sempre a conservare un certo equilibrio.

Camminava con passo leggero, mentre si affrettava lungo il labirinto di corridoi nel retro in disuso del negozio, diretta verso il ripostiglio. Un alto finestrino con un'inferriata dava luce alla stanza e nelle giornate luminose vi penetrava anche il sole, che infondeva un dolce calore a Louise, mentre si sbottonava il vestito e teneva il bambino contro il petto. Qualche volta i suoi pensieri correvano inevitabilmente a Pierre, anche se cercava di frenarli. Naturalmente Stéphanie non era più tornata al negozio, e, secondo le notizie che le erano giunte udendo casualmente una conversazione, sembrava che di recente i novelli sposi avessero accompagnato l'imperatore e l'imperatrice in uno dei loro giri in provincia per prendere contatto con il popolo. Spesso, mentre teneva Paul-Michel attaccato alla mammella, gli cantava sottovoce una ninnananna accarezzandogli i neri capelli ondulati che erano spuntati sulla testina ben modellata. Una sola considerazione la rattristava. Il bimbo sarebbe cresciuto senza l'amore e l'influenza di un padre, e ciò avrebbe lasciato in Paul-Michel il grande vuoto che aveva provato anche lei nei suoi primi anni. Le tornava in mente come avesse invidiato gli altri bambini dei vicoli che avevano un padre di cui vantarsi o dal quale essere presi a schiaffi quando occorreva. Se lei, che era una femmina, aveva percepito così acutamente quella mancanza, che cosa avrebbe provato un ragazzo a causa dell'assenza di un padre?

Quando era sazio, qualche volta il bambino si addormentava attaccato al seno. Lei allora lo rimetteva nel suo giaciglio e se ne andava, non prima di avergli deposto un ultimo bacio sulla fronte. Paul-Michel cresceva in fretta e il suo peso aumentava regolarmente. Pur non avendo difficoltà a portarlo dentro e fuori del negozio, Louise lo teneva sotto un mantello ben abbottonato, in una specie di imbracatura che le aveva preparato Catherine. Costei adorava il bimbo, che da entrambe le donne riceveva una bella porzione di affetto femminile. Ma non doveva esserne oppresso. Louise voleva che crescesse forte, libero e indipendente. Questo era il suo unico desiderio. Mentre andava avanti e indietro nel ripostiglio parecchie volte al giorno, chiudendo sempre la porta senza far rumore, e la cosa ormai si ripeteva da settimane, non si accorgeva che qualcuno aveva cominciato a notare la sua assidua presenza in quella parte del negozio.

Non passò molto tempo che Robert venne a sapere da due giovani commesse in vena di spettegolare che Louise era quella che comunemente viene definita una donna traviata. Aveva avuto un bambino di recente e nessuno sapeva chi ne fosse il padre. Louise non era certamente il tipo che parlava della propria vita privata, e, se gli Worth ne erano al corrente, non lo davano certo a vedere. Questa informazione rese il giovane ancora più curioso. Sapere che in realtà Louise era molto più avvicinabile di quanto potesse sembrare, lo incoraggiava. La trovava affascinante. C'era qualcosa di inafferrabile in lei che attirava e che tuttavia lasciava sconcertati. Robert pensava di non avere mai visto occhi così belli, dall'espressione distaccata, tranquilla e serena. In essi si accendeva un brillio divertito quando a lui accadeva di dire involontariamente qualcosa che la divertiva; allora, con le lunghe ciglia semiabbassate, la giovane gettava indietro il capo scoprendo la morbida linea del bel collo candido e, per qualche istante, Robert sentiva colmarsi la distanza che li divideva. Ma quei momenti duravano pochissimo, e lei, dopo aver scosso il capo, ancora sorridente, lo riconduceva a un argomento più serio, riguardante il lavoro in corso, e ritornava a fargli da mentore e da maestra. Robert era spiacente che la supervisione di Louise sul tuo tirocinio stesse per terminare, perché l'avrebbe vista più raramente: la ragazza sarebbe presto tornata al tavolo del ricamo, anziché al lavoro nei salottini di prova come aveva sperato. Poteva soltanto supporre che la facessero lavorare in sartoria per il suo bene, per tenerla ancora per qualche tempo lontana dallo sguardo dei proprietari.

Se non avesse nutrito per lei tanto interesse, Robert non avrebbe potuto scoprire che spesso la ragazza andava e veniva lungo il corridoio che conduceva in una parte del negozio che gli era sconosciuta: aveva pensato che laggiù venissero tenute le scorte del materiale occorrente per i tavoli del ricamo o del cucito. Robert prestava ora servizio nel reparto confezioni, e andava a prendere e a riportare pezze di stoffa da presentare alle clienti, fissava gli appuntamenti, mostrava vassoi di guarnizioni per abiti e svolgeva molte altre commissioni; il suo lavoro era diventato dunque molto mobile e lo portava su e giù per i laboratori. Sebbene si preoccupasse di apparire sempre indaffarato – e molto spesso lo era davvero – riusciva a lavorare il meno possibile e a scaricare con discrezione i propri doveri su qualcun altro, per accogliere subito dopo qualche cliente appena arrivata. Era sempre occupato a scansare gli incarichi troppo faticosi.

Approfittando di un momento di calma, un pomeriggio s'infilò nel corridoio lungo il quale poco prima aveva visto sparire Louise; era deciso a sorprenderla. Qua e là tremolavano le fiammelle di alcune lampade a gas, che irradiavano una luce irregolare ma, una volta che ebbe oltrepassato gli armadi delle scope e alcune porte chiuse a chiave, sprofondò nelle tenebre. Stava affrettandosi a tornare indietro, quando improvvisamente Louise emerse dall'oscurità. Mentre la guardava, la ragazza si fermò a controllare il proprio aspetto in uno specchio polveroso sulla parete, allacciandosi due bottoni del corsetto. Ebbe un involontario sussulto quando, allarmata, vide il giovane alle sue spalle, riflesso nello specchio. Si voltò con gli occhi sbarrati e colmi di sgomento.

« Che cosa fa qui? » gli chiese, con un'agitazione sproporzionata al semplice fatto di averlo incontrato in quel luogo.

« Ero venuto a cercarla. Non vuole compagnia per andare e tornare in quella stanzetta? »

« Che cosa intende dire? » esclamò Louise con precipitazione, mostrandosi ancor più spaventata di prima.

« Solo che deve trovare noiose queste passeggiate avanti e indietro, tutta sola, dalla sala di cucito. »

« Oh, capisco. » Si rilassò, abbassando il capo con un sorriso. « Non me ne curo. Assolutamente. »

Lui le rivolse uno sguardo penetrante. « Sento la mancanza della sua compagnia. Questa sera, quando il negozio chiude, lasci che la porti fuori a cena. Non mi dica ancora di no. »

Louise scosse il capo. « No, grazie. Devo andare subito a casa. »

Robert si sentì offeso. Chi credeva di essere per respingerlo così? Lui le faceva un favore, ed era pronto a fargliene altri se lei avesse smesso di darsi tutte quelle arie da virtuosa indifferente. Mentre la ragazza stava per proseguire per la sua strada, il giovane le si parò di fronte e le parlò in tono carezzevole.

« Suvvia, Louise. Perché vuole andare a casa così presto? Mi hanno detto che non c'è nessuno all'infuori della donna che vive con lei, e che il suo protettore, chiunque fosse, l'ha lasciata. Io sono un tipo di larghe vedute. Non bado a queste cose. M'interessa solo che una bella ragazza come lei non se ne resti chiusa in casa. » Abbassò il capo per fissarla intensamente. « Anzi, lei è più che bella. Posso dire che è splendida. » Incapace di tenere a freno più a lungo le mani, gliele premette contro lo splendido seno.

« Non mi tocchi! » esclamò Louise, respingendolo, ma lui le si avvicinò, immobilizzandola tra le braccia e parlandole in tono adirato.

« Non fare tante storie con me. Sappiamo entrambi che ti piace spassartela, e mi hai già stuzzicato abbastanza. » Cercò di catturarle la bocca con la propria, ma Louise si divincolò selvaggiamente e, dopo una breve lotta, il giovane la lasciò andare, guardandola mentre si allontanava di corsa. Robert si rassettò la giacca e si ricompose i capelli prima di tornare nel salone. Che puttana! Che arrogante puttana! Era più infuriato con se stesso che con lei. Perché era stato così impetuoso? Non aveva scuse, considerato che possedeva abbastanza esperienza nel trattare le donne da non commettere l'errore di lasciarsi trascinare dai sensi. Ma la desiderava violentemente. Louise lo aveva attratto fin dall'inizio e, a causa di ciò che aveva scoperto, egli aveva commesso la pazzia di trattarla come una prostituta.

Tormentato da un rimpianto per lui insolito, rientrò con aria triste nel salone di vendita. La clientela si era diradata e la sola dama presente era assistita da una commessa. Con l'abilità che aveva acquistato nell'apparire occupato anche quando non lo era affatto, riordinò alcune cartelle di disegni di Worth che le clienti spesso sfogliavano, mentre la sua mente era interamente concentrata su Louise. All'improvviso fu colpito dal pensiero che lei era entrata nel ripostiglio a mani vuote e così ne era uscita. Ora che ci pensava, ogni volta che l'aveva osservata aggirarsi in quella zona le cose erano andate sempre allo stesso modo. Era strano. Molto strano.

All'insaputa di tutti, Marie aveva continuato a rivolgere i suoi pensieri a quelle stanze non occupate, chiedendosi se fosse possibile trasformarle in un appartamento per sé. Desiderava sempre più andare ad abitare nell'edificio in cui lavorava. Con tutto quello che aveva da fare, spesso si sentiva ansiosa ed esausta, e aveva cominciato a chiedersi per quanto tempo ancora avrebbe potuto sopportare giornate di lavoro così lunghe, che la costringevano a uscire di casa presto al mattino e non le permettevano di tornare che a sera inoltrata. Un pomeriggio, gettando un'occhiata fuori della vetrina del negozio, le capitò una vera fortuna: vide infatti traslocare la famiglia che aveva occupato per un lungo periodo l'attico dell'edificio.

Senza neppure curarsi di informare Worth, si precipitò nell'ufficio dei proprietari, e si convinse che la fortuna continuava ad assisterla, perché li trovò entrambi a colloquio. La ricevettero come al solito con grande cortesia, e, appena seduta, Marie chiese se l'attico era già stato riaffittato.

« No, signora Worth. Non ancora », rispose il signor Obigez. « Perché lo chiede? »

La donna si sporse dalla sedia, con le mani contratte in grembo. « Lo chiedo perché mio marito e io vorremmo essere i nuovi inquilini. È tanto tempo che desideriamo abitare in questa zona. Non solo perché ciò renderebbe la vita più facile a lui, ma anche perché solleverebbe me dal peso del percorso quotidiano da casa, cosa che a volte mette a dura prova la mia resistenza; infatti la mia salute non è più quella di una volta, come loro sanno, signori. Sarei anche a portata di mano se capitasse qualcosa ai miei figli, togliendo dalla mia mente un'altra ragione di ansia. Mi sembra dunque la migliore sistemazione che si possa immaginare. » Con il viso già illuminato dalla gioia che l'assenso le avrebbe procurato, attese la loro risposta. Ma la sua espressione radiosa cominciò a svanire quando si accorse che entrambi i proprietari la guardavano stupefatti.

« Impossibile! Non se ne parla neppure! » esclamarono all'unisono.

Non riusciva a credere alle proprie orecchie. « Ma perché no? Noi non pretendiamo un affitto ridotto o speciali favori. Al contrario. Siamo ben consci che la proprietà è di valore, e che è molto richiesta per la sua posizione. Che cosa hanno da obiettare? »

Apparivano entrambi molto seri e scossi, e, sebbene fossero completamente diversi per statura, lineamenti e struttura, la somiglianza della loro espressione in quel momento li faceva sembrare fratelli. Questa volta parlò solo il signor Gagelin, con la stessa veemenza di poco prima.

« Signora Worth! Dovrebbe capire che è socialmente inaccettabile che il *premier commis*, che lavora in un negozio così importante come il nostro, abiti nello stesso edificio come un volgare portiere! Dov'è la sua dignità? La sua distinzione? Significherebbe degradare la sua posizione e la nostra! »

Marie trovò il loro snobismo davvero insopportabile. Che considerassero con disprezzo la sua rispettabile richiesta di abitare cinque piani sopra il negozio rivelava un'assoluta mancanza di considerazione nei suoi confronti e nei confronti del marito, poiché in quel modo rifiutavano di alleviare l'enorme peso del lavoro che l'infaticabile Worth svolgeva per loro senza lamentarsi e con costante entusiasmo, anche se per un compenso relativamente scarso. Dall'ufficio di Worth, e non dal loro, fiorivano tutte le fantasiose e lucrose iniziative. Grazie alla sua intelligenza e alla sua larghezza di vedute era sorto il reparto confezioni, erano state rinnovate le varie manifatture con beneficio di tutti e si erano create nuove linee di prodotti che avevano dato lavoro a centinaia di operatori sconosciuti, imponendo all'attenzione del mondo, nel campo della moda, la Casa Gagelin. Marie reagì alla loro altezzosità con indignazione e coraggio.

« Non riesco assolutamente a capire il loro atteggiamento, signori. Ero persino pronta a chiedere se potevamo prendere in affitto le stanze sul retro della sartoria, qualora l'attico fosse stato già affittato. » Piegò il capo orgogliosamente e si alzò in piedi. « Charles Worth è un maestro e un genio. Niente può intaccare o svilire un uomo della sua onorabilità. Potrebbe abitare in un palazzo o in una cella come pure sopra o dietro un negozio, ma continuerebbe a meritarsi il massimo rispetto. Buona giornata! »

Mantenne un'espressione composta fino a quando ebbe raggiunto la sartoria. Ma la collera saliva dentro di lei, e quando fu fuori della vista delle clienti si rifugiò nell'ufficio del marito e scoppiò a piangere. Worth la trovò là.

« Che cosa c'è, mia cara? Che cosa è successo? » Era profondamente preoccupato, perché era raro che Marie mostrasse una disperazione così tipicamente femminile. Allora lei si sfogò, accennando alla sua ansia sempre crescente per i bambini dai quali era lontana tutto il giorno, alla preoccupazione per la propria debolezza fisica, alla insopportabile delusione provocatale dal rifiuto opposto alla sua richiesta. Charles l'ascoltò in silenzio, circondandola con le sue braccia amorevoli. Poi prese la decisione che aveva a lungo cullato nella mente. Aveva dovuto sopportare per anni i meschini pareri dei suoi principali, si era sottoposto a un superlavoro a tutto vantaggio della ditta, aveva lottato per ogni piccolo avanzamento e aveva lasciato che la fama acquisita andasse sempre a beneficio del negozio. Ma ora si erano spinti troppo oltre, aggiungendo anche la mancanza di comprensione nei confronti della sua cara Marie. Pur essendo in gioco il benessere di lei e quello dei suoi figli, i proprietari avevano deciso di ignorare tutti gli anni di disinteressato servizio che la donna aveva prestato e, la prima volta che aveva chiesto un piccolo favore, avevano anteposto a esso il loro odioso snobismo. Era il colmo. Le loro strade si sarebbero divise.

Quella sera, dopo la chiusura del negozio, andò a trovare un conoscente svedese con cui era stato in rapporti d'affari per un lungo periodo. Questi lo accolse offrendogli un sigaro avana, che egli rifiutò, e un bicchiere di ottimo vino, che accettò. Otto Gustave Bobergh proveniva da un ambiente simile a quello di Worth. Aveva trascorso un periodo di tirocinio nel commercio dei tessuti in Svezia prima di venire in Francia, e aveva lavorato per un certo numero di anni in un negozio di moda. Si erano incontrati in società e per affari in molte occasioni; avevano parecchie cose in comune e avevano stretto, se non proprio un'amicizia, un rapporto sincero, basato su gusti simili e su un rispetto reciproco per l'acume negli affari che ambedue possedevano. Molte volte l'uno aveva descritto entusiasticamente all'altro il modo in cui avrebbe condotto una propria azienda, sempre frenati entrambi dalla mancanza di fondi, giacché Bobergh era in condizioni solo di poco migliori di quelle di Worth. Ma recentemente la situazione finanziaria di Bobergh si era abbastanza risollevata, e Worth intavolò l'argomento su cui avevano così spesso discusso, seppure con un nuovo scopo.

« Sto per lasciare la Gagelin. Voglio aprire un grande salone di *haute couture* e ho bisogno di un partner. Perché non uniamo le nostre risorse e facciamo società? »

Bobergh, comodamente sistemato in una poltrona imbottita, studiò i perfetti anelli di fumo che salivano verso il soffitto. « Qual è la sede che ha in mente? »

« C'è una serie di sale che occupano l'intero primo piano al numero 7 di rue de la Paix. So che è una via tranquilla e, anche se non è un fiorente centro commerciale, un paio di modiste di alta classe vi fanno buoni affari; Doucet vende il meglio della biancheria e delle cravatte al numero 77, e c'è un gioielliere che incastona pietre preziose per la corte. Inoltre, il numero 7 ha un ingresso imponente, fiancheggiato da pilastri che immettono in un cortile interno sul quale si affacciano le gallerie dei vari piani. L'edificio è situato sul lato ovest della via, a breve distanza da place Vendôme, con le sue dimore esclusive. Be', che cosa ne dice? Le interessa? »

Bobergh, con un sorriso che gli illuminava il viso, dichiarò: « Molto. Ci sono alcuni particolari su cui discutere ».

Parlarono fino a notte inoltrata.

A Louise occorse una settimana per liberarsi del timore di venire di nuovo seguita da Robert nel retro del negozio, ma a poco a poco cominciò a credere che l'ego del giovane avesse sofferto a sufficienza per la mortificazione di essere stato respinto. Il suo nervosismo cominciò a scemare e riprese a sentire il cuore riempirsi di gioia, compatibilmente con la difficoltà delle circostanze, ogni volta che negli intervalli si recava dal proprio bimbo. Lavorare al tavolo di ricamo significava poter pranzare senza quegli ostacoli e quei ritardi che si verificavano col susseguirsi degli appuntamenti nei salottini di prova: a mezzogiorno poteva dunque dedicare regolarmente il proprio tempo a Paul-Michel. Ora che l'inverno si era fatto rigido, era sempre in ansia perché temeva che, durante la sua assenza, il bimbo si scoprisse agitando i piedini, e si allarmò terribilmente il giorno in cui, entrando nel ripostiglio, vide una delle coperte sul pavimento.

« Come sei riuscito a fare una cosa simile, Paul-Michel? » borbottò ansiosa, affrettandosi verso il letto improvvisato. Allora il cuore le si fermò. Il bambino non c'era. Mentre si voltava di colpo in preda al panico, fu raggiunta dal tono canzonatorio di Robert che le parlava dalla cassa su cui era seduto, al buio, con le spalle contro la parete. Teneva Paul-Michel, avvolto nello scialle, contro la spalla. « È questo che sta cercando? »

Louise si precipitò verso di lui con le braccia tese e una espressione spaventata sul viso. « Mi dia il mio bambino! »

« Aspetti un momento! » Il giovane balzò in piedi e la scansò, rifugiandosi dietro un vecchio banco, divertito all'idea di avere in pugno la situazione. « Non so se lei è la persona adatta ad aver cura di questo bimbo. Quando sono entrato, urlava a squarciagola e il suo guanciale era quasi inzuppato di lacrime. Si consideri fortunata che l'abbia trovato io e non qualcun altro. »

« Lei mi stava spiando! »

« Questo è un modo distorto di descrivere il mio interesse per lei. Sarà bene che non esageri. Che cosa è disposta a fare perché io non riveli il suo piccolo segreto a tutti quanti? »

Louise batté i pugni sul banco fino a farsi diventare bianche le nocche. « Niente! Non mi farò ricattare da lei! Vada pure a sparlare di me, ma mi restituisca il bambino! »

Lui esitò per qualche istante, poi le tese il piccino. Louise strinse Paul-Michel a sé e lo cullò nel cavo del braccio, parlandogli amorevolmente e asciugandogli il viso ancora bagnato di lacrime con un angolo dello scialle. Robert la guardava imbarazzato. Quella ragazza era troppo forte, troppo ostinata per subire coercizioni di qualsiasi genere. Era sempre più attratto da lei, anche se aveva un marmocchio frignante che la ostacolava.

« Senta », riprese in modo esitante. « Non volevo dire quel che ho detto. L'ammiro per aver saputo conciliare questa cosa con il suo impiego. Non ho intenzione di dirlo a nessuno. »

Lei alzò la testa e gli occhi, divenuti scuri come l'oro antico, erano lucenti di sollievo e di gratitudine. « Grazie, signor Prestbury. Ho fiducia che lei manterrà la parola. »

« Chiamami Robert. »

Lei fece un breve cenno di assenso. « Ora, vuoi lasciarmi sola col mio bambino, per favore, Robert? »

« Sì, naturalmente. » Arrossì al pensiero della manifestazione di quel legame materno che l'aveva portata là dentro. Raggiunse rapido la porta e prima di girare l'angolo disse: « Starò di guardia per te, se vuoi ».

Lei gli aveva già voltato le spalle e si stava sbottonando il corpetto. Soffermandosi un attimo, lo guardò al di sopra della spalla, il viso completamente rasserenato e un radioso sorriso di conciliazione. La luce che entrava dal finestrino a grata, sfiorandola, la rendeva simile a un cammeo.

« Non sarà necessario. E poi, non vorrei che rischiassi qualche guaio per causa mia. Ma apprezzo la tua offerta. »

Lui lasciò la stanzetta, incoraggiato dal suo sorriso. Aveva agito piuttosto stupidamente in tutta quella faccenda, ma quasi per miracolo aveva finito con l'instaurare ottimi rapporti con lei, e questo gli offriva una traccia sulla via da seguire per il futuro. Fermandosi davanti allo specchio polveroso in corridoio, si spazzolò un po' di peluria dello scialle dal risvolto della giacca. Volle anche eliminare dalle mani quell'odore di latte di neonato che lo nauseava. Si affrettò verso il bagno più vicino e, per togliersi di dosso quell'aroma, usò il sapone al fenolo che la ditta provvedeva.

Worth non era del tutto soddisfatto del suo protetto. Per il primo mese si era comportato bene, e nelle settimane successive non si era mai mostrato in ozio né si era fatto sorprendere in situazioni spiacevoli. Aveva modi educati e manifestava quell'impeccabile attenzione che portava quasi sempre al successo nelle vendite; spesso era elogiato dalle clienti per la sua prontezza. Eppure, Worth continuava a provare un certo disagio e non poteva allontanare da sé la convinzione che Prestbury spendesse più energie nell'apparire occupato che non nel lavorare veramente. Negli ultimi tempi aveva incrociato varie volte l'apprendista che gironzolava intorno all'ingresso del corridoio che portava alle vecchie stanze: sembrava più un gendarme all'angolo di una via che un commesso di negozio incaricato di servire il pubblico. Non c'era dubbio che Prestbury meritasse una bella ramanzina. Qualche volta un rimprovero e un avvertimento erano sufficienti per scacciare la pigrizia. Worth aveva in mente di sistemare le cose richiamandolo all'ordine, non solo per il bene dello stesso Prestbury, ma anche per rispetto verso il signor Allenby, che l'aveva raccomandato in buona fede e al quale voleva rimandare un giorno un uomo d'affari competente e abile, pieno d'idee nel campo della moda e di tutto ciò che la riguardava.

Prestbury non era la sola causa dell'irritazione di Worth. Da quando il *premier commis* aveva dato un lungo preavviso ai suoi datori di lavoro, ritenendo giusto offrire loro tutto il tempo necessario per sostituirlo, i suoi rapporti con i due proprietari si erano gravemente deteriorati. Si era aspettato che loro si ricredessero riguardo all'attico nell'apprendere che intendeva andarsene, anche se ciò non avrebbe modificato la sua decisione; invece erano rimasti fermi sulle loro posizioni. Anzi, erano diventati, se mai fosse stato possibile, ancora più affettati e sprezzanti, trattandolo come se fosse un comune impiegato di cui potevano benissimo fare a meno, anziché il *premier commis* che aveva fatto la loro fortuna. Non sapeva se essi pensassero che, senza la vasta rete commerciale intessuta intorno al nome del loro famoso negozio, egli sarebbe fallito entro breve tempo; sembrava, tuttavia, che fossero convinti che sarebbe tornato indietro da loro di corsa, dopo aver imparato la lezione, e pareva che non nutrissero preoccupazione alcuna. Forse era per questo che gli avevano proibito di informare chiunque delle sue dimissioni, fino al momento in cui ne avrebbero dato l'annuncio loro stessi, così che la clientela e il personale quasi non si accorgessero del cambiamento.

Avevano cominciato ad aggirarsi per il reparto confezioni, nell'atteggiamento tipico dei proprietari, sempre pronti a interferire, come se volessero dimostrare che Worth aveva già perduto l'autorità che gli avevano accordato nelle innumerevoli questioni che così spesso avevano incontrato la loro disapprovazione. Ma c'era dell'altro. Non lo consideravano più molto importante per loro. Che cosa aveva da mostrare al mondo di suo? Ogni capo da lui disegnato aveva lasciato il negozio sotto l'etichetta della Casa Gagelin. La fama che si era conquistato veniva annullata dal riconoscimento tributato alla ditta. Per quanto riguardava le rare e magnifiche stoffe adoperate negli abiti esibiti alle Tuileries e in altre brillanti occasioni, non era mai stato menzionato il *premier commis* che ne aveva promosso la vendita, ma solo i loro stimati nomi erano stati elencati tra i fornitori di tanta magnificenza. Erano dunque certi che, senza di loro e al di fuori del negozio, Worth non avrebbe potuto realizzare nulla e non sarebbe diventato nessuno. Non passò neppure per la mente di quei pomposi signori che stavano per perdere il più grande sarto che fosse mai esistito.

Dopo che Marie aveva menzionato le stanze rimaste inutilizzate sul retro del negozio, decisero di compiere un'indagine. Il signor Obigez osservò in tono caustico con il socio che era un peccato che Worth non avesse trascorso il proprio tempo a destinare quei locali a un uso appropriato, invece di causare ai suoi principali tutto quel fastidio, introducendo un concetto della moda del tutto nuovo che, se li aveva arricchiti, non era però di loro gradimento.

Louise stava deponendo Paul-Michel nel suo cassetto-culla, dopo avergli dato il pasto del mezzogiorno, quando Robert si precipitò nella stanzetta.

« Svelta! Nascondilo! Sparisci anche tu! Non devono trovarti qui! I proprietari stanno ficcando il naso in tutte le stanze! »

Per un istante, la giovane rimase paralizzata dalla paura, non sapendo da che parte voltarsi. Lui la cacciò verso l'angolo più buio, e, spingendo da parte alcune scatole con una spalla, la addossò alla parete. « Stattene qui tranquilla. »

« Ma Paul-Michel... »

« Penserò io a lui. Non preoccuparti. » Le ammonticchiò le scatole davanti per nasconderla, imprecando contro la sua crinolina mentre cercava di schiacciarla più giù che poteva. Poi si voltò verso il cassetto in cui era adagiato il piccino, che aveva gli occhi aperti e l'aria contenta. Afferrato il cassetto, lo fece scivolare nel mobile da cui era stato tolto e lo chiuse, lasciando solo uno spiraglio perché potesse passare l'aria. Si era appena allontanato dal cassettone, quando la porta si aprì e sulla soglia apparvero i due proprietari, che si fermarono stupiti nel vederlo là dentro.

« Chi è lei? Che cosa diavolo fa qui? » chiese il signor Gagelin.

« Sono Prestbury, signore. Del reparto confezioni. Sono accorso per accendere la lampada a gas affinché loro potessero vederci meglio. »

« Lampada a gas? Quale lampada a gas? In questa antica parte del negozio non son mai state usate lampade. » Gli occhi dei proprietari si strinsero sospettosi. « La sua cravatta è storta e c'è polvere sulla sua manica. Non credo che lei stia facendo qualcosa di buono. Si è forse appropriato di merce alla quale non ha diritto e ha paura di essere scoperto? »

« No, signore. No davvero. »

« Sono spiacente di dirle che non le credo. » Il signor Gagelin entrò nella stanza, guardandosi intorno con occhi attenti. Il socio lo seguì, e subito dopo arrivò uno dei giovani apprendisti reggendo una lampada, poiché la giornata era piuttosto cupa e, attraverso le finestre coperte di ragnatele, entrava ben poca luce nelle stanze. Mentre prima i due signori avevano lanciato occhiate frettolose, ora ispezionavano ogni cosa con cura. Il signor Obigez notò chiazze triangolari prive di polvere sulle scatole accatastate, e ne tirò via alcune. La luce della lampada si fuse con il baluginio del chiarore invernale e illuminò in pieno la ragazza appoggiata con le spalle alla parete.

« Signorina...! » Il suo nome gli sfuggì, perché, anche se Louise era da parecchio tempo alle loro dipendenze, egli aveva avuto pochissimi contatti con lei e con i membri del personale di grado inferiore del reparto confezioni, preferendo lasciare questi rapporti a Worth. Ma il tono della sua voce lasciava intendere a quale conclusione era giunto, conclusione che il suo partner condivideva.

Louise si affrettò a emergere dal suo rifugio, spazzolandosi la polvere dalle maniche con le dita. « Sono Louise Vernet, e il signor Prestbury non c'entra con il fatto ch'io sia qui », spiegò precipitosamente, volendo salvare Robert. « Io sono la sola... »

« Silenzio! Mentire non le servirà a niente, signorina », ruggì il signor Gagelin. « È abbastanza chiaro che il nostro arrivo ha sorpreso lei e questo giovane mascalzone in una situazione compromettente. Non chiederò da quanto tempo abbiano luogo questi incontri clandestini durante le ore di lavoro, perché non voglio saperlo. Una volta è sufficiente per l'immediato licenziamento di entrambi. Lasciate subito questo edificio! »

Gli occhi della giovane mandavano fiamme. « Me ne andrò, ma non sopporto che una persona innocente sia licenziata per colpa mia. » Si diresse verso il cassetto e lo estrasse, rivelando Paul-Michel avvolto nelle sue copertine. « La ragione per cui ho cercato un luogo appartato è mio figlio. L'ho portato al negozio ogni giorno, all'insaputa di tutti. Ne era al corrente solo il signor Prestbury, che gentilmente ha pensato di evitarmi il licenziamento avvertendomi che loro stavano per arrivare qui. È stato un atto generoso e dettato dalle migliori intenzioni. Chiedo dunque che egli non venga punito per questo. »

« Lei non è sposata, signorina! » esclamò il signor Gagelin, meravigliato dal fatto che la ragazza trascurasse quel particolare. « Avrebbe dovuto lasciare l'impiego in questa azienda fin dal momento in cui è stata disonorata. Fuori immediatamente! »

Louise rimase ferma sulla propria posizione. « Ma non il signor Prestbury. La colpa è tutta mia. »

« Lui l'ha aiutata e si è reso suo complice nell'infrangere tutte le regole di questa rispettabile azienda. Fuori tutti e due, *immediatamente*! »

Esasperata, Louise pestò un piede a Robert. « Difenditi da solo, visto che nessuno mi dà ascolto. »

Robert si era accorto che era una causa perduta, e con la sua abilità nel volgere sempre le cose a proprio favore, la guardò con un calmo e rassicurante sorriso. « Per principio, non rimarrei qui dopo il modo in cui tu sei stata trattata. Ce ne andremo insieme. »

Le circondò le spalle con un abbraccio protettivo, e insieme lasciarono la stanzetta. Louise si sentì sopraffatta, incapace di esprimere la commozione provata nel constatare che lui aveva scelto di prendere le sue difese così risolutamente. Ciò che la ragazza non sapeva era che Worth lasciava la Casa Gagelin, e che aveva dato a Robert l'opportunità di seguirlo quando la cosa fosse stata annunciata ufficialmente. Essendo un uomo d'onore, Worth non voleva sottrarre la manodopera del salone confezioni per formare il proprio personale nella nuova ditta di rue de la Paix che avrebbe inaugurato all'inizio dell'anno. Ma, visto che Robert era un suo protetto e poiché aveva dato la propria parola al signor Allenby, era costretto a continuare l'addestramento del giovane. Anche prima di quella disputa, Robert aveva già pensato di aderire alla proposta che gli era stata presentata; ora sapeva di non avere scelta. L'essere messo alla porta dai proprietari prematuramente avrebbe significato rimanere parecchie settimane disoccupato nell'attesa che Worth aprisse il suo salone. Ma Robert accoglieva con gioia quel periodo di libertà, tanto più che l'assegno inviatogli dal padre gli avrebbe permesso di superare senza difficoltà quel momento.

L'incidente era avvenuto al di fuori della portata, della vista e dell'udito di Worth, impegnato con una cliente. Il signor Gagelin non permise ai due giovani di andarsene dignitosamente. Li spinse fuori attraverso l'uscita dei dipendenti e chiuse personalmente il catenaccio alle loro spalle. Era la seconda volta che Louise si trovava licenziata su due piedi, e in questa occasione non doveva pensare solo a se stessa: aveva un bimbo che dipendeva da lei. Rabbrividì, respirando la gelida aria esterna. Almeno non avrebbero sofferto la fame. Il suo gruzzoletto li avrebbe aiutati fino a quando lei non avesse trovato di nuovo un lavoro di qualsiasi genere, anche se ciò significava che il sogno a lungo accarezzato non si sarebbe realizzato tanto presto.

« Entriamo in un locale e prendiamoci una buona tazza di caffè, così potremo parlare », suggerì Robert quando ebbero raggiunto la strada. « Abbiamo tanto di quel tempo, ormai! »

Era soltanto il primo degli inviti che avrebbe accettato da lui. Si sentiva infatti in debito, dato che Robert aveva perduto l'impiego a causa sua. Non avrebbe mai dimenticato la forza di carattere da lui dimostrata. Essa le aveva fatto dimenticare completamente le libertà che il giovane aveva tentato di prendersi precedentemente nei suoi confronti.

Parlarono a lungo, confidandosi l'un l'altra ciò che intendevano fare delle loro vite. Louise era rimasta affascinata dal racconto di tutti i viaggi, e aveva provato interesse per i luoghi stranieri che lui descriveva. Robert aveva il dono di parlare in modo piano e l'abilità di far rivivere le scene. Louise cominciò a pensare che fosse molto più simpatico di quanto le fosse sembrato all'inizio. E dopo tutto non era il primo né sarebbe stato l'ultimo uomo ad allungare le mani tentando una via di facile seduzione, senza accorgersi subito dell'errore che commetteva.

Il giovane l'accompagnò a casa e portò il bambino su per le scale fino alla sua porta. Louise non gli chiese di entrare, né lui se l'aspettava. Da quel momento, avendo guadagnato sulla ragazza un vantaggio imprevisto, avrebbe giocato la partita secondo le regole.

« Spero che troverai presto un altro impiego », disse lei, prendendogli il bambino dalle braccia.

« Sono certo che lo troveremo tutti e due », rispose il giovane con sicurezza, conscio che il suo atteggiamento ottimista l'avrebbe confortata moltissimo. « Anzi, dobbiamo tenerci in contatto, per sapere come vanno le cose. Ci incontreremo di nuovo assai presto. »

Louise annuì e lui la lasciò, molto soddisfatto. Avrebbe avuto tutto il tempo, nelle settimane successive, di dirle che Worth aveva bisogno di sarte e di *premières* al numero 7 di rue de la Paix. Ora che non aveva più il suo impiego da Gagelin e Obigez, Louise sarebbe stata libera di lavorare per Worth. Nel frattempo, i loro rapporti reciproci si sarebbero rafforzati.

I suoi progetti non funzionarono in modo perfetto. Marie scrisse a Louise, non appena fu informata delle sue dimissioni, per dirle della prossima apertura del salone di Worth; ma Robert fu fortunato. Louise non sospettò che lui le aveva nascosto quell'informazione.

XVI

In rue Lepelletier, la carrozza imperiale che conduceva l'imperatore e l'imperatrice alla rappresentazione di gala del Grand Opéra era scortata da lancieri a cavallo e seguita da altri due equipaggi che trasportavano alcuni membri della corte. Stéphanie, seduta accanto a Pierre nella carrozza che seguiva quella della coppia imperiale, guardava le centinaia di persone riunite sotto la luce delle lampade a gas, pronte ad applaudire con lealtà e affetto. Indovinava che, all'entusiasmo appassionato della folla, Eugenia doveva apparire come una regina delle fate, adorna di diamanti e candidi merletti, che accoglieva le loro acclamazioni con un bel sorriso e un lieve cenno della mano. Probabilmente molti invidiavano l'esistenza apparentemente perfetta dell'imperatrice, che possedeva un gentile marito e un figlio che adorava. Certo non sapevano che l'imperatore si era preso come amante la moglie del suo ministro degli Esteri, e che Eugenia ne era perfettamente al corrente.

Erano tutti infedeli i mariti? Stéphanie lanciò un'occhiata in tralice, da sotto le ciglia, a Pierre, che guardava pigramente fuori dell'altro finestrino. Il giovane era in alta uniforme, con le medaglie meritate per il coraggio dimostrato in Crimea che gli brillavano sul petto, i pantaloni color porpora tesi sulle robuste cosce da cavaliere, e sedeva con le gambe accavallate. Non gli avrebbe mai dato motivo di allontanarsi da lei. Dopo quattro mesi di matrimonio, lo amava ancora ardentemente e possessivamente come prima, e non aveva ragione di credere di averlo deluso. Al contrario, lui lodava con affetto la sua abilità nel sorprenderlo e compiacerlo ed ella era decisa a non perdere la capacità di farlo ridere: un commento da lei bisbigliato durante una noiosa cerimonia di corte faceva sempre brillare una luce divertita nel suo sguardo, e l'occhiata che Pierre le rivolgeva in risposta spesso glielo faceva sentire più vicino di quanto non fosse quando facevano l'amore. Non sapeva perché ciò accadesse. Forse indicava che c'era tra loro un abisso, di cui lei non sapeva nulla. A quel punto i suoi pensieri colmi di dubbi e incertezze correvano sempre a Louise. Forse il marito pensava ancora a lei; ma sicuramente con il tempo tutto sarebbe svanito. Qualunque cosa ci fosse stata nel suo passato, era finita: ora lei, Stéphanie de Gand, era la sola che avrebbe riempito il suo presente e il suo futuro.

Il veicolo aveva rallentato e, attraverso il finestrino, Stéphanie vide che la carrozza imperiale si fermava davanti ai gradini dell'Opéra. Guardò Pierre con un improvviso impeto d'amore, sempre felice di apparire al suo fianco, e tese la mano guantata per afferrare la sua. Il suo gesto impulsivo la fece allontanare dal finestrino proprio nel momento in cui si verificò una tremenda esplosione in quel lato della strada; riuscì a non essere colpita al viso, ma lo spostamento d'aria la mandò a cozzare contro il marito, e i vetri del finestrino andarono in frantumi e piovvero su entrambi.

Stéphanie urlò e Pierre la spinse con violenza sul pavimento della carrozza, gettandosi sopra di lei, mentre un'altra bomba esplodeva creando un pandemonio tra la folla terrorizzata. Scese un buio completo; i lumi a gas davanti al teatro e nella via si erano spenti e nel crescente panico si udivano le urla di coloro che erano caduti sui gradini. Poi, a completare la carneficina, ci fu la fiammata della terza bomba; le grida si mescolarono ai nitriti folli dei cavalli colpiti, mentre gli zoccoli degli altri in fuga facevano risuonare il selciato.

L'aria era satura dell'odore acre del fumo e dell'esplosivo, mentre Pierre, rialzatosi, aiutava Stéphanie a rimettersi a sedere. « Va tutto bene? » le chiese.

Lei fece cenno di sì, scossa e sconvolta, con le labbra sbiancate. « Sì, credo di sì. » Poi alzò gli occhi e, guardandolo, strillò di nuovo in modo isterico. « Che cosa ti è successo? »

Rivoli di sangue che uscivano da un taglio sulla testa causatogli da un vetro gli scorrevano lungo il viso. Lui non se n'era nemmeno accorto. « Rimani qui finché ritorno », le ordinò. « Devo andare dall'imperatore. »

Se è ancora vivo, aggiunse Pierre tra sé, mentre scendeva dalla carrozza. Avevano cominciato ad apparire alcune lanterne portate fuori dal teatro, e i fasci di luce illuminavano morti e feriti distesi tutt'intorno, cavalli morenti e alcuni già immobili. Dal fumo emerse all'improvviso un uomo che proveniva da un vicolo vicino, con una pistola in mano, e raggiunse la carrozza imperiale mentre Eugenia apriva la porta. Pierre lanciò un urlo, gettandosi sull'assassino, ma i gendarmi gli erano già addosso, e l'uomo fu ridotto all'impotenza e portato via. Eugenia, dotata di un gelido coraggio, si mostrò impassibile di fronte a quest'ultimo attentato alla sua vita e a quella del marito. L'imperatore aveva ricevuto solamente un graffio al naso e, stranamente, un foro nel cappello. L'imperatrice era stata sfiorata a un occhio da una scheggia, e c'era del sangue sulla sua gonna.

Pierre voleva aiutarla a scendere, ma Eugenia rifiutò la sua mano e quella di chiunque altro. Quando fu in piedi, aveva tutta la statura di un'imperatrice, e parlò con voce gelida. « Noi abbiamo più coraggio di qualsiasi assassino. Mostriamolo a tutti. » Luigi Napoleone la seguì fuori della carrozza. Intontito dallo shock, si muoveva come un automa. Lui, che non aveva mai avuto paura della morte per se stesso, era sgomento per la viltà dell'assassino che non aveva esitato a distruggere le vite di innocenti spettatori. Gemette disperato alla vista dei feriti, tra i quali c'erano alcuni lancieri. Era sul punto di dirigersi verso di loro, quando Eugenia, che stava salendo i gradini dell'Opéra, si fermò di colpo per imporgli la propria volontà.

« Non fare lo sciocco! » sibilò con durezza per scuotere il marito e farlo tornare in sé. « Non trasformiamo questo incidente in una farsa! »

Riprendendo il suo senso della dignità, l'imperatore obbedì e la raggiunse. I membri della corte, la maggior parte dei quali avevano riportato solo piccoli tagli e bruciature, si riunirono per seguirli. Pierre stava per afferrare Stéphanie, quando il suo sguardo fu attratto in un'altra direzione. I fasci delle lanterne dei soccorritori venivano continuamente spostati per illuminare quei feriti tra la folla che avevano sofferto minori danni nel panico che si era scatenato.

Pierre si precipitò verso una giovane donna appoggiata contro la parete dell'edificio, incapace di reggersi in piedi. « Louise! »

Colse l'occhiata sollevata e colma d'amore che lei gli rivolse udendo la sua voce, mentre istintivamente si protendeva verso di lui. Allora tutto ciò che era collegato a Pierre tornò alla mente di Louise, strappandolo dall'oblio. Le mani tese della giovane afferrarono con agitazione i bordi della sua mantellina.

« Sei stato ferito », disse confusa.

« Non è niente. » Pierre estrasse un fazzoletto e si asciugò il sangue dalla fronte. « E tu come stai? Che cosa ti è successo? »

« Tutti erano in preda al terrore e mi hanno gettata a terra. » Sussultò quando la pallottola di un lanciere mise fine all'agonia di un cavallo, e, mentre fissava la spaventosa scena, le sue labbra mormorarono, senza che lei se ne rendesse conto: « Questa povera gente! Oh, quei cavalli! »

Lui le si mise al fianco per nasconderle lo spettacolo con il proprio corpo. « Devi andare a casa. Ti accompagno io. »

« No, no, non abito lontano, e ora sto bene. Grazie per l'offerta. » Fece un rapido movimento per andarsene.

« Un momento! » Con un passo Pierre la raggiunse, guardandola dritta in viso. « Dimmi. Il bambino. Che cos'è? »

I suoi occhi s'indurirono, colmi di ombre cupe. « Un maschio. »

« Come si chiama? »

« Paul-Michel. »

Pierre la seguì con lo sguardo mentre si allontanava in fretta perdendosi nell'oscurità. Poi si volse e tornò alla carrozza, dove Stéphanie aspettava accanto alla porta aperta. Immaginò che fosse stata testimone dell'accaduto e ne fosse incuriosita.

« L'ho riconosciuta. È una commessa di sartoria. »

« Ah sì? » Cambiò subito argomento. « Prendi il mio braccio. Gli altri sono già entrati. »

Obbediente, Stéphanie infilò la mano sottile nel cavo del suo braccio. Pierre sentì che tremava come un uccello catturato, e non pensò che vi fosse altra ragione se non lo spavento da lei provato per l'esplosione delle bombe. Mentre entravano in teatro, udirono una salva di evviva e un boato di applausi mentre l'imperatore e l'imperatrice apparivano sani e salvi nel palco imperiale. Stéphanie non vide nulla del primo atto del *Guglielmo Tell* e del balletto che seguì. I suoi occhi erano colmi solamente degli sguardi che aveva colto sul viso di suo marito e della donna che era uscita dalla folla. Qualunque dubbio potesse avere avuto sull'identità del padre del bimbo di Louise era stato completamente fugato.

Occorse un po' di tempo a Louise per riprendersi dalla terribile notte in cui si era recata, per interesse professionale, a vedere il vestito che l'imperatrice avrebbe indossato nelle serate di gala, notte che si era trasformata in tragedia. Oltre centocinquanta persone erano rimaste uccise o ferite dalle bombe del cospiratore italiano Orsini e dei suoi complici, che erano stati assicurati alla giustizia. In quanto a lei, lo spavento per quell'esperienza le aveva fatto perdere il latte prematuramente, anche se poteva ringraziare il cielo che, durante le prime undici settimane della sua vita, Paul-Michel fosse stato nutrito soltanto al suo seno. Se non altro, avrebbe potuto ritornare liberamente al lavoro quando Worth avesse aperto il suo salone. Una delle sue vicine, una donna responsabile che cresceva i propri figli con molta cura, aveva accettato di occuparsi di Paul-Michel per una piccola somma, quando fosse venuto il momento. Nel frattempo Louise svolgeva alcuni lavori di cucito che era riuscita a ottenere, e cercava di non pensare a quel casuale, angoscioso incontro con Pierre, che l'aveva di nuovo straziata dopo la lunga separazione.

Finalmente venne il giorno in cui Worth, indossando una finanziera nuova con il colletto di velluto dal taglio impeccabile, inaugurò i suoi locali ridecorati e riaddobbati al numero 7 di rue de la Paix. Non era mai stato tanto felice, e per celebrare la sua nuova posizione di padrone d'azienda si era lasciato crescere un gran paio di baffi, che, secondo Marie, gli davano un'aria ancor più elegante. Anche lei era entusiasta della sua nuova casa, perché i locali del numero 7 erano così ampi e spaziosi, disposti lungo il perimetro del cortile interno, e tanto numerosi da permettere loro di ricavare un comodo appartamento accanto ai saloni. Otto Bobergh aveva conservato il proprio alloggio in un'altra zona di Parigi ed era contento di essere un socio di secondo piano, che si occupava degli aspetti più generali dell'affare. Aveva rapporti con aristocratici svedesi grazie ai quali era riuscito a raccogliere denaro senza difficoltà ogni volta che era stato necessario. Un'ordinazione per due abiti da parte della regina di Svezia, ottenuta attraverso una buona parola della famiglia di Bobergh, costituì un inizio di buon augurio nel libro delle prenotazioni.

Il personale era formato da una ventina di dipendenti, tutti attentamente selezionati. Per i laboratori era stata assunta la migliore manodopera, e ai tavoli c'era molto spazio per aumentare in seguito il numero delle lavoranti. Louise era la *première* di Worth, e a servire nei saloni c'era il solito effettivo di commesse, tutte scelte tenendo presenti l'altezza, la gioventù e l'aspetto attraente. Robert e parecchi altri giovanotti, tutti alti e di bella presenza, erano assegnati ai banchi delle stoffe, in uno dei lunghi saloni dove i tessuti potevano far bella mostra di sé. Non era un caso che più della metà del personale del salone fosse inglese. Worth era sempre convinto che i suoi connazionali e le sue connazionali potessero contribuire moltissimo, offrendo una presenza sofisticata, al buon andamento dell'esercizio, e il signor Allenby era stato di inestimabile aiuto nel mandargli le persone giuste. E tutti eclissavano Robert Prestbury nella brama di eccellere.

La decorazione dell'intero piano era stata ideata in modo da creare un'atmosfera lussuosa e opulenta al tempo stesso, con colonne dorate, stucchi e specchiere dalle imponenti cornici. I lampadari di cristallo proiettavano fasci di luce sui drappi di raso color avorio, le frange dorate, le sedie Luigi XV e gli stretti divanetti. Un annuncio sulla stampa aveva reso noto al pubblico che Worth e Bobergh avevano aperto una casa di alta moda che vendeva abiti, mantelli, sete e tutte le ultime novità. Ma, escludendo l'ordinazione regale venuta dalla Svezia, non ci fu un afflusso di lavoro molto prestigioso. Era chiaro d'altronde che la clientela andasse costruita a poco a poco. I prezzi dovevano essere tenuti a un livello modesto: le clienti che avevano seguito Worth al suo nuovo indirizzo sarebbero fuggite spaventate se si fosse chiesto loro di pagare più che da Gagelin e Obigez.

Abitare nello stesso edificio era una grande benedizione per Marie. Era sempre, per così dire, a portata d'orecchio dei figli, che poteva seguire ogni volta che lo desiderava attraversando semplicemente una porta. Come prima, un'abile bambinaia aveva cura di loro quando la madre era occupata altrove, sebbene fin dall'inizio ai piccini fosse stato permesso di correre dentro e fuori dei saloni, dove facevano una gran confusione tra il personale e le clienti. Se Marie sprecava il tempo nel pettinare i capelli di Gaston e nell'avvolgere i serici boccoli di Jean-Philippe intorno alle proprie dita con un pettine umido per farli durare di più, era perché adorava vedere i piccini con i capelli arricciati. Gaston sopportava stoicamente i bigodini di carta, ma Jean-Philippe era meno remissivo. Quando Marie veniva sconfitta dai suoi capelli ribelli o dal suo divincolarsi per l'impazienza di sottrarsi alle sue cure, spesso si asciugava qualche sciocca lacrima. Eppure la sua calda e amorosa natura, vezzeggiata dal suo matrimonio eccezionalmente felice, l'aveva resa una madre tenerissima, nonostante avesse l'aria di chi gioca ancora con le bambole piuttosto che di chi deve prendersi cura di due robusti e vivaci bambini.

Come i piccoli Worth, anche Paul-Michel cresceva vigoroso. Era un piccino allegro e pacioccone, con i capelli neri di suo padre, cui assomigliava innegabilmente anche nel colore degli occhi. Metteva i dentini, urlava con forza e produceva tutti quei gorgoglii e balbettii che i bambini emettono prima di imparare a parlare, cominciando a mostrare un bisogno imperioso di alzarsi in piedi e di muoversi gattoni. Louise sapeva che avrebbe potuto vedere spesso Pierre nella scorta dell'imperatore, se fosse andata ad assistere a ogni processione o parata; ma evitava qualsiasi manifestazione imperiale pubblica, perché voleva dare al suo cuore la possibilità di guarire. Eppure, nonostante le precauzioni, lo rivide di nuovo alcuni mesi dopo. Robert, che non sembrava mai stanco della sua compagnia, l'aveva portata al Théâtre Français, dove avevano trovato posto in comode *fauteuils de galerie*. Il giovane preferiva sempre il meglio di ogni cosa, che se lo potesse permettere o no. Lei teneva davanti agli occhi un binocolo da teatro mentre il sipario si alzava sul secondo atto e, distratta dall'arrivo di due ritardatari in un palco, alzò lo sguardo in quella direzione. Provò un tuffo al cuore. La donna in compagnia di Pierre era una mondana dai capelli rosso-fiamma la cui profonda scollatura metteva in mostra un rigoglioso seno eburneo. Louise abbassò il binocolo e tenne lo sguardo rigidamente fisso sulla scena, ma era impossibile non notare le dita ingioiellate della donna afferrare ogni tanto un marron glacé da una scatola foderata di carta increspata spalancata sulla balaustra felpata del palco, e i suoi dentini bianchi che scintillavano ogni volta che ne mordeva uno dopo averne infilato una metà, con aria provocante, nella bocca di Pierre. Quando nella sala si accesero i lumi a gas per l'intervallo, restava solo la scatola vuota. Pierre e la sua cortigiana se n'erano andati. Louise provava una grande pietà per Stéphanie, e sentiva di essere stata sicuramente dimenticata. Anche se era quel che desiderava, il fatto le causò un rinnovato dolore.

Quella stessa notte, con il cuore colmo di tristezza e di solitudine, ricambiò per la prima volta un bacio di Robert. In precedenza i baci li aveva solo ricevuti, le labbra docili, gli occhi aperti. Il bisogno di conforto che provava in quel momento aveva pungolato Robert più di quanto lei desiderasse, incitandolo a carezze che lui non aveva mai più tentato da quando era stato respinto nel corridoio delle stanzette molti mesi prima. Suo malgrado, si agitavano in lei latenti desideri che le ricordavano che era una giovane e appassionata donna, privata dell'amore per lungo tempo; ma, sebbene Robert le piacesse, non voleva sentirsi coinvolta in un rapporto amoroso con lui, e l'aveva chiarito fin dall'inizio.

Pensava di essere arrivata a conoscerlo abbastanza bene. I suoi difetti erano una moltitudine, ma lei gli dimostrava una tolleranza che non avrebbe mai avuto per nessun altro; non poteva dimenticare che aveva cercato di proteggerla a costo del suo impiego, standole vicino quando lei aveva avuto bisogno di un amico. Lui era spesso molto divertente in compagnia, era generoso fino all'eccesso quando aveva un po' di denaro, e non si faceva scrupolo di farsene prestare da Louise quando non ne aveva, qualche volta dimenticando di restituirglielo. Una volta, desiderando offrirle un mazzo di fiori e avendo in tasca solo pochi centesimi, comprò fiori di campo da una bimba gitana e si presentò alla sua porta con le braccia cariche di boccioli. Se era di buonumore, riusciva a vendere a una cliente qualsiasi cosa, ma si annoiava troppo presto, e spesso infrangeva la regola di Worth di non fumare nei locali: era diventato espertissimo nel trovare il tempo per fumarsi in santa pace un sigaro accanto alla finestra aperta di un magazzino quando sapeva che il sarto era altrove. Se doveva uscire per qualche commissione, lo faceva ben volentieri, cosa che lo rendeva poco popolare presso coloro che lavoravano con lui; mostrava inoltre una decisa preferenza per le clienti più giovani e di bell'aspetto, soprattutto se maritate, mentre riusciva sempre a lasciare le altre ai colleghi. Non era mai stato un dipendente del signor Allenby, anche se in varie occasioni se n'era vantato, ed era improbabile che sarebbe rimasto a lungo al numero 7 di rue de la Paix. Worth mostrava molta pazienza, ma ogni tanto dava segni di insofferenza; allora Robert faceva ogni sforzo per emendarsi, dimostrando di essere molto abile quando voleva. Poi, dopo poco tempo, ritornava quello di prima, prendendo la vita come se tutto gli fosse dovuto, senza sentirsi in dovere di dare qualcosa in cambio.

« È tutta colpa tua », rispondeva a Louise, quando lei gentilmente cercava di convincerlo ad assumere un comportamento più responsabile. « Come posso mostrarmi attento e ambizioso, quando tu rovini ogni giorno la mia tetra esistenza rifiutandoti di credere che sono così innamorato di te da aver perduto la testa? »

Non cambiava mai. Trovava sempre qualche modo simpatico per scaricare le sue colpe su qualcun altro, e la sua personalità e il suo disarmante sorriso erano tali che finivano sempre col costringere gli altri a perdonarlo.

In fatto di perdono, Eugenia si era mostrata sorprendentemente misericordiosa nei riguardi del cospiratore Orsini prima che fosse costretto ad andare alla ghigliottina. Continuava a pensare che all'uomo dovesse essere permesso di vivere. Era un patriota italiano che aveva cercato di assassinare l'imperatore allo scopo di incitare la Francia a una rivoluzione che doveva servire all'Italia come esempio da seguire per risollevarsi dal giogo del dominio austriaco. Pur condannando i suoi metodi, Eugenia non poteva fare a meno di patrocinare i sogni di libertà che l'uomo aveva nutrito per il proprio paese, e convinse il marito che era venuto il momento di adempiere il desiderio che covava da lungo tempo: liberare il paese che aveva imparato ad amare in gioventù. Luigi Napoleone aveva già preso una decisione al riguardo. Incominciò quindi a tracciare piani di guerra.

Louise si sentì disperare quando vide intorno a sé i preparativi per arruolare gli uomini, gli slogan patriottici che campeggiavano sui muri, gli articoli dei giornali in cui si ponevano in risalto la tirannia e la prepotenza dell'Austria. Era come udire il sibilo di un'altra bomba di Orsini che stesse per esplodere. I suoi sentimenti erano semplici, il suo pensiero correva a coloro che sarebbero rimasti feriti o uccisi, alle vedove e agli orfani. Pierre era sempre presente nella sua mente, e ciò la rendeva impressionabile ed emotiva. Cercava appoggio in Robert più di quanto avrebbe fatto in altri momenti, creando nel giovane l'ingannevole convincimento che avesse bisogno della sua compagnia per qualcosa di più profondo. Con rinata speranza, Robert attendeva quindi l'opportunità di legarsi a lei.

La guerra fu dichiarata alla fine di aprile, e pochi giorni dopo, in una calda giornata di maggio, l'imperatore partì per il fronte italiano. Louise abbandonò la sua decisione di evitare ogni parata imperiale. Le strade erano affollate e dovette farsi largo a gomitate per arrivare in prima fila, riuscendo a scorgere l'imperatore e la sua scorta; tutti gridavano e applaudivano, e il fervore patriottico era enorme. Vide Pierre. Di lei non si scorgeva altro che un braccio alzato mentre l'ufficiale avanzava a cavallo, con lo sguardo un po' cinico sotto l'elmo scintillante, un lieve sorriso sulla bella bocca. Louise era nascosta ai suoi occhi da tutti coloro che la circondavano, ma all'ultimo momento si trovò a gridare:

« Pierre! Buona fortuna! »

Miracolosamente, lui la udì. Si girò sulla sella, scrutando i visi di coloro che erano raggruppati nei pressi, ma non riuscì a vederla. Lanciò varie occhiate indietro al di sopra della spalla, ma inutilmente. Altre persone nascondevano alla sua vista l'ultimo cenno di saluto di Louise.

Era destino che fosse una guerra breve e sanguinosa. All'inizio di giugno ci fu una grande vittoria a Magenta. A Parigi i cannoni avevano tuonato per celebrare l'avvenimento, facendo alzare stormi di uccelli spaventati nel cielo. In quei giorni i tintori erano al lavoro per ottenere un nuovo colore, e in breve tempo Worth ebbe in esposizione ogni tipo di tessuto, dalla seta al broccato alla lana, in un brillante color porpora-violaceo. Affluirono le ordinazioni di abiti color magenta, che furono seguite quasi immediatamente da richieste di una nuova sfumatura di blu chiamata solferino, dopo che il vittorioso esercito francese ebbe messo in rotta gli austriaci in una località dell'Italia settentrionale che portava questo nome. Anche Robert era stato costretto dalla mole del lavoro a prodigarsi al banco delle stoffe, cosa che non gli piaceva affatto. Era di umore ancora peggiore da quando aveva ricevuto l'ordine di ritornare a casa al più presto. Suo padre, la cui salute era migliorata da quando il gentile intervento del signor Allenby lo aveva sollevato dalla preoccupazione per il futuro del figlio e dell'azienda Prestbury, aveva avuto una ricaduta. Robert, sapendo quanto sua madre fosse propensa a esagerare, non credeva che le cose fossero così brutte come lei le descriveva, ed era doppiamente risentito poiché la sorella nubile che viveva in casa avrebbe dovuto sollevarlo da ogni responsabilità. Tuttavia, doveva partire.

« Mi mancano ancora due mesi di tirocinio », disse a Worth,

« e sarò lieto di ritornare il più presto possibile per completarlo, non appena le faccende di casa saranno sistemate. »

Worth sospirò dentro di sé. Non vedeva l'ora di liberarsi del giovane: lo considerava un dipendente viziato e senza carattere e nutriva scarse speranze riguardo agli affari dell'azienda Prestbury, quando Robert ne avesse assunto la direzione, ma non certo perché lui non aveva potuto completare l'istruzione e l'addestramento del giovane buono a nulla. « Benissimo, Prestbury. Porga i miei rispetti al signor Allenby. »

Robert esitò, come se fosse stato colto di sorpresa. « Ehm... sì, signor Worth. »

Mentre Robert usciva dal suo ufficio, Worth si abbandonò contro lo schienale della poltrona in pelle dietro alla scrivania e, esasperato, gettò a terra la penna che aveva in mano. Dalla reazione di Robert, aveva dedotto che a quell'individuo egocentrico non era neppure passato per la mente di porgere i propri ossequi a quella degnissima persona del suo protettore che, per ben due volte in un anno, aveva rimpinguato generosamente il magro assegno che gli mandava suo padre. Worth odiava l'ingratitudine, soprattutto quando ne faceva le spese un uomo tanto cortese come il signor Allenby.

Si volse verso i suoi ultimi figurini sulla scrivania. La crinolina non era mai stata così larga, e lui ne era cordialmente stufo. Dopo essersi messo con le spalle al sicuro dando impulso all'azienda che portava il proprio nome, aveva ripreso in mano le redini della moda. Recentemente aveva ideato un nuovo tipo di gonna dalla quale aveva eliminato il volume di pieghe che partivano dalla vita e che richiedevano un'enorme quantità di stoffa per ricoprire la crinolina. L'aveva chiamata gonna svasata; e benché occorresse sempre molta stoffa, per ogni capo anche venti o trenta metri, perché il corpetto e la gonna erano tagliati in un pezzo solo, aveva però creato una nuova linea, che le donne avevano accolto con grande entusiasmo, come se si vedessero offrire l'eterna giovinezza. Ma, per quanto riguardava la crinolina, il sesso femminile ne era ossessionato e si rifiutava di abbandonarla. Le donne sembravano non curarsi del fatto che essa metteva in pericolo la loro vita; era successo infatti che molte di loro fossero morte ustionate, intrappolate nelle gabbie dei suoi cerchi dopo aver sfiorato con le ampie gonne una fiamma libera o aver urtato qualche lampada o candela. Worth considerava addirittura assurdo che alcuni mesi prima di quella guerra fosse stato necessario ridurre il numero degli ospiti alle Tuileries per lasciare spazio alle enormi gonne. Sulle scene dei teatri e dell'opera, sebbene le opere rappresentate fossero ambientate in epoca medioevale o nell'antica Grecia, tutti i costumi femminili comprendevano la crinolina, e a parere di Worth l'effetto era molto comico. Non aveva trovato nessuno che condividesse il suo desiderio di cambiamento, all'infuori della sua cara Marie, cui non era mai piaciuto che una moda restasse in circolazione così tanto da fare abituare a essa persino le più umili portinaie, contente come le altre rappresentanti del gentil sesso che nulla mutasse. Worth aveva in mente nuove idee per stili diversi, ma per la prima volta l'opinione pubblica femminile aveva formato un solido blocco contro di lui. Come infrangerlo? Si alzò dalla sedia e andò alla finestra, guardando giù in rue de la Paix senza vedere nulla, con le mani sprofondate nelle tasche. Il problema si sarebbe potuto risolvere se lui avesse trovato una donna fiera, molto in vista, che fosse disposta a indossare un abito diverso dagli altri. Molte delle sue clienti frequentavano i circoli sociali più esclusivi; ma lui voleva una persona che fosse una guida nel campo della moda, che possedesse lo *chic* necessario a un lancio del genere. Sorrise a se stesso. Perché non ammetterlo? La donna cui voleva far portare i suoi abiti era l'imperatrice Eugenia. Dopo l'unico capo da lui disegnato che l'imperatrice aveva indossato sotto l'egida della Casa Gagelin per il dipinto di Winterhalter, tutta Parigi era stata inondata di copie di quel modello bianco e lilla. Qualsiasi direzione lei prendesse, tutto il mondo femminile la seguiva. Ma per l'imperatrice, anche se aveva udito il suo nome, lui era solo uno dei tanti sarti. Alzò la testa di colpo, mentre i vetri della finestra tintinnavano, un secondo prima di udire il rombo del cannone proveniente dalla direzione degli Invalidi. Un'altra vittoria? Si affrettò a uscire dal suo ufficio e mandò un giovane dipendente a informarsi sulle novità. Il ragazzo ritornò giubilante. La guerra era terminata! Era durata meno di undici settimane. Il personale e le clienti si rallegrarono vivamente. Louise sgualcì involontariamente l'abito blu-solferino che aveva in mano, sopraffatta dalla felicità.

Parecchi giorni dopo, fu mandata a prendere le misure a una cliente in visita al numero 7 di rue de la Paix. Con costernazione vide che ad aspettarla nel salottino di prova c'era la moglie di Pierre.

« Come sta, Louise? » disse con un sorriso incerto.

« Benissimo. È anche lei in buona salute? »

Stéphanie piegò il capo. « Soprattutto adesso che mio marito è tornato dall'Italia e che l'ansia per la sua salvezza è completamente svanita. È passato indenne attraverso tutte le grandi battaglie della campagna militare. »

Louise cercò di mostrarsi impassibile, per non rivelare il senso di sollievo che l'aveva pervasa. Aveva scorso le liste tragicamente lunghe delle vittime pubblicate dai giornali, con la paura mortale che vi potesse essere incluso il nome di lui; ottenere la conferma, senza ombra di dubbio, che era sano e salvo rappresentava per lei la più bella notizia che potesse udire. « Sono felice che sia incolume », disse con voce incolore.

Stéphanie le lanciò una lunga occhiata pensosa. « Apprezzo le sue gentili parole. La ragione per cui sono qui è che devo apparire nel mio aspetto migliore per il ritorno di mio marito e dell'imperatore, e il signor Worth mi ha promesso che sei bellissimi vestiti saranno pronti in tempo. »

« Allora mi metterò al lavoro senza indugio. » Louise si sfilò il metro a nastro dal collo e preparò il quaderno e la matita per scrivere le misure.

« Quanto tempo ha Paul-Michel ora? » chiese Stéphanie con voce chiara.

Il metro che Louise aveva avvolto intorno al seno di Stéphanie le scivolò di mano. Si affrettò a rimetterlo a posto. « Un anno e otto mesi. » Si fece più attenta. « Come fa a conoscere il suo nome? »

« L'ho appreso per via indiretta. » Non era necessario dire che ne era stata informata durante una terribile lite con Pierre, dopo la notte delle bombe di Orsini. Incapace di tenere dentro di sé ciò di cui era stata testimone, aveva dato sfogo al dolore, alla collera e alla gelosia. Se almeno non li avesse visti insieme, le cose avrebbero potuto proseguire come prima, e lei sarebbe rimasta nella beata illusione di essere in grado di sbaragliare tutte le altre donne della vita di Pierre. Avrebbe potuto tuttavia essere ancora felice, ma la felicità era svanita dal suo matrimonio. Guardandosi indietro, si rendeva conto che, se avesse mantenuto il silenzio come avevano fatto mogli più vecchie e più sagge di lei, avrebbe potuto conservare intatte le proprie illusioni. Invece, aveva tormentato Pierre accusandolo chiaramente di essere ossessionato dal ricordo di Louise, e insinuando che fosse stata una decisione di Louise, non sua, quella di metter fine alla relazione col matrimonio. Stéphanie si era morsa le labbra perché non tremassero. Pierre era stato crudele nella sua sincerità. Del resto, lei gli aveva chiesto di essere franco, e lui lo era stato, prendendola in parola, non sapendo che Stéphanie avrebbe preferito una menzogna, avrebbe preferito sentirsi dire che lei, sua moglie, era la sola donna che desiderava.

Obbediente alla richiesta di Louise, Stéphanie piegò il gomito perché le fosse misurata la lunghezza della manica. Perché si era recata da Worth? Madame Palmyre le aveva cucito un guardaroba completo poco tempo prima. Era perché solo Worth riusciva a darle quel tocco di eleganza in più che la faceva apparire la più bella, anche se ormai non era più necessario? Aveva puntato tutte le sue speranze sull'incontro con Pierre. Per un certo periodo, dopo quella disputa, la frattura era apparsa così grave che Stéphanie aveva cominciato ad aver paura di quel che aveva provocato. Ma prima che Pierre partisse per l'Italia, al momento di separarsi, aveva avuto l'impressione che tutto si fosse accomodato tra loro. Alla vigilia della guerra lo aveva raggiunto, spinta da un doloroso desiderio di riconciliazione, e Pierre le si era rivolto con animo aperto, assicurandole che il sentimento che provava per lei era profondamente radicato. Ora voleva accoglierlo in modo che si sentisse veramente contento di essere tornato a casa.

Guardò di sottecchi Louise, che stava prendendo appunti sul quaderno. Riusciva a capire come mai un uomo trovasse difficile dimenticare una donna del genere. Quel profilo, quegli occhi straordinariamente affascinanti, il lungo collo candido, l'aspetto elegante. Ma una moglie era una moglie, mentre un'amante del passato, pur con un figlio suo, doveva scomparire dalla sua vita. Sussultò nel rendersi conto che Louise le stava parlando.

« Abbiamo finito con le misure, vero? » riuscì a dire. « Benissimo. » Si sistemò i capelli sotto la cuffia e afferrò il parasole di seta verde che Louise le porgeva. « Immagino che mi proverà i vestiti come prima, da Gagelin. »

Louise la guardò dritta negli occhi. « Se lo desidera, signora. »

« Lo desidero. Buongiorno. »

Stéphanie lasciò l'atelier di Worth scendendo il largo scalone ricurvo. Il suo valletto la attendeva accanto alle porte a vetri dell'ingresso fiancheggiato da un colonnato: le aprì per farla passare. Il cocchiere, che aveva girato i cavalli nel cortile interno, si stava dirigendo verso di lei proprio in quel momento, così che Stéphanie poté salire subito in carrozza. Aprì l'ombrellino, mentre passava di colpo dall'ombra al sole di rue de la Paix. Ecco perché era andata da Worth. Ora che Pierre stava per tornare, aveva bisogno di un'amica per conservare la fiducia in se stessa e trovare la forza di cancellare quel distacco come se non fosse mai esistito. Louise aveva quell'energia interiore che l'aveva aiutata in una precedente occasione, quando aveva bisogno di buoni consigli. Era una situazione imbarazzante, ma sentiva che Louise era estremamente sensibile, e che, se fosse stata informata della cosa, si sarebbe detta d'accordo. Riconfortata, ora poteva guardare al futuro con speranza.

Arrivò il mese di agosto di quell'estate afosa e le truppe francesi tornarono dalla vittoriosa campagna d'Italia. Marie corse a prepararsi per andare a vedere la grande parata. Chiacchierava con Jean-Philippe, mentre calzava la cuffia di foggia molto frivola.

« Mamma, se ti fermerai a vedere l'imperatore, dovrai avere un mazzolino di fiori da offrire ai soldati più coraggiosi. Non è un peccato che il povero papà debba lavorare e non possa venire con noi? »

Jean-Philippe, che aveva tre anni, la guardava con rapita attenzione, attratto non da quello che lei stava dicendo, ma dal suo aspetto. Gli piacevano i colori. Era stato circondato fin dalla nascita dai figurini di suo padre e da tessuti di ogni genere e, quando dipingeva sul suo album da disegno, gli piaceva usare le tinte più vivaci della scatola dei colori. Quel giorno la madre indossava un ampio abito a crinolina ornato di pizzo che ondeggiava e fluttuava come una soffice nuvola; ma era la lunga fusciacca che lo incantava, piena di azzurri, rossi, rosa e verdi, e fabbricata con una seta che gli amici adulti dei banchi dei tessuti dicevano provenisse da un posto chiamato India. La stessa seta meravigliosa con cui era fatta la fusciacca foderava l'ala della cuffia e incorniciava il volto luminoso e sorridente che si abbassava verso di lui, mentre Marie si chinava a prenderlo in braccio. Era un momento carico di amore che lui non avrebbe mai dimenticato. Era come se fuochi artificiali formati da quegli stessi magici colori partissero dal suo cuore per raggiungere le stelle.

Il bambino le avvolse le braccia intorno al collo e vi si aggrappò saldamente. Lei protestò ridendo, non perché le scompigliava l'acconciatura, ma perché si strapazzava gli abitini nuovi e si arruffava i boccoli che gli aveva fatto con il suo ferro da ricci.

Prima di uscire, Marie scambiò qualche parola con il marito. « Lascerai che tutto il personale esca sulla balconata quando la parata arriverà in rue de la Paix, vero? » gli raccomandò.

Lui le diede un buffetto indulgente. « Anche se non volessi farti un piacere, amore mio, non riesco a immaginare come sarebbe possibile trattenere le donne, clienti o dipendenti, del piano dal precipitarsi a guardare tutti quei bei soldati. »

Lei rise mentre prendeva dal tavolo i mazzolini di fiori per sé e per il bambino. Stava per baciare il marito prima di andarsene, ma Worth la avvolse in un abbraccio colmo d'amore. Lei era tornata solo quella mattina da una stazione termale alla moda, dove era andata per curarsi, e lui voleva vezzeggiarla un po' dopo la separazione. Pensava poeticamente che doveva essere nata dall'unione di una farfalla con una rosa, tanto era incantevole, e, come in molte precedenti occasioni, considerava un delitto che i suoi bei capelli raccolti in una crocchia posata sul suo stupendo collo fossero nascosti dal convenzionale *bavolet*, che adornava le cuffie femminili, spesso sovraccarico di guarnizioni.

« Togliti la cuffia », la blandì. « Non mi piace quel *bavolet*. »

« Che cosa ti viene in mente? » esclamò lei, slacciandosi i nastri della cuffia.

« Non va bene », rispose Worth con aria critica. « Ecco tutto. » Quando gli ebbe porto la cuffia, il sarto afferrò un paio di forbici e tagliò le cuciture che trattenevano le guarnizioni di seta multicolore, mentre lei sussultava stupita. Torcendo le agili dita, adattò il tessuto in un nodo piatto che appuntò sulla sommità della cuffia. Tenendo in mano il copricapo riadattato, lo rigirò sulle dita con aria trionfante. « *Voilà!* Ora l'imperatore stesso ammirerà mia moglie coronata di gloria. »

Per una volta, Marie approvò. Inclinò la testa e, con l'aiuto di uno specchio a mano, si rimirò pensando che il profilo del capo era migliorato. E poi si potevano vedere i suoi capelli, di cui era giustamente orgogliosa. Con aria spensierata se ne andò con Jean-Philippe.

Gaston stava aspettandoli fuori dell'ingresso a colonne. Rue de la Paix era, come ogni altra strada di Parigi, adorna di bandiere e di stendardi, ed era attraversata da archi trionfali. Su ogni terrazzo erano stese ricche stoffe, e Worth aveva già scelto un broccato d'oro con cui ricoprire tutta la balconata del proprio piano al numero 7. Marie prese i figli per mano e si diresse, facendosi largo tra la folla, nell'ampia place Vendôme illuminata dal sole. Prese possesso dei posti che erano stati riservati per loro in una delle tribune erette per quell'occasione e in grado di ospitare migliaia di spettatori. Intorno a lei, le donne cominciavano a bisbigliare e a far commenti sulla sua cuffia, come accadeva quando indossava qualche inedito modello. Sorrise dentro di sé. Ovunque puntasse Worth, le dame eleganti lo seguivano. Non ebbe dubbi sul fatto che dal giorno seguente molte altre cuffie sarebbero state liberate delle loro guarnizioni. Poco lontano, notò Stéphanie de Gand. Si salutarono cortesemente.

Jean-Philippe trovava che l'essere seduto in una tribuna in place Vendôme fosse un'esperienza straordinaria. Di solito, la domenica passeggiava con i suoi genitori e Gaston, oppure trotterellava accanto alla bambinaia quando usciva per la passeggiata quotidiana. Ora, mentre il fratello chiacchierava eccitato con la madre, lui se ne stava in silenzio. A bocca aperta, guardava l'una dopo l'altra tutte le statue situate in cima al grande colonnato, in mezzo alla vasta piazza. Sapeva che lassù c'era anche un altro Bonaparte, il grande Napoleone I, e non l'imperatore che avrebbe presto visto, ma in quel giorno di festa e da quella particolare angolatura gli sembrava che fosse diventato più alto e che toccasse la tavolozza azzurra del cielo.

« Guarda! » disse la madre, indirizzando la sua attenzione verso il baldacchino ornato di frange dorate del ministero della Giustizia che stava arrivando, e sotto il quale si stagliava una dama contro un drappo di velluto cremisi costellato dalle insegne napoleoniche. « È l'imperatrice. »

Tutta la piazza sembrò invasa dalla musica della banda del reggimento che precedeva la parata dirigendosi verso rue de la Paix. Al passaggio dei suonatori, i lampi accecanti prodotti dal sole che illuminava gli strumenti abbagliavano gli occhi degli spettatori. Jean-Philippe, colmo di meraviglia, trattenne il fiato.

Sul balcone del numero 7 c'era una grande eccitazione. Vi si erano riuniti tutti, abbandonando i saloni di Worth, per salutare, applaudire e lanciare fiori dai cestini che erano stati preparati. Quando fu passata l'ultima fila della banda, ci fu un breve intervallo; poi arrivò l'imperatore con la feluca dalle guarnizioni dorate e le spalline scintillanti, cavalcando da solo alla testa della colonna in marcia. Aveva il solito atteggiamento, con gli occhi fissi davanti a sé, il viso senza espressione, ed era perfettamente padrone dei movimenti del cavallo. Mentre gli zoccoli dell'animale calpestavano i fiori lanciati dalla folla, Louise pensò che l'imperatore doveva essere sopraffatto da quell'entusiastica accoglienza. Dietro di lui arrivò la massa della cavalleria, e il resto della colonna che si allungava fuori della vista degli spettatori nel boulevard des Capucines aveva l'aspetto di una variopinta ghirlanda di incredibili dimensioni. Ogni ufficiale e ogni soldato erano forniti di mazzolini di fiori che erano stati infilati nelle loro mani o nelle canne dei loro fucili. Subito dietro, venivano le Cento Guardie dagli elmi scintillanti e dalle piume ondeggianti e, sebbene Louise continuasse a scrutarli, non si aspettava di scorgere Pierre; era solo felice di sapere che lui si trovava tra loro. Lanciò l'ultimo dei fiori che teneva in mano come suo privato tributo, e quasi immediatamente Robert gliene diede alcuni che aveva preso da un altro cestino. Era ritornato a Parigi dopo un breve periodo in Inghilterra, e quando le mise familiarmente il braccio intorno alla cintura, lo fece solo per approfittare di uno dei pochi piccoli privilegi che lei gli aveva concesso.

« Tu e io festeggeremo questa sera », le ricordò stringendole la vita con aria appassionata.

« Aspetto con ansia quel momento », replicò lei, assolutamente sincera. Parigi in festa era uno spettacolo da non perdere. Era contenta che lei e Robert potessero condividerlo.

In quel momento si levò da place Vendôme un tumultuoso boato di entusiasmo. Marie era eccitata come tutti. L'imperatore, arrestando il cavallo per ricevere il saluto dei suoi leali e vittoriosi reggimenti, aveva afferrato il piccolo principe imperiale che l'imperatrice gli porgeva, per farlo sedere sulla sua sella. Colui che era popolarmente acclamato come « il bambino di Francia » era vestito come una guardia imperiale in miniatura e l'uniforme era completata dal colbacco. Solennemente, il bimbetto ripeteva ogni gesto del padre in risposta agli omaggi, e la folla lo guardava con adorazione. La famiglia imperiale non era mai stata così amata dal popolo come in quella giornata di festeggiamenti.

Quando scese la sera, tutta Parigi si mise a danzare per le strade. I caffè e i ristoranti erano tutti affollati, venivano disposti tavoli ovunque, anche sui marciapiedi, dietro a tende di protezione. Era come se la guerra fosse stata un'ombra passeggera e ora che se n'era andata la città volesse mostrare a se stessa che era rimasta immutata, ancora dedita alla ricerca sfrenata del piacere come sempre. In alcuni locali, le danzatrici di can-can, nell'eccitazione del momento, lasciavano cadere i loro costumi, incitando gli uomini a frenetici elogi, e da ogni parte si udivano gli schiocchi dei tappi di champagne. I cuochi si affannavano a preparare un piatto dopo l'altro per far fronte alle ordinazioni degli assillanti camerieri, e l'intera città risuonava della musica delle numerose bande e delle grandi orchestre che diffondevano i ritmi di Offenbach e di Strauss nella dolce aria serotina. Robert aveva prenotato un tavolo al ristorante il giorno prima, ed era stata una buona idea, perché erano relativamente isolati dalla calca e poterono pranzare splendidamente. Quando fu servito il caffè, Robert si avvicinò a Louise scivolando lungo la panca sulla quale erano seduti e le prese una mano.

« Sai che ho completato l'ultima parte del mio periodo da Worth? » chiese. « Tra non molto devo ritornare in Inghilterra per assolvere i miei impegni. »

Louise sapeva che le sarebbe mancato. Il tempo che avevano passato insieme non era stato sempre piacevole, spesso lei aveva cercato di evitarlo, e qualche volta avevano litigato, ma tutto si era sempre appianato. « Hai notizie di tuo padre? » chiese. « È migliorato da quando l'hai visto l'ultima volta? »

« Sì, ma è ormai giunto il momento in cui deve smettere completamente di lavorare. » Fece una pausa, fingendo di esaminare le sue dita, che accarezzava lievemente. « Ti voglio molto bene, Louise. Talmente tanto che quando ero a Londra ho deciso di tornare a Parigi prima del previsto solo perché non potevo più aspettare di rivederti. Ti chiedo di sposarmi e di venire in Inghilterra con me come mia moglie. »

Lei rimase stupita. Robert l'aveva corteggiata, ma Louise non immaginava che si trattasse di un sentimento profondo. « Non voglio lasciare Parigi, Robert. E comunque non penso che mi sposerò mai. »

« Ma tu devi farlo. Per il bene di tuo figlio, se non altro. Sarei un buon padre per lui. Andrebbe nelle migliori scuole. Devi pensare a lui; è anche per lui che devi prendere in considerazione me. »

Louise fu costretta a sorridere, e lo fece con un'aria tristemente divertita. Scaltro come sempre, Robert cercava di ottenere ciò che voleva con il più potente argomento che potesse convincerla in assenza dell'amore. « I bambini non ti piacciono poi molto. Che io sappia, non c'è mai stata una volta in cui tu abbia preso Paul-Michel sulle ginocchia. »

« È forse colpa mia? Lui piange e si nasconde dietro le tue gonne appena mi avvicino, e chi potrebbe meravigliarsene dal momento che vive in un mondo di donne! » Si rese conto di aver colto nel segno, perché lei abbassò le ciglia, guardando da un'altra parte. Continuò, per non perdere il vantaggio. « Lo so che non mi ami quanto io amo te, e non è necessario fingere. Penso che con il tempo riuscirò a farmi amare da te, e questo è tutto quanto importa ora. Tu desideri da tempo un lavoro tutto tuo, e con me potresti averlo. Nella ditta Prestbury noi saremo soci. È necessario riorganizzare tutto laggiù, e tu potrai fare quello che vorrai. Lo so che non è come partire da zero, ma sarà una bella impresa per te creare un salone di moda parigina nel cuore di Londra. »

Lei scosse il capo. « Per favore, non dire altro. Non posso sposarmi... »

Robert le si avvicinò di più e interruppe quel che Louise stava dicendo con un bacio fugace. « Non lascerò che tu mi respinga ora. Pensa a tutto ciò che ti ho detto. Ti amo. Ho bisogno di te. Non permettere ch'io lasci Parigi senza di te. » Poi la baciò di nuovo, con un umore diverso, allegro e pieno di ottimismo, e intrecciò le sue dita con quelle di lei. « Ora vediamo che cos'altro può offrirci di divertente questa città. Andremo in giro e danzeremo tutta la notte. » Chiese il conto al cameriere e, pochi istanti dopo, la faceva volteggiare lungo gli Champs-Elysées. Ridevano tutti e due come matti, e Robert s'interruppe solo per dondolare appeso al ramo di un albero come un ragazzino o per fermarsi all'angolo da un venditore di fiori e comprarle un mazzolino di margherite. Poi le infilò un fiore nella scollatura dell'abito e se ne mise un altro all'occhiello, prima di lanciare in alto il resto del mazzo per farlo ricadere come una pioggia di stelle. Quando giunsero alla porta di Louise era l'alba. La baciò con ardore, tenendole il viso tra le mani, e parlandole in un bisbiglio.

« Pensa che, se passerai il resto della tua vita con me, tra noi potrà essere sempre così. »

« La risposta è no, mio caro Robert », protestò lei gentilmente, « e deve rimanere no. »

Lui scosse il capo, continuando a sorridere. « Non ho capito quel che hai detto. Devo essere diventato improvvisamente sordo. L'udito mi ritornerà solamente quando mi darai la risposta giusta. Hai ancora tempo per trovarla. Buonanotte, mia dolcissima. »

Nei giorni seguenti la mente di Louise fu occupata a cercare il modo di comunicargli il suo rifiuto definitivo senza ferirlo troppo. Poi decise che avrebbe minimizzato ogni discorso in quel senso fino a quando lui non si fosse convinto, e senza dolersene, che lei intendeva dire esattamente quel che aveva detto. Era assolutamente impossibile immaginare che sotto quel cielo potessero verificarsi circostanze tali da farle cambiare idea.

XVII

UNA cliente parlò a Louise di un appartamento con una serie di stanzette all'ultimo piano di un palazzo che era appartenuto alla sua famiglia. Louise andò a dargli un'occhiata e trovò che non era un buon posto, perché si apriva in un vicolo laterale del boulevard des Capucines. Ma, proprio per questa ragione, l'affitto era basso, e pensò che avrebbe potuto cominciare proprio là, in tutta modestia. Ne avrebbe ricavato un piccolo salone e un laboratorio per le cucitrici, che poi si riducevano alla sola Catherine, e aveva in progetto di tagliare e provare tutto da sola. Il resto dello spazio avrebbe costituito un alloggio piccolo ma adeguato per loro. Robert era stato preso alla sprovvista dalla notizia e appariva pensieroso e di cattivo umore.

« Non credo che Worth ti lascerà andare per nessun'altra ragione che non sia quella del matrimonio. »

« Al contrario. Lui conosce da molto tempo la mia aspirazione e mi ha sempre incoraggiata. Si è già dichiarato disposto ad aiutarmi offrendomi stoffe, passamaneria e ogni altra cosa a prezzi ridotti, perché all'inizio non sarò in grado di tenere un magazzino. »

« Non durerà. Worth non potrà mai sopportare di avere una concorrente. »

Lei scoppiò a ridere. « Non avrà una concorrente né ora né in futuro. È invece mio diritto farmi un angolino tutto mio. »

Robert si illuminò in viso. « Allora fatti questo angolino a Londra. Da Prestbury's. Finirai per prendere proprio questa decisione. »

Aveva un sorriso così fiducioso e sicuro che a Louise si strinse il cuore. Com'era possibile convincere qualcuno abituato ad avere tutto quel che vuole dalla vita, che in quella faccenda non avrebbe ottenuto un successo? Era un peccato che Louise non possedesse già le chiavi, perché così si sarebbe certamente persuaso che lei parlava seriamente. Purtroppo doveva aspettare che l'attuale inquilino traslocasse.

La domenica successiva iniziò all'incirca come le altre. In rue de la Paix gli Worth uscirono con i loro piccini per una passeggiata. In altra direzione, Louise e Catherine si erano già incamminate verso il cuore della città, mentre Paul-Michel trotterellava tra loro. Lo lasciavano sempre camminare un po', e quand'era stanco lo prendevano in braccio a turno. Quel giorno Catherine teneva un passo troppo veloce per lui, e il bambino cominciava a tirarla per la mano non volendo ancora essere portato e tuttavia facendosi trascinare. Lei guardò in basso verso il piccolo con un'aria insolitamente impaziente. Quando c'era un avvenimento o uno spettacolo da vedere, cosa abbastanza frequente, Catherine lo sapeva sempre: in quell'occasione la meta era l'ambasciata austriaca in rue de Grenelle.

« Su, Paul-Michel. Farai far tardi alla mamma e a me e non riusciremo a vedere tutti i cavalli e le carrozze. »

Stava cercando di destare il suo interesse. Al bambino piacevano i cavalli. In quanto a lei, non desiderava vedere altro che la giovane moglie del nuovo ambasciatore austriaco, la principessa Pauline di Metternich, che quel giorno era attesa per il ricevimento al palazzo delle Tuileries. Su di lei si era scritto e chiacchierato molto. Schietta nel parlare e anticonvenzionale, faceva parte dell'entourage del principe di Metternich, dato che suo nonno era il padre di suo marito, e il fatto in sé era abbastanza scandaloso. Era considerata brutta come una scimmia e affascinante come una sirena. Catherine non vedeva l'ora di posare gli occhi su quella straordinaria creatura.

Obbediente, Paul-Michel riprese a camminare allungando un po' i passetti, ma quando inciampò e cadde con il viso in avanti, non volle più saperne. Catherine quasi saltellava per l'impazienza. Louise le ordinò di andare avanti.

« Arriveremo tra qualche minuto », disse, cercando di calmare i singhiozzi del figlio. « So dov'è l'ambasciata. »

Catherine non ebbe bisogno di altri incoraggiamenti. Allungò il passo, dispiaciuta perché sarebbe arrivata ugualmente troppo tardi per raggiungere la prima fila della folla in attesa. Louise trovò più difficile del solito placare Paul-Michel, e per fargli dimenticare la botta che aveva preso cadendo, lo portò in un parco vicino dove alcuni bambini stavano giocando. Quando il piccino si portò il pollice alla bocca, Louise capì che aveva sonno e, tenendolo stretto a sé, ritornò sui propri passi percorrendo un sentiero solitario, fiancheggiato da alberi. Non si era accorta che uno dei cavalieri che attraversavano il parco era sceso da cavallo e, dopo aver legato le redini a un albero, stava dirigendosi verso di lei. Vedendolo avvicinarsi, sconvolta dalla sua inaspettata presenza, Louise si fermò irrigidita. Si costrinse a guardare Pierre dritto negli occhi. Ciò che vi vide, mescolato a una profonda solitudine, che la trasportò indietro nel tempo, non fu l'angoscia del tradimento e della separazione, ma i passati giorni d'amore e quelli del loro innamoramento.

« Non posso continuare a vivere senza di te », disse lui, comprendendo perfettamente il pensiero che condividevano. Poi il suo sguardo si abbassò sul bambino addormentato. « O senza di lui. » Chinò la testa e baciò la guancia di suo figlio. Quindi, poiché Louise era rimasta come paralizzata, abbracciò tutti e due, mentre la sua bocca si posava su quella di lei con un'appassionata tenerezza che sembrava voler accomodare tutto fra loro. Era come se Louise non avesse più volontà, e come se oltre a quel bacio, a quell'abbraccio e a quel boschetto solitario non esistesse nient'altro. Pierre l'aveva colta in un momento di vulnerabilità in cui lei aveva abbandonato ogni difesa e per la prima volta si sentiva perduta. Questo lo poneva in posizione di vantaggio.

La guidò verso una panchina di pietra sotto i rami di un albero. « Non ci resta che ricominciare di nuovo, mia cara. Nulla di ciò che è avvenuto ha distrutto il futuro. Dobbiamo stare di nuovo insieme, e ciò potrà avvenire solo se tu lo desideri e alle tue condizioni. »

« Mi riesce difficile credere a quanto è avvenuto. » Era incapace di riacquistare il suo equilibrio.

« Ho continuato a cercarti ovunque. Sapevo che presto o tardi ti avrei incontrata. Era il solo modo per vederti ancora. Su un nuovo terreno, che non ci fosse familiare. Abbiamo molto da dirci, e io voglio che tu stia ad ascoltare. Dove vivi ora? »

« Sempre allo stesso posto. Ma Catherine e io stiamo per traslocare. » Gli raccontò dei locali in boulevard des Capucines, ed egli mostrò un vivo interesse, lodando la sua iniziativa e congratulandosi con lei che era finalmente riuscita a raggiungere il suo scopo. Il passato gli aveva insegnato la lezione, e fu tanto scaltro da non offrirle alcun sostegno finanziario o aiuto sotto altra forma. Cercò invece di preparare il terreno per quel che riguardava la loro vita.

« Mi piacerebbe vedere questo alloggio. Possiamo incontrarci laggiù entro breve tempo? »

Entrambi conoscevano le conseguenze che poteva avere un incontro da solo a sola. Per lei sarebbe stato un definitivo e completo impegno ad amarlo in una situazione di compromesso in cui lui avrebbe accettato la sua indipendenza. Cedette, dopo aver emesso un sospiro a lungo trattenuto.

« Avrò le chiavi tra non molto. »

Il suo viso si rilassò a poco a poco. « Dimmi il giorno e l'ora. Sarò là. »

Presero accordi per l'incontro. Poi Louise si alzò dalla panchina e lui la seguì. Posò le mani sulle sue spalle, dandole un ultimo bacio sulla bocca, e tra loro passò una corrente amorosa che li isolò da tutto il resto.

Louise incontrò Catherine che, abbandonata rue de Grenelle, stava tornando indietro, con lo sguardo appagato da ciò che aveva visto. Il chiacchierio dell'amica sembrava rimbalzare intorno ai suoi orecchi sotto forma di suoni incoerenti. Catherine, per l'eccitazione, non riusciva quasi a respirare.

« È proprio vero quello che dicono. La principessa è veramente brutta, con gli occhi sporgenti, la pelle giallastra, e la bocca dalle labbra sottili come quelle di una scimmia. Eppure, valeva la pena vederla! Non chiedermi perché. Non è per i suoi gioielli, sebbene ne fosse letteralmente coperta. Sono rimasta a bocca aperta. Dico davvero! E non ero la sola. » La voce di Catherine cambiò tono quando si accorse che non le giungeva alcun commento da Louise. La scrutò e, dall'espressione dura e severa dell'amica, capì. « L'hai visto, vero? Anzi, gli hai parlato. Si capisce dal tuo viso. »

Non c'erano dubbi su ciò che intendeva dire. Catherine non aveva più pronunciato il nome di Pierre fin da quando aveva saputo che Paul-Michel era in arrivo. Louise l'ascoltò come se le sue parole venissero da una grande distanza.

« Rallegrati per me. Tutto andrà meglio ora. »

Il viso di Catherine era congestionato. « Come può essere? Lui ha una moglie, no? Si stancherà di te, come è già stanco di lei. Non riesci a vedere al di là del tuo naso? Dio sa che non ho mai avuto fiducia in lui fin dall'inizio, ed era per questo che non ho mai voluto traslocare in quella lussuosa residenza quando tu volevi che lo facessi. Vi ho tenuto tutti e due sulle spine, ad aspettare che io mi decidessi, perché sapevo che, se avessi tenuto duro abbastanza a lungo, la cosa si sarebbe sgonfiata. L'avrei giurato che avrebbe cominciato a guardarsi intorno, ed è stato così. E succederà di nuovo, vedrai! »

In tutti gli anni che avevano trascorso insieme Louise non ricordava di essersi mai arrabbiata così profondamente con Catherine come in quel momento. « Se tu *avessi* traslocato quando ti fu chiesto, ci sarebbe stato un matrimonio. Se tu non fossi stata così gelosa del fatto che ero innamorata, non avresti esitato un attimo. Invece, hai rimandato fino a quando l'occasione è andata perduta. Non solo mi hai impedito di diventare la vera moglie del solo uomo che potrò mai amare, ma hai negato a Paul-Michel il diritto di essere riconosciuto dal mondo come suo figlio! »

Catherine ammutolì. L'amarezza che provò non derivava dal fatto che Louise non le aveva mai parlato con una tale esplosione di furore, ma dalla consapevolezza che la gelosia e l'invidia che esistevano in fondo al suo cuore avevano avuto il loro peso tanto quanto i dubbi su Pierre de Gand. Era un terribile momento della verità per lei. Quando Louise riprese a camminare, Catherine non la seguì. Si appoggiò contro il muro accanto al quale si era fermata, coprendosi gli occhi con la mano.

Le carrozze dorate appartenenti al corteo della principessa di Metternich si stavano avvicinando alle Tuileries. Gli Worth, che le avevano viste di lontano, si affrettarono nella loro direzione e furono abbastanza fortunati da trovare un posto da cui godevano un'ottima visuale della moglie dell'ambasciatore, mentre scendeva dalla carrozza decorata e foderata di raso bianco, indossando splendidi gioielli che mandavano bagliori. Tutti e due furono colpiti dal forte magnetismo che esercitava sugli sguardi di tutti. Il suo aspetto straordinario rappresentava più una qualità che un difetto. Quando fu scomparsa dalla loro vista, gli Worth ripresero a camminare in silenzio, meditando su ciò che avevano visto. Avevano fatto solo pochi passi, quando si voltarono l'uno verso l'altra contemporaneamente, parlando nello stesso momento.

« Pensa se la principessa oggi avesse indossato uno dei tuoi abiti, Charles! »

« Quella sì che è una donna che valorizzerebbe i miei abiti! »

Fecero una risatina per aver avuto lo stesso pensiero, ma per tutta la domenica vi rimuginarono sopra. Marie, distesa sul letto senza riuscire a prendere sonno, continuava a rigirare quel pensiero nella mente.

Recandosi al lavoro, Louise era ora piena di sensazioni allegre e stranamente irreali, come se le sue emozioni si fossero innalzate su un altro piano che lei non comprendeva bene e che non voleva esaminare da vicino. Le bastava l'eccitazione che le dava il sapere che lei e Pierre sarebbero stati di nuovo insieme. A casa, il litigio era stato composto, ed era sottinteso che Catherine, avvilita e colma di rimorsi, non avrebbe mai più cercato d'interferire nella sua vita o di pronunciare una parola contro Pierre.

Quando sul pianerottolo del numero 7, dalla soglia dell'atelier, vide Worth e Marie, vicini all'estremità della scala, scambiarsi un bacio d'amore, le parve che fossero in armonia con il suo entusiastico stato d'animo. Loro non l'avevano vista e Louise si arrestò: non voleva mostrarsi indiscreta e tuttavia era incapace di allontanarsi. Marie era pronta per uscire e indossava un abito di velluto color bronzo. Tra le braccia teneva un album rilegato in pergamena.

« Buona fortuna, carissima », le disse Worth.

Marie sorrise, appoggiando la mano guantata contro la sua guancia, gli occhi che le brillavano per il segreto che condividevano, e scese rapidamente le scale. Worth si voltò e tornò nel salone principale. Louise rimase immobile ancora per qualche istante, sentendosi riscaldare il cuore alla vista dell'armonia che esisteva tra i due. Era quello che lei e Pierre avrebbero condiviso quando si sarebbero di nuovo incontrati, ma con un'insormontabile differenza. Non esisteva nessuna ombra tra Marie e l'uomo che lei amava.

Marie era diretta in rue de Grenelle. Il cuore le martellava in petto e sembrava aumentare le sue pulsazioni frenetiche a ogni passo che la avvicinava all'ambasciata austriaca. Dal giorno in cui lei e Worth avevano visto la principessa di Metternich, non avevano più cessato di parlare di lei. Se fossero riusciti a persuadere quella donna a indossare almeno uno dei suoi abiti, tutti l'avrebbero notata. Col tempo gli altri avrebbero scoperto dove era stato confezionato, e questo avrebbe fruttato a Worth un tipo speciale di clientela che avrebbe permesso al suo genio creativo di sbizzarrirsi. Una clientela fatta di donne per le quali il prezzo non aveva importanza, il cui unico scopo nella vita era indossare gli abiti più belli del mondo. Fu presa una decisione. I suoi ultimi disegni, che non erano stati mai visti da altri, furono riuniti in un album che lei avrebbe presentato all'illustre principessa come il suggerimento di una donna elegante a un'altra. Quando fu davanti ai cancelli dell'ambasciata, Marie si fece coraggio e li varcò.

Pauline di Metternich non era abituata a ricevere gente che non conosceva. Fece un cenno di diniego con la mano nell'udire che una certa signora Worth desiderava essere ricevuta. Pareva che il marito della giovane donna desiderasse prepararle un abito, ma lei non lo aveva mai sentito nominare, e aveva già le proprie sartorie, che erano tutte di gran fama. Le parve assurdo inoltre che un inglese pretendesse di insegnare a vestirsi ai francesi. Doveva avere proprio un bel coraggio per tentare di avvicinarla attraverso sua moglie, quando lei poteva eclissare, con il suo aspetto, ogni donna elegante d'Europa o di qualsiasi altro paese.

« La mandi via », disse alla sua dama di compagnia, riprendendo il libro che stava leggendo prima di essere interrotta.

La dama di compagnia, con l'album tra le braccia, esitò. Impressionata dall'abbigliamento elegante della signora Worth, aveva dato un'occhiata ad alcuni disegni, e quel che aveva visto l'aveva convinta che valeva la pena ottenere un colloquio per la visitatrice.

« Potrei suggerire a Sua Altezza di dare una rapida occhiata ai figurini? Non ho mai visto niente di simile. »

Se il romanzo che stava leggendo fosse stato più avvincente, la principessa non avrebbe mai acconsentito; ma poiché la sua mente non era del tutto coinvolta, fu colpita dall'insolita insistenza della dama di compagnia, che in genere si sforzava di difendere quei brevi periodi di tranquillità sempre tanto rari nelle persone nella sua posizione. Con un leggero sospiro, si mise l'album in grembo e, rassegnata, aprì la prima pagina. Il figurino che vide era molto bello. Girò la pagina successiva, e poi anche l'altra. Ogni nuovo disegno era più incantevole del precedente. C'era la mano di un vero artista dell'*haute couture*!

« Faccia entrare la visitatrice », disse con decisione; e non alzò gli occhi dai figurini fino a quando la moglie dell'inglese non entrò con aria modesta. « Sieda, signora Worth », la invitò, « e mi spieghi perché è venuta da me. »

« Mio marito e io l'abbiamo vista arrivare al palazzo delle

Tuileries il giorno del ricevimento di Sua Altezza, e da allora lui non ha fatto che parlare del suo desiderio di confezionare un vestito per lei. » In breve, Marie spiegò che Worth aveva lasciato la Casa Gagelin per aprire un proprio salone. La principessa manifestò un grande interesse, ponendo varie domande, mentre guardava di nuovo l'album che teneva in grembo. Stava già facendo una scelta e, sebbene fosse enormemente ricca, era abbastanza esperta per calcolarne il valore in denaro.

« Naturalmente mio marito si augura che lei voglia stabilire un giusto prezzo », concluse Marie.

La principessa annuì. « Vorrei un abito da pomeriggio, e un altro da indossare alla sera. Nessuno dei due deve costarmi più di trecento franchi. » Era un compenso passabile per un sarto sconosciuto, e se i vestiti fossero risultati di buona fattura, come appariva quello della signora Worth, lei si era assicurata un ottimo affare. Aggiunse qualcosa che sarebbe dovuto servire di incentivo: « Se i vestiti mi piaceranno, indosserò quello da sera al ballo di corte, la settimana prossima ».

Quando Marie arrivò in rue de la Paix, un'occhiata al suo viso bastò a informare Worth che tutto era andato per il meglio. La sollevò e la fece ruotare in gioioso trionfo. In mezzo alle risate, lei gli raccontò come il successo che aveva ottenuto fosse andato oltre i loro sogni più ambiziosi.

« La principessa indosserà il tuo vestito al prossimo gran ballo di corte alle Tuileries! » esclamò. « Lo vedranno tutti! »

Pur sentendosi molto eccitato per l'ordinazione della principessa, Worth non dimenticò che altre clienti richiedevano la sua solita attenzione, e per nessuna ragione al mondo voleva mostrarsi al di sotto del suo normale livello di efficienza. Era il giorno dell'appuntamento di Stéphanie de Gand e lui l'attendeva per presentarle i suoi omaggi. Quando si era trasferito nei propri locali aveva conservato l'iniziativa di tenere una donna velata incinta in un salone appartato per le clienti in condizioni particolari. Era là che si era seduta Stéphanie, e fu mandata a chiamare Louise.

Louise sapeva che non avrebbe mai dimenticato quell'incontro con la moglie di Pierre. La sensazione che bollicine di champagne le scorressero nelle vene aveva accompagnato la gioiosa attesa di un futuro ormai vicino; ma a un tratto tutta la sua esaltazione scomparve e lei si sentì mancare le forze. Forse Stéphanie, data la sua sensibilità un po' nervosa, notò un'ombra stendersi sulle sue guance e velarle gli occhi, perché si rivolse a Worth.

« Mi piacerebbe che la signorina Louise si sedesse accanto a me », disse candidamente, dando un colpetto sulla sedia accanto alla sua. « Se lei lo permette. Desidero consultarla, dato che la signorina Louise è già passata attraverso questa particolare esperienza prima di me. »

A eccezione della donna incinta, a nessuno del personale era permesso di sedersi in presenza delle clienti. Worth era molto imbarazzato da quella richiesta. Indicò a Louise uno sgabello per i piedi che era stato portato nel salone in deroga a regole codificate, per soddisfare i capricci di clienti che si servivano della scusa della gravidanza per dare libero sfogo alla loro suscettibilità o alle lacrime. Ringraziava il cielo che Marie non avesse mai manifestato fantasie insensate.

Mentre lui dava ordini perché venisse presentato il primo vestito, Stéphanie si voltò verso Louise, seduta sullo sgabello, tormentandosi le mani per l'eccitazione. « Non so dirle quanto sia felice che mi sia arrivata questa fortuna. Pierre e io abbiamo avuto le nostre piccole divergenze in passato, ma ora tutto è dimenticato. » Girò la testa, mentre la sua attenzione veniva attratta dall'abito di merletto grigio con i nastri rossomagenta che le veniva presentato. « Oh! Che bello! Sarà comodo da indossare negli ultimi giorni, che ne dice, Louise? »

Worth la guardò sdegnato. « Tutti i miei abiti sono stati disegnati per questo scopo, signora. »

Louise voleva potergli dire che Stéphanie lo sapeva perfettamente, ma che tentava di usare ogni capo di vestiario come una scusa per accattivarsi l'amicizia che temeva di perdere. Era evidente che Stéphanie si sentiva spaventata e sola, nient'affatto sicura di sé come invece voleva apparire, e che aveva bisogno della consolazione e dell'appoggio della donna che aveva partorito il fratellastro del bambino che portava in grembo.

La seduta andava per le lunghe. Louise sentiva che la tensione aumentava intorno a loro spasmodicamente. I garruli commenti di Stéphanie su ogni abito presentato erano in realtà un grido accorato perché tutte le speranze e i sogni innocenti di amore e felicità eterni costruiti sul nascituro si avverassero.

E questo poteva essere garantito solo se Louise s'impegnava a restare relegata nel passato. Fino a dove arrivavano i sospetti di Stéphanie? Quanto sapeva? Era impossibile dirlo. Forse gli istinti primordiali tipici delle persone innamorate avevano messo Stéphanie in grado di individuare la ragione delle occhiate distratte del marito? Si era preoccupata vedendo che i pensieri di lui non erano concentrati su di lei? O lui, in previsione di doversi assentare una delle prossime sere, si era preparato una scusa che era risuonata falsa?

Mentre Louise sedeva là, il mondo che si era creata di recente cadeva in pezzi. Per quasi due giorni si era illusa, pensando che fosse sufficiente amare Pierre perché tutto andasse bene; ma in realtà non era cambiato nulla. Lui era ancora sposato a un'altra donna che aveva il diritto di rivendicarne il tempo e l'affetto, e presto il legittimo frutto del loro matrimonio avrebbe rimpiazzato il suo bambino. In seguito ci sarebbero stati altri figli a dominare metà della vita di Pierre, nella quale Louise non avrebbe avuto posto: sarebbe stata sempre l'estranea, l'altra donna. Come aveva potuto dimenticare l'esempio che aveva rappresentato per lei la solitudine di Catherine, quando l'amica aspettava che un amante sposato venisse a trovarla; e le sue infinite delusioni, le costanti umiliazioni? Ma per lei era ancor peggio: non aveva il diritto di proiettare una futura influenza maligna sul figlio. Era sconvolta dal rimorso per averlo posto in secondo piano in quei giorni in cui per debolezza aveva pensato soltanto a se stessa. Erano già sufficienti le stigmate con cui l'aveva segnato la sua nascita illegittima. Come avrebbe potuto crescerlo orgoglioso, forte e pieno di fiducia in se stesso, con il marchio dello scandalo che sarebbe inevitabilmente derivato da quella relazione? Ma non era troppo tardi. Aveva ancora una via d'uscita, e l'avrebbe imboccata, facendo l'impossibile perché le cose si sistemassero. Se fosse rimasta a Parigi, Pierre avrebbe continuato a perseguitarla: aveva già dimostrato di non avere alcuna intenzione di arrendersi.

Quello stesso giorno, Louise ritirò l'opzione sull'alloggio in boulevard des Capucines, e alla sera accettò la proposta di matrimonio di Robert. Lui fu sopraffatto dalla gioia. Poiché c'era poco tempo e molte cose dovevano essere sistemate, decisero che si sarebbero sposati la mattina della loro partenza da Parigi, e che si sarebbero imbarcati sul battello che attraversava la Manica di notte per attraccare a Dover. La notizia a Pierre non aveva voluto darla per iscritto. Non aveva mai scansato i compiti difficili nella vita; andò quindi a trovarlo alle Tuileries. Dovette attendere prima che le fosse permesso di entrare, perché le visitatrici di cui il rango e la distinzione non erano noti non ricevevano una buona accoglienza in quell'ambiente. Finalmente fu fatta passare in una piccola sala d'aspetto delle caserme, e dovette ammettere con se stessa che lui non era molto lieto di vederla.

« Che cosa ti conduce qui, mia cara? » chiese con una certa asprezza. « È una cosa insolita, lo sai. Non che io non sia felice di vederti. » Fece per baciarla, ma lei si ritrasse, sapendo di avere solo la forza strettamente necessaria per quel che doveva fare, e niente di più. Se anche avesse dubitato di aver preso la decisione giusta per il suo futuro, l'evidente imbarazzo che aveva causato in lui la sua richiesta di colloquio le aveva fornito una conferma. Neppure una moglie si sarebbe presentata durante le ore di servizio, ma d'altra parte non aveva scelta. Il tempo era fuggito veloce.

« Dopo il nostro incontro ho avuto modo di pensare a molte cose, ed è stato sciocco da parte mia credere che tutto potesse essere diverso da prima. Per molte ragioni si creerebbe una situazione insostenibile per te e per me, per non parlare di coloro dei quali siamo personalmente responsabili. »

Lui era impallidito. « Mio Dio! Sei venuta fin qui per dirmi questo? Non potevi scegliere un luogo e un momento migliori? » Lanciò un'occhiata furiosa all'orologio sulla parete. « Tra sette minuti esatti devo essere pronto per scortare l'imperatore attraverso la città, e tu decidi di giocare a fare di nuovo l'eterna civetta per tuo passatempo. Lo sa il cielo che cosa vuoi da me, ma l'avrai, anche se fosse la mia testa su un piatto. Farò tutto quello che ti piacerà, ma fammi il favore di non crearmi fastidi con i tuoi ostinati capricci in un momento così maledettamente inopportuno. » Afferrò l'elmo che aveva deposto sul tavolo e se lo calcò in testa, sistemandosi il sottogola, mentre la bianca piuma gli ricadeva morbidamente sulla parte posteriore del colletto dell'uniforme. « Ci incontreremo venerdì sera all'indirizzo che mi hai dato e parleremo di tutti i nostri problemi. Non c'è nulla che non si possa risolvere. »

« Io non ci sarò. Ho disdetto quell'alloggio. »

Lui si stava infilando i bianchi guantoni. « Saggia decisione. Quando me l'hai detto, ho pensato che potevi trovare qualcosa di meglio. Ci troveremo al Café Anglais venerdì sera. Prenoterò una stanza. C'è un ingresso secondario con una scala che porta a un accesso appartato e... »

Pierre stava già mettendo a punto il piano su cui avrebbe impostato il loro futuro. Louise si turò le orecchie con le mani. « Quella sera non andrò né all'alloggio del boulevard des Capucines né in nessun altro luogo da te suggerito », sbottò interrompendolo, dopo essersi chiesta perché il destino le assegnava sempre uomini che pensavano soltanto a sé. O era solo la caratteristica maschile che predominava costantemente? « Difatti allora starò facendo i bagagli. Sto per lasciare Parigi. Me ne vado. »

Gli occhi di Pierre divennero una fessura. « Dove vai? A Lione? Tua madre era di laggiù, vero? O stai aprendo la tua sartoria da qualche parte in provincia? Sei decisa a rendere le cose difficili a tutti e due, vero? »

Louise fece un ultimo tentativo, tendendo le mani. « Sono venuta a dirti ciò che non potevo scrivere in una lettera. Sto per sposarmi. Vado in Inghilterra come sposa di un londinese di nome Robert Prestbury. »

Pierre rimase immobile. L'orologio sulla parete scandiva il tempo con il suo ticchettio, e dal cortile arrivava il suono smorzato degli zoccoli dei cavalli assieme agli ordini e ai passi delle sentinelle durante il cambio della guardia. Dovette voltarsi, ferita fino alle lacrime dalla durezza dell'espressione sul suo viso. Pierre parlò con controllata e tranquilla disperazione, senza l'asprezza e l'ira di prima.

« Non rispondere alla mia follia con un colpo di testa. Sai bene che, se ci sono due persone fatte l'una per l'altra, queste siamo noi. Lascia che ricuperiamo quel che ci rimane. »

Louise scosse il capo, ormai senza energie, e dovette fare uno sforzo per riprendere a respirare. « Non ne deriverebbe niente di buono. Ci siamo feriti a vicenda e abbiamo ferito immensamente altre persone. È finita. »

Lasciò la stanza quasi senza vedere nulla. Fu fermata due volte dalle guardie che le diedero le indicazioni giuste mentre cercava l'uscita dall'edificio attraverso le lacrime che le velavano gli occhi. Più tardi non riuscì a ricordare come fosse arrivata a casa.

La stessa sera la principessa Pauline di Metternich indossò il primo abito di Worth. Era un capolavoro di semplicità in tulle bianco, con profili in seta color argento, ornato da un mazzolino di margherite appuntate sull'ampia gonna. In quella vasta riunione di *toilettes* cariche di guarnizioni, la principessa spiccava come se un raggio di luce seguisse lei sola, mentre tutte le teste si voltavano continuamente dalla sua parte. L'imperatrice, seduta accanto all'imperatore sotto il baldacchino di velluto cremisi, adorna dei suoi splendidi gioielli che mandavano bagliori, osservava con notevole interesse il bell'abito indossato dalla spumeggiante aristocratica, arrivata a corte da poco. Prima che la serata giungesse al termine, volle sapere dalla principessa chi glielo avesse confezionato. Eugenia sollevò le arcuate sopracciglia all'udire che era la creazione di un inglese di nome Worth, lodato profusamente dalle sue clienti come un astro nascente nel campo della moda. Divertita, annuì col capo, mentre le pietre del suo diadema lanciavano lampi di luce.

« Questo astro dovrebbe essere circondato da satelliti. Sono pronta a essere uno di loro. »

La principessa di Metternich promise di mandare Worth da Sua Maestà il mattino dopo. Sapeva che in futuro avrebbe dovuto pagare un prezzo tre volte maggiore e forse anche più per ogni abito di Worth. Anche l'imperatrice era una stella nel proprio firmamento e, in qualunque direzione andasse, tutti i suoi satelliti l'avrebbero seguita.

Worth era terribilmente indaffarato quando gli arrivò la notizia che l'imperatrice lo attendeva alle dieci di quel mattino stesso. A qualunque ora del giorno, era consuetudine che i gentiluomini che venivano ricevuti dall'imperatrice indossassero l'abito da sera, ma con grande costernazione di Marie, Worth rifiutò di cambiarsi la finanziera.

« Io sono un artigiano indipendente », dichiarò con orgoglio. « Non un lacchè. »

Marie si mise alla finestra con Jean-Philippe e Gaston, perché i bambini vedessero il loro papà che usciva per andare a palazzo. Forse aveva fatto bene a indossare la finanziera dal colletto di velluto. Sapeva che nessun altro abbigliamento gli si adattava meglio. Si rese anche conto che era una suprema arroganza. Worth, che credeva d'essere diventato un perfetto francese, non si era mai rivelato così tanto inglese.

XVIII

LOUISE vide i figurini che l'imperatrice aveva scelto, ma niente di più. Prima che fosse tagliato il modello, lei e Robert erano già sposati: era infatti arrivato il giorno fissato per la partenza da Parigi. Catherine, gli Worth, e alcuni altri amici intimi presenziarono alle cerimonie civile e religiosa, dopo le quali si recarono tutti insieme al ristorante per il pranzo di nozze. Chiunque, osservando il viso della sposa, avrebbe indovinato che quello non era il giorno più felice della sua vita. Aveva già deciso di essere una nuova moglie per Robert, che aveva dimostrato di amarla, a suo modo, tanto da chiudere gli occhi su ciò che molti uomini non sarebbero riusciti a trascurare, e da accettare come suo il figlio di un altro. Intendeva anche consacrare il proprio tempo e le proprie energie per rendere fiorente il negozio di Prestbury, e Robert le aveva promesso che avrebbe potuto ricreare una piccola parte della sua Parigi nel cuore di Londra.

Andarono tutti alla stazione per vederli partire. Lei portava in braccio Paul-Michel e agitò la mano dal finestrino dello scompartimento finché il gruppetto sul marciapiede scomparve alla sua vista. Robert si era già abbandonato sul sedile. Aveva bevuto una notevole quantità di champagne, e ora aspettava di prenderla sulle ginocchia. Ma lei restò a guardare fuori fino a quando l'ultima cuspide e l'ultimo tetto di Parigi furono scomparsi.

Era quasi il crepuscolo quando raggiunsero Calais. C'era un tempo freddo e ventoso, con un mare tempestoso incupito dalla pioggia battente. Robert aveva prenotato una cabina di prima classe che era abbastanza comoda, ma il battello, non appena ebbe lasciato il porto, incominciò a beccheggiare fortemente a causa delle alte ondate. Robert mangiò un'abbondante zuppa, ma Louise provava una forte nausea, dovuta sia all'emozione della partenza dalla Francia sia al movimento della nave, e non poté inghiottire nulla. Ben presto si ritirò in cabina, lasciando il novello sposo in compagnia del brandy e di un sigaro.

Fu un sollievo stendersi sulla stretta cuccetta. Cullata dal dondolio dei suoi indumenti appesi all'attaccapanni e dall'ininterrotto sciabordio degli spruzzi contro l'oblò, chiuse gli occhi, piena di stanchezza. Aveva lasciato acceso lo stoppino del lampadario di ottone, perché non voleva che il piccino, che dormiva nella cuccetta vicina, si spaventasse trovandosi in un ambiente tanto strano. Quando Robert entrò incespicando, fece un tale fracasso che Paul-Michel si svegliò, mettendosi a piangere terrorizzato. Fu spento il lucignolo e la cabina piombò in una profonda oscurità. Lei protestò, ma Robert non vi fece caso, continuando a togliersi i vestiti. Si era aspettata che il marito prendesse posto nella cuccetta superiore, ma lui non intendeva rinunciare alla sua prima notte di nozze. Mentre Louise metteva i piedi sul pavimento per raggiungere il bambino spaventato, Robert sembrò riempire le tenebre intorno a lei con il calore del suo corpo. Si ritrovò con la camicia da notte strappata e quindi distesa sotto di lui sulla cuccetta. Per parecchio tempo suo figlio urlò in modo straziante, impaurito dai cigolii della nave e dal rombo del mare in burrasca, prima di sprofondare in un sonno interrotto da gemiti. E a Louise non era stato concesso neppure un momento per assisterlo.

Quando arrivarono, al mattino, sulle bianche scogliere di Dover c'era il sole, sebbene il vento soffiasse ancora forte e le nubi solcassero veloci il cielo. Nel viaggio in treno fino a Londra, Louise osservò la nuova terra, apprezzando i dolci panorami della regione del Kent, con le case dalle forme strane ornate di camini e le grandi estensioni di frutteti. Paul-Michel era a suo agio, stava inginocchiato sul sedile accanto e ammirava assieme a lei la scena che scorreva davanti ai loro occhi. Più tardi, si mise a giocare tranquillo con uno scimmiotto di pezza appeso a un bastone regalatogli da Catherine al momento del commiato.

Stavano entrando nella periferia di Londra, cupa, con le case sparse immerse in una foresta di ciminiere fumose, quando Robert si riscosse di colpo dalla sonnolenza che lo aveva reso una silenziosa compagnia per la maggior parte della giornata. Si sedette con il busto eretto, si raddrizzò la cravatta e si sistemò i polsini con aria piuttosto agitata. Lanciò una rapida occhiata prima da una parte e poi dall'altra del luogo che stavano attraversando per capire dove si trovassero esattamente, mordendosi il labbro inferiore. D'improvviso parve a Louise che fosse straordinariamente giovane e simile a uno scolaretto che torni a casa con in tasca un resoconto scolastico molto scarso. C'era una marcata differenza con il lato di sé che le aveva rivelato nel buio della notte e che lei voleva scacciare dalla sua mente. Robert si schiarì la gola due volte, preparandosi a parlarle. Da quando erano sbarcati a Dover era ritornato a usare solo l'inglese con lei, e Louise gli aveva risposto in questa lingua. Sarebbe stato così anche in futuro, pur se non avrebbe mai permesso a Paul-Michel di dimenticare la sua lingua materna, che avrebbero continuato a parlare quando fossero rimasti soli.

« C'è qualcosa che devo dirti, Louise. Qualcosa che avrei dovuto dirti prima di lasciare la Francia. »

Lei provò un brivido di apprensione. « Sì? »

« Ehm... be', si tratta di questo. I miei genitori credono che Paul-Michel sia mio figlio. »

Louise ritenne che Robert l'avesse fatto a fin di bene. Da quel momento suo figlio sarebbe stato anche figlio di lui a tutti gli effetti, e il cognome del bimbo, fino allora quello della madre, sarebbe cambiato in Prestbury. « È stato gentile da parte tua, ma insensato. Certo non hai pensato che i tuoi genitori potrebbero dirti immediatamente che la sua età supera il tempo che tu hai trascorso a Parigi. Aveva già tre settimane quando tu sei arrivato da Gagelin, oltre due anni fa. Loro staranno aspettando un bambino di poco più di un anno al massimo. »

Robert si schiarì di nuovo la voce. « Questo non è un problema. Ero già stato a Parigi precedentemente. Un paio di volte, in realtà. Ho detto loro che ci siamo incontrati a quell'epoca. Il fatto è che non potevo dire che eravamo sposati, perché tu hai continuato a tenermi sulla corda, sebbene io abbia cercato di prepararli circa un eventuale matrimonio quando sono venuto a casa per quel breve periodo. Quando ho telegrafato per annunciare le nozze, ho aggiunto mentendo che avevamo già avuto un bambino; vale a dire che loro credono semplicemente che io abbia fatto di te una donna onesta. »

Quell'espressione non piacque molto a Louise, ma Robert continuava a tirarsi indietro i capelli che gli ricadevano sulla fronte, in un tale stato di agitazione, che lei pensò di metterlo a suo agio. « Non c'è niente di male in tutto ciò », disse con aria paziente.

« Ma i miei genitori hanno una mentalità terribilmente ristretta. Non so quale accoglienza ti riserveranno. Sentivo di doverti avvertire di questo. »

Dunque le cose così stavano. Inoltre, riguardo a quel tipo di accoglienza, lui non si allineava al suo fianco, ma prendeva le distanze, lasciandola sola. « Voglio sperare che mi apprezzeranno abbastanza da dare su di me un giudizio caritatevole. In ogni caso, quando vedranno Paul-Michel, non posso credere che non lo ameranno immediatamente. »

Robert non condivideva la sua materna inclinazione e la guardò poco convinto. « Non ci conterei molto. Mia madre non ha mai avuto tempo per mia sorella Agnes o per me, e fino a quando non ho raggiunto gli otto anni non ho mai visto altri che la bambinaia e la governante. Poi sono stato mandato a scuola e più o meno da allora è cessato ogni rapporto con lei. Mio padre ha sempre pensato che i bambini erano belli da vedere ma non da ascoltare, e mi colpiva con il bastone da passeggio ogni volta che aprivo bocca. Non sarà orgoglioso di un nipote concepito al di fuori del vincolo matrimoniale, e mia madre morirebbe se saltasse fuori la verità. Dopo che avranno visto Paul-Michel, scoprirai che tutti coloro con cui farai conoscenza saranno stati informati che ci eravamo sposati segretamente circa tre anni fa. »

Il treno cominciò a rallentare e, mentre il vapore usciva sibilando dal fumaiolo, si accostò a uno dei marciapiedi della stazione a grandi arcate di London Bridge. Robert afferrò il cappello dalla reticella e diede istruzioni riguardo al bagaglio al facchino che si era precipitato ad aprire la portiera. Louise era pensierosa mentre scendeva con Paul-Michel in braccio. Si era cacciata in una situazione ambigua che non si confaceva alla sua natura, ma per il bene di Robert doveva affrontarla.

Un dipendente della famiglia Prestbury, sobriamente abbigliato, era venuto a occuparsi del trasporto dei loro bauli, così che loro poterono raggiungere direttamente la carrozza che li aspettava nello spiazzo davanti alla stazione.

Vedere Londra per la prima volta eccitava Louise. Mentre attraversavano il ponte, indicava a Paul-Michel le numerose chiatte e barche sull'acqua, che apparivano in piena attività come quelle della Senna. Non cessava di chiedere a Robert il nome dei grandi edifici che oltrepassavano, come il Parlamento, circondato dalle impalcature perché lo stavano riparando, e le vie e le piazze affollate di traffico. A Piccadilly cercò Swan and Edgar, dove Worth aveva trascorso il suo apprendistato, e localizzò la sua elegante facciata. Si ripromise di visitarlo alla prima occasione. Era difficile strappare a Robert qualche informazione sui vari aspetti della città, perché, anche se lui sapeva tutto, le sue risposte erano svogliate. Se ne stava semidisteso in un angolo del sedile e faceva con la bocca smorfie tali che Louise pensava si fosse morso le labbra a sangue. Trovava confortante che Robert fosse tanto preoccupato riguardo al genere di accoglienza che le avrebbe riservato la sua famiglia, ma la sua inquietudine era contagiosa, e suo malgrado la preoccupazione cominciò a stringerle la bocca dello stomaco.

Si fermarono davanti a una grande casa di bell'aspetto, circondata da cancelli e gradini di pietra bianchi, la campanella e lo zerbino in ottone che scintillavano al sole. Era situata in una piazza e aveva un giardino di discrete dimensioni, con alberi, prati e aiuole fiorite al centro. Dovevano essere tutti in attesa della carrozza, perché la porta d'ingresso fu subito spalancata da un maggiordomo. Louise ebbe la sensazione di essere osservata da dietro le tende di pizzo del primo piano, mentre saliva i gradini con Paul-Michel in braccio e Robert che le faceva strada.

L'interno della casa la colpì per la sua oscurità. Odorava di cera, di paraffina e di olio di lino. Ogni cosa riluceva. Non era l'ambiente in cui un bambino potesse essere accolto con piacere. Robert si rivolse al maggiordomo chiamandolo Merryfield, nome che le parve poco appropriato a quell'individuo dall'aspetto austero. Tuttavia, l'uomo le parlò in un francese perfetto.

« Spero che abbia fatto buon viaggio, signora. Sarà un onore servirla in questa casa. »

Lo stava ringraziando, riconoscente per la sua cortesia, quando una voce rimbombante la interruppe dalla cima delle scale. « Neanche una parola nella lingua di quel Bonaparte sotto il mio tetto! La lingua che usiamo in questo nostro grande paese è l'inglese, signora. »

Il padre di Robert era un uomo robusto, dal collo corto, calvo, folti favoriti, e un colorito da apoplettico, più purpureo che rosso. Era appoggiato pesantemente al manico d'argento del bastone da passeggio, sebbene non sembrasse un invalido. Robert lo salutò con nervosa rudezza, salendo le scale per stringergli la mano e lasciando che Louise lo seguisse da sola con il bambino.

Dopo aver raggiunto il pianerottolo coperto da un folto

tappeto, Robert accompagnò il padre in un salotto, dove baciò la madre che era sprofondata in una poltrona dall'alto schienale. Louise mise in terra Paul-Michel, prese la sua manina nella propria e attraversò la soglia. Gli sguardi del signore e della signora Prestbury si posarono subito sul bambino con un lampo di fredda disapprovazione. Vedevano in lui la prova vivente del libertinaggio esercitato dal figlio con una giovane donna immorale, nella famosa capitale di un paese di cui ogni buon inglese diffidava. Robert spinse in fuori il mento, mentre si raddrizzava la cravatta con un gesto nient'affatto necessario in quel momento. La fronte e la pelle tra il naso e il labbro superiore erano imperlate di goccioline di sudore che gli davano uno strano aspetto grigiastro.

« Miei cari genitori », disse con una difficoltà di articolazione che sembrava provocata più dall'odio che dall'affetto filiale, « permettetemi di presentarvi mia moglie, Louise, e mio figlio, Paul-Michel. »

Le labbra sottili di Verena Prestbury non accennarono a schiudersi, mentre i suoi occhi restavano fissi sul figlio. Era sulla cinquantina, doveva avere circa vent'anni meno del marito. Non era una donna brutta, ma la severità della sua natura combinata alla sua insoddisfazione conferiva al suo viso un'espressione perpetuamente accigliata, scavando profonde rughe che andavano dal naso agli angoli della bocca. I suoi capelli castano-bronzei, quasi dello stesso colore di quelli del figlio, avevano conservato una vitalità giovanile, ma erano seminascosti dalla cuffia di pizzo.

« Non ci siamo », dichiarò freddamente. « Non ci siamo proprio, Robert. Ti proibisco di dire a chicchessia che ti sei sposato solo ieri. Ecco perché Agnes ora non è presente. Dovevamo evitare che venisse a sapere della tua disgrazia. »

« Come vuoi, mamma », si affrettò a rispondere lui, con l'aria di chi desideri trovarsi da tutt'altra parte.

La signora Prestbury si degnò di spostare il suo sguardo indagatore su Louise, squadrandola dall'elegante cuffia parigina fino all'orlo dell'abito da viaggio. « Dunque, tu sei Louise. Mi auguro che tu sia preparata a essere una moglie devota per mio figlio. Ha provato d'essere un uomo d'onore sposandoti. Il minimo che tu possa fare è mostrargli la tua gratitudine sino alla fine dei tuoi giorni. »

Prima che Louise potesse replicare, John Prestbury guardò

il figlio chiedendogli con impazienza: « Parla inglese, spero? »

Louise rispose personalmente, con dignità. « Non deve temere ch'io non capisca quel che dice. Spero che ora la sua salute sia molto migliorata, signor Prestbury, e che lei, signora Prestbury, stia bene. »

« La mia salute è ottima, la ringrazio. » John Prestbury batté in terra il bastone due volte con un'enfasi trionfale. « La mia fibra è robusta e sono fatto della stessa stoffa che è servita a costruire il nostro coraggioso Impero. Sono un uomo che si è fatto da sé e ne sono orgoglioso. »

Non c'era da dubitare delle sue parole, guardandolo. La signora Prestbury, con la sua aria raffinata, certo aveva origini più nobili, anche se i suoi modi erano stranamente poco signorili. Louise notò che non era ancora stata pronunciata una parola di benvenuto, e le sue frasi convenzionali era come se fossero state rivolte a una persona sorda, a giudicare dall'attenzione che vi aveva dedicato la madre di Robert.

« Vedo che non hai il *bavolet* sulla cuffia, Louise. »

« Non è più di moda. » Era la verità. Da quando Marie era apparsa in pubblico con la sua cuffia guarnita di un fiocco, il *bavolet* era rapidamente sparito, e le parigine avevano lavorato di forbici sui loro copricapi.

« Qui siamo in Inghilterra. » La signora Prestbury pronunciò il nome del proprio paese come se si riferisse a qualcosa di simile al Cielo. « Mostri il collo, così; e non è decoroso. »

Louise pensò che in quel momento Robert avrebbe potuto lanciarle una calda e incoraggiante occhiata ricordando quanto avevano riso allorché Marie, dopo essersi recata alle corse di Longchamps con una cuffia priva di *bavolet*, aveva ricevuto la stessa critica da un'affettata conoscente. Ma non riuscì a incontrare il suo sguardo. Desiderò che ci fosse Worth. Si era contorto dalle risate nell'udire che qualcuno riteneva che mostrare il collo fosse immodesto.

« Ho una scatola di scampoli », continuò la signora Prestbury, « e ti troverò un pezzo di stoffa abbastanza larga perché tu la possa cucire intorno alla cuffia e a ogni tuo altro copricapo. »

Louise si chiese per quanto tempo ancora avrebbe potuto tenere a freno la lingua, giacché la sua indignazione stava aumentando sempre più, e la mancanza di appoggio da parte di Robert peggiorava ogni cosa. John Prestbury guardò di nuovo

Paul-Michel, e gli si rivolse agitando verso di lui il pomo d'argento del bastone da passeggio.

« Tuo padre ti ha dato un nome dalla stravagante pronuncia straniera, ma noi non tollereremo una simile assurdità. La nostra pronuncia è Paul Michael. » Aveva anglicizzato il nome. « Ma per l'uso comune un solo nome di battesimo è sufficiente. Tu ora ti chiamerai Paul, e Prestbury quando andrai a scuola. Capito? »

Fin dall'inizio di quell'incomprensibile conversazione svoltasi in un allarmante tono rabbioso, l'espressione di Paul-Michael era apparsa preoccupata. Da quando aveva lasciato il postale che aveva attraversato la Manica, anche la madre aveva cominciato a emettere suoni inintelligibili quando non parlava con lui. Questo non gli piaceva, come non gli piacevano quell'uomo bisbetico e quella sgradevole donna, che non gli avevano sorriso neppure una volta e non lo avevano preso in braccio come facevano di solito le signore. Voleva che la mamma lo portasse a casa, lontano da quello strano posto, desiderava che la zia Catherine lo sollevasse su quel bel cuscino che era il suo grembo, e voleva il proprio vasino. Girò il viso contro la gonna della mamma e pianse, mentre un rivolo caldo gli scendeva lungo le gambette formando una pozza sul tappeto.

Nella camera da letto a loro destinata, contenente un ampio letto scolpito, un guardaroba che occupava tutta la parete, e altro mobilio di dimensioni altrettanto imponenti, Louise camminava avanti e indietro cullando tra le braccia il piccino, dopo averlo spogliato e lavato. Stava rimproverando aspramente Robert, non in inglese ma in un fluente e delizioso francese che dava maggior forza alla sua protesta per le offese ricevute.

« Come hai potuto lasciare che mi parlassero in quel modo! Non mi hanno neppure invitata a sedere. Non rimarrò in questa casa un momento di più dello stretto necessario. Desidero che domani ci trasferiamo in un alloggio tutto nostro. »

Robert, che si era disteso sul copriletto di pizzo inamidato, sfidando le regole della casa che confinavano i fumatori nell'apposita stanza, tirava lunghe boccate da una sigaretta. Il suo sguardo era diretto verso il soffitto, come se una buona dose di vergogna lo trattenesse dall'affrontare la giusta indignazione di lei. « Mi dispiace. È stato un inferno e io sapevo che sarebbe andata così, ma non potevo farci nulla. Arrivare a casa ha sempre avuto lo stesso effetto su di me, come quando tornavo da scuola. Provo sempre una sorta di ripugnanza per quel modo di comportarsi e non riesco a fare altro che sopportarlo passivamente per un'ora o due finché mi abituo. »

Lei lo guardò perplessa. « Vuoi dire che non ti sei mai sentito felice di tornare a casa? »

« Mai. D'altra parte, è sempre stato come oggi, anche quando ero alle scuole superiori. Un diluvio di disapprovazione per ogni cosa. Sfortunatamente, oggi tu hai dovuto condividere quest'accoglienza. » Il suo labbro si contorse cinicamente. « Credo che mia madre sia veramente felice di avere sottomano un nuovo bersaglio. È molto più divertente che avere solo me da prendere di mira, e poi Paul è la ciliegina sulla torta ai suoi occhi. » Rise in silenzio, con aria soddisfatta.

Nella sua tristezza, Louise si sentì cogliere dall'esasperazione nei suoi riguardi. « Non so come tutto ciò possa apparirti divertente. E smettila di accorciare il nome di Paul-Michel. »

Robert tirò un'altra boccata dalla sigaretta. « Paul è, e Paul dovrà essere fin d'ora, così riuscirai più facilmente ad abituarti. Non è il caso di fomentare beghe inutili con i miei genitori su questa faccenda. Ce ne saranno a sufficienza, posso garantirtelo. Non pensare ch'io sia più desideroso di te di restare in questa casa, ma per un po' di tempo dovremo farlo, mi dispiace. »

« Perché? »

« Per ragioni economiche, prima di tutto. Non ho un soldo. »

« Allora pagherò io l'affitto di un appartamento. Lo sai che ho qualche risparmio. »

Robert si sollevò su un gomito per spegnere la sigaretta su un piatto in ceramica di Sassonia destinato alle forcine che aveva preso dal tavolo della toilette. « Non se ne parla neppure. Per il momento dobbiamo dare l'impressione di sistemarci definitivamente in questa casa. Mio padre non vuole che, alla sua morte, mia madre debba andarsene da qui, e si aspetta che io mi occupi di lei; per non parlare di mia sorella Agnes, che difficilmente si sposerà. Devo mostrarmi sollecito a ogni suo desiderio, se voglio mettere le mani sulla ditta Prestbury quando lui morirà. »

Louise sospirò profondamente per calmarsi. « A Parigi mi hai detto che la ditta era già tua. Hai detto che saremmo stati soci. »

« Lo saremo. A suo tempo. Non lasciarti ingannare dalla vanagloria di mio padre. Il suo dottore gli ha consigliato caldamente di condurre una vita tranquilla, e per uno con il suo carattere irascibile è praticamente impossibile. »

Louise era scandalizzata. « Non vorrai allettarmi con la tua futura eredità! Io non voglio avere niente a che fare con questa faccenda. Incominciamo a vivere indipendentemente e per conto nostro. Possiamo lavorare sodo entrambi e... »

« Non lo faremo. » Mise giù dal letto le lunghe gambe e attraversò la stanza per abbracciarla. « Ci vorrebbero anni per riuscire, partendo dal tipo di piccola sartoria che hai in mente tu. A Parigi, dove hai conoscenze, sarebbe stata un'altra cosa. Comunque », aggiunse, toccando un argomento che avrebbe dovuto far presa su di lei, « come avrai notato mio padre mi ha ricordato varie volte, con la sua abituale mancanza di tatto, che sono impegnato per dovere filiale con Prestbury's, dopo essere stato finanziato per compiere il mio tirocinio presso Worth. » Con soddisfazione, notò che aveva vinto su questo punto. Non che gli importasse qualcosa dei principi morali, ma non voleva incominciare dal nulla con lei in qualche vicolo quando aveva tra le mani un'azienda già bell'e pronta. In ogni caso non voleva mettere a repentaglio la sua parte di eredità quando il vecchio avesse tirato le cuoia. « La malattia di mio padre è dovuta per metà agli affari. Se avesse assunto un buon direttore quando ha cominciato a sentirsi male, sarebbe stato diverso, ma è un uomo che non si fida di nessuno. Inoltre, ha idee di vecchio stampo, è fuori tempo e non se ne accorge: l'avanzare della senilità gli ha esaurito tutta quella iniziativa che l'ha portato da una bancarella del mercato a un negozio di abiti di buona qualità. Non potrà tener testa a lungo alla concorrenza e non lo vuole ammettere. » Le cinse la vita. « Abbi pazienza per un po' di tempo, dolcezza mia. Voglio che tu abbia il controllo completo del negozio. So che possiedi il fiuto necessario per influenzarne lo stile, e ammetto che hai più senso degli affari di quanto Worth sia stato capace di infondermi. Tu sei in grado di sollevare tutto il peso di Prestbury's dalle spalle di mio padre, aiutata dal contributo che io posso darti. Così puoi prolungargli la vita, oltre che recare beneficio a noi. Una volta che la ditta Prestbury sarà diventata abbastanza florida, saremo esentati dal vivere in questo obitorio e potremo abitare in una casa tutta nostra, giacché mia madre sarà sicura di poter restare sotto questo tetto: questa in fondo è la cosa che sta veramente a cuore a mio padre. » Incominciò a vezzeggiarla per convincerla, senza tener conto del fatto che le aveva dato un'impressione completamente falsa riguardo al modo in cui sarebbero vissuti in Inghilterra. « Andrà tutto bene, vedrai. »

Bussarono alla porta. Robert sospirò in modo esagerato per quell'interruzione, e andò ad aprire con aria seccata. Immediatamente il suo viso assunse un'espressione di genuina affabilità. « Agnes! Come stai? »

Fratello e sorella si abbracciarono, e poi Agnes avanzò esitante. Aveva gli stessi lineamenti di suo padre, ma più finemente cesellati. Il suo viso era piacevole e piuttosto delicato, come se nel formare le sue ossa avesse preso il sopravvento la stirpe migliore, quella di sua madre. Aveva gli occhi azzurri e i capelli di un castano leggermente più scuro di quelli di Robert, ma le mancavano i riflessi bronzei della chioma di sua madre.

Il suo sorriso era di una singolare dolcezza, e si accompagnava a un comportamento di una timidezza così eccessiva che quando parlava balbettava.

« N-non potevo aspettare fino all'ora del t-tè per conoscerti, cara sorella, e per vedere il mio n-nipotino. »

Louise avrebbe versato lacrime di gioia di fronte a quell'inaspettato calore, dopo il gelo di quel nuovo ambiente, e fu ben felice di dare e ricevere baci sulle guance.

Anche Paul-Michel ravvisò l'amicizia nel tono di voce della nuova arrivata e non si ritrasse davanti a lei. Quando Agnes gli tese le braccia, il bambino capì che tutto andava bene e si diresse verso di lei con una lieve timidezza che gli fece piegare il mento sul colletto. Sentendosi ancora un po' bambina, Agnes sedette sul tappeto davanti al letto a giocare con Paul-Michel e gli fabbricò un coniglietto dalle lunghe orecchie con il fazzoletto. Nel frattempo Louise poté prendere un bagno dopo il viaggio e cambiarsi d'abito per il tè.

Era la sua prima esperienza con il tè del pomeriggio. La tavola era coperta da una splendida tovaglia di pizzo e il tè venne versato da una teiera d'argento nelle tazze di porcellana finissima. C'erano panini imbottiti al cetriolo, tartine imburrate e una ricca torta alla frutta. John Prestbury mangiò con un appetito così robusto che Louise non riusciva a capire come si sarebbe potuto sedere poi a cena. Con suo grande sollievo, Paul-Michel si comportò in modo perfetto, completamente incantato da Agnes, che sedeva accanto a lui dall'altra parte. La tetraggine di Robert non era ancora del tutto scomparsa. Louise non si era ancora accorta che i suoi genitori esercitavano un effetto deprimente sul suo umore quando si trovava in loro compagnia, costringendolo a una forzata cortesia che era occasione di disastrosi sfoghi, oltre ai già difficili rapporti. Sua sorella si limitava quasi esclusivamente a sorridere. Louise si chiese se la sua tranquillità fosse solo una difesa, perché era evidente, dal normale svolgimento della conversazione, che Agnes riusciva raramente a fare qualcosa di giusto; sia lei sia le negligenti cameriere ricevevano dalla madre molte critiche, per la mancanza di sapore del tè, e per il cattivo servizio offerto dai negozianti.

Agnes uscì un poco dal suo riserbo quando venne l'imbrunire e dovette accompagnare Louise e Paul-Michel nelle stanze riservate al bambino. « Q-qui Robert e io abbiamo trascorso la m-maggior parte della nostra prima infanzia », spiegò commossa, guardandosi intorno nella stanza dei giochi, dove la luce del fuoco dietro un solido riparo scherzava sul cavallo a dondolo e illuminava la scatola dei giocattoli. Era come se avesse accolto con gioia quella scusa legittima per ritornare in quel regno a lei vietato da molti anni. Quand'era arrivata la comunicazione telegrafica di Robert, si era premurata di far togliere la polvere dagli scaffali e di far eseguire una completa pulizia. « Sono sicura che a P-Paul piacerà come piaceva a noi, e puoi star tranquilla che Daisy si p-prenderà buona cura di lui. »

Daisy era una ragazza sorridente, dalle guance rosate, che era stata promossa alla nuova qualifica di bambinaia dopo che Agnes aveva saputo che aveva accudito a parecchi fratellini e sorelline prima di venire a servizio. A Paul-Michel, che aveva cominciato a scoprire che le cose non erano poi troppo brutte, piacevano i riccioli rossi di Daisy che le danzavano intorno all'orlo della cuffia. Trovava affascinante anche lo spazio che c'era tra i suoi denti anteriori. Ma per fare il bagno ed essere messo a letto quella sera, volle la mamma e fu accontentato. Poi, vedendo che Daisy era seduta di fianco al suo lettino e che la lampada a gas nella sua stanzetta era accesa, non protestò quando Louise lo lasciò per scendere dabbasso. Si mise il pollice in bocca e si addormentò.

Durante la cena, Louise capì che, mentre stava mettendo a letto Paul-Michel, c'era stata una discussione riguardante il suo immediato futuro nella ditta Prestbury.

John Prestbury sembrava suo malgrado impressionato dal fatto che lei possedesse una così vasta esperienza nell'alta moda. Era un uomo che non trascurava mai gli eventuali vantaggi ed era quindi preparato al fatto che Louise assumesse un ruolo attivo.

« Sembra che a lei non dispiaccia un po' di onesta fatica, e questo depone a suo favore », disse in tono conciliante. « Tra il personale c'è una donna anziana, che ha misurato stoffe per anni; ma la sua vista si sta indebolendo: potrà sostituirla lei. Tutto il lavoro di confezione viene effettuato da lavoranti a domicilio che passano per il negozio ogni giorno, e lei può controllare quel che entra e quel che esce. Per principio noi vendiamo solo la stoffa che ci viene richiesta e la clientela decide il modello che desidera. Niente bizzarrie da Prestbury's, glielo posso assicurare. E sempre uno stile molto tradizionale. » Aggrottando la fronte, riprese: « Niente vestiti stravaganti come quelli che le ho visto addosso da quando è arrivata. Preferisco che il mio personale vesta semplicemente di seta nera. Desidero che si faccia fare uno o due rispettabili abiti neri da indossare in negozio ».

« Ne ho parecchi. »

Con la coda dell'occhio, Louise vide Robert affrettarsi a bere un sorso di vino. Era conscio quanto lei che ciò che andava bene da Worth si sarebbe rivelato eccessivamente elegante da Prestbury's, ma Louise pensò che avrebbe dato impulso agli affari, dato che a suo tempo la clientela aveva chiesto abiti simili a quelli che indossava Marie.

« Bene. » John Prestbury assentì, infilandosi in bocca un pezzo di anatra arrosto. « Robert può cominciare domani al negozio. Ha fatto un po' di pratica nel periodo in cui è tornato a casa per la mia breve malattia. Sarà un gran sollievo per me non dover andare ogni giorno al negozio. Non che io abbia intenzione di ritirarmi: lavorerò fino a quando avrò fiato », si affrettò ad aggiungere, guardandosi intorno come per prevenire chi avesse voluto contraddirlo.

Intervenne la signora Prestbury, seduta al capo opposto del tavolo. « Sono certa che Robert sarà contento di saperti a sua disposizione per consigliarlo in qualsiasi momento, John. »

Louise si rimangiò l'osservazione che aveva da parecchio sulla punta della lingua. Perché quella donna non incoraggiava Robert a controbattere immediatamente l'affermazione del padre, invece di mettere in dubbio il fatto che il loro figlio fosse capace di dirigere l'azienda? La signora Prestbury era come una grossa piovra intenta esclusivamente a scoraggiare entrambi i suoi figli, stritolandoli con i suoi possessivi tentacoli e con la sua negativa protettività materna. Louise sentiva su di sé la costante disapprovazione della donna come un'influenza maligna impossibile da scacciare. Oh, potersene andare da quella casa tetra! E pensare che era lì solo da poche ore! Non voleva avere alcuna responsabilità nel caso che Prestbury's non raggiungesse mai il successo economico. Con l'incentivo di ottenere una casa tutta per sé, nulla l'avrebbe fermata.

John Prestbury puntò la forchetta verso Robert. « D'ora in poi mi aspetto da te un duro lavoro e un grande senso di responsabilità. Non ho pagato perché tu facessi tirocinio a Parigi per due anni senza ricavarne un giusto profitto. »

Robert lo guardò tesissimo. « Farò del mio meglio, papà. »

Quel pasto spaventoso ebbe finalmente termine. In salotto Agnes si dimostrò un'ottima pianista, ma al di sopra della musica si udiva il borbottio di John Prestbury che, bevendo il caffè, faceva commenti politici. Louise era contenta di trovarsi all'altro lato della stanza a girare i fogli di musica di Agnes.

Più tardi, a letto, Robert era ansioso di fare ammenda per le smodate libagioni della notte precedente. Dimostrò che poteva essere un amante premuroso quando lo desiderava, e lei, accampando dentro di sé una scusa per la sua supina accettazione delle circostanze, cercò di lasciar da parte la propria disperata infelicità per corrispondere alle sue richieste.

Tre giorni dopo andò a vedere il negozio dei Prestbury, riguardo al quale aveva cominciato a provare un certo disagio che aumentava sempre più. Il primo giorno John Prestbury vi si era recato con il figlio e lo sforzo l'aveva stancato enormemente, tanto da costringerlo in seguito a rimanere a riposo. Louise si era offerta di accompagnare Robert, ma lui l'aveva dissuasa, dicendo che non era necessario gettarsi a capofitto nel lavoro. La cosa la lasciò perplessa, dato che al tempo stesso era chiaro che lui la voleva nel negozio. C'era qualcos'altro che non le aveva detto o che lei non aveva udito? Sapeva, fin dall'epoca in cui lavoravano insieme da Worth, che spesso Robert aveva un comportamento tortuoso, che cercava sempre di scansare le difficoltà, e cominciò a temere per ciò che avrebbe potuto trovare.

Si avviò in direzione di Prestbury's. Non era molto distante dalla casa nella piazza, e la strada in cui si trovava era animata e piena di ogni genere di attività, dalla drogheria che vendeva prodotti raffinati alla calzoleria di lusso, all'ebanista, alle varie modiste. Louise giunse davanti al negozio dei Prestbury camminando sul marciapiede opposto e, mentre rallentava il passo e si fermava, tutta l'apprensione che si era accumulata in lei fino a stringerle il cuore in una morsa si dissolse. Il negozio aveva un'ampia facciata: gli occorreva solo una mano di intonaco, nient'altro. Le vetrine erano affollate di veli, scialli e mantelline, un vasto assortimento. Ma tutti gli indumenti erano neri. Da lutto. Ora capiva che cosa non aveva avuto il coraggio di dirle Robert. Sull'insegna era scritto, a caratteri inglesi dorati: CASA DELL'ABBIGLIAMENTO DA LUTTO PRESTBURY.

Robert la vide attraversare la strada. Aprì la porta a vetri per accoglierla, con un'espressione insicura, e lei entrò senza guardarlo. Dentro, il nero degli abiti esposti e le pezze di crespo appoggiate contro le pareti scure le diedero l'impressione di essere entrata in una cappella mortuaria. C'era qualche stoffa di un porpora scuro per il periodo successivo al lutto stretto, e persino un tocco di bianco nei fazzoletti bordati di nero ammucchiati su un banco, ma l'uniformità era angosciosa. Senza parlare, Robert le fece strada fino al suo ufficio. Un allegro fuoco ardeva sotto la grata e nell'aria c'era profumo di sigaro. Louise avrebbe potuto giurare che pochi minuti prima lui se ne stava in poltrona con i piedi sulla scrivania.

« Louise... »

Lei si girò e, con gli occhi che sprizzavano scintille, lo prese a schiaffi. « Se ti capiterà ancora di mentire o di imbrogliarmi o di deludermi, ti lascerò! Te lo giuro! » Mentre lui rimaneva immobile con aria confusa, Louise si tolse la cuffia, si liberò della mantellina e si sfilò i guanti. « Ma ora ci metteremo al lavoro. Voglio esaminare ogni pezza che si trova qui dentro, controllare il magazzino, dare un'occhiata ai libri contabili, vedere l'elenco di tutti i grossisti, conoscere il personale e scoprire dove abitano le lavoranti a domicilio. »

Lo costrinse a lavorare con lei, esercitando una pressione che non accennò a voler allentare nonostante il passare dei giorni. All'inizio Robert ne fu felice. Le era riconoscente di essersi prontamente ripresa da quello che doveva essere stato per lei un colpo terribile. Ma poi la gratitudine cominciò a lasciare il posto all'irritazione. Sapeva che Louise avrebbe lavorato duramente, ma lui non era preparato a fare altrettanto, se non per il breve tempo necessario. Non gli pareva vero di essere riuscito ad abbandonare Worth.

L'idea di sposarla, che aveva sostituito le sue mire di sedurla, gli era venuta in quel breve periodo trascorso a casa durante il leggero attacco di cuore subìto dal padre. Aveva una gran fiducia nel suo senso di responsabilità, e si sentiva fortemente attratto da lei; gli piacevano quegli strani occhi color dell'ambra e la bocca appassionata; per di più, se qualcuno era in grado di portare Prestbury's fuori dalle secche e farne un'azienda di successo, questa era lei. Louise gli avrebbe assicurato il futuro senza che lui dovesse fare sforzo alcuno. Sull'altro piatto della bilancia aveva dovuto mettere l'odio che il padre nutriva per gli stranieri, i francesi in particolare. Come molti altri inglesi, John Prestbury ricordava la terribile minaccia che Bonaparte aveva rappresentato per l'Europa e quanto era costato in vite umane l'abbattere il tiranno. C'era poi la madre, che con il suo carattere acido avrebbe lanciato i propri strali contro qualsiasi nuora, e infine c'era la stessa Louise. Sapendo che non lo amava come lui avrebbe sperato, non osava allettarla con rosee promesse sulla vita che avrebbero condotto in Inghilterra. Poi, all'arrivo, aveva deciso che sarebbe stato meglio nasconderle la vera natura dell'attività del negozio fino a quando non l'avesse scoperta da sola. Temeva che Louise l'avrebbe punito per questo, ma sapeva anche che, non appena la moglie si fosse messa al lavoro, lui avrebbe avuto modo di non stancarsi troppo. Su un punto doveva essere particolarmente accorto. Lei non doveva rimanere incinta, altrimenti sarebbe stata la fine di tutto. Per di più, la nascita di un bimbo e i relativi rischi rappresentavano un pedaggio troppo pesante per una donna, per non parlare poi dell'alta percentuale di mortalità tra i bambini, in particolare quelli al di sotto dei cinque anni. No, non voleva che Louise avesse una vita familiare con tutte le distrazioni che ne sarebbero conseguite. Lui l'aveva voluta solo perché lavorasse senza posa per la ditta Prestbury, a suo esclusivo beneficio.

« Ora andrò a far visita alle lavoranti a domicilio », gli disse Louise un mattino. « Tuo padre arriverà più tardi, e puoi lasciargli esaminare i registri e ispezionare le rimanenze di magazzino, se vorrà; sarà bene che tu gli faccia notare anche i miglioramenti apportati circa la pulizia del locale. » Una delle sue prime azioni era stata quella di licenziare una sciatta domestica, sostituendola con una giovane e forte per le pulizie dei piani e delle vetrine, e di imporre al personale di spolverare scaffali e banchi. Tutto andava a onore di Robert. Nei giorni in cui John Prestbury non trascorreva un'ora o due nel negozio, il figlio lo ragguagliava su ogni cosa in biblioteca, dopo cena, e mai una volta veniva menzionata Louise. Robert aveva deciso di seguire questa via, sapendo benissimo che il padre diffidava di ogni cosa che Louise faceva di propria iniziativa, per quanto brava fosse negli affari.

Louise si era annotata gli indirizzi delle lavoranti a domicilio e, considerate le distanze che doveva coprire, aveva preso una vettura a nolo per non dover chiamare una carrozza di piazza ogni volta. Nella prima casa tutto sembrava procedere bene. Era una catapecchia pietosamente povera, situata in un vicolo; ma c'era una lampada che mandava una luce intensa posata sul tavolo al quale la vedova era seduta a cucire assieme alle tre figlie, tutte al di sotto dei dodici anni, che lavoravano con lei. Gli abili ditini delle bambine imbastivano gli orli o facevano i sopraggitti con notevole precisione, mentre la madre si dimostrava eccellente nello svolgere il lavoro più delicato. Fu meno rassicurante l'apprendere che le poverette lavoravano dodici ore al giorno per guadagnare i pochi miserabili spiccioli che John Prestbury dava in cambio di ogni capo. Louise aveva intenzione di alzare il compenso il più presto possibile. Partendo da quella casa s'inoltrò in quartieri sempre più miseri, e gli spettacoli che vide erano peggiori di quanto poteva ricordare dalla sua infanzia. Innumerevoli cortiletti sudici, squallidi e malsani, gente stipata come in conigliere, stradine tra i bui, fuligginosi casamenti, anguste e pervase dal tanfo che emanava dalle immondizie e dagli escrementi. Trovò venti donne in una cantina in cui l'umidità condensata scorreva lungo i muri, e capì perché molti degli indumenti che ricevevano spesso emanavano un odore sgradevole e dovevano essere appesi all'aperto sul retro prima di venire portati in negozio. La notizia del suo arrivo si sparse attraverso ignoti canali. Mentre lei proseguiva il suo giro, molte lavoranti furono mandate di corsa a nascondersi, per paura che Louise, per la salvaguardia della merce, togliesse il lavoro ai laboratori più affollati.

Ritornò al negozio molto abbattuta dopo ciò che aveva visto. Era spaventoso, e anche sul piano lavorativo le cose funzionavano in modo terribile. Come si poteva pretendere che quelle disgraziate creature riuscissero a lavorare in quelle condizioni? Erano necessari due o tre buoni stanzoni ariosi, adeguatamente attrezzati, dove poter far lavorare il meglio della manodopera in cambio di un salario decente. Quella povera vedova sarebbe stata la prima. Louise comunicò la propria idea a Robert.

« Ci sono un paio di locali adibiti a magazzino, di sopra, cui potrebbe essere cambiata destinazione installandovi alcuni tavoli. Là potrei sorvegliare io stessa il lavoro. »

« Mio padre non lo permetterà mai. » Robert aveva avuto una spiacevole mattinata. John Prestbury aveva trovato da ridire sulle giacenze di magazzino, e c'era stata un'antipatica discussione.

« Allora spetta a te convincerlo », insisté lei. « Non c'è da stupirsi che la clientela si vada diradando. Le signore vengono qui afflitte, e si propina loro robaccia malconfezionata che sono troppo angosciate per osservare: quando se ne accorgono è troppo tardi. Si ritrovano così con un guardaroba di abiti malamente rifiniti, che dovrebbero durare dodici mesi quando si tratta di un lutto relativo a un figlio o a un parente; per non parlare delle vedove, che hanno davanti a loro un periodo di lutto di tre anni, e magari i loro mezzi sono scarsi. » Abbassò gli occhi verso l'orlo della propria gonna e arricciò il naso con ripugnanza vedendo che si era insozzato nel percorrere uno di quei vicoli. « Devo trovare qualcos'altro per cambiarmi immediatamente. »

Nel magazzino, poco prima, si era imbattuta in un abito pronto, di foggia semplice, in una sfumatura di grigio adatto al periodo successivo a quello del lutto. Sembrava fosse un campione della produzione di una ditta che John Prestbury aveva rifiutato. Era naturalmente di un cotone di modesta qualità, ma lo stile era gradevole, e Louise non provò alcuna vergogna a indossarlo per il resto della giornata di lavoro. Pensò che non sarebbe stato un male avere alcuni vestiti di quel tipo in esposizione in negozio, ma non poteva ancora farsi avanti con suggerimenti del genere. Il primo punto da raggiungere era alzare il livello della lavorazione.

John Prestbury si dimostrò inflessibile nel non volere manodopera nell'edificio. « Mi costerebbe di più in salari, per non parlare del consumo di gas per le lampade e di carbone in inverno. Questo è tutto. » Strizzò gli occhi sospettosamente, guardando il figlio. « Immagino che quest'idea insensata venga da quella tua moglie francese. Tienila al suo posto al negozio o sarete messi fuori entrambi. Hai capito? »

Louise s'impazientiva di fronte alla mentalità ristretta del vecchio; ma questa doveva essere la prima delle innumerevoli frustrazioni che le avrebbe causato l'ostinato rifiuto del vecchio ad accettare suggerimenti. Fece quel che poteva con gli abiti in esposizione, scucendo gli orli e ricucendoli personalmente per offrire alle clienti un prodotto meglio rifinito; ma c'era un limite a quanto riusciva a fare. Intanto le arrivavano fastidi da altre parti. Il suo rifiuto di riattaccare le guarnizioni alle proprie cuffie aveva provocato una seria frattura tra lei e la suocera. Sentiva che cedere per amor di tranquillità e di pace familiare non era giusto. Il nocciolo della questione non era il *bavolet*, ma tutto il suo modo di vivere, di considerare il futuro, il suo rifiuto a fare passi indietro quando invece si doveva andare avanti con pensieri nuovi e rinnovato coraggio. Neppure i suoi vestiti piacevano alla signora Prestbury. Erano definiti troppo pomposi e troppo *francesi*. La sua nazionalità veniva usata per condannare tutto ciò che faceva. Doveva giungere a un accordo con il suocero che la disprezzava e la suocera che la odiava, anche se le probabilità che le cose cambiassero erano ben poche. Solo Agnes continuava a mostrarsi amica; ma la ragazza era stranamente immatura, più felice di giocare con Paul-Michel che di stare in compagnia degli adulti. Era impossibile avere con lei anche la più frivola delle conversazioni.

I Prestbury di quando in quando ricevevano, e a Robert e a sua moglie erano stati rivolti numerosi inviti. Louise fu felice di incontrare il signor Allenby a una cena. Parlarono a lungo di Worth, dell'amicizia del quale il buon vecchio gentiluomo era enormemente orgoglioso. Lei e Robert furono invitati a una *soirée* in casa Allenby e, in seguito, a qualche partita a carte e a piacevoli serate musicali. Ciò le faceva rimpiangere che nella propria casa non ci fosse nei suoi confronti l'ospitalità che le veniva offerta altrove e che apprezzava molto.

Anche il negozio era diventato una gabbia per lei. Le convenzioni relative al lutto venivano di solito osservate strettamente, così intere famiglie che avevano perduto un parente si coprivano di nero da capo a piedi, e molte signore non emergevano da esso neppure alla fine dei dodici mesi, se nel frattempo sopravveniva un'altra morte. Se Prestbury's fosse dunque stato in grado di rifarsi una reputazione vendendo abiti di buona qualità e di lunga durata, tutti i problemi finanziari si sarebbero risolti, e le clienti sarebbero affluite da molto lontano. Louise capiva che questo doveva essere compito suo, ma ciò significava mettere da parte tutte le aspirazioni nel campo dell'alta moda. Worth aveva confezionato spesso abiti da lutto, ma sempre dell'eleganza necessaria al particolare ruolo che ricoprivano in società le sue clienti. Quelle che si rivolgevano a Prestbury's avevano un atteggiamento mentale completamente diverso, mentre coloro che desideravano qualcosa di eccezionale in fatto di stile non sarebbero mai andate a cercarlo là.

Non occorse molto a Louise per scoprire che le lavoranti a domicilio rubavano tutto quel che potevano. Dovevano aver sottratto al negozio una gran quantità di roba da quando era iniziato il declino fisico e mentale di suo suocero. Louise si era quindi impegnata a cercare di separare il grano dal loglio. Per quanto riguardava il personale del negozio, anche se era onesto al di sopra di ogni dubbio, lei aveva dovuto rinunciare, per il bene degli affari, a quei rapporti amichevoli che s'instaurano nel lavoro in comune e che aveva conosciuto sotto la direzione di Worth. C'erano cinque donne, divise tra loro da meschine gelosie e vecchi rancori; eppure si erano rapidamente coalizzate contro la nuova signora Prestbury, il cui senso della disciplina era considerato molesto. Louise pensò di aver avuto un eccezionale colpo di fortuna quando, per varie ragioni quali il pensionamento, il matrimonio, un posto migliore e un trasferimento, quattro donne si licenziarono. Rimase con la più antipatica delle commesse, una creatura stupida, facilmente influenzabile. Louise non vedeva l'ora di assumere quattro donne su cui poter contare dal punto di vista della lealtà e della coscienziosità nel lavoro. Ma Robert, un giorno in cui Paul-Michel aveva la febbre e lei dovette rimanere a casa, la prevenne. Quando tornò in negozio, Louise apprese che Robert aveva assunto un gruppo di dipendenti di sua scelta, e si trovò con un personale diverso, ma non migliore.

« Che male c'è nell'avere donne giovani e presentabili? » la apostrofò lui con asprezza. « Dio solo sa se non sono abbastanza tetre le facce che vanno e vengono in questo negozio. »

« La gente sventurata ha bisogno di simpatia e attenzione », ribatté Louise, « e il gruppo che hai messo insieme sembra più adatto a servire stravaganti giarrettiere di raso e biancheria ricamata che vestiario da lutto. »

« In questi giorni, ogni cosa di Prestbury's ti fa torcere la bocca », disse Robert per farle notare quanto fosse cattivo il suo umore. « Non vorrai negare che ho fatto del mio meglio. »

Si aspettava che Louise rispondesse che non era così, e sarebbe stata la verità, ma era sempre meno facile litigare con lei. Sembrava che si fosse ormai stancata di quel sistema. Infatti, si limitò a girare il capo da un'altra parte, reprimendo un sospiro. Lui ammise con se stesso che a volte si mostrava irragionevole nei suoi confronti. Sembrava che ritenesse lei responsabile della propria delusione: Louise era il bersaglio su cui scaricare il proprio malcontento. Aveva davvero creduto che il padre non si sarebbe mai più ripreso dalla malattia, e quando aveva detto a Louise che la sua abilità negli affari avrebbe potuto allungare il tempo che al vecchio restava da vivere, era stato per adularla e non perché fosse ciò che egli desiderava realmente. Si era immaginato alla guida di Prestbury's, dopo che il padre si fosse ritirato, e aveva sognato di trascorrere il tempo a proprio piacimento, mentre Louise si sarebbe occupata di tutto facendo prosperare gli affari. Aveva sperato che lei potesse buttar fuori tutta quella merce da lutto, introducendo la sua amata moda parigina, come lui le aveva promesso. Ma la realtà era stata ben diversa. Mentre John Prestbury continuava a rifiorire e sembrava destinato a diventare centenario, Louise serviva a un banco e misurava stoffe che Worth non avrebbe usato neppure come strofinacci per la polvere. In quanto a lui, in ufficio si applicava soprattutto a trovare il modo di alterare i registri per potersi riempire le tasche all'insaputa della moglie e del padre.

Nelle rare occasioni in cui c'era molto lavoro ed egli doveva aiutare a servire in negozio, aborriva doversi rendere simpatico alle clienti. C'erano sia giovani vedove piene di brio, che dovevano osservare le convenzioni del lutto per la scomparsa di un consorte anziano, sia donne più mature ma avvenenti, che probabilmente avevano sepolto il secondo marito e già ne stavano cercando un terzo; ma nel complesso la clientela che veniva da Prestbury's adottava l'espressione cupa che riteneva fosse consona alla natura degli acquisti che doveva fare, anche quando il periodo di lutto stava ormai per terminare. Robert sentiva la mancanza dei corteggiamenti, che avevano reso tanto piacevole la sua vita da Worth, e degli interessanti sviluppi che ne erano seguiti. Allora non aveva perduto tutto il suo tempo con Louise, così come non faceva neppure adesso. Un uomo sposato doveva avere qualche sfogo al di fuori della vita domestica. Anche Londra, come Parigi, aveva la sua varietà di divertimenti, ma a differenza della capitale francese, dove il *demi-monde* era parte integrante della vita, si fingeva pudicamente che non esistesse nient'altro al di là dello stretto decoro dell'ambiente domestico. Ciò poteva derivare dal fatto che la scarsità delle lampade a gas nelle vie di Londra aiutava a coprire ogni genere di vizio, mentre Parigi, almeno in superficie, offriva il modo di peccare allegramente. Robert in quel periodo era stato in luoghi equivoci e qualche volta se l'era cavata per miracolo. Nelle oscure vie notturne c'era sempre il pericolo di venire aggrediti e derubati, poiché i terribili strangolatori di Londra appostati nell'ombra di certi antri rappresentavano un grosso rischio; ma lui non andava mai in giro senza il suo bastone da passeggio, nel cui interno si celava una lama. A Louise diceva che trascorreva la serata al club. Era ridiventato un animale notturno.

Louise ottenne dal nuovo personale una certa efficienza. In realtà l'atmosfera del negozio non conciliava il desiderio di allegre risate, e dopo qualche giorno le commesse si adattarono a seguire la clientela, se non proprio in tutto e per tutto come lei aveva sperato, almeno in modo adeguato. A loro nome, cercò di ottenere dal suocero che derogasse dalla regola che prescriveva che gli abiti del personale fossero confezionati con seta *glacée*, tanto più che le donne dovevano provvedervi spendendo di tasca propria. Non essendo di qualità eccezionalmente buona – altrimenti il suo costo non avrebbe potuto rientrare nei magri stipendi che lui pagava –, la seta *glacée* si strappava e si consumava facilmente, soprattutto ai gomiti; gli abiti in breve tempo diventavano logori e impresentabili, e ciò costringeva spesso a dure privazioni per sostituirli. Quando Louise aveva suggerito al suocero di permettere l'uso di una stoffa più durevole, questi aveva respinto la proposta.

« Se non vogliono vestirsi come dico io, fa' loro sapere che c'è una marea di persone che, coi tempi che corrono, si vestirebbero di tela di sacco e si cospargerebbero il capo di cenere per ottenere un lavoro. O seta *glacée* o niente. » Aveva un'aria di leggera canzonatura. « Tu non capisci niente in fatto di classe, è questo il guaio con le straniere. Raffinatezza e buon gusto, ecco cos'è la seta *glacée*. Dà il giusto tono alle vendite. » Non era possibile smuoverlo. Più tardi John Prestbury informò Robert che Louise doveva attenersi alle sole mansioni che le erano affidate, controllare le merci e servire al banco, e che non intendeva sopportare oltre la sua impertinenza su questioni di lavoro. Che cosa sarebbe stato del mondo, se le donne avessero cercato di usurpare la superiorità dell'uomo?

« È una creatura arrogante », disse al figlio. « L'ho capito subito. Non risparmiare di batterla, se devi farlo. Io ho dato a tua madre un paio di lezioni quand'eravamo appena sposati. Non fanno male e aiutano a farsi rispettare. »

Robert si sentì scorrere attraverso le vene l'odio per suo padre. Capiva che quella situazione umiliava e frustrava entrambi e, inevitabilmente, non appena si trovò solo con Louise, sfogò contro di lei l'esasperazione che aveva dovuto trattenere in presenza del padre.

« In futuro tieni la bocca chiusa per tutto ciò che riguarda l'azienda o qualsiasi altra cosa che possa creare contrasti in casa di mio padre! Non ti avevo forse avvertita? Non si era forse deciso che risultassi io l'ispiratore di ogni miglioramento? Lo sai che cosa mi ha consigliato di fare? » le urlò in faccia, tutto congestionato. « Di picchiarti. E, perdio, lo farò, se non ti adatti alle regole. »

Louise si irrigidì e divenne così pallida, di fronte a quella sfuriata, che lui indietreggiò, improvvisamente pentito ma ancor più arrabbiato. Per parecchi giorni l'atmosfera tra loro fu estremamente tesa, ma alla fine lui decise di essere magnanimo: comperò un mazzo di fiori e la accompagnò a teatro, al Drury Lane, e poi a cena fuori. Tutto sembrò andare per il meglio. Robert scacciò il lieve senso di apprensione, convincendosi che col tempo le cose sarebbero tornate come prima.

Poi egli osservò con discrezione gli abiti delle ragazze del negozio. Era come aveva detto Louise. Gli orli si sfilacciavano, la seta cedeva alla piega dei gomiti, e c'erano molti rammendi intorno ai bottoni allacciati sulla schiena, nei punti in cui la stoffa si era consumata. Una delle ragazze sembrava particolarmente male in arnese, poiché il suo vestito era stato acquistato di seconda mano da una precedente commessa che se n'era andata. Robert volle parlarle personalmente nel suo ufficio. Era un tipino grazioso, con un'aria impudente e saputa; ma tutta la sua effervescenza scomparve quando lui le disse di comprarsi un nuovo abito per il negozio.

« Non posso, signore », gemette disperata. « Non ci arrivo con il mio salario. Come lei sa, quando mi ha assunto qui ero rimasta disoccupata per un certo periodo, e devo ancora pagare gli arretrati dell'affitto della mia stanza. Sono costretta a fare una rigida economia. »

Lui la guardò freddamente. La sua espressione non rivelava che era stato attratto dal contrasto tra i suoi splendidi riccioli e il suo abbigliamento dimesso. Sotto l'orlo dell'abito vide occhieggiare una candida sottoveste, e scorse qua e là anche qualche porzione di pelle. Il timore aveva provocato nella ragazza anche un'eccessiva traspirazione e nel piccolo ambiente dell'ufficio si era diffuso un aroma inebriante. « Con il negozio non si scherza, signorina Ashcroft. Lei ha ottenuto il lavoro a condizione che obbedisse alle regole della Casa, che includono l'essere abbigliati in modo decoroso. »

Con un'espressione sempre più ansiosa, lei aveva cominciato a stropicciarsi le mani angosciata. « La prego, non mi licenzi, signore. Io lavoro sodo e piaccio alle clienti, questo lo so. Nessuna ha mai dovuto lamentarsi di me. Giuro che cercherò di ottenere in qualche modo un altro vestito. Mi occorre solo un po' di tempo. »

Robert scosse il capo, deciso. « Non è il caso di parlarne. Lei è praticamente a brandelli. »

La ragazza non riuscì più a controllarsi. Incominciò a singhiozzare e dai suoi occhi azzurri rotolarono giù grosse lacrime, mentre tutto il suo corpo sussultava per la disperazione. « Potrei trovarne uno domenica al mercato. Mi dia una possibilità, la prego, signore! »

Lui si alzò dalla sedia e le si avvicinò, facendo scorrere lo sguardo sull'indecoroso capo di vestiario. « Un abito comprato al mercato non si addirebbe a questo negozio. Le cuciture non sarebbero probabilmente migliori di questa... e questa. » Aveva appoggiato una mano sulle sue spalle tremanti e l'aveva fatta scivolare accarezzando la curva del suo seno rigoglioso. Un brivido attraversò la ragazza. Da sotto le ciglia imperlate di lacrime, incontrò gli occhi a fessura di lui e deglutì convulsamente.

« Devo dire che ha ragione, signore. » La sua voce era ancora incrinata dal pianto, ma vi si avvertiva già un inizio di sfrontatezza. « Le sarei immensamente grata se mi suggerisse un altro modo che mi permetta di sostituire il mio vestito. » Robert sorrise lentamente e, raggiunta la porta, girò la chiave nella serratura. Louise era fuori, a far visita alle lavoranti a domicilio, non ci sarebbe stata dunque alcuna irruzione.

Una settimana più tardi, Lily Ashcroft ebbe il suo vestito nuovo, ma si dimostrò molto riservata. Ciò che era accaduto non era affatto insolito. Ne aveva conosciute altre che avevano dovuto anteporre l'impiego alla virtù; eppure ciò non le aveva sporcate. Ma Robert Prestbury era un avido demonio e a lei non piaceva molto. Ringraziava Dio di non essere sua moglie.

Louise soffriva di un'acuta nostalgia. Nulla riusciva ad alleviarla. Le mancava tutto della Francia, dalla sua cara Catherine agli Worth, all'allegra atmosfera delle domeniche parigine, così diverse dalle tetre e opprimenti giornate di riposo britanniche in cui tutto era serio e solenne. Il suo matrimonio, a parecchi mesi di distanza, appariva di gran lunga diverso da ciò che aveva sperato. Robert, dopo aver dato legalmente il suo cognome a Paul-Michel, si occupava ben poco del bambino, mancando ai suoi impegni di patrigno che erano stati una delle ragioni per cui lei l'aveva sposato.

L'unica luce che illuminava le sue monotone giornate era rappresentata dal tempo che poteva trascorrere con il figlio; ma un'altra grande gioia la provava quando arrivava una lettera dalla Francia. Catherine scriveva diligentemente una volta al mese, e le dava notizie degli amici e dei conoscenti, ma le rivolgeva anche molte domande su Paul-Michel e voleva essere rassicurata che lui non l'avesse dimenticata. Le lettere di Marie erano completamente diverse e trasportavano Louise nello scintillante mondo dell'*haute couture* che le mancava tanto. Balzavano fuori dalle sue pagine il colore, l'eccitazione e la pura bellezza degli abiti che Worth stava creando, non solo per l'imperatrice, ma anche per le dame del seguito e per altre donne che occupavano un posto importante nella società. Qualche volta Marie includeva nella lettera le illustrazioni di abiti di Worth che erano state pubblicate in riviste di moda, e Louise le appendeva sulla parete dell'ufficio di Prestbury's. Allora sentiva le dita pruderle per il desiderio di partecipare al procedimento attraverso il quale poche linee tracciate da Worth si tramutavano in un meraviglioso abito. Si teneva continuamente in esercizio, per il timore di perdere la mano, e faceva molti schizzi di abiti, giacchine e cuffie, cercando sempre nuove idee e variazioni dello stile corrente e, come aveva sempre fatto, tagliava e cuciva personalmente ogni nuovo abito che voleva aggiungere al suo guardaroba.

Risultava chiaro da tutte le lettere che riceveva da Parigi che Worth aveva fatto fortuna, e lei ne era felice. Erano passati quindici anni da quando il giovanotto senza un quattrino aveva bussato alla porta della ragazzina che Louise era stata e adesso egli era diventato il *grand couturier* di Parigi. Marie scrisse che aveva cambiato l'arredamento del numero 7 e aveva esteso il salone di mode a un altro piano per avere un maggior numero di laboratori. Poi aveva assunto molte altre cucitrici e commesse, perché cominciavano ad arrivare ordinazioni da tutto il mondo, particolarmente dagli Stati Uniti. Ma i de Gand non venivano mai menzionati, fuorché una volta in cui Marie le aveva dato la triste notizia che Stéphanie aveva abortito perdendo il bambino.

Louise stava riponendo una lettera di Marie una mattina in cui Robert era venuto tardi in negozio e l'aveva trovata in ufficio. « Che cos'è questa roba? » s'informò lui, accennando a un foglio a righe scritto ordinatamente che la moglie aveva posto sotto il tampone della carta assorbente sulla sua scrivania.

« È una relazione che ho scritto riguardo al negozio. Credo

che, se tuo padre potesse leggerla in tutta tranquillità, nel suo tempo libero, sarebbe più propenso a prenderla in considerazione. Ho osservato che, quando le cose gli vengono spiegate verbalmente, finisce per confondersi; e forse si arrabbia talmente con se stesso per non essere in grado di comprendere tutto, che si rifiuta di considerare qualunque cosa gli si proponga. »

Robert mostrò un interesse molto cauto. Si protese verso la scrivania per afferrare il foglio e leggerlo. Sapeva che lei aveva già formato un nucleo di buone lavoranti a domicilio nella casa della vedova i cui lavori l'avevano molto interessata fin dall'inizio. Tenendole tutte sotto uno stesso tetto e alzando loro i salari, la cui differenza sarebbe stata colmata con i fondi che avrebbe risparmiato eliminando il resto della manodopera, era certa di poter produrre abiti che soddisfacessero in pieno le esigenze della clientela. Ma il suo piano era quello di esporre in vetrina abiti da lutto provenienti da altre sartorie, sui quali contare per garantirsi un rifornimento di merci di una certa eleganza. La clientela di Prestbury's, che apparteneva alla classe media, andava persuasa che un abito non doveva necessariamente essere fatto a mano per conferire a chi l'indossava un aspetto elegante; con un'accurata e abbondante scelta di abiti pronti sempre in esposizione, a poco a poco si sarebbe potuta vincere la diffidenza. Anche sotto il punto di vista pratico sarebbero state eliminate le folli corse per far fronte alle ordinazioni nei pochi giorni precedenti un funerale; era tutta questa fretta che, nel passato, aveva permesso anche alle cucitrici scadenti di intrufolarsi in quell'attività. Robert poteva dunque prevedere per il negozio un futuro più chiaramente definito, che l'avrebbe tramutato in una Casa di abiti da lutto pronti di gran classe.

« Sembra uno splendido progetto », approvò con aria prudente. « Hai già in mente una fabbrica di abiti da contattare? »

« Vorrei prendere accordi con l'unica che ha fornito un abito molto semplice, per mezzo lutto, che ho trovato qui nei primi giorni del mio arrivo. Ho guardato l'etichetta. » Gliela porse. « È una fabbrica di Southwark, in Boston Street. Se tuo padre approverà il progetto, andrò a visitarla per vedere che cos'altro produce. »

Robert spinse in fuori il labbro inferiore con aria pensierosa. La salute di suo padre stava peggiorando più di quanto

Louise e sua madre si fossero rese conto. Più di una volta l'aveva scoperto piegato in due dal dolore nella sua sedia, ed era significativo che avesse smesso di venire in negozio. Louise aveva pensato che dipendesse dal fatto che John Prestbury era contento di vedere le cose procedere bene, e che volesse prendersela con più tranquillità. Ma Robert sapeva che si trattava di ben altro. Alla fine, il declino di suo padre, che aveva subìto una battuta d'arresto, era ripreso.

« Sceglierò il momento più adatto per mettergli davanti questo foglio. Lascialo a me. Ci penserò io. »

Qualche giorno dopo, le disse che aveva consegnato il foglio a suo padre e che lui aveva accettato di leggerlo. Poi, in breve tempo, seguì il consenso. « È tutto sistemato », la informò Robert pieno di giubilo. « Ho dovuto assicurarlo che si trattava di una mia iniziativa, così qualunque cosa succeda tu non sarai chiamata in causa. »

Quel giorno stesso, mentre andava a prendere una vettura a nolo al di là del fiume per recarsi a Southwark, Louise diede un'altra occhiata alla lettera della fabbrica di Boston Street per cercare di decifrare la firma del proprietario apposta sotto la chiara scrittura di un impiegato. Improvvisamente scoprì di che nome si trattava. *William Russell*. Provò un fremito di eccitazione e di sorpresa. Possibile che si trattasse di quel Will Russell che lei aveva conosciuto?

La fabbrica di Boston Street sorgeva in un viale ed era un grosso edificio di mattoni rossi alto cinque piani. All'entrata chiese di vedere il signor Russell e, dopo alcuni minuti di attesa, fu scortata per una rampa di scale fino al primo piano. Lo vide prima che lui si accorgesse della sua presenza. In fondo a un lungo corridoio una porta a vetri conduceva al suo ufficio, e lui era in maniche di camicia e stava esaminando una pezza di stoffa assieme a un assistente. Mentre avanzava verso di lui, lo vide lanciare una rapida occhiata sopra la spalla, quasi a significare una certa impazienza per essere stato interrotto. L'uomo con la stoffa fu congedato, mentre Will Russell protendeva una mano verso la finanziera e l'indossava.

Louise si rivolse all'impiegato che le stava al fianco. « Vada pure, grazie. Il signor Russell e io siamo vecchi amici. Preferisco incontrarlo da sola. »

L'impiegato la lasciò, e Louise si fece avanti. Tra lei e Will adesso non c'era più nessun altro. Lui si stava avvicinando alla soglia per riceverla e, mentre la distanza diminuiva a ogni passo, Louise vide i suoi occhi dapprima stringersi a fessura con incredulità e poi spalancarsi. Will lanciò una specie di esclamazione di meraviglia, mentre le correva incontro con le mani tese per afferrare le sue.

« Mia cara Louise! Non posso crederci! Tu! Qui! E ti sei fatta annunciare come 'signora Prestbury'! Spiegami tutto. »

Louise pensò che non era mai stata tanto contenta di vederlo in tutta la sua vita. Era buffo, ma le erano spuntate le lacrime agli occhi. Lui la condusse rapidamente nel suo ufficio, la fece sedere e poi si precipitò a prendere un'altra sedia per sé. Appoggiando i gomiti sulle ginocchia, si piegò verso di lei, sottoponendola a un fuoco di fila di domande e scuotendo il capo varie volte, ancora stupito di vederla là. All'inizio, sembrava lo stesso vecchio Will, esuberante ed entusiasta, un po' chiassoso e sempre pronto al riso, che gettava indietro il capo e mostrava i denti candidi. Ma a poco a poco, dopo aver esaurito, gioendone, la rassegna dei loro ricordi, ridiventarono seri, e quando il sorriso abbandonò gli occhi e la bocca di Will, Louise vide che gli anni avevano lasciato il segno. Le apparve più vecchio: i suoi lineamenti si fecero più duri e più pronunciati, le linee intorno alle labbra più spietate, e un vigile distacco nel suo sguardo prese il posto del calore di cui s'era colmato alla vista di Louise.

Ordinò che fosse portato un vassoio con il tè, ansioso che lei potesse ristorarsi, e, quando le tazze furono vuote, sedette appoggiandosi allo schienale della sedia e accavallando le lunghe gambe, il mento affondato nella cravatta di seta scura, e la guardò attentamente aggrottando le sopracciglia. Louise gli raccontò tutto quello che le era successo, tacendo solo ciò che non avrebbe mai confidato a nessuno, e quando arrivò al suo matrimonio, Will apparve improvvisamente inquieto, si alzò di colpo dalla sedia e sbatté la tazza contro il piattino nel deporli sul vassoio.

« Perché non mi hai scritto? » chiese piuttosto incollerito. « Hai affrontato un periodo così difficile da sola, quando avrei potuto aiutarti io. Bastava una tua parola e mi sarei imbarcato sul primo battello che attraversava la Manica. »

« Ho pensato, in realtà, di mettermi in contatto con te quando ero nel dilemma di cui ti ho parlato », disse Louise. « Mi avevi detto infatti che ci sarebbe sempre stato un lavoro per me nella tua azienda; ma poi ho deciso diversamente. »

« Nella mia azienda? » ripeté lui. « Buon Dio! Ti avrei sposata e avrei fatto da padre a tuo figlio! »

Louise lo guardò con aria sorpresa. « Ma tu sei sposato... »

Will emise una specie di gemito, passandosi una mano nei folti capelli biondi in quel modo caratteristico che lei ricordava. « Naturalmente... tu non sai nulla. Non potevi esserne informata. » La fissò con uno sguardo spento. La sua voce era distante. « Mia moglie è morta tre anni fa di parto, e circa sei settimane dopo la mia bambina veniva sepolta nella stessa tomba. »

« Oh, Will. » Dalla bocca di Louise proruppe un grido di disperazione.

« Amavo Ellen teneramente. Avevamo le nostre difficoltà ed eravamo abbastanza diversi, ma l'amavo. La tragedia era che lei non voleva bambini. Era terrorizzata dall'idea di rimanere incinta. Ma io non mi sono reso conto della gravità delle sue paure. Egoisticamente volevo una famiglia, e pensavo che lei sarebbe stata più felice e che le cose sarebbero andate meglio se fossero arrivati dei bambini. Le sue crisi isteriche durante la gravidanza erano una tortura per me. Dopo una delle solite urlate, cercò di gettarsi dalla finestra. Da allora un'infermiera rimase giorno e notte con lei. Penso che sia stato un miracolo che la bimba sia sopravvissuta; ma quando ho perduto anche lei, neppure io avevo più uno scopo per vivere. »

Louise si alzò dalla sedia, un'espressione di pietà sul viso, e gli strinse una mano in segno di solidarietà. « Le mie più sentite condoglianze, caro Will. Che lutti terribili hai avuto! Come hai potuto riprenderti? »

Lui le tenne la mano. « C'era sempre il lavoro. » Fece un cenno verso le carte e i campionari di stoffa in disordine sulla scrivania. « Ho ripreso a lavorare dodici ore al giorno. Qualunque cosa pur di non ritornare in quella casa vuota. Diciotto mesi fa ho costruito questa nuova fabbrica e ho più di duecento persone che lavorano per me. Recentemente ho traslocato, ma la maggior parte del mio tempo libero lo trascorro al club. » Strinse le labbra. « Spesso gli amici mi chiedono perché non mi risposo. Rispondo che ho perso l'abitudine all'ambiente domestico e che mi sento più a casa mia tra il turbinio degli ingranaggi e lo stridio delle forbici. »

« E dici che mi avresti sposato? » A questa domanda, lo sguardo di Will cercò i suoi occhi e la fissò a lungo, profondamente.

« Tu hai sempre acceso un fuoco in me, Louise », ammise con una tenera smorfia. « Fin da quando, tanto tempo fa, mi stuzzicavi agitando la tua gonna, mentre io cercavo di concentrarmi per insegnarti l'inglese. » Guardò la mano di lei, che aveva trattenuto tra le proprie, e sentì l'anello sul suo dito attraverso il morbido capretto del guanto. « L'ultima volta che ci siamo incontrati, ti ho chiesto perché non avevi la fede nuziale. Vorrei che fosse di nuovo così. »

« Se così fosse, non sarei qui, ma ancora a Parigi, e quest'incontro non sarebbe avvenuto. »

« Naturalmente. » Sorrise, ma i suoi occhi rimasero seri. Era stato riportato dalle prudenti parole di lei entro i limiti dei loro rapporti, limiti che non dovevano oltrepassare. « Sono felice che le nostre vie si siano intersecate di nuovo. Non c'è ragione perché due vecchi amici non possano incontrarsi spesso. Tu e tuo marito dovete venire a pranzo da me. Sarà simpatico avere un motivo per organizzare una bella cena. »

Anche lei sorrise. « Saremo felicissimi di venire. » Continuavano a tenersi le mani. Poi, entrambi si accorsero contemporaneamente di quel prolungato contatto, e abbandonarono la stretta facendo scivolare le dita.

« Stavo dimenticando lo scopo che ti ha portato in Boston Street », disse Will in tono neutro, unendo le mani dietro la schiena. « Vorrei accompagnarti a fare un giro per la fabbrica prima che tu veda gli abiti che produciamo. Penso che troverai molte cose interessanti. Sto lavorando a un'invenzione che permette di ottenere gli occhielli con notevole rapidità, ma non sono ancora in grado di brevettarla. »

Continuando a parlare, uscirono insieme dall'ufficio. Louise trovò il giro molto interessante. Diversamente dalle fabbriche di cui aveva udito parlare, l'edificio era luminoso e aerato. Will le spiegò che non avrebbe mai potuto imporre ad altri esseri umani le condizioni di lavoro che lui stesso aveva dovuto sopportare nel passato. Le cucitrici non erano accalcate intorno ai tavoli, ma sedevano davanti a ingombranti macchine per cucire disposte in lunghe file l'una di fronte all'altra. Il compito dei bambini era importante, e consisteva nel rifornire le lavoranti dei capi da cucire tagliati a modello sui tavoli, mentre i più piccoli erano impegnati a smistare i ritagli nei sacchi. Will le disse che erano i figli delle dipendenti, le quali avevano dovuto decidere se lasciarli liberi dopo le otto ore di lavoro stabilite per essi o tenerli con loro per le altre due ore di lavoro al giorno da esse dovute. Le fece piacere sentire che ai più piccini veniva quotidianamente servita una farinata o una zuppa densa preparata nella cucina della fabbrica.

« Sono accusato dai proprietari di altre fabbriche di coccolare i miei operai », osservò Will, « ma ho invece regole molto rigide. Niente ubriachezza, nessuna negligenza e nessuna molestia da parte dei lavoratori maschi verso le donne o i bambini. Come ricorderai, ho lavorato anch'io in un opificio, e so quindi come possa regnare l'infelicità se un datore di lavoro non si cura del benessere di coloro che producono per lui. »

Quando arrivarono ai magazzini, Louise scelse solo abiti di uno stile che sapeva sarebbe stato sicuramente accettato dalle clienti di Prestbury's. Ordinò soprattutto capi di colore nero, ma incluse anche una serie di abiti in tinta porpora e in una varietà di grigio per coloro che stavano per terminare il periodo di lutto. Stabilirono le date di consegna e poi Louise si accinse ad andarsene, ma prima fissarono la serata in cui lei e Robert avrebbero pranzato con Will. All'ultimo momento, mentre veniva chiamata una vettura a nolo e loro attendevano fermi sui gradini dell'ingresso, Will disse:

« A suo tempo avrei dovuto strapparti la promessa di rivolgerti a me ogni volta che ti fossi trovata nei guai. Voglio la tua parola che, se dovessi avere ancora bisogno di aiuto, mi manderai a chiamare. »

Louise annuì col capo, pensando che per la prima volta, da quando si trovava in Inghilterra, non si sentiva più sola. « Ti ringrazio, Will. E lo prometto. »

Will non riuscì più a togliersela dalla mente né per il resto della giornata né nei giorni successivi. Aveva ripreso a ossessionarlo con il potere erotico che emanava, proprio come era avvenuto in quei giorni lontani. Ora sapeva che nella sua vita aveva costituito una fonte di energia maggiore di Ellen. Perché avesse amato Ellen, era al di là di ogni comprensione: ma il cuore aveva le sue regole, e l'aspetto delicato di lei e il suo corpo minuto avevano sempre destato in Will il desiderio di proteggerla e di vezzeggiarla, anche se il comportamento della ragazza avrebbe distrutto qualsiasi sentimento d'amore in un altro uomo. Le emozioni che Louise destava in lui erano completamente diverse. Primordiali, forse, ma c'era qualcosa di più. Sia sotto il profilo spirituale sia sotto quello dei sensi, era la sola donna al mondo che egli potesse considerare l'altra metà di se stesso: simile a lui nel modo di pensare e di agire, pronta a lottare per ogni cosa che desiderava dalla vita. Will era certo che con il loro amore avrebbero scosso l'universo. E pur conoscendola da molti anni, l'aveva baciata solo tre volte; ma ricordava che quei baci erano stati più tumultuosi di qualsiasi rapporto avesse avuto con altre donne, che aveva subito dimenticato.

Durante la serata della cena di Will, Robert apparve molto cordiale, sorridente, brillante conversatore, e fu galante con le signore, colmandole di complimenti. Nella sala da pranzo rivestita di mogano, il tavolo era ricoperto da una tovaglia di damasco. Vi sedevano attorno una ventina di ospiti, e Louise si trovava alla destra del padrone di casa. Per Will era come se la sua bella dimora rivivesse per la prima volta, e lo doveva allo scintillio degli occhi di Louise e al candore delle sue spalle che emergevano da un abito di raso francese color crema che eclissava quello di ogni altra donna presente. Era un vero peccato che avesse sposato Prestbury. Nei giorni precedenti a quella serata, Will si era dato molto da fare per scoprire tutto ciò che poteva su di lui e sulla sua famiglia. Le origini di Prestbury erano ottime, ma c'era ben poco per cui poterlo stimare. Will bevve un sorso di vino rosso. Con la crudeltà che non aveva risparmiato né a se stesso né a nessun altro nell'iniziare la sua scalata alla prosperità, capì che non avrebbe provato alcun rimorso a togliere Louise al marito, se avesse potuto. Ma c'era lo stesso ostacolo che li aveva divisi in passato: l'affetto di Louise era ancora rivolto altrove. Lui però non era uomo da arrendersi, soprattutto quando sembrava che il fato gli avesse offerto una seconda possibilità di ottenere ciò che un'inopportuna intrusione gli aveva strappato una notte di tanto tempo prima in un laboratorio di Parigi.

XIX

John Prestbury osservava attentamente il calendario, cercando di ricordare in quale giorno avesse compiuto l'ultima visita al suo negozio. In quel periodo trovava difficile ricordare le cose, ma ciò non significava che non fosse più in possesso delle sue facoltà mentali. Quando Robert l'aveva sostituito nell'azienda, si era fatto un punto d'onore nel recarsi là due e anche tre volte alla settimana, sempre senza avvertire per tenere il figlio e il personale costantemente sulla corda e in piena efficienza. Alla fine era riuscito a eliminare ogni possibile interferenza da parte della nuora francese e tutto sembrava andare alla perfezione. Era stato un grande sollievo non doversi muovere per forza e poter compiere quella noiosa passeggiata solo di quando in quando. La verità era che ogni più piccolo sforzo lo stancava, e assieme alla stanchezza c'erano quelle fitte nel petto che le medicine del dottore potevano soltanto lenire. Riconosceva in esse i sintomi che allora lo avevano portato a quel terribile attacco di cuore, ma adesso era informato e sapeva che il riposo assoluto era la cosa più importante. Quel giorno, miracolosamente, si sentiva meglio. Per tutta la settimana precedente non aveva avuto il minimo dolore, e la luminosa giornata piena di sole era invitante. Più di tutto, desiderava rivedere il negozio. Gli mancavano l'odore delle nuove stoffe, il sibilo della porta d'ingresso, il fruscio della carta che avvolgeva le merci e le manifestazioni di cordoglio che gli procuravano occhiate di gratitudine da parte delle clienti, molte delle quali aveva incontrato in occasione di svariati lutti. Gli affari erano peggiorati perché le clienti più anziane erano morte a loro volta e nei grandi magazzini erano stati aperti reparti per l'abbigliamento da lutto. Ma il negozio di Prestbury non era mai venuto meno alle sue premure e ai rapporti personali con la clientela, e questo era quel che contava al di sopra di tutto.

« Esco », disse alla moglie.

Borbottò e sbuffò mentre saliva in carrozza, cercando di spingere da parte il domestico che lo accompagnava, anche se era costretto poi ad accettare il suo aiuto. Abbandonandosi sul sedile, trasse un sospiro di sollievo; allargò le ginocchia per sistemare il grosso ventre, mentre la mano, incontrollata, scuoteva il bastone da passeggio al quale era ancora aggrappato. Era molto tempo che non si avventurava fuori, sapeva dunque di piombare inaspettato sul figlio e sul personale. Sperava di trovare Robert impegnatissimo, come raccontava durante il rapporto quotidiano che gli presentava ogni sera. Gli avrebbe fatto molto piacere sapere che Allenby aveva agito per il meglio quando gli aveva detto che un buon tirocinio sotto il miglior maestro avrebbe avviato quel ragazzo sulla strada giusta. Il guaio era che Robert era un infido briccone e lo era sempre stato. In verità, John Prestbury sapeva di non aver mai amato suo figlio. Ammesso che Robert *fosse* suo figlio. Quel vago dubbio non si era mai dissolto, e ciò era alla radice della sua avversione. Verena, con la sua aria altera, aveva cambiato idea troppo rapidamente e lo aveva sposato all'improvviso. Una volta, in un accesso di rabbia, molti anni prima, aveva tentato di strapparle la verità, ma c'era già Agnes in viaggio, e per il bene del bimbo che doveva nascere si era trattenuto. Ma né nell'aspetto né nel carattere del ragazzo aveva mai riconosciuto qualcosa di sé o della voglia di lavorare sodo dei suoi antenati. Robert aveva tutte le caratteristiche della famiglia di Verena, lo stesso aspetto di nobile stirpe e l'affettazione della classe più alta, i modi dei giovani gentiluomini che ella frequentava nei giorni in cui, più anziano degli altri, lui cercava di corteggiarla, anteponendo come unica qualità le tasche talmente piene di soldi da far dimenticare che era un commerciante.

Sospirò di nuovo, strizzando gli occhi attraverso il vetro del finestrino per vedere quanta strada mancava al negozio di Hampton Street, che per molti anni era stato fonte di orgoglio per lui. Era stato un buon affare con le cuffie nere, che si erano vendute come focaccine calde sulla sua bancarella al mercato, a spingerlo a occuparsi di abbigliamento da lutto. Con la sua scaltrezza, non si lasciava sfuggire occasione per far denaro. Si era allora nel pieno della guerra contro Napoleone; ma anche quando fosse arrivata la pace la gente avrebbe continuato a morire, e altre donne si sarebbero vestite di nero. In ciò non vide nulla di macabro o di immorale. Al contrario. Nel suo primo negozietto, le donne gli erano riconoscenti perché nel momento del dolore riuscivano a trovare tutto ciò di cui avevano bisogno in un unico luogo. Fu in quei primi giorni che divenne esperto nel formulare discorsi di condoglianze, nel mostrare quell'attenzione rispettosa che non veniva dimenticata all'occasione successiva. I suoi affari cominciarono ad andare a gonfie vele. Aveva trentacinque anni, una grossa catena d'oro all'orologio che gli attraversava il panciotto, e poteva starsene sulla soglia del suo negozio nuovo nell'edificio di Hampton Street come un uomo che si era fatto da sé, quando mise gli occhi su Verena e decise che sarebbe stata sua. Che folle era stato! Avrebbe fatto meglio a cercarsi una ragazza sensibile della sua classe, che gli avrebbe dato una prole della cui paternità essere certo e che non si sarebbe sentita troppo raffinata per farsi vedere in negozio, tanto più che quel commercio le avrebbe garantito le comodità e il lusso che lei pretendeva. In realtà, a Verena non piaceva mai nulla. Il matrimonio l'aveva fatta sfiorire, e tutto ciò che in lei l'aveva attratto era ben presto scomparso. Ma Prestbury l'avrebbe lasciata in floride condizioni economiche e, poiché lei amava la casa in cui vivevano, questa sarebbe rimasta alla moglie, assieme a tutto il necessario per vivere, sino alla fine dei suoi giorni. Una volta le aveva promesso che non le sarebbe mai mancato nulla, e considerava quelle parole scolpite nel marmo.

Ancora un angolo e alla svolta successiva si sarebbe trovato davanti a Prestbury's. Perché suo figlio aveva sposato quella francese che lui non conosceva? L'Inghilterra era piena di ragazze belle come rose, e quel giovane sciocco aveva scelto una francese. Aveva un aspetto abbastanza elegante, da far girare la testa a molti uomini, nessuno lo contestava, ma lui aveva l'impressione che Robert fosse stato imbrogliato proprio come lo era stato lui anni prima. Quel suo bambino era completamente francese, non solo a metà. Non c'era neppure un atomo di inglese in lui. I capelli neri, il colorito, gli occhi grigioverdi dalle ciglia nere che non aveva mai visto, per quel che ricordava, né nella propria famiglia né in quella della moglie. Verena era dello stesso parere e ne avevano discusso insieme. Inoltre, lei aveva esaminato le lettere che Robert aveva scritto ad Agnes durante i suoi viaggi, e all'epoca del concepimento del bambino lui era in giro per l'Italia. John Prestbury sbuffò sprezzantemente. Suo nipote? Bah! Non lo era e mai lo sarebbe stato.

Mentre la carrozza si fermava, ricevette un tale colpo che la sua bocca si spalancò e il mento cominciò a tremargli. Una delle vetrine esponeva una serie di stoffe nere drappeggiate in un modo che non era quello solito; ma era l'altra che lo rendeva furioso, perché vi si vedevano abiti in colori che Prestbury non aveva mai tenuto prima in negozio. Malva! Grigio-perla! Un lilla accesissimo!

Balzò dalla carrozza con una forza che non sospettava di possedere. Picchiò in terra il bastone e si precipitò nel negozio. Il personale stava servendo alcune clienti, che gli voltavano le spalle; dentro di lui montò un ringhio d'indignazione mentre la saliva gli colava da un angolo della bocca. Tirò da parte la tenda che si trovava dietro all'offensiva vetrina e afferrò uno degli abiti da un banco di esposizione. Sembrava che gli occhi gli uscissero dalle orbite. *Abiti pronti!* Nel *suo* negozio! Prestbury, che fin dai suoi modesti inizi era fiero di sé per l'attenzione che dedicava a tutte le ordinazioni, si era coperto di vergogna e disonorato per quella robaccia di fabbrica, adatta a vestire solo le classi lavoratrici e i poveri!

Scagliò a terra l'abito e si guardò intorno. Louise stava servendo una cliente, ma lui non riusciva più a trattenersi. Attraversò il locale barcollando, poi alzò il bastone e lo calò rumorosamente sul banco davanti alla giovane. La cliente strillò e Louise lo fissò pensando che avesse perduto la ragione.

« Dov'è tuo marito? In ufficio? Seguimi! » A fatica si tolse il cappello davanti alla cliente. « Mi scusi, signora. »

Nel negozio tutti lo guardarono mentre, seguito da Louise, camminava pesantemente verso l'ufficio. Diede un gran colpo alla porta, che era solo accostata, e Robert, immerso nei registri, balzò in piedi con aria colpevole e chiudendo di colpo il libro mastro.

« Papà! Che cosa fai qui? Voglio dire, stai abbastanza bene da venire fin qui? Che cosa è successo? »

« Ti dirò io che cosa è successo! » John Prestbury colpì il figlio al naso con un pugno. « La merce in vetrina! Come hai osato cambiar faccia a questo negozio? »

Robert lo guardò confuso. Louise credette di sapere che cosa c'era che non andava. « Devono essere quei colori chiari. La signorina Ashcroft e io abbiamo allestito la vetrina questa mattina, prima di alzare la saracinesca. »

La reazione di Robert fu per lei altrettanto sorprendente di quanto lo era stato il comportamento di suo padre. La sua ira esplose violenta. « Ti avevo detto di non mettere mai in vetrina quelle tue merci. Dannazione a te! Devi sempre passare sopra agli altri? »

John Prestbury si voltò verso di lei. « Le *tue* merci? Che cosa significa? Che diavolo sta succedendo qui dentro? »

Louise in quel momento capì che Robert non aveva mai mostrato a suo padre la relazione che lei aveva scritto perché fosse sottoposta al suo esame e alla sua attenzione. John Prestbury non sapeva nulla degli abiti pronti che provenivano dalla fabbrica di Will. E il magazzino ne era pieno.

La faccenda venne a galla. John Prestbury parlò con veemenza, pieno di collera. Tutti gli abiti pronti dovevano essere restituiti. Non ne voleva neppure uno nel suo negozio. Non voleva neppure la nuora. Dalla scrivania alla quale era seduto agitò furiosamente un dito verso di lei.

« Tu vattene a casa! Non osare rimettere piede in questo edificio. Non mi sono mai fidato del tuo sangue francese e non mi fiderò mai. Vattene! Vat... » Gli mancò il fiato mentre, improvvisamente, nel petto gli esplodeva un terribile dolore. Cadde all'indietro contro lo schienale della sedia e vide il viso spaventato di Louise mentre gli slacciava la cravatta e gli toglieva il colletto. Sentì un rombo nella testa e una forte pulsazione agli occhi. L'ultima cosa di cui si rese conto furono le braccia della donna francese che lo sorreggevano come se cercasse di trattenerlo in vita con la propria gioventù e la propria forza.

Al funerale partecipò molta gente, venuta a offrire gli ultimi ossequi a un onesto commerciante. I cavalli che trainavano il carro funebre coperto di drappi avevano alte piume nere che oscillavano assieme alle loro teste, mezzo chilometro di carrozze lo seguivano. Subito dopo, la vedova, il figlio, la figlia e la nuora si riunirono in biblioteca per leggere le ultime volontà. John Prestbury non aveva altri parenti. I suoi desideri erano molto semplici. La casa, il negozio e tutto ciò che aveva posseduto andavano alla moglie, e, dopo la sua morte, alla figlia Agnes. Robert non era neppure menzionato. Verena udì il brontolio di delusione del figlio, ma non voltò neppure il capo. Il testamento non destava in lei alcuna sorpresa. Se l'era aspettato. Questo spiegava perché John non aveva voluto consegnare il negozio, simbolo del proprio successo personale, al cuculo cresciuto nel suo nido. Attraverso il testamento finalmente le aveva reso omaggio. Aveva dimostrato che la moglie non l'aveva mai ingannato.

Robert si era precipitato fuori di casa e Louise non lo vide per due giorni. Su richiesta della suocera, fu lei ad aprire il negozio come di consueto. « Suo marito mi aveva proibito di rimetterci piede », aveva però puntualizzato Louise.

« Questo finché era vivo », aveva risposto Verena con enfasi. « Ora è affar mio. »

Robert tornò a casa nell'orario di apertura del negozio. Louise non seppe che aspetto avesse né che cosa avesse deciso, ma quando lei rientrò dal lavoro era pallido, sobrio e di pessimo umore. La accolse con ostilità.

« Ho sentito che hai preso il comando durante la mia assenza. Sarai soddisfatta, vero? Se non avessi accettato tutti i tuoi suggerimenti, ora non saremmo in questo pasticcio. Avrei dovuto immaginare che, sposando una francese, sarebbero cominciati i guai. Tu stavi sullo stomaco a mio padre e sei la ragione per la quale lui non ha mai aggiunto al suo testamento un codicillo con il quale lasciava il negozio a me. »

Louise riuscì a controllarsi con difficoltà. Litigare con lui non risolveva nulla. Lo conosceva troppo bene per chiedergli di iniziare con lei un'attività in proprio come aveva fatto qualche tempo prima. Il suo impegno con il negozio Prestbury's gli aveva fornito una scusa per non affrontare uno sforzo personale. Lei sapeva che avrebbe sempre evitato ogni responsabilità. « Ho suggerito a tua madre di offrirti di entrare in società. Non ha alcuna prevenzione al riguardo: sarai a pari grado nella direzione degli affari e lei ti concederà la metà dei profitti. »

La guardò stringendo gli occhi, mentre a poco a poco il suo umore cambiava. « È davvero disposta a far questo? »

« Sì, penso di sì. Dovrai discuterne con lei. »

Robert considerò la cosa già bell'e sistemata. Sua madre poteva non avere simpatia per sua moglie, ma ne riconosceva l'intelligenza. Indubbiamente, Verena Prestbury aveva dovuto mettere da parte il suo orgoglio per chiedere a Louise quale fosse il modo migliore per convincerlo a lavorare da Prestbury's con iniziativa e interesse. Anche se era riconoscente a sua moglie per avere impiegato la propria intelligenza a suo vantaggio, non era ancora pronto a dimostrarglielo: infatti la riteneva ancora responsabile della sua esclusione dal testamento. Le rispose in tono canzonatorio e con aria di sfida. « Vorresti dimostrare quel che puoi fare con il negozio per farti perdonare da me, vero? Non sopporterò che mia madre abbia prevenzioni circa la fabbrica di abiti, se le vendite dei modelli pronti continueranno ad aumentare, come è avvenuto ultimamente. » Le sferrò un'ironica stoccata, fingendo di porgerle quel progetto sul palmo della mano. « Va' avanti, mia cara mogliettina. Dimostra davvero quanto sei intelligente. Ti faccio presente che non mi muoverò da questa casa fino a quando non potremo permetterci una sistemazione pari a questa; dunque fammi vedere come te la cavi. »

Louise, allora, capì chiaramente la ragione per cui lui l'aveva sposata. L'amore non c'entrava, perché Robert era incapace di amare qualcuno all'infuori di se stesso. Lui la desiderava soltanto e sapeva che gli poteva essere utile. Nella sua ingenua fiducia, lei aveva lottato per conservare quel poco di buono che c'era all'inizio del loro rapporto, cercando di essere indulgente anche quando aveva cominciato a conoscerlo a fondo; ma ormai non era rimasto più nulla. Come terribile conseguenza, quel vuoto si riempì con il desiderio di Pierre, più aspro, più acuto e più straziante di quello che aveva provato quando si erano separati. Le sue labbra cominciarono a tremare e Louise appoggiò le dita su di esse, coprendole con l'altra mano per soffocare il singhiozzo che minacciava di eromperle dalla gola.

Robert la scrutò con aria sarcastica. « Che cosa c'è che non va? Perché i tuoi occhi sono colmi di lacrime? Pensi di non essere capace di condurre le cose a buon fine? »

Louise non resse alla sua derisione. Improvvisamente non riuscì più a sopportare né lui, né la famiglia, né il negozio o qualsiasi altra cosa avessero in comune. Perse il controllo di sé, e non poté più trattenere il profondo singhiozzo che soffocava.

« Sì! Sì! Sì! » gridò con una voce acuta che a stento riconobbe come sua. « Io posso e voglio, ma non come tua moglie! Io torno a Parigi! Torno a casa! »

Robert la afferrò a metà della scala e la spinse contro la balaustra con una tale violenza che le sembrò che la spina dorsale le si spezzasse. Il suo viso livido si chinò su quello di Louise.

« Se te ne vai », le sibilò tra i denti, al colmo dell'ira, « te ne andrai sola. Paul è legalmente mio. Lui rimarrà con me. »

Louise chiuse gli occhi per non guardarlo e per respingere la visione di libertà che aveva riempito la sua mente in quei pochi tumultuosi e deliranti momenti. Non c'era via di scampo. Se si fosse data alla fuga portando Paul-Michel con sé lui l'avrebbe perseguitata per riaverlo. Le donne non hanno diritti, tanto meno sui loro figli.

Robert la lasciò andare, sapendo di aver vinto. Louise continuò a salire le scale, ma a passo lento. Aveva il cuore pesante come le gambe.

Seguirono giorni e settimane durante i quali gli affari migliorarono e non accadde quasi nient'altro. Da quando i Prestbury erano in lutto, tutti gli impegni sociali erano stati annullati e nessun altro si fece vivo all'infuori di Will, che continuò a invitare Louise e il marito in casa sua, cosa di cui lei gli fu estremamente grata. C'era sempre una buona compagnia a quei ricevimenti, e gli abiti da sera neri che Louise indossava avevano un tale stile, conferito dalle guarnizioni di *paillettes* scintillanti di Worth, che attirava ancora tutti gli sguardi quando arrivava, e otteneva la sua giusta parte di attenzioni maschili.

Una sera, nel salotto della casa di Will, tra gli ospiti riuniti la conversazione assunse una piega insolitamente seria. In precedenza, due o tre volte il *Times* aveva riportato una notizia riguardante il principe consorte, che era confinato a letto con quello che dapprima si diceva fosse un raffreddore e poi una leggera febbre. Ma uno degli ospiti frequentava il palazzo ed era in grado di offrire particolari più precisi, che aveva appreso solo un'ora prima.

« Soffre di terribili mali di testa e di disordini digestivi. »

« E ne è nota la causa? » chiese Louise.

« Potrebbe essere una cosa seria? » interloquì Will.

« Si sospetta una febbre tifoide. Ne ha tutti i sintomi. »

Ci fu un generale sospiro di costernazione. Era una malattia difficile da sconfiggere già per un giovane dalla fibra robusta, ma per un uomo di quarantadue anni, che si sapeva un po' delicato di salute, la cosa era estremamente seria. Una nube d'ansia aleggiò su quella serata e nulla valse a disperderla.

La mattina dopo, quando Louise lasciò il negozio per compiere la sua visita settimanale alle lavoranti a domicilio, comperò un giornale che annunciava in prima pagina le ultime notizie sulle condizioni del principe Alberto, ma che nell'articolo si limitava ad affermare che la leggera febbre persisteva. Con i pensieri rivolti al principe Alberto, Louise, impietosita, immaginò l'ansia disperata della regina in quel momento. Da quando era a Londra, non aveva mai visto la coppia reale, ma ricordava bene di averla osservata mentre erano in carrozza con l'imperatore e l'imperatrice durante una delle loro visite di stato a Parigi; allora avevano un bell'aspetto ed erano felici della tumultuosa accoglienza che aveva loro tributato la folla. Sapeva che il principe consorte era molto rispettato dal popolo inglese, e poteva immaginare in quale profondo lutto sarebbero piombati il paese e l'Impero, se fosse avvenuto l'inevitabile.

Mentre camminava, alla sua memoria si presentò il primo vestito che aveva cucito da Madame Camille, quando lei aveva chiesto per quale ragione tutti gli abiti erano di colore un po' scuro. Le avevano detto che la corte era ancora in lutto per la sorella del re Luigi Filippo, aggiungendo che il re stesso aveva indossato abiti neri. Improvvisamente le mancò il respiro e rallentò il passo: un pensiero importante le aveva attraversato la mente. Facendo dietrofront con una rapidità che scompigliò i cerchi della sua crinolina, ritornò al negozio a passo veloce, per comunicare a Robert la sua straordinaria idea. Per accorciare il tragitto rientrando dal retro del negozio in cui si trovava l'ufficio, varcò il portoncino di legno usato solitamente per le consegne della merce che venivano effettuate con un carro. Passando davanti alla finestra, diede un'occhiata all'interno per far segno a Robert che era tornata per una faccenda della massima importanza, e ciò che vide attraverso i pannelli di vetro la fece diventare color cenere, e la indusse a fare un balzo indietro per non essere vista. Si affrettò ad appoggiarsi al muro di mattoni dell'edificio, sconvolta e incredula, con il dorso della mano premuto contro la bocca per non gridare. Suo marito e Lily Ashcroft! Distesi insieme sul divano dell'ufficio, in un atteggiamento lubrico, poco dignitoso e orribilmente ridicolo. Incominciò a capire tutta la portata dei piccoli incidenti che prima le erano apparsi senza significato. Le risatine che si scambiavano le altre ragazze del negozio e i bisbigli che si zittivano al suo apparire. L'arroganza di Lily e la sua crescente tendenza a rispondere per le rime. Il vestito di seta nera *glacée* di miglior qualità che le aveva visto indosso con piacere dopo l'indumento cencioso che portava in precedenza. I piccoli sprechi della ragazza che non si accordavano con il suo magro stipendio. Tutto si spiegava chiaramente, in quel modo demoralizzante.

Louise si allontanò dal muro e riattraversò il cancello di legno che richiuse dietro di sé. Sul vialetto si spazzolò la polvere dei mattoni dalla gonna, sorpresa di sentirsi tanto calma.

Fuori, sulla strada, chiamò una carrozza. Poco dopo giunse alla fabbrica di Boston Street. Will la ricevette nel suo ufficio. Louise lo mise al corrente della sua intenzione di separare la propria attività da quella di Robert. Lui la ascoltò attento.

« E tu vorresti rischiare tutto il denaro che hai risparmiato in quest'impresa? » chiese.

« Sì! Del resto farò ordinazioni a credito ovunque potrò, sia qui che in Francia. Ma avrò bisogno di un deposito e successivamente di un punto di vendita, al minuto e all'ingrosso. Will, puoi aiutarmi? »

Lui proruppe in una risata compiaciuta, appoggiandosi allo schienale. « Tu hai nervi d'acciaio, l'ho sempre sospettato. Naturalmente ti aiuterò, ma prima c'è qualcosa che vorrei chiederti. »

« Sì? »

« Perché sei venuta da me invece di condividere quest'avventura con tuo marito? Con le facilitazioni del negozio Prestbury's a sua disposizione... »

« No! » Balzò dalla sedia in un'esplosione di collera, con i pugni serrati. « Non farò mai più nulla sotto il nome dei Prestbury! Ora basta! Tutte le merci per questa attività saranno ordinate con il mio nome da ragazza. »

Will si accarezzò il mento con aria pensierosa. « Capisco. Vorrei darti un suggerimento. »

« Non voglio che tu tenti di dissuadermi! »

« Non intendevo farlo. » Si alzò lentamente e girò attorno alla scrivania per andarle vicino. « Volevo solo dirti che mi piacerebbe entrare in questo affare con te, se me lo permetterai. La legge non riconosce la firma di una donna su un contratto, ma noi stipuleremo un accordo societario privato, e tutto sarà diretto da questo edificio, con la mia manodopera e senza interferenze di alcun genere da parte di estranei. »

Louise era rimasta senza parole, sopraffatta all'idea che lui volesse condividere quell'iniziativa così arrischiata. « Tu faresti questo per me? »

Will voleva rispondere che avrebbe fatto qualsiasi cosa per lei, ma non era né il momento né il luogo. « Sei d'accordo, allora? »

« Oh, sì! » Quel progetto aveva avuto origine da una faccenda troppo dolorosa per mettersi a festeggiare, e tutti e due ne erano consci. « Soci! » Si strinsero la mano con molta serietà. Poi ciascuno tornò al proprio lavoro.

Furono spedite ordinazioni a Manchester, a Leeds e a Bradford. Arrivò un cablogramma anche a Worth, che contattò alcuni opifici francesi, compresi quelli di Lione, perché fornissero le stoffe necessarie. Spedì immediatamente tutto ciò che aveva di disponibile, tra cui un carico di guarnizioni e di passamaneria nera in casse con sopra stampigliato il nome di Worth. I giorni passavano, ma le condizioni del principe consorte restavano stazionarie. Intanto, nella fabbrica di Boston Street arrivavano pezze e pezze di stoffa funebre per addobbare le strade e per confezionare drappi, larghe pezze di crespo, e ogni genere di stoffa, dal più morbido velluto nero al panno robusto, compresa una seta speciale da cui le cucitrici avrebbero ricavato in breve tempo cravatte da lutto e fasce da braccio.

A casa e da Prestbury's Louise continuava la quotidiana routine. L'unica decisione significativa che prese fu di licenziare Lily Ashcroft. Assumere o licenziare il personale era compito di Robert; ma questi si limitò ad alzare le spalle con noncuranza quando Louise gli disse ciò che aveva fatto, e finse di essere assorto nella lettura del giornale che si era portato in ufficio.

« È stata di nuovo insolente? L'avevi detto, la settimana scorsa, che eri scontenta di lei. » Fece frusciare le pagine stampate per mostrare che la sua attenzione era rivolta alle notizie del giorno. « Vedo che il principe Alberto non ha avuto il miglioramento sperato. Cattivo segno, vero? Pensavo che le cose sarebbero andate meglio. »

Poiché la moglie non rispondeva, le lanciò un'occhiata obliqua. Louise lo guardò triste e seria, poi di colpo annoiata. Lui non poteva credere che fosse in ansia per un membro della famiglia reale inglese, doveva dunque essere preoccupata per qualcos'altro. Aveva sospetti su Lily e lui? O aveva solo perduto la pazienza per l'arroganza della ragazza? Comunque, non intendeva lambiccarsi il cervello per cercare di scoprire di che cosa si trattava. Non c'era bisogno che Lily lavorasse da Prestbury's per averla a sua disposizione.

La notizia della morte del principe consorte lasciò la nazione attonita. La gente non riusciva a crederci. La sua malattia era stata di breve durata e, sebbene ci fosse stato un andirivieni di dottori, la stampa aveva mantenuto un atteggiamento ottimista. Non sembrava possibile che l'alto uomo straniero dall'aria grave non fosse più accanto alla regina. Si doveva dimostrare un grande cordoglio per quella morte, e ciò significava procurarsi abiti neri, drappi neri per le abitazioni e gli edifici commerciali, fiocchi neri per le carrozze di famiglia e per le carrozzelle dei bambini, veli neri per le bambinaie, cravatte e fasce nere per i domestici e anche per i ragazzini più piccoli. In poche ore, tra i dettaglianti di Londra si sparse la voce che la fabbrica di Boston Street a Southwark possedeva un'illimitata riserva di tutto ciò che occorreva, e per tutta la giornata piovvero ordinazioni da ogni parte del paese. Will aveva dovuto organizzare rapidamente una manodopera straordinaria, e in più furono assunte altre lavoranti. Sudato, in maniche di camicia, si occupava delle ordinazioni, mentre i suoi aiutanti continuarono per tutta la notte a preparare pacchi e a spedirli. I carri andavano avanti e indietro dal cortile della fabbrica alla stazione o lungo le vie della città. Molti negozianti andavano con le proprie carrozze a cavalli ad acquistare le merci. Alcuni venivano anche da molto lontano, e caricavano i veicoli finché erano stracolmi.

Su scala più modesta, anche Prestbury's aveva molto lavoro. Louise e il personale non si riposavano un momento. Quando le riserve si assottigliarono, Robert andò alla fabbrica di Will per rifornirsi, e s'infuriò nello scoprire che doveva mettersi in fila con gli altri compratori. Allora andò altrove, ma si rese conto che era rimasto ben poco e che non avrebbe potuto acquistare neppure la metà di ciò che gli serviva. Con l'avvicinarsi del giorno dei funerali di stato, aumentavano gli acquisti di tessuti neri. Tutta Londra era addobbata con drappi neri, come ogni altra città, grande o piccola. I negozi esponevano abiti vedovili. Molte delle stoffe di ottima qualità che fasciavano i grandi ritratti del defunto principe consorte provenivano dalla fabbrica di Boston Street, l'elegante emporio che poteva vantarsi di far venire la seta da Lione come costoso segno di cordoglio.

Louise non vide Will fino a dopo i funerali. Avvenne la sera seguente a una cena offerta nella casa di una conoscenza comune. La moglie dell'ospite e tutte le donne presenti erano in nero. Louise, avendo Robert al fianco, poté solo scambiare poche parole di saluto con Will in salotto; ma durante il pranzo gli occhi di lui, ammiccanti e scintillanti, incontrarono spesso quelli di Louise attraverso il tavolo che li divideva. Alla fine colse al volo la prima opportunità che gli si presentò per avvicinarla.

« Qual è la tua più grande ambizione? » le chiese in un sussurro. « È ancora quella di aprire un salone di alta moda? »

Lei trattenne il respiro. « Lo sai bene. Stai per dirmi che è diventato possibile? »

Will aveva un'aria allegra. « Non vuoi altro? »

« Comprare una casa. »

« Allora domani puoi cominciare a guardarti attorno per entrambi gli edifici. La casa devi sceglierla tu, ma io posso avvertirti che c'è uno splendido negozio che viene offerto in affitto in Regent Street, dove la strada fa la curva. Ecco l'indirizzo. » Le porse un cartoncino con una scritta. « Stiamo ancora vendendo tutto quello che riusciamo a preparare. Continuerò ancora per un bel po'. Le ordinazioni sono arrivate da tutto il paese. Penso che, per quanto riguarda le vendite all'ingrosso, dovremmo mantenere la società, particolarmente per quei tessuti di ottima qualità che vengono dalla Francia. Ieri i signori Marshall e Snelgrove di Oxford Street sono venuti personalmente per acquistare tutto il raso francese pesante e il broccato di Lione che ci sono rimasti, e prima di andarsene hanno fatto altre ordinazioni. Dovremo parlarne. Quando possiamo incontrarci? »

« Domani », disse lei, dopo aver lasciato cadere l'indirizzo nella borsetta e averne stretto i lacci. « Dopo che avrò visto il negozio. »

Will lanciò un'occhiata dietro le spalle di Louise. « Credo che tuo marito stia per venire qui. Forse pensa che ho monopolizzato la tua compagnia per troppo tempo. Per pura curiosità, come gli darai la notizia che hai messo insieme un considerevole gruzzolo? »

Le labbra di lei si piegarono in un sorriso. « Annunciandogli che non metterò mai più piede da Prestbury's. Mi sono guadagnata la libertà sotto tutti i punti di vista, finalmente, e non vi rinuncerò mai più. »

Will le disse, sussurrando di nuovo: « Sei una signora formidabile, mia bella Louise. Vedo già che conquisterai Londra. »

Lei spinse il mento in fuori allegramente. « Ho fiducia nei miei vestiti! »

« Non ci sono dubbi. »

In quel momento Robert si unì a loro, altre persone si avvicinarono, e per quella sera Louise non poté più parlare con Will privatamente. Diede la notizia a Robert in carrozza, mentre tornavano a casa. All'inizio apparve sconcertato. Il fatto che lei fosse riuscita alla fine a far fortuna rappresentava l'occasione per sfrenati festeggiamenti, anche se subito lui osservò dentro di sé che tutto quello che sua moglie aveva guadagnato gli apparteneva; ma ciò che lo faceva insorgere contro questa fortuna, era l'offesa che lei aveva arrecato al suo orgoglio agendo senza consultarlo. E poi – idea spaventosa! – se il principe consorte fosse sopravvissuto, lei avrebbe perduto tutto e ora si sarebbe trovata sommersa da un mare inimmaginabile di debiti. Infilò nervosamente un dito nell'alto colletto da sera.

« Caspita! Che fortuna hai avuto! » Dunque quel cambiamento di situazione avrebbe significato per lui abbandonare la casa paterna. Rise con aria di trionfo. « Ce l'hai fatta. Ce l'hai fatta davvero. Ed è solo l'inizio, penso. Naturalmente chiudi, con Prestbury's. Mi congratulo con te. D'ora in poi devi concentrarti su ciò che è nostro, e io lavorerò con te. Tutto il resto può andarsene al diavolo! »

« No, Robert. Tu sei socio della casa Prestbury's e, se segui le linee che ti ho tracciato, laggiù puoi ottenere un successo personale. »

La guardò incredulo, a bocca aperta, mentre passavano sotto un lampione che proiettò la sua luce dentro la carrozza. « Non penserai che io mi roda il fegato in un'impresa che non sarà mai mia, vero? Soprattutto quando possiamo dare impulso alla nostra casa di mode... »

Lei lo interruppe. « Spero che con il tempo tu riesca ad acquistare l'azienda da tua madre, e allora sarà tutta tua. Nel frattempo, io fonderò la mia casa di mode e la dirigerò da sola. »

Robert non riusciva a credere a quel che udiva. « Il denaro ti ha già dato alla testa? Tu non puoi dettar legge a me. Ti ricordo che sei ancora mia moglie e mia proprietà... »

Louise si girò verso di lui come una furia. « Non osare parlare di impegno coniugale con me! Per quanto mi riguarda, è completamente cessato. Tu farai una scelta. O ti trasferirai con me nella nuova casa che io intendo acquistare, o rimarrai con tua madre e tua sorella; per me non c'è nessun'altra via. »

« Io ho Paul... »

« Tua madre mi ha fatto chiaramente intendere con pungenti allusioni che non crede che Paul-Michel sia tuo figlio. Basta solo ch'io le dica la verità e lei mi spedirà mio figlio con armi e bagagli ovunque io mi trovi, ben contenta di liberarsi di noi. Tu puoi sempre impedirmi di riportarlo in Francia, questo lo so, ma non potrai mai convincere tua madre a tenerlo ancora sotto il suo tetto, e tu non desideri certo prenderti cura di lui da qualche altra parte. Vero? Non è così? »

Robert la guardò furioso e si abbandonò contro il sedile, nel proprio angolo, mordendosi le labbra. « Mio padre ti chiamava puttanella arrogante, e aveva ragione. Benissimo. Per il momento acconsento a continuare da Prestbury's, ma penso che la situazione dovrà essere rivista in seguito. In quanto a vivere lontano da te, non se ne parla neppure. Qualunque cosa tu dica, noi siamo marito e moglie. » Riuscì anche a trovare un motto di spirito. « Nella buona sorte e nella ricchezza in questo caso, oserei dire, che te ne pare? »

Lei mostrò d'ignorare il sarcasmo, e si limitò a un cenno d'assenso, come se si trattasse di un affare. « Allora è deciso. Puoi fare assegnamento su di me nel caso ti occorra qualche consiglio sulla conduzione di Prestbury's. Ti suggerisco di lasciare i registri a un buon contabile. Non intendo che sorgano dubbi proprio nel momento in cui si inizia una nuova attività. C'è anche la faccenda dei vestiti delle ragazze del personale. Ho dimenticato di accennarti che ho preso accordi con tua madre perché ogni commessa riceva un abito di stoffa robusta, di quelli già pronti in magazzino, e che sia sostituito ogni due anni, o anche prima se necessario. Lei conviene con me che la seta *glacée* non è adatta a donne della loro modesta posizione economica. »

Proseguirono in silenzio. Lui si sentiva il fiato corto, come se avesse ricevuto un colpo nel petto. Come e quando Louise aveva scoperto la faccenda dei registri e di Lily? Quella sua testa orgogliosa doveva avere gli occhi anche di dietro. Ciò spiegava perché l'avesse tenuto a distanza in quelle ultime tre settimane e più, senza mai lasciarsi prendere tra le braccia, e restando lontana da lui nell'ampio letto. All'inizio aveva pensato che fosse indisposta, e poi che fosse stanca e sovraffaticata per l'afflusso di lavoro al negozio; ma ora capiva che si era trattato di ben altro. Be', avrebbe lasciato le cose come stavano fino a quando non fosse stata comprata la nuova casa. Poi tutto sarebbe ricominciato. Lui l'avrebbe corteggiata di nuovo: Louise aveva una natura troppo comprensiva per serbargli rancore a lungo. In un modo o nell'altro doveva mettere le mani sui soldi. Aveva sempre desiderato possedere una stalla con cavalli di razza, due o tre veloci carrozze, e diventare membro di un club esclusivo di St. James. C'erano altre cose che avrebbe potuto procurarsi con un flusso ininterrotto di denaro. Il futuro non gli era mai sembrato più roseo. Aveva fatto una mossa saggia nello sposare quella francese.

Louise esaminò parecchi negozi prima di decidersi per l'indirizzo che le aveva dato Will. Era senza dubbio il migliore, perché aveva una posizione d'angolo, con una vetrina in Regent Street e l'altra con l'ingresso in una via laterale in cui si trovavano splendide dimore. Vennero gli operai per arredarlo e sistemarvi i salottini di prova. Contattò le probabili dipendenti, e come Worth aveva favorito a Parigi commessi inglesi, così lei preferì assumere tra il personale del salone alcune persone della propria nazionalità. Aveva scoperto che per la maggior parte delle signore inglesi un accento francese era simbolo di eleganza in una donna e di erotismo in un uomo. Molto prima di aprire il negozio aveva messo all'opera alcune cucitrici nelle stanze dietro al salone. Avevano il compito di realizzare gli abiti ricavati dai disegni che lei aveva schizzato nelle settimane precedenti. Da poco Worth aveva decretato per il giorno gonne più corte, che lasciassero vedere gli stivaletti e le caviglie, e Louise seguì il suo esempio. Era abbagliata dalla brillante idea del sarto. Era la sua prima mossa contro il modello a crinolina, che era durato troppo a lungo. Le sue modifiche sembravano insignificanti, ma con esse aveva cullato le donne in una sensazione di falsa sicurezza, mentre mirava al definitivo esilio dell'ingombrante aggeggio.

Uno dei vestiti preparati nella sartoria di Louise era particolarmente adatto a un corpo ben fatto. Ricordando come Marie avesse avvicinato la principessa di Metternich, Louise andò a trovare una giovane attrice molto applaudita a Londra e che si diceva fosse l'amante di turno del principe di Galles. L'attrice rimase incantata dai figurini che Louise le mostrò; ma, essendo di carattere molto venale, promise di indossare l'abito solo se le fosse stato offerto in dono, impegnandosi però in cambio a parlare in ogni occasione della nuova Madame Louise de Paris, che si trovava in Little Argyll Street, angolo Regent Street. Louise accettò, promettendole altri abiti, se quello le avesse fruttato una buona clientela.

Fu scelta anche la nuova casa e la vendita fu conclusa senza indugi. Era una residenza familiare di stile raffinato, di fronte a un parco dove Paul-Michel poteva giocare sotto la sorveglianza di Daisy, che nella nuova casa era stata promossa bambinaia, con la cuffia adorna di un velo e un'uniforme di cui era orgogliosa. Si era dimostrata degna di fiducia, gentile e sensibile, e Louise non aveva avuto da lamentarsi da quando suo figlio era affidato a lei. Furono acquistati i mobili, posati i tappeti e scelti i domestici. Il trasloco nella nuova casa avvenne qualche giorno prima dell'apertura del negozio. Louise era stata tanto fortunata da trovare un cuoco francese, e la prima sera che lei e Robert cenarono insieme nella nuova residenza il pranzo diede loro l'impressione di essere ritornati a Parigi a gustare la cucina di Magny o del Café Riche.

« Ottimo, mia cara. » Robert portò il tovagliolo a un angolo della bocca. « Che splendida serata! » Lanciò uno sguardo soddisfatto in giro, congratulandosi con se stesso per quella che lui considerava la sua casa, per il pasto che avevano condiviso e, ritornando con gli occhi a lei e alzando il bicchiere, per la moglie che aveva. A parte ogni altra considerazione, gli era sempre piaciuta molto, e, vedendola là seduta all'estremità del tavolo da pranzo con il bel seno dalla pelle vellutata, i capelli raccolti in un elaborato chignon di nuova foggia, si sentiva orgoglioso di lei. Erano di nuovo in buoni rapporti, dopo che lui aveva assunto un atteggiamento compiacente nei suoi confronti. E, durante quella prima notte nella loro nuova dimora, voleva che fossero marito e moglie nel vero senso della parola.

Era molto contento di avere la propria camera da letto, con spogliatoio e bagno personale. Ciò significava che poteva tornare a casa quando gli pareva, senza dover litigare. Non che Louise gli avesse mai fatto alcuna rimostranza; apprezzava comunque il senso di libertà che quella sistemazione gli offriva. La porta di comunicazione a due battenti di mogano lucente dava accesso alle stanze di lei. In uno stato di intensa attesa amorosa, si annodò il cordone della vestaglia di seta imbottita, afferrò la spazzola con il dorso d'argento e si diede un ultimo tocco ai capelli, poi attraversò la camera e premette la maniglia della porta di comunicazione. Questa non si mosse. Esercitò una forza maggiore, ma quando si rese conto che era stata chiusa a chiave dalla gola gli salì un rossore fino al viso. Quella sera era trascorsa in completa armonia. Lui era andato avanti e indietro parlandole, mentre entrambi si preparavano per scendere a cena. Si sforzò di non lasciar trasparire la collera nella sua voce.

« Louise! Sembra che la porta si sia bloccata. » Voleva darle l'opportunità di riscattare quella situazione. Ma non giunse alcuna risposta. Dall'altra parte non si udì il minimo movimento. La porta era comunque spessa e solida, forse studiata in origine per risparmiare a una moglie il fastidio di udire il russare del marito, e, a meno di non alzare la voce, sarebbe stato impossibile conversare attraverso di essa. Prese a scrollarla, ma sembrava robusta come le mura di Troia. Il pugno che calò sul pannello dovette rimbombare nella stanza di lei; ma, sebbene restasse in ascolto, non udì alcun giro di chiave. Spazientito, si precipitò fuori dalla sua camera e raggiunse la porta della stanza di lei che si apriva sul corridoio. Anche questa era chiusa a chiave.

Il mattino dopo, a colazione, Louise gli versò una tazza di fragrante caffè francese, parlando del droghiere dal quale l'aveva comperato, come se non fosse accaduto nulla di sconveniente e fingendo di non accorgersi della sua espressione accigliata. Mentre lei gli porgeva la tazza, Robert non fece alcun movimento per prenderla.

« Voglio il tè », disse con voce stridula, « e una decente colazione inglese. Porridge, salmone affumicato, rognoncini, bacon, uova, polpette di merluzzo, farina d'orzo, pane con l'uva, pane tostato, e tutto quello che un gentiluomo inglese si aspetta che gli venga servito al mattino. Niente di questa robaccia straniera. » Diede un colpo con la mano e fece volar via dalla tavola il cestino colmo di croissant appena sfornati e di brioche che, quando era entrato nella stanza, emanavano un profumo così appetitoso. Rimbalzarono sul pavimento e le briciole si sparsero da ogni parte. Louise si mantenne calma.

« Come vuoi. Ti ho sentito tante volte, nella casa dei tuoi genitori, dire che avresti preferito la colazione che eri solito consumare in Francia. »

« Ora non più. »

Louise suonò il campanello posto accanto alla sua mano per

chiamare la cameriera. « Vorrà dire che dovrai attendere un po' perché ti vengano preparati questi piatti... »

« Non importa! » Spinse indietro la sedia e balzò in piedi, gettando da parte il tovagliolo. « Farò colazione al mio club. E tu e io, più tardi, parleremo riguardo ad alcune divergenze d'opinione che sono sorte. Fin d'ora ti dico che intendo essere il padrone in casa mia! »

Louise rimase seduta da sola alla tavola della colazione a sorseggiare il caffè, che era il migliore che avesse bevuto da quando era arrivata in Inghilterra. L'atteggiamento di possesso che Robert esibiva nei riguardi di ogni cosa non la infastidiva. Ciò alimentava il suo ego, cosa essenziale per lui, e questo ego aveva sofferto un duro colpo davanti alla porta chiusa a chiave. Ma le cose non sarebbero cambiate. E non era solo a causa di Lily. Se un matrimonio si sfasciasse per colpa di una Lily qualsiasi, ben poche coppie rimarrebbero insieme. Un saldo rapporto coniugale dovrebbe resistere a ogni genere di tempesta. Se Robert le avesse dimostrato un briciolo di vero affetto nei mesi passati, Louise avrebbe fatto coincidere il trasloco in quella casa con il momento della riconciliazione. In realtà, lui aveva avuto un unico pensiero: quello di servirsi di lei, in tutti i modi possibili. Ora Louise aveva superato ogni limite di sopportazione. Nessun uomo l'avrebbe più manipolata per i propri fini. L'aveva già fatto Pierre, prima di Robert, e sempre a scopi egoistici. Ma, almeno, Pierre lo aveva amato. E lo amava ancora. Su questo non aveva dubbi. Ciò che era avvenuto tra loro non si sarebbe più potuto verificare con un altro con la stessa intensità di sentimenti. Ne erano stati consci entrambi, dall'inizio alla fine. Ammesso che potesse mai esserci una fine per un amore di quel genere. Il loro era uno di quegli amori che sopravvivono a tutte le avversità, anche al tradimento e alla definitiva separazione.

Louise depose la tazza vuota con un lieve sospiro e si asciugò delicatamente gli occhi. Raramente si permetteva di pensare a Pierre e ora si era lasciata trascinare da queste riflessioni. Alzando il capo con aria decisa, lanciò un'occhiata all'orologio. L'aspettavano parecchie ore di lavoro, ed era tempo di incominciare. Will voleva che andasse a controllare un nuovo carico di velluto arrivato dalla Francia: il loro commercio di stoffe pregiate all'ingrosso funzionava ora su basi solide. E in giornata avrebbe dovuto consegnare personalmente il vestito all'attrice. Non era paragonabile all'abito apparentemente semplice di tulle bianco e seta argentata che Worth aveva confezionato per la principessa di Metternich. Lei doveva confrontarsi con un ambiente diverso, in cui le *toilettes* erano meno elaborate di quelle con cui si armonizzava l'effervescente umore di Parigi; doveva quindi aggiungere là dove Worth aveva contenuto, arricchire di fronzoli ciò che lui avrebbe sguarnito. Aveva scelto un pesante taffettà in una delle sfumature ottenute con i colori chimici allora di moda, un brillante fucsia, e sulla gonna aveva disseminato non meno di un centinaio di gale. L'attrice ne fu entusiasta fin dalla prima prova, andando poi in estasi davanti alle farfalline di seta che le avrebbero adornato i capelli. Lunghi guanti neri, un'assoluta novità dato che si portavano di solito fino al polso, e una fusciacca di velluto nero offrivano il loro contributo al lutto di corte. Per fortuna l'attrice sarebbe stata tutt'altro che solenne con quell'abito, e la sua personalità avrebbe attirato l'attenzione di tutti. Nessuno avrebbe potuto ignorare il vestito confezionato da Madame Louise.

Colma di speranze per il futuro, Louise salì al piano superiore per stare un po' con Paul-Michel prima di uscire. Sebbene avesse solo quattro anni e mezzo, il bambino era bilingue; qualche volta confondeva una parola di una lingua con quella di un'altra, ma Louise sapeva che col tempo questo difetto sarebbe scomparso. Tuttavia, nell'insegnargli l'alfabeto e i primi rudimenti della lettura, volle adottare l'inglese perché, per ambiente e circostanze, quella avrebbe dovuto essere la sua lingua madre. Entrando nella stanza dei giochi lo salutò in francese, come aveva sempre fatto, e lui le corse incontro per ricevere il bacio del mattino, ancora in camicia da notte e con ai piedi le calde pantofoline. Louise lo strinse tra le braccia, facendoselo sedere in grembo accanto al fuoco, e lui le raccontò tutto quello che avrebbe fatto quel giorno. Crescendo, assomigliava sempre più a Pierre, confermando il vecchio detto secondo il quale un figlio dell'amore assomiglia sempre al padre.

Quella sera, quando Louise tornò a casa ed entrò nella sua camera da letto, scoprì che Robert aveva tolto la chiave dalla porta di comunicazione, che era adesso spalancata. Lui se ne stava con una spalla appoggiata allo stipite, le braccia conserte, un'aria disinvolta e un fatuo sorriso di soddisfazione.

« Come hai osato! » esclamò lei infuriata. « Le cose non cambieranno ugualmente. Trasporterò tutta la mia roba in un'altra stanza. »

« Se lo farai, manderò Paul a scuola, nonostante la giovane età. »

Lei lo guardò stupefatta, mentre il suo viso si copriva di pallore. « Sei impazzito? Non è ancora uscito dalla prima infanzia! »

Robert fu irremovibile. « Questo è il mio ultimatum. Ti ho detto che intendo essere il padrone in questa casa. »

Louise si rese conto che non bluffava. Sembrava che il destino volesse infliggerle ancora altri sacrifici. Senza rispondere, voltò il viso, angosciata. Robert seppe di aver vinto.

XX

Louise aveva aperto il negozio da tre anni, quando decise di fare un viaggio a Parigi. Una certa Mademoiselle Brousseau, una francese di mezza età originaria di Chartres, dedita completamente al lavoro, era diventata il suo braccio destro permettendole di avere più tempo libero. Madame Louise de Paris aveva iniziato esponendo in vetrina una collezione di abiti che attiravano l'attenzione per le nuove tinte all'anilina, di una brillantezza piuttosto vistosa, con inserzioni di fasce nere. Nel giro di poche settimane coloro che non potevano permettersi gli originali si erano procurati copie degli abiti della francese, e anche chi non conosceva l'*haute couture* seguì quella moda guarnendo i propri capi di vestiario con metri di nastro nero a buon mercato. Le donne più eleganti furono attratte quasi subito dal negozio. L'attrice aveva mantenuto la parola, tessendo gli elogi della sua sarta francese ovunque andasse, e ogni volta che mandava nuove clienti da Madame Louise veniva ricompensata con altri abiti. Prima della fine dell'anno, Louise aveva aggiunto altre vetrine lungo Little Argyll Street. Ma non aveva intenzione di competere con i grandi magazzini. Prese invece in affitto i locali soprastanti il negozio. Ciò le permise di gestire una piccola ma esclusiva casa di mode, mentre ebbe tutto lo spazio necessario per ampliare il negozio e per installare altri salottini di prova.

Con le nozze reali arrivò il successo. Il principe di Galles prese in moglie la bella principessa Alessandra di Danimarca, e l'alta società di Londra si gettò a capofitto nel vortice della moda. Louise confezionò una collezione di giacchine aderenti che chiamò « Alexandra » e che si vendettero con la stessa rapidità con cui venivano confezionate. Molti dei suoi abiti abbellirono gli innumerevoli balli, ricevimenti e banchetti organizzati in onore della coppia reale. Anche se le creazioni di Worth eclissarono le sue, si ritenne sconfitta con tutti gli onori, sapendo di essere seconda solo al suo maestro, e nessuno avrebbe potuto negarlo. Da qualche tempo Worth aveva invaso il mondo della moda con le gonne dagli orli rialzati e dai ricchi drappeggi. Il modello gli era stato ispirato dalla vista di una popolana che aveva ripiegato la gonna sulla sottoveste, per evitare che si sporcasse prima di mettersi a scopare il pavimento, ottenendo un effetto delizioso. Gli abiti di coloro che avevano seguito il suo esempio erano molto diversi da quelli di Worth per le sontuose stoffe da lui usate, ma il drappeggio era lo stesso.

Louise si era tenuta in contatto con Marie durante la sua progressiva ascesa, e in ogni lettera c'erano per lei incoraggiamenti e congratulazioni. Anche se Worth non aveva il tempo di leggere le lettere di Louise, sua moglie lo teneva al corrente delle novità. Worth non era mai stato tanto occupato, tanto affaticato e tanto felice. Le sue dita avevano il tocco di re Mida. Sebbene i suoi prezzi facessero sussultare anche le clienti più ricche, nessuna lo abbandonava, perché tutte erano lusingate dalla sua attenzione, incantate dalle sue creazioni, e sopportavano la sua arroganza senza lamentarsi. Era stato povero per troppo tempo per non sapere come spendere il denaro che possedeva. Le sue casse erano sempre traboccanti, per quanto prodigo fosse nelle spese. Marie aveva più gioielli di quanti riuscisse a portarne. Le erano già stati dipinti tre ritratti. Ogni suo più piccolo capriccio veniva subito soddisfatto. Possedeva un landò personale foderato di raso color avorio per le passeggiate, e con esso si recava al Bois de Boulogne ogni pomeriggio; neppure le carrozze imperiali avevano purosangue migliori di quelli guidati dal suo cocchiere in livrea. Furoreggiavano i cappelli di paglia e non c'era spettacolo più piacevole delle piume di struzzo, dei nastri e dei fiori dai larghi petali che oscillavano sulle tese abbassate che fuoriuscivano dalle carrozze. Qualunque cosa indossasse, Marie veniva sempre vezzeggiata più di ogni altra dama, perché era risaputo che nelle sue creazioni c'era la magica abilità del marito.

Essendo un commerciante, Worth non veniva accettato nell'alta società, benché la cosa non lo interessasse affatto; ma sia lui sia Marie erano spesso festeggiati da persone di grande distinzione. Lui evitava il più possibile gli impegni mondani, mentre Marie godeva immensamente della sua nuova vita, tanto quanto suo marito gioiva nello spendere denaro, e partecipava alla maggior parte degli avvenimenti mondani della stagione, spesso in compagnia dei Metternich e di molti altri aristocratici altrettanto famosi. Mai come allora aveva fatto pubblicità ai modelli del marito: quando faceva la sua comparsa in pubblico, veniva scrutata da capo a piedi, e ovunque andasse era sempre al centro dell'attenzione della gente. Solo Worth sapeva che nel suo intimo era rimasta timida e riservata come prima.

L'alloggio al numero 7 di rue de la Paix rifletteva la loro continua ascesa economica. Worth aveva fatto tessere tutte le stoffe dell'arredamento a Lione, secondo disegni da lui forniti. Si era mostrato molto reticente circa il tessuto che aveva ordinato per la stanza che lui e Marie consideravano la migliore, sorridendo e assumendo un'aria misteriosa ogni volta che lei gli chiedeva qualche particolare. Finalmente arrivarono i grossi pacchi che contenevano le pezze. Aspettò di trovarsi solo con Marie, poi Worth ne svolse una con un ampio gesto, lanciando sul lucente pavimento il ricco tessuto in modo tale che fluttuasse in ampie pieghe come un fiume color rosso, ruggine e oro.

« Guarda! » Il suo urlo di trionfo fece tintinnare i lampadari.

Lei fissò stupefatta lo strano disegno formato da occhi e orecchi che scintillavano su ciascuna piega dello stupendo tessuto. Indovinò subito di che cosa si trattava. « È la stoffa di cui hai parlato spesso! » esclamò. « Quella che hai visto nel ritratto della regina Elisabetta quando eri ragazzo! » Aveva sentito molte volte quella storia, perché era quella che i suoi figli prediligevano tra tutte.

Il viso di Worth era arrossato dall'orgoglio. Scostò la pezza con i piedi, gettando indietro la testa, e afferrò la seta che mandava bagliori di fiamma, drappeggiandola.

« È mia, finalmente », sussurrò.

L'aveva sempre considerata il suo talismano, e ora il tessuto dei suoi sogni era diventato realtà. Qualche tempo dopo si fecero mandare altre variazioni di quella seta, con cui ornare una residenza più imponente della loro dimora abituale, dove avrebbero trascorso la primavera e l'estate. Worth aveva visto un appezzamento di terreno fuori Parigi, a Suresnes, dove progettò di costruire un'elegante residenza di campagna che fosse adatta a ospitare Marie e un uomo di genio. Non era mai stato afflitto da falsa modestia e non intendeva cominciare ora. Perché avrebbe dovuto abbassarsi? Nel suo campo era onnipotente come la grande Elisabetta lo era nel proprio. Era Worth, l'unico e il solo, gli occhi e gli orecchi dell'intero universo dell'*haute couture*.

Marie era più conscia del marito delle gelosie che il suo enorme successo aveva risvegliato, e fu profondamente afflitta quando apparve su un giornale uno scurrile articolo in cui si diceva che il sarto inglese, quando si trovava solo con le clienti seminude, si prendeva immorali libertà. Worth lesse il trafiletto e lo gettò via con disprezzo. Non era la prima volta che si lanciavano calunnie simili contro di lui. Aveva visto innumerevoli donne in sottoveste nel corso del suo lavoro e, per caso o volutamente, infinite volte lo sguardo gli era caduto su qualche roseo capezzolo, ma nei salottini di prova non s'interessava d'altro che del vestito al quale stava lavorando. Certo, aveva provato sensazioni ben diverse nei giorni in cui si era trovato di fronte a Marie durante le prove del suo primo abito per il negozio. L'aspetto di lei l'aveva sconvolto a tal punto che non osava quasi toccarla e da quel giorno si era sempre sentito rimescolare il sangue nel vederla in una graziosa confusione di busti, sottovesti e giarrettiere.

« Sai bene perché è stato montato questo scandalo », le disse Worth. « La principessa di Metternich ha stigmatizzato il pubblico dell'Opéra di Parigi che ha mostrato di non apprezzare Wagner e la sua nuova opera. Ora, poiché lei protegge anche me oltre che Wagner, vogliono colpirla gettando fango sulla mia persona. »

« Ma è assolutamente ingiusto! » protestò Marie in lacrime.

Lui sorrise e le baciò la guancia bagnata. « Avrò tempo di preoccuparmi quando le clienti diserteranno il mio salone; non è il caso di farlo prima. »

Ma nessuna cliente lo abbandonò. Anzi, vennero addirittura dame mai viste prima, incuriosite da quanto avevano letto. Se rimasero deluse dal fatto che lui non si prese alcuna familiarità, furono in compenso soddisfatte degli abiti confezionati per loro e da quel momento divennero clienti fisse. L'articolo fu ben presto dimenticato e non molto tempo dopo lo stesso giornale tessé le lodi dei costumi che Worth aveva preparato per i balli mascherati, diventati molto popolari nell'alta società.

Worth si comportava da dittatore, come era sua abitudine, anche con i costumi da ballo. In qualunque modo la cliente avesse pensato di mascherarsi, lui le imponeva il silenzio con un gesto imperioso, si metteva una mano sulla fronte per ispirarsi e a volte girava lentamente intorno alla dama in quell'atteggiamento. Poi la informava di quel che avrebbe preparato per lei. Il prezzo era sempre altissimo, ma Worth doveva ricompensare bene le sue sartine per le lunghe ore di lavoro, e inoltre usava solo i tessuti migliori, anche quando il costume doveva essere indossato in un'unica occasione. Vestì l'imperatrice da Maria Antonietta, in velluto rosa con un buon metro di piume; e poi da dogaressa di Venezia, in velluto nero e raso scarlatto e splendente dalla testa ai piedi dei suoi magnifici diamanti; e le confezionò altri costumi ancora, altrettanto sfarzosi. Alla principessa di Sagan, un'appassionata di balli in maschera, che organizzava personalmente nel suo palazzo, confezionò un costume da pavone: sul capo l'intero uccello in verde e oro, lo strascico formato da centinaia di piume e il davanti della gonna in azzurro cielo, con guarnizioni che rappresentavano nubi fluttuanti sorrette da un Cupido dipinto. Non c'erano limiti alla sua fertilità di idee, e ogni cliente sapeva che tra le partecipanti nessun'altra avrebbe indossato nulla di altrettanto splendido. Lo stesso Worth intervenne a un ballo con una toga ispirata ai suoi « occhi e orecchi », e fece sensazione. Alle molte richieste di ottenere lo stesso modello, oppose un fermo rifiuto.

Dopo che le pareti del salotto preferito dell'alloggio al numero 7 di rue de la Paix furono ricoperte con tappezzerie ricavate dalla stoffa a « occhi e orecchi », Marie ne conservò un ritaglio per infilarlo in una lettera da inviare a Louise: sapeva che anche l'amica ne conosceva l'origine. Mentre Louise apriva la lettera, il pezzetto di tessuto scivolò fuori dalle pagine scritte e le cadde in grembo. Lei lo raccolse e sorrise, mentre le tornava alla memoria la descrizione che Worth, nel suo francese esitante, le aveva fatto del modello tanto tempo prima, in rue du Fouarre. Più tardi, in quello stesso giorno, si recò alla National Gallery e si soffermò per la prima volta davanti al ritratto della Regina Vergine. Avvicinando il ritaglio dello splendente tessuto alla tela, pensò che sembrava tagliato da una piega dell'abito regale.

Erano passati alcuni mesi, e ora Robert e Paul-Michel erano con lei a Parigi. Robert non le avrebbe mai lasciato portare il bambino con sé senza di lui, perché Paul-Michel era l'unico mezzo che aveva per dominarla. In quel periodo Louise stava trattando per comperare il negozio di Prestbury per conto di Robert, ma la madre di lui aveva avanzato parecchie difficoltà, e questo non contribuiva a dissolvere l'umore tetro del marito. I loro rapporti si erano deteriorati al punto che Robert le rivolgeva la parola solo in caso di necessità e spesso in tono sarcastico. Nei momenti d'ira diventava violento, e la picchiava: arrivò addirittura a darle un pugno nello stomaco; ma non le produsse mai contusioni che gli estranei potessero vedere. Nonostante i suoi modi subdoli, Louise qualche volta aveva l'impressione che, con tutta la superiorità fisica e la millantata sicurezza di sé, Robert non fosse altro per lei che un secondo bambino da curare, un ragazzo inetto che avrebbe continuato a comportarsi da ribelle sino alla fine dei suoi giorni. Come aveva potuto pensare che potesse ricoprire il ruolo di padre per Paul-Michel! Poteva mostrarsi severo, questo sì, esigendo immediata obbedienza e minacciando castighi a ogni minima mancanza, ma non aveva alcun affetto per il ragazzo da offrire sull'altro piatto della bilancia. Tuttavia non era sempre di cattivo umore. Qualche volta si mostrava affabile, e allora Paul-Michel, che aveva un'indole cordiale e affettuosa, gli corrispondeva con piacere, spesso con troppa eccitazione, e alla fine tutto terminava con un senso di noia da una parte e con lacrime dall'altra. Era Will che si occupava di più del ragazzo: lo portava a pescare e in barca, gli insegnava a giocare a cricket e gli dava le prime lezioni di ippica. Ogni tanto Louise li accompagnava in quelle spedizioni, e anche lei come suo figlio trascorreva qualche ora felice. Vedeva Will molto spesso, perché l'azienda di cui erano entrambi soci richiedeva continue decisioni e discussioni, e Robert non le risparmiava le allusioni sarcastiche sul tempo che trascorrevano assieme. Ma il marito certo non credeva seriamente che ci fosse qualcosa di sconveniente tra loro, altrimenti avrebbe assunto un atteggiamento brutale.

Louise sapeva che Will la desiderava. La questione era sempre tra loro, ma non ne avevano più parlato da quell'unica volta in cui Will aveva accennato al fuoco che lei gli aveva acceso dentro. Vi erano momenti in cui questo desiderio li avvolgeva con un tale ardore che sembrava crepitare intorno a loro: allora Louise poneva grande attenzione nell'evitare ogni più piccolo contatto fisico. Il passato le aveva insegnato che essere baciata da Will non era un'esperienza di scarsa importanza; e per il bene di tutti e due non voleva rischiare che capitasse di nuovo. All'inizio lui aveva cercato di avvicinarla in modo elusivo, mondano, rassicurante, facendo intendere tuttavia che, dato il loro lungo, tenero e impegnativo cameratismo, permeato da una vena di sensualità, non aveva dubbi che prima o poi lei lo avrebbe accettato come amante. Quando gli apparve chiaro che ciò non sarebbe accaduto, si ritirò in una sorta di vigile attesa. Sarebbe bastata un'occhiata da parte di Louise e lui l'avrebbe captata. Perciò la donna, non avendo alcun messaggio del genere da comunicargli, controllava i propri sguardi e capiva perché talvolta Will fosse così impaziente con lei quando non erano d'accordo su qualche insignificante questione d'affari.

Alla vigilia della sua partenza per Parigi, s'incontrò con lui alla fabbrica. Will era andato in Francia per lavoro parecchie volte negli ultimi tre anni e ora anche a Louise si presentava la possibilità di osservare il palcoscenico dell'alta moda.

« Mi mancherai, Louise. Che non ti venga l'idea, nel rivedere Parigi, di tornare a viverci! »

Lei sorrise. « Non posso negare di aver sognato una Madame Louise in rue de Rivoli o nel nuovo boulevard Haussmann, ma per il momento non se ne parla assolutamente. »

« Si tratta di Pierre, vero? »

Lei si strinse nelle spalle, un po' triste, con un gesto che Will trovò tipicamente francese e seducente. « Potrebbe esserci un'altra ragione? »

« Come puoi sapere che le vostre strade non s'incontreranno mentre tu sarai là? »

« Mi sono informata da Marie e ho saputo che i de Gand in quest'epoca sono al palazzo di St.-Cloud con l'imperatore e l'imperatrice. Stéphanie ha ordinato un vasto guardaroba di abiti nuovi perché alla coppia imperiale non piace che le signore loro ospiti indossino un vestito per più di qualche ora e mai, assolutamente mai, per la seconda volta. » Fece una risatina. « Non mi meraviglia che Worth sia diventato così ricco. »

« Fortunato lui. » Will fece una smorfia di approvazione. « Non mancare di porgergli i miei ossequi, comunque. »

« Lo farò senz'altro. » Si accinse ad andarsene.

Will non sopportava di vederla partire. Era un uomo pratico, senza fantasie per la testa, ma era tormentato dal presentimento che un giorno Parigi o Pierre de Gand sicuramente gliel'avrebbero portata via per sempre. L'ostacolo tra loro non era il suo matrimonio, perché Robert era un individuo debole, fiacco, con il quale Louise aveva ben poco in comune, bensì tutto ciò che c'era di francese in lei e che sarebbe balzato fuori assieme a quell'amore che ancora custodiva nel cuore. Una simile barriera era insuperabile e lo ostacolava sotto tutti i punti di vista. Louise gli stava molto a cuore, ma, quanto all'amarla, questa era un'altra faccenda. Non era stato fortunato in quel campo, ed era meglio dimenticare. Comunque, aveva vissuto abbastanza a lungo per sapere che l'amore non è il fattore più importante quando prevale un'intensa attrazione fisica. Riguardo a Louise, sperava che con il passare del tempo avrebbe deciso di convogliare verso di lui la sua innata sensualità, di liberare quella sua voluttà che gliela rendeva così desiderabile; e fino ad allora non avrebbe potuto far altro che aspettare, preparando la strada in tutti i modi possibili.

« Cerca di tornare in Inghilterra contenta, alla fine del tuo viaggio », le consigliò Will con aria seria, mentre l'accompagnava fuori dell'edificio. « Non permettere che ti si spezzi il cuore al momento di lasciare la Francia. »

Il suo cuore era già spezzato, ma lui non lo sapeva. Louise assunse un tono spensierato. « Non preoccuparti per me. Avrò la testa troppo piena di idee per pensare ad altro che non siano i miei disegni per la prossima stagione. »

« Lo spero. »

« Augurami buona fortuna. » I suoi occhi castano-dorati divennero di colpo ansiosi.

« *Bonne chance*, mia cara Louise. » Si chinò verso di lei e la baciò lievemente su ciascuna guancia come si faceva in Francia quando ci si salutava. Se avesse toccato le sue labbra con le proprie, in lui si sarebbero scatenate troppe emozioni.

« *Au revoir*, Will. Ti manderò una di quelle nuove cartoline illustrate che suscitano tanta collera. »

Mantenne la parola. Era una raffigurazione patriottica dell'imperatore e dell'imperatrice con il giovane principe imperiale, che evocava un'immagine di felicità domestica. Will avrebbe preferito una lettera, perché sulle cartoline c'era lo spazio solo per la firma sotto l'illustrazione, sebbene lei avesse aggiunto anche « affettuosi saluti ».

Parigi era avvolta in un velo quando Louise la rivide, un velo luccicante di pungenti lacrime di gioia che si asciugò con decisione. Poiché era una giornata lavorativa, Catherine non poté accoglierli alla stazione; ma c'era Marie, che aspettava tra il fumo, illuminata dai raggi del sole che attraversavano la cupola di vetro, in compagnia dei due figli. Ci furono risate, esclamazioni e abbracci. Robert nascose la sua noia, mentre le due donne si complimentavano a vicenda per la crescita dei loro figli. Paul-Michel era alto per i suoi sette anni, ma anche Gaston, di undici, e Jean-Philippe, di otto, avevano una figura robusta e slanciata, sebbene si sentissero molto imbarazzati a causa dei capelli, che la madre aveva loro arricciato per l'occasione. Provavano anche una certa invidia per Paul-Michel, che indossava abiti tradizionali. La mamma disegnava per loro particolari indumenti da indossare in circostanze del genere. I due ragazzi aborrivano le ghette con una lunga fila di bottoncini che facevano loro dolere le ginocchia ogni volta che le piegavano, e le bluse stravaganti e i berretti ornati di nappine dello stesso color scimmia. In effetti, la madre una volta era scoppiata in lacrime, allorché qualcuno aveva esclamato ridendo che sembravano un paio di scimmiette, ma se le era asciugate subito dicendo che certa gente non capiva che anche i figli di Worth dovevano avere stile. Così erano costretti a continuare a indossare gli odiati indumenti. Jean-Philippe aveva deciso che, se Paul-Michel avesse fatto un solo commento derisorio su di loro, l'avrebbe picchiato. Ma Paul-Michel non sembrò accorgersi dei loro abiti; pensò solamente che erano ragazzi all'incirca della sua età. Tirò fuori dalla tasca uno sporco involtino di carta e lo offrì loro.

« Ho un pezzo di liquirizia inglese », disse in un francese perfetto. « Se ne appiccicate un pezzetto ai denti davanti, sembra che abbiate preso un pugno. » L'amicizia era fatta.

Marie aveva insistito perché i viaggiatori l'accompagnassero al numero 7 di rue de la Paix, dove era stata preparata una colazione per loro. Così il bagaglio dei Prestbury fu mandato al Grand Hôtel, dove avrebbero alloggiato, accompagnato dalla cameriera personale di Louise, dal domestico di Robert e dalla bambinaia Daisy. Per Marie e i suoi ospiti nello spiazzo davanti alla stazione c'era in attesa la carrozza foderata di raso. Luoise notò il monogramma dorato sulla portiera.

Quando arrivarono in rue de la Paix, Louise rimase meravigliata nello scoprire quanto si erano ingranditi. Altre attività, avviate allo scopo di sfruttare il successo di Worth, erano state dislocate in ogni edificio disponibile, e quella che era stata una via tranquilla era diventata un luogo di floridi affari. Davanti al numero 7, sull'ingresso del quale spiccava il nome *Worth* sopra un blasone d'oro attraversato da una fascia, c'era una moltitudine di carrozze in attesa con lacchè in livrea. La carrozza di Marie avanzò rapidamente e si fermò davanti alla porta. Mentre scendeva, Louise vide che il loggiato del cortile interno era stato rifatto e che il monogramma di Worth, dorato e lucente, era stato incorporato nei sostegni a volta in ferro battuto. Ma quello non era nulla paragonato alla grandiosità dell'interno, dove tutto appariva diverso da quando lei era partita. Ogni piano dell'alto edificio era adesso riservato completamente al salone di moda e c'erano un folto tappeto di Aubusson, pannelli ricoperti di damasco, bronzi e marmi la cui vista faceva trattenere il respiro, e tutto era ravvivato dagli scintillanti lampadari di cristallo. Worth era impegnato con una cliente, e, in attesa che li raggiungesse, Marie accompagnò in giro per il salone Louise e Robert, dopo aver dato ai tre ragazzi il permesso di raggiungere la parte dell'edificio in cui si trovava l'alloggio della famiglia, cosa che fecero lanciandosi in una corsa precipitosa. Jean-Philippe e Gaston mostrarono a Paul-Michel una serie di nuovi soldatini e un cannone che sparava palline di ferro.

Louise apprezzò l'ottima sistemazione dell'ambiente, mentre attraversavano le sale di esposizione del primo piano, ciascuna dedicata a una particolare collezione di tessuti o di colori: in una si trovavano sete bianche e nere, in un'altra ogni sfumatura di verde e di blu, nella successiva il rosa e il corallo, e così via. Accolse amichevolmente cenni e sorrisi di riconoscimento da parte di coloro con i quali aveva lavorato un tempo, e che adesso erano tutti indaffarati a servire la clientela che affollava l'edificio. In un lungo salone dall'atmosfera più tranquilla erano esposte, come fossero opere d'arte, le ultime creazioni di Worth, e le dame le esaminavano con aria reverente. In un altro splendido saloncino erano sedute alcune clienti, mentre le *mannequins*, come venivano chiamate ora le giovani donne che presentavano gli abiti, indossavano altri capi di rara bellezza. Se una cliente desiderava vedere che aspetto avrebbe avuto vestita con un particolare abito da ballo, mentre danzava il valzer nella Salle des Maréchaux alle Tuileries, non aveva che da entrare in una stanza interamente foderata di specchi dal pavimento al soffitto, in cui le luci schermate riproducevano esattamente lo scintillio che diffondevano i famosi lampadari. Louise dichiarò che quella era una fantastica innovazione, e che era tipico di Worth pensare a una cosa simile.

Marie annuì sorridendo. « Lui ha tutto qui », disse battendosi la fronte con orgoglio.

La colazione nell'appartamento privato era al termine quando apparve Worth, che si scusò a lungo. « Mia cara Louise! E pensare che ho solo il tempo di salutarti perché devo tornare di corsa al lavoro! » Dopo averle baciato la mano, le girò intorno osservando attentamente il suo abito da viaggio. « Sì, sì. La gonna cade bene, davanti così dritta, e una *tournure* * che la riempie sul dietro. Ti ricordi che una volta ti dicevo che la crinolina era in declino? »

« Tutti hanno seguito il tuo stile », rispose lei.

« Sì, è vero », ammise Worth compiaciuto. « Ho sentito che te la stai cavando molto bene negli affari. Congratulazioni. Ricordati sempre che le donne si vestono per il proprio piacere personale e che la loro più grande gioia è quella di eclissare le altre. È proprio di questo loro desiderio di primeggiare che tu, come sarta, devi fare il tuo distintivo di moda. »

Lei sorrise annuendo. « Ora le donne si affidano a me con la stessa fiducia che hanno sempre mostrato verso di te, e chiedono il mio parere. Si limitano a scegliere tra le mie creazioni. »

Worth fece un cenno di approvazione. « Bene. Così deve essere, perché se fossero loro a ideare il proprio vestiario, tu e io avremmo perso metà dei nostri affari. Bisogna sempre decidere per loro. Ciò le rende felici. Se io dico a una cliente che un abito le sta a pennello, non sono necessarie altre dimostrazioni. La mia firma sul loro capo è sufficiente. » Si accorse che, parlando di un argomento che era caro a entrambi, era passato più tempo di quanto potesse sprecarne in quel frangente. « Che progetti hai qui a Parigi? »

« Be', domani... »

« Domani verrai con me alle Tuileries. Ho un abito nuovo per l'imperatrice, e potrebbero esserci alcuni ritocchi da fare, che tu effettuerai sul posto. »

Louise era più allarmata dalla notizia che le aveva comunicato che non dalla sua prevaricazione. « L'imperatrice è a Parigi? Pensavo che lei e l'imperatore si trovassero a St.-Cloud ora. »

« Hanno cambiato idea all'ultimo momento perché l'imperatore era indisposto. Ho sentito dire che è migliorato, pur non essendosi rimesso del tutto. A mio parere, i dottori non san-

* *Tournure* (in italiano *sellino*): cuscinetto di crine o supporto formato da parecchi anelli a ferro di cavallo disposti orizzontalmente e trattenuti da nastrini. La *tournure*, in auge in quel decennio e poi dal 1880 al 1890, era sospesa come una gabbia dietro alla dama, tra il vestito e la sottoveste. (*N.d.T.*)

no neppure di che malattia si tratta e non vogliono ammetterlo. » Estrasse dalla tasca l'orologio d'oro e gli diede un'occhiata. « Farai meglio a trovarti qui alle nove e mezzo domattina. Il mio appuntamento è alle dieci. »

Marie protestò con veemenza. « Charles! Louise non è più la tua *première*. Ha una propria casa di mode a Londra. »

Worth non l'ascoltò perché stava osservando Robert per la prima volta da quando era arrivato. Gli tese la mano. « Buongiorno. Come sta? » Poi si guardò in giro. « Dov'è il ragazzino? »

Marie rispose: « Con Jean-Philippe e Gaston. Sono diventati tutti e tre ottimi amici ».

« Davvero? Allora gli farò avere un invito per la festa del principe imperiale. Ci andranno insieme. Ora devo tornare al lavoro. » Fece un cenno di saluto a Louise e a Robert, mentre si allontanava. Ma nell'aprire la porta per uscire, si fermò bruscamente, fissando ciò che gli apparve sulla soglia. Stipati l'uno contro l'altro dentro un abito pronto per una cliente alquanto formosa, c'erano i tre ragazzi. Gaston aveva un braccio infilato nella manica e un altro appoggiato sulla spalla del figlio di Louise, il quale a propria volta abbracciava Gaston e sosteneva l'altra manica col braccio libero: la gonna cadeva in pesanti pieghe intorno ai loro piedi. Tra i due, col viso allegro che spuntava al di sopra della scollatura, c'era Jean-Philippe, che strabuzzava gli occhi nel tentativo di trattenere le risate.

« Madame de Villemont è venuta a trovarti, papà », disse ridacchiando.

Worth gettò indietro il capo in un improvviso, spontaneo scoppio di risa. A lui si unirono gli altri, sebbene Marie ponesse subito termine a quello strapazzamento del delicato abito ricoperto di *paillettes*. In quel momento intravidero attraverso la porta una commessa che si era fermata in anticamera.

« È arrivata Madame de Villemont, signor Worth », annunciò la ragazza ingenuamente. Ci fu un'altra esplosione di risa, e la commessa li fissò attonita finché non si accorse che i ragazzi erano infilati nel vestito. Allora si portò una mano alla bocca e si lasciò scappare qualche risatina. I piccoli Worth avevano fatto altre volte innocui giochi del genere e combinato parecchie monellerie, ma questa era di gran lunga la più divertente.

Marie liberò i ragazzi del vestito, mentre tutti continuavano a ridere, e Louise pensò che i figli di Worth dovevano essere cresciuti in un ambiente oltremodo felice, se la loro presenza era accettata nei saloni di lavoro con altrettanta naturalezza che nell'ambiente domestico.

Quella sera poté incontrarsi finalmente con Catherine, che fece a lei e a Paul-Michel una quantità di complimenti. Quando l'eccitazione si fu un po' calmata, Louise osservò che la sua vecchia amica era notevolmente invecchiata durante la sua assenza. Afferrando le dita bucherellate dall'ago della donna tra le sue, esaminò con inquietudine le sue articolazioni gonfie.

« È solo un attacco di reumatismi », spiegò Catherine con foga, ritraendo le mani. Stava pagando lo scotto degli anni trascorsi in atelier esposti alle correnti d'aria e in alloggi situati in soffitte umide. Soffriva anche di una malattia di petto, ma era riuscita a mantenerne il segreto fino ad allora e non voleva che Louise lo scoprisse.

Costei voleva che Catherine rimanesse all'albergo con loro, ma lei si sarebbe sentita intimidita da tutto quel lusso. Fu invece contenta di tornare a casa in un *fiacre*. Louise decise che, prima di lasciare Parigi, avrebbe comperato per Catherine un comodo appartamento in una strada modesta, dove si sarebbe sistemata sino alla fine dei suoi giorni.

Louise e Worth si recarono a palazzo nella berlina di lui, che aveva il suo monogramma sulle portiere. La lunga scatola contenente l'abito fu sistemata dagli inservienti già addestrati su una rastrelliera portabagagli in metallo sul tetto. Per tutto il tragitto non fecero che parlare di moda. Worth aveva cominciato a introdurre guarnizioni a disegni geometrici che gli sembrava esprimessero una nuova e ancora indefinibile svolta nell'atteggiamento delle donne. Giunti alle Tuileries, attraversarono l'imponente ingresso, lasciando ai domestici dell'imperatore l'incarico di portare la scatola. A Louise si strinse il cuore nel vedere la familiare uniforme delle Cento Guardie indosso a ufficiali in servizio in vari punti del palazzo. Mentre saliva lo scalone di marmo al fianco di Worth, ricordò a se stessa che c'era solo una vaga possibilità che potesse imbattersi in Pierre in quell'enorme labirinto dorato. Attraversarono le stanze dell'imperatrice e si trovarono nel *cabinet de toilette* foderato di specchi. Eugenia, sempre puntuale, apparve allo scoccare delle dieci. Louise si profuse in una rispettosa riverenza, mentre Worth chinò il capo. L'imperatrice volse a entrambi uno dei suoi affascinanti sorrisi. All'età di trentotto anni, Eugenia era ancora all'apogeo della bellezza.

« Mi mostri il mio nuovo vestito, signor Worth. »

« Ho dovuto confezionarlo in un broccato di seta di Lione, Vostra Maestà. » Fece un cenno a Louise, che teneva in mano il vestito appena tolto dalla scatola, e lei avanzò distendendolo per mostrarlo. « Va indossato in occasioni speciali, perché è stato ricavato dal disegno originale di un prezioso scialle dell'antica Cina. »

Eugenia apparve molto contrariata. I fiori gialli, corallo e verde chiaro su un morbido sfondo beige non le piacevano. « Sembra una vecchia tenda. Non lo indosserò! »

C'era in lei più ostilità che autentica avversione per quel broccato innegabilmente delizioso. A Worth era già capitato altre volte che lei rifiutasse i tessuti provenienti da Lione. Quella città non era mai stata leale verso l'imperatore e, a causa delle numerose critiche che circolavano nel paese contro suo marito e lei, Eugenia era particolarmente sensibile a cose del genere. In molte occasioni, Worth, nel confezionarle il guardaroba, aveva avuto le stesse difficoltà che con Marie, perché, sebbene Eugenia fosse orgogliosa di guidare la moda, pretendeva di attenersi a una linea tradizionale. A differenza di Pauline di Metternich, aveva sempre bisogno di essere persuasa e ammaliata, quando doveva indossare qualcosa di completamente nuovo. Worth aveva dovuto usare tutto il suo potere di convincimento perché lei adottasse le gonne di nuova concezione e ora l'imperatrice ne era entusiasta. Il sarto mise in atto tutto il suo fascino, quel fascino che faceva sdilinquire le donne al punto da far dimenticare loro il suo atteggiamento altero.

« Addosso a lei, il disegno originale di questo broccato verrà valorizzato. È assolutamente diverso da qualsiasi altro tessuto prodotto negli ultimi mille anni. Non riesco a immaginare una combinazione di colori più adatta ai suoi capelli color Tiziano. Desterà ovunque un grande interesse, e farà tornare in auge i telai di Lione ormai quasi dimenticati. »

L'imperatrice era decisa a non lasciarsi sopraffare. « Non lo indosserò. Lo porti via! »

Worth non si lasciò scoraggiare. Aveva sempre avuto la meglio su Marie alla fine, e nessuna donna poteva essere più ostinata di lei. Con l'imperatrice non sarebbe stato diverso. «Penso che vorrà ricredersi. Dopo che lei avrà indossato questo abito, ogni donna elegante, in tutto il mondo, vorrà possedere un abito confezionato con il broccato di Lione. »

L'imperatrice scosse di nuovo il capo, strinse le labbra, e Louise si meravigliò moltissimo che Worth osasse discutere con lei, mentre qualsiasi altra persona l'avrebbe trattata con la massima deferenza. Se fosse stata una delle clienti del suo salone, il sarto probabilmente l'avrebbe messa alla porta, poiché non era sua abitudine sopportare imposizioni di alcun genere. Una volta aveva congedato una dama di alto lignaggio che gli aveva chiesto un abito presuntuoso e stravagante dicendole che il gioielliere che aveva il negozio in quella stessa via poteva provvedere a crearle qualche parure, giacché sembrava che ciò fosse tutto quello che le serviva.

Nel bel mezzo della discussione, che stava diventando piuttosto vivace, perché da una parte Worth insisteva con modi melliflui ma decisi e dall'altra l'imperatrice si mostrava gelidamente altera, dalle stanze sottostanti, attraverso la scala a chiocciola, salì l'imperatore, forse attratto dalle voci che si erano alzate di tono, e diffuse intorno a sé l'aroma della sigaretta che stava fumando. Con un colpo da maestro, Worth ne fece subito il suo alleato.

« Le chiedo, sire, di aiutarmi a convincere Sua Maestà a indossare quest'abito. » Spiegò le proprie ragioni con foga. « Per farle un piccolo esempio, posso dirle che quando tornerò in rue de la Paix ogni donna elegante che troverò nel mio salone mi si precipiterà incontro per sapere quale colore e quale tessuto porterà nei prossimi giorni l'imperatrice, e se io accennerò a questo broccato, prima che finisca la giornata sarò sommerso dalle ordinazioni. »

Luigi Napoleone esaminò il vestito, pregando Louise di appoggiarselo sul corpo. L'abito fu subito valorizzato da quegli stupendi occhi color dell'ambra velati da ciglia nere come il carbone. La sua ultima amante aveva uno sguardo altrettanto intenso. « Mmm... Molto bello. » Tirò una lenta boccata dalla sigaretta e contrasse le palpebre per ripararsi dal fumo. « Mi pare che sia davvero molto bello. » Rivolse un cenno incoraggiante alla moglie. « Sarebbe un abile gesto politico da parte tua indossarlo almeno una volta, se non di più. Ridare vigore alle industrie del regno significa accrescere i profitti della Francia. »

La battaglia era vinta. Eugenia provò il capo, che le si adattava in modo perfetto. Poi Louise vide che veniva infilato su un manichino di vimini e introdotto in un ascensore sceso dagli intarsi del soffitto. Il montacarichi fu fatto risalire, e l'abito sparì nelle stanze superiori, in cui erano conservati gli indumenti dell'imperatrice. In quel modo nessuno doveva affaticarsi a salire o scendere le scale.

Colma di stupore per tutto ciò che aveva visto, Louise lasciò il palazzo con Worth, ignorando di aver destato un altro genere di sorpresa in qualcun altro. Stéphanie, mentre si avviava a prendere servizio presso l'imperatrice, l'aveva vista per caso uscire con Worth, e il suo cuore si era colmato d'apprensione. Sicuramente Louise era tornata per restare! Doveva scoprirlo.

Non c'era che un modo: recarsi in rue de la Paix quella sera stessa. Aveva una scusa adattissima, essendo abitudine delle clienti di rango fare una capatina al numero 7 nelle sere che precedevano un avvenimento mondano di suprema importanza. Là, esperte *coiffeuses* acconciavano i loro capelli e Worth in persona sovrintendeva alla messa a punto dei gioielli, dei fiori o di qualunque altra cosa avesse scelto per l'elaborata sistemazione delle loro chiome. Poi, indossando i loro splendidi abiti, le donne si sottoponevano alla sua supervisione. Se nel loro aspetto c'era anche la minima incrinatura, Worth provvedeva in un baleno a correre ai ripari con l'aiuto di una *première*. Nessuna *toilette* poteva uscire dall'edificio prima che lui avesse dato la sua approvazione.

Stéphanie, quando arrivò, trovò una grande confusione e ne rimase sconcertata. Worth non stava bene. Era stato colpito da uno di quei terribili mal di testa che lo affliggevano periodicamente, e i saloni erano pieni di principesse, duchesse e molte altre dame di rango le quali aspettavano che si ristabilisse per dare gli ultimi tocchi al loro abbigliamento. Non si vedeva neppure la signora Worth, che si trovava al piano di sopra intenta ad appoggiare compresse fredde sulla fronte del marito sofferente. La principessa di Metternich, che non era mai stata una persona paziente, cominciò a pestare i piedi.

« Se lui non può scendere da noi, saremo noi che saliremo da lui. »

Marie andò incontro al gruppo delle clienti che si accalcavano sulle scale, e chiese loro di starsene tranquille e di lasciare almeno che Worth riposasse tra un'ispezione e l'altra. In mezzo a loro, Stéphanie attese di poter essere ammessa alla sua presenza. Parlavano tutte in un sussurro per rispetto verso il sarto. Quando fu il suo turno, Stéphanie trovò Worth disteso su un'agrippina foderata di broccato, con una compressa fredda che gli nascondeva il volto, mentre la moglie gli si prodigava intorno piena di ansia. Con il pollice e l'indice, lui sollevò un angolo della benda, e il suo sguardo penetrante squadrò Stéphanie da capo a piedi. Gemette forte.

« Terribile! La sua fusciacca è troppo aderente. Ha un aspetto orrendo. »

Senza parlare, lei raggiunse le altre che avevano ricevuto commenti altrettanto aspri; erano tutte costernate e si sentivano perdute senza Worth, sempre pronto a rimediare a tutto ciò che non era in ordine. Solo Stéphanie indugiava per un duplice scopo.

La dama che si presentò subito dopo davanti all'agrippina fu la protettrice di Worth. La principessa di Metternich gli inviava regolarmente cofanetti di gioielli di grande valore perché fossero incorporati negli abiti in lavorazione, come facevano molte altre ricche clienti, e ora splendeva in una *toilette* di raso color grigio-tortora tempestata di rubini e di perle nere, che valorizzava il suo meraviglioso portamento facendo quasi passare inosservato il suo viso poco attraente. Worth reagì come se avesse davanti una mendicante coperta di cenci. Lasciò ricadere la benda sugli occhi come se quella vista fosse troppo spaventosa da sopportare.

« Orribile! » gemette, con voce estremamente flebile.

Pauline di Metternich rimase là immobile, con aria docile. I suoi occhi scintillarono e la sua bocca assunse una piega di segreto divertimento. « Giacché ci trova tutte così ridicole e brutte, signor Worth, si potrebbe sospettare che lei abbia perduto il suo abile tocco. Il suo tempo è finito, mio caro signore. »

L'effetto delle sue parole fu immediato. Worth si alzò a sedere e gettò via la compressa che aveva sugli occhi, offuscati dal dolore alla testa, ma la sua voce tuonò: « Andate, signore! Giù dabbasso! »

Stéphanie fece in modo di essere l'ultima per accompagnarsi a lui, e mentre Worth le riannodava la fusciacca e le sistemava il mazzolino di gelsomini tra i capelli, intavolò l'argomento per il quale era venuta. « Che peccato che la signora Louise non sia qui questa sera ad aiutarla! »

Worth provava una forte nausea a causa del dolore che sembrava spaccargli la testa, e per un istante non riuscì a capire perché Stéphanie avesse pronunciato il nome di una persona che non era più alle sue dipendenze da tanto tempo. Poi ricordò il triste episodio in cui erano stati coinvolti Louise e quel de Gand. « Per me potrebbe tornare qui anche domani stesso, se lo volesse, ma Parigi l'ha perduta. Vive a Londra. La sua casa è laggiù adesso. »

Ora Stéphanie sapeva che tutto andava bene, per fortuna.

I giorni che Louise trascorse a Parigi volarono via. Si dedicò a risolvere parecchie questioni di affari, ordinò tutto ciò che c'era di nuovo in fatto di passamaneria e guarnizioni, comprese le *paillettes* bianche che Worth aveva lanciato da poco con notevole successo. Nel frattempo, con Catherine fece visita alle antiche conoscenze e trascorse più tempo che poté con la vecchia amica. Paul-Michel si separava malvolentieri dai suoi giovani compagni di gioco, e durante la seconda settimana abbandonò l'albergo per unirsi agli Worth che si erano trasferiti nella casa di Suresnes per trascorrervi la primavera e l'estate. Là i ragazzi avevano pony da cavalcare, alberi su cui arrampicarsi, laghi in cui nuotare e la possibilità di praticare il tennis, di sfidarsi nel tiro con l'arco, di giocare a croquet sui prati. In quella residenza di campagna, Louise e Robert venivano invitati a pranzo, serviti talvolta nella serra colma di fiori esotici, di piante e di verzura, o nella casa arredata con un lusso stravagante e dalle cui finestre si godeva in lontananza uno splendido panorama di Parigi. C'erano saloni interamente tappezzati di costosi broccati. Uno di essi era foderato del tessuto a occhi e orecchi, di una luminosità tale che dava l'impressione di essere immersi in rame liquido. Il marmo delle colonne, dei pavimenti e delle numerose statue presentava sfumature che variavano dal rosa con screziature color ebano al candore dell'elegante marmo di Carrara. Ogni nicchia conteneva rare porcellane, e tutti i saloni erano ravvivati dal colore dei soprammobili di giada, lapislazzuli e avorio, mentre i veli orientali attenuavano la luce del sole che accarezzava orologi del diciottesimo secolo, mobili decorati a intarsi, e splendidi bronzi. Quel che più affascinava coloro che entravano là dentro erano le vetrate sulle quali erano state fatte rivivere splendide orchidee. Una fontana in oro massiccio lanciava il suo getto nel vestibolo, sotto un enorme lampadario da cui pendevano centinaia di gocce di cristallo scintillante. Worth arrivava ogni mattina in rue de la Paix a cavallo e tornava a casa alla sera. Era una figura caratteristica nel suo alto cappello rigido, con la redingote di velluto dalle code svolazzanti e il bel viso adorno di un paio di baffoni che diventavano più imponenti man mano che aumentava la sua importanza sulla scena di Parigi.

Il giorno della festa del principe imperiale, Paul-Michel avrebbe preferito trascorrere il tempo a giocare a Suresnes, ma Jean-Philippe, che vi aveva partecipato altre volte, lo assicurò che sarebbe stata divertente. L'imperatrice era solita organizzare un grande ricevimento per bambini una volta all'anno nei giardini delle Tuileries, invitando coloro che erano nati nello stesso anno di suo figlio, e qualche altro che per le ragioni più svariate veniva iscritto nella lista annuale. Erano stati indetti giochi cui i fratelli Worth non poterono partecipare a causa delle ghette di pelle che impedivano loro di correre. Erano stati abbigliati con un altro dei modelli ideati dalla loro mamma, un abito color panna destinato a rovinarsi per le macchie d'erba e la polvere nel giro di mezz'ora. Avevano anche dovuto sopportare che i loro capelli venissero arricciati. Paul-Michel li compiangeva per quest'ultima offesa, e quando Marie fece segno a tutti e tre di scendere dalla carrozza, egli aggiunse la propria saliva per aiutare gli altri due a inumidire gli odiati riccioli.

La festa fu proprio come gli avevano detto. C'era un mago che estraeva conigli da un cappello e faceva apparire colombe dal nulla; c'erano i pagliacci che lo fecero morir dal ridere, e gli acrobati che formarono una piramide umana alta come il palazzo. Ci furono corse e cacce al tesoro, e tutti i tipi di dolci che i ragazzi prediligono: gelati e pasticcini ripieni di cioccolato che ai primi morsi schizzava in tutte le direzioni. Ci furono altri trattenimenti durante la giornata, e Paul-Michel li enumerò alla madre mentre lei gli rimboccava le lenzuola al Grand Hôtel. Era l'ultima notte che trascorrevano a Parigi. Il giorno dopo sarebbero ritornati a casa.

« Jean-Philippe e Gaston sono stati presentati all'imperatrice, e anch'io, dato che ero con loro. Era tutta vestita di bianco con una fusciacca azzurra, e calzava un cappello con un'ampia tesa. » Era così abituato a sentir parlare di moda che sapeva quali erano i particolari che la madre avrebbe voluto conoscere. « Dopo, uno degli ufficiali che si trovavano là è venuto a parlare con me. Aveva sentito il mio cognome inglese e ha voluto sapere dove vivessi in Inghilterra. Mi ha chiesto chi erano i miei genitori e quanto tempo mi sarei trattenuto a Parigi. Gli ho detto che mi piaceva cavalcare e lui ha fatto sellare il suo cavallo per me e mi ha condotto in giro per il cortile. È stato davvero emozionante. Poi è venuta l'ora dei fuochi d'artificio. » Corrugò la fronte, e piegò la testa per osservare la madre. Lei lo guardava turbata. « Che cosa c'è, mamma? »

« L'ufficiale ti ha detto il suo nome? » gli chiese con voce tremante.

« Sì. Era il capitano de Gand. »

Louise divenne così pallida che il bambino si spaventò e spinse indietro le coperte per arrampicarsi sulle sue ginocchia e metterle le braccia intorno al collo. « Non stai bene, mamma? »

Lei lo strinse a sé, nascondendo il viso contro la sua piccola spalla. « Sì, sì. Sono un po' stanca, forse. »

« Anch'io. Ma rimarrei a Parigi per sempre. Be', non a Parigi, ma a Suresnes. Mi piacerebbe che Jean-Philippe e Gaston fossero i miei fratelli. »

Parlò ancora, elencando tutte le altre cose che gli sarebbero mancate quando fosse stato di nuovo a casa, poi si adagiò sul cuscino, mentre lei gli rimboccava le coperte. Dopo averlo lasciato sotto la sorveglianza della bambinaia, Louise chiamò una vettura di piazza e aspettò davanti al posto di lavoro di Catherine fino a quando lei uscì. Avevano stabilito di cenare assieme quell'ultima sera, mentre Robert trascorreva le sue notti parigine per conto suo. Non appena Catherine fu salita in carrozza, vide dagli occhi di Louise che c'era qualcosa che non andava.

« Pierre e Paul-Michel si sono incontrati. »

Catherine ascoltò il racconto e cercò di rassicurarla. « Non pensarci più. Paul-Michel dimenticherà presto l'accaduto. »

Louise scosse il capo con tristezza. « Questa volta non pensavo a Paul-Michel. Lui dimenticherà, come dici tu. Ma Pierre no. Marie mi ha detto che, dopo un terzo aborto, Stéphanie è stata informata che non potrà più aver figli. »

Catherine rimase in silenzio. Non sapeva cosa dire. Poteva solo avere pietà del seduttore di Louise. Il fato si era mostrato certamente crudele.

XXI

AL ritorno dalla Francia, Louise assunse un precettore per Paul-Michel e durante il giorno la stanza dei giochi si trasformava in aula scolastica. Ritornò al lavoro con rinnovato entusiasmo e riuscì finalmente ad acquistare il negozio di Prestbury's per Robert. Come conseguenza di ciò, sperò che questo fatto avrebbe reso la loro vita domestica più tranquilla. Will, quando si incontrarono di nuovo, l'abbracciò, ma lei si ritrasse quasi all'istante.

Nel lavoro tutto procedeva a gonfie vele. Mentre passavano i mesi, aveva la sensazione di essersi portata via un po' della fortuna di Worth. Era diventata *la* sarta alla quale le madri ordinavano gli abiti che le figlie debuttanti indossavano per la presentazione a corte. La regina si era praticamente ritirata dalla vita pubblica dopo la morte del principe Alberto, ma la principessa Alessandra di Galles la sostituiva in quella grande occasione annuale che costituiva il momento più bello per ogni ragazza che entrava in società. I cerchi ora erano scomparsi, la gonna cadeva dritta sul davanti e posteriormente presentava un'abbondanza di drappeggi e di pieghe che ondeggiavano o formavano uno strascico o un'increspatura, cosa che consentiva a Louise di ideare ogni sorta di varianti per gli abiti bianchi che venivano preparati per il debutto delle giovani.

In quel periodo si diffuse all'estero un atteggiamento critico nei confronti della Francia. Fin dal 1863 la stampa britannica aveva stigmatizzato la presenza delle truppe francesi nel Messico, condannando l'interferenza dell'imperatore in quel paese, e ora, quattro anni più tardi, gli Stati Uniti chiedevano il loro immediato ritiro. Secondo Louise, tuttavia, era più preoccupante un editoriale di *The Times* in cui si avvertiva dell'esistenza di una minaccia prussiana contro la sicurezza della Francia. Dopo la breve e sanguinosa guerra dichiarata dalla Prussia all'Austria, era evidente che Bismarck, uscito vittorioso dallo scontro, aveva ora il potere in Europa, mentre Luigi Napoleone, che non godeva buona salute, era in declino. Eppure, nonostante la situazione, Marie scrisse con entusiasmo che Bismarck aveva ricevuto un'ottima accoglienza al suo arrivo per la Grande Esposizione Universale del 1867 da poco inaugurata. Worth aveva confezionato abiti in color Bismarck scuro, e nessuna donna elegante indossò più nulla che non fosse di quella tonalità. Ogni cosa veniva prodotta in quella tinta, dai cappelli ai parasoli. Louise aggrottò la fronte. Lo vedeva come il colore di uno spettro. Perché si lodava tanto Bismarck, quando all'Esposizione erano attesi altri governanti e personaggi reali? Quella sua diletta Parigi, tutta risate, gaiezza e umore spumeggiante, stava forse cercando di sedurlo per distoglierlo da ogni pensiero guerresco con un eterno *affaire*?

Louise provò una dolorosa nostalgia quando il signor Allenby, dopo essere stato ospite di Worth e aver visitato l'Esposizione, andò a pranzo da loro. Tra gli amici e i conoscenti che Louise aveva riunito alla sua tavola c'era anche Will, tornato egli pure da poco da Parigi. Robert era assente. La cena era stata organizzata per festeggiare il suo compleanno, ma lui non era tornato a casa la sera precedente, e Louise non ne aveva saputo nulla per tutto il giorno. Era certa che sarebbe comparso all'improvviso, un minuto prima che arrivassero gli ospiti; ma, non vedendolo giungere, aveva dovuto trovare una scusa per la sua assenza. Non aveva idea di dove fosse e con chi, ma già da tempo il suo comportamento lasciava molto a desiderare. Le sue speranze che il possesso del negozio facesse nascere in lui un senso di responsabilità erano andate deluse. Robert s'era limitato a trovare un direttore che si occupava di tutto, e andava da Prestbury's solo ogni tanto, quando ne aveva voglia; la sua inettitudine era diventata più evidente che mai.

Alla fine del pranzo, il signor Allenby e Will furono invitati dagli altri ospiti a descrivere l'Esposizione di Parigi, che si estendeva per molti acri e ospitava molte meraviglie del mondo industriale e culturale, sotto le cupole, i padiglioni e i palazzi che erano stati eretti. Una delle cose che aveva attratto maggiormente i due uomini era stato un nuovo valzer di Strauss chiamato *Il Danubio blu*, eseguito per la prima volta e diretto dallo stesso maestro. Si era anche parlato di una nota più cupa, quella del tentato assassinio dello zar di Russia durante la sua visita a Parigi per l'Esposizione. Ne era uscito illeso, però l'incidente aveva suscitato un profondo imbarazzo nell'imperatore e nell'imperatrice. Ma quel che li aveva colpiti più duramente era stata la notizia dell'esecuzione di Massimiliano nel Messico: essa costituiva a un tempo un dolore personale e la fine dell'influenza francese in quella parte del mondo. Il signor Allenby riferì anche che Worth aveva consegnato un abito color giallo pallido all'imperatrice subito dopo la terribile comunicazione che era giunta loro.

« Era un pizzo d'Alençon sopra una seta pesante, con uno strascico di parecchi metri. L'ho visto io stesso prima che lasciasse rue de la Paix, e non esito a dichiarare che era sicuramente il più bell'abito che sia mai stato creato. Worth mi disse che, nonostante la sua tristezza, l'imperatrice aveva lanciato un'esclamazione deliziata alla vista di quel capo; ma era troppo afflitta per pensare di indossarlo consegnando i premi dell'Esposizione, momento per il quale era destinato. Non so se lo indosserà mai. Le ricorderebbe troppo quel terribile evento del Messico. »

Louise pensò che lo splendido abito doveva trovarsi nello spogliatoio in alto, dove l'aveva certo portato l'ascensore, e che nessuno l'avrebbe mai più visto. Non c'era più nulla che andasse bene per l'imperatrice?

Poco dopo, nel salotto, quando fu servito il caffè, il signor Allenby, che era seduto accanto a Louise sul divano, estrasse dalla tasca un pezzo di carta velina piegato. Lo aprì delicatamente e apparvero alcune violette schiacciate.

« Mentre Worth stava controllando l'aspetto dell'imperatrice, prima che lei uscisse per un altro impegno all'Esposizione », disse, « le caddero alcune violette da un mazzolino che aveva appuntato alla vita. Lui le raccolse e chiese se poteva donarle a me come ricordo. » La sua faccia rugosa si spianò in un sorriso. « Allora quella gentile signora diede a Worth l'intero mazzolino dei suoi fiori preferiti pregandolo di consegnarmeli con i suoi ossequi. E io voglio dividerli con lei, mia signora di Francia. »

Louise fu affascinata dalla sua gentilezza e galanteria di vecchio stampo. « Li conserverò per sempre », disse guardando le violette deliziata.

Poco dopo, la serata giunse al termine e gli ospiti si congedarono, a eccezione di Will, che restò nel salotto. Quando Louise ritornò, dopo aver salutato il resto della compagnia, era stanchissima. Will le aveva versato un po' di cognac in un bicchiere e glielo porse.

« Bevi questo. Ti farà bene. Questa serata è stata uno sforzo terribile per te. »

Obbediente, lei bevve un sorso e poi appoggiò il bicchiere su un tavolino, mentre si lasciava cadere sul divano, con un fruscio della gonna a pieghe di taffettà azzurrino cangiante. « Spero che gli ospiti non si siano sentiti a disagio. Ho cercato di mantenere un'atmosfera piacevole. »

« Sei stata bravissima. Giurerei che, dopo i primi momenti, nessuno ha più avvertito la mancanza di tuo marito. Per quanto tempo ancora lo sopporterai, Louise? »

Lei gli lanciò un'occhiata incerta. « Non credo di capire ciò che stai dicendo. »

« Sto parlando di divorzio. »

Il suo viso si fece pallido. « Pensi che non ci abbia pensato? Ma non se ne parla neppure. »

« Perché? Hai paura che costituisca un prezzo troppo alto per te? In questo posso aiutarti. »

Louise chiuse gli occhi e scosse il capo. « Robert non mi permetterà mai di divorziare da lui. Ricorda che Paul-Michel non è suo figlio. Sarei bollata come una prostituta e considerata colpevole ancor prima di mettere piede in tribunale. Inoltre, ha adottato legalmente Paul-Michel, il che significa che non esiterebbe a privarmi di mio figlio. È questa minaccia, e nient'altro, che mi trattiene. » La sua voce tremò e lei si alzò rapidamente in piedi, come se muovendosi potesse ritrovare il suo autocontrollo.

Will la guardò attentamente. « Vuoi dire che Robert ti ama? Che è per questo che non ti lascerebbe mai andare? »

Louise avvolse nervosamente le dita intorno al bicchiere del cognac posato su un lato del tavolo. « No. Non mi ha mai amata. Io sono il suo cavallo da tiro, la sua bestia da soma, il suo spaccalegna, il suo portatore d'acqua. Finché continuerò a provvedere a lui, sa bene che non solo non patirà mai la fame, ma potrà godere una vita comoda sino alla fine dei suoi giorni. »

Will le si avvicinò e appoggiò la larga e solida mano sul suo braccio come se volesse impedirle di sfuggirgli. « Questo ha significato per te il matrimonio durante tutto questo tempo? »

Lei distolse lo sguardo. « Non hai il diritto di farmi domande del genere. »

« Ho tutti i diritti. Forse che non ti conosco da tanti anni? Forse che non ti amo da molto tempo? »

Non aveva mai saputo di amarla fino a quel momento. Questa consapevolezza esplose dentro di lui, pervadendogli la mente e riscaldandogli il cuore. Improvvisamente, al di là della più assurda delle emozioni umane, c'era una ragione per la quale aveva legato la sua vita a quella di Louise fin dal lontano giorno in cui aveva sentito la voce argentina della ragazza che imitava il suo accento gallese nell'affollato, afoso atelier di Parigi. L'immagine che conservava di quel giovane viso sfrontato, rivolto verso di lui in un atteggiamento irridente, coincideva con quella del volto che aveva davanti e che era diventato ancora più bello con la maturazione della sua femminilità; lo sguardo allarmato per le parole che lui aveva appena pronunciato era lo stesso. Appariva indifesa e vulnerabile. Le strinse il braccio e l'attirò a sé.

Era tanto tempo che non vedeva l'adorazione sfolgorare nello sguardo di un uomo, che non veniva stretta in un abbraccio amoroso. Nella sua ferita solitudine, si sentì attirare dal calore di lui come da una fiamma, e mentre Will le appoggiava lievemente una mano intorno al viso e glielo accarezzava affettuosamente, una specie di sensuale languore minacciò di sopraffarla, indebolendole le gambe. Sentì che sarebbe caduta, se lui non l'avesse stretta contro di sé. Un tremito la attraversò mentre Will le spingeva indietro il viso per baciarle la gola, le palpebre. E quando posò le sue labbra su quelle di lei, Louise gli si strinse contro, offrendogli la propria bocca. Will mise nel suo bacio tutto il desiderio di quei lunghi anni, che era rimasto sepolto per tanto tempo in lui senza che egli fosse consapevole della sua vera origine.

« Amore mio, amore mio », sussurrò Will contro il suo orecchio.

Lentamente, Louise alzò il capo dalla sua spalla, dove l'aveva appoggiato come per riposare, e afferrò il viso di Will tra le proprie mani, con una grande tristezza nello sguardo. « Will, mio caro. Non è possibile. Non è possibile. »

La voce di Robert esplose come uno schiocco di frusta: veniva dalla porta, sulla cui soglia egli si trovava da un paio di minuti. « Sono estremamente lieto di udire questo. Un gentiluomo non ha molto piacere di dividere la propria moglie con ogni Tom, Dick e Harry! »

Louise aveva avuto un forte sobbalzo al suono della voce, non per un ingiustificato senso di colpa, ma per disgusto verso quell'infida intrusione. Le sue mani scivolarono giù dalle spalle di Will, che le afferrò tra le proprie, senza staccare gli occhi da lei.

« Vieni via con me ora », la sollecitò. « Prendi Paul-Michel e vieni via con quello che hai addosso. Presto o tardi riusciremo a superare le complicazioni legali. »

Robert sbuffò sprezzantemente, con aria incredula. « Maledizione a lei, Russell! Fuori dalla mia casa! »

Louise rispose a Will come se fossero ancora soli. « Ciò che tu mi chiedi è impossibile. Ti ho detto il perché. Non si può cambiare nulla. »

Robert si precipitò nella stanza e strappò Louise da Will con una forza talmente carica di ferocia che la fece barcollare. « Ne ho abbastanza! » farfugliò per la collera. « Se non se ne va immediatamente, ordinerò ai servi di buttarla fuori! »

Dietro a loro, Louise lanciò un grido acuto. La sua gonna aveva sfiorato le braci incandescenti del caminetto mentre cercava di reggersi in equilibrio, e le fiamme avevano avvolto il taffettà. Will si lanciò verso di lei e la gettò sul pavimento, strappando il tappeto steso davanti al focolare e spegnendo con esso il tessuto in fiamme. Robert si tolse il mantello e, inginocchiatosi, lo usò per aiutare a soffocare le fiamme.

Tutto ebbe termine in pochi secondi. Louise era sconvolta, ma incolume, a eccezione di una piccola bruciatura sul palmo di una mano, con la quale istintivamente aveva cercato di soffocare la fiamma. Will pensò con sollievo che fortunatamente la crinolina era passata di moda. Se Louise fosse rimasta intrappolata nei cerchi, niente avrebbe potuto salvarla. Con un ginocchio ancora appoggiato in terra, la aiutò a mettersi seduta e le passò un braccio intorno alle spalle. Ma, mentre le porgeva la mano perché si rimettesse in piedi, Robert si chinò in avanti e agitò minacciosamente un pugno sotto il suo naso.

« Mi lasci solo con mia moglie! » Il viso di Robert era contratto in un'espressione d'ira crescente.

Travolto dall'indignazione, Will lo afferrò per la gola. « Sarebbe stata colpa sua, se Louise si fosse ustionata gravemente! » La sua stretta si accentuò. « Se le userà ancora violenza, giuro che la pesterò a sangue! »

Louise gli tirò il braccio, terrorizzata dai rantoli che Robert emetteva. « Will! Basta! Finirai per strozzarlo! »

Will lasciò la presa imprimendo a Robert uno spintone che lo fece cadere all'indietro sui gomiti. Poi aiutò Louise a rialzarsi. C'era uno squarcio carbonizzato nella gonna, e attraverso di esso faceva capolino la sottoveste. « Ti porterò di sopra in camera tua. Dimmi da che parte è. »

Will la prese tra le braccia, ignorando le sue proteste, e la portò su per la scala e lungo un corridoio fin dentro la sua stanza. Qui la distese sul letto. Lei era ancora pallidissima, e tremava a causa dell'incidente. Will voleva tirare il cordone del campanello per chiamare la sua cameriera, ma Louise sollevò il capo dal cuscino.

« No. Non ancora. Preferisco starmene qui tranquilla ancora per un po'. »

« Ma quella bruciatura sulla mano deve essere curata. » L'aveva avvolta nel proprio fazzoletto pulito.

Louise sorrise debolmente. « È molto meno grave di tante scottature che mi sono procurata in passato con i ferri da stiro arroventati. » Lo fissò negli occhi. « Grazie, Will. Sei sempre stato così buono con me. »

Si udì bussare, anche se la porta era aperta. Uno dei domestici più giovani e più robusti apparve sulla soglia, accanto a un altro servitore. Erano entrambi a disagio. « Le chiediamo scusa, signora. Abbiamo avuto istruzioni dal padrone di scortare questo gentiluomo all'uscita. »

Will sollevò la mano di Louise dal copriletto sul quale era abbandonata, e la tenne per un momento. « Domani m'informerò sulla tua salute. »

Lasciò la camera da letto seguito dai due domestici. Mentre attraversava il pianerottolo, Paul-Michel sbucò da un'altra direzione in camicia da notte, sfregandosi gli occhi pieni di sonno. « È tornato a casa papà? » Poi vide Will, e il viso gli si illuminò. « Salve, signor Russell. È venuto alla festa di compleanno? »

Will gli sorrise, arruffandogli i capelli. « È tardi e la cena è finita da un pezzo. È meglio che tu torni a letto. Buonanotte. »

« Buonanotte, signore. »

Dabbasso, Robert si era versato un whisky, e ne bevve un lungo sorso mentre dalla soglia del salotto osservava Will che se ne andava. Il suo viso era ancora arrossato dall'ira, che fece vibrare la sua voce quando si rivolse ai domestici. « Quell'uomo non deve mai più entrare in casa mia! »

Will si arrestò sulla soglia e, voltando la testa e guardandolo al di sopra della spalla, gli disse, con un'occhiata dura e sprezzante: « Ricordi il mio avvertimento, Prestbury. Farò esattamente quel che ho detto ».

Mentre la porta si chiudeva dietro di lui, Robert imprecò selvaggiamente fino a restare senza fiato, poi vuotò il bicchiere in un sol colpo e andò a riempirlo di nuovo. Mentre versava il liquore, fece tintinnare la bottiglia contro l'orlo del bicchiere. Due domestici, che stavano arrotolando il tappeto bruciacchiato davanti al caminetto e spazzando la cenere disseminata per la stanza, lo guardarono con curiosità. Robert si voltò verso di loro.

« Buon Dio! Che cosa state a guardare lì a bocca aperta? Toglietevi dalla mia vista! »

Si affrettarono a uscire, portando via il tappeto. Lui trangugiò l'whisky, fino all'ultima goccia, e poi sbatté il bicchiere sul ripiano con una violenza da mandarlo in pezzi. La scena avvenuta tra sua moglie e Russell, e di cui era stato testimone, continuava a presentarsi alla sua mente. Che cosa era accaduto in precedenza perché arrivassero al punto di baciarsi sotto il suo tetto? Quando aveva aperto la porta, trovandoli strettamente abbracciati, era rimasto così sbalordito da non proferire parola, mantenendo il silenzio per tutto il tempo che occorreva a raccogliere le idee e aspettare il momento giusto per avvertirli della sua presenza. Una specie di frenesia lo faceva ribollire all'idea che Louise, sua moglie, potesse indulgere a un simile comportamento. Il proprio modo d'agire, che durava da lungo tempo, invece non aveva per lui alcuna importanza. C'erano sempre state regole diverse per uomini e donne. Maledetta! Era stato colpito nella vanità e nell'orgoglio: non sarebbe mai riuscito a dominare il proprio malumore. Nonostante le frasi che aveva raccolto quando avevano terminato di baciarsi, non poteva esser certo che lei gli fosse rimasta fedele. Ma l'avrebbe scoperto!

Si precipitò fuori del salotto e infilò la scala salendo i gradini a due alla volta. Quando ebbe raggiunto il pianerottolo, si trovò la via sbarrata da Paul-Michel, che gli apparve come un fantasma nel debole chiarore dell'unica lampada a gas rimasta accesa.

« Che cosa diavolo vuoi? » gli urlò con impazienza. « Togliti dai piedi! »

« Buon compleanno, papà. Questo è il mio regalo. Spero che ti piaccia. »

Gli porse un bastone da passeggio con il manico a forma di testa di unicorno in avorio intagliato, adorno di un fiocco. Robert non fu neppure sfiorato dal pensiero che il bimbo l'aveva atteso per tutta la giornata per offrirgli il suo regalo. Era solo conscio del fatto di dover perdere tempo proprio nel momento in cui era deciso ad affrontare sua moglie.

« Non seccarmi con sciocchezze del genere! » Afferrò il bastone da passeggio, lo spaccò in due facendo leva col ginocchio, e gettò i pezzi verso una zona in ombra senza curarsi di dove cadessero. Poi si lanciò nella camera di sua moglie, sbattendo la porta dietro di sé con una violenza che fece vibrare tutta la casa.

Louise si era appena tolta l'abito danneggiato e si trovava in sottoveste: la parte superiore dello strascico di questa aveva una gala strappata e bruciata. Sussultò nel vederlo entrare, ed egli non ne fu sorpreso. Era molto tempo che lui non veniva nella sua stanza. La sottomissione indifferente di Louise, dopo che era stata tolta la chiave dalla toppa, aveva dimostrato a Robert che in lei non vi era né desiderio né passione. E aveva cominciato a odiarla.

« Sei una puttanella », la apostrofò. « Un'indegna puttanella. »

Louise si irrigidì, con un lampo di disgusto nello sguardo limpido. « Nulla ti autorizza a usare termini di così pessimo gusto nei miei confronti. »

« Penso proprio di averne il diritto. Tu e Russell vi conoscevate da molto tempo. Per quel che ne so io, potrebbe essere addirittura il padre del tuo bastardo. »

Non era mai riuscita a sopportare che parlasse in quel modo di suo figlio, forse per paura che un giorno potesse proferire quell'insulto mentre il bimbo era in ascolto. Questa era l'arma che aveva sempre usato contro di lei, e con crudele soddisfazione Robert s'avvide che aveva suscitato in Louise una feroce collera che ben s'intonava al suo malumore.

« Pensa quello che vuoi », ribatté lei, gettando da parte il vestito che aveva ripiegato, « ma sei molto lontano dalla verità. Il padre di mio figlio tu non l'hai mai conosciuto e mai lo conoscerai. »

Robert si trovava accanto al tavolino della toilette, e, infuriato, spazzò il ripiano con un movimento del braccio facendo cadere sul pavimento tutto quel che vi era sopra. « Sempre piena di segreti, vero? Be', del passato non m'importa un accidente, ma del presente e del futuro sì. Quante volte prima di questa sera Russell ti ha chiesto di andar via con lui? »

« Mai! »

« Non ti credo. » Cominciò ad avanzare lentamente verso di lei, a passi misurati. « Lo sai che ha minacciato di malmenarmi se ti metto di nuovo le mani addosso? Immagino che non voglia veder danneggiata la sua proprietà. »

« Smettila di dire cose simili! »

« Non fare la virtuosa con me. » Nella sua voce aspra si era insinuata un'inflessione lasciva. « Eravate amanti fin dall'inizio, vero? »

« No! »

« Ecco perché lui ti ha aiutato nella tua prima impresa, vero? Ora capisco tutto. Quante volte ti ha posseduto, mia cara moglietttina? Tre volte alla settimana? Quattro? O dipendeva da quanto spesso ti era possibile incontrarlo? Qualche volta sei giorni su sette? »

« Non voglio ascoltare altro! » Gli occhi di Louise lampeggiavano e, mentre ansimava per la collera, il suo seno eburneo andava su e giù al di sopra dell'orlo di merletto. « Solo una mente corrotta come la tua può formulare accuse del genere. »

« Tu ascolterai qualunque cosa io ti dirò! » L'aria della stanza era pervasa della sensuale fragranza del profumo francese che si diffondeva dalle bottigliette scagliate in terra, e sembrava favorire lo scatenarsi della sua lussuria. La vide fare un passo indietro, spaventata dal suo avanzare inesorabile verso di lei, mentre una cupa eccitazione lo divorava. « Voglio sapere quali favori preferivi da lui. Non c'è niente ch'io non possa fare meglio, te lo assicuro! »

Vedendo che Louise si contraeva, pronta a scattare nella fuga, balzò su di lei. Circondandole la gola con un braccio, la gettò all'indietro, sul letto. Lei lottò selvaggiamente, quasi senza fiato, cercando di colpirlo, ma Robert sembrava impazzito, e quando uno strappo nel merletto le mise a nudo il seno, lui glielo morse, facendola urlare di dolore. Singhiozzando, Louise cercò di graffiargli il viso, ma Robert le immobilizzò le braccia, togliendosi nel frattempo gli abiti di dosso. Poi, improvvisamente, non furono più soli nella stanza.

« Che cosa diavolo...? » ruggì Robert.

Un pezzo di bastone da passeggio con il manico d'avorio lo colpì. Con orrore Louise scorse il viso stravolto del figlioletto e, come in un incubo, udì il suo grido terribile. « Stai uccidendo la mia mamma! Stai uccidendo la mia mamma! »

Robert si sollevò per metà e, con tutta la forza della mano libera, diede uno spintone al petto del bambino scagliandolo fuori della portata del loro sguardo. Ma Louise aveva udito il tonfo sordo della sua testa e del suo corpo contro la parete. Non potendo alzarsi, sotto la pressione del braccio di Robert che le premeva sulla bocca, stese la mano all'indietro e incontrò il pezzo di bastone da passeggio che era caduto sul letto. Le sue dita si chiusero attorno a esso e, mentre l'uomo si girava di nuovo verso di lei con gli occhi a fessura come quelli di un folle, con la forza raddoppiata dall'ira rinnovata, Louise lo colpì sul viso con il manico d'avorio e vide la carne lacerarsi. Robert lanciò un urlo terribile, portandosi le mani alla ferita da cui già sgorgava il sangue, e Louise lo allontanò da sé, liberandosi.

Con un grido, scorse Paul-Michel disteso in terra con la testa ancora appoggiata contro il muro, un braccio mollemente abbandonato. Era mortalmente pallido e aveva gli occhi chiusi. Durante quelli che furono i più spaventosi istanti della sua vita, credette che fosse morto. Ma quando, dopo essere caduta in ginocchio accanto a lui, lo raccolse tra le braccia, vide che respirava. Rialzatasi, si precipitò fuori della stanza chiamando la servitù.

« Andate subito a cercare il dottor Perkins! Subito! »

Paul-Michel rimase in coma per cinque giorni. Louise non si muoveva dal suo capezzale. Il poco cibo che ella riusciva a ingoiare le veniva portato là su un vassoio, e la notte avrebbe continuato a vegliare senza sosta se il dottore non avesse insistito perché si desse il cambio con Daisy. Ma rimaneva nella stanza accanto, solo assopita, ed era desta e in piedi sempre molto prima del necessario. Non aveva più visto Robert, ma il medico le aveva detto che si erano dovuti applicare sette punti sulla fronte del marito, e che i suoi occhi erano diventati neri per le contusioni. Lei non sapeva che cosa avesse raccontato Robert al dottor Perkins, ma quest'ultimo doveva avere necessariamente capito che le ferite che stava curando erano state provocate da un litigio coniugale di estrema violenza. Louise dette istruzioni al negozio, che la signorina Brousseau dirigeva con grande perizia in sua assenza, e scrisse a Will dicendogli che Paul-Michel aveva avuto una brutta caduta, promettendo di tenerlo informato. In quanto a lei, lo assicurò che non c'era motivo di stare in ansia.

Quando Paul-Michel finalmente aprì gli occhi e la riconobbe, Louise scoprì con immenso sollievo che non ricordava nulla della ragione che l'aveva costretto a letto con la testa bendata, e benedisse la natura che aveva provveduto a soccorrerlo con l'oblio. Il dottor Perkins la rassicurò dicendole che da quel momento suo figlio si sarebbe ripreso rapidamente, e le consigliò aria fresca ed esercizio fisico. Lei conciliò le due cose andando in negozio, dove si erano accumulate numerose questioni da risolvere durante la sua assenza. Aveva deciso di non raccontare a Will i particolari dell'incidente di Paul-Michel, pensando che non fosse opportuno, in considerazione dell'increscioso scontro avvenuto tra suo marito e lui. Will non si addentrò in domande, convenendo che durante l'infanzia tutti si è soggetti a incidenti più o meno gravi e osservò che egli stesso si era rotto la testa all'incirca a quell'età. Quanto ai suoi rapporti tra Will e lei, Louise si rese conto che erano irrimediabilmente cambiati. Non era stato più possibile mantenere le distanze come prima, all'infuori di quando discutevano di affari. Tuttavia, non si ebbero più contatti fisici come succedeva quando lui la prendeva per un braccio o per la mano per accompagnarla, anche se gli occhi di Will rispecchiavano un costante ardore che egli non tentava minimamente di nascondere. E più di prima lui rappresentò nella vita di Louise una roccia incrollabile.

Robert, per tutto il tempo in cui il suo viso rimase avvolto nelle bende, non uscì più durante il giorno e dove andasse di notte Louise non lo sapeva. Non le rivolgeva la parola e, lungo le scale, le passava vicino senza mostrare di vederla. Trattava allo stesso modo anche Paul-Michel. Al bambino si era riaffacciato alla mente il ricordo della rottura del bastone da passeggio, e lui credeva, con il cuore gonfio di dolore, che l'ostile silenzio del padre fosse stato causato da un suo errore, finché Louise non lo rassicurò dicendogli che il comportamento di Robert era da imputare all'incidente che gli era capitato al viso. Tuttavia, Paul-Michel era rimasto un po' malinconico, e il dottor Perkins, durante una delle visite di controllo al bambino, disse che un mese di mare gli avrebbe giovato enormemente. Louise non poteva lasciare il negozio, perché doveva lanciare la collezione degli abiti autunnali; così Paul-Michel fu affidato a Daisy, che lo accompagnò a Brighton. Poco dopo la sua partenza, Robert rivolse la parola a Louise per la prima volta dopo il lungo silenzio. Lei si trovava alla propria scrivania in un tardo pomeriggio, e stava scrivendo una lettera a Marie e un'altra a Paul-Michel, quando Robert entrò e attraversò la stanza fermandosi accanto alla sua sedia senza parlare. Imbarazzata, lei lo guardò al di sopra della spalla, e poi balzò in piedi angosciata, spingendo indietro la sedia. Si era tolto la benda dal viso, e lo spettacolo che le apparve era raccapricciante. La ferita, che i punti avevano raggrinzito in modo orribile, era ancora rossa e infiammata, e, partendo dal sopracciglio sinistro, arrivava allo zigomo destro; gli occhi erano scuri come prugne ammaccate, e la pelle era giallastra dove la contusione cominciava a sfumare. Le rivolse un mesto sorriso.

« C'è il dottor Perkins, che è venuto a cambiarmi la medicazione. Ho pensato di mostrarti il danno che mi hai procurato prima che mi siano applicate le nuove bende. » L'afferrò per la nuca e le girò il viso finché non fu che a pochi centimetri dal suo. « Guardalo da vicino. Rimarrà una cicatrice, sai? Ma non tutto il male viene per nuocere. Mi sono chiesto molte volte che cosa accadrà tra poco più di dodici anni, quando Paul non sarà più sotto la mia tutela. Prima immaginavo che mi avresti lasciato. Forse per tornare in Francia. Ora posso smettere di preoccuparmi. So che rimarrai. Vedi, io porterò per sempre il segno del tuo modo selvaggio di sottrarti all'obbligo coniugale, cosa che già di per sé, agli occhi della legge, è un delitto da parte di una donna. Se mai ti passasse per la mente di decidere di andartene, sarà di questo che ti accuserò. » Spostò il pollice e glielo affondò crudelmente nel collo. « Le sentenze della corte sono severe contro le mogli ribelli che vengono meno ai loro doveri, e particolarmente contro quelle già marchiate per il loro comportamento immorale. Penso che per amore di Paul vorrai evitargli uno scandalo che potrebbe compromettere la sua vita futura. »

Louise indietreggiò di colpo e si massaggiò le rosse impronte che lui le aveva lasciato sul collo. « È dunque senza limiti il tuo egoismo? »

« Chiamalo come vuoi. Io lo considero un mezzo per conservare intatto un matrimonio. » Stava per allontanarsi, ma poi si fermò, lanciandole una dura occhiata. « A proposito, ho deciso che è tempo che Paul frequenti la scuola. Andrà a Fountleigh nel Berkshire, che è la mia vecchia scuola. Farai meglio a prepararlo. La sessione autunnale comincia fra tre settimane. »

Louise andò a Brighton per trascorrere gli ultimi giorni di

vacanza del figlio con Paul-Michel. Lo trovò abbronzato e felice, ansioso di mostrarle dove pescava dal molo, come nuotava bene e quali alti castelli di sabbia era capace di costruire. Accolse con stoicismo la notizia che sarebbe partito per la scuola. Tutti i ragazzi che aveva conosciuto a casa presto o tardi erano partiti per varie scuole situate in diverse parti del paese. Non voleva lasciare la madre e la bambinaia, ma non gli dispiaceva allontanarsi dalla casa di Londra e dall'uomo che l'aveva trasformata in un posto odioso in cui vivere. Alla fine aveva saputo che Robert Prestbury non era il suo vero padre. Una volta, in un attacco d'ira, Robert lo aveva chiamato bastardo e, quando aveva chiesto che cosa significasse quell'epiteto, gli era stato spiegato. Non ne aveva mai parlato alla mamma, ma l'aveva detto al signor Russell. Diceva sempre tutto al signor Russell. Parlavano da uomo a uomo, e lui gli spiegava ogni sorta di misteri in modo da farli apparire semplici fatti della natura umana. Paul-Michel era pronto ad andare a scuola, ma a una condizione.

« Lasciami andare a scuola in Francia, in quella che Jean-Philippe e Gaston frequentano a Parigi. Posso vivere con zia Catherine e tornare a casa da te durante le vacanze. »

Louise sarebbe stata ben felice di accontentarlo, sapendo che si sarebbe trovato a suo agio a Parigi, con una seconda casa a Suresnes. Ma scosse il capo con rincrescimento. « Papà non te lo permetterebbe. Ha deciso che andrai a Fountleigh, e niente può fargli cambiare idea. »

Il cuore di Louise sanguinava quando accompagnò Paul-Michel alla Scuola per Figli di Gentiluomini di Fountleigh all'inizio dei corsi. Era un grande, lugubre edificio, che le ricordava la terribile prigione dei bambini a Parigi, e non credeva che in fatto di cibo, di disciplina e di comodità ci fosse molta differenza. Non riusciva a capire perché gli inglesi benestanti ritenessero indispensabile mandare lontano da casa i loro figli fin dalla più tenera età. Il direttore aveva un viso arcigno, e Louise distolse gli occhi dalla sferza che teneva a portata di mano sullo scrittoio, conscia che Paul-Michel l'avrebbe vista anche troppo spesso.

Fuori in cortile i ragazzi si stavano congedando dai genitori. Louise pensò a Worth, che era stato costretto a guadagnarsi da vivere all'età di undici anni. Anche Paul-Michel, adesso, a soli nove anni, era obbligato a voltare le spalle a tutto ciò che gli era caro. Louise l'aveva baciato e abbracciato ancor prima che lasciassero la carrozza pubblica, che restò ad attenderla al cancello per ricondurla alla stazione. Sapeva che il bambino non avrebbe desiderato una manifestazione di affetto materno al momento della separazione. Le parlò in francese.

« Fatti forza, mamma. » Ma il suo labbro inferiore tremava.

« Lo farò. Non mancano molte settimane a Natale, quando ci rivedremo. »

Lei conservò il suo sorriso luminoso. Al cancello si voltò e gli fece un cenno di saluto, pensando a quanto apparisse piccino e abbandonato. Paul-Michel rispose ai suoi saluti. Poi non lo vide più: le lacrime avevano steso un velo sui suoi occhi, mentre saliva in fretta in carrozza.

In qualche settimana il viso di Robert guarì completamente, anche se era rimasto il solco di una cicatrice, a ricordare quotidianamente a Louise la rinnovata schiavitù alla quale era stata assoggettata. Lui le parlava solo in caso di necessità, altrimenti non si rivolgevano la parola; e, dopo che lei l'aveva colpito, non le si era più avvicinato. Quanto a lungo sarebbe continuato quello stato di cose tra loro, Louise non lo immaginava neppure, ma il lavoro la assorbiva completamente e, quando riceveva, i suoi ospiti avevano smesso di meravigliarsi dell'assenza del marito. Allorché egli era presente, si comportava sempre come un affascinante anfitrione, il che faceva pensare a tutti, fuorché a coloro che lo conoscevano bene, che le sue assenze fossero dovute a ragioni di affari.

Paul-Michel scriveva lettere rispettose in una diligente grafia: Louise sapeva che venivano controllate da uno dei maestri prima di essere spedite, ma riusciva a leggere tra le righe, e non provò alcuna sorpresa quando le prime parole che il bambino si lasciò sfuggire al suo ritorno a casa per le vacanze furono di odio verso la scuola e verso tutti coloro che vivevano in essa. Più tardi, saltò fuori che si era fatto alcuni amici, ma quella che li univa era un'amicizia che traeva origine dalla sofferenza condivisa piuttosto che da un vincolo naturale cementato da interessi comuni. Appariva magro e serio e aveva un forte raffreddore, il che non gli evitò di ricevere da Robert una punizione per il suo scarso rendimento scolastico. Dovette starsene chiuso nella sua stanza per una settimana a regime di acqua e farinata d'avena, e gli fu permesso di uscire giusto in tempo per la vigilia di Natale. Allora il bambino e Louise andarono insieme a fare le spese natalizie.

Con suo grande sollievo, Robert aveva deciso di trascorrere le feste a casa di sua madre, così Louise fu libera di portare il figlio con sé a casa di Will, dove furono accolti con molto calore. Will, pieno di comprensione, la sfiorò con un bacio, sotto il vischio. Dopo che si fu adeguata a questa gentile usanza, Will le strinse la mano senza parlare, e Louise capì quanto questo gesto significasse per lui.

Paul-Michel fece salti di gioia quando vide l'albero che quasi toccava il soffitto. Era ornato di candele accese e di palline di vetro di ogni colore, e c'era un cumulo di doni sotto i rami. Quindi il bambino fece qualche passo camminando all'indietro per tornare in sala da pranzo, incapace di staccare lo sguardo eccitato dai pacchetti colorati, specie dopo che aveva intravisto il proprio nome su parecchi di quelli. A tavola sedettero davanti all'anatra arrosto, al budino di prugne, alla torta farcita di frutta e alla soffice zuppa inglese spumosa, alle lucenti gelatine e a una quantità di altre prelibatezze. Più tardi ci fu la consegna dei doni e Paul-Michel ottenne il privilegio di porgere i regali alla servitù di Will: una bella pezza di seta per le donne, tabacco e guanti di pelle per gli uomini, con una settimana di salario in più per tutti. Quindi rimasero solo loro tre a scambiarsi i doni. Con costernazione di Louise, Paul-Michel aveva insistito per comperare un bastone da passeggio per Will, con un manico non molto diverso da quello che Robert aveva spezzato contro il ginocchio. Sentì di essere sul punto di amare Will quanto più le era possibile quando lui, nel riceverlo, lanciò un'esclamazione deliziata e disse che l'avrebbe usato ogni giorno, aggiungendo che nessuno, per quanto ne sapeva, ne possedeva uno più bello. Dalla serena espressione sul viso del figlio, Louise capì che il ricordo di quel doloroso evento era ormai cancellato. Lei ricevette in dono da Will una collana con un ciondolo formato da un'ambra incastonata in una filigrana d'oro. Lasciò che lui gliela allacciasse intorno al collo.

« È bellissima », mormorò, contemplandola.

« È del colore dei tuoi occhi », le disse Will dolcemente all'orecchio, e Louise pensò che era uno dei più bei complimenti che avesse mai ricevuto.

L'accensione delle lampade a gas al calar della sera li sorprese intenti a estrarre i chicchi d'uva immersi nel cognac ardente che illuminava i loro volti divertiti con un bagliore azzurrino. Sulla strada del ritorno, Paul-Michel si assopì in carrozza, con la testa appoggiata alla spalla della madre.

Louise pensava che era triste che Will non si fosse risposato. La casa in cui viveva, in quella festività, sarebbe stata colma dell'allegria dei suoi figli, e non solo di quella del figlio della donna per la quale lui nutriva un amore non corrisposto. Eppure, se il destino non avesse tessuto le sue trame tortuose, facendo imbattere lui in Ellen e lei in Pierre, si sarebbero potuti amare l'un l'altra con pari passione. Invece, l'unico uomo che Louise aveva nel cuore era ancora Pierre.

XXII

Al termine di ogni vacanza, per Paul-Michel diventava sempre più duro affrontare il ritorno a Fountleigh. Non avrebbe trovato tanto difficili le sue lezioni se vi avesse applicato la mente, poiché possedeva un'intelligenza vivace e aveva ereditato la buona volontà della madre; ma fin dal primo giorno l'iniziativa e l'interesse che aveva mostrato sotto l'insegnamento dei suoi precettori a casa sembrarono defluire da lui come se il gelo delle mura di pietra e lo squallore dei dormitori gli fossero penetrati nell'anima. Inoltre, le ingiustizie di cui era testimone, i tiranneggiamenti che imperversavano, le sferzate e le offese lo riempivano d'indignazione. Più di ogni altra cosa lo irritava il non aver potuto frequentare una scuola francese. Nonostante il suo cognome inglese, lui si sentiva francese come sua madre, e all'inizio del nuovo semestre cadde in disgrazia per essere scoppiato in irrefrenabili risate all'udire gli errori di pronuncia e l'intonazione simile al ribollire di una pentola dell'insegnante di francese. E, più gli veniva intimato di far silenzio, con l'ausilio di bacchettate sulle dita, più lui rideva, e non perché continuasse a trovare la cosa molto divertente, ma perché non riusciva più a fermarsi. Rideva sotto le terribili sferzate inflittegli dal direttore, senza riuscire più a dominare il terribile suono che gli usciva dalla gola, finché non crollò sul pavimento, svenuto per il dolore, con il sangue che gli sgorgava dalle ferite. Quando si riprese, decise di fuggire.

Louise non era mai stata tanto indaffarata. Le ordinazioni di abiti per la presentazione delle debuttanti erano centuplicate. A volte le sembrava di nuotare in un oceano di seta bianca e di trine, e che la spuma delle sue onde fosse rappresentata da una grande quantità di veli, mentre barriere di morbide piume bianche, emblema del principe di Galles, con le quali ogni giovinetta voleva adornarsi il capo, la trattenevano dall'andare alla deriva. Secondo le regole formulate dalla stessa corte, tutti i corpetti dovevano avere la scollatura bassa con maniche corte ed essere della stessa seta bianca della gonna, lo strascico doveva misurare non meno di tre metri e non più di quatttro. Per Louise queste regole costituivano un'eccitante sfida a disegnare modelli diversi pur restando nelle limitazioni imposte; sapeva infatti che ciascuna delle sue clienti avrebbe fatto la propria apparizione alla corte di St. James, dove avvenivano ancora le presentazioni, convinta che il suo abito fosse diverso da quello di ogni altra debuttante. Era opinione di Louise che la nuova linea di Parigi fosse ancora la più leggiadra, con tutta la ricchezza del tessuto raccolta sul dietro, sopra la *tournure* che aveva avuto origine dal raggruppamento delle pieghe della sopraggonna ideato da Worth, dopo essersi ispirato al gesto della popolana. I drappeggi posteriori ondeggiavano come la ruota che fa la coda del pavone. Altrettanto nuova era la moda dei riccioli sulla fronte. Worth aveva convinto Marie, una sera in cui doveva andare all'opera, a tagliarsi i capelli a frangia e ad arricciarli, e in pochi giorni tutta Parigi aveva imitato quella pettinatura, che si era poi diffusa in Inghilterra e in tutto il resto del mondo occidentale. Louise si guardò nello specchio. Aveva adottato lei stessa quell'acconciatura e le donava molto.

Spesso pensava che la febbre di eccitazione e di estatica delizia che provavano le debuttanti nel salottino di prova davanti ai loro abiti avrebbe potuto far correre una locomotiva a vapore da John o' Groat's a Land End. Tra le debuttanti e le loro madri, che le accompagnavano sempre, avvenivano anche animati battibecchi, lacrime e scene isteriche e spesso si assisteva a qualche svenimento, cosa inevitabile quando i busti erano talmente stretti da fratturare qualche costola, e tuttavia nulla al mondo riusciva a convincerle ad allentare i legacci. Spesso occorrevano il tatto e la forza di persuasione di Louise per sdrammatizzare una situazione troppo tesa; altrettanto esperta nell'affrontare simili emergenze e porvi rimedio era Mademoiselle Brousseau, che in tasca teneva sempre una bottiglietta di sali e, sulle labbra, un sorriso tranquillizzante.

Alle ragazze di salute delicata, in seguito alla prescrizione del medico, veniva permesso di coprirsi le braccia e le spalle, ma queste eccezioni erano imposte da genitori particolarmente ansiosi, mentre le figlie avrebbero preferito rischiare la polmonite pur di non perdere un'occasione così propizia di esporre le spalle e una buona porzione di seno. Louise cercava di accontentare tutti, disegnando le più belle maniche e i più bei colletti che si fossero mai visti, asciugando in quel modo molte lacrime. Ma era di gran lunga più difficile occuparsi delle debuttanti in lutto, cioè vestite di nero dalla testa ai piedi, piume comprese. Spesso era arduo all'inizio stabilire se una ragazza depressa, con gli occhi rossi, che arrivava al negozio vestita di crespo nero, avesse sofferto una perdita molto recente o piangesse per la propria sfortuna; mentre coloro che entravano con la bocca atteggiata a un'espressione di risentimento e larghe chiazze sulle guance causate dalla collera erano ancora più difficili da placare, pronte com'erano a sdegnare ogni cosa che venisse loro mostrata per il fatto che la dipartita di un lontano cugino o di un parente spesso mai conosciuto aveva guastato il loro grande giorno. Louise stava appunto prendendosi cura di una debuttante in tale stato d'animo, che aveva un'aria particolarmente aggrondata, quando le dissero che in ufficio c'era suo marito che desiderava vederla con molta urgenza.

« Dica al signor Prestbury che andrò da lui appena possibile », rispose, con aria tutt'altro che lieta. Robert era diventato particolarmente aggressivo negli ultimi tempi e gli era ritornata l'antica abitudine di mordersi il labbro senza sosta: era evidente che qualcosa lo preoccupava, e ciò era confermato dal suo continuo ricorrere alla bottiglia. Che, dopo una notte passata fuori, tornasse a casa un po' brillo era sempre stato abbastanza comune, ma a casa non aveva mai ecceduto nel bere, ed era ben lontano dall'essere considerato un ubriacone. Quando infine Louise riuscì ad affidare la cliente alla *première*, si affrettò verso il proprio ufficio. Robert, che misurava il pavimento a grandi passi, si volse apostrofandola con febbrile animosità.

« Santo Dio! Ce ne hai messo di tempo! »

« Sono molto occupata, questa mattina. Che cosa ti ha portato qui? »

Lui spense una sigaretta fumata a metà e la schiacciò sotto il piede. « Ho bisogno urgente di denaro. »

Louise pensò che Robert poteva sembrare tutto fuorché un uomo senza un soldo in tasca: la finanziera confezionata da Savile Row si adattava perfettamente alle sue larghe spalle, il panciotto non aveva una grinza, e non si era neppure disturbato di togliersi il cilindro di seta, scintillante nella sua felpa raffinata. Louise aprì un cassetto e ne trasse il borsellino.

« Ho circa quindici sterline. Sono sufficienti? »

Lui calò un pugno sullo scrittoio, facendo volar via le carte che vi erano sopra. « Per tutti i diavoli! No! Me ne servono cinquemila, e subito! »

Louise lo fissò incredula. Molte volte aveva dovuto saldare i suoi conti, generalmente per gli abiti, qualche volta per acquisti stravaganti per i quali non aveva fondi sufficienti. Arrotondare le entrate che il marito percepiva da Prestbury's era un fardello che sapeva di doversi accollare per tutta la vita, conscia che lui non sarebbe mai riuscito ad amministrarsi da solo; ma, per quel che ne sapeva lei, non c'era alcuna fattura in arretrato, e cinquemila sterline erano una somma enorme.

« A che cosa ti serve tanto denaro? » esclamò.

Lui continuò a camminare su e giù, agitatissimo. « I miei creditori esigono che io li paghi. Devo soldi a tutti. Ho appena avuto uno spiacevole scontro con un tale che non sono riuscito a evitare. Ti dico che devi aiutarmi, altrimenti finirò in prigione per debiti e tu ti troverai gli ufficiali giudiziari in casa. »

Louise era sconcertata. « Per prima cosa, come hai fatto a trovarti in un simile guaio? »

Robert le lanciò un'occhiata torva, torcendo la bocca in un ghigno. « Che cosa diavolo vuoi sapere! Pretendi una libbra della mia carne prima di lasciarmi vedere il colore del tuo denaro? D'accordo. Te lo dirò. Ho giocato ai cavalli. C'è da farsi una fortuna oggigiorno. Per un po' mi è andata bene, ma in questi ultimi anni le cose sono cambiate. Se vuoi saperlo, non ho abbastanza denaro per pagare i salari ai dipendenti il prossimo venerdì, e la banca minaccia di portarsi via tutto. »

« Hai ipotecato Prestbury's? » Si sentiva disperare per la sua imprevidenza. Aveva sempre temuto che si cacciasse in qualche brutta situazione, ma non avrebbe mai immaginato che potesse avvenire così presto e senza segni premonitori che le consentissero di correre ai ripari.

« È così. Ci hai azzeccato. »

Louise si passò stancamente una mano sulla fronte. Così, alla fine, egli si trovava di fronte alla propria nemesi. « A quanto ammontano i tuoi debiti, complessivamente? »

Lui fece qualche calcolo e le disse una cifra che la lasciò sbalordita. Mentre Louise scuoteva il capo, Robert assunse un'espressione ancor più combattiva. « Non vorrai affermare che non hai questa somma o che non puoi procurartela? Perché io so che puoi. Questa azienda è una miniera d'oro, con i prezzi che pratichi. »

Louise sapeva come sarebbe andata in futuro, se avesse ceduto incondizionatamente alle sue richieste. Robert avrebbe continuato lungo la sua strada di intemperanze, contraendo debiti su debiti e togliendole fino all'ultimo penny. Tutto il suo duro lavoro di anni sarebbe stato inutile e alla fine si sarebbe trovata in bancarotta come lui, incapace di continuare a gestire l'impresa che aveva creato e che amava. Stese le mani sullo scrittoio di fronte a sé per arrestarne il tremito. « Acconsenti alla separazione legale tra noi, rinuncia ai tuoi diritti su Paul-Michel per adesso e per il futuro, e potrai avere le tue cinquemila... »

« Tu sei impazzita! Non acconsentirò mai a questo. »

Louise continuò come se lui non avesse parlato. « Per riuscire a mettere insieme tutta la somma a cui ammontano i tuoi debiti, si dovrà vendere la casa e tutto il suo contenuto, compresi i cavalli e le carrozze. Chiederò a Will Russell di acquistare Prestbury's al giusto prezzo, senza approfittare del fatto che è un esercizio in declino economico; questo ti permetterà di tacitare la banca e ti lascerà ancora qualche soldo in mano. »

La interruppe, furibondo perché si permetteva di stabilire le condizioni. « Io non ho intenzione di lasciar vendere la casa o Prestbury's. Puoi attingere alla tua azienda e procurarti quanto è necessario. »

Louise trasse un profondo sospiro. « Non è possibile. »

« Che cosa vuoi dire? Tutta Londra sa che la tua casa di mode sta andando a gonfie vele. »

« Voglio dire che ufficialmente non ho la libertà di disporre delle sue entrate, e intendo appellarmi a questa salvaguardia. Ciò è stato fatto proprio per tutelarmi da eventualità tipo questa che hai provocato. »

« Non ti capisco. »

« L'azienda è mia in virtù di un determinato accordo, proprio come diventerebbe mio Prestsbury's dopo l'acquisto da parte di Will, in cambio della mia quota di partecipazione al settore importazione tessuti della fabbrica. Anche per questa ho un accordo riguardante la nostra consocietà, benché apertamente non risulti che io ne faccio parte. »

La guardò a bocca aperta. « Tu hai affidato i tuoi interessi e la tua ricchezza a un completo estraneo! »

Lei lo corresse. « Ho messo il futuro di Paul-Michel e il mio nelle mani di un amico fidato. Ho sempre saputo che un giorno tu saresti arrivato a togliermi il pane di bocca per il tuo tornaconto, e dovevo anche assicurarmi che, se mi fosse accaduto qualcosa, tu non avresti dissanguato la sartoria prima che Paul-Michel avesse raggiunto la maggiore età, lasciandolo senza un soldo. Ciò significava la sicurezza per lui anche in un altro senso, perché tu non l'avresti mantenuto a Fountleigh o in un altro posto del genere neppure per un giorno in più, se lui avesse dovuto dipendere solamente da te. L'unica ragione per cui l'hai mandato alla tua vecchia scuola è che sapevi bene quanto fosse squallida e desideravi far sì che sia Paul-Michel sia io fossimo molto infelici. » Alzò la testa. « Tutto questo ora finirà. Rivoglio mio figlio. Lo metterò in una buona scuola scelta da me. » La palma della sua mano calò sul campanello dello scrittoio e lo premette a lungo. « E finalmente sarò libera. »

Se lei non avesse premuto il campanello, Robert le si sarebbe avventato contro. L'aveva visto in preda a una collera che lo consumava: il mento gli fremeva e aveva le sopracciglia profondamente aggrondate; ma la porta si aprì quasi subito e lui si trovò davanti il commesso, che era accorso nell'ufficio.

« Vado dai miei avvocati con il signor Prestbury », lo informò Louise, estraendo la mantellina dall'armadio. Il commesso si lanciò in avanti per appoggiargliela sulle spalle. « Dica a Mademoiselle Brousseau che penso di non rimanere fuori molto. »

« Certo, Madame Louise. Vedo di farle chiamare subito una carrozza. »

Lei si mise in capo il cappellino che lasciava scoperto l'elegante chignon. Robert, con le narici che fremevano e le mani rabbiosamente strette a pugno, scese con lei per la scala e s'infilò per primo nella carrozza senza offrirle il suo aiuto.

Allo studio legale furono avviate le varie pratiche. La separazione sarebbe dovuta passare attraverso le necessarie formalità e non avrebbe richiesto un tempo eccessivo. Se Louise avesse optato per il divorzio, la faccenda sarebbe stata diversa, perché la complicata procedura richiedeva tempo, denaro e pazienza, sebbene lei avesse acconsentito a restituire a Robert la sua libertà qualora in un futuro egli avesse desiderato sposarsi di nuovo. Louise, per contro, non ne aveva la minima intenzione. Robert, in cambio del saldo dei debiti, s'impegnò a non presentare alcuna rivendicazione futura. Louise gli firmò una tratta per la banca perché potesse ottenere le cinquemila sterline, e Robert la afferrò con un gesto sgarbato, l'aria accigliata e una smorfia amara, evitando di guardarla negli occhi. Nonostante tutto, lei provò un senso di pietà nei suoi confronti. L'affetto che un tempo aveva nutrito per lui le dava la capacità di perdonare.

Mentre si affrettava verso la banca, Robert faceva già progetti su come nascondere per quanto possibile la faccenda. Dopo la vendita della casa, sarebbe tornato a vivere nella dimora paterna, dove almeno avrebbe condotto una vita di buon livello senza oneri finanziari. Sua madre era molto malata e trascorreva la maggior parte della giornata in camera da letto, ormai quasi indifferente a tutto. Robert pensava che aveva i giorni contati, e che, quando se ne fosse andata, la sua poco intelligente sorella si sarebbe rivolta a lui per amministrarne le sostanze. Le prospettive erano meno spiacevoli di quanto gli fossero apparse all'inizio, ma provava un acuto desiderio di vendicarsi di Louise. Non aveva mai pensato che gli sarebbe sfuggita dalle mani.

Quando fu sola con i propri legali, Louise fu avvertita di non commettere azioni che avrebbero potuto pregiudicare il suo caso quando la causa fosse arrivata davanti al giudice. Le udienze inerenti alle separazioni erano sempre molto rischiose, perché i giudici erano generalmente riluttanti a pronunciare una sentenza di separazione tra marito e moglie. All'atto del matrimonio si giurava di vivere insieme nel bene e nel male. Doveva quindi stare attenta a non compiere gesti avventati. Il suo primo pensiero, quello di portare via Paul-Michel da Fountleigh senza perdere un istante, sarebbe potuto apparire un atto di rivalsa contro il marito che aveva dimostrato la buona intenzione di offrire al ragazzo una conveniente educazione. Inoltre, per nulla al mondo lei doveva traslocare dalla casa prima che questa fosse venduta, altrimenti la si sarebbe potuta accusare di abbandono del tetto coniugale o di indole capricciosa.

Mentre tornava al negozio, si sentiva snervata per la terribile tensione cui l'avevano sottoposta tutti quegli avvenimenti, e anche esasperata per il fatto che ogni azione della donna fosse considerata un'offesa ai diritti di potestà dell'uomo. Nelle settimane che seguirono dovette muoversi come un'equilibrista che cammina sulla corda. Avrebbe tanto desiderato comunicare a Paul-Michel che la sua liberazione era vicina, ma non osava. Bastava una parola eccitata da parte del bambino e il direttore avrebbe inviato una lettera a Robert per informarlo. Louise non aveva mai tanto desiderato che il tempo passasse il più in fretta possibile.

Un pomeriggio, Robert era solo in casa, quando un giovane maestro arrivò da Fountleigh, stravolto dall'ansia.

« Ho gravi notizie da darle, signor Prestbury », cominciò il giovane, rigirandosi tra le mani la tesa del cappello. « Suo figlio è fuggito da scuola. Se n'è andato di notte. La sua assenza si è scoperta solo al mattino. È stata avvertita la polizia, che lo sta cercando. » Il maestro pensò che il padre appariva stranamente impassibile. « C'è la possibilità che il ragazzo cerchi di tornare a casa, e, se in qualche modo dovesse arrivare qui, il direttore desidera essere avvertito immediatamente. »

« Se dovesse apparire su questa soglia », rispose Robert freddamente, « lo farò tornare a Fountleigh con il primo treno. »

Louise arrivò a casa stanchissima. Era alle prese con le ultime prove degli abiti per le debuttanti, la cui eccitazione era salita fino al parossismo alla notizia che la regina in persona avrebbe ricevuto parecchie di loro prima che la principessa Alessandra prendesse il suo posto. Ciò significava che tutte avrebbero fatto a gara per arrivare per prime, e la fila delle carrozze che si stendeva sempre da St. James Street fino a Piccadilly avrebbe reso il traffico più difficoltoso del solito, quando fosse arrivato quel giorno. Robert, riempiendosi un bicchiere, la chiamò nel salotto.

« Tuo figlio è fuggito da Fountleigh. Dio sa dove si trova ora quel miserabile piccolo ingrato. »

Louise rimase sconvolta dalla notizia, e profondamente offesa che Robert avesse atteso, dall'inizio del pomeriggio, fino a quell'ora tarda della sera per farglielo sapere. Fu costernata nello scoprire che non aveva fatto domande né chiesto particolari su quanto era avvenuto.

« Andrò a Fountleigh di persona! » esclamò. « Mi informeranno di tutto. Ci dev'essere un treno questa sera. »

Corse di sopra, in camera propria, e chiese alla cameriera di aiutarla. Dieci minuti dopo era già sulla strada per la stazione. Robert, che aveva deciso di uscire a propria volta quella sera, salì tranquillamente le scale e, mentre passava davanti alla camera da letto della moglie, gettò un'occhiata all'interno. La sua cameriera aveva appeso l'elegante abito nero che Louise aveva indossato quel giorno al negozio, mentre la borsetta era abbandonata sul tavolino della toilette: il contenuto sparso tutt'intorno denotava la sua fretta di prendere qualcosa da portare con sé. Robert si chiese se vi era rimasto un po' di denaro. Entrò disinvoltamente nella stanza e frugò con lo sguardo fra gli oggetti disseminati sul ripiano. Un fazzoletto con l'orlo di pizzo, un mazzo di chiavi, uno scatolino di belletto e un pettinino di tartaruga. Il borsellino l'aveva portato con sé, ma tutt'intorno vi erano una mezza dozzina di sovrane.

Non toccò nulla; ma più tardi, quando la cameriera ebbe lasciato la stanza, tornò indietro. Il contenuto della borsetta era stato rimesso in ordine, e Robert estrasse le monete d'oro prima di dirigersi verso il cofanetto dei gioielli di Louise. Quella sera aveva davanti la sgradevole prospettiva, sempre rinviata per paura, di informare la sua amante che non si sarebbe potuto permettere ancora per molto i suoi favori in esclusiva: uno zuccherino sotto forma di gioiello poteva aiutare a sdrammatizzare la notizia. Era di umore irritabile e teso come sempre accadeva quando era costretto a far fronte a qualcosa che avrebbe preferito evitare, e la notevole quantità di liquori che aveva bevuto in salotto non era servita a risollevargli lo spirito. Lily Ashcroft non sarebbe stata facile da trattare. Si era creata gusti costosi da quando Louise l'aveva licenziata da Prestbury's, affronto che lei non aveva mai dimenticato né perdonato, e Robert l'aveva sistemata in un comodo alloggio. Egli non provava alcun affetto per Lily, ma fin dall'inizio l'aveva attratto il suo aspetto da bambolina così in contrasto con la sua indole volgare. Gli sarebbe mancata, come ogni altra cosa cui doveva rinunciare, e la colpa era interamente di Louise.

Con impazienza frugò nello scrigno. Louise preferiva gioielli semplici da accostare ai suoi abiti, e non c'era nulla che si adattasse ai gusti poco raffinati di Lily. Prese comunque una spilla di diamanti che sapeva di grande valore: sarebbe servita ad ammansire la sua bizzosa amante. Si chiese se ci fosse qualcos'altro da cui ricavare un po' di denaro per sé, quando si ricordò del mazzo di chiavi dentro la borsetta di Louise. Lo afferrò, lo soppesò pensierosamente sul palmo della mano per un paio di minuti, poi se lo mise in tasca con gesto deciso.

Quando giunse da Lily, lei non era dell'umore migliore. Sperava che arrivasse prima per farsi accompagnare in un music-hall inaugurato da poco e di cui si parlava molto. Non era ancora molto tardi, ma con Robert bisognava prima di tutto andare a letto, e la stessa procedura si svolgeva al ritorno a casa, se non era troppo brillo. Se la ragazza era troppo stanca o desiderava liberarsi di lui, lo incoraggiava a bere smodatamente, ed era contenta solo quando crollava in carrozza lungo disteso, dopo che lei l'aveva aiutato a salirvi, diretto verso casa. La prima impressione che aveva avuto di lui era che fosse avaro, e non aveva mai avuto occasione di cambiare parere, anche se spendeva lautamente quando usciva per divertirsi e benché lei non potesse lamentarsi del tenore di vita nel quale la manteneva.

« Sei in ritardo », gli disse con malagrazia e con aria combattiva.

Robert stava per replicare con il vecchio proverbio: meglio tardi che mai; ma non ritenne che fosse il momento più opportuno. « Abbiamo tutta la notte davanti », disse invece, « e ho un paio di sorprese per te. »

Lily s'incuriosì. Le piacevano enormemente le sorprese. La prima arrivò quando Robert le disse di chiudere gli occhi e un attimo dopo lei intravide uno scintillio attraverso le ciglia abbassate. Quando poté guardare, vide che l'uomo teneva in mano una spilla di diamanti rivolta verso la luce del lume, e lanciò un gridolino di gioia al pensiero del valore del gioiello più che per la delicatezza del disegno.

« Oh! Che splendore! Dammelo! »

Se l'appuntò sull'abito da sera e, quando sedette nell'elegante locale in cui lui l'aveva accompagnata, dove servivano compiti camerieri e si udiva un gran schioccare di tappi di champagne, osservò che lo sfavillio dei diamanti si rifletteva nell'argenteria, nella curvatura del vaso di rose sul tavolo e nell'alto specchio che ricopriva la parete vicina. Ma non era il suo compleanno; e, poiché Robert non dava mai niente per niente, si chiese che cosa ci fosse sotto. Ritornò diffidente e divenne meno amabile di quanto apparisse in superficie. Per sicurezza, era meglio farlo ubriacare: c'era sempre la probabilità che avesse in serbo qualche sorpresa che poteva non essere di suo gradimento. A volte era un po' strano nei suoi desideri.

« Versami ancora champagne », gli disse, dopo aver vuotato il bicchiere.

Robert accondiscese, ma, avendo già bevuto parecchio, non si accorse che la ragazza sorseggiava appena il vino, mentre lui scolava i bicchieri tutti d'un fiato. Lily aveva l'inquietante sensazione di vivere un evento particolare, ma non capiva di che cosa si trattasse. Per la prima volta lo champagne faceva l'effetto opposto su di lei: anziché indurla all'allegria, conferiva alla sua mente freddezza, lucidità e anche un certo distacco. Adesso era sospettosa e vigile. Dopo un po', Robert estrasse un mazzo di chiavi dalla tasca e lo appoggiò sulla tovaglia di damasco. Le sue frasi si erano fatte confuse, il suo sorriso sembrava quello di un idiota.

« Vedi queste, mia bella Lily? Con queste ci si può procurare un guardaroba. Un intero guardaroba per te. Ti porterò là dove si trova. »

Fuori, nella fredda aria notturna, Robert barcollò un poco per effetto dell'eccessiva quantità di alcool ingurgitato; ma in lei persisteva quella strana chiarezza di mente, dandole una specie di ferrea precisione di movimento. In Little Argyll Street, scesero dalla carrozza e Robert la congedò. Lily, quando scoprì di trovarsi davanti al negozio della moglie di Robert, chiuso e immerso nelle tenebre, si guardò intorno nervosamente. Si coprì la spilla con lo scialle da sera. C'era gente per strada, ma questo non sempre riusciva a impedire le aggressioni dei ladri e degli assassini. Con una delle chiavi, Robert aprì la porta del buio ingresso.

« Che cosa significa tutto ciò? » chiese Lily aspramente.

Robert si limitò a spingerla nel locale e la seguì. Poi chiuse a chiave la porta. Accese un fiammifero e l'accompagnò su per la scala fino al primo piano, dove azionò le lampade a gas. Mentre il salone andava illuminandosi, i vestiti nelle vetrine di esposizione balzavano in evidenza nelle combinazioni degli splendidi colori per i quali Madame Louise era diventata famosa. Robert fece un largo gesto circolare con le braccia aperte.

« Serviti, Lily. Puoi prendere tutto ciò che vuoi. »

La ragazza non riusciva a credere a tanta magnanimità. « Proprio tutto? Davvero? Che cosa dirà tua moglie? »

Robert rispose con un gesto eloquente che ben esprimeva quanto poco gli importasse delle opinioni di sua moglie. « Louise e io abbiamo chiesto la separazione. Non avrei dovuto sposarla. È stato un maledetto errore. »

Lily era della stessa opinione. « Che cosa ne sarà di questo negozio di abbigliamento? » cercò di appurare, pensando di potersi insediare al posto di Louise.

« È suo e rimarrà a lei. » Fece un canzonatorio movimento col braccio, come se volesse spazzar via tutto, e ciò gli fece quasi perdere l'equilibrio. « Ma fino a quando non le ridarò indietro questo mazzo di chiavi, tu, per quanto mi riguarda, puoi portarti via tutti gli abiti. La perdita sarà sua, non mia. »

Ancora inquieta, Lily volle approfondire. « Supponi che lei s'arrabbi e accusi me del furto della roba. »

« Come potrebbe? Per prima cosa, lei non sa niente di quel che c'è stato tra te e me. Per quanto ne sa lei, io non ho più posato gli occhi su di te dal giorno in cui ti ha cacciata fuori. Le dirò che ho dato i vestiti a una signora di mia conoscenza, e lei non potrà farci nulla. Nessuno saprà mai che tu sei stata qui. »

« Accidenti! Sei davvero in gamba! » E già i suoi occhi valutavano col massimo interesse gli abiti. Tuttavia, era ancora diffidente come un gatto randagio, e il suo passo era altrettanto lieve, mentre raggiungeva i vestiti più vicini; non appena ebbe cominciato a palpare gli splendidi tessuti, però, l'eccitazione s'impossessò completamente di lei. Armeggiò freneticamente con i ganci posteriori della cintura. « Slacciami dietro! Dammi una mano! »

Per un po' Robert l'aiutò a infilarsi e togliersi i vestiti, ma si muoveva sempre più goffamente, e alla fine crollò su una sedia, allargando le braccia davanti a sé. Con i gesti lenti dell'ubriaco, estrasse un sigaro dall'astuccio e lo accese. Lasciando ricadere il capo contro lo schienale imbottito, si dedicò esclusivamente al fumo.

Lily svolazzava qua e là in sottoveste, abbandonando gli abiti che scartava in mucchi risplendenti sul pavimento, e appoggiando sulla spalliera di una sedia solo quelli che aveva scelto. Aveva scoperto altri vestiti nei saloni superiori, e continuò a lasciare una scia di capi di vestiario sul suo cammino. Poi aprì una porta e il bagliore che le ferì gli occhi le mozzò il respiro. Accese la lampada a gas e le parve di essersi imbattuta nel candore di una nuvola. Decine di meravigliosi abiti bianchi infilati sui manichini tappezzavano la stanza. Da sotto ciascuno spuntava la candida biancheria essendo i ricchi strascichi sospesi a speciali ganci, e ogni abito aveva accanto, su uno scaffale, un'acconciatura di piume che ondeggiavano lievemente nella corrente d'aria che lei aveva provocato. Attraversò lentamente la stanza continuando a guardarli. Non c'era niente di adatto a lei, ma restò ugualmente affascinata dai delicati ricami, dai fiorellini di pizzo, dalle piume di cigno, dalla lucentezza dei nastri intrecciati. Tutti quegli abiti che l'alta società doveva indossare in un giorno speciale erano stati creati da quella maledetta strega che l'aveva buttata fuori da Prestbury's proprio quando lei stava per prendere il sopravvento sulle altre ragazze e pensava che sarebbe diventata la direttrice. Non era una vita da favola dover dipendere dai capricci di Robert, e nei momenti di infelicità e di depressione era convinta che avrebbe potuto ricoprire un incarico importante in un grosso magazzino come Swan & Edgar o Marshall & Snelgrove, se la sua carriera non fosse stata stroncata dall'intempestivo licenziamento. Le sarebbe piaciuto molto ascendere in importanza nell'elegante negozio che era diventato Prestbury's, ma quell'imbelle di Robert aveva permesso che la moglie straniera la allontanasse di lì. Sotto l'impulso della gelosia e dell'autocommiserazione, mentre sfiorava la morbidezza di una gonna intessuta di perle, infilò le unghie appuntite nel tessuto. Udì il fruscio di uno strappo che la colmò di soddisfazione, e alcune perle, non più trattenute dal filo, rimbalzarono sul pavimento. Ansimando, afferrò gli orli strappati con tutt'e due le mani e lacerò la gonna fino in fondo, poi diede uno strattone a una manica e la staccò dal busto. Lo sforzo richiesto dall'operazione la rese impaziente, finché ricordò di aver visto alcune paia di forbici in un laboratorio allo stesso piano. Ritornò un attimo dopo e si mise al lavoro con frenesia, provocando effetti devastanti. Una specie di gioia sensuale accompagnò quella distruzione, e non sarebbe riuscita a fermarsi neppure se l'avesse desiderato.

Robert si svegliò con lo sguardo annebbiato, quando lei lo scosse per la spalla. « Va' a cercare una carrozza », gli ordinò. « Sono pronta per andare via. »

Lui non era in condizioni di aiutarla a trasportare i vestiti, e Lily dovette effettuare due viaggi dal negozio alla carrozza, dopo aver scaraventato rudemente Robert sul sedile. Fu lei a spegnere le luci e a chiudere a chiave la porta del negozio prima di prendere posto accanto all'uomo. Robert la toccò senza guardarla, quando lei gli ficcò le chiavi nella tasca, ma Lily lo respinse; desiderava solamente accarezzare con lo sguardo il suo bottino, e lui ricadde indietro senza forze.

« Questo non è il modo di mostrare gratitudine per i miei ricordini », borbottò con aria truce, cercando inutilmente di alzarsi, ormai privo di forza nelle gambe. « Avrei potuto lasciarti senza darti nulla. »

Lei lo guardò aggrottando le sopracciglia. « Che cosa intendi dire? »

Benché i suoi movimenti fossero ancora poco coordinati, Robert riuscì ad agitarle un dito davanti al viso. « Quel che ho detto. Non posso più pagare i tuoi conti. Sono al verde. Il tuo saccheggio di stanotte è l'ultima ricompensa. »

« Mi stai scaricando? » chiese lei, incredula.

« Non per mia scelta. Rovinato. Pieno di debiti. Louise ha pagato per me. » Fece uno sforzo per indicare la spilla e ondeggiò verso di lei, sbalzato in avanti dal moto della carrozza, urtandola con il dito. « Questa vale abbastanza perché tu possa tirare avanti un po'. »

La ragazza lo respinse di nuovo, comprendendo infine che cosa c'era dietro lo strano comportamento di quella sera, e afferrò la spilla come se volesse difenderla. « Non venderò la cosa più bella che tu mi abbia mai dato. » Un lampo di intuizione le attraversò lo sguardo. « Ma tu non l'hai comprata, vero? Sarebbe troppo bello per essere vero. È di tua moglie, eh? Mio Dio, Robert! Sei un verme schifoso. »

Era troppo intontito per rispondere agli insulti. « Dovrai venderla. C'è da pagare l'affitto. »

« Che cosa? » Era inorridita. Robert era crollato all'indietro e sembrava sul punto di abbandonarsi definitivamente al torpore dell'ebbrezza. Lily si aggrappò ai risvolti della sua marsina e lo scosse. « Quanto devi per l'affitto? Da quanto tempo non paghi il padrone di casa? Una settimana? Un mese? Di più? »

« Da molto tempo », borbottò lui, mentre il mento gli ricadeva sul petto. « Da molto, molto tempo. »

Lei lo scrollò di nuovo, facendosi più vicina. « E il droghiere? E il macellaio? E la mia modista? »

La guardò ammiccando. « Vendi la spilla. È l'unico mezzo. »

Lily urlò indignata, colpendolo con i pugni. « Bastardo vigliacco! Ti ucciderei! L'ho sempre saputo che sei un gran farabutto. » Lo investì con le ingiurie più volgari che le venivano alla mente, singhiozzando senza lacrime per la collera, mentre lui se ne stava disteso con gli occhi chiusi, agitando continuamente le mani come se fosse disturbato da una mosca. La rabbia della ragazza crebbe al di là di ogni limite e la sua voce si alzò in urla isteriche, mentre annaspava verso la porta della carrozza. « Sparisci! Sparisci dalla mia vista e non farti mai più vedere! » Spalancò la portiera. I cavalli avanzavano a un'andatura moderata ma, fossero anche andati al galoppo, lei avrebbe agito allo stesso modo. Dopo averlo ghermito con tutta la sua forza, gridando come un'indemoniata, lo rimise in piedi, mentre Robert pensava confusamente che fosse giunto il momento di scendere. Il cocchiere, udendo tutto quel trambusto, tirò le redini e balzò giù da cassetta proprio in tempo per trattenere Robert dal precipitare al suolo, mentre Lily lo spingeva attraverso la portiera. Il vetturino fece un passo indietro, barcollando sotto il peso del proprio cliente, poi allungò le braccia sorreggendolo finché lui non ebbe ripreso l'equilibrio, anche se ancora precario.

« Tutto a posto, capo? » chiese il cocchiere. Poi lanciò un'occhiata da sotto le sopracciglia cespugliose alla passeggera, chiedendole in tono abbastanza cortese: « Scende anche lei? »

« No, io no. » Sbatté la portiera per chiuderla. « Vada avanti! »

Quando la carrozza ebbe ripreso la sua corsa, lei si voltò indietro una sola volta. Robert sembrava essere rientrato in possesso delle sue facoltà mentali e correva incespicando dietro le ruote gridandole di tornare indietro. Poi la vettura svoltò l'angolo e lui sparì nelle tenebre. Qualcosa le rotolò contro i piedi. Vide che era il suo bastone da passeggio, che Robert aveva perduto in quello scompiglio. Lo agguantò e lo lanciò fuori del finestrino, sentendolo poi urtare contro un muro. Nonostante fosse sconvolta dall'ira che le ribolliva dentro, Lily si ricordò di colpo della vendetta a cui si era abbandonata nel negozio, e si rese conto che, dopo i modi violenti che aveva usato contro Robert, non avrebbe più potuto contare su di lui per evitare una denuncia. Batté allora sulla parete per attirare l'attenzione del vetturino e gli disse di ritornare a raccogliere il signore. Rifecero la strada percorsa, ma Robert non c'era più; probabilmente aveva chiamato un'altra carrozza per farsi condurre a casa.

Capì allora che avrebbe dovuto disfarsi di quei bei vestiti. Non osava rischiare di farsi trovare in possesso di quella roba. Li avrebbe venduti nel posto giusto al sorgere dell'alba. Dopo di che, avrebbe potuto negare di averli mai visti o di aver mai messo piede nel negozio in Little Argyll Street.

Louise tornò a Londra con il primo treno del mattino. Paul-Michel non era stato ritrovato, e a Fountleigh il direttore l'aveva informata che era un bambino ribelle e difficile e che a causa della sua insolenza aveva largamente meritato le bacchettate e le sferzate infertegli. Questo le confermò che erano state proprio le sofferenze subite a spingerlo a fuggire. Quando Paul-Michel fosse stato trovato, non avrebbe mai più fatto ritorno in quel luogo dove si ricorreva alla violenza.

Le sue speranze che, per un miracolo, il bambino fosse arrivato a casa durante la sua assenza andarono deluse non appena ebbe rivolta l'ansiosa domanda al domestico che le aprì la porta. Prima di salire di sopra a fare un bagno e a cambiarsi d'abito, scrisse un biglietto a Will e glielo mandò. Questi giunse mentre lei si stava infilando l'ultima forcina nei capelli, dopo essersi pettinata, e Louise si affrettò a scendere per metter fine alla discussione sorta tra lui e il domestico che, seguendo gli ordini impartiti un tempo da Robert, si rifiutava di lasciarlo entrare.

« Come sei stato buono a venire », esclamò Louise con gratitudine. « E in un'ora così mattutina. »

Wille le sorrise. « Sai bene che farò tutto quel che sarà in mio potere. »

« Vieni a far colazione prima di tutto. » Lo condusse nella saletta, dove l'aroma di un buon caffè francese li attendeva. Lui ignorò il fatto che Louise avesse dichiarato di non essere in grado di mangiare nulla, e le mise davanti una brioche e un piattino di marmellata di albicocche, sapendo che avrebbe stuzzicato il suo appetito più di qualsiasi assortimento di vivande inglesi disposte in bella mostra sulla credenza.

« Dovresti dirmi tutto ciò che Paul-Michel ti ha raccontato riguardo alla scuola », le disse Will, servendosi a propria volta un'abbondante colazione, « e anche se aveva amici presso i quali potrebbe aver trovato rifugio. »

Louise spalancò gli occhi cerchiati per la stanchezza. « Ma sarebbe venuto prima a casa! »

Will, seduto davanti a lei, spiegò il tovagliolo, poi disse: « Sono spiacente, ma ne dubito molto. Non può cercare rifugio in questa casa. Sa bene quale sarebbe la reazione di tuo marito. »

Lei abbassò il capo demoralizzata. « Non conosco nessuno che non lo riporterebbe immediatamente a scuola o in questa casa. »

« Forse ti sbagli. Voglio che mi parli di Paul-Michel; potrebbe venirti in mente qualcosa. Se mi mettessi a conoscenza di avvenimenti che lui non mi ha mai raccontato, potrebbe saltar fuori una pista da seguire, e noi due insieme potremmo trovare la chiave per scoprire dove cercarlo. »

Fu una liberazione per Louise e un vero aiuto per Will. Nel lasciare la casa, questi promise di ritornare quanto prima con Paul-Michel. Le raccomandò di non preoccuparsi e di dedicarsi il più possibile alle normali occupazioni quotidiane.

Quando fu pronta per recarsi al negozio, Louise non riuscì a trovare le chiavi, sebbene la cameriera e la bambinaia l'avessero aiutata a cercare di sopra e dabbasso. Tutto sembrava contribuire ad accrescere la sua disperazione.

« Quando mio marito si sveglierà, gli chieda se le ha viste da qualche parte », disse a Daisy. Poi strinse le mani della ragazza, con il cuore colmo d'angoscia. « E si ricordi di mandarmi uno degli stallieri con il cavallo più veloce, se Paul-Michel dovesse tornare. »

« Stia tranquilla, signora », rispose Daisy, in preda alla commozione.

Mademoiselle Brousseau possedeva un altro mazzo di chiavi, e quella mattina arrivò al negozio per prima. Louise aveva tardato un po' e, quando entrò, trovò un grande scompiglio, e la sua fidata aiutante sconvolta per il furto di un certo numero di abiti.

« E gli abiti delle debuttanti? » chiese Louise, interrompendo il suo affannoso racconto. « Ne hanno portato via qualcuno? »

« Non ho ancora guardato di sopra, signora. »

Louise si lanciò su per le rampe di scale, col terrore di ciò che avrebbe potuto scoprire. La maggior parte dei modelli era già stata consegnata, ma quelli che erano rimasti là richiedevano ancora qualche prova o piccole modifiche. Ciò che Louise vide era assai peggio di quanto avesse immaginato. Costernata, osservò a uno a uno i vestiti danneggiati, mentre sotto i suoi piedi scricchiolavano bianchi grani di vetro, perline e petali di *paillettes*. Dietro di lei sentì arrivare Mademoiselle Brousseau, con il fiato corto per aver fatto le scale di corsa. La direttrice cominciò subito a gemere. Louise, senza voltarsi, le parlò con voce incolore.

« Da quanto tempo ha mandato ad avvertire la polizia? »

« Un attimo prima che arrivasse lei, signora. »

« Allora abbiamo solo qualche minuto per togliere tutti i segni del furto negli altri piani. Per nessuna ragione dobbiamo permettere alla polizia di entrare qui. » Louise si voltò rapidamente, riprendendo i suoi modi decisi. « Guai se i giornali riferissero che sono stata così negligente da permettere che accadesse una cosa simile, sarei rovinata! »

Misero in azione tutti i commessi e le sarte per riordinare i locali e riporre i vestiti nelle vetrinette. Mentre Louise dava una mano, cercava di capire che tipo di ladro fosse colui che, fatta una cernita dei modelli, aveva poi deturpato la collezione di maggior valore. Era appena stato stirato l'orlo spiegazzato dell'ultimo vestito fuori posto, quando arrivò l'agente di polizia assieme alla ragazza che era stata mandata ad avvertire le autorità. Louise lo accolse con un sorriso.

« Sono spiacente di essere caduta in errore », disse con aria tranquilla. « Stamattina qui c'era una grande confusione provocata dalla negligenza di qualcuno. Come vede, ora tutto è di nuovo in ordine. »

Secondo il parere dell'agente, le donne erano tanto sciocche che, se non si valutavano adeguatamente i fatti, giungevano sempre a conclusioni sbagliate, e ci volle parecchio prima che riuscissero a sbarazzarsi di lui. Mancava ancora qualche minuto all'orario di apertura del negozio, e Louise riunì tutto il personale, commessi e sarte insieme, in uno dei saloni superiori. Spiegò loro che cosa aveva scoperto e sottolineò la necessità di mantenere il più stretto riserbo su quanto era accaduto.

« È in gioco il vostro avvenire, oltre che il mio », li informò con maniere decise. « Se non riusciamo a consegnare questi abiti per il ballo di corte nel tempo stabilito, nessuna debuttante verrà mai più in questo negozio, e ciò pregiudicherà senza rimedio la fama di questa attività. Dobbiamo confezionare di nuovo i modelli danneggiati entro quindici giorni. »

Si levò un coro di proteste. Mademoiselle Brousseau parlò a nome di tutto il personale. « Anche se lavorassimo giorno e notte, ciò sarebbe fisicamente impossibile, Madame. Tutti quei ricami! Tutte quelle conterie! È un lavoro da specialisti. »

« Possiamo farcela », ribatté Louise, « con l'aiuto di manodopera straordinaria. E io so dove trovare le migliori ricamatrici per farci aiutare. Mi rivolgerò alla Francia. Nel frattempo ricominceremo a tagliare i modelli nel più breve tempo possibile. »

Ciascuno si dette a una frenetica attività. Nella casa di mode tutti erano abituati alle ore febbrili che precedevano la *season* e le altre occasioni dell'anno in cui c'era un accumulo di lavoro, ma sia per Louise sia per i suoi dipendenti quella era un'impresa erculea. Dopo aver mandato un dispaccio urgente a Worth e a Catherine, Louise si mise al tavolo di taglio, cominciando a darsi da fare a fianco di quelle lavoranti alle quali in precedenza aveva assegnato il compito di alleggerire il suo impegno. Nel frattempo il suo pensiero correva a Paul-Michel; la sua ansia aumentava di ora in ora vedendo che non arrivavano notizie né da casa né da Will.

In mattinata, furono cambiate le serrature. Non essendoci alcun segno di effrazione, Louise pensò di aver perduto da qualche parte le chiavi, forse mentre si allontanava dal negozio, e che il misterioso ladro se ne fosse accorto e le avesse raccolte per tornare più tardi. Verso la fine del pomeriggio aveva assunto un certo numero di cucitrici che in quel momento erano disoccupate e che le erano state raccomandate dalle sue sarte.

All'imbrunire andò a casa per qualche minuto. Non c'erano novità sul figlio scomparso, e scoprì che Robert non era più tornato a casa dalla sera precedente. Era già accaduto tante altre volte, così non fece alcun commento e, dopo aver mangiato frettolosamente qualcosa, ritornò al negozio. A mezzanotte, mandò a casa le lavoranti e, ormai esausta, andò a letto per dormire qualche ora. Il mattino dopo, alle cinque, era già dietro al tavolo a tagliare dei modelli, quando cominciarono a entrare le cucitrici alla spicciolata.

Anche quella giornata trascorse senza notizie. Robert non si era ancora fatto vedere a casa. All'inizio della terza mattina avvenne qualcosa di nuovo: dalla stazione di London Bridge arrivarono in carrozza le ricamatrici francesi. Con stupore di Louise, il cui cuore si riempì di gioia, tra esse vi era Catherine. Si gettò tra le braccia spalancate della vecchia amica, e quello fu il suo primo momento di conforto da quando la straziante angoscia per la scomparsa di Paul-Michel aveva cominciato a torturare ogni minuto della sua giornata.

« Non avrei mai pensato che venissi tu », esclamò Louise mentre la conduceva in disparte. « Credevo che mi avresti mandato semplicemente le migliori lavoranti che fossi riuscita a trovare. »

« È proprio quel che ho fatto, e che ha fatto Monsieur Worth », rispose allegramente Catherine, guardando il negozio con tanto d'occhi, piena d'ammirazione. « Lui, anzi, si è privato di alcuni corpetti ricamati e te li ha mandati. » Poi guardò di nuovo Louise e la sua espressione cambiò. « Sembri spaventata. Completamente distrutta. »

Louise si sottrasse a ogni spiegazione riguardante Paul-Michel, non ritenendolo il momento adatto, e si diede da fare per organizzare le donne francesi assegnandole alle diverse attività. Poi si premurò di invitarle a partecipare al pasto che le aspettava in cucina, dove c'era sempre cibo pronto per i dipendenti. Non era trascorso molto tempo dal loro arrivo, che le francesi erano già con l'ago in mano. Le dita di Catherine, anche se un po' irrigidite, lavoravano velocemente e bene come ai vecchi tempi.

Le cucitrici francesi furono alloggiate in un alberghetto, ad eccezione di Catherine, che andò a casa con Louise. Qui, scoppiando a piangere, Louise le raccontò della scomparsa di Paul-Michel. Catherine, che aveva un gran desiderio di vedere il ragazzo, trovò difficile confortare Louise, ma fece del suo meglio. Erano comunque tutt'e due turbate, e quando Louise fu informata del fatto che il marito era ancora assente, cominciò a sentirsi in ansia. Un'indagine compiuta a casa di sua madre non diede alcun risultato. Robert non c'era. Attese ancora un giorno, poi informò la polizia. Contemporaneamente, fu mandato un domestico a fare il giro degli ospedali, ma nell'elenco dei pazienti non vi era alcun Prestbury.

Louise sentiva che non avrebbe potuto superare quei giorni se non ci fosse stata la pressione del lavoro a tenerla occupata come tutti gli altri; però svolgeva le sue mansioni come fosse un automa. Ogni volta che il negozio le lasciava un po' di tempo libero, si sedeva al tavolo dell'atelier e cuciva seduta accanto a Catherine come ai vecchi tempi. La sua vita le sembrava un circolo chiuso e aveva la sensazione di essere tornata al punto di partenza. Le pareva di dover di nuovo incontrare Pierre, da un momento all'altro. Catherine disse che non lo aveva più visto, perché i suoi dolori le proibivano ormai di avventurarsi in mezzo alla folla. E poi, Catherine aveva perso ogni entusiasmo per l'imperatore. Faceva parte di quelle migliaia di persone che gli imputavano l'insuccesso del Messico e la lontananza delle truppe francesi dalla patria, laddove una potente forza militare avrebbe tenuto Bismarck al suo posto dissuadendolo dal gettare gli occhi sull'Austria e stroncando sul nascere la minaccia prussiana all'Europa. In quei giorni era normale sentir dire che la Prussia si stava preparando alla guerra contro la Francia. A causa dei fermenti politici, degli scioperi e del duro inverno, che avevano fatto salire il prezzo del pane, un gran malcontento aleggiava intorno alla coppia imperiale ed Eugenia era biasimata per la sua interferenza negli affari del governo. Louise scuoteva la testa malinconicamente, a commento di quegli avvenimenti.

Era passata una settimana, quando giunse un telegramma di Will. Louise lo aprì con speranza e trepidazione. « Mi dispiace di non avere ancora notizie. Su con il morale. Will. » Vide che giungeva da Dover e questo fatto la colpì. Forse Paul-Michel cercava di andare in Francia? Improvvisamente vide suo figlio come un piccolo viaggiatore, che tentava di raggiungere il luogo che aveva amato di più. Come mai lei, il cui cuore non aveva mai lasciato Parigi, non aveva capito ciò che Will doveva aver indovinato fin dall'inizio?

Fu deciso che Catherine tornasse a Parigi. Non potevano rischiare che Paul-Michel arrivasse fino alla sua porta e non la trovasse in casa. Le due donne si salutarono con grande tenerezza. Louise accompagnò con ampi cenni della mano la partenza di Catherine, poi tornò dentro a cucire, in un clima che diventava sempre più frenetico.

La notte non riusciva più a dormire a lungo. Si assopiva e poi si svegliava continuamente, e si sentiva così tesa che le veniva voglia di balzare dal letto e mettersi a correre fino a quando non avesse trovato il figlio. Di giorno, aveva sempre qualche problema da risolvere: un rocchetto di seta da ricamo che le scivolava via dalle mani svolgendosi completamente o una debuttante che pretendeva l'immediata consegna di un vestito non ancora cucito. Alla vigilia del giorno stabilito per il recapito degli abiti, gli atelier sembravano sul punto di esplodere per l'attività febbricitante che rendeva incandescenti aghi e ferri da stiro. Mentre era immersa in quella confusione di seta bianca e di splendenti conterie, Louise fu avvertita che un poliziotto desiderava parlarle. Avevano trovato suo marito. Si affrettò a recarsi all'ufficio di polizia. Un'occhiata al volto grave del commissario le fece intuire che c'erano cattive notizie.

« È meglio che si sieda, signora », disse il poliziotto. « È mio triste dovere informarla che suo marito è stato trovato: era morto da parecchi giorni. Gli hanno squarciato la gola e l'hanno gettato nel Tamigi. »

Louise dovette procedere all'identificazione del corpo. Fu un'esperienza straziante. Il filo metallico usato dagli assassini come arma del delitto era affondato nella carne ora gonfia del suo collo, e Louise distolse lo sguardo, profondamente angosciata. Povero, sfortunato Robert! Come aveva potuto accadere che, proprio lui, che si era sempre vantato della sua abilità nel maneggiare il proprio stiletto, si fosse lasciato prendere così alla sprovvista e mandare all'altro mondo in modo tanto brutale? Le dissero che le sue tasche erano state svuotate di tutto, all'infuori di un mazzo di chiavi che si erano arrugginite per la lunga immersione nell'acqua. Quando gliele consegnarono, Louise le riconobbe immediatamente.

Era sera inoltrata quando tornò nel negozio, dopo l'ora di chiusura. La madre di Robert aveva accolto la triste notizia con dignità, ma la povera Agnes aveva avuto bisogno di essere confortata. Mademoiselle Brousseau, scendendo dalle stanze della sartoria, dove continuava a fervere il lavoro, nel vuoto e silenzioso negozio, scorse Louise appoggiata al banco degli scialli, con gli occhi chiusi per la stanchezza, e fu colpita notando quanto fosse dimagrita nel corso di quelle agitate settimane, vedendo come il suo viso fosse diventato smunto e tirato.

« Madame », le disse con dolcezza, « ho una notizia, una buona notizia. »

Louise si mosse, raddrizzando le spalle. « I vestiti sono pronti? »

« Siamo ormai agli ultimi punti. Ma si tratta di qualcosa di meglio. »

L'espressione di Louise si trasformò lentamente e sul suo viso si diffuse la speranza. « Mio figlio? » ansimò, temendo di essere delusa.

La direttrice fece un cenno di assenso con il capo, con aria raggiante. « Il signor Will ha mandato a dire che Paul-Michel si trova con lui, a casa sua. »

Louise era già fuori del negozio. Quando la carrozza la depose all'indirizzo che aveva dato, Will si affrettò a scendere i gradini di pietra per andarle incontro. La sua alta figura si stagliava nell'ombra contro i lumi a gas dell'atrio. Louise gli corse incontro, afferrandogli le braccia.

« Sta bene Paul-Michel? Non gli è successo nulla, vero? »

Will le rivolse un largo sorriso. « Ha i piedi doloranti, è affaticato e troppo abbattuto per poterlo portare a casa, ma per il resto va tutto bene. Ho scoperto le sue tracce dopo aver individuato un villino nel quale gli avevano offerto un pasto. Alla fine l'ho trovato alla periferia di Calais, verso nord. »

« Come ha fatto ad arrivare là? » chiese lei stupita. « Aveva solo pochi penny in tasca. »

Will la condusse nell'interno della casa. « Si è nascosto nella stiva di un postale francese. Tuo figlio ha coraggio e iniziativa, Louise. Fa' in modo che Robert non li distrugga ancora una volta e per sempre, rimandandolo a quella miserabile scuola. »

« Robert è morto », ribatté lei con voce fioca. Mentre salivano nella camera degli ospiti, dove suo figlio era stato messo a letto, raccontò all'amico tutto quello che era accaduto.

Paul-Michel si era addormentato profondamente, il visetto appoggiato sugli ampi cuscini, i capelli ancora umidi dopo il bagno con il quale gli erano stati tolti di dosso la polvere e il sudiciume del viaggio. Louise sedette sul letto, nel chiarore della lampada lasciata accesa, e si chinò a baciargli la fronte. Poi gli sollevò la mano dal copriletto e la tenne stretta tra le proprie. Incapace di trattenersi, cominciò a singhiozzare con la testa china, mentre la tensione che si era allentata la faceva istintivamente dondolare, incapace di dominare gli striduli sospiri e gli ansiti che la scuotevano. Quando Will si mise ad accarezzarle dolcemente i capelli, Louise si alzò in piedi, si protese senza vedere nulla, e sentì che lui l'avvolgeva in una forte stretta.

I suoi singhiozzi furono calmati dai teneri baci di Will, i cui gesti non avevano più l'impazienza che aveva mostrato nei brevi contatti amorosi del passato. L'uomo premette le proprie labbra su quelle di lei, e c'era così tanto amore nel suo bacio, che le mani di Louise, appoggiate sulle sue spalle, si spostarono verso il collo di Will e s'insinuarono tra i suoi folti riccioli. Tutta l'intensa sensualità di Louise, a lungo compressa dalle difficoltà di una vita tormentata, esplose per la gioia, la gratitudine, il sollievo e per l'antico vincolo che l'aveva legata a quell'uomo per molti anni. Si sentì pervadere da un ardore che non aveva mai creduto di poter ancora provare. Da quando Pierre era uscito dalla sua vita, non aveva più desiderato essere amata. Sentì una specie di dolorosa dolcezza nei seni, mentre i capezzoli si ergevano attraverso la stoffa come se volessero invitare la mano che esplorava le sue rotondità ad accarezzarli l'uno dopo l'altro.

Quando Will sollevò per un attimo le labbra da quelle di lei per sussurrarle qualcosa, Louise non poté sopportare l'interruzione di quell'appassionato contatto e appoggiò di nuovo la bocca su quella dell'uomo, che inframmezzò i suoi baci con parole d'amore e la strinse più fortemente a sé. Le sue cosce sembravano di ferro, mentre le dolci curve di Louise sembravano aderire a quelle di lui attraverso gli abiti. La donna era scossa da un tremito tale che, quando Will la sollevò tra le braccia e la portò fuori della stanza in cui si trovava il bimbo addormentato, pensò che si fosse accorto che le ginocchia non l'avrebbero sostenuta a lungo. Nascose il viso contro il petto dell'uomo e le braccia si chiusero intorno al suo collo.

La camera di Will era illuminata dalla luce della luna, che faceva splendere il letto e con il suo chiarore argentato accarezzava l'orlo levigato della testiera, la sedia e la parte anteriore di un cassettone. Will la depose sul lenzuolo ripiegato, ma Louise continuò a tenere l'uomo avvinto con le braccia, come se non riuscisse a staccarsi da lui. Continuando a stringerla a sé, Will le voltò la testa per poterle baciare la gola, la tempia e l'orecchio, mentre le slacciava i ganci del vestito sulla schiena e scioglieva i nastri del busto che racchiudeva, secondo i dettami della moda, una vita che era rimasta snella come lui l'aveva vista la prima volta, quando Louise era un'adolescente. Mentre con le dita le sfiorava la colonna vertebrale, lei sciolse il suo abbraccio. Will la spinse all'indietro finché la sua testa andò a posarsi sul guanciale. Louise gli afferrò il viso tra le mani e lo guardò nel fondo degli occhi.

« Ti amo », le disse Will dolcemente, « e ti desidero dal giorno in cui ci siamo incontrati. »

Un sorriso si disegnò agli angoli della bocca di Louise. « Mio caro Will », bisbigliò, « lo sapevo anche allora, come lo so adesso. »

Se gli fosse stato permesso di scegliere se possederla nei giorni passati o in quelli a venire, Will avrebbe deciso di aspettare. Era stata una bella ragazza, ma adesso era una donna di grande fascino, pronta a offrirsi con cuore generoso e incommensurabile passione, mentre lui, avendo perduto l'egoismo della gioventù e dopo che la vita gli aveva insegnato la moderazione, era pienamente consapevole del proprio amore per lei e voleva solo accarezzarla e adorarla, donandole tutto ciò che lei non aveva conosciuto prima.

Le sollevò i vestiti e glieli tolse sfilandoli per la testa, e Louise rimase in sottoveste, nuda fino alla cintola. Poi Will si liberò dei propri indumenti, e la donna osservò il gioco di ombre e argento che lambivano il suo corpo muscoloso mentre lei si scioglieva i capelli trattenuti dalle forcine e se li lasciava ricadere sulle spalle. Lui si volse di nuovo verso Louise e l'abbracciò, sfiorando quella chioma lucente e premendovi sopra le labbra come un uomo che attinga vita dall'acqua corrente. Toccandola appena con le dita, le abbassò la testa per baciarle i seni: il dolce umidore della sua bocca su di essi provocò in lei un fremito sensuale mentre Will spostava le mani al di sotto della cintura e, afferratele le pieghe della sottoveste, gliela sfilava per le gambe. La luna passò dietro a una nuvola e le tenebre che li avvolsero sembrarono accordarsi con le sensazioni che travolgevano Louise sotto la meravigliosa pressione delle sue carezze, della sua bocca ardente e della sua lingua bramosa. Insieme assaporavano ogni attimo di quella passione e nient'altro esisteva per loro: erano carne contro carne, l'ardore dell'uno richiamava l'ardore dell'altra, e, nel momento in cui rispuntò la luna, Will la trascinò con sé sulle vette dell'estasi.

Durante la notte, lui accese la candela accanto al letto, non riuscendo a sopportare che molta parte di Louise gli rimanesse celata, e attraverso i capelli arruffati la donna lo guardò felice, passandogli un dito sul contorno delle labbra. Will la baciò e fecero di nuovo l'amore, mentre la luce della candela conferiva ai loro corpi uno splendore eburneo. Ai primi tenui chiarori dell'alba, mentre la teneva tra le braccia deliziosamente semiaddormentata, sfinita e colma di un dolce affetto, Will cercò di carpirle una promessa per il futuro, ma lei si limitò a sorridere, gli occhi chiusi, e si riassopì di colpo.

XXIII

Will non si rassegnava al rifiuto di Louise di sposarlo. Col passare delle settimane questo argomento fu causa di molte discussioni, anche se le loro notti erano calde e appassionate.

« Perché? » le chiese lui una volta di più. « Che importanza ha aspettare altro tempo, se tu sei vedova? Che diavolo m'importa dei pettegolezzi! Dobbiamo sposarci. »

« Lo sai che non voglio tornare sulla questione », rispose lei, decisa. « Ti ho detto che non mi sposerò più. »

« E che cosa sarà di Paul-Michel? Lui e io ci vogliamo bene e ci rispettiamo l'un l'altro. Ha bisogno di sentirsi parte di una famiglia. »

« A suo tempo mi sono sposata proprio per questa ragione, e non lo farò una seconda volta. » Trasse un lungo respiro. « E comunque Paul-Michel non rimarrà a casa a lungo in futuro. Dopo la sua fuga, gli ho promesso che avrebbe frequentato le scuole in Francia, non appena fosse stato in grado di scrivere il francese così come lo parla. Nessun ragazzo ha mai studiato con tanto accanimento. Ho scelto una scuola di Parigi, dove rimarrà interno durante la settimana e potrà trascorrere le domeniche con Catherine. Prima però partiremo per una breve vacanza insieme. Ho deciso di stare via per un paio di settimane. »

Will non riusciva a sopportare il pensiero della separazione. Si era ritrovato di nuovo di fronte alla paura che Louise ricadesse preda del suo passato. « Non ora, ti supplico. Sarebbe una follia partire per la Francia in questo momento. Stanno richiamando le truppe, e le armate prussiane sono radunate alla frontiera, pronte ad attaccare. La guerra può scoppiare da un momento all'altro. »

« Me ne rendo conto, ma i combattimenti si terrebbero lontano, sul suolo di Prussia. Non c'è alcun pericolo per Paul-Michel a Parigi. »

« Non mostrarti così sicura! » la rimproverò, mentre il timore di perderla per sempre alimentava la sua collera. « Il tuo imperatore non ha affatto la stoffa del comandante in capo! È un uomo molto malato e così oppresso dai dolori che può a malapena issarsi in sella. È a causa dei suoi errori politici e delle sue follie internazionali, oltre che dell'influenza della sua imperiosa moglie, che la Francia si è alienata tutti gli antichi alleati. Credi che Bismarck avrebbe cercato di spingere il tuo paese alla guerra, se la Francia fosse ancora forte come in passato? Svegliati, Louise! Il tuo glorioso Secondo Impero sta vivendo i suoi ultimi giorni! Basterebbe un solo colpo del cannone prussiano per farne crollare l'intera facciata! »

Louise non volle credergli. Di Parigi continuava a conservare un'immagine di splendore, di bellezza, di ricchezza e di potenza, simbolo di un'epoca imperiale destinata a brillare come un faro sopra i più ottusi regimi sino alla fine dei tempi. E nulla le avrebbe impedito di mantenere la promessa fatta al figlio, anche se lasciarlo andare lontano da lei costituiva un gran sacrificio.

La Francia dichiarò guerra alla Prussia in seguito a un'imperdonabile offesa poco prima che Louise e Paul-Michel fossero pronti per la partenza. Will continuò a protestare fino all'ultimo minuto, ma Louise considerò i suoi reiterati avvertimenti con leggerezza, perduta nella felice ed eccitante prospettiva di rivedere Parigi. Fu Paul-Michel che cercò di appianare la questione.

« Sono io che vado a stabilirmi a Parigi per frequentare la scuola, signore. Non la mamma. Lei tornerà qui il più presto possibile. »

Will restò a guardare il battello a vapore che salpava per attraversare la Manica. Rimase in piedi a lungo sulla banchina, anche dopo che il fazzoletto sventolato da Louise e il cappello che Paul-Michel agitava in segno di saluto furono scomparsi alla sua vista.

Qualunque dubbio potesse avere insinuato nella mente di Louise, questo svanì non appena lei rivide la città che amava sotto il caldo sole estivo. Era contenta di aver portato con sé gli enormi bauli in cui aveva sistemato il suo guardaroba migliore, disegnato personalmente. Le sarebbe stato prezioso a Parigi. L'atmosfera della città, con i suoi abiti carichi di fronzoli, lo splendore delle sue decorazioni dorate, le verande variopinte davanti ai ritrovi pubblici e gli stendardi imperiali, era immutata. I caffè traboccavano di vita e di allegria, i boulevard erano percorsi da fiumane di eleganti carrozze trainate da cavalli lanciati al galoppo. Di fronte alla Madeleine si stendeva rigoglioso il mercato dei fiori: l'aria tiepida era satura del profumo di rose ed eliotropi, gelsomini, garofani e verbene.

Ovunque c'erano donne eleganti, con graziosi cappellini e

lunghi strascichi. I bellimbusti che bighellonavano lungo i boulevard e si torcevano i baffi nella maniera che l'imperatore aveva reso così popolare le osservavano attentamente, sperando di riuscire a scorgere una caviglia: piacere, questo, che aveva perso un po' del suo fascino da quando i cerchi della crinolina erano completamente scomparsi dalla scena dell'alta moda. Dall'ultima volta in cui aveva visto Parigi, erano stati costruiti numerosi edifici, come il magnifico teatro nuovo, e altri erano stati completati. Gli splendidi grandi magazzini esponevano nelle loro vetrine una quantità di oggetti eleganti. Le Folies Bergères registravano ogni sera il tutto esaurito, e il can-can aveva raggiunto vette di popolarità ancora più alte: la sua musica indiavolata risuonava ovunque. E dappertutto c'erano soldati che marciavano, che avanzavano sui carri o che passeggiavano per riempirsi gli occhi di quello spettacolo prima di partire con l'imperatore per i campi di battaglia. Louise avvertì una stretta al cuore mentre lanciava un'occhiata alle tuniche azzurro-cielo delle Cento Guardie, passando in carrozza davanti alle Tuileries, in compagnia del figlio, per recarsi al piccolo ma confortevole alloggio di Catherine.

Anche stavolta abbracciò la vecchia amica con viva commozione, e Catherine fu sopraffatta dalla gioia di rivedere Paul-Michel. Questa volta fu Louise a mostrare un'ansia profonda nell'osservare l'aspetto malaticcio dell'amica. « Non mi sembra che tu stia bene. Hai perduto parecchi chili. Che cosa hai? »

Con gran difficoltà, Catherine si rassegnò a dire la verità. Al ritorno dal viaggio in Inghilterra, era rimasta sul ponte per evitare il mal di mare, dato che il moto ondoso era alquanto forte, e aveva preso freddo, cosicché, essendo già molto sensibile alle intemperie, le era venuta una malattia di petto. Aveva anche perduto il lavoro ma, grazie alla piccola rendita che Louise le aveva assicurato, riusciva a badare a se stessa. A suo dire non c'era da preoccuparsi, e naturalmente alla domenica avrebbe avuto cura di Paul-Michel, quando fosse stato libero dalla scuola. Louise non riuscì a sentirsi soddisfatta di quelle assicurazioni.

La sua prima visita fu agli Worth in compagnia di Paul-Michel, che non stava più nella pelle dalla gioia di rivedere gli amici. L'abito che Louise indossò per l'occasione era una delle sue più recenti creazioni, e ne era molto orgogliosa. Fatto con seta di Lione a strisce bianco-azzurre, rappresentava una superba evoluzione della linea che Worth aveva ideato in sostituzione della crinolina. Il sarto aveva dimostrato alle donne come fosse possibile ottenere determinate curve e un portamento che non avevano mai avuto prima, dando rilievo alle parti migliori della figura femminile. Con l'abito, Louise calzò un cappello di paglia con la tesa che si abbassava da un lato, ornato di fiorellini e nastri dello stesso blu del merletto del parasole. Mentre saliva la ben nota scala del numero 7, osservandosi in una specchiera dall'elaborata cornice, pensò che il suo sogno infantile di indossare abiti eleganti come quelli della regina di Francia era diventato realtà. E non le mancavano neppure i mezzi per conservare le ambizioni realizzate. Lei e Worth avevano indubbiamente percorso un lungo cammino da quando si erano incontrati sulla porta di quella soffitta.

Non aveva detto a Marie che sarebbe venuta a Parigi, avendo progettato di farle una sorpresa, e non avrebbe potuto ricevere accoglienza migliore. Fu abbracciata e baciata: Marie era eccitatissima per il piacere di rivederla. Jean-Philippe e Paul-Michel ripresero la loro amicizia come se non si fossero mai separati, mentre la diversa età di Gaston, che era diventato un bel ragazzo alto come suo padre, lo teneva un po' in disparte dai più giovani. Sia Gaston che Jean-Philippe, ora con i capelli lisci e non più sottomessi ai capricci della madre riguardo all'abbigliamento, potevano discutere con Louise sulla moda da pari a pari, poiché la loro conoscenza dell'*haute-couture* aveva profonde radici nella loro infanzia. Dal modo in cui parlavano, lei capì che si consideravano già parte dell'attività del padre: il loro futuro era tracciato. Più tardi, Marie mostrò a Louise alcuni dipinti di Jean-Philippe. Non solo aveva ereditato dal padre l'abilità nel disegnare abiti, ma il talento si era sviluppato anche in un'altra direzione, facendo di lui un artista di grandi promesse, grazie agli insegnamenti di un grande pittore come Corot.

« E Gaston? È anche lui un artista? » s'informò Louise dopo aver ammirato i lavori di Jean-Philippe.

« No, lui ha un grande acume negli affari », rispose Marie con un sorriso, dividendo equamente tra i due figli il suo orgoglio materno. « Sono certa che un giorno si prenderà cura dell'amministrazione della Casa Worth. »

Il laboratorio di Worth occupava ora tutto l'edificio che sorgeva al numero 7. Il suo socio, Otto Bobergh, che si era sempre tenuto un po' in disparte, aveva appena ritirato l'enorme fortuna costituita dai suoi profitti e, sebbene fossero stati sempre in buoni rapporti, Worth era contento che ognuno proseguisse per la propria strada. Di recente, Worth aveva adottato come emblema la paziente chiocciola, una creatura che non ha bisogno né di casa né di abiti, e chiocciole come ornamento apparivano ovunque sulla dimora di Suresnes, intessute nelle tappezzerie, cesellate sull'oro e sull'argento, modellate in lapislazzuli, scolpite nel marmo, e anche come sostegno di un balcone nel nuovo prolungamento del palazzo. Ora Worth aveva un migliaio di dipendenti, ed era convinto che la guerra sarebbe stata di breve durata e non avrebbe portato grandi mutamenti nei suoi affari. Doveva ammettere che molte delle sue clienti straniere avevano lasciato Parigi in tutta fretta, ma, per contro, alcune francesi avevano già ordinato abiti per i balli della vittoria. E la maggior parte delle sue creazioni sarebbero state inviate alle clienti americane. Queste all'inizio si rivolgevano a lui con timore, perché avevano sentito raccontare che il grande sarto esigeva di vedere le proprie clienti prima di decidere se fosse opportuno disegnare qualcosa per loro. In realtà, nel corso degli anni, aveva congedato un gran numero di donne che, per una ragione o per l'altra, non desiderava che indossassero i suoi modelli. Tuttavia, si mostrava sempre ampiamente disponibile nell'aiutare qualche cliente in difficoltà. Un mattino alle sei, in vestaglia, aveva ricevuto una donna disperata perché aveva bisogno di un abito particolare per quella sera stessa. Marie, alzatasi subito da letto, aveva versato alla signora un caffè preparato dalla cameriera, mentre Worth passeggiava su e giù per la camera cercando l'ispirazione nella luce livida dell'alba. I suoi gesti enfatici e il suo incedere impettito, mentre decideva che cosa avrebbe dovuto indossare la cliente in attesa, aggiungevano spessore al suo personaggio. Nelle ore di lavoro aveva cominciato ad ammantarsi di una fluttuante veste alla Rembrandt e di una berretta di velluto: un genio con indosso il costume di un altro genio che l'aveva preceduto. L'abbigliamento gli si adattava perfettamente, e le donne adoravano questo travestimento.

« Vieni con me ad assistere a un'operetta di Offenbach questa sera, Louise? » chiese Marie all'amica qualche giorno dopo il suo arrivo. « Sono sicura che ti divertirai. »

Fu uno splendido momento per Louise quando, sul palcoscenico, l'operetta esplose in una fantasmagoria di luci e di colori mentre la gaia musica incarnava tutto ciò che faceva di Parigi la città che era, e lei applaudiva divertitissima. Durante l'intervallo, alcuni conoscenti di Marie vennero nel palco a salutarla, e fu un colpo per Louise scoprire che Stéphanie si trovava tra loro. Marie fu costretta, per educazione, a informarsi sul marito della de Gand, anche se ciò avvenne fuori portata dell'orecchio di Louise.

« Ha lasciato Parigi proprio oggi, signora Worth. Ha raggiunto l'imperatore al palazzo di St.-Cloud. Partiranno da lì, in compagnia del principe imperiale, per i campi di battaglia. » Poi si voltò e andò a sedersi accanto a Louise. « La trovo bene, e vedo che ha uno splendido abito. L'ha disegnato lei, immagino. Qualche volta ho chiesto agli Worth sue notizie. Ho sentito dire che è la più famosa sarta di Londra. Sono stata informata del suo recente lutto, e le porgo le mie condoglianze. È a Parigi da sola? »

Louise osservò che Stéphanie aveva acquistato un equilibrio e una disinvoltura che prima non aveva. Era come se una gemma offuscata fosse stata lucidata fino a renderla di un delicato splendore. « C'è mio figlio con me », rispose lei.

« Davvero? Deve avere circa dodici anni adesso. Si chiama Paul-Michel, vero? La memoria non mi ha tradito. Io sono molto dispiaciuta di non poter avere figli. Dove abita a Parigi? Sì, conosco quella strada. Immagino che avrà accompagnato suo figlio ad assistere a qualche spettacolo, vero? »

« Abbiamo già fatto qualche escursione, e dopodomani faremo una passeggiata fino a Versailles. »

Stéphanie lisciò le piume del ventaglio che teneva in mano, chiuso. « Perché invece non lo porta a St.-Cloud a vedere l'imperatore e il principe imperiale che partono per la guerra? »

Louise s'irrigidì un po', mentre si chiedeva se Stéphanie si stesse prendendo gioco di lei. Cercò di tergiversare. « Ho sentito dire che l'imperatore non sta molto bene. »

« È un uomo coraggioso, che non bada al dolore. Nessun comandante in capo potrebbe dare esempio migliore ai suoi soldati. »

« Non mi sembra giusto che il principe imperiale vada incontro ai pericoli della guerra. » Louise ricordava che il ragazzo aveva solo qualche mese più di Jean-Philippe.

« È stato addestrato fin dall'infanzia a non aver paura. E,

comunque, è naturale che l'imperatore desideri avere il figlio al proprio fianco. »

Louise ebbe la sensazione di trovarsi in trappola. Cercò di cavarsela con le proprie forze. « Non posso fare a meno di provare pena per l'imperatrice. »

« Si tratterà di pochi giorni. Si è fatta molti nemici tra coloro che non la conoscono bene come le persone che le sono vicine. Tutto ciò che ha fatto, lo ha fatto nell'interesse della Francia, ma nessuno l'ha mai creduto. » Stéphanie vide che il resto della compagnia si affrettava a raggiungere i propri posti prima che il sipario si alzasse di nuovo, e, mentre si avviava per raggiungerli, guardò Louise al di sopra della spalla. « Si ricordi di quello che le ho detto a proposito di St.-Cloud. Per suo figlio sarebbe uno spettacolo da ricordare per tutta la vita. »

Uscì dal palco. Mentre le luci in sala cominciavano ad abbassarsi, la corazza di calma che Louise si era costruita sembrò spezzarsi. « Stéphanie vuole che permetta a Pierre di vedere suo figlio », disse debolmente a Marie. « Ma come faccio a sapere se lui lo desidera veramente? Potrebbe essere un crudele capriccio da parte di lei. Non posso farlo. » Strinse i pugni e li lasciò cadere in grembo. « Non posso. »

Marie trasse un lieve sospiro. « Penso che dovresti farlo », la consigliò saggiamente. « Madame de Gand non si sarebbe umiliata per chiedertelo, se non avesse avuto a cuore la felicità del marito. Parte per la guerra, Louise. Potrebbe non tornare. »

Era una giornata afosa, con il cielo coperto di nuvole, quando Louise e suo figlio si fermarono, tenendosi per mano, all'entrata della stazioncina dal tetto di paglia che serviva il palazzo di St.-Cloud. I bagagli, che riempivano interi carri, stavano per essere caricati sul treno in attesa, e si vedevano ufficiali dappertutto. Si era riunito qualche abitante del luogo, ma non erano in molti. Louise aveva preparato Paul-Michel, dicendogli che avrebbe visto l'imperatore e forse l'ufficiale delle Cento Guardie che lo aveva lasciato salire sul suo cavallo di servizio intorno alle stalle delle Tuileries, avvenimento che lui non aveva mai dimenticato.

Poco dopo le nove e mezzo, apparve una fila di carrozze provenienti dal palazzo. Lungo la strada, la gente levò il grido che era riecheggiato per Parigi allo scoppio della guerra.

« A Berlino! A Berlino! *Vive l'Empereur!* »

Louise vide che l'imperatrice accompagnava personalmente l'imperatore su un calesse tirato da un pony, e provò una profonda emozione nel notare il cambiamento che Luigi Napoleone aveva subìto. Appariva ammalato e invecchiato, e sul suo volto non era rimasto più nulla della gaiezza che aveva sempre mostrato così fieramente, durante le cerimonie, quando cavalcava in corteo. Louise capì perché la partenza era stata organizzata in sordina. Gli animi della gente si sarebbero depressi nel vederlo in quello stato. Nella vettura che seguiva la coppia c'era il principe imperiale, in uniforme, carico di eccitazione giovanile, e al suo fianco si trovavano due ufficiali, uno dei quali era Pierre.

Lui la vide. L'occhiata casuale che lanciò di lato s'indurì in un'espressione incredula, ed egli girò il capo continuando a tenere gli occhi fissi su di lei mentre la oltrepassava. Per qualche minuto Louise lo perse di vista, poi lo scorse mentre veniva nella sua direzione.

« Louise! Pensavo che i miei occhi m'avessero giocato qualche scherzo! » esclamò, mentre copriva la distanza che li divideva. Le parve invecchiato, ma non aveva perduto nessuna delle sue attrattive. Come poteva aver dimenticato che i suoi occhi avevano la stessa tonalità grigioverde di quelli di suo figlio?

« Non avrei mai immaginato che ci saremmo incontrati di nuovo », disse Louise con voce roca.

« Neppure io, mia cara. » La baciò su tutt'e due le guance, poi si trassero in disparte, mentre ciascuno vedeva negli occhi dell'altro i ricordi del passato. Louise non era preparata all'effetto di quell'incontro. Si sentì sopraffatta, confusa al pensiero di aver potuto vivere senza di lui, di aver continuato ugualmente a sentire il sangue scorrere nelle vene e di aver potuto muovere le membra. Lo vide chinarsi e afferrare Paul-Michel per le spalle, guardandolo fisso. « Sei cresciuto parecchio dall'ultima volta che ti ho visto. Diventerai molto alto, te lo posso assicurare. Ti ricordi di me? »

Il ragazzo annuì. « Sì, capitano de Gand. Lo cavalca ancora Sabre? »

Pierre rise debolmente con aria compiaciuta. « Sì, lo cavalco ancora. Peccato che sia già partito per Metz, altrimenti l'avrei sellato di nuovo per te. »

« Posso cavalcarlo quando ritornerà dalla guerra? »

« Quanto durano le tue vacanze? Cercherò di fare in modo che i prussiani siano battuti prima che tu debba ritornare in Inghilterra. »

« In Inghilterra tornerò solo per le vacanze. Frequenterò il collegio St.-Nicholas a Parigi. »

« Davvero? » esclamò Pierre. « Allora avrai la possibilità di montare Sabre quando avremo vinto la guerra. Sempre se la tua mamma ci dà il permesso. »

Louise non trovò alcuna ragione per rifiutare. Se Stéphanie intendeva passar sopra a questi incontri tra padre e figlio, lei non desiderava di meglio. Non era necessario che si lasciasse coinvolgere nell'intesa sorta tra di loro. Li rassicurò.

« Purché sia di domenica, il giorno libero dalla scuola, e Catherine non abbia altri programmi. Io ritornerò a Londra non appena Paul-Michel inizierà la scuola. »

Pierre si raddrizzò, tenendo una mano con aria protettiva sulla spalla del ragazzo, e riprese a parlargli. « Immagino che ti piacerebbe trovarti vicino alla locomotiva per veder meglio, vero? Potremo scambiare qualche parola sul marciapiede prima della mia partenza. » Fece cenno a un ufficiale e gli affidò il bambino. Poi si mise a passeggiare con Louise nel prato, sotto agli alberi. Non era possibile restare soli e non c'era neppure un luogo un po' riparato per sottrarsi a sguardi indiscreti. Pierre le disse che aveva sentito parlare della sua casa di mode di Londra da Paul-Michel, durante il loro incontro alle Tuileries. « Va ancora a gonfie vele, immagino », commentò. « Ma che cosa mi dici del tuo matrimonio? Sei felice? »

Louise tenne lo sguardo fisso davanti a sé. « Sono vedova. »

Fecero un altro paio di passi in silenzio, mentre lui rifletteva. « Allora, in realtà, non hai alcun legame personale che ti spinga a tornare in Inghilterra. Paul-Michel andrà a scuola a Parigi. Tutti i tuoi vecchi amici sono qui. Io stesso tornerò qui alla fine della guerra. »

Le sue intenzioni erano chiare. Le stava chiedendo di riconsiderare la situazione tra loro due, di rimanere a Parigi allo scopo di riprendere la vita assieme a lui! Ma i problemi erano gli stessi di prima, niente era stato risolto. Louise scosse il capo lentamente, ma lui bloccò quel gesto sfiorandole il viso con la punta delle dita e fissandola negli occhi.

« Mi rifiuto di accettare che tutto sia finito », disse, sussurrando affinché nessun altro udisse le sue parole all'infuori di lei. Il suo sguardo s'incupì. « Di' a Paul-Michel chi sono. Voglio che lui lo sappia. »

Un discreto colpo di tosse li interruppe. Un funzionario di corte li aveva seguiti e segnalava la propria presenza. « L'imperatore è già sul treno, capitano. »

Il tempo era volato. Per qualche altro secondo Pierre continuò a tenerle imprigionato lo sguardo. « Diglielo! Se non mi prometti altro, concedimi almeno questo favore. »

« Glielo dirò », acconsentì lei sotto l'imperio dell'emozione, nient'affatto convinta che fosse la cosa migliore da fare. E tuttavia, come opporre un rifiuto a un uomo alla vigilia della battaglia?

Pierre annuì con aria grave, rivelando la propria tensione. Poi fece un passo indietro e la salutò. Louise lo guardò affrettarsi verso il treno fino a che disparve tra i gruppi di ufficiali che nascondevano agli astanti la vista dell'imperatore sul piede di partenza. Con un potente fischio della locomotiva, il treno imperiale uscì dalla stazioncina. Louise vide l'imperatore che faceva grandi cenni a qualcuno rimasto sul marciapiede, e il principe imperiale che agitava un fazzoletto bianco, ma non scorse Pierre. Convinta che lui, da dove si trovava, la vedesse in mezzo alle vetture, lanciò un bacio con la punta delle dita.

Paul-Michel restò insolitamente tranquillo nel viaggio di ritorno a Parigi. Seduto nell'angolo opposto a lei, guardò fuori del finestrino per parecchio tempo. Poi disse: « Il capitano de Gand è mio padre, vero? »

Louise rimase sconcertata dall'inaspettata domanda, sebbene cercasse di non dimostrarlo. « Sì », rispose con voce calma. Se la verità andava detta, probabilmente era meglio in quel momento che più avanti. « Lo è. Come hai fatto a capirlo? »

« Be', quando scoprii che cosa significava essere un bastardo, chiesi al signor Russell se ero suo figlio. Lui rispose che gli sarebbe piaciuto molto, ma che non lo ero. Mio padre era un coraggioso francese e io sarei stato orgoglioso di lui. »

Louise chiuse gli occhi per un momento. Caro Will! Aveva scelto le parole più adatte per rispondere a una domanda tanto imbarazzante. Gliene sarebbe stata eternamente grata. « Sì, dovrai esserne orgoglioso », gli confermò. « Tuo padre è stato decorato più di una volta dall'imperatore per il suo comportamento coraggioso in battaglia. Però non capisco ancora bene come tu sia giunto a questa conclusione. »

Paul-Michel le rivolse una paziente occhiata, come se pensasse che la madre, essendo una donna, non potesse comprendere l'intelligenza del maschio. « Ho esaminato tutto ciò che ha detto in proposito, e le osservazioni che ha fatto, la zia Catherine quando pensava che io non ascoltassi. Poi c'è stata quella volta, dopo la festicciola per i bambini alle Tuileries, in cui tu eri sconvolta e io non capivo il perché. Più tardi ho messo insieme ogni cosa. Ho creduto di indovinare anche quando il signor Russell mi ha detto che mio padre era un ufficiale dell'esercito e che era stato l'imperatore a impedire il matrimonio. Disse che non dovevo biasimare te, mamma, e neppure vergognarmi di essere nato fuori del matrimonio. Poi, sul marciapiede della stazione, il capitano de Gand, stringendomi la mano, mi ha detto: '*Au revoir*, figlio mio'. L'imperatrice ha baciato il principe imperiale e gli ha detto di compiere il suo dovere, ma il capitano de Gand mi ha chiamato *figlio mio.* »

« Ora sai quasi tutto », disse Louise, più tranquilla. Indicò il sedile accanto al proprio. « Vieni a sederti accanto a me. Ti racconterò tutto ciò che ho saputo della famiglia di tuo padre e della sua infanzia, tutto ciò che riuscirò a ricordare e che tu devi conoscere. » Mentre percorrevano gli ultimi chilometri verso Parigi, Louise sentì che lei e suo figlio erano spiritualmente vicini come mai lo erano stati prima.

Cinque giorni dopo, l'imperatore e le sue truppe vinsero una sanguinosa battaglia sul suolo tedesco. A Parigi saltarono molti tappi di champagne e tutta la città si abbandonò ai festeggiamenti, ma furono le ultime buone notizie che arrivarono dai campi di battaglia. Quasi subito il corso degli eventi cambiò. Parecchi soldati francesi furono falciati e dispersi davanti all'avanguardia dei prussiani. Sui giornali cominciarono a trapelare notizie riguardanti errori di tattica e mancanza di preparazione. Alla notizia di ogni nuovo ripiegamento, di ogni nuova grande disfatta, aumentava il risentimento contro l'imperatore. Il malumore del popolo cresceva e i nemici politici di Luigi Napoleone si facevano sentire da ogni parte. Louise vide l'intera città cambiare sotto i suoi occhi: sospeso nell'aria, c'era l'odore di rivoluzione che lei ben ricordava. L'imperatrice ritornò con la propria corte alle Tuileries come Reggente e compì un'azione decisiva, instaurando la legge marziale, e promulgando altri emendamenti atti a preservare la dinastia.

Louise ricevette un'urgente comunicazione da Will che le chiedeva di tornare in Inghilterra senza indugio con Paul-Michel. Ma lei non poteva partire, anche qualora l'avesse desiderato. Catherine non stava bene. Il giorno in cui Paul-Michel aveva incominciato a frequentare la scuola, Catherine aveva atteso sotto una pioggia scrosciante che gli ultimi elenchi delle vittime fossero esposti vicino alla stazione di polizia. Considerata la gravità delle notizie che continuavano ad arrivare, aveva voluto risparmiare a Louise, qualora fosse accaduto qualcosa, la pena di vedere stampato quel nome fatale. Fortunatamente non successe nulla del genere, ma il cattivo stato di salute di Catherine ebbe un peggioramento a causa della pioggia che le era penetrata nelle ossa e del vento gelido, e si era messa a letto con la febbre.

Anche Stéphanie attendeva piena d'angoscia e, a ogni comunicato che l'imperatrice riceveva, temeva di scorgere il nome del marito. Era andata a St.-Cloud con le altre dame di compagnia dell'imperatrice per partecipare al banchetto offerto alla vigilia della partenza dell'imperatore, ma non aveva riferito a Pierre di aver visto Louise. Si era comportata così anche molto tempo prima, quando l'aveva scorta con Worth alle Tuileries, temendo che Louise fosse tornata a Parigi per riprendersi Pierre. Era ancora un mistero come avesse fatto lui a scoprire suo figlio alla festa del principe imperiale, anche se tra i suoi doveri vi era quello di controllare ogni tanto l'elenco degli invitati. Più tardi, Stéphanie si era sentita confortata dal fatto che Pierre le aveva parlato spontaneamente di quell'incontro, poiché ciò dimostrava che a volte erano molto uniti; ed era stata felice che lui avesse visto solo il figlio e non la madre. Si era quindi resa conto che Pierre non l'avrebbe mai esposta all'umiliazione e allo scandalo di essere abbandonata dal marito, in parte anche perché lui stesso sarebbe stato messo al bando. Tuttavia, questo non rendeva le sue numerose infedeltà più facili da sopportare. Il tormento che i suoi tradimenti le procuravano non la abbandonava mai, anche se ora godeva di un senso di sicurezza che non aveva mai provato prima. Poteva quindi mostrarsi magnanima e lasciargli vedere suo figlio. Ciò avrebbe anche alleviato i suoi sensi di colpa. Se non si fosse abbandonata a una crisi di gelosia, non avrebbe mai perduto il primo figlio, cosa che le aveva reso impossibile portare a termine le successive gravidanze. Lei amava Pierre. Sapeva che cosa significasse per lui non avere un erede. Non era gelosa di Louise perché lui l'aveva amata, ma solamente perché gli aveva dato un figlio.

Louise non aveva tempo di accorgersi che nelle strade aumentava l'inquietudine, sebbene qualche volta le arrivassero all'orecchio le note della *Marsigliese* e il vociare della folla in lontananza, durante le manifestazioni di piazza. Curava Catherine notte e giorno, e temeva per la sua vita. Tutto il resto aveva poca importanza. Persino il legittimo interessamento per i propri affari a Londra passava in secondo piano. Quando Paul-Michel, un giorno, accompagnato a casa da una carrozza, comparve improvvisamente con il proprio bauletto contenente gli effetti personali, lei non riuscì a capire che cosa fosse accaduto.

« È successo qualche guaio? Perché sei qui? »

« Sono così tanti gli allievi che i genitori si sono riportati a casa, che la scuola ha deciso di chiudere temporaneamente », rispose lui, togliendosi la giacca. Poi, vedendola perplessa, aggiunse incredulo: « Non hai sentito le notizie, mamma? L'imperatore si è arreso. Lui e migliaia di nostri soldati sono stati fatti prigionieri dai prussiani ».

Louise si portò una mano alla gola. « Non può essere! La guerra è iniziata da poco più di un mese. Non possiamo essere stati sconfitti! »

« È la verità! I prussiani dicono di volere la completa capitolazione della Francia. »

« No! No! Dove hai sentito tutto questo? »

« Ce l'ha detto il direttore. Spero che mio padre sia salvo. Sta meglio zia Catherine? »

Nel cuore di Louise riecheggiò la sua stessa speranza, mentre rispondeva alla sua domanda. « No, temo di no. Sono contenta che tu sia con me. Ho bisogno di una mano. Il dottore non viene a trovarla da due giorni, perché sono stati portati molti feriti all'ospedale dai campi di battaglia; ma la medicina per Catherine si può trovare a casa sua. Dovresti andarla a prendere per me. » Gli diede l'indirizzo e gli disse di tornare il più presto possibile, portando nello stesso tempo tutte le notizie che fosse riuscito a raccogliere.

Lui si precipitò fuori immediatamente, senza dirle che le strade erano piene di una folla turbolenta che gridava, scalpitava e abbatteva le aquile imperiali dai cancelli e dagli edifici. Il vetturino aveva dovuto fare una lunga deviazione per raggiungere il tranquillo vicolo in cui era situato l'appartamento. Paul-

Michel era eccitatissimo di poter vedere dal vivo tutto ciò che stava accadendo.

Doveva fare parecchia strada per arrivare alla casa del dottore, ma impiegò molto più tempo di quanto fosse necessario perché durante il tragitto si fermò a osservare le schermaglie tra i gruppi rivoluzionari di fazioni opposte e indugiò qualche tempo ai margini della folla che si era addensata davanti al colonnato dell'Hôtel de Ville, dove si stava formando, tra scene di selvaggia confusione, un governo provvisorio. Era quasi arrivato a casa con la medicina al sicuro in tasca, quando udì un grande scoppio simile a un tuono. Lungo la rue de Rivoli coloro che erano in attesa di conoscere gli esiti degli avvenimenti erano diventati una folla vociante, bramosa di violenza e di sangue, che si dirigeva verso i cancelli delle Tuileries.

« Abbasso l'imperatrice! Lunga vita alla Terza Repubblica! Lunga vita alla Francia! »

Paul-Michel capì che cosa significava: il Secondo Impero era caduto. La Francia era di nuovo una repubblica. Ricordò l'imperatrice dal bel volto e dai capelli rosso-dorati che gli aveva sorriso quando aveva chinato il capo davanti a lei alla festa dei bambini. Si augurò che non le venisse fatto alcun male.

Alle Tuileries udirono chiaramente le urla della folla che si avvicinava, ma Eugenia continuò a rifiutarsi di fuggire. Stéphanie, terrorizzata, era tra coloro che attendevano nel Salone Azzurro, mentre dietro alle porte sbarrate i leali consiglieri dell'imperatrice la pregavano di allontanarsi finché era ancora in tempo. In precedenza, le avevano chiesto di mandare a chiamare il principe imperiale per affidargli il comando, ma ciò avrebbe significato la guerra civile, e lei non era d'accordo. Non avrebbe permesso che si sparasse un solo colpo né per soffocare la rivolta né per difendere la sua persona. Non voleva che venisse sparsa neppure una goccia di sangue per colpa sua e la sua decisione era irrevocabile.

« Allora deve partire immediatamente », la esortò il suo vecchio amico conte di Metternich, « anche se la sua salvezza non significa nulla per lei. Pensi a ciò che potrebbe accadere a coloro che rimanessero al suo fianco quando la folla irromperà nel palazzo. »

Eugenia capì che non aveva scelta. Le porte del salone furono aperte e l'imperatrice si diresse verso le proprie dame per salutarle. La luce giocava sulla sua folta chioma color rosso

Tiziano, e sulle pieghe seriche dell'abito beige che Worth le aveva confezionato. Uno scialle del suo colore preferito, il lilla, le avvolgeva le spalle. Tutte piangevano e molte volevano accompagnarla, ma lei lo permise solo a Madame Lebreton, l'unica che non avesse legami familiari. Stéphanie, presa dal panico, cadde in ginocchio, supplicandola di nuovo di lasciarla partire con lei.

« Non so se Pierre sia vivo o morto. Non ho nessun altro all'infuori di lei, maestà. Non mi lasci sola, la imploro. »

Eugenia esitò. Stéphanie era la figlioccia dell'imperatore, e per questa ragione era in pericolo più di ogni altra. « Benissimo, bambina mia. Affrettati a nascondere il viso con un velo. Non devono riconoscerci. »

Eugenia si vestì di nero, e, con un fitto velo sul viso, raggiunse le altre due donne che l'aspettavano, abbigliate in modo simile. Con la scorta di Metternich e del suo amico ambasciatore, Costantino Nigra, si precipitarono in cortile. Poco prima era stata condotta davanti ai gradini una carrozza anonima. Il ruggito della folla irrompeva attraverso le cancellate fino ai loro orecchi: ogni possibilità di fuga era impedita. Tornarono indietro risalendo la lunga scala e si misero a correre lungo gallerie e corridoi. Attraversarono una stanza dopo l'altra per raggiungere la porta di comunicazione, all'altra estremità del palazzo, che conduceva nel Louvre. Ma il destino era contro di loro. La porta era chiusa a chiave! Alle loro spalle si udiva in lontananza l'eco della folla che forzava un ingresso. Stéphanie deglutì, rabbrividendo. Gli ambasciatori continuarono a dare spallate alla robusta porta, ma inutilmente. Il rumore dei passi di qualcuno che si avvicinava di corsa li fece voltare allarmati. Con immenso sollievo, videro che si trattava di un domestico munito di una grossa chiave. La infilò nella serratura e girò, facendola scattare. Eugenia si fermò a ringraziarlo, prima di venir sospinta fuori dagli altri.

I loro passi rapidi risuonarono nel Louvre deserto, dal quale, per ordine di Eugenia, erano stati tolti e portati in salvo tutti i più grandi capolavori e i gioielli della corona. Volarono lungo lo scalone di marmo, mentre le gonne delle signore sfioravano uno scalino dopo l'altro. Sulla soglia della porta affacciata lungo il colonnato che si stendeva sulla via St.-Germain-l'Auxerrois, dovettero aspettare che passasse la fiumana di folla che procedeva al grido di: « Morte all'imperatrice! Morte alla spagnola! »

Eugenia, pallida ma piena di dignità, non si lasciò sgomentare, mentre attendeva nell'ombra, sebbene un nervo le tremasse sulla tempia. Appena il pericolo fu passato, Metternich chiamò una carrozza. Mentre Eugenia stava per salirvi, un monello urlante che correva per raggiungere il resto della folla si fermò con uno scivolone e lanciò un grido eccitato a coloro che erano a portata d'orecchio.

« È lei! L'imperatrice! »

Nigra gli coprì la bocca con una mano e lo scosse per farlo tacere. Il vetturino finse di non aver udito, e guardò Metternich che, senza tante cerimonie, scaraventò dentro la carrozza le altre due donne insieme con Eugenia. Dopo aver chiuso la portiera con un colpo, Metternich fece un passo indietro e la frusta del cocchiere sibilò sopra i cavalli, che fecero un balzo in avanti, portando via le fuggiasche. Erano dirette all'appartamento di un fedele consigliere che abitava in boulevard Haussmann, ma ogni tanto la loro corsa veniva rallentata dalla folla rumorosa che bloccava la carrozza e la tempestava di pugni, senza tuttavia sospettare l'identità di coloro che essa accompagnava. Stéphanie temeva che i suoi nervi cedessero sotto quella tensione e si mordeva sempre più a fondo le labbra per non gridare.

Il consigliere non era in casa, e il frenetico squillo del campanello riecheggiò senza ottenere risposta. Ridiscesero la lunga scala, ed Eugenia decise che sarebbero andati da un altro amico in avenue de Wagram. Stéphanie fu mandata a chiamare una carrozza. Nello stato di tensione isterica in cui si trovava, non si accorse di essere in bilico sull'orlo del marciapiede e cadde, sentendo una caviglia che cedeva. Ma non era il momento di pensare a se stessa e lottò contro il senso di mancamento che le aveva provocato quel dolore lancinante, mentre saliva su una vettura di piazza dietro alle altre dame. Ancora una volta, l'uomo che cercavano non era a casa, e il terzetto, confuso e disorientato, rimase fuori sul marciapiede. Stéphanie si appoggiò con una mano al muro per sollevare il peso del corpo dal piede. La signora Lebreton suggerì di andare dall'ambasciatore americano, ma nessuna di loro ricordava il suo indirizzo privato. Tuttavia, quella proposta procurò a Eugenia un'altra idea.

« Il mio dentista americano! Andiamo là! »

Dovettero camminare, perché erano rimaste tutte prive di

denaro. Stéphanie zoppicava a una certa distanza dietro le due donne, per non attirare l'attenzione su di loro. Era sconvolta dal fatto assurdo che l'imperatrice, fino a poco prima osannata da tutti, fosse ora costretta a bussare invano alle porte e a vagare a piedi per Parigi, non possedendo neppure un franco.

Fallirono per la terza volta. Il dentista si trovava all'ospedale, con un malato grave, ma furono fatte entrare nella sala d'aspetto. Stéphanie cadde semisvenuta per il dolore sul divano e non si volle più muovere. Quando il dottor Evans tornò a casa, rimase esterrefatto nel trovarvi l'imperatrice, che si era rialzata il velo sulla cuffia, in compagnia di altre due dame.

« Sono venuta da lei perché mi trovo in un grande pericolo », gli spiegò. « Non ho nessun altro a cui rivolgermi. Può aiutarmi a partire per l'Inghilterra? »

Il medico ritrovò la voce. « Farò tutto quello che è in mio potere perché lei possa raggiungere la salvezza, signora. »

Durante la notte, Stéphanie non riuscì a dormire per il dolore. Il dottor Evans le aveva fasciato la caviglia, dichiarando che si trattava di una brutta slogatura, e Stéphanie fu costretta a decidere di lasciare che l'imperatrice se ne andasse senza di lei. Non voleva assolutamente ostacolare la fuga di Eugenia e, ora che non poteva neppure appoggiare il piede a terra, avrebbe rappresentato per lei un terribile problema. All'alba, quando l'orologio batté le cinque, Stéphanie ed Eugenia si salutarono. Fu un momento commovente. Stéphanie si trascinò fino alla finestra e scostò la tenda per vedere la carrozza che portava lontano colei che aveva tanto sofferto a causa della Francia, Eugenia delle violette, l'imperiale patronessa di Worth, l'imperatrice della Francia. Era bandita per sempre, e, insieme con lei, l'epoca gloriosa che aveva rappresentato.

Louise avrebbe ricordato quella notte, perché fu allora che iniziò il miglioramento di Catherine. Il respiro si era fatto meno affannoso, la febbre era scesa, e la malata dormiva sonni più lunghi e tranquilli. Louise, alzandosi dal divano, nella stanza di Catherine, dove si era riposata un po', vide dalle prime luci dell'alba che si preannunciava una bella giornata. Si era appena infilata una vestaglia, quando squillò il campanello. Andò ad aprire chiedendosi chi potesse essere a quell'ora così mattutina, e si trovò di fronte un domestico che sorreggeva Stéphanie. La giovane donna aveva un piede fasciato. Senza una parola, Louise si fece da parte per permettere all'uomo di portarla dentro e di deporla sul divano.

« Questi è il cocchiere del dottor Evans », incominciò esitando Stéphanie, mentre Louise guardava l'uomo avviarsi verso la porta. « Il dentista ha accompagnato l'imperatrice a Deauville per metterla in salvo su un battello che la porterà in Inghilterra. Ho molte cose da dirle. »

« Vado a preparare un po' di caffè », la interruppe gentilmente Louise. « Credo che lei abbia passato un brutto momento. »

Stéphanie si trattenne in casa di Louise fino a quando la sua caviglia non fu guarita. Paul-Michel, all'inizio, era molto diffidente nei confronti della moglie di suo padre, e si mostrava ostile e distaccato; ma, a poco a poco, mentre Stéphanie abbandonava la sua riservatezza comportandosi con spontaneità, lui scoprì che era una compagnia piacevole quando giocavano a dama o a carte o a backgammon per scacciare la noia. Il ragazzo andava a far commissioni per lei oltre che per la madre, e ogni giorno Stéphanie scorreva i giornali che il ragazzo le portava, in primo luogo per sincerarsi che non vi fosse il nome del marito, e secondariamente per leggere le notizie che riguardavano la situazione militare. Anche se l'imperatore si era arreso ai prussiani, la Terza Repubblica si era ben guardata dall'imitarlo, e la guerra proseguiva. Parigi si stava trasformando in una fortezza; c'era un continuo afflusso di truppe che univano le loro forze a quelle della Guardia Nazionale e dei gruppi di volontari privi di ogni addestramento. Dappertutto venivano erette difese, migliaia di uomini lavoravano anche per dodici ore filate, e da ogni forte o posizione strategica spuntavano le bocche dei cannoni. Fabbriche di armi erano sorte in ogni edificio utilizzabile, inclusa una parte del Louvre; una stazione ferroviaria era diventata una fonderia e un'altra una fabbrica di aerostati. Inoltre, mandriani e pecorai venivano ogni giorno a far pascolare gli animali al Bois de Boulogne, nei giardini del Lussemburgo, e in tutti gli altri parchi. Nella città, l'allegria e la frivolezza avevano lasciato il posto a una generale determinazione, a un'inflessibilità che sembrava riflettersi nei tristi cieli autunnali.

Stéphanie contattò alcune persone che conosceva, e finalmente ebbe notizie di Pierre. Suo marito era prigioniero di guerra assieme all'imperatore, ed entrambi erano alloggiati in modo confortevole con altri ufficiali imperiali; non si poteva dire altrettanto delle centinaia di migliaia di soldati semplici confinati in tristi campi di prigionia. Immediatamente Stéphanie cominciò a darsi da fare per lasciare Parigi. Non voleva trovarsi bloccata da un eventuale assedio, nel caso che per una fortunata probabilità Pierre fosse stato rilasciato o fosse riuscito a fuggire e a rifugiarsi a casa, nel castello de Gand. Inviò un messaggio al consigliere al cui appartamento l'imperatrice si era recata invano per cercare aiuto. Questi venne a trovarla il giorno dopo, e, quando fu uscito, Stéphanie spiegò a Louise che tutto era sistemato.

« Devo andarmene domani, altrimenti sarà troppo tardi. Ho chiesto al signor Besson di portarmi i documenti necessari per salvaguardare lei, Catherine e Paul-Michel. Voglio che veniate tutti con me. »

Louise scosse il capo con un leggero sospiro. « Catherine non può muoversi dal letto. Non potrebbe affrontare un viaggio del genere. Dobbiamo rimanere qui e far fronte a qualsiasi cosa accada. »

« Allora lasci che venga con me Paul-Michel. Il signor Besson è convinto che l'assedio sarà lungo e duro. Laggiù, nella regione della Loira, il ragazzo sarà al sicuro. Credo che lei debba pensare alla sua salvezza. »

Louise non poté rifiutare quell'opportunità. Chiamò il figlio e lo informò di ciò che aveva deciso, spiegandogli che, una volta iniziato l'assedio, nessuno avrebbe potuto lasciare la città. Lui non sarebbe voluto partire, ma Louise fu inflessibile. Quando sorse l'alba, Paul-Michel salutò Catherine, stringendosi a lei nel dolore della separazione, e Louise non seppe che cosa gli avesse detto, probabilmente lo aveva pregato di chiedere perdono a sua madre prima di partire. Louise lo vide uscire a passi misurati, senza una parola; poi il ragazzo si voltò e corse ad abbracciarla appassionatamente.

« *Au revoir, maman.* »

Louise lo tenne stretto contro di sé e lo baciò sulle guance. Poi il ragazzo si sottrasse al suo abbraccio, corse giù per le scale e salì in carrozza, dove lo aspettava Stéphanie. Louise si sporse dalla finestra e gli fece grandi cenni di saluto fino a quando fu sparito alla sua vista, lottando per ricacciare indietro le lacrime. Due giorni dopo i prussiani completarono l'accerchiamento della città e furono tagliati i fili del telegrafo. Parigi restò isolata.

Adesso che Catherine era migliorata, Louise poté lasciarla sotto la sorveglianza di qualche vicina; questo le dava la libertà di mettersi in fila per ottenere un po' di pane e altre cose necessarie. I prezzi erano saliti fortemente, e molti generi alimentari erano scomparsi; si diceva che fossero stati nascosti in attesa che la domanda facesse alzare ulteriormente i prezzi. Louise, che in precedenza aveva riempito ben bene la credenza di Catherine, decise che nulla doveva andare sprecato, e le tornarono alla mente tutti i modi in cui aveva sbarcato il lunario in passato. La carenza di cibo non l'avrebbe mai più presa alla sprovvista. Era stata addestrata a lungo a badare a se stessa e a coloro che amava.

Quando, dopo vari giorni, riuscì finalmente a recarsi al numero 7 di rue de la Paix, trovò grandi cambiamenti. La clientela era spaventosamente diminuita, perché il crollo dell'Impero e la prospettiva dell'assedio avevano fatto volar via come uccelli migratori un numero incalcolabile di clienti di Worth. Quelle che erano rimaste non volevano più abiti stravaganti. I vestiti scuri erano diventati una regola per le donne; nulla nell'abbigliamento doveva ricordare il minimo legame con il deposto Secondo Impero: ogni donna ben vestita correva il rischio di essere assalita, se si faceva vedere per strada. La povera Marie, che non poteva nascondere l'eleganza di cui erano impregnati i suoi abiti, non osava avventurarsi fuori di casa da sola.

« Un giorno della scorsa settimana ho indossato uno dei miei più brutti vestiti e la mantellina », si lamentò con Louise davanti a una tazza di caffè, « ma avevo fatto solo pochi passi quando alcune rozze popolane hanno cominciato a vociare contro di me. Fortunatamente, Jean-Philippe è venuto in mio soccorso e le ha fatte allontanare, ma io ero davvero terrorizzata. » Alcuni colpi sul pavimento soprastante fecero tintinnare i lampadari, e Marie lanciò un'occhiata verso l'alto. « Abbiamo trasformato gli altri piani in un ospedale di emergenza. La maggior parte delle cucitrici ora preparano bende e fanno l'orlo alle lenzuola, perché non hanno lavoro; per le altre lavoranti non c'è quasi più nulla da fare. Eppure Charles continuerà a pagare il salario ai suoi milleduecento dipendenti fino a quando torneremo di nuovo alla normalità. Dice che sa che cosa significa essere poveri e affamati a Parigi, e che nulla del genere toccherà al suo personale. »

Louise sorrise tra sé, pensando che le sue reminiscenze del passato coincidevano con quelle di Worth. « Mi piacerebbe offrirmi come infermiera », disse. « Ho già ordinato a Ginevra una fascia da braccio con una croce rossa, alcuni grembiuli e una cuffia. Nel frattempo farò il possibile per aiutarvi. »

« Sarebbe splendido », dichiarò Marie.

Il giorno dopo, la prima delle molte sortite della Guardia Nazionale fu diretta contro le linee prussiane. Ciò non servì ad altro che a scoprire come fossero ben difesi i prussiani nelle loro trincee, e le perdite furono ingenti. I primi feriti che arrivarono al numero 7 furono portati su per gli scaloni del lussuoso edificio. Coloro che erano coscienti, dalle loro barelle, sbattevano le palpebre, increduli di trovarsi in quello splendido ambiente pieno di dorature, mentre si sentivano cullare dalla morbidezza dei tappeti che attutivano ogni suono. Tutto sembrava loro incomprensibile, dopo il tanfo, il frastuono e il fango del campo di battaglia coperto di morti. Erano i primi dei molti feriti che sarebbero stati ospitati, curati o che sarebbero morti proprio là dove fino a poco prima non si pensava ad altro che alla perfezione di un orlo o alla scelta di un merletto.

Louise inviava lettere a Paul-Michel e a Will con gli aerostati postali che s'innalzavano durante la notte, sebbene a causa della direzione dei venti nessuno di essi potesse ritornare per la stessa rotta, e gli unici messaggi che entrassero in città furono portati dai piccioni viaggiatori. Non erano buone notizie. Parecchie città si erano arrese al nemico. Altre sortite si erano avute fuori Parigi, ma tutte erano costate un prezzo gravoso: i carri che sfilavano per gli Champs-Elisées carichi di francesi feriti erano uno spettacolo terribile.

Louise, mentre svolgeva senza sosta i suoi doveri di infermiera, non si accorgeva del passare dei giorni e delle settimane, e dell'avvicinarsi di un inverno rigidissimo. Distingueva la domenica solo se le avveniva di gettare un'occhiata fuori in quel giorno e di vedere poche persone che, sfidando la temperatura, passeggiavano come ai vecchi tempi. Uno spettacolo ben diverso da quello dei bei giorni passati. I colori vivaci erano ora solamente quelli delle varie uniformi, e non dei cappelli e degli abiti femminili. Le donne non si soffermavano più a guardare le vetrine dei negozi, perché le merci scarseggiavano, e, al braccio degli uomini, andavano invece a osservare i fucili e le batterie, mentre le giovani e le nubili seguivano la stessa direzione per amoreggiare con le truppe. Di notte le strade non erano illuminate, perché il gas doveva essere risparmiato per le fabbriche di armi e le fonderie, e i teatri erano stati trasformati in ospedali così come le sale da concerto. Mentre le scorte di viveri diminuivano, tutti cominciavano la dura esperienza della fame. I macellai offrivano un tipo di carne mai visto prima, mentre i poveri erano costretti a comperare topi o a prenderli in trappola personalmente per farne stufati. I ristoranti offrivano strani piatti che andavano dalla carne di cavallo alla capra, a bistecche ricavate da qualche animale feroce macellato al giardino zoologico. Solo il vino era abbondante, perché le cantine di Parigi erano le migliori del mondo, e l'ubriachezza era piuttosto diffusa. Ogni animale che vagasse per le strade, persino i cavalli che si vedevano tra le stanghe dei veicoli civili e i cani, svaniva misteriosamente, per non parlare dei gatti, che ricomparivano come « conigli di città » sulle bancarelle del mercato. Worth, che aveva il rispetto appassionato dell'inglese per i bei cavalli, teneva una persona giorno e notte a guardia dei suoi purosangue, deciso a non farseli rubare, perché sarebbero certamente finiti sul bancone di marmo di qualche macellaio. Per quanto lo riguardava, dichiarò che sarebbe morto di fame piuttosto che mangiare una pietanza preparata con un animale che gli fosse familiare.

« Hai ragione, caro », lo rassicurava Marie. La massaia francese che era in lei era sicura che, se una situazione così dispesarata avesse coinvolto anche la famiglia Worth, ella avrebbe saputo mascherare il contenuto di una casseruola con vino ed erbe profumate. D'altra parte, tutto poteva accadere. Non c'era quasi più grano nei magazzini, e tutto il bestiame era stato macellato. Neppure i ricchi avrebbero potuto comprare quello che non c'era.

Louise era tra quelle donne che dovevano fare la fila fuori delle panetterie per acquistare il pane, che era diventato nero e duro a causa della poca farina bianca contenuta in esso; e doveva aspettare il proprio turno con pazienza in altre code per avere la fortuna di comperare un prezioso uovo o un po' di verdura. Ciò che costava pochi centesimi in tempo di pace ora valeva molti franchi. Il suo problema principale era riuscire a mantenere calda almeno una stanza nell'appartamento per la convalescenza di Catherine, che non doveva assolutamente prendere freddo. Come se non fosse già abbastanza difficile sopportare quegli stenti, era arrivato un inverno tra i più gelidi che si potessero ricordare, che incrostava i vetri delle finestre di ghiaccio e costringeva a camminare con precauzione; a molte persone capitava di infortunarsi, aggiungendo alle loro privazioni qualche osso rotto. Le truppe non se la passavano meglio; le sentinelle venivano trovate irrigidite dalla morte al proprio posto; e con un tempo simile nessun piccione poteva volare, così che la città era rimasta priva di notizie dall'esterno. Mai come allora Louise aveva avuto la sensazione di essere tornata indietro, agli inizi della sua vita. Si ritrovò anche, come durante l'infanzia, a raccogliere legna nel bosco, là dove le piante, protette dagli arbusti, erano più asciutte che altrove. Dopo che il governo aveva permesso di abbattere gli alberi per procurarsi la legna da ardere, a poco a poco l'intera zona era rimasta brulla e lungo i marciapiedi non c'era più neanche una di quelle piante che l'estate precedente avevano offerto una fresca ombra con le loro foglie.

Erano solo le otto del mattino del nuovo anno 1871, quando Worth, senza preoccuparsi dell'aria gelida, uscì per recarsi alla chiesa di St.-Clotilde, portando con sé Marie e i figli. Indipendentemente dal fatto che per i suoi momenti di spontanea meditazione era solito scegliere un luogo di culto qualsiasi, fin dal suo arrivo a Parigi aveva instaurato l'abitudine di questo annuale pellegrinaggio, nel quale si era sempre portato dietro la moglie e i figli, questi ultimi fin dalla loro più tenera infanzia. Trascorreva tre quarti d'ora, controllati sul suo orologio d'oro, né un minuto di più né un minuto di meno, seduto nella chiesa deserta, assorto in meditazione e in ringraziamenti. Assai rinfrancato, si alzava allo scoccare del secondo stabilito e guidava la famiglia fuori della chiesa. Quel mattino stavano scendendo la gradinata, quando Jean-Philippe scorse un figura ben nota, che reggeva un pesante sacco di legna.

« C'è la signora Prestbury! » esclamò. Facendo gli ultimi scalini di corsa, le si precipitò incontro. Gli altri lessero sul viso di Louise sorpresa e gratitudine quando lui si caricò il sacco sulle ampie spalle giovanili. Marie si affrettò a raggiungerli.

« Compi ogni giorno questo duro lavoro prima di venire a curare i feriti? » chiese Marie, premurosa. Louise sorrise e si strinse nelle spalle, spiegando le ragioni che la costringevano a farlo. Subito Marie insistette perché Catherine fosse trasferita al numero 7, dove c'erano ancora due o tre stanze libere e una buona riserva di carbone e di ceppi con cui scaldare l'intera casa per tutto il resto del freddo inverno.

Quello stesso giorno, Catherine, che non poteva reggersi in piedi a lungo, fu trasportata, su una barella presa a prestito dall'attrezzatura dell'ospedale, nella calda e comoda stanza ammobiliata che Marie le aveva offerto. Tutto divenne dunque molto più facile per Louise, e la sollecitudine di Marie salvò la sua vita e quella di Catherine, perché, quando i prussiani cominciarono a bombardare la città negli ultimi quattro giorni, la casa in cui avevano abitato fu tra i primi edifici distrutti.

Il bombardamento continuò per tutto il giorno, e il mattino dopo ricominciò di nuovo. I cannoni tedeschi furono poi trasportati in un'altra parte della città e fu subito chiaro che con il passare dei giorni nessuna zona di Parigi sarebbe stata risparmiata. I cannoneggiamenti avvenivano senza discriminazione. Chiese, ospedali, scuole erano tra gli edifici danneggiati o rasi al suolo. Ampi crateri si aprivano nelle vie e creavano il deserto nei parchi, mentre il rombo del cannone e i fischi dei proiettili producevano un'orribile accozzaglia di suoni che non cessava quasi mai. In mezzo a tutto ciò, gli agitatori comunardi tentavano di sollevare la popolazione contro il governo, cercando di instaurare una Comune che lo sostituisse, e Worth uscì in strada per strappare i manifesti rossi che erano stati affissi ai muri del suo edificio.

« Banditi! » urlava pieno d'ira. « Banditi rossi! » Aveva conservato lealtà e affetto verso l'imperatore deposto, che era ancora prigioniero di guerra, e verso l'imperatrice esiliata. Aveva deciso di mandare un mazzolino di violette francesi a Eugenia a ogni anniversario del suo esilio, sino alla fine della vita.

Louise era sempre più contenta di aver mandato Paul-Michel in un luogo sicuro. In quelle condizioni di vita, il tasso di mortalità infantile era spaventosamente alto, e poi il collegio St.-Nicholas, al quale avrebbe dovuto far ritorno non appena fossero state riaperte le scuole, era stato colpito in pieno nel corso di una notte di bombardamenti, uccidendo alcuni ragazzi che si trovavano nel dormitorio. Louise fu profondamente sconvolta da questo incidente. Ma, nel complesso, il morale dei parigini era alto. Scherzavano sul cambiamento di dieta e sulle altre privazioni che dovevano sopportare, anche se a poco a poco la gente cominciò ad apparire angosciata e macilenta come la città danneggiata. La denutrizione, il freddo e le malattie costituivano un pedaggio mortale più alto delle vittime provocate dai bombardamenti. Sebbene i ricchi potessero ancora mettere in tavola qualcosa da mangiare, la maggior parte dei parigini campavano con pane, vino e caffè. Poi la farina cominciò a scarseggiare, e il panico prese il sopravvento. Parigi si trovava alle prese con la carestia, però si stava organizzando una grande sortita.

Louise si trovava alla finestra con Marie quando passò la misera schiera che marciava incontro al nemico. Centinaia di volontari civili, tra i quali ragazzi e uomini anziani, ingrossavano le file della Guardia Nazionale, che si portava dietro le provviste in una fila eterogenea di vetture di piazza, omnibus e carri da trasporto. Non ci poteva essere contrasto più stridente, se si confrontavano quei combattenti con le splendide e fastose truppe imperiali che un tempo avevano abbagliato la città, e tuttavia quello spettacolo ridestava l'orgoglio e la speranza dei parigini. Lungo la strada tutti applaudivano quei coraggiosi in marcia. Quando l'ultimo di essi fu scomparso alla vista, Marie e Louise andarono a rifare i letti liberi ai vari piani dell'ospedale improvvisato e a calcolare il numero di quelli di cui si poteva disporre, quando la battaglia avesse provocato le sue conseguenze.

Fu una disfatta di proporzioni incredibili. L'unica cosa chiara fu la capitolazione di Parigi. I feriti, coperti di fango e inebetiti, continuavano ad arrivare come una fiumana; coloro che erano rimasti illesi tornavano indietro barcollanti in gruppetti sparsi, esausti, avviliti e in un tale stato di sfinimento che molti crollavano per strada e venivano soccorsi dai negozianti e da coloro che erano al loro fianco. Al numero 7, Louise e le altre infermiere correvano su e giù senza sosta. Anche Catherine, sebbene fosse ancora convalescente, aiutava a suo modo confortando i morenti. Tra questi c'era Henri Berrichon. Lui non l'aveva riconosciuta, ormai perduto negli spasimi della morte; ma al momento di esalare l'ultimo respiro si aggrappò alla sua mano, e lei lo baciò sulla fronte e gli chiuse gli occhi.

XXIV

La Francia si era arresa. Bismarck, come se volesse umiliarla ulteriormente nell'ora della sconfitta, pretese una simbolica occupazione di Parigi. Il governo non aveva scelta e dovette acconsentire. Il giorno in cui i prussiani celebrarono il loro ingresso a Parigi, ostentando la loro vittoria, Marie e Louise chiusero tutte le persiane delle finestre del numero 7. In tutta la città fu fatto altrettanto, negozi e caffè tennero le saracinesche abbassate o fecero circolare la voce che i prussiani non sarebbero stati serviti. Seicento principi tedeschi e altri ufficiali di nobile famiglia, risplendenti nelle vivaci uniformi e negli elmi scintillanti, sfilarono alla testa di una enorme colonna di truppe a cavallo e a piedi lungo gli Champs-Elysées. In un silenzio carico d'odio e di ostilità, la folla li guardava passare. Quando i conquistatori se ne andarono, qualche giorno dopo, si lasciarono dietro un amaro senso di umiliazione che sollevò larghi strati di popolazione contro il governo.

Louise, ansiosa di riunirsi a Paul-Michel, non si accorse dell'addensarsi di nuove nubi, e gli mandò una lettera in cui diceva che auspicava il suo immediato ritorno. Il lungo ritardo della posta era cessato quando la città aveva ricominciato a ricevere rifornimenti. Le arrivò parecchia corrispondenza di Will: la informava che il suo negozio era ancora florido, che lui stesso, in sua assenza, aveva promosso una delle sue protette, incaricandola del lato creativo dei modelli. Diceva a Louise che gli mancava, che l'amava e che era ancora il suo devoto Will. Louise si commosse, ma fece scivolare le lettere nelle buste dopo averle lette una sola volta, e nella sua risposta non accennò a un eventuale ritorno in Inghilterra. Dopo essere passata attraverso i terribili avvenimenti che avevano sconvolto Parigi, come avrebbe potuto lasciarla in quel momento?

Quando giunse una lettera di Paul-Michel, Louise lacerò la busta per aprirla più in fretta e leggervi la data del suo arrivo. Non la trovò. Lui scriveva invece dei cavalli che cavalcava, della scuola che frequentava ogni giorno e degli amici che aveva trovato. Arrivò all'ultimo paragrafo: « Non voglio ancora tornare a Parigi, sebbene abbia tanto desiderio di rivedere te e zia Catherine. Ora che i prigionieri di guerra sono stati rilasciati e che l'imperatore è andato in Inghilterra a raggiungere l'imperatrice e il principe imperiale in esilio, mio padre è sulla via di casa e mi piacerebbe trascorrere alcuni giorni con lui prima di lasciarlo. Per favore, scrivimi e dimmi se posso rimanere un po' più a lungo. Il tuo affezionato e obbediente figlio, Paul-Michel ».

Louise rispose immediatamente, concedendo il permesso, senza accennare alla sua acuta delusione. Per fortuna era molto occupata a cercare un altro appartamento per Catherine e per lei. L'idea di trovare una sistemazione in città le offriva una specie di sostegno, e, con tutti gli edifici distrutti o danneggiati, la ricerca non era facile. Marie insisteva nell'assicurare che non c'era poi così urgenza di traslocare dal numero 7, e Louise gliene era grata. I saloni stavano per essere riportati alle loro condizioni originali, mentre i pazienti in parte erano tornati a casa e in parte venivano trasportati negli ospedali intorno a Parigi per cure più approfondite. Worth aveva cominciato a tirar fuori sete e rasi dai magazzini. Conosceva le donne abbastanza bene per capire che nulla riusciva a sollevarne il morale più di un vestito nuovo, e già aveva ricevuto la visita di una cliente che, sfidando i rigori del tempo, indossava i leggeri indumenti estivi che lui le aveva confezionato durante l'assedio.

« Non sarei riuscita a farmi vedere con un abito invernale non creato da lei, signor Worth », spiegò la cliente.

« Ah, Madame », rispose Worth con un sorriso di soddisfazione. « È con animo pari al suo che Parigi risorgerà di nuovo. »

Ma non era ancora il momento. Durante una violenta insurrezione, i comunardi s'impadronirono del potere, e il governo fu costretto a trasferirsi a Versailles. Dappertutto a Parigi la bandiera rossa sostituì il tricolore, che fu fatto a brandelli e calpestato. Da Versailles il governo inviò le proprie truppe, e ne scaturì una guerra civile, per evitare la quale Eugenia aveva sacrificato la dinastia imperiale. Lo scontro fu il più sanguinoso cui la città avesse mai assistito. I comunardi alzarono le barricate lungo le strade, anche in rue de la Paix, e il sibilo delle fucilate e il rombo del cannone risuonavano notte e giorno. Louise pensava che i suoi concittadini fossero impazziti. Non c'era altra spiegazione per quella carneficina, in cui i francesi spargevano sangue di altri francesi per tutta la città. Worth non permise né a lei né alle donne del personale di metter piede fuori dell'edificio. Il numero 7 diventò di nuovo un posto di pronto soccorso allorché un disciplinato gruppo di rappresentanti di pace, che reggevano alcuni vessilli e supplicavano che si deponessero le armi, furono falciati dai comunardi davanti alla casa di Worth. I feriti furono portati dentro e curati fino a quando i loro parenti vennero a prenderseli.

L'incidente attirò la sgradita attenzione della Comune su Worth e la sua famiglia. Un gruppo di comunardi cominciò a bussare violentemente alla porta per entrare. Worth non voleva aprire l'ampio portone a quella plebaglia, e si rivolse loro dalla balconata, lungo la quale, proprio sopra l'ingresso, campeggiava il suo nome in lettere dorate.

« Che cosa volete? » chiese con alterigia, mentre ogni centimetro della sua cravatta a farfalla e della sua marsina dal colletto di velluto emanava l'aura del grande sarto.

Un massiccio comunardo, barbuto e con gli occhi penetranti, faceva da portavoce ai compagni: si piantò a gambe larghe, piegandosi leggermente indietro per guardare in su, verso Worth, con aria combattiva.

« È ora che ci diate un appoggio attivo. Abbiamo bisogno di tutti gli uomini. Le mostrerò come usare una di queste, se già non lo sa. » Agitò la carabina che aveva in mano, tenendola per il calcio, e la baionetta scintillò al riflesso della grigia luce. « C'è posto per lei ai pezzi d'artiglieria della place Vendôme, a solo un tiro di pietra dalla sua casa. »

Per qualche secondo Worth rimase senza parole per l'affronto. Fare una simile richiesta a un uomo la cui costante lealtà all'imperatore e all'imperatrice non sarebbe mai venuta meno! « Io sono inglese! » rispose, sfidando con lo sguardo i visi rivolti verso di lui, senza dissimulare il proprio disprezzo. « Le vostre attività rivoluzionarie non mi riguardano. »

Si girò per tornare dentro, ma il comunardo lo fermò con un grido aspro. « Aspetti, inglese! Lei ha un figlio grande. Si chiama Gaston, credo. »

Worth ritornò alla balaustra. Sapeva che alcuni comunardi avevano cercato di convincere il figlio diciassettenne a unirsi a loro. Proprio il giorno precedente, Gaston, pallido in viso e pieno di rabbia, era entrato in casa come un uragano, dichiarando che sarebbe morto per la Francia, ma non avrebbe mai preso le armi per difendere l'odiata Comune.

« E allora? » chiese Worth, con un tono gelido.

Il comunardo mostrò i denti gialli in un sorriso falsamente gentile. « Gaston non può affermare di essere inglese. Non con una madre francese. Nelle sue vene c'è abbastanza sangue francese da permettergli di stare con noi alle barricate in questa lotta per la libertà. »

« Libertà di massacrare gli innocenti e coloro che vengono a chiedere la pace! » ruggì Worth in tono accusatorio, dato che la spaventosa scena di cui lui e la sua famiglia erano stati testimoni poco prima dalla loro casa era ancora ben impressa nella sua mente. Sotto di lui, il viso del comunardo perse la sua affabilità e divenne congestionato, mentre una vena del collo massiccio gli s'ingrossava.

« Recluto Gaston Worth nel nome della Comune! »

Worth calò un pugno sulla balaustra, facendola risuonare. La collera lo divorava. « Lei non ha l'autorità per arruolarlo nelle sue file! »

« Si sbaglia », ringhiò il comunardo, il cui malumore stava diventando pericoloso. « Come le ho detto, abbiamo bisogno di rinforzi, sia di uomini sia di armi, e suo figlio è proprio il tipo di giovanotto che cerchiamo. Ora che ci penso, lei ha anche un altro figlio più giovane. L'ho visto. È un tipo alto e forte. Arruolo anche lui. Ce li mandi giù tutti e due, inglese! »

« Mai! »

Il fucile fu agitato in modo inquietante. « Penso che lei lo farà. Sarebbe spiacevole per tutti coloro che si trovano nel suo palazzo, se dovessimo entrare per portar via le nostre due nuove reclute. »

Era una terribile minaccia. Worth era al corrente degli stupri e degli assassinii che erano avvenuti in altri casi in cui i comunardi si erano introdotti con la violenza negli edifici in cui avevano incontrato resistenza. Alzò le spalle nel parossismo della collera, ma si dominò cercando di rispondere con calma. « Benissimo », rispose parlando a fior di labbra. « Tutto ciò che chiedo in cambio è che lei conceda loro alcuni minuti per riunire ciò di cui hanno bisogno. Devono prendere abiti e provviste. »

« Così va meglio », lo schernì il comunardo, appoggiato dalle risate fragorose dei suoi compagni. « Già che ci siete, raccogliete anche altra roba da mangiare per noi, e unite le migliori bottiglie che avete in cantina. »

Worth si tirò indietro immediatamente. Nella stanza, da dove avevano udito ogni cosa, Marie tratteneva con la mano il braccio di Gaston, che non riusciva a dominare l'irritazione e aveva un'espressione spaventata, come quella di Jean-Philippe. C'era anche Louise, che appariva pallida come la moglie di Worth. Il sarto respirò profondamente, poi parlò con voce calma e decisa.

« Indossate i vostri mantelli, e nient'altro. Dobbiamo uscire immediatamente dalla porta del personale che dà sulla strada attigua, uno alla volta per non attirare l'attenzione. » Si rivolse a Louise. « Tu e la signorina Allard dovete venire con noi. Non sarà piacevole farsi trovare qui, quando i comunardi scopriranno che noi ce ne siamo andati. »

« Non posso portare Catherine molto lontano, a piedi », rispose Louise, « ma penso di riuscire a farla camminare lungo la via sul retro fino all'albergo. Entreremo dalla parte delle cucine e prenderemo una stanza là per il momento. »

Mentre Jean-Philippe e Gaston correvano ad avvertire il personale che si trovava nell'edificio, Worth si riempì le tasche con tutto ciò che c'era in cassaforte, provvide perché Louise avesse il denaro che le serviva, e poi guidò il gruppetto di persone a lui affidate attraverso tutto il palazzo del numero 7, che non aveva una porta sul retro, finché sbucò nell'edificio annesso in cui si trovavano gli alloggi del personale e scese dabbasso. Jean-Philippe uscì per primo, seguito un momento dopo da Marie e da Gaston. Anche il personale si disperse all'esterno. Quando Worth si fu assicurato che Louise e Catherine avevano raggiunto l'ingresso delle cucine sul retro dell'albergo di rue de la Paix, scomparendo all'interno, corse a raggiungere la famiglia. Si incontrarono in un vicolo a distanza di sicurezza, e, attraverso un cammino tortuoso che evitava i luoghi in cui si svolgevano gli scontri, raggiunsero i sobborghi settentrionali della città. Percorsero una parte del tragitto su una vettura a nolo e una parte in treno fino a Le Havre, pronti a imbarcarsi per l'Inghilterra non appena se ne fosse presentata la necessità. Trovare un alloggio risultò difficile; molti altri che simpatizzavano per l'imperatore erano nelle stesse condizioni e affollavano le città costiere in attesa dell'evolversi degli eventi, con la stessa idea degli Worth. Il sarto riuscì infine a sistemare la famiglia in un appartamento di fronte al porto; poi cominciò a chiedersi quando avrebbe potuto rivedere Parigi.

Louise e Catherine si stabilirono in albergo. Esso offriva una certa garanzia di sicurezza alle due donne, che non avevano necessità di avventurarsi fuori della porta. Là alloggiavano anche alcuni giornalisti stranieri, che davano la possibilità a Louise di tenersi al corrente degli sviluppi della situazione. Il governo continuava a impegnare truppe fresche nella lotta per liberare Parigi. I comunardi, sentendosi prossimi alla sconfitta, appiccavano il fuoco ai più antichi e ai più grandiosi edifici. La cattedrale di Notre-Dame sfuggì all'incendio per pura fortuna. Furono rovesciati barili di pece liquida infiammata nella Sala dei Marescialli alle Tuileries, dove una volta la principessa di Metternich aveva esibito il primo abito di Worth, davanti a una riunione di brillanti invitati. Le fiamme divorarono il grande palazzo, e tutto il cielo sopra la città splendette di un rosso sinistro.

Quando fu di nuovo instaurato l'ordine, il tricolore riprese a sventolare su Parigi. Worth e la sua famiglia tornarono al numero 7, dove non riscontrarono danni eccessivi. I comunardi si erano limitati ad appiccare il fuoco alle finestre, quando si erano accorti che i figli di Worth li avevano gabbati.

Dappertutto nella città si stava ricominciando a vivere. I negozianti avevano alzato le saracinesche tutte sforacchiate dalle pallottole, e i proprietari dei caffè mettevano fuori tavoli e sedie sotto le tende rappezzate in tutta fretta. Ovunque si udivano le allegre musiche delle orchestrine. Le strade venivano sgombrate dalle macerie ed ebbe inizio la lunga opera di restauro degli edifici. In rue de Rivoli e in altre vie che erano state completamente distrutte dal fuoco, si trovavano già gli architetti con in mano nuovi progetti.

Louise trovò un appartamento sugli Champs-Elysées, con un balcone dal quale Catherine poteva osservare la gente che passava. Una vedova di mezza età, che aveva perduto il marito durante l'assedio, fu lieta di accettare il posto di governante e dama di compagnia. La donna e Catherine stavano bene insieme, perché anche la vedova era stata una sartina, e avevano dunque molte cose in comune. Louise, accingendosi a raggiungere Tours in treno per andare a prendere Paul-Michel, sorrideva udendo il loro allegro cicaleccio, mentre calzava il cappellino ornato di fiori. Worth, per l'occasione, le aveva confezionato un abito in pizzo *mignonette*, in una delle sue deliziose sfumature di colore che non era né grigio né verde ma sembrava ora l'uno ora l'altro.

Louise andò a salutare Catherine. « Paul-Michel e io saremo a casa al più tardi domani sera, quindi non preoccuparti », le disse, baciando la vecchia amica sulle guance prima di lasciarla. Il sorriso le indugiava ancora agli angoli della bocca mentre usciva nella radiosa giornata di giugno per raggiungere una carrozza che la portasse alla stazione. Aveva scritto a Paul-Michel che sarebbe andata a prenderlo e sapeva che il figlio sarebbe stato felice quando lei gli avesse rivelato che aveva in mente di aprire una sartoria a Parigi sul tipo di quella di Londra, che invece avrebbe continuato a lasciare sotto l'abile direzione di Mademoiselle Brousseau. Worth l'aveva consigliata di non prestare attenzione a quei pessimisti che profetizzavano una lenta ripresa economica di Parigi.

« E invece Parigi si riprenderà presto », aveva insistito, « e il nostro settore commerciale sarà il primo a spiccare il volo. Le donne non rinunciano agli abiti nuovi. Hai visto come le mie clienti americane hanno già cominciato a tornare da me con la loro *fiducia*, il loro *portamento* e i loro *franchi*. » Le aveva sorriso attraverso lo specchio: stavano infatti conversando durante la prima prova di un abito di pizzo. « Hanno *fiducia* in me perché sanno che io farò loro un abito che nessun altro potrebbe eseguire, hanno un *portamento* su cui io posso modellare splendidi abiti, e infine non ci sono limiti alla quantità di *franchi* che possono pagare per questo privilegio. Ti assicuro che gente di ogni parte del mondo verrà sempre ad affollarsi a Parigi alla ricerca di tutto ciò che è allegro, inutile e frivolo. Ringrazio Dio per questo. Un'oasi in un deserto di mediocrità. Nessuno è mai venuto o verrà mai in questi boulevard per altro che non sia il piacere. »

Basandosi su questo incoraggiante parere, Louise si era guardata intorno per trovare il luogo adatto e aveva messo gli occhi su un negozietto in rue Castiglione che stavano restaurando perché danneggiato dal fuoco. In seguito si sarebbe allargata fino ad arrivare in rue de Rivoli. Sapeva che là avrebbe dovuto affrontare una forte concorrenza. Quando Worth aveva lanciato il suo salone, c'erano solo poche sartorie, ma da allora ne erano spuntate a centinaia, e Parigi ne aveva tratto solidi vantaggi. Come aveva detto Worth, la moda, con la bellezza e la felicità che creava, era essenziale al benessere del mondo più di qualsiasi altra cosa che avesse un interesse generale e pratico.

Il treno la portò a Tours. Trascorse la notte in albergo, e il mattino dopo uscì per raggiungere il castello de Gand. Il tempo era ancora più bello di quello della giornata precedente e lei compì il tragitto in una carrozza scoperta all'ombra del proprio parasole, mentre la tiepida brezza faceva ondeggiare i petali del suo cappellino e il colletto arricciato del nuovo vestito. Era dominata da un tal desiderio di vedere Paul-Michel che nessun'altra cosa la preoccupava quel giorno. Non si aspettava di vedere Pierre. Stéphanie era stata avvertita del suo arrivo, e Louise non aveva dubbi che in quell'occasione sarebbe stato evitato un incontro tra loro. Le cose si sarebbero svolte nel modo migliore. Il castello de Gand era territorio di Stéphanie. Nessun'altra donna aveva diritti là dentro.

Il castello era di epoca medioevale, ampio e turrito; sorgeva su un pendio alberato e da ogni finestra si dominava la campagna. Il viale era lungo più di un chilometro e Louise passò tra prati di un bel verde splendente e davanti a uno stagno che precedeva il cortile d'ingresso e l'ampia entrata. Si era immaginata che Paul-Michel si sarebbe precipitato giù dallo scalone per correrle incontro, ma non lo vide. Fu assalita da un cattivo presentimento. Sentiva il cuore batterle disordinatamente, mentre veniva introdotta in una stanza riccamente arredata dove Stéphanie l'attendeva. Fu accolta con tutta la calda gentilezza dovuta alla loro ambigua amicizia, originata dall'amore per lo stesso uomo.

« Come sono felice di rivederla, Louise. Il mio pensiero è stato con lei per tutto il tempo di quel terribile assedio e durante la dura esperienza della Comune. Si sieda. Ho ordinato qualcosa per ristorarla. Ci sono stati alcuni scontri con i prussiani non lontano da qui, ma non abbiamo avuto altro disturbo che il lontano rombo delle cannonate. »

Louise era seduta sull'orlo della sedia. « Come sta Paul-Michel? Sta bene? »

Stéphanie si affrettò a tranquillizzarla. « È un ragazzo robusto, pieno di salute. Ed è cresciuto. Sono certa che sarà sorpresa nel vedere quanto è diventato alto. Voleva rimanere qui ad accoglierla, ma io desideravo avere l'opportunità di parlare prima con lei, così è uscito per la sua solita cavalcata mattutina con Pierre. »

« Paul-Michel cavalca bene », osservò Louise con inconscio orgoglio.

« È vero. È un cavaliere nato. » Stéphanie ebbe un attimo

di esitazione. « Proprio come Pierre. In realtà, ogni giorno che passa il loro vincolo diventa sempre più evidente. »

Louise non riusciva a reprimere la sensazione che le cose non andassero come avrebbero dovuto, sebbene non potesse stabilire con esattezza ché cosa ci fosse di sbagliato. « Spero che Pierre non abbia riportato alcun danno fisico durante la sua prigionia presso i prussiani. »

« Nessuno. Essendo il figlioccio dell'imperatore, ha ricevuto lo stesso trattamento e gli stessi riguardi del suo padrino. Siamo profondamente rattristati che i bei giorni del Secondo Impero siano finiti per sempre. Come saprà, le Cento Guardie si sono disperse e Pierre non ha più alcuna ragione per ritornare nell'esercito. Lui era leale all'imperatore e lo rimarrà sempre. Ora dedica cervello ed energie alla sua terra e ai suoi vigneti, oltre che alle proprietà che possiede in questa regione e a Parigi. »

Fu portato un vassoio con caffè e pasticcini. La conversazione fu interrotta, mentre veniva servita la bevanda. Louise sentì la tazza e il piattino che teneva in mano tintinnare a causa del tremito che la pervadeva. Che cosa c'era che non andava?

« Quando vedrà Paul-Michel », riprese Stéphanie, « le farà una richiesta. Mi ha fatto promettere di non anticiparle nulla, ma la imploro per il bene del ragazzo e di Pierre di acconsentire a quello che le chiederà. »

Adesso era tutto chiaro. Louise sapeva senza ombra di dubbio che cosa le sarebbe stato chiesto, e il dolore esplose dentro di lei. Depose la tazza con cura calcolata, poi appoggiò in grembo le mani strettamente avvinte. Temeva che lo shock le facesse battere i denti, ma riuscì a risparmiarsi quell'imbarazzo. Le sue labbra sembravano incapaci di muoversi. « Non cederò mio figlio. »

Anche Stéphanie era sul punto di crollare. Si chinò in avanti e le afferrò le mani con aria implorante. « Non prenda una decisione in questo momento », supplicò con voce commossa. « Non prima di aver udito ciò che lui ha da dirle. »

Louise non riuscì a far altro che fissarla. « Non glielo cederò », ripeteva con voce atona.

La voce di Stéphanie vibrò. « È anche figlio di Pierre. Io non potrò mai avere figli. Non ci sarà più un altro della generazione di Paul-Michel in questa casa a portare il nome dei de Gand. Lo lasci crescere nei luoghi a cui appartiene. Le sue radici sono qui. Non lo strappi a Pierre. » Un singhiozzo le si spezzò in gola e Stéphanie si coprì gli occhi con una mano.

Poco lontano si udì una porta sbattere, seguita da un rumore di passi in corsa. Paul-Michel irruppe nella stanza. « Mamma! » gridò con voce gioiosa.

Si precipitarono l'uno nelle braccia dell'altra. Si strinsero, risero felici, parlarono contemporaneamente e si fecero un mucchio di domande. Tenendo il viso del figlio tra le mani, Louise intercalava ogni frase con una serie di baci sulla fronte, prima di stringerlo di nuovo contro il suo seno. Quando si separarono, videro che Stéphanie aveva lasciato la stanza. Mentre gli raccontava di Catherine e della nuova casa, Louise rimase in piedi per fargli capire che era pronta per ripartire con lui. Lanciò un'occhiata all'orologio sulla mensola del caminetto.

« C'è un treno per Parigi che parte da Tours alle tre. Se prepari subito la tua roba, possiamo prenderlo comodamente. »

Lui aggrottò la fronte, dirigendosi verso il carrello del caffè. Con aria assente, afferrò un pasticcino color rosa e gli diede un morso. « Vorrei che prima parlassimo un po'. Per favore, siediti, mamma. Non ci vogliono che tre quarti d'ora per raggiungere la stazione. C'è un mucchio di tempo. »

« Possiamo parlare strada facendo... »

« *Ti prego!* » la interruppe, con un'occhiata supplichevole.

Louise sedette, cercando di conservare un'espressione distaccata. « Dobbiamo parlare della tua scuola a Parigi? Il direttore del collegio St.-Nicholas vorrebbe che tu riprendessi di nuovo... »

« Si tratta proprio di questo », affermò Paul-Michel deciso. « Non voglio lasciare la scuola che frequento ora. Ho un ottimo profitto e mi sono fatto molti amici. »

« Ciò significherebbe rimanere qui », replicò lei debolmente, « e sono certa che non possiamo approfittare più a lungo della generosa ospitalità che hai già ricevuto per parecchi mesi. »

Il ragazzo si volse verso di lei con aria indignata. « Non si tratta di ospitalità. *Questa* è la mia famiglia. La signora Stéphanie mi ha detto così la prima volta che sono arrivato al castello con lei. Mia nonna, che abita nella casa che si è portata in dote, mi ha detto la stessa cosa quando mi ha raccontato dei miei antenati, i cui ritratti sono appesi nella galleria. Io appartengo a questa casa. »

A Louise mancò il respiro e fu attraversata da un tremito. « Che cosa dice tuo padre? »

Paul-Michel le rispose con voce pacata. « Vuole che io rimanga. Gli piacerebbe che cambiassi il mio cognome con il suo. Sa che non c'è nessun altro posto al mondo che mi piaccia quanto questo. » Emise un lungo sospiro. « Ma insiste a dire che tutto dipende da te. Devo ottenere la tua piena approvazione. Non mi terrà con sé contro il tuo volere. »

Louise abbassò lo sguardo sulle mani per nascondere al figlio la propria angoscia. Sul suo guanto bianco c'era una macchiolina di caffè, caduta dalla tazza che aveva afferrato tremando. La fregò con la punta di un dito. « Non so che cosa dire. Non sono in grado di pensarci per il momento. »

Paul-Michel andò ad accoccolarsi davanti a lei per guardarla in viso. « Verrò a trovarti a Londra. Trascorrerò le vacanze con te come avevamo progettato quando frequentavo la scuola a Parigi. Tu sei sempre così occupata che non ti accorgeresti della mia assenza. »

Scoprì allora quanto poco tempo aveva passato con lui. Se il destino avesse deciso di farle mettere al mondo altri figli, non avrebbe più ripetuto lo stesso errore. Aveva sacrificato l'unico rapporto che avrebbe dovuto custodire gelosamente, nella sua lotta per raggiungere l'indipendenza per sé e la libertà per il figlio. Ora lui aveva trovato le proprie radici. Aveva cementato quel legame filiale tra padre e figlio che lei aveva sempre auspicato. Il ragazzo era entrato nella vita di Pierre, e lei non poteva più separarli. Aveva letto una volta che il coraggio era la debolezza sostenuta dalla preghiera. Be', lei ora doveva pregare per trovare la forza di non rovinare tutto. Paul-Michel non doveva affrontare la vita con sensi di colpa nei suoi riguardi. Louise alzò la testa lentamente e incontrò gli occhi ansiosi del ragazzo. Gli rivolse un rassicurante sorriso, che rifletteva tutto il suo amore per lui.

« Ti do il permesso di restare con tuo padre. Ciò mi sarà di molto aiuto. Come sai, sembra che non mi avanzi mai tempo per niente o per nessuno quando arrivano le ordinazioni dell'inizio della stagione. Ma, quando avrai le vacanze, sarò ben felice di fare una sosta e di sistemare il lavoro in modo da poter godere anch'io di una meritata vacanza. » Si fece più animata. « Ci divertiremo. Andremo dove vorrai. Al mare. Sulle Alpi svizzere. Alle Piramidi. Sulla luna! »

Paul-Michel scoppiò a ridere, e Louise si unì a lui. « Sì, faremo tutte queste cose, mamma. »

Solo per poco, pensò lei. Dopo, lui avrebbe cercato persone della sua età come compagni di strada, ed era giusto. Per il momento lei doveva pensare solo a sorridergli.

« Devo salutarti, adesso. È tempo che me ne vada davvero, e, dopo che sarò partita, potrai dire a tuo padre e a sua moglie che abbiamo deciso tutti e due in pieno accordo che è meglio per tutti che tu rimanga qui. »

Lui la guardò uscire e allontanarsi in carrozza verso i cancelli; poi la salutò con la mano finché la strada descrisse una curva e gli alti alberi gliela nascosero alla vista. Louise aveva capito che il ragazzo viveva con profonda emozione quel momento del distacco, ma il sorriso sul proprio volto era rimasto intatto. Solo allora poté mutare espressione, scossa da un tremito. Si lasciò cadere all'indietro contro l'imbottitura di pelle cremisi e non si accorse della campagna che attraversava.

A Tours, un facchino le trovò uno scompartimento di prima classe riservato alle signore e, poiché il treno non sembrava affollato, Louise nutrì la speranza di poter viaggiare sola. Occupò un sedile d'angolo, appoggiando indietro il capo stancamente, e così rimase, con gli occhi chiusi. Quando la portiera si aprì d'improvviso con un violento fruscio, aprì gli occhi, aspettandosi di scorgere un'altra viaggiatrice, ben lontana dall'immaginare che potesse trattarsi di Pierre. Sussultò e si raddrizzò sul sedile. Lui le sedette accanto.

« Pensavo di vederti prima che tu lasciassi il castello! Come hai potuto andartene senza una parola? » La prese tra le braccia e affondò il viso contro il suo collo. « Louise, Louise. Pensi ch'io non sappia quale sacrificio hai dovuto fare? Farò tutto ciò che potrò per nostro figlio. » Alzò il capo per appoggiarle una mano sulla guancia e avvicinò la bocca a quella di lei, baciandola con una specie di frenetica adorazione. Lungo il treno si udì l'eco degli sportelli che si chiudevano nell'approssimarsi della partenza. Louise lottò per riprendere fiato, liberandosi delle sue labbra.

« Tu non devi venire a Parigi con me! Per favore, scendi finché sei in tempo. »

Pierre allontanò il viso per guardarla negli occhi, mentre il suo sguardo vellutato sprigionava un infinito affetto. Teneva ancora il palmo della mano contro la guancia di lei, e le sue dita le fecero una dolce carezza. « Ci saranno altri momenti. Ricorda quello che ti ho detto a St.-Cloud. Andrai ad abitare a Parigi, vero? »

Tutto il futuro di Louise dipendeva da quel momento. Il cerchio si era chiuso. Era tornata di nuovo al punto di partenza. Si irrigidì contro il magnetismo sessuale di lui, contro la forza di attrazione del loro amoroso passato e contro l'ardente brama del suo cuore. Se non si fossero mai incontrati prima, amarlo sarebbe stato facile come nel passato.

« No », rispose con espressione ferma e con gli occhi lucidi per la malinconia e il dolore per la separazione. In un attimo aveva rinunciato a tutti i progetti di quegli ultimi giorni, all'attività che aveva programmato, alla vita completamente nuova che aveva sognato. Parigi non le si addiceva. Doveva andarsene prima di dover pagare un prezzo che si sarebbe rivelato altissimo. Doveva farlo adesso che tutto era di nuovo finito. Misurò le parole, con la gola che le si stringeva. « Torno a casa. In Inghilterra. »

Il capostazione fischiò. La locomotiva lanciò un getto di vapore. Pierre si alzò in piedi e rimase a fissarla, con la bocca tremante, i lineamenti induriti. C'erano minaccia e blandizie nel duro sguardo che le rivolgeva. Entrambi sapevano che tra loro non era finita. Non lo sarebbe mai stato. Louise aveva solo scelto di percorrere un'altra strada.

Pierre si girò di colpo verso la porta aperta dello scompartimento e balzò giù dal treno che si stava muovendo. Louise ebbe un'ultima visione dell'uomo attraverso il finestrino mentre Pierre richiudeva lo sportello. Il suo viso contrariato aveva la stessa espressione del figlio nel momento degli addii.

Una settimana dopo Louise era pronta per lasciare Parigi. Aveva provveduto perché a Catherine non mancasse nulla sino alla fine dei suoi giorni, e si era assicurata che restasse in buone mani. Sarebbe andata direttamente alla stazione da rue de la Paix, perché Worth le aveva chiesto di consegnare un pacchetto per suo conto in Inghilterra. In place Vendôme, la colonna con la statua di Napoleone, che era stata abbattuta dai comunardi nella loro furia distruttiva, non era ancora stata restaurata, e alcuni pezzi erano rimasti in terra. Mentre passava oltre, Louise ricordò che, all'epoca dell'ultima Esposizione, era diventato popolare il detto che lassù non avrebbe dovuto esserci la statua di Napoleone, ma quella in oro massiccio di Worth, per tutto ciò che aveva fatto dal punto di vista commerciale per la moda, come del resto per rue de la Paix e per l'intera Parigi. Si augurò che avvenisse davvero la sostituzione con l'effigie del suo vecchio amico fusa in quel prezioso metallo e adorna di un mantello di lapislazzuli con un disegno a « occhi e orecchi » ottenuto con gemme preziose. Quella fantasticheria la fece sorridere. Lo stesso Worth avrebbe ritenuto che ciò fosse il minimo che gli era dovuto.

Al numero 7, la scena le apparve esattamente così come era sempre stata. Le clienti erano occupate a scegliere le stoffe, le commesse andavano avanti e indietro, e ai piani superiori gli atelier erano di nuovo in piena attività. Eppure, mentre attraversava i sontuosi saloni, Louise sapeva che nulla era più come prima. Il palazzo delle Tuileries era un guscio vuoto annerito dal fumo degli incendi e Worth non vi si sarebbe mai più recato per consegnare i suoi meravigliosi abiti perché la bella Eugenia potesse indossarli e abbagliare il mondo. L'epoca del Secondo Impero era stata anche l'epoca di Worth. Napoleone III aveva portato il giglio di Francia a un glorioso splendore mai raggiunto prima, ma era stato Worth a rivestirlo d'oro.

Sebbene non fosse ancora mezzogiorno, Marie le andò incontro con indosso un abito molto ampio e ondeggiante di raso bianco e nero, con guarnizioni di pizzo. Ora più che mai doveva apparire vestita sfarzosamente sia al mattino, sia a mezzogiorno, sia alla sera: alla fine si era abituata a essere sempre osservata e complimentata. Worth, nel giardino di Suresnes, aveva preso la consuetudine di infilarsi vecchi abiti comodi, ma Marie era arrivata al punto di non sentirsi a proprio agio se non indossava la più stravagante *toilette* a qualsiasi ora del giorno. Worth l'aveva avuta vinta.

« Così te ne vai davvero », le disse, infilando il braccio in quello di Louise. « Non lasciar passare troppo tempo prima di tornare a trovarci di nuovo. »

Worth era occupato a provare un vestito all'anziana moglie del presidente, che era succeduta a Eugenia senza clamori come Prima Signora di Francia, e appariva sempre vestita di nero. Sfrecciò via per andare a prendere la scatoletta dorata che doveva affidare a Louise perché la consegnasse personalmente. Sollevando il coperchio, le mostrò il mazzolino di violette di Francia su un letto di muschio umido.

« Per l'imperatrice », disse con espressione accorata, « dal suo fedele e devoto sarto. »

Il cielo sopra le bianche scogliere era di un morbido azzurro inglese quando il traghetto della Manica attraccò a Dover. Louise era appoggiata al parapetto, e un alito di brezza marina le agitava alcune ciocche di capelli; il sole lambiva le onde tramutandole in diamanti. Will l'aspettava sulla banchina, alta figura dalle larghe spalle, ben piantato sulle gambe aperte, le mani dietro la schiena, una bombetta grigio chiaro leggermente inclinata sul capo. La guardava da sotto le sopracciglia, la bocca sorridente. Lei poteva quasi leggergli nel pensiero. Will avrebbe potuto raggiungerla a Parigi e portarla via con la persuasione in qualunque momento; ma, se l'avesse fatto, non avrebbe risolto nulla tra di loro. Aveva aspettato che lei tornasse di sua spontanea volontà. Lui e Parigi avevano combattuto una silenziosa battaglia, e l'aveva vinta Will.

Louise scese lungo la passerella e lo raggiunse. Will aveva occupato una parte della sua vita molto più grande di quella che vi aveva avuto Pierre. Eppure non aveva davanti a sé una vita facile, con lei. Come avrebbe potuto essere altrimenti, dato che lei non si sentiva più docile o arrendevole di quando era partita? Will, del resto, non era tipo da accontentarsi di occupare il secondo posto nel cuore di una donna. Louise non temeva la lotta che si preannunciava tra loro. Faceva parte della vita e dell'amore tra un uomo e una donna. E Will era un vero uomo.

Finito di stampare
nel mese di agosto 1986
per conto della Longanesi & C.
presso il Nuovo Istituto Italiano d'Arti Grafiche - Bergamo